Marie Lacrosse

# Das Kaffeehaus

## Bewegte Jahre



GOLDMANN

Marie Lacrosse

# Das Kaffeehaus
# Bewegte Jahre

Roman

GOLDMANN

MIX
Papier aus verantwortungsvollen Quellen
FSC® C014496

Penguin Random House Verlagsgruppe FSC® N001967

1. Auflage
Taschenbuchausgabe September 2022

Dieses Werk wurde vermittelt durch die Montasser Medienagentur, München.
Gestaltung des Umschlags und der Umschlaginnenseiten:
UNO Werbeagentur, München
Umschlagmotiv: © Laurence Winram/Trevillion Images
Redaktion: Heike Fischer
BH · Herstellung: ik
Satz: Uhl + Massopust, Aalen
Druck und Bindung: GGP Media GmbH, Pößneck
Printed in Germany
ISBN 978-3-442-49355-5

www.goldmann-verlag.de

*Meiner verstorbenen Schwiegermutter gewidmet,*
*die Wien über alles geliebt hat.*

Wien ist eine Stadt,
die um einige Kaffeehäuser herum errichtet ist …

*Bertolt Brecht*

Wie eine Blume sprosst der Mensch auf
und wird gebrochen.

*Grabinschrift der Baroness Mary Vetsera,*
*Hiob 14,2*

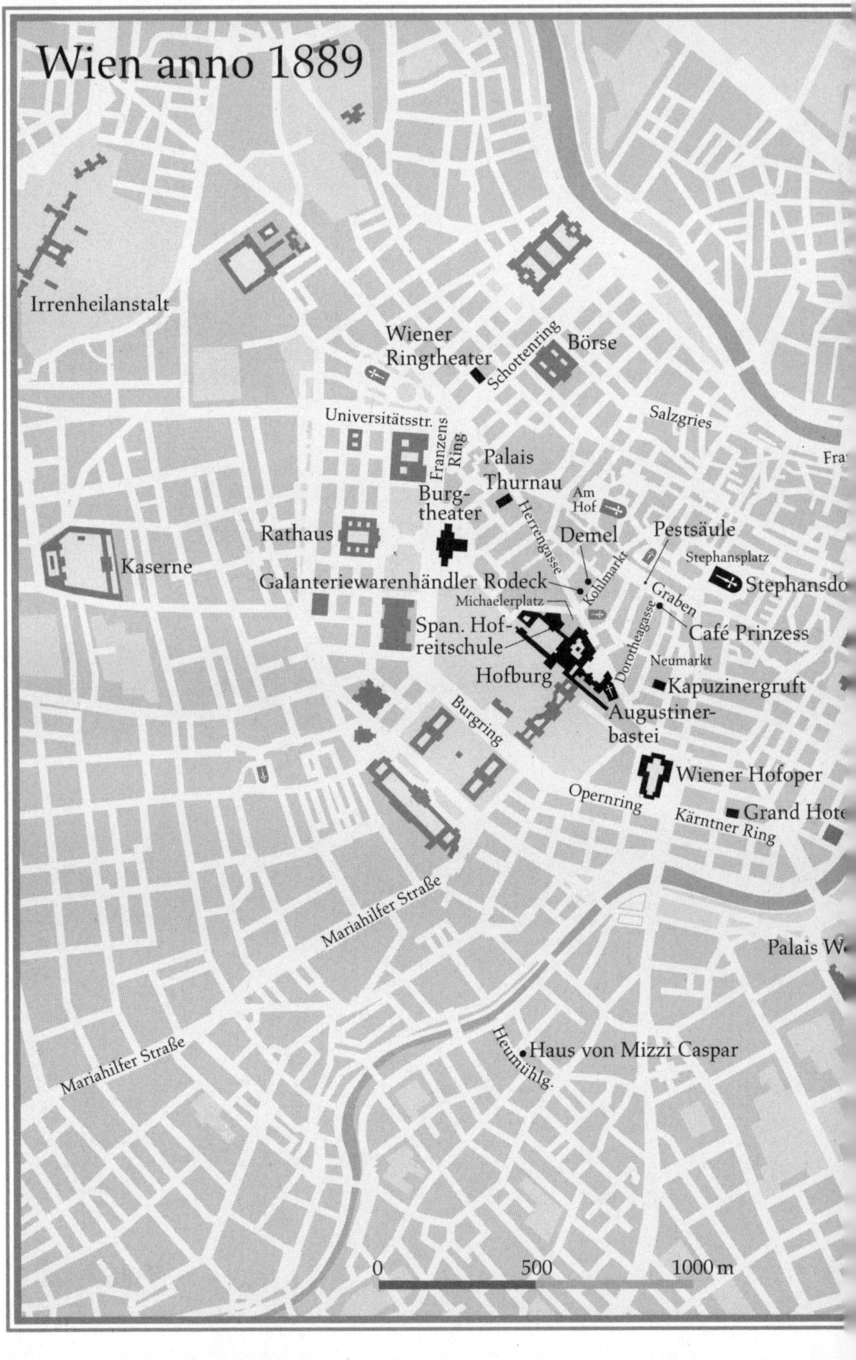
Wien anno 1889
Irrenheilanstalt
Wiener Ringtheater
Schottenring
Börse
Salzgries
Universitätsstr.
Franzens Ring
Palais Thurnau
Burg-theater
Am Hof
Rathaus
Kaserne
Herrengasse
Demel
Pestsäule
Stephansplatz
Kohlmarkt
Galanteriewarenhändler Rodeck
Michaelerplatz
Graben
Span. Hof-reitschule
Café Prinzess
Dorotheagasse
Neumarkt
Hofburg
Kapuzinergruft
Augustiner-bastei
Burgring
Wiener Hofoper
Opernring
Kärntner Ring
Mariahilfer Straße
Mariahilfer Straße
Heumühlg.
Haus von Mizzi Caspar
0
500
1000 m

Donau
Kaisergärten
Volksprater
Prater Straße
Trabrennbahn
Quai
KRIEAU
Unterer Prater
ubenring
Schüttelstraße
nach Freudenau
dtpark
Wiener Donaukanal
Wohnung
Salesianergasse
Palais Vetsera
Strohgasse
Metternich-gasse
Palais der deutschen Botschaft
Landstraße
Rennweg
K.K. Belvedere
Kloster und Mädchenschule der Salesianerinnen
N
W
O
S

Donau
Melk
St. Pölten
Judenau
Pyhra
N
W
O
S
Wiener Wald
Alland
Maye
Marktl
Lilienfeld
Niederösterrei
1398
1341
Ö
Schwarzau
Wien
2075
Neun
Mürzsteg
2009
Reichenau
Payerbach
Gloggnitz
Steiermark
Mürzzuschlag
Spital
Kirchbe
1783

Korneuburg
osterneuburg
Marchfeld
March
Grinzing
Wien
Groß-Enzersdorf
Donau
Orth
nach Pressburg
Hainburg
htoldsdorf
Fischamend
Mödling
Heiligenkreuz
Baden
Bruck
Leitha
ERREICH-UNGARN
Eisenstadt
ustadt
Ruszt
St. Margarethen
Neusiedler See
Ödenburg
0
10
20 km

Cisleithanien
Transleithanien
Festungen
Karlsbad
Pilsen
Nürnberg
Deutsches Reich
Regensburg
Ingolstadt
Donau
Ulm
Augsburg
Isar
Passau
Donau
Lech
München
Inn
Linz
Salzach
Ober-
österreich
Bad Kreuth
(Schloss Tegernsee)
Bregenz
Füssen
Tegernsee
Salzburg
Enns
Inn
Innsbruck
Österr
Schweiz
Tirol
Lienz
Kärnten
Bozen
Klag
Etsch
Piave
Save
Trient
Udine
Italien
Laibach
Gardasee
Treviso
Triest
Verona
Padua
Venedig
Küsten-
land
Mantua
Adria
Etsch
Abbazia
Fiu
Po
Istrien

Königgrätz
rag
Elbe
Pardubitz
Sazawa
n
Olmütz
Oder
Schlesien
Königshütte
nach Krakau
Iglau
Brünn
dweis
Mähren
Nikolsburg
N
W
O
S
Nieder-
österreich
March
Waag
Gran
Schemnitz
Wien
Pressburg
Leitha
Wiener Neustadt
Neusiedler See
Donau
Ödenburg
Raab
Gran
mark
Ofen
Pest
(Budapest)
ICH-UNGARN
Steinamanger
Stuhlweißenburg
Graz
Raab
Plattensee
Donau
Drau
Marburg
Mur
Fünfkirchen
Maria Theresiope
Zagreb (Agram)
Drau
Zombor
Esseg
Kroatien
0
50
100 km
Slavonien

# Dramatis Personae

*Es werden nur die handlungstragenden Figuren aufgeführt. Historische Persönlichkeiten sind mit einem * gekennzeichnet.*

## Sophies Familie

**Komtess Sophie von Werdenfels**, genannt **Phiefi**, ältere Tochter des Freiherrn Nikolaus von Werdenfels

**Freiherr Nikolaus von Werdenfels**, Sophies tödlich verunglückter Vater

**Henriette von Freiberg**, genannt **Yetta**, geb. Danzer, ehemalige von Werdenfels, Sophies wiederverheiratete Mutter

**Arthur, Ritter von Freiberg**, ihr zweiter Ehemann und Sophies Stiefvater

**Nikolaus**, genannt **Nikki**, Sophies älterer Bruder

**Emilia**, genannt **Milli**, Sophies jüngere Schwester

**Stephan Danzer**, Henriettes älterer Bruder, Sophies Patenonkel, Besitzer des Kaffeehauses Prinzess

**Annerl Danzer**, seine jung verstorbene Frau

## Richards Familie

**Richard von Löwenstein**, genannt **Richie**, einziger Sohn einer Nebenlinie des alten Adelsgeschlechtes der Grafen von Löwenstein, Offizier in der k.u.k. Armee und Freund Kronprinz Rudolfs

**Eduard von Löwenstein**, Richards Vater
**Aglae von Löwenstein**, seine Mutter
**Graf Maximilian von Löwenstein**, genannt **Max**, Richards Onkel und Majoratsherr der Familie von Löwenstein
**Graf Adalbert von Thurnau**, ein Cousin mütterlicherseits von Richards Vater
**Komtess Amalie von Thurnau**, genannt **Ami**, seine einzige Tochter
**Eleonore**, genannt **Lori**, Amalies Mutter, die bei deren Geburt verstorben ist

## Die kaiserliche Familie

**Kaiser Franz Joseph I.***, regierender Monarch und Familienoberhaupt der Habsburger
**Kaiserin Elisabeth***, genannt **Sisi**, seine Frau
**Kronprinz Rudolf***, ihr einziger Sohn
**Kronprinzessin Stephanie***, Rudolfs Frau
**Prinzessin Elisabeth***, genannt **Erzsi**, Rudolfs und Stephanies Tochter
**Prinzessin Gisela***, älteste Tochter des Kaiserpaars
**Prinzessin Marie Valerie***, jüngste Tochter des Kaiserpaars
**Erzherzog Franz Salvator***, Marie Valeries Verlobter und späterer Ehemann
**Louise von Sachsen-Coburg***, Schwester der Kronprinzessin Stephanie
**Philipp von Sachsen-Coburg***, Louises Gatte und Jagdfreund Rudolfs
**Erzherzog Albrecht***, Onkel des Kaisers Franz Joseph und oberster Heerführer der k. u.k Armee; Großonkel und militärischer Vorgesetzter des Kronprinzen Rudolf
**Erzherzöge Franz Ferdinand*** und **Otto***, Söhne des jüngeren Kaiserbruders Karl Ludwig

**Gräfin Marie Louise Larisch***, geb. Wallersee, Sisis Nichte
**Graf Georg Larisch***, Marie Louises Ehemann
**Herzog Max in Bayern***, Kaiserin Sisis Vater
**Herzogin Ludovika***, Sisis Mutter

## Die Familie Vetsera

**Komtess Marie Alexandrine von Vetsera***, genannt **Mary**, zweitälteste Tochter der Familie und Sophies beste Freundin
**Baronin Helene von Vetsera***, Marys Mutter
**Baron Albin von Vetsera***, Marys Vater
**Ladislaus***, genannt **Laszi**, Marys älterer Bruder
**Johanna***, genannt **Hanna**, ihre ältere Schwester
**Franz Albin***, genannt **Feri**, ihr jüngerer Bruder
**Alexander***, **Aristides***, **Hector*** und **Heinrich Baltazzi***, die Brüder von Marys Mutter

## Weitere Personen von Bedeutung

**Herzog Miguel von Braganza***, aus Portugal vertriebener Thronprätendent, Verehrer von Mary Vetsera und ein Freund Kronprinz Rudolfs
**Mizzi Caspar***, Luxusprostituierte und Geliebte Rudolfs seit Sommer 1886
**Olga Popova**, Balletttänzerin an der Wiener Hofoper und Geliebte Richards von Löwenstein
**Gräfin von Wilczek**, eine gute Bekannte von Sophie
**Komtess Annelie von Wilczek**, ihre ledige Tochter
**Irene von Sterenberg** (ehemals **Gerban**), Gast im Café Prinzess

## Personal

**Ida,** langjährige Mitarbeiterin in Stephan Danzers Kaffeehaus, später Mamsell im Haushalt der von Werdenfels
**Mina,** Aufseherin im Café Prinzess
**Hedwig,** ehemalige Aufseherin im Café Prinzess
**Gruber,** erster Diener im Haus Werdenfels
**Fräulein Mohr*,** Gesellschafterin im Haus Vetsera (der Name ist fiktiv, da nicht überliefert, die Person ist jedoch historisch belegt)
**der alte Christian*,** erster Hausdiener der Vetseras
**Agnes Jahoda*,** Marys Zofe
**Joseph Jahoda*,** Agnes Vater, Portier und (fiktiv im Roman) Kutscher der Vetseras
**Johann Loschek*,** Rudolfs erster Kammerdiener
**Carl Nehammer*,** Rudolfs zweiter Kammerdiener
**Josef Bratfisch*,** Rudolfs privater Leibkutscher; in seiner Freizeit ein bekannter Heurigensänger und Kunstpfeifer

## Weitere historische Personen

## von Bedeutung für die Handlung

(in der Reihenfolge ihrer Erwähnung im Roman)

**Moritz Szeps*,** Freund Rudolfs, Herausgeber des *Neuen Wiener Tagblatts*
**Graf Eduard von Taaffe*,** konservativer Ministerpräsident Österreichs ab 1879
**Johanna Wolf*,** exklusivste Bordellwirtin in Wien
**Kaiser Wilhelm I.*,** deutscher Kaiser bis März 1888
**Kronprinz und späterer Kaiser Friedrich III.*,** deutscher Kaiser von März bis Juni 1888
**Otto Fürst Bismarck*,** deutscher Reichskanzler

**Baron Moritz Hirsch***, jüdischer Bankier und Geldgeber Rudolfs

**Gustav Graf Kálnoky***, Außenminister Österreich-Ungarns ab 1881

**Kronprinz und späterer Kaiser Wilhelm II.***, deutscher Kaiser ab Juni 1888

**Graf Carl Albert von Bombelles***, Obersthofmeister des Kronprinzen Rudolf und stadtbekannter Lebemann

**Dr. Hermann Widerhofer***, Leibarzt der kaiserlichen Kinder, später der gesamten kaiserlichen Familie

**Graf Leopold Gondrecourt***, Generalmajor und Rudolfs Erzieher in Kindertagen

**Graf Arthur Potocky***, Stephanies Liebhaber

**Engelbert Pernerstorfer***, Mitglied im Abgeordnetenhaus des österreichischen Reichsrats

**Ritter Georg von Schönerer***, Führer der Deutschnationalen und später der Alldeutschen Vereinigung und glühender Antisemit

**Graf Josef Hoyos***, Jagdfreund Rudolfs

**Henry Chambige***, gescheiterter französischer Selbstmörder

**Professor Eduard Sueß***, Rektor der Wiener Universität und ein bekannter liberaler Politiker

**Prinz Heinrich Reuß***, deutscher Botschafter in Wien im Jahr 1889

**Baron Franz von Krauß***, Polizeipräsident von Wien

**Tadeusz Ajdukiewicz***, bekannter Wiener Maler

**Dr. Heinrich von Slatin***, Sekretär am Obersthofmarschallamt; mit der Vertuschung der Mayerling-Affäre betraut

**Graf Eduard von Paar***, Generaladjutant des Kaisers Franz Joseph

**Gräfin Ida Ferenczy***, ungarische Hofdame und Vertraute Sisis

# Prolog

## Café Prinzess in Wien

### *April 1879*

»Oh, diese Torte ist ja ganz prachtvoll gelungen, Onkel Stephan!«

Sophie klatschte vor Begeisterung in die Hände. Ihre grünen Augen strahlten mit dem gleichfarbigen Turban des Marzipanprinzen um die Wette. Das Figürchen mit seinen roten Pluderhosen, dem gelben weiten Hemd mit schwarzer Weste und der ausladenden Kopfbedeckung schmückte als Aufsatz eine riesige dreistöckige Torte. Vier Miniaturausgaben, ausgestochen aus gefärbtem Marzipan, zierten jeweils die zehn Zentimeter hohen Seiten der drei nach obenhin kleiner werdenden Stockwerke. Die beiden oberen waren zusätzlich von einem Ring aus kandierten Kirschen und Pistazien umgeben.

»Mein Geschenk zur Silberhochzeit unseres hochverehrten Kaiserpaars.« Stephan Danzer strich seiner achtjährigen Lieblingsnichte liebevoll über die blonden Haare, die ihr, zu zwei dicken Zöpfen geflochten, weit über den schmalen Rücken fielen.

Seit dem viel zu frühen Tod seines geliebten Annerls, das ihren gemeinsamen Sohn mit in die Ewigkeit genommen hatte, lebte Stephan Danzer allein und schenkte seine ganze väterliche Liebe den beiden kleinen Töchtern seiner Schwester Henriette. Vor allem die ältere Sophie, deren Pate er war und die ihn so oft wie möglich besuchte, hatte er in sein Herz geschlossen.

Danzer war der Besitzer des Kaffeehauses Prinzess an der Ecke der Dorotheergasse zum Graben, einer der elegantesten Einkaufsstraßen Wiens. Das Haus in der Dorotheergasse hatte Stephan von seinem Vater geerbt, der die heute stadtbekannte Lokalität zwar gegründet, aber nie selbst geleitet hatte. Stephans Familie bewohnte die oberen Etagen des Hauses.

Schon als junger Bub hatte Stephan das Nachbarsmädchen Annerl verehrt, die einzige Tochter des Besitzers des Eckhauses zum Graben, eines ehemaligen Palais. Annerl teilte schon als Kind seine Leidenschaft für das Kaffeehaus und hielt sich so oft dort auf, wie es ihr ihre gestrenge Mutter erlaubte. Die ging natürlich davon aus, dass Annerl Stephans sechs Jahre jüngere Schwester Henriette, die ungefähr im Alter ihrer Tochter war, besuchte und dass sich die Mädchen in der Wohnung der Danzers unter der Aufsicht von Stephans Mutter aufhielten.

Doch die fühlte sich durch die Kinder oft gestört und erlaubte ihnen nur zu gern, die Treppen ins Kaffeehaus hinunterzulaufen. Gemeinsam lungerten Stephan, Henriette und Annerl in der Küche oder einer Nische des Gastraums herum und beobachteten die Herren, die oft über einem einzigen Häferl Melange oder Verlängertem stundenlang die Zeitungen studierten.

Als Annerl zwölf Jahre alt war, starb ihre Mutter an einer Lungenkrankheit. Danach gab ihr Vater seine Tochter zu Stephans großer Betrübnis in ein Pensionat für höhere Töchter. Umso größer war seine Freude, als die kaum Sechzehnjährige endlich wieder nach Hause kam, um ihrem nun ebenfalls gebrechlichen Vater den Haushalt zu führen.

Stephan konnte den Abschluss seiner Zuckerbäckerlehre in der renommierten Konditorei Gerstner in der Kärntnerstraße kaum abwarten, um endlich um Annerls Hand anzuhalten. Zu seiner übergroßen Freude sagte sie Ja und brachte als Mitgift bereits das Haus am Graben, welches ihr der sieche Vater vermacht hatte, mit in die Ehe.

Einige Jahre später verstarb auch Annerls Vater. Nun konnten die beiden ihren Traum verwirklichen, das Kaffeehaus in der Dorotheergasse um ein elegantes Konditor-Café zu erweitern, dessen Eingang zum Graben hin lag. Ein Mauerdurchbruch verband das Café mit den Räumen des ursprünglichen Kaffeehauses.

Das Kaffeehaus hatte sich bis zu diesem Zeitpunkt nicht von vielen anderen Kaffeehäusern Wiens unterschieden. Es bot neben den üblichen Kaffeesorten ein paar einfache Mehlspeisen wie Apfelstrudel oder Buchteln an, außerdem kleine Gerichte wie Schinkensemmeln und Würstel.

Die Besucher waren ausschließlich Männer. Denn anders als im Café durfte dort nach Herzenslust geraucht werden. Natürlich gab es Zeitungen und Zeitschriften aller Art, und natürlich konnte sich jeder Besucher dort so lange aufhalten, wie es ihm genehm war. Auch wenn er lediglich einen Kleinen Schwarzen konsumierte.

Schnell stellte sich heraus, dass das Café eine eigene Backstube brauchte, in der Stephan sein Talent als Zuckerbäcker zur Gänze ausschöpfen konnte. Diese wurde im Souterrain eingerichtet, wo er genug Platz für seine zahlreichen Gerätschaften hatte.

Wer Danzer zum ersten Mal sah, hätte ihn eher für einen Schlachtermeister gehalten als für einen der begnadetsten Zuckerbäcker Wiens. Mit seinen fleischigen Händen formte er aus Teig und allerlei Zuckerwerk die filigransten Kunstwerke.

Annerls und Stephans Glück wäre vollkommen gewesen, hätte der ersehnte Nachwuchs sich endlich eingestellt. Doch erst neun Jahre nach der Hochzeit wurde Annerl zum ersten Mal schwanger.

Ihr Zustand hinderte sie allerdings nicht daran, sich mit der für sie charakteristischen Leidenschaft der kostspieligen Neuausstattung des Cafés zu widmen. Diese sollte dem Haus endgültig einen Rang unter den ersten Zuckerbäcker-Adressen Wiens sichern. Schließlich lag das Etablissement von Ch. Demel's Söhne, kurz Demel genannt, nur wenige Gehminuten entfernt am Michaelerplatz gegenüber der Hofburg. Dem Café war zudem bereits der k.u.k. Hoflieferantentitel verliehen worden, von dem die Danzers damals noch träumten.

»Gefällt dir mein Werk?«, versicherte sich Danzer nun überflüssigerweise noch einmal der Bewunderung seiner Nichte.

»Oh ja! Die Mokkaprinzentorte ist wunderschön! Aber«, Sophie nutzte die Gunst des Augenblicks, »wann darf ich denn einmal ein Stückerl davon probieren?« Sie hob ihren treuherzig bittenden Blick zur massigen Gestalt ihres Onkels empor.

Die Idee zur »Mokkaprinzentorte«, der herausragenden Spezialität des Cafés Prinzess, verdankte Danzer ebenfalls seiner verstorbenen Gattin. Selbst als Annerls Schwangerschaft immer beschwerlicher wurde, sodass sie das Bett hüten musste, ruhte ihr Geist nicht. »Wir brauchen eine ganz besondere Torte, die jedermann nur mit dem Café Prinzess in Verbindung bringt«, erklärte sie ihrem überraschten Gatten eines Abends, als er neben ihrem Krankenbett saß. »Und ich habe auch schon etwas im Sinn, was so leicht von niemandem übertroffen werden kann.« Dann begann sie, Stephan ihren Plan zu erläutern.

Auf einer Reise nach München hatten die beiden vor einigen Jahren eine Torte gekostet, an die Annerl sich später immer wieder erinnert hatte. Sie bestand aus verschiedenen Biskuitböden und Buttercremeschichten und hatte beiden damals ausgezeichnet gemundet. Von ihrem Krankenbett aus entwickelte sie nun gemeinsam mit Stephan ein an diese Köstlichkeit angelehntes Rezept, das er dann tagsüber immer wieder ausprobierte. Abends brachte er Annerl eine Kostprobe der Torte, die sie unzählige Male verwarf, bis sie beide endlich zufrieden waren.

Entstanden war schließlich eine im Aufbau ähnliche, doch im

Geschmack ganz andersartige Torte als die damals in München verkostete. Ihr Aroma erhielt sie vor allem durch die Zutat des berühmten Wiener Kaffees, den es in der ganzen Hauptstadt mittlerweile in unzähligen Variationen gab.

Sechs hauchdünne Biskuitböden wurden mit köstlicher Mokkabuttercreme bestrichen und übereinandergelegt. Der letzte Boden wurde, genauso wie die gesamte Torte, zusätzlich mit einer Marzipanschicht überzogen, die mit Kakaopulver hellbraun gefärbt und geschmacklich verfeinert war. Verziert wurde das Werk zunächst mit Mokkabohnen aus Bitterschokolade, Mandeln und Tupfern aus Schlagobers.

Zwar sprachen die Gäste des Cafés Prinzess der Torte von Anfang an zu. Deren Triumphzug erlebte Annerl zu Stephans großer Trauer allerdings nicht mehr mit. Im achten Monat ihrer Schwangerschaft erlitt sie eine Totgeburt und starb wenige Stunden später an ihren nicht zu stillenden Blutungen.

Mehr denn je hatte sich Stephan nach diesem entsetzlichen Verlust in die Arbeit gestürzt. In kürzester Zeit verhalf er dem Café Prinzess zu einem Bekanntheitsgrad, der durchaus mit dem des Demel und des zweiten k. u.k Hoflieferanten, der Konditorei Gerstner, mithalten konnte. Dabei spielte die Prinzess-Torte, wie Danzer sein Werk zunächst nannte, keine unerhebliche Rolle. Dennoch schien noch etwas zu fehlen.

Die zündende Idee war Stephan Danzer dann im vergangenen Jahr gekommen, als der einzige Sohn Kaiser Franz Josephs, Kronprinz Rudolf, im August 1878 seinen zwanzigsten Geburtstag feierte. Er sandte eine seiner Prinzess-Torten an das allmächtige Obersthofmeisteramt und ließ nachfragen, ob er die Torte zu Ehren des Thronfolgers in Zukunft »Kronprinz-Rudolf-Torte« nennen dürfe.

Diese Bitte wurde zwar letztlich abschlägig beschieden, da sich dies mit der Würde des Kaiserhauses nicht vereinbaren ließe, lautete die Antwort. Aber das Glück war Stephan Danzer trotzdem hold.

Durch ein Missgeschick in der Hofküche hatte es zum festlichen Diner des Kaisers, zu dem auch einige Gäste geladen waren, ausgerechnet an diesem Tag an Nachspeisen gefehlt. Der Obersthofmeister erinnerte sich an Danzers Präsent, das alsbald an der hochherrschaftlichen Abendtafel serviert wurde und sowohl dem Kronprinzen als auch dem Kaiser höchstpersönlich vorzüglich mundete. Als es zu kaiserlichen Nachbestellungen kam, bewarb sich Danzer sofort um den Titel des Hoflieferanten, den ihm das Obersthofmeisteramt nur wenige Wochen später zuerkannte.

Diesen Titel ließ sich der Hof mit einer Taxe von fünfhundert Gulden zwar teuer bezahlen. Er wurde aber gleichwohl nur wenigen ausgewählten Unternehmen verliehen. Daher war der Titel aufgrund der damit automatisch verbundenen illustren Kundschaft aus dem ganzen Hochadel und dem oft neu geadelten Großbürgertum die Garantie für eine glänzende wirtschaftliche Zukunft.

Dennoch wurmte Danzer die Ablehnung seiner Bitte, die Torte nach Kronprinz Rudolf benennen zu dürfen. Eine alternative Namensidee kam ihm, als er in einer bekannten Porzellanhandlung edles Geschirr für sein Café erwerben wollte und dabei die bunt bemalte Figurine eines Mohren aus Meißner Porzellan entdeckte.

»›Mokkaprinzentorte‹! Das wäre doch ein veritabler Name«, murmelte er halb laut vor sich hin, um sich nur wenige Stunden später in seiner Backstube mit der Nachbildung der Figurine, die er sofort erworben hatte, aus seinem feinen und selbstverständlich hausgemachten Marzipan zu befassen. Nach einer durchgearbeiteten Nacht war es so weit: Nun schmückten die farbigen Marzipanprinzen jede seiner berühmten Mokkatorten und verhalfen dem Gebäck damit weit über die Wiener Grenzen hinaus zu Ruhm.

Zumal es der ewig rührigen Konkurrenz bislang nicht gelungen war, den einzigartigen Geschmack der Torte nachzuahmen.

Das Rezept, insbesondere die Zusammensetzung der verwendeten Gewürze für die Füllung, hütete Danzer wie seinen Augapfel und rührte die Mokkabuttercreme bis zum heutigen Tage stets eigenhändig an.

Jetzt lächelte er seiner Nichte Sophie liebevoll zu und drohte ihr spielerisch mit dem Zeigefinger. »Du weißt doch, mein Schatzerl, dass zu viel Kaffee in der Torte verarbeitet ist, um sie Kindern anbieten zu können. Wenn du zwölf Jahre alt bist, darfst du so viel davon essen, wie du nur magst. Ich backe dir sogar eine ganze Torte zu deinem Geburtstag.« Trotz dieses großzügigen Angebots verzog Sophie ihre vollen roten Lippen zu einem Schmollmund.

»Schau her!«, versuchte Danzer, die Enttäuschung des Mädchens zu lindern. »Hier in der Vitrine sind so viele köstliche Torten und Mehlspeisen. Du kannst ein Erdbeercreme-Schiffchen haben! Oder wie wäre es mit diesem köstlichen Blaubeerstrudel mit Schlagobers? Es gibt auch frische Marillenknödel mit Butterbröseln in der Küche. Die hast du doch so gerne. Und heiße Schokolade dazu, so viel du magst.«

Doch wenn es eine gänzlich unweibliche Eigenschaft seiner noch kindlichen Nichte gab, dann war es Sophies Dickköpfigkeit. Störrisch schüttelte sie zu jedem seiner Angebote den Kopf, dass die blonden Zöpfe nur so flogen.

»So lassen Sie sie doch in die Backstube gehen und dem Toni über die Schulter schauen! Er macht doch gerade die Mokkaprinzentörtchen für das Silberhochzeitsbuffet. Wenn ihm da eins misslingt, kann Phiefi« – das war Sophies Kosename seit dem Kleinkindalter – »doch zumindest ein Stückerl davon naschen. Dann weiß sie wenigstens, wie die Torte schmeckt!«

Wieder klatschte Sophie vor Freude in die Hände. »Oh ja, liebe Tante Ida. Das wäre so fein!«

Unbemerkt war Ida, die ältliche Frau, die seit über zwanzig Jahren die Kasse bediente, zu den beiden getreten. Sie gehörte quasi zum Hausinventar und hielt Stephan Danzer unverbrüchlich die Treue. Man munkelte, die um einige Jahre ältere, ledige Ida sei seit jeher unsterblich in Danzer verliebt.

Nun erwiderte die gutmütige, pausbäckige Frau Sophies Strahlen. »Also, Herr Danzer!«, mahnte sie den immer noch zögernden Zuckerbäcker. »Nun geben S' Ihrem Herzen einen Stoß. Sie wissen doch, wie gern Phiefi in der Backstube hilft.«

Danzer seufzte. »Nun gut«, gab er schließlich nach. »Aber du musst mir zweierlei versprechen, Sophie!«, mahnte er sie ungewohnt streng unter Verzicht auf ihren Kosenamen. »Du ziehst dir nicht nur die übliche Schürze an, sondern versteckst deine Haare zur Gänze unter einer weißen Haube, wie es auch meine Zuckerbäcker tun. Es ist eine große Ehre für mich, dass ich den Auftrag erhalten habe, das Dessert-Buffet zum Silberhochzeitsmahl mit kleinen Mokkaprinzentörtchen zu bestücken. Undenkbar, wenn da ein Haar in den Teig oder die Creme fallen würde. Und«, er hob die Hand, als Sophie ihm schon ihr Versprechen geben wollte, »du verhältst dich mucksmäuschenstill und störst niemanden. Du schaust einfach nur zu!«

Sophie nickte etwas eingeschüchtert. Selbst jedes Kind in Wien wusste, dass das Kaiserpaar in dieser Woche seine Silberhochzeit feierte. Die ganze Stadt fieberte dem Ereignis entgegen, insbesondere dem großen Festzug, den der bekannte Künstler Hans Makart zu Ehren von Franz Joseph und Sisi gestaltet hatte, wie Kaiserin Elisabeth nicht nur im engen Familienkreis, sondern auch vom Volk genannt wurde.

Ida half Sophie in eine übergroße Kittelschürze und verbarg deren Zöpfe unter der Haube. Dann führte sie das Mädchen die Hintertreppe hinab in die Backstube.

»Servus, Toni«, grüßte sie den Zuckerbäckermeister, der mittlerweile, zu Stephan Danzers großem Leidwesen, den größten Teil seiner ehemaligen Tätigkeiten übernommen hatte. Aber nach dem Tod seiner Frau erlaubte die Führung des Cafés

Prinzess seinem Besitzer nur noch in Ausnahmefällen, selbst in der geliebten Backstube zu werkeln. »Hier bringe ich dir die Phiefi. Sicherlich ist sie euch eine große Hilfe!« Sie zwinkerte Toni zu.

»Aber«, wollte Sophie eingedenk des Versprechens an ihren Onkel, möglichst unbemerkt zu bleiben, schon einwenden, als Ida ihr einen Finger auf den Mund legte. »Pscht! Du willst doch nicht nur allen nutzlos im Wege stehen. Was der Onkel nicht weiß, macht ihn nicht heiß.«

»Also«, wandte sie sich noch einmal an den Zuckerbäckermeister, »gib der Phiefi was G'scheites zu tun. Du weißt ja, wie gut sie sich in allem anstellt.« Mit diesen Worten huschte Ida die Treppe wieder hinauf.

»Tjaaa …« Toni musterte Sophie mit gespielt angestrengter Miene. »Was könntest du denn wohl helfen? Ach, jetzt weiß ich's!« Er schlug sich mit seiner bemehlten Hand an die Stirn, die dort eine weiße Spur hinterließ. »Markus!«, rief er alsdann dem Lehrbuben zu. »Zeig Phiefi doch mal, wie sie die Böden für die Torterln mit ausstechen kann.«

Schon wenig später beugte sich Sophie mit vor Anstrengung gerunzelter Stirn über die rechteckigen Biskuitböden und versenkte das kreisrunde Ausstechförmchen vorsichtig in das duftende, noch lauwarme Backwerk.

»Schau, dass des Formerl ganz dicht an' letzten Ausstich setzt, damit nur a bisserl Teigboden verlor'n geht«, meinte Markus und zeigte ihr, wie es ging. »Die übrig 'bliebenen Bröseln dürf'n mir nachher mit Schlagobers essen. Und wenn'st a ganze Lag' ausg'stochen hast, löst die Torterl-Böden ganz achtsam mit'm Schieber raus. Schau, so geht's! Musst aufpassen, dass der Boden ned zerbricht, sonst können mir'n nimmer verwenden. Dann legst die Torterln da auf's g'fettete Papier. Der Toni und der Willi setzen's dann später mit der Mokkacreme z'sammen.«

»Gut machst des, Phiefi! Wärst a gute Zuckerbäckerin! Schad, dass des ned möglich is«, lobte Markus sie zu ihrer Freude nach ihren ersten erfolgreichen Versuchen.

»Warum denn?«, protestierte Sophie umgehend. »Wenn ich erwachsen bin, will ich dieses Handwerk auch erlernen!«

Markus grinste. »A gnä's Fräulein wie du kann nie und nimmer an Beruf erlernen!«, belehrte er sie. »Scho gar ned a ehrbar's Handwerk!«

*Das werden wir schon noch sehen!*, schoss es Sophie durch den Kopf. Am liebsten hätte sie vor Zorn mit dem Fuß aufgestampft. Im letzten Moment erinnerte sie sich jedoch an das Versprechen, das sie ihrem Onkel Stephan gegeben hatte, und beherrschte sich. Trotzig wandte sie sich wieder dem Ausstechen der Böden für die Törtchen zu und erwiderte nichts mehr auf Markus' letzte Bemerkung.

Der merkte natürlich, dass sie sich über ihn geärgert hatte. »Magst mir später auch dabei helfen, die Marzipanprinzen ausstechen?«, fragte er sie nach zehn Minuten verbissenen Schweigens. »Schau, der Meister rollt die Mass' scho aus.«

»Oh ja!«, jubelte Sophie, deren Zorn meist genauso rasch wieder verrauchte, wie er aufkam.

»Musst's genauso machen wie mit die Böden«, zeigte ihr Markus schon wenig später, was sie zu tun hatte. »Die Blechformerln zum Ausstechen von die Prinzen sind natürlich a Spezialanfertigung für's Café Prinzess. Die gibt's in a paar Größen. Für die Torterln verwenden wir in diesem Fall die mittelgroßen.« Er hielt eins der Förmchen in die Höhe.

»Aba musst achtgeben, dass die Mass ned an der Ausstechform hängenbleibt und der Turban oder die Schnabelschuh abbrechen. Damit des ned passiert, tauchst des Formerl z'erst immer ins Wasser!«

Tatsächlich brauchte Sophie diesmal ganze fünf Versuche, bis sie den Bogen heraushatte. Zum Trost durfte sie die in den Ausbuchtungen des Förmchens hängen gebliebenen Marzipanstückchen naschen, während die verunstalteten Prinzen zusammengedrückt und wieder in die Schüssel mit dem Marzipanteig wanderten, um erneut geknetet und ausgerollt zu werden.

Schließlich war auch diese Arbeit getan. Fünfzig Prinzen warteten nun auf ihre Bemalung. Zu ihrem Bedauern durfte Sophie dabei nur zusehen.

Staunend verfolgte sie, wie Toni zunächst die Konturen der Mokkaprinzen mit einem dünnen Pinsel und schwarzer Farbe aufzeichnete. »Was verwendet er da?«, konnte sie ihre Neugier nicht bezähmen, obwohl sie versprochen hatte, still zu sein.

»Des is Hollersaft«, flüsterte Markus zurück. »Kirschsaft nehmen mir für die Hosen, Safran für's gelbe Hemd, Spinatsaft für'n Turban.«

»Igitt!«, schreckte Sophie zurück. Sie hasste Spinat.

Markus grinste. »Des is aba alles mit Honig g'süßt und mit Maismehl an'dickt. Des schmeckst nimmer mehr raus.«

Fasziniert beobachtete Sophie, wie aus dem ausgestochenen Marzipan die typischen Mokkaprinzen entstanden. Toni arbeitete rasch. Nachdem das Kostüm fertig war, erhielt jeder Mohr zuletzt sein braunes Gesicht. »Braun ist leicht«, mutmaßte sie. »Dafür nehmt ihr sicher Kaffee!«

Markus schüttelte den Kopf. »Na, Kakao färbt besser braun als wie Kaffee.«

Zwei vorsichtig in die Masse gedrückte Hagelzuckerstückchen bildeten die Augen, ein Strich mit der Kirschfarbe den breiten roten Mund. Schon war ein Mohr fertig.

»Jetz muss des alles noch a paar Stund' trocknen«, erklärte Markus ihr schließlich. »Dann legen mir die Prinzen auf die fertigen Torterln.«

Die unerwartete Enttäuschung verengte Sophies Kehle. Also würde es heute gar keine Pannentörtchen geben, von denen sie kosten konnte.

Toni betrachtete sie aufmerksam. »Was für a Laus is dir denn jetz über die Leber g'laufen, Phiefi?«, fragte er. »Hat's dir bei uns ned g'fallen?«

»Doch sehr!«, beeilte sich Sophie zu versichern. »Ich dachte nur … ich hoffte …« Sie stammelte und suchte nach den richtigen Worten.

Ob Toni ahnte, was sie bewegte, oder ob es einfach dem Zufall geschuldet war, um sie abzulenken, ließ sich später nicht mehr ausmachen. Jedenfalls meinte er gutmütig: »Also, fertig wer'n die Torterln erst morgen. Heut Nacht stehn's noch in der Kühlkammer. Aba a paar sind beim Z'sammsetzen von die Böden zerbrochen. Magst einmal kosten?«

Sophie nickte begeistert. Mit geschlossenen Augen ließ sie den ersten Bissen auf der Zunge zergehen. Zu ihrer Überraschung schmeckte er leicht bitter.

Toni und Markus grinsten, als sie die Augen wieder öffnete. Offensichtlich waren sie nicht überrascht. »Musst Kaffee mögen, damit'st uns're Mokkaprinzentorte genießen kannst«, sagte Toni. »Vielleicht bist dafür noch a bisserl zu jung!«

»Ich bin nicht zu jung«, antwortete Sophie trotzig. »Es schmeckt ganz vorzüglich, und ich bitt recht schön um ein weiteres Stück.«

Achselzuckend kam Markus ihrer Bitte nach. »Wenn's ganz mit Marzipan überzogen is, schmeckt 's auch süßer.«

»Ich sagte dir doch, es ist ganz vorzüglich«, beharrte Sophie gestelzt. Tatsächlich schmeckte ihr der zweite Bissen besser, ob nun aus Einbildung oder aus Gewöhnung.

In diesem Augenblick begannen die Glocken des Stephansdoms zu läuten. »Ach Gott!« Sophie schlug sich vor Schreck die Hand vor den Mund. »Es ruft schon zur Vesper. Der Papa wird jeden Augenblick da sein, um mich abzuholen.«

Da kam auch schon Ida die Treppe hinunter. »Spute dich, Kind!«, mahnte sie. Noch während Sophie die Schürze abband, fuhr der Einspänner ihres Vaters vor.

»Und, hattest du einen schönen Nachmittag, Phiefi?«, fragte Nikolaus von Werdenfels, als sie gemeinsam in der Kutsche saßen.

Sophie schmiegte sich an ihn und genoss den vertrauten Duft nach Eau de Cologne und Tabak. »Ja, Papa. Es war ganz herrlich! Ich habe in der Backstube geholfen und die Mokkaprinzentorte gekostet. Sie ist bitter, aber ich werde mich schon noch an den Geschmack gewöhnen, wenn ich erst einmal erwachsen bin.«

»Ja, das denke ich auch!« Ihr Vater lächelte und drückte ihr einen Kuss auf den Scheitel.

Es war einer der letzten glücklichen Tage in Sophies Kindheit.

# Teil 1

## *Ouvertüre*

# Kapitel 1

## Prag

*Herbst 1879*

»Nun komm, mein Schatzerl! Zier dich nicht so!«

Weinselig zerrte Richard von Löwenstein das Prager Schankmädel auf seinen Schoß und versuchte, ihm seine Hand ins Mieder zu schieben. Eine schallende Ohrfeige war die Folge.

Während sich Richard unter dem Gelächter seiner Offizierskameraden die brennende Wange hielt und den Kopf hin und her schüttelte, um das Dröhnen in seinem Ohr loszuwerden, befreite sich die junge Frau und stürzte davon. Wenig später erschien der Wirt des Gasthauses an ihrem Tisch.

»Meine Herren!« Sein verkniffener Gesichtsausdruck strafte seine unterwürfige Verbeugung Lügen. »Ich bitte recht schön darum, meine Schankmädchen nicht zu belästigen. Dies ist ein ehrbares Haus. Wenn Sie andere Dienste als die meinen in Anspruch nehmen möchten, finden Sie das nächste Hurenhaus gleich zwei Straßen weiter.«

Er wollte gerade nach dem leeren Weinkrug und den irdenen Bechern greifen, die das Mädchen hatte abräumen wollen, als sich Richard des Gefäßes bemächtigte. »Ohnehin ist gleich Sperrstunde.« Der vierschrötige Mann verbeugte sich noch einmal. »Ich darf nun abkassieren und danke für Ihren Besuch.«

Mürrisch griffen die drei Offiziere des 36. k.u.k Infanterieregiments nach ihren Börsen und warfen einige Münzen auf den Tisch.

»So ein Spaßverderber! Mitternacht ist kaum vorüber.«

»Es ist halt a Jud, Schurli!«, besänftigte ihn sein Kamerad mit spöttischer Stimme. »Und du, Richie«, wandte er sich an Richard, »hast wohl eine seiner Töchter erwischt. Du weißt doch, dass das Judenvolk so was nicht leidet.«

Damit spielte er auf die stadtbekannte Geschichte an, dass sich Kronprinz Rudolf, der Kommandant ihres Regiments, höchstpersönlich in ein Judenmädchen verliebt hatte, das seine Gefühle auch erwiderte. Dessen besorgte Eltern hatten es daraufhin allerdings in aller Eile aufs Land geschafft und mit einem alten Krämer ihrer eigenen Glaubensrichtung verheiratet, damit es seine Unschuld nicht an den Kronprinzen verlor. Wie es hieß, hatte das Mädchen das nicht verkraftet und war kurz nach der Hochzeit an einem Nervenfieber gestorben. Im Regiment ging das Gerücht um, dass der Kronprinz untröstlich über den Tod der Geliebten sei.

»Ja, hier nutzt dir auch dein ›Löwenherz‹ nichts«, grinste der Schurli genannte Mann. »Löwenherz« war Richard von Löwensteins Spitzname. Aufgrund seines oft an Tollkühnheit grenzenden Wagemuts trug er ihn bereits seit ihrer gemeinsamen Kadettenzeit in der Theresianischen Akademie, die in Wiener Neustadt lag und als die beste im ganzen Kaiserreich galt.

»Halt 's Maul, Schurli!« Richard schüttelte auf dem Weg nach draußen wegen des Dröhnens in seinem Ohr noch immer den Kopf hin und her. »Und du auch, Ferdi!«, schnauzte er auf der nächtlichen Straße seinen zweiten Kameraden an, der ihn grinsend musterte.

Ferdi schlug Richard auf die Schulter. »Nun hab dich nicht so, Richie! In unserer ersten Schlacht wirst du Schlimmeres aushalten müssen. Doch der Vorschlag des Juden ist gut. Lass uns noch im Puff von Madame Albertina einkehren!« Er griff sich in den Schritt und rieb sein Gemächt unter der Uniformhose aus blauem Tuch. »Die Huren dort sind vom Feinsten!«

»Und völlig verseucht, wie es heißt!« Schlagartig war Richard nüchtern. »Da hat sich schon so mancher den Tripper oder noch Schlimmeres geholt.«

»Ach was!«, wehrte Ferdi ab. »Wir sehn uns halt vor!«

Richard lag schon die Frage auf der Zunge, wie sie das denn bewerkstelligen wollten, als er an den lüsternen Mienen seiner Kameraden sah, dass sie durch keinen Einwand von ihrem Entschluss abzubringen waren.

»Ich muss schon in ein paar Stunden auf dem Exerzierplatz stehen«, wehrte er daher ab. Dieses Argument war eigentlich unsinnig, denn auch Schurli und Ferdi, beide Leutnants wie er, würden zur selben Uhrzeit um sechs Uhr früh mit ihren Kompanien antreten müssen.

»Ich geh dann mal zurück ins Quartier!«, kam er diesem Einwand zuvor und wandte sich zum Gehen. »Macht's gut und seid achtsam!«, rief er den beiden noch über die Schulter hinweg zu. Achselzuckend trotteten sie in die andere Richtung davon.

Richard atmete tief durch und schüttelte ein letztes Mal den Kopf wegen seines immer noch rauschenden Ohrs. Abfuhren wie die, die er sich soeben von der jüdischen Wirtstochter geholt hatte, war er an sich nicht gewohnt. Mit seiner schlanken, aufgrund des vielen Exerzierens muskulösen Gestalt, den dunkelbraunen Haaren und Augen galt er als »fesch«, zumal wegen seiner noch hinzukommenden stattlichen Größe von über ein Meter achtzig. Der kleine Schnauzer in Kombination mit der weißlichen Narbe auf der linken Wange, dem Ergebnis einer außer Kontrolle geratenen Fechtübung in der Militärakademie, verlieh seinem Gesicht zudem etwas Verwegenes.

»Du siehst aus wie ein Pirat!«, hatte ihm schon so manche seiner Liebschaften bescheinigt.

Mithilfe seines guten Aussehens machte er so aus der Not eine Tugend. Denn anders als seine Offizierskameraden, die allesamt aus reichen adligen oder großbürgerlichen Elternhäusern stammten, war Richard auf seinen schmalen Leutnantssold angewiesen, der kaum einhundert Gulden pro Monat betrug. Damit konnte man keine großen Sprünge machen, musste er davon doch auch seine Ausrüstung instand halten, seinen Burschen entlohnen und sich ab und an eine anständige Mahlzeit gönnen, um dem Kasernenfraß zu entgehen.

Gar nicht zu reden von den üblichen Saufgelagen, bei denen er nicht zurückstehen wollte, waren ihm doch schon Besuche in den Spielhöllen und Freudenhäusern aufgrund seiner klammen Finanzen versagt.

Insbesondere die Letzteren hatte Richard zum Glück auch nicht nötig. Denn die Herzen der einfachen Kleinbürgermädchen, an die er sich in der Regel hielt, flogen ihm zu. So konnte er seine Bedürfnisse als junger Mann von neunzehn Jahren auch in dieser Hinsicht befriedigen, ohne dass ihn dies mehr kostete als kleine Blumenbuketts und ein paar Schachteln Konfekt.

Zudem blieb er gesund und ersparte sich die langwierigen und schmerzhaften Behandlungen, die venerische Krankheiten nun einmal nach sich zogen. Wobei die »Franzosenkrankheit«, also die Syphilis, nicht einmal mit den Quecksilberkuren, bei denen einem häufig die Haare und Zähne ausfielen, völlig geheilt werden konnte.

Auch bildete sich Richard etwas darauf ein, noch keins der Mädchen geschwängert zu haben. Das lag vor allem daran, dass er sie in der Regel rasch wieder fallen ließ, nachdem er sie verführt hatte. Um die zerstörte Jungfräulichkeit, den beschädigten Ruf und die gebrochenen Herzen seiner Verflossenen scherte er sich wenig. Er war ein Leutnant Seiner Majestät, Kaiser Franz Joseph, noch dazu von uraltem Adel! Keins der jungen Dinger, die sich ihm leichtfertig hingaben, konnte im Ernst damit rechnen, dass er sie zum Traualtar führen würde. Zumal er sich hütete, derartige Versprechungen zu machen, worauf er sogar stolz war.

»Ich kriege die Madl auch ohne so einen verlogenen Schmus

herum!«, pflegte er, bei seinen durchaus neidischen Kameraden mit seinen Eroberungen zu prahlen.

Nun schlug Richard den Weg zu seiner Kaserne ein. Der führte ihn zunächst ein Stück weit in Richtung des Hradschins, der Burg der ehemaligen böhmischen Könige, wo auch der Kronprinz mit seinem Gefolge residierte.

Ihn kannte Richard bislang nur flüchtig. Seit er vor sechs Monaten nach Prag versetzt worden war, hatte er ihn lediglich auf einigen Empfängen für die Offiziere seines Regiments, die der leutselige Kronprinz ab und zu abhielt, kurz und nichtssagend gesprochen. Bei dem Manöver im Sommer sah er ihn als Kommandanten nur aus der Ferne. Zu mehr hatte es bislang nicht gereicht. Denn zu den Treffen im kleineren Kreis, zu denen Rudolf einige seiner Offiziere wöchentlich einlud, wurde er nicht gebeten.

Dabei gehörten die von Löwensteins zum uralten und damit hoffähigen Adel der k.u.k. Monarchie. Doch die Familie war seit Generationen verarmt und spielte daher im gesellschaftlichen Leben Wiens nur eine untergeordnete Rolle.

Während Richard kräftig ausschritt, um zumindest noch ein paar Stunden Schlaf vor dem morgigen harten Tag zu finden, hörte er plötzlich einen jammernden Laut. Verblüfft blieb er stehen und lauschte. Tatsächlich klangen die Töne wie ein unterdrücktes Schluchzen. Nun konnte er auch einige Wortfetzen verstehen.

»Arme Rebecca … bringe allen Menschen nur Unglück … bin es nicht wert, geliebt zu werden … schon meine Mutter spürte das … bevorzugt meine Schwester Marie Valerie …«

Verblüfft zog Richard die Luft durch die Zähne. Marie Valerie war die jüngste Tochter des Kaiserpaars. Wenn dort also jemand sein Los unter Verwendung ihres Namens beklagte und die Prinzessin seine Schwester nannte, konnte das denn wirklich …?

Nun wurden die Klagen lauter. Richard lugte vorsichtig um

die Ecke der Gasse, aus der das Jammern kam. Dann wich er in eine Hausnische zurück. Trotz seiner Vorahnung glaubte er, seinen Augen und Ohren zunächst nicht zu trauen.

*Da kommt wirklich der Kronprinz des Weges daher,* realisierte er, als dieser in den Lichtkegel einer Laterne trat. *Die Gerüchte, die ich bislang für dummes Geschwätz hielt, scheinen also richtig zu sein. Rudolf zieht nachts allein durch die Straßen Prags, um das Grab des Judenmädchens zu besuchen und ihren Tod zu betrauern. Das ist kaum zu glauben!*

Richard zog sich noch weiter in den Schatten des Hauses zurück. *Nicht auszudenken, wenn er mich entdeckt und erkennt! Wahrscheinlich erhalte ich dann schon morgen meine Versetzung nach Ruthenien oder in eine andere abgelegene Gegend des Reiches.*

Tatsächlich wankte Kronprinz Rudolf, immer noch schluchzend, an ihm vorbei, ohne ihn zu bemerken. Richard wollte sich schon aufatmend in die entgegengesetzte Richtung in Bewegung setzen, auch wenn er damit einen Umweg zu seiner Kaserne in Kauf nehmen musste, als er die beiden Gestalten bemerkte, die dem Kronprinzen folgten. Sie schienen ihm nachzuschleichen. Beide hatten ihre Gesichter bis über die Nase mit schwarzen Tüchern verhüllt.

Schon zückte einer der Männer einen Dolch, der im Mondlicht aufblitzte. *Sie wollen ihn ausrauben!* Ohne lange nachzudenken, riss Richard seinen Säbel aus der Scheide. Die Männer waren höchstens noch zehn Meter von Rudolf entfernt.

»Obacht, Hoheit!«, brüllte er. Dann stürmte er auf die Straßenräuber zu. Jetzt schnellte auch Rudolf mit gezogener Pistole herum und zielte auf die Angreifer, die mitten im Schritt verharrten. Angesichts ihrer Entdeckung und der Waffen Richards und Rudolfs, die den ihren weit überlegen waren, gaben sie Fersengeld, bevor Richard herangekommen war.

Spontan stellte er sich Rudolf in den Weg, der mit seiner Pistole auf die Rücken der Flüchtenden zielte.

»Lassen Sie es gut sein, Hoheit!«, keuchte er atemlos. »Sie

wollen doch sicher kein Aufsehen um diese nächtliche Stunde erregen!«

Beschämt ließ Rudolf die Waffe sinken. Er musterte Richard im diffusen Mondlicht. »Mit wem habe ich die Ehre?« Nun klang seine Stimme nicht mehr weinerlich, sondern ruhig und beherrscht.

Richard schlug die Hacken zusammen und salutierte. »Richard von Löwenstein, Eure Hoheit. Leutnant der 10. Kompanie des 36. Infanterieregiments.«

»Wie es scheint, bin ich Ihnen zu Dank verpflichtet, Leutnant von Löwenstein.« Rudolf wandte sich zum Gehen. »Seien Sie so freundlich, mich zu meinem Quartier zu begleiten. Und morgen um sieben Uhr melden Sie sich bei meinem Adjutanten.«

## Prag

### *November 1881, ungefähr zwei Jahre später*

»Mich dünkt, der Ehestand hat nicht allzu viel an deinem Lebenswandel geändert.«

Obwohl Richard wusste, dass diese Bemerkung selbst angesichts seiner Freundschaft zu Rudolf, die bereits am Tag nach der nächtlichen Episode in Prag begonnen hatte, gewagt war, konnte er sie sich diesmal nicht verkneifen. Er wartete jetzt bereits seit über einer Stunde auf den Kronprinzen, die dieser offensichtlich mit einem Schäferstündchen verbracht hatte, anstatt ihre Verabredung einzuhalten.

»Nun sei nicht allzu streng mit mir!« Rudolf hob begütigend eine Hand. Mit der anderen strich er sich über seine immer länger werdenden rotbraunen Koteletten, die er unter dem Kinn zusammenwachsen ließ. Richard konnte dieser gerade in Mode gekommenen Barttracht nichts abgewinnen und trug nach wie vor nur seinen stets kurz gehaltenen dunklen Schnauzer.

Der Kronprinz seufzte tief. »Schließlich bist du nicht mit einem siebzehnjährigen Mauerblümchen verheiratet, das wohl kaum einen Gatten gefunden hätte, wäre es nicht die Tochter des belgischen Königs.«

»Du kannst dir deine Gattin einmal nach deinem eigenen Geschmack wählen«, fügte Rudolf noch hinzu.

»Nun ja«, ein bitterer Zug erschien um Richards Mund, »das steht noch dahin. Vorerst kann ich mir eine Heirat mit meinem Sold nicht einmal leisten.« Auch er hob nun die Hand, allerdings in einer abwehrenden Geste. »Trotz der beiden Beförderungen, die ich dir verdanke, und deinen großzügigen Zuwendungen, die du mir immer wieder zukommen lässt. Denn auf diese könnte ich mich ja schwerlich berufen, wenn ich um ein Mädchen freie.«

»Kommt Zeit, kommt Rat!«, ließ Rudolf Richards Einwand nicht gelten. »Jedenfalls zwingt dich keine Staatsräson dazu, eine Frau zu ehelichen, der kein Mann etwas abgewinnen könnte.«

»Ich dachte, Stephanie von Belgien wäre deine eigene Wahl gewesen«, wandte Richard ein. »Anfangs hast du doch sogar von ihr geschwärmt.«

Rudolf machte eine wegwerfende Handbewegung. »Da hoffte ich auch noch, dass sie mir wenigstens geistig eine ebenbürtige Partnerin wäre, wenn sie schon nicht hübsch ist. Stattdessen ist sie ein rechtes Gänschen.«

Richard biss sich auf die Lippen, während er überlegte, was er darauf antworten sollte. Bislang hatte er das heikle Thema von Rudolfs Brautschau im Frühling 1880, der anschließenden Verlobung in Brüssel und der Hochzeit im Mai dieses Jahres in der Augustinerkirche in Wien eher vermieden. Er wollte Rudolf nicht in Verlegenheit bringen.

Denn durch ihre seit nunmehr über zwei Jahre währende Verbindung und seine Nähe zum Kronprinzen, der ihn bereits wenige Monate nach dem vereitelten Raubüberfall in Prag in seinen Stab berufen hatte, wusste er natürlich mehr vom Liebesleben des Thronfolgers, als ihm lieb war.

Dazu gehörte auch die Tatsache, dass sich Rudolf trotz seines anfänglich tiefen Schmerzes doch relativ rasch über das verstorbene Judenmädchen Rebecca hinweggetröstet hatte. Eine ihrer zahlreichen Nachfolgerinnen hatte der Kronprinz als Liebesgespielin sogar mit nach Brüssel genommen, als er um Stephanies Hand anhielt.

*Doch was soll man auch anderes von einem Mann erwarten, der schon als Jüngling in die Hände eines Grafen Bombelles gefallen ist,* dachte Richard nun zum wiederholten Mal. Graf Carl von Bombelles, der Rudolfs Hofstaat als Obersthofmeister führte, galt als ein ausgemachter Lebemann und war dem Thronfolger sicher nicht zufällig zugeteilt worden, als dieser alt genug gewesen war, um einen eigenen Haushalt zu beanspruchen.

Böse Zungen behaupteten sogar, dass Kaiser Franz Joseph Bombelles höchstpersönlich ausgesucht hätte, um seinen Sohn, der ihm aufgrund seiner Neigungen zu vergeistigt war, mit amourösen Abenteuern von allem abzulenken, was mit der Leidenschaft Rudolfs für die Vogelkunde oder die politische Zukunft des Habsburgerreichs zu tun hatte. Insbesondere darüber hatte Rudolf seine ganz eigenen, liberal zu nennenden Ansichten, die in krassem Gegensatz zu denen seines erzkonservativen Vaters standen.

*Und Bombelles hat wahrlich ganze Arbeit geleistet,* sinnierte Richard weiter, noch immer um eine Antwort verlegen.

Schon vor ihrer Hochzeit galt Rudolfs jetzige Gattin Stephanie als ausgesprochen hässlich. Bei der Hochzeitsfeier, die Richard gemäß seines niedrigen Stellenwertes im Hochadel nur aus der Ferne hatte beobachten können, war es ihm noch nicht möglich gewesen, sich ein eigenes Bild von ihr zu machen. Doch selbst aus der Distanz wirkte die Braut eher plump und ungelenk auf ihn.

Rasch munkelte man zudem, sie sei am Wiener Hof nicht

sonderlich beliebt. Allen voran konnte Rudolfs Mutter Sisi ihre Schwiegertochter vorgeblich nicht leiden und bezeichnete sie sogar als »repräsentationssüchtiges Trampeltier«.

Rudolf durchbrach schließlich selbst die peinliche Schweigepause und seufzte ein weiteres Mal. »Stephanie war die Einäugige unter den Blinden.« Er fixierte Richard scharf mit seinen jetzt blassbraunen Augen. Es faszinierte Richard immer wieder, wie sich Rudolfs Augenfarbe seiner Befindlichkeit anpasste und von leuchtendem Braun bis ins Grünliche hinein changieren konnte.

»Du weißt doch, wie wenig Alternativen ich hatte. Es musste durchaus eine Königstochter katholischen Glaubens sein. In Madrid und Lissabon war die Auswahl noch grauslicher. Da ich zudem die Louise schon kannte«, dies war die ältere Schwester Stephanies, die mit einem Jagdfreund Rudolfs, dem Prinzen Philipp von Sachsen-Coburg, verheiratet war, »hab ich halt die Stephanie genommen. Was blieb mir denn anderes übrig? Immerhin hatte ich den Vorteil einer langen Verlobungszeit und konnte so noch meine Orientreise machen.«

Von Februar bis April 1881 hatte Rudolf zehn Wochen lang solch exotische Länder wie Ägypten und Palästina bereist.

Richard suchte weiter betreten nach einer taktvollen Erwiderung. Natürlich war auch ihm bekannt, dass die Verlobung am 7. März 1880 zu einem Zeitpunkt stattgefunden hatte, zu dem die in dieser Hinsicht unterentwickelte Braut noch nicht empfängnisfähig gewesen war. Geschlagene vierzehn Monate hatte der Kaiserhof warten müssen, bis es endlich zur Hochzeit gekommen war. Und obwohl Rudolfs Mutter Sisi darauf bestanden hatte, mit der Trauung zu warten, bis Stephanie endlich ihre monatlichen Blutungen bekam, ging das Gerücht, dass es in der Hochzeitsnacht im Mai 1881 durchaus noch nicht so weit gewesen war.

Eher üblich war es dagegen, dass sich die Brautleute bei der Hochzeit kaum kannten. Zumal sich Rudolf wenig Mühe gegeben hatte, den Kontakt zu Stephanie während der Verlobungszeit zu suchen, sondern stattdessen sein ausschweifendes Junggesellenleben fortgesetzt hatte.

Das war ein heikler Punkt in Richards Beziehung zu Rudolf. So gern er diesen auch auf die Jagd begleitete, der der Kronprinz leidenschaftlich frönte, und sosehr er die langen Gespräche bei einem guten Glas Wein und den von Rudolf bevorzugten türkischen Zigaretten genoss, so wenig schätzte er es, ihn bei seinen regelmäßigen Bordellbesuchen zu begleiten. Nach wie vor fürchtete er die Ansteckung mit einer Geschlechtskrankheit, die mittlerweile auch seine alten Leutnantsfreunde Schurli und Ferdi erwartungsgemäß erwischt hatte. Ferdi war sogar zeitweise dienstuntauglich geschrieben worden.

Schließlich hatte Richard aus der Not eine Tugend gemacht. Da Rudolf für alle Unkosten ihrer gemeinsamen Aktivitäten aufkam, also auch für ihre Bordellbesuche, legte er selbst noch ein paar Gulden drauf, um seine Bettgenossinnen zum Schweigen darüber zu verpflichten, dass er ihre Dienste höchstens manuell oder oral, meistens aber gar nicht in Anspruch nahm.

»Also hast du dein Glück noch nicht gefunden«, sagte er nun lahm und merkte selbst, wie dümmlich seine Bemerkung klang.

Rudolf zuckte mit den Achseln. »Könntest du mit Stephanie glücklich werden?«

Wenn Richard ehrlich war, musste er dies verneinen. Über Stephanies Intellekt hatte er sich noch immer keine Meinung bilden können, sehr wohl aber über ihr Aussehen. Offenbar betäubte sie ihren Kummer über die Ablehnung des Wiener Hofs und Rudolfs Gefühlskälte mit ausgiebigem Essen. Damit stand sie ganz im Gegensatz zu ihrer Schwiegermutter Sisi, die zwar ebenfalls aufgrund ihres exzentrischen Lebensstils immer unbeliebter wurde, sich aber fast zu Tode hungerte, wenn man sie kränkte.

Jedenfalls hatte Stephanie seit der Hochzeit erheblich an Gewicht zugelegt. Erst vor wenigen Wochen war Richard ihr zum ersten Mal persönlich im Rahmen einer Abendgesellschaft begegnet, zu der Rudolf auf den Hradschin geladen hatte. Ihre Haare, Augenbrauen und Wimpern waren tatsächlich so dünn und farblos, wie man sie Richard beschrieben hatte, die Augenlider gerötet, die Frisur unvorteilhaft aufgetürmt, was ihr Gesicht noch eiförmiger wirken ließ, als es aufgrund des fliehenden Haaransatzes ohnehin schon war.

Nach dem Souper hatte sie Richard dennoch leidgetan, da sich Rudolf allzu offensichtlich mit einer ihrer Hofdamen befasste und seine Gattin kaum beachtete. Als er jedoch versuchte, die Kronprinzessin in eine Konversation zu ziehen, erfuhr er am eigenen Leib einen hässlichen Wesenszug, den man ihr ebenfalls nachsagte. Seine höflichen Fragen beantwortete Stephanie knapp und nichtssagend in schnippischem Tonfall und nutzte die erste Gelegenheit, diesem offensichtlich aufgrund Richards Bedeutungslosigkeit für sie uninteressanten Gespräch zu entkommen.

So hätte er also Grund genug gehabt, Rudolfs Frage mit einem aufrichtigen Nein zu beantworten, entschloss sich aber zu einer diplomatischeren Variante, um ihr Gespräch fortzusetzen.

»Was hast du denn nun in Wien erlebt?«, lenkte er auf ein unverfänglicheres Thema ab.

Ein Strahlen glitt über Rudolfs Gesicht und ließ es sofort viel attraktiver erscheinen. Nur wenn in Rudolfs nun leuchtend braune Augen jener Glanz trat, den Richard jetzt darin bemerkte, konnte er nachvollziehen, warum der Kronprinz der von jungen Frauen und Mädchen umschwärmteste Mann im ganzen Kaiserreich war. Daran hatte auch seine Hochzeit nichts geändert.

»Ich habe einen ganz faszinierenden Mann kennengelernt, der mir sehr von Nutzen sein kann.« Rudolf stockte geheimnisvoll.

»Wer ist es denn?«, tat ihm Richard den erwarteten Gefallen und hakte nach.

»Der Mann heißt Moritz Szeps.«

»Der jüdische Herausgeber des *Neuen Wiener Tagblatts*?«, fragte Richard verblüfft.

»Kennst du den Mann?«, fragte Rudolf nun seinerseits erstaunt.

»Nicht persönlich!«, wehrte Richard ab. »Aber seine Gazette machte ja allerhand Furore in den letzten Jahren. Sie gilt als eine der letzten liberalen Tageszeitungen in Wien.«

Rudolf nickte. »So ist es. Ihre Auflage ist mehrere Zehntausend Exemplare hoch.«

»Und du willst darin deine anonymen Artikel veröffentlichen?« Richard kannte Rudolfs Passion fürs Schreiben. Der Kronprinz verfasste neben naturwissenschaftlichen Werken, vor allem über sein Steckenpferd, die Vogelkunde, schon seit etlichen Jahren auch Artikel mit kritischen politischen Inhalten. Nachdem er die ersten veröffentlichten Schriften noch namentlich gekennzeichnet hatte, war es zu scharfer Kritik vonseiten seines Großonkels, des mächtigen Erzherzogs Albrecht, gekommen. Albrecht war als Generalinspekteur des Heeres der mächtigste Mann im Militär und Rudolfs Vorgesetzter. Infolgedessen hatte sich erwartungsgemäß auch Rudolfs Vater, Kaiser Franz Joseph, kritisch über die journalistischen Versuche seines einzigen Sohnes geäußert, die er eines Thronfolgers für nicht würdig erachtete.

Die Differenzen zwischen Vater und Sohn waren gewachsen, seit der konservative Graf Eduard von Taaffe, ein Jugendfreund des Kaisers, vor zwei Jahren seinen liberalen Vorgänger als Ministerpräsident abgelöst hatte. Rudolfs Befürchtungen, dass von Taaffe durch seine auf Föderalismus ausgerichtete Politik der nationalen Einheit des Habsburgerreichs schaden könnte, fanden nicht nur kein Gehör bei seinem Vater, sondern wurden von diesem sogar als eitles Geschwätz abgetan.

Da Rudolf nie einen Hehl daraus gemacht hatte, dass er die politische Linie von Taaffes ablehnte, wurde er seither nicht nur rund um die Uhr von dessen Geheimagenten bespitzelt, sondern auch systematisch von politisch wichtigen Informationen abgeschnitten. »Ich weiß absolut nichts von dem, was vorgeht«, pflegte Rudolf sich auch bei Richard immer wieder zu beklagen.

Jetzt nickte der Kronprinz erneut begeistert. »Moritz Szeps und ich liegen politisch vollkommen auf einer Linie. In seinem Blatt kann ich nicht nur unbehelligt schreiben, was ich denke, sondern erfahre von ihm auch endlich, was im Reich so alles passiert. Szeps hat ganz ausgezeichnete Kontakte, sowohl im Inland als auch im Ausland.«

Richard war weniger begeistert. »Ich gönne dir diese Chance von Herzen«, sagte er zwar, fügte aber gleich danach hinzu: »Doch es klingt so, als sei deines Bleibens in Prag nicht mehr allzu lange.«

Tatsächlich hatte Rudolf dafür gesorgt, dass Richard mittlerweile zu seinen Stabsoffizieren gehörte. In diesem Rahmen hatte er ihm auch bereits zu zwei rasch aufeinanderfolgenden Beförderungen verholfen, zuerst zum Oberleutnant und vor einigen Monaten zum Hauptmann.

»Wenn ich Prag verlasse, gehst du einfach mit mir«, beruhigte Rudolf, der Richards Sorgen spürte, ihn nun.

»Und wenn du durchaus zu den Dragonern willst, verschaffe ich dir eine Stelle im 2. Dragonerregiment in Wiener Neustadt«, deutete er Richards Zögern richtig. »Dann können wir uns trotzdem immer wieder treffen.«

Tatsächlich hatte ihm Richard gleich zu Beginn ihrer Freundschaft eingestanden, wie enttäuscht er darüber war, aufgrund seiner eingeschränkten Mittel nicht wie all seine Vorfahren bei der Kavallerie dienen zu dürfen.

Richard lächelte. »Ich denke darüber nach, Rudolf, und bedanke mich vorerst recht schön. Zum Glück muss ich heute noch nichts entscheiden. Es bleibt ja noch Zeit.«

# Kapitel 2

## Palais Werdenfels in Wien

### *8. Dezember 1881, gegen 18.45 Uhr*

»Und hast du deinen Besuch im Palais Vetsera heute genossen, liebe Mama?«

Henriette von Freiberg, ehemals Baronin von Werdenfels, öffnete schon den Mund, um ihrer Tochter Sophie zu antworten, als sie ihr Gatte Arthur von Freiberg mit einer rüden Handbewegung daran hinderte.

Er fixierte seine Stieftochter streng mit seinen dunklen, fast schwarzen Augen. »Wer hat dir die Erlaubnis zum Sprechen erteilt, Sophia?«

Sophie senkte den Blick auf ihren Suppenteller. Sie saß mit ihrer Familie beim gemeinsamen Abendessen. Nur Nikolaus, ihr älterer Bruder, fehlte. Er durfte heute Abend eine Opernvorstellung im Wiener Ringtheater besuchen.

»Entschuldigen Sie bitte …«, flüsterte sie und fügte nach einer winzigen Pause noch »Vater« hinzu.

Trotzdem war dies Arthur von Freiberg nicht entgangen. Mit finsterem Blick wandte er sich an Sophies Mutter Henriette. »Da sehen Sie es wieder einmal, werte Gattin. Sie haben es vollständig versäumt, Ihrer Tochter gute Manieren beizubringen.«

»Aber Phiefi wollte doch nur …« Angesichts des jetzt geradezu stechenden Blicks ihres Gatten verstummte Henriette. Denn sie hatte bereits den nächsten Fauxpas begangen. Ihr zart geschnittenes Gesicht rötete sich.

»Und ich hatte außerdem schon viele Male darum gebeten, in meinem Hause diese lächerlichen Spitznamen nicht mehr zu verwenden. Können Sie sich das merken?«

Henriette nickte eingeschüchtert, während Sophie in hilflosem Zorn, den sie jedoch nicht zu zeigen wagte, in ihrer Suppe rührte. Eigentlich war die kräftige Rinderbrühe mit Frittateneinlage, so hießen die in Streifen geschnittenen dünnen Pfannkuchen, eine ihrer Lieblingssuppen. Doch nun war ihr der Appetit schlagartig vergangen.

Instinktiv schaute sie zum jetzt leeren Stuhl ihres Bruders Nikolaus, Nikki genannt. Sie vermisste sein verschwörerisches Zwinkern, mit dem er schon so manches Mal die unerträgliche Atmosphäre bei den gemeinsamen Mahlzeiten ins Lächerliche gezogen hatte.

*Ach, wäre unser Vater doch nur noch am Leben,* seufzte sie innerlich, wie so oft, seit sich das häusliche Zusammenleben nach der zweiten Eheschließung ihrer Mutter als zunehmend spannungsgeladen erwies.

Zu Lebzeiten ihres Vaters Nikolaus von Werdenfels war ihre Mutter eine fröhliche, lebenslustige Frau gewesen. Nikolaus, der jüngere Sohn eines böhmischen Industriellen, den sie auf einem der vielen Wiener Faschingsbälle kennengelernt hatte, war ihre große Liebe gewesen. Dessen Familie war erst vor drei Generationen durch die Glaswarenfabrik, die sie betrieb, zu großem Wohlstand gelangt und von Kaiser Franz Joseph geadelt worden. Er hatte Nikolaus' Vater Matthias den erblichen Freiherrntitel verliehen.

Da die Familie einst aus Oberbayern nach Böhmen eingewandert war, ergab es sich rein zufällig, aber sehr passend, dass der Familienname »Werdenfels« daraufhin zum Adelstitel »von Werdenfels« wurde. Damit trug man den Namen einer verfallenen Burg aus der alten Heimat, die in der Nähe des Marktfleckens Garmisch lag, aus der Sophies Vorfahren väterlicherseits stammten.

Der Freiherrntitel war, gemeinsam mit seinem großen Vermögen, nach Matthias' Tod vor zehn Jahren auf seine beiden Söhne übergegangen. Zwar hatte Nikolaus' älterer Bruder Matthias junior den größeren Teil des Erbes erhalten. Aber Sophies Großvater wollte seinen jüngeren Sohn nicht vom Wohlwollen seines älteren Bruders abhängig machen, wie es beim Hochadel gang und gäbe war. Dort erbte oft nur der älteste Sohn als sogenannter Majoratsherr das gesamte Eigentum der Familie und konnte uneingeschränkt darüber verfügen.

Diese gute Absicht hatte nach dem frühen Tod von Sophies Vater Nikolaus jedoch eine fatale Wirkung gezeitigt. Der erst Fünfunddreißigjährige war ums Leben gekommen, als er vergeblich versuchte, das durchgegangene Gespann einer Kutsche aufzuhalten. Dabei war er ins Stolpern geraten und buchstäblich unter die Räder gekommen. Bis dahin hatte er die Wiener Filiale der böhmischen Glaswarenfabrik geleitet und sich im besten Einvernehmen mit seinem Bruder befunden.

Nie würde Sophie den furchtbaren Tag vergessen, an dem man den zerschmetterten Körper ihres Vaters ins Werdenfelser Palais in der Wiener Marokkanergasse im 3. Bezirk gebracht hatte. Wie durch ein Wunder war sein männlich schönes Gesicht unversehrt geblieben, sodass ihn Frau und Kinder zum Abschied zumindest noch einmal auf die kalten Lippen küssen konnten. Nun ruhte er in einer marmornen Gruft auf dem Wiener Zentralfriedhof.

Obwohl Nikolaus von Werdenfels ein lebensbejahender, immer zu Späßen aufgelegter Mann gewesen war, den man leicht für oberflächlich halten konnte, stellte sich bei der Eröffnung seines Testaments heraus, dass er, anders als viele weitaus ältere seiner Standesgenossen, Vorsorge für seine Familie getroffen hatte. Frau und Kinder erbten sein ganzes Vermögen. Henriette erhielt das Palais mit allem Interieur sowie das Barvermögen, das nach Abzug einer sehr stattlichen Mitgift für seine Töchter Sophie und Emilia und einer standesgemäßen Ausstattung seines ältesten Sohnes Nikki, der schon als Kind eine militärische Laufbahn anstrebte, noch übrig war.

Als Treuhänder hatte Sophies Vater zwar seinen älteren Bruder Matthias eingesetzt, aber nur bis zu einer potenziellen Wiederverheiratung Henriettes. Mit der er wahrscheinlich ebenso wenig gerechnet hatte wie mit seinem frühen Ableben.

Genau in diese Kerbe schlug Arthur von Freiberg. Vor Nikolaus' Tod war er nur flüchtig mit den von Werdenfels bekannt gewesen, und zwar durch den Ehemann von Henriettes guter Freundin, der Baronin Helene Vetsera. Diese wohnte ganz in der Nähe, in der Salesianergasse, und war Henriette eine wahre Stütze nach dem furchtbaren Schicksalsschlag gewesen.

Wie ihr Mann Albin Vetsera, den der Kaiser ebenfalls in den Freiherrnstand erhoben hatte, war auch Arthur von Freiberg Mitglied im diplomatischen Dienst des Auswärtigen Amts. In dieser Funktion war er einige Male Mitarbeiter des um zehn Jahre älteren Barons Vetsera in dessen diversen ausländischen Dienststellen gewesen.

Nach Nikolaus' Tod hatte er der untröstlichen Witwe einige Male in Begleitung von Helene Vetsera seine Aufwartung gemacht. Und so kam es dann, wie es kommen musste: Nach Ablauf des Trauerjahrs war Henriette dem Charme des gut aussehenden Mannes erlegen und hatte, gegen den Wunsch ihrer älteren Kinder Nikki und Sophie, seine Werbung um ihre Hand angenommen.

Auch Nikolaus' Bruder Matthias war entsetzt gewesen. Ob dies eher dem Umstand geschuldet war, dass sich Henriette so rasch nach dem Tod ihres Gatten mit einer neuen Ehe tröstete, oder der Tatsache, dass nun ein großer Teil des böhmischen Vermögens in fremde Hände überging, sei dahingestellt.

Jedenfalls konnte Matthias die Heirat seiner Schwägerin, die nach dem Tod ihres Mannes nahezu allen Lebensmut verloren hatte und sich in der Person Arthurs von Freiberg eher Trost und Halt als eine neue Liebe erhoffte, nicht verhindern. Infolgedessen hatte er mit der ganzen Familie seines verstorbenen Bruders gebrochen und nicht an der Hochzeitsfeier im Spätsommer des vergangenen Jahres teilgenommen.

*Und Onkel Matthias hat recht behalten,* dachte Sophie nun ingrimmig, während sie weiter in ihrer erkaltenden Suppe rührte, ohne ihren Löffel ein einziges Mal zum Munde zu führen. *Dieser Mann macht Mama und uns alle nur unglücklich.*

»Wenn du keinen Appetit hast, kannst du dich gleich auf dein Zimmer begeben«, unterbrach Arthur von Freibergs Stimme einmal mehr Sophies finstere Gedanken.

Sie schreckte auf und begegnete dem missbilligenden Blick ihres Stiefvaters und dem flehenden ihrer Mutter. Milli, ihre erst sechsjährige Schwester, durfte noch nicht an den Mahlzeiten teilnehmen. Da Nikki im Theater war, würde Henriette mit von Freiberg allein speisen müssen, wenn sich Sophie jetzt zurückzog. Obwohl sie keinen Hunger mehr verspürte, gab das den Ausschlag für sie, sich zusammenzunehmen.

»Nein, nein, Vater«, murmelte sie. »Entschuldigen Sie! Mir ist heute nur nicht so nach der Frittatensuppe.«

»Sehr merkwürdig!« Von Freiberg griff nach der Klingel. »Sonst konntest du doch nie genug davon bekommen.«

»Serviere den nächsten Gang«, beschied er dem Diener, der eilfertig die Tür des Speisezimmers öffnete, vor der er gewartet hatte.

Der Mann machte eine tiefe Verbeugung. »Sehr wohl, gnädiger Herr.«

## Ringtheater in Wien

### *8. Dezember 1881, gegen 18.45 Uhr, zur gleichen Zeit*

»Wie schön, dass du auch noch mitkommen konntest, Laszi!«, strahlte Nikolaus von Werdenfels seinen Sitznachbarn Ladislaus von Vetsera an.

Der lächelte herzlich zurück. »Ja, Nikki!«, bestätigte er. »Es war mir zunächst ganz arg, nur der Sechste bei der Zwischenprüfung gewesen zu sein und diese Gelegenheit damit verpasst zu haben.«

In diesem Augenblick fing Nikolaus einen missbilligenden Blick von Laszis rechtem Sitznachbarn auf. »Ihr solltet euch was schämen, euch am Pech unseres armen Kameraden auch noch zu freuen!«

»Ist ja schon gut, Hannes«, begütigte Nikki. »Niemand hat dem Wastl gewünscht, heute vom Pferd zu fallen und sich den Arm zu brechen. Aber so konnte er nun mal nicht mit in die Oper kommen. Und ich gönn's dem Laszi eben. Er lag doch nur um einen halben Punkt zurück!«

»Pscht!«, zischte ihr Begleiter Rudolf Frieß, der Sohn des Betreibers der Major-Frieß'schen-Militärschule, in der sowohl Nikki von Werdenfels als auch Laszi von Vetsera ihre vormilitärische Ausbildung absolvierten. Er begleitete die fünf Zöglinge seines Instituts als Aufsichtsperson.

Als Preis für die fünf besten Absolventen der Zwischenprüfung hatte Major Frieß Karten für die heutige Oper Hoffmanns Erzählungen von Jacques Offenbach ausgesetzt. Erst gestern hatte die hoch gelobte Uraufführung dieses Werks stattgefunden.

Nikki wandte den Kopf. Das Theater schien bis auf den letzten Platz besetzt zu sein. Die Vorstellung war bereits seit Wochen ausverkauft. Doch nun, da man wusste, dass Offenbachs Werk auch die Anerkennung des kritischen Wiener Publikums gefunden hatte, waren der Preis und ihre heutige Anwesenheit noch einmal so viel wert. Und vor allem, dass Laszi, sein musikbegeisterter bester Freund wider Erwarten mit dabei sein konnte, freute Nikki besonders. Kurz hatte er sogar mit dem Gedanken gespielt, Laszi seine eigene Karte, die er als Drittbester des Jahrgangs erhalten hatte, zu überlassen, bis der Unfall ihres Klassenkameraden Wastl für eine andere Lösung gesorgt hatte.

Und ihre Plätze waren wahrlich sehr gut. Diesbezüglich hatte sich Major Frieß nicht lumpen lassen und sie gleich in der dritten Reihe gebucht. Natürlich waren es keine Logenplätze, diese waren dem Adel und reichen Großbürgern vorbehalten. Aber Nikki und seine Kameraden hatten einen ausgezeichneten Blick auf die Bühne und konnten sogar in den Orchestergraben hineinsehen, wenn sie die Hälse reckten.

»Gleich geht es los«, flüsterte Laszi aufgeregt. »Es fehlen nur noch die Streicher.«

In diesem Augenblick ertönte hinter dem noch geschlossenen Vorhang ein lauter Knall.

### Palais Werdenfels in Wien

### *8. Dezember 1881, gegen 19.00 Uhr*

»Reichst du mir das Salz, liebe Phiefi?«

Kaum waren die Worte heraus, schlug sich Henriette von Werdenfels leicht auf die Lippen. Natürlich zu spät. Ihr Gatte sah sie strafend an.

»Habe ich Ihnen nicht gesagt, werte Henriette …«

Zu seinem Erstaunen fiel ihm seine sonst sanftmütige, schüchterne Gattin jedoch ins Wort. »Ja, ja. Es ist ja schon gut! Jedermann hat einen Spitznamen, wie du sehr gut weißt. Meiner ist übrigens Yetta. Wir haben Sophie Phiefi gerufen, seit sie zwei Jahre alt war. Sie selbst hat sich so genannt, während sie das Sprechen erlernte.«

Eine steile Falte bildete sich auf der hohen Stirn ihres Gatten. Seine dunklen Augen begannen, gefährlich zu funkeln, und verliehen seinen regelmäßigen Gesichtszügen etwas Diabolisches.

»Ich darf doch sehr bitten, werte Henriette.« Seine Stimme blieb ruhig, hatte aber dennoch einen drohenden Unterton. »Sie vergessen sich. In meinem Hause«, er betonte die Worte, »möchte ich die Form gewahrt wissen, insbesondere bei den Mahlzeiten. Also halten Sie sich daran!«

Der kurze Moment des Aufbegehrens ihrer Mutter war so rasch vorbei, wie er aufgeblitzt war. »Entschuldigen Sie meine Entgleisung, Arthur«, erwiderte sie in demütigem Ton. »Es wird nicht mehr vorkommen.« Mit ihren Worten erlosch der winzige Hoffnungsfunke, der kurz zuvor in Sophie aufgeglommen war.

»Das will ich doch stark hoffen, meine Liebe.«

Henriette stocherte auf ihrem Teller herum und führte einen winzigen Bissen zum Munde. Sophie wusste, dass ihre Mutter auch bei dieser Mahlzeit wieder kaum etwas zu sich nehmen würde.

Vor Hass auf ihren Stiefvater biss sie die Zähne zusammen und legte ihr eigenes Besteck ab. Auch das entging Arthur von Freiberg nicht. »Hat es dir schon wieder den Appetit verschlagen, Sophia? Du darfst dich zurückziehen, wenn dir der Entenbraten nicht mundet.«

Kurz überlegte Sophie, ob sie ihren Stiefvater zumindest darauf hinweisen sollte, dass ihr Taufname nach der verstorbenen Mutter des Kaisers »Sophie« war. Obwohl sie sich nur zu gern in ihr Zimmer zurückgezogen hätte, um wieder einmal hemmungslos in ihre Bettdecke zu schluchzen, hielt sie der verzweifelte Ausdruck in den Augen ihrer Mutter erneut zurück.

*Was macht dieser Teufel in Menschengestalt nur aus meiner ge-*

*liebten Mama?*, schoss es ihr durch den Kopf. Dennoch bemühte sie sich um eine gleichmütige Miene und spießte ein weiteres Stück Entenbrust auf ihre Gabel. Während sie wie ihre Mutter nahezu endlos an dem zarten Fleisch kaute, da ihre Kehle wie zugeschnürt war, betrachtete sie ihre Mutter, die ihr gegenübersaß, verstohlen.

Dunkle Ringe waren unter Henriettes hellblauen Augen zu sehen, die tief in den Höhlen lagen und nahezu farblos wirkten. Ihre blonden Haare, die sie beiden Töchtern vererbt hatte, wirkten stumpf und ausgedünnt. Einzelne Strähnen hatten sich bereits aus ihrer Aufsteckfrisur gelöst. Früher hatte sie eine frische Gesichtsfarbe gehabt. Nach Millis Geburt neigte sie sogar ein wenig zur Molligkeit. Jetzt war sie gertenschlank, fast schon mager zu nennen, und in der Regel ungesund bleich.

»Mundet dir die Ente wirklich, Sophia?« Ihr Stiefvater ließ sie nicht aus den Augen.

»Ja, sie ist ausgezeichnet«, antwortete sie tonlos.

Wie fröhlich war es doch zu Lebzeiten ihres leiblichen Vaters bei den Mahlzeiten zugegangen. Dass die Kinder die Eltern oder diese sich gar gegenseitig siezten, war undenkbar gewesen. Man sagte, dass sich selbst die Familienmitglieder des Kaisers duzten, wenn sie unter sich waren.

Und natürlich hatten sich früher Eltern und Kinder mit ihren Spitznamen angesprochen. Damit hatte es eine besondere Bewandtnis: In Adelskreisen war es gang und gäbe, sich als Kosenamen oftmals auf den ersten Blick lächerlich wirkende Verballhornungen der Vornamen zu geben. Sophies Vater war Colly gerufen worden, ihre Mutter Yetta, die Kinder Nikki, Phiefi und Milli. Wer einen solchen Kurznamen trug, gehörte dazu.

*Und genau das ist auch der Grund, warum dieser Mensch, den ich jetzt »Vater« nennen muss, sie nicht leiden kann. Er hat nämlich keinen Kurznamen, weil er eben nicht wirklich einer von uns ist.* Schadenfroh lächelte Sophie in sich hinein.

Tatsächlich gehörte Arthur Ritter von Freiberg nur der niedersten Klasse des sogenannten Beamtenadels an. Nahezu jeder Diplomat, der dem Kaiserreich, ohne unangenehm aufzufallen, im Ausland diente, wurde über kurz oder lang von Franz Joseph geadelt. So auch Arthur von Freiberg vor etwa fünf Jahren.

Doch ein solcher Titel bedeutete in den höheren gesellschaftlichen Kreisen Wiens erst einmal gar nichts. Ob man links liegen gelassen wurde oder nicht, hing von ganz anderen Faktoren ab. Ein großes Vermögen oder zumindest eine besondere Leistung, wie sie geadelte Wissenschaftler erbracht hatten, war das Mindeste, was die gegenüber Emporkömmlingen äußerst verschlossene Wiener Gesellschaft verlangte, um jemanden mit der für sie typischen Mischung aus Neugier und Zurückhaltung zumindest einmal zu beschnüffeln.

Arthur von Freiberg, ein unbedeutender Diplomat und ohne eigenes Vermögen, hatte diese Probe von Anfang an nicht bestanden. Mittlerweile stand zweifelsfrei fest, dass Henriette von Werdenfels durch ihre zweite Ehe gesellschaftlich abgestiegen war. Außer von den Vetseras, die nach wie vor unverbrüchlich zu ihr hielten, wurde sie kaum mehr eingeladen.

Der von Henriette auf Verlangen ihres Gatten Arthur eingerichtete Jour fixe an jedem zweiten Donnerstagnachmittag im Monat war nahezu ohne jede Resonanz geblieben. Kaum ein Besucher war in ihrem Salon erschienen, und die wenigen, die vorsprachen, kamen beim nächsten Mal nicht wieder. Zu Arthurs Ärger schützte Henriette an den besagten Donnerstagen schon seit Monaten Kopfschmerzen vor und verließ auch kaum mehr das Palais in der Marokkanergasse.

Umso mehr drang Arthur von Freiberg in seinen eigenen vier Wänden auf das, was er für »höfische Formen« hielt. Das Zusammenleben mit ihm wurde von Tag zu Tag schwieriger. Doch ob er ein unzureichender Ehemann und kläglicher Stiefvater war, scherte nach den Gesetzen der k.u.k. Monarchie niemanden. Wie überall im Kaiserreich gab ihm seine Heirat die uneingeschränkte Gewalt über das Vermögen seiner Frau, was er weidlich und rücksichtslos ausnutzte.

Zu seinen jüngsten Schikanen gehörte es, dass er Sophie den Besuch im Kaffeehaus ihres Patenonkels Stephan verboten hatte. In diese ihr vertraute und heimelige Atmosphäre hatte sie sich seit der Wiederverheiratung ihrer Mutter bei jeder sich bietenden Gelegenheit geflüchtet. Zumal ihr Onkel Stephan, der sehr wohl um ihr häusliches Ungemach wusste, sie jedes Mal nach Strich und Faden verwöhnte.

Ob Arthur von Freiberg Sophie diese unbeschwerten Stunden nicht gönnte oder tatsächlich der Meinung war, »dieser Umgang mit Bürgerlichen«, zumal dem Besitzer eines »öffentlichen Ausschanks«, wie er sich verächtlich ausdrückte, schade ihrer Reputation, wusste Sophie nicht, und es war ihr auch herzlich egal.

Zu ihrem Glück hatte sich ihre Mutter Henriette jedoch mit den einzigen Waffen beholfen, die den rechtlosen Ehefrauen ihrer Generation zur Verfügung standen. Wann immer sie wusste, dass Arthurs Dienst ihn den ganzen Tag in seiner Dienststelle im Ministerium des Äußeren festhalten würde, erlaubte sie Sophie nach dem Ende des morgendlichen Unterrichts sehr wohl, ihren Patenonkel im Kaffeehaus zu besuchen.

*Ob Onkel Stephan das Problem mit dem Bittermandelöl mittlerweile gelöst hat?*, überlegte diese nun, um sich abzulenken, während sie das letzte Stück Entenbraten zerschnitt. Doch sie kam nicht dazu, länger darüber zu grübeln.

Plötzlich wurde die Tür zum Speisezimmer nach kurzem Anklopfen aufgerissen. Irritiert blickten alle auf. Aber im Türrahmen stand nicht der Diener, der bei den Mahlzeiten servierte, sondern die Baronin Helene Vetsera. Zu Sophies Überraschung war sie völlig außer Atem und trug weder Hut noch Umhang.

»Ich bitte mein unangemeldetes Erscheinen zu entschuldigen«, keuchte sie. »Doch ein Diener, der heute Ausgang hatte, ist vorzeitig zurückgekehrt und hat mich gerade darüber informiert, dass es ein Unglück im Ringtheater gegeben haben soll. Man spricht von einem verheerenden Brand!«

Aufstöhnend fasste sich Henriette an die Kehle. »Um Himmels willen, die Jungen …«

»So ist es, Yetta! Unsere Söhne sind dort! Bitte, Arthur«, wandte Helene sich nun an Nikkis Stiefvater. »Sie wissen ja, mein Mann ist im Ausland. Kein anderer männlicher Schutz ist im Haus. Meine Brüder kann ich auf die Schnelle nicht erreichen. Ich bin schon den ganzen Weg hierher zu Fuß gelaufen, habe nicht einmal auf einen der Diener gewartet. Bitte könnten Sie mich begleiten …?«

Noch bevor sie den Satz beenden konnte, hatte Arthur von Freiberg seine Serviette schon auf den Tisch geworfen und war aufgesprungen.

»Natürlich fahre ich sofort los, um mich zu versichern, dass den Jungen nichts zugestoßen ist. Sie, Baronin von Vetsera«, selbst jetzt wahrte von Freiberg die Form und sprach die Frau seines ehemaligen Vorgesetzten mit ihrem Titel an, »Sie bitte ich, hier bei Henriette auf meine Rückkehr zu warten und sich gegenseitig Mut zuzusprechen. Sollte wirklich ein Unglück geschehen sein, stehen zarte Frauen ohnehin nur im Weg.«

Ohne eine Antwort abzuwarten, hastete er aus der Tür.

## Ringtheater in Wien

***8. Dezember 1881, gegen 19.00 Uhr***

»Was mag denn das für ein Knall gewesen sein?«, fragte Laszi zum wiederholten Male.

Ihr Betreuer Rudolf Frieß schüttelte unwillig den Kopf. »Es wird schon nichts Schlimmes geschehen sein. Vielleicht ist ein Dekorationsteil beim Bühnenaufbau herabgestürzt.«

»Aber so klang es, mit Verlaub, überhaupt nicht, Herr Frieß«, mischte sich jetzt Hannes ein. »Eher wie eine Explosion.«

»Was soll denn da explodiert sein?«, spöttelte Albert, ein weiterer Mitschüler, der eine Theaterkarte gewonnen hatte.

»Gas kann explodieren. Das haben wir doch gerade erst im Chemieunterricht gelernt«, wandte Nikki ein. Wie Laszi und Hannes war auch er beunruhigt.

»Eine Gasexplosion!« Jetzt grinste Albert sogar. »Du hast wirklich eine blühende Fantasie! Glaubst du, dann säßen wir alle hier noch so ruhig auf unseren Plätzen? Man hätte uns doch längst aus dem Saal in Sicherheit gebracht.«

»Die Musiker sind jedenfalls alle wieder weg«, erwiderte Leo, der schmächtigste Schüler, mit leiser Stimme. »Sie haben sogar ihre Instrumente mitgenommen.«

»Was sagst du da?« Nikki sprang auf und spähte in den Orchestergraben. Tatsächlich war dieser gähnend leer.

»Und riecht ihr das?« Laszi schnupperte. »Es stinkt nach Rauch! Irgendwas brennt da.« Auch er sprang auf. »Wir sollten gehen!«

»Unsinn!«, schnauzte Frieß seine Schutzbefohlenen an. »Setzt euch sofort wieder hin! Selbst wenn es irgendwo ein kleines Feuerchen gäbe, hätte man es schon längst unter Kontrolle gebracht! Glaubt ihr, das Personal würde die Leben unzähliger Besucher riskieren?« Das Ringtheater verfügte über ungefähr tausendsiebenhundertsechzig Plätze.

Als Laszi und Nikki stehen blieben, fügte er mit drohendem Unterton hinzu. »Wenn ihr jetzt die ganze Reihe Zuschauer neben euch zwingt aufzustehen, nur weil ihr solche Hasenfüße seid, werde ich dies dem Institutsleiter berichten!«

Zögernd nahmen die jungen Männer wieder Platz. Der Geruch nach Rauch wurde immer stärker. Jetzt wurden auch viele Theaterbesucher in den Reihen vor und hinter ihnen unruhig. Man hörte aufgeregtes Getuschel. Die ersten erhoben sich von ihren Plätzen und drängten zur Tür.

»Ihr bleibt sitz…«, ertönte Robert Frieß' Stimme erneut, als ihm die Worte im Munde stecken blieben.

Hinter dem zugezogenen Bühnenvorhang ertönte ein Fauchen wie von einer Dampflokomotive. Im nächsten Moment zuckte, trotz des festen Stoffs für alle sichtbar, eine meterhohe Stichflamme empor und setzte den Vorhang in Brand. Lichterloh wehte er, wie von Geisterhand bewegt, in den Zuschauerraum hinein. Funken sprühten auf die ersten Sitzreihen, ein tausendfacher Schrei ertönte.

Dann erloschen die Lichter.

## Wien, vor dem Ringtheater

***8. Dezember 1881, 19.45 Uhr***

Nur zwanzig Minuten, nachdem er das Palais in der Marokkanergasse verlassen hatte, erreichte Ritter von Freiberg das Ringtheater. Um keine Zeit zu verlieren, hatte er nicht anspannen lassen, sondern war zu Fuß unterwegs. Das erwies sich nun als Glücksfall, denn die Straßen waren von Gefährten aller Art völlig verstopft.

Als sich Arthur dem Ringtheater näherte, erkannte er den Grund. Schutzmänner hatten alle Zufahrten zum Gebäude weiträumig abgesperrt. Auch den Grund dafür erkannte er auf den ersten Blick. Tatsächlich schlugen Flammen aus dem Dach des Theaters.

Ein Schutzmann, dem er sich näherte, hob abwehrend die Hand. »Mein Herr! Hier können Sie nicht passieren. Wir müssen alle Wege für die Feuerwehr frei halten.«

»Ist die denn noch nicht da?«, brüllte Arthur gegen den tosenden Lärm an, der rund um das Theatergebäude herrschte. Jetzt erblickte er auch Flammen hinter den zerborstenen Fenstern. »Was ist mit den Theaterbesuchern?«

Der Schutzmann lächelte breit. »Zum Glück ist niemand zu Schaden gekommen, mein Herr. ›Alle gerettet‹, vermeldete der ehrenwerte Polizeirat, Herr Dr. Anton Landsteiner, soeben dem hochwohlgeborenen Erzherzog Albrecht höchstpersönlich.«

Von Freiberg blickte zweifelnd zu dem brennenden Gebäude empor. »Und wo sind die Geretteten? Mein Stiefsohn und sein bester Freund waren da drin.«

Wieder lächelte der Schutzmann beruhigend. »Die beiden werden wohl bald nach Hause kommen, mein Herr. Am besten wäre es, Sie erwarten Ihre Angehörigen dort. Da alle Straßen rund um das Theater abgesperrt sind, werden sie womöglich einen Umweg machen müssen, um heimzukommen.«

»Aber machen Sie sich keine Sorgen«, fügte er noch einmal hinzu. »Niemandem ist auch nur das Geringste geschehen.«

## Ringtheater in Wien

### *8. Dezember 1881, eine halbe Stunde vorher*

»Raus! Laszi! Wir müssen raus!«

Nikki packte seinen vor Schock erstarrten Freund so fest am Ärmel, dass die Schulternaht seines Abendjacketts riss.

»Komm schon! Wir dürfen keine Sekunde Zeit mehr verlieren!« Mit Gewalt zerrte Nikki seinen Freund hinter sich her.

Während sie sich durch die enge Stuhlreihe, in deren Mitte sie gesessen hatten, zwängten, spielten sich um sie herum infernalische Szenen ab.

Menschen hielten sich vor Schmerz schreiend die Hände vors Gesicht. Offensichtlich hatten die brennenden Fetzen des Vorhangs, die überall umherflogen, sie verletzt. Andere Theaterbesucher in den Nachbarreihen kletterten über die Stuhllehnen vor sie, weil ihre eigenen Reihen verstopft waren, und machten dabei rücksichtslos von ihren Ellenbogen und Fäusten

Gebrauch. Nikki erhielt einen so heftigen Schlag ins Gesicht, dass seine Nase sofort zu bluten begann.

Auch er teilte nun mit seiner freien Rechten Schläge nach allen Seiten aus, während er Laszi mit der linken Hand weiter hinter sich herzerrte. Keine Sekunde zu früh erreichten sie den engen Gang, der zum Ausgang führte. Schon hatten die Flammen von der Sitzreihe, die sie soeben verlassen hatten, Besitz ergriffen. Dichter, beißender Rauch erfüllte die Luft. Von allen Seiten hörte man außer entsetzlichen Schreien auch Röcheln und Husten. Da alle Lichter erloschen waren, sah man trotz der lodernden Flammen im dichten Qualm bald kaum mehr die Hand vor Augen.

Schließlich gab es kein Weiterkommen mehr. Ein dichtes Menschenknäuel ballte sich vor dem offensichtlich verschlossenen Ausgang. »Sie haben uns eingeschlossen!« Laszis Stimme klang schrill vor Panik.

»Unfug!«, brüllte Nikki zurück. Dann fiel es ihm ein. Eine eiskalte Hand griff trotz der immer unerträglicher werdenden Hitze nach seinem Herzen. »Die Türen gehen nach innen auf! Die Menge drückt jetzt dagegen und versperrt sich damit selbst den Fluchtweg.«

Er wusste nicht, ob er dies gerufen oder nur gedacht hatte. In diesem Augenblick wurde er hart nach hinten gerissen. Er ließ Laszi los, ruderte hilflos mit den Armen und versuchte, das Gleichgewicht zu halten. Während er taumelte, drängten sich andere Fliehende panisch an ihm vorbei. Laszi war schon zu Boden gefallen. Menschen traten über ihn hinweg. Instinktiv bückte sich Nikki nach seinem Freund, um ihm aufzuhelfen. Das wurde ihm zum Verhängnis.

Ein beleibter Mann, der auf einem der äußeren Sitze stand, nutzte die Chance, seinen gebeugten Rücken als Trittbrett zu benutzen, und sprang mit Wucht darauf. Nikki spürte, dass etwas in seinem Rücken zerbrach. Unmittelbar danach hatte er kein Gefühl mehr in seinen Beinen. Hilflos sank er gegen die

Umstehenden, die ihn von sich stießen, bis er zu Boden fiel, wo die Menge über ihn hinwegtrampelte.

Das Letzte, was Nikki wahrnahm, war ein furchtbarer Schlag gegen seinen Kopf. Dann umfing ihn gnädige Bewusstlosigkeit.

## Palais Werdenfels in Wien

### *8. Dezember 1881, gegen elf Uhr abends*

»Sie müssten doch schon längst hier sein. Selbst, wenn sie wegen der Straßensperren einen Umweg in Kauf nehmen mussten!«

Baronin Helene von Vetsera durchschritt den Salon, in dem sich beide Familien mittlerweile versammelt hatten, wie eine im Käfig eingesperrte Tigerin.

»Meine Liebe, so beruhigen Sie sich doch!« Obwohl er dies zum wiederholten Male äußerte, schwang kein Unterton von Ungeduld im Ton des Ritters von Freiberg mit. »Die Bengel werden wahrscheinlich den Löscharbeiten zuschauen. Es sind halbwüchsige Burschen. In diesem Alter denkt man kaum an die Ängste besorgter Mütter!«

»Und Sie sind sich absolut sicher, dass es keine Verletzten gab?« Helene Vetsera fixierte Sophies Stiefvater mit ihren blaugrauen, jetzt vor Angst geweiteten Augen. Sie verliehen ihrem Gesicht mit dem dunklen, ein wenig orientalisch anmutenden Teint einen außergewöhnlichen Ausdruck. Obwohl sie kleiner und noch zierlicher war als Henriette, wirkte sie viel energischer als diese.

»Natürlich bin ich mir sicher, werte Baronin. Wenn es dem Erzherzog Albrecht, der ebenfalls besorgt an die Unfallstelle eilte, persönlich so berichtet wurde, kann doch kein Zweifel an dieser Aussage bestehen.«

*Mit meiner Mutter würde er nie so freundlich sprechen, wenn sie seine Worte in Zweifel gezogen hätte,* dachte Sophie bitter.

Henriettes schmale Gestalt verschwand fast in dem Fauteuil, in den sie gleich nach ihrem Eintritt in den Salon gesunken war. Sie hatte bislang kaum ein Wort gesagt. Nun schluchzte sie auf. »Ich habe ein ganz schlechtes Gefühl. Eine schlimme Vorahnung!«

Arthur fuhr ein wenig zu heftig zu ihr herum. »Nun ängstigen Sie unsere gute Baronin doch nicht noch mehr, Henriette! Ich sagte doch bereits, dass den Jungen gar nichts passiert sein *kann.*«

Sophies Mutter verstummte. Sophie selbst, die mit ihrer Vermutung wieder einmal recht behalten hatte, dass ihr Stiefvater nicht die gleiche Geduld mit ihrer Mutter haben würde wie mit Helene Vetsera, wechselte bedeutungsvolle Blicke mit Hanna und Marie Alexandrine, genannt Mary, den zwei Töchtern der Baronin. Die beiden waren kurz vor neun Uhr in Begleitung der Gesellschafterin eingetroffen, die zum gehobenen Personal der Vetseras gehörte und unbeachtet in einer Ecke des Raums auf einem unbequemen Stuhl saß. Als männlicher Schutz hatte sie zudem deren erster Diener begleitet, der neben ihr hockte und jetzt eine Hand hob.

»Wenn es die gnädige Frau erlaubt, könnte ich mich auf die Suche nach den jungen Herren machen. Vielleicht kann mich ja der Diener des gnädigen Gastgebers begleiten.«

»Das ist eine wunderbare Idee«, strahlte Helene Vetsera, während Arthur von Freiberg säuerlich dreinblickte. Doch er schlug es Helene natürlich nicht ab.

Das lag nicht nur daran, dass er sich das Wohlwollen der Baronin uneingeschränkt erhalten wollte, mutmaßte Sophie. Offensichtlich schwärmte er auch für die südländische Schönheit, die im gleichen Alter wie Henriette war.

Im Kaffeehaus ihres Onkels, das auch die Baronin öfter besuchte, hatte Sophie schon so manchen Klatsch mitangehört.

Helene Vetsera eilte der Ruf voraus, eine lebenslustige Frau zu sein. Hinter vorgehaltener Hand flüsterte man sogar, dass sie einem Abenteuer nicht abgeneigt sei. Sophie hatte zwar nur eine vage Vorstellung davon, was dies bedeuten mochte, wusste von Ida, der Kassiererin des Kaffeehauses, aber einiges über die Ehe der Vetseras.

Helene hatte, anders als Henriette einst Nikolaus von Werdenfels, ihren um zwanzig Jahre älteren Gatten Albin nicht aus Liebe geheiratet, sondern aus der pragmatischen Überlegung und Notwendigkeit heraus, sich selbst und ihre acht jüngeren Geschwister nach dem Tod der Eltern versorgt und behütet zu wissen. Zwar hinterließ ihr Vater Theodor Baltazzi seiner Familie ein sehr beträchtliches Vermögen. Aber bis auf die älteste, nach England verheiratete Schwester, waren Helenes Geschwister noch nicht volljährig, als ihr Vater plötzlich in Konstantinopel starb. Albin Vetsera, seinerzeit dort bereits im diplomatischen Dienst tätig, wurde zunächst deren Vormund.

Dann raffte eine tückische Krankheit auch Helenes Mutter drei Jahre nach dem Tod ihres Gatten hinweg. Jetzt waren die neun Geschwister Vollwaisen. Noch innerhalb des Trauerjahres fand Helenes Hochzeit mit Albin statt. Er hatte schon zu Lebzeiten der Mutter mit deren Einverständnis um das erst sechzehnjährige Mädchen geworben.

Vetsera war ein angesehener Diplomat, damals zwar noch nicht geadelt, aber überaus vertrauenswürdig. Helene gebar ihm vier Kinder. In Danzers Kaffeehaus tratschte das Personal, sie habe nach der Geburt des jüngsten Sohnes entdeckt, dass ihr das Leben noch mehr zu bieten habe als eine langweilige Ehe an der Seite eines kränklichen, hausbackenen Gemahls. Seit Albin Vetsera nach einer, aufgrund seiner angeschlagenen Gesundheit vorübergehenden Versetzung in den vorzeitigen Ruhestand im letzten Jahr wieder reaktiviert und nach Kairo entsandt worden war, führte Helene ein relativ eigenständiges Leben, von dem Sophies Mutter Henriette nur träumen konnte.

Nachdem die beiden Diener das Haus verlassen hatten, verstummte die Konversation im Salon des Palais Werdenfels. Helene stand nun am Fenster, dessen schwere Samtportiere sie zur Seite gezogen hatte, und starrte ununterbrochen auf die Straße hinunter, offensichtlich in der Hoffnung, die Vermissten auf diese Weise als Erste zu entdecken, wenn sie endlich nach Hause fänden. Arthur von Freiberg hatte sich dagegen, demonstrativ gelassen, in eine Zeitung vertieft. Hanna und Mary, die nebeneinander auf einem zweisitzigen Sofa saßen, waren Schulter an Schulter eingenickt. Es war ja schon kurz vor Mitternacht.

Auch Henriette hielt die Augen geschlossen, wahrscheinlich um die Tränen zurückzuhalten und ihren Mann nicht gegen sich aufzubringen. An ihren zu Fäusten geballten Händen erkannte Sophie ihre innere Anspannung.

Sie selbst versuchte, sich erneut mit dem Gedanken an die neue Mandelmelange abzulenken, von der ihr Onkel Stephan gestern erzählt hatte, den sie ohne Wissen ihres Stiefvaters wieder einmal besuchte. Er plante, das heiße Getränk zu einer weiteren Spezialität des Cafés Prinzess zu machen. Allerdings war er mit der bisherigen Rezeptur nicht ganz zufrieden. Allein durch die Mandelmilch, die er, gemischt mit gewöhnlicher Kuhmilch, aufschäumte, erhielt das Getränk noch nicht das gewünschte Aroma.

Doch das Mandelöl, das er selbst gepresst hatte, war giftig. Zwar verlieh nur ein einziger Tropfen davon dem Kaffee den gewünschten köstlichen Geschmack. Und bislang hatte der Onkel keine Nebenwirkungen seiner Kostproben verspürt. Doch er wollte auf keinen Fall riskieren, seinen Gästen ein Getränk zu servieren, das ihnen schaden könnte.

Heute wollte sich Onkel Stephan zu einem bekannten Wiener Professor aufmachen, der sowohl in der Botanik als auch in der Chemie sehr gut bewandert war, um dessen Rat einzuholen. Sophie war sehr gespannt zu erfahren, was für ein Ergebnis der Besuch gebracht hatte.

»Da, eine Kutsche fährt vor!«, rief plötzlich Helene Vetsera von ihrem Fensterplatz aus. »Aber, ach …« Ihre Stimme brach. »Es ist nur dein Bruder, Henriette, der Kaffeehausbesitzer.«

Anfangs war Sophie gleichermaßen erstaunt wie erfreut. Hatte etwa die schiere Macht ihrer Gedanken den Onkel jetzt hierhergeführt? Eigentlich mied er das Palais Werdenfels, seit Henriette mit Arthur verheiratet war, da er ihrem Gatten nicht willkommen war.

Aber ihre Freude verwandelte sich rasch in Furcht, als sie das entsetzte Gesicht ihrer Mutter sah, die aus ihrem Fauteuil aufgesprungen war. Auch die Baronin hielt sich beide Hände vor den Mund, als wollte sie einen Schrei unterdrücken.

»Was für eine Kunde mag Danzer uns wohl bringen?«, hörte Sophie sie murmeln.

Da klopfte es auch schon heftig an der Haustür und wenig später an der Tür zum Salon. An dem Hausmädchen vorbei, das Danzer gerade anmelden wollte, drängte sich der massige Mann in den Raum und blickte sich hektisch um.

»Ist Nikki nach Hause gekommen?«, fragte er, ohne einen der Anwesenden zuvor begrüßt zu haben.

Aus Henriettes Mund drang ein Jammerlaut. Auch Helene Vetsera starrte Danzer mit vor Panik geweiteten, riesigen Augen an. Anders als Henriette fand sie rasch ihre Sprache wieder. »Nein, Nikki und auch mein Sohn Laszi sind noch nicht da. Wir warten sehnsüchtig auf sie.«

»Waren die beiden heute Abend wirklich im Ringtheater?« Danzer klang in höchstem Maße beunruhigt.

Jetzt ergriff Arthur von Freiberg das Wort. »So ist es, werter Schwager. Doch sie werden bald heimkommen und sich eine gehörige Standpauke anhören müssen, weil sie ihre Mütter so in Angst und Schrecken versetzt haben.«

»So wissen Sie, dass das ganze Theater seit Stunden brennt?«

Arthur nickte betont gleichmütig. »Das wissen wir. Und auch, dass niemand zu Schaden gekommen ist.«

»Niemand zu Schaden gekommen?«, krächzte Danzer fassungslos. »Sie bergen die Leichen zu Dutzenden aus den Trümmern. Viele Körper sind so stark verbrannt, dass man die Menschen nicht einmal mehr identifizieren kann!«

»Woher haben Sie denn diese abstrusen Gerüchte?« Trotz seiner abwehrenden Antwort zuckte es jetzt nervös in Arthurs Gesicht.

»Gerüchte? Was für Gerüchte, Mann!« Danzer brüllte fast. »Ich habe selbst gesehen, was dort vor sich geht. Die Sorge um Nikki trieb mich vor das Ringtheater. Schließlich wusste ich ja von Phiefi, dass er eine Karte für die Aufführung dieser neuen Oper gewonnen hat.«

Nochmals blickte er sich hektisch um. »Und er ist nicht nach Hause gekommen?«

Die Blicke aus sechs entsetzten Augenpaaren waren ihm Antwort genug.

Danzer wandte sich an Sophie. »Weißt du, wo die Jungen ihre Plätze hatten?«

Sophie nickte. »Nikki hat es mir erzählt. Ganz vorn in der Nähe der Bühne. Ich glaube, es war die dritte Reihe.«

Alles Blut wich aus Danzers Gesicht. »Man sagt, dort und auf den Galerien gab es die meisten Toten.«

Henriettes Augen verdrehten sich. Mit einem Aufschrei sank sie zu Boden.

Nikki und Laszi kamen an diesem Abend nicht mehr nach Hause und befanden sich auch nicht unter den vielen Verletzten in den Wiener Spitälern. Selbst ihre Leichen konnten nicht gefunden werden.

Wochen später, als man die Asche siebte, fand man Laszis Manschettenknöpfe in den Trümmern. Da ruhten seine verkohlten Überreste ebenso wie die Nikkis und der vielen anderen bis zur Unkenntlichkeit verbrannten Toten bereits in einem Gemeinschaftsgrab auf dem Wiener Zentralfriedhof.

Für Sophie war dies das zweite Mal, dass sie einen geliebten Angehörigen viel zu früh verlor. Für ihre Freundin Mary Vetsera war es die erste Begegnung mit dem Tod.

Noch konnte niemand ahnen, wie sehr dieses Ereignis sie prägen würde.

# Kapitel 3

## Spanische Hofreitschule in Wien

### *April 1884, zweieinhalb Jahre später*

»Schau, Phiefi! Da kommen sie! Es geht endlich los!«

Mary Vetsera rutschte aufgeregt auf ihrem Sitz in der ersten Galerie der ehrwürdigen Spanischen Hofreitschule hin und her und presste sich ihr Opernglas an die Augen.

Tatsächlich begann, begleitet von den Trompetenstößen der ihnen vorauseilenden Herolde, endlich der Einzug der fast einhundert Mitwirkenden an den Reiterspielen, dem sogenannten Reitkarussell, wie die Veranstaltung auch genannt wurde, die heute dort stattfand.

»Da!«, rief Mary erneut aufgeregt. »Da ist Mama in ihrem prachtvollen Kostüm!« Sie ignorierte das gezischte »Scht« ihrer um drei Jahre älteren Schwester Hanna, die links neben ihr saß und sie gerade in die Seite puffte, weil ihr Marys temperamentvoller Ausbruch offenbar peinlich war. »Und jetzt kommt auch Feri in seinem Pagenkostüm herein!«, jubilierte Mary weiter. Das war der jüngste Bruder der Schwestern Vetsera. Er würde in einer der Jagdszenen eine Dogge in die Arena führen.

Da Sophie, die an Marys rechter Seite Platz genommen hatte, kein Opernglas besaß und es nicht so aussah, als ob Mary ihr das eigene kurz leihen würde, richtete sie sich jetzt halb in ihrem Sitz auf und spähte über die steinerne Balustrade nach unten in die Arena.

Die Reiter und Fußgänger kamen von der linken Schmalseite

in die Halle, die sie in eleganter Manier bis zur mit roten Samtsitzen ausgestatteten Hofloge am anderen Ende des rechteckigen Saales durchquerten. Vor dieser blieben sie stehen und hoben die Hand zum Gruß, sowohl für die kaiserlichen Gäste als auch für den Erbauer der imposanten Reithalle, den längst verstorbenen Kaiser Karl VI., dessen Gemälde über der Hofloge prangte.

Alles, was in Wien Rang und Namen hatte, beteiligte sich an dieser grandiosen Vorstellung, für welche die Mitwirkenden mehr als zwei Monate lang jeden Nachmittag geprobt hatten. Es würden mittelalterliche Jagdspiele aufgeführt werden, im stetigen Wechsel mit kunstvollen Reitvorführungen verschiedener Gruppen.

Lautlos bewegte Sophie die Lippen, während sie die Namen der ihr bekannten Vorbeiziehenden aufzählte: Kinsky, Esterházy, Trauttmansdorff, Auersperg und viele andere mehr. Alle bekannten Wiener Familien des Hochadels schienen vertreten zu sein.

Plötzlich fiel Sophie ein besonders stattlicher Reiter ins Auge. Er trug ein goldbesticktes rotes Samtgewand über engen dunkelblauen Reithosen und schwarze, bis zu den Knien reichende Stiefel. Dazu einen kecken, mit einer roten Feder geschmückten Hut.

Sophie stieß Mary in die Seite. »Wer ist dieser junge Mann?« Sie zeigte verstohlen mit dem Zeigefinger auf ihn, als Mary nicht gleich wusste, wen sie meinte. Die Freundin richtete ihr Opernglas auf den Reiter.

»Ach, der!«, meinte sie abfällig. »Er heißt Richard von Löwenstein und stammt aus einer Familie, die völlig verarmt sein soll!«

»Und wieso kann er sich dann ein so prächtiges Gewand leisten?« Mary hatte Sophie erst gestern erzählt, dass das Falknerinnen-Kostüm ihrer Mutter Helene zusammen mit Feris Pagentracht an die tausend Gulden gekostet hatte.

Die Freundin zuckte nur gleichgültig mit den Achseln und

richtete ihr Glas nun auf die Hofloge, in der gerade weitere Mitglieder der kaiserlichen Familie Platz genommen hatten. Obwohl Mary die dort sitzenden Personen auffällig lange musterte, maß Sophie dem zunächst keine Bedeutung bei. Bis Hanna ihre dreizehnjährige Schwester erneut in die Seite puffte. »Der Kronprinz und seine Gemahlin sind noch nicht eingetroffen. Das siehst du doch auch ohne Glas«, raunte sie Mary zu.

Das Spektakel nahm seinen Fortgang. Unter dem gleißenden Licht der mit Gaslicht betriebenen Kronleuchter boten die dazu eingeteilten Mitwirkenden die erste Szene dar. Es war eine Hirschjagd. Interessiert verfolgte Sophie das Geschehen und wurde sich wieder einmal bewusst, wie privilegiert sie dank ihrer in den Jahren seit Nikkis und Laszis Tod immer enger gewordenen Freundschaft mit Mary Vetsera war.

Ihr Sitzplatz in der Mitte der ersten Galerie bot nach der Hofloge die beste Aussicht auf das Geschehen. Selbst wenn sich Sophie diesen Platz hätte leisten können, hätte ihr aufgrund ihres niedrigen Rangs in der Wiener Gesellschaft höchstens einer der sechshundert Stehplätze zugestanden. Wenn man sie überhaupt berücksichtigt hätte! Die drei geplanten Vorstellungen waren seit Monaten ausverkauft.

Nach der Jagdszene bot eine Gruppe aus acht einander paarweise zugeordneten Reitern und Reiterinnen eine Reitquadrille dar. Anfangs verfolgte Sophie auch diese Szene mit Interesse. Sie erkannte unter den Darstellenden die Gräfin Marie Louise Larisch-Wallersee, eine Nichte der Kaiserin und Bekannte der Vetseras, welcher sie jüngst in deren Palais in der Salesianergasse begegnet war. Sie ritt einen herrlichen Schimmel, der wahrscheinlich aus den Ställen der Reitschule stammte. Auch sie trug ein prachtvolles Gewand aus schwarzem, mit kostbaren und aufwendigen Goldstickereien übersätem Samt. Der entsprechend dazu passende Hut mit der ausladenden Krempe war schief auf ihren mit einem goldenen Netz zusammengehaltenen Haaren befestigt und mit weißen Straußenfedern garniert.

Die Reitquadrille mit ihren kunstvollen, von Pferden und Reitern perfekt zur Musik einer Kapelle dargebotenen Figuren nahm kein Ende. Unwillkürlich schweiften Sophies Gedanken wieder einmal zu ihrem alltäglichen Leben im Palais Werdenfels ab, aus dessen Eintönigkeit sie ab und an lediglich die großzügigen Einladungen der Vetseras rissen.

Seit Nikkis tragischem Tod verlief das Leben in ihrem Zuhause endgültig in anderen Bahnen. Von diesem Schicksalsschlag hatte sich ihre Mutter Henriette bis heute nicht erholt. Zumal die tragische Verkettung von Versäumnissen aller Art den Tod so vieler Menschen noch sinnloser erscheinen ließ.

Erst im Rahmen einer nachträglichen Untersuchung hatte sich herausgestellt, dass das Bühnenpersonal das tatsächlich durch eine Gasexplosion entfachte Feuer im Ringtheater zunächst dilettantisch selbst zu löschen versucht hatte, anstatt das Publikum unverzüglich zu evakuieren.

Zudem waren etliche Sicherheitsmaßnahmen in eklatanter Weise vernachlässigt worden. Der Drahtvorhang, der die Bühne vom Zuschauerraum abtrennte, war beim Ausbruch des Brandes bereits hochgezogen worden. Als man endlich versuchte, diese Schutzbarriere wieder hinabzulassen, war es zu spät gewesen: Die Handkurbel, mit der der Vorhang bedient wurde, brannte bereits lichterloh. Auch die vorgeschriebene Notbeleuchtung war noch nicht installiert worden.

Unseligerweise hatte das flüchtende Personal den Brand zudem auch noch angefacht, indem es sich nach den vergeblichen Löschversuchen durch das hinter der Bühne gelegene Rolltor in Sicherheit brachte und dadurch Sauerstoff ins Gebäude eindringen ließ. Und nachdem man die Gaszufuhr endlich abgedreht hatte, erloschen außerdem sämtliche Lichter in den Sälen und Gängen, sodass sich die panische Menge in der Finsternis nicht mehr zurechtfand.

Doch es kam noch schlimmer: Während die Menschen im Theatergebäude um ihr Leben kämpften, verbreitete der

Wiener Polizeirat Dr. Landsteiner ohne jegliche Tatsachenbasis die Information, alle Besucher seien gerettet worden. Das führte dazu, dass Schutzmänner die herbeieilenden Helfer zunächst sogar daran hinderten, dem Gebäude zu nahe zu kommen. Fast vierhundert Menschen waren durch diese Kombination von Dummheit und Leichtfertigkeit ums Leben gekommen.

Solange ihre Mutter in tiefster Melancholie das Bett hütete und Arthur von Freiberg seiner Herrschsucht mehr denn je freien Lauf ließ, hatte Sophie es kaum noch zu Hause ausgehalten. Trotz der Katastrophe hatte ihr Stiefvater es nämlich nicht versäumt, ihr als Strafe für den heimlichen Besuch bei ihrem Onkel Stephan am Vortag des Unglücks unbeschränkten Hausarrest aufzuerlegen.

So schien ihre Lage völlig trostlos, als zwei Umstände schließlich doch noch zu einer Erleichterung führten. Nach Laszis Tod hatten sich die Eltern Vetsera dazu entschlossen, den Privatunterricht ihrer Töchter Hanna und Mary, an dem auch Sophie bislang teilgenommen hatte, zu beenden und beide Mädchen auf öffentliche Schulen zu schicken. Sophie wäre gerne wie die ältere Hanna ins Pensionat Sacré Coeur gegangen, das anspruchsvoller war als das Erziehungsinstitut für adlige Mädchen, das die Salesianerinnen in ihrem Kloster am Rennweg gleich nebenan unterhielten und das Mary Vetsera besuchte. Doch trotz der diesbezüglichen Empfehlung des Hauslehrers der Vetseras war Arthur von Freiberg dagegen gewesen, weil das Sacré Coeur ein höheres Schulgeld verlangte als die Klosterschwestern.

Allerdings hatte Sophie sich rasch über dieses kleinliche Verbot hinweggetröstet, weil der gemeinsame Besuch in der nur ein paar Gehminuten von den beiden Familien-Palais entfernten Klosterschule ihre Freundschaft mit Mary, die nur neun Monate jünger war als sie, vertieft hatte. Mary war ein vor Leben und Abenteuerlust geradezu übersprühendes Geschöpf, gewann aber, anders als Hanna und Sophie, dem Lernen nicht allzu viel ab.

Im Gegenzug für die häufigen Einladungen bei den Vetseras war es Sophie daher zur Gewohnheit geworden, Mary in der Schule zu unterstützen. Oft ließ sie die Freundin nachmittags ihre Hausaufgaben abschreiben, wenn die Mädchen einander besuchten. Besonders in Sophies Lieblingsfächern »Französische Konversation« und »Deutsche Literatur« sowie »Geografie« bewies Mary nicht allzu viel Talent.

Ihr lagen die praktischen Fächer »Haushaltsführung« und »Ausrichtung von Festlichkeiten« mehr, die allerdings auch für Sophie eine unerschöpfliche Quelle von Ideen waren, die sie zum Teil daheim, vor allem aber im Kaffeehaus ihres Onkels zur Umsetzung vorschlagen konnte.

Erst kürzlich hatte Sophie den Serviermädchen im Prinzess beigebracht, die blütenweißen gestärkten Leinenservietten zu Schwänen oder Blüten zu falten, wie sie es im Unterricht gelernt hatte. Sehr willkommen waren auch ihre neu erworbenen Kenntnisse, mithilfe einer Mischung aus Kernseife und Ochsengalle selbst hartnäckige Flecken aus Schürzen und Tischtüchern zu entfernen.

Denn ihren geliebten Onkel Stephan konnte Sophie im Augenblick so oft besuchen, wie sie es einrichten konnte. Das lag daran, dass ihr Stiefvater Arthur von Freiberg seiner diplomatischen Tätigkeit im Ausland schon seit über zwei Jahren wieder nachging und er nur zu den hohen Festtagen auf Urlaub nach Wien kam. Auch diesen glücklichen Umstand verdankte Sophie den Vetseras.

Der tragische Tod seines Sohnes hatte natürlich auch dessen Vater Albin Vetsera von Kairo nach Wien gerufen, wo er am Requiem für Laszi und Nikki in der Kapelle Sacré Coeur teilnahm. Zahlreiche Kondolierende kamen zur Trauerfeier. Sogar das Kaiserpaar übermittelte telegrafisch sein Beileid.

Im Anschluss daran besuchte man gemeinsam das Massengrab auf dem Wiener Zentralfriedhof, in dem außer den in die Oper entsandten Schülern des Major-Frieß'schen-Instituts fast einhundert weitere, bis zur Unkenntlichkeit verkohlte Opfer ruhten.

Während Albin Vetseras Urlaub in Wien hatte sich Arthur von Freiberg bei ihm über seine ins Stocken geratene Karriere beklagt. Daraufhin riet Albin seinem ehemaligen Mitarbeiter Arthur, sich erneut für ein Amt im Ausland zu bewerben, und bot ihm an, ihn für eine gerade frei gewordene Stelle in seiner eigenen Behörde in Kairo vorzuschlagen.

Zu Sophies unendlicher Erleichterung nahm Arthur dieses Angebot an, wahrscheinlich in der Hoffnung, dadurch ebenfalls vom Ritter- in den Freiherrnstand erhoben zu werden, wie es bei Albin der Fall gewesen war. Dass dies bislang nicht geschehen war, erfüllte Sophie mit einer Mischung aus Schadenfreude und Furcht, ihr Stiefvater käme eines Tages, frustrierter denn je, dauerhaft wieder nach Wien zurück.

Fast wäre Arthurs Versetzung im letzten Moment noch daran gescheitert, dass sich Henriette außerstande sah, ihrem Haushalt im Palais Werdenfels wieder vorzustehen. Hier wusste zum Glück ihr Bruder Stephan Rat und überredete seine langjährige Mitarbeiterin Ida, die inzwischen zur Aufseherin im Café Prinzess aufgestiegen war, stattdessen als Mamsell Henriettes Haushalt zu führen. Ida hatte sich mit einem lachenden und einem weinenden Auge aus ihrem geliebten Kaffeehaus verabschiedet, kam ihrer neuen Aufgabe im Palais Werdenfels bislang jedoch ausgezeichnet nach.

Das gab Henriette die Möglichkeit, täglich mehrere Stunden lang auf den Knien im Gebet für ihren verstorbenen ersten Gatten und Nikki in der Kirche der Salesianerinnen zu verbringen. Und obwohl es keinerlei gesellschaftliches Leben mehr im Hause Werdenfels-Freiberg gab, konnte Sophie als Marys beste Freundin an vielen Vergnügungen und Lustbarkeiten teilnehmen, denen sich die Damen Vetsera nach Ablauf der Trauerzeit um Laszi erneut widmeten. Diesem Umstand verdankte Sophie auch die heutige Einladung in die Spanische Hofreitschule.

Endlich war die Reitquadrille zu Ende. Sophies Aufmerksamkeit wurde wieder auf das Geschehen in der Arena gelenkt, wo umfangreiche Umbaumaßnahmen stattfanden. Es schien, als ob zwei Reitbahnen eingerichtet werden würden, an deren Ende jeweils Tierköpfe aus Pappmaschee baumelten.

Mary stieß Sophie aufgeregt in die Seite. »Jetzt wird's wieder spannend. Sie richten die Bühne für das Stechen her!«

»Brrr!« Beruhigend klopfte Richard von Löwenstein seinem temperamentvollen Hengst auf den Hals. Es war ein herrlicher Fuchs, den er erst seit einigen Wochen besaß. Richard hatte das Tier, eigentlich ein Rennpferd, Aristides Baltazzi abgekauft. Die Baltazzi-Brüder verfügten über einen exquisiten Reitstall und hatten schon etliche Preise bei den bekanntesten Pferderennen im In- und Ausland gewonnen.

Allerdings trieb Richard die Sorge um, wie er die Summe von tausendzweihundert Gulden je tilgen sollte, von der er bislang nur einhundert angezahlt hatte. Unwillkürlich huschte sein Blick zur Hofloge am anderen Ende des Saales. Kronprinz Rudolf war noch nicht erschienen.

Andererseits hatte Rudolf bereits genug um die Ohren. *Ich kann ihn unmöglich schon wieder anpumpen. Er hat mir erst im Jänner fünfhundert Gulden gegeben. Vorgeblich zwar nur geliehen, aber wir wissen ja alle beide, dass er sie nie zurückverlangen wird.*

Im vergangenen September hatte Kronprinzessin Stephanie endlich ihr erstes Kind geboren, über zwei Jahre nach der Hochzeit im Mai 1881. Zu Rudolfs großer Enttäuschung war es kein Junge, sondern »nur« eine Tochter, die er nach seiner Mutter Elisabeth nannte.

»Also bleibt mir wohl nichts anderes übrig, als sie weiterhin in ihrem Bett aufzusuchen, um einen Thronfolger zu zeugen«, klagte Rudolf dem wie immer bei diesem Thema verlegenen

Richard sein Leid. »Du kannst dir überhaupt nicht vorstellen, wie öde das ist! Wenn ich dabei nicht beständig an Minchen denken würde, käme ich gar nicht zurande!«

Minchen war Rudolfs neueste Flamme. Sie war wie etliche seiner anderen Gespielinnen zuvor eine Luxusprostituierte aus dem Haus der Johanna Wolf, der Inhaberin des teuersten Wiener Bordells. Sie tarnte ihr Freudenhaus mit einer ehrbar wirkenden Weißwarenhandlung und akzeptierte nur betuchte Gäste für ihre »Damen«. Allerdings hätte sich auch gar kein anderer Kundenkreis die immensen Preise für die angebotenen Dienste leisten können.

Die exklusivsten Freudenmädchen, aus deren Kreis Rudolfs Geliebte stammte, beherrschten nicht nur die gesellschaftlichen Formen perfekt, sondern sogar mehrere Sprachen.

Nun hatte Rudolf Richard erst bei ihrem letzten Treffen vor zwei Tagen gestanden, Stephanie sei hinter sein neues Verhältnis gekommen. »Wer ihr das zugetragen hat, weiß ich nicht«, beklagte er sich weiter. »Das Weib ist maßlos in seiner Eifersucht. Ich traue ihm zu, einen furchtbaren Skandal anzuzetteln, wenn ich mich weiter mit Minchen abgebe.«

Obwohl Stephanie, die immer plumper und unattraktiver wurde, Richard überhaupt nicht sympathisch war, tat ihm die Kronprinzessin wieder einmal leid. *Sie hat wahrlich kein leichtes Los,* sinnierte er, während Rudolf dumpf vor sich hin brütete. *Mit einer Schwiegermutter, die über sie spottet, einem Mann, dem sie gleichgültig ist, und einem Hofstaat, der sie nicht ausstehen kann.*

Allerdings tat auch die Kronprinzessin nach wie vor nichts dafür, sich bei anderen beliebt zu machen, sondern stieß die Menschen in ihrer nächsten Umgebung immer wieder vor den Kopf.

»Hast du denn jemanden im Verdacht, der ihr die Affäre zugetragen haben könnte?«, fragte er Rudolf. Der zuckte nur ratlos mit den Schultern.

»Philipp von Sachsen-Coburg vielleicht?«, schoss Richard

ins Blaue. Das war der Gatte von Louise, Stephanies Schwester, und ebenfalls ein häufiger Gast in Johanna Wolfs Bordell.

Rudolf winkte ab. »Das glaube ich nicht. Der hat doch selbst viel zu viel vor seiner Frau zu verbergen.«

Richard war nicht überzeugt gewesen, hatte das ihm leidige Thema aber auch nicht weiterverfolgt.

Jetzt holte er tief Luft und versuchte, sich auf die bevorstehende Herausforderung in der Reithalle zu konzentrieren. *Hoffentlich geht es mit Herkules gut!*, bangte er. Der Hengst war als ausgebildetes Rennpferd an die Schnelligkeit auf längeren Distanzen gewöhnt, wie sie die Längsseite dieser Arena aber nicht bot.

Richard nahm nur aus Prestigegründen am Reitkarussell teil. Auch die Löwensteiner sollten unter all den großen Namen nicht fehlen. Deshalb hatte er sich wieder einmal von seinem Dienst als Hauptmann des 2. Dragonerregiments in Wiener Neustadt beurlauben lassen und war heute Morgen nach Wien geeilt, ohne bei den vorherigen Proben mit trainiert zu haben. Er vertraute auf seine exquisiten Reitkünste. Dass Herkules möglicherweise nicht das richtige Pferd für das Tierkopfstechen war, war ihm erst heute früh in den Sinn gekommen.

Über einen weiteren Punkt war er sich allerdings im Klaren: Es tat seiner Karriere nicht gut, sich dauernd von seinem Posten zu entfernen, um Kronprinz Rudolf zu treffen, mit den Baltazzi-Brüdern den feinen Jockey-Club zu besuchen oder sich auf die im Mai stattfindenden Pferderennen im Prater vorzubereiten. Seit seinem Eintritt ins Regiment vor mehr als zwei Jahren war er kaum einen Monat am Stück im Dienst gewesen..

Rudolf hätte sich sicherlich auch hier in Wien, wie schon zuvor in den gemeinsamen Prager Zeiten, für ihn eingesetzt. Doch es erschien Richard nicht fair, den Kronprinzen darum zu bitten. Schließlich vernachlässigte er seinen Dienst ja tatsächlich immer wieder und hatte daher eine Beförderung zum Major nicht verdient.

Die Herolde stießen in ihr Horn und kündigten den Beginn des Wettkampfs an. Richard lenkte sein Pferd zur linken Seite der Bahn, die jetzt durch ein Gatter von der rechten Seite abgetrennt war. Ein als mittelalterlicher Knappe verkleideter Bediensteter reichte ihm im Tausch gegen Richards Hut die Lanze, mit deren stumpfem Ende er pro Ritt einen der drei Tierköpfe, die am Ende der Bahn aufgehängt waren, in vollem Galopp treffen und nach Möglichkeit sogar hinunterstoßen sollte.

War er bei den dafür geplanten drei Durchgängen erfolgreicher als sein Gegner auf der rechten Seite, erreichte er die nächste Runde. Insgesamt beteiligten sich acht Reiter an diesem Wettkampf, von denen immer einer pro Zweikampf ausschied. Die jeweiligen Sieger traten nach dem Losprinzip dann bis zum Finale erneut gegeneinander an.

Diese Übung erinnerte am ehesten an den Ursprung des Reitkarussells, der auf die mittelalterlichen Turniere zurückging. Seit mehreren Hundert Jahren fanden die Reiterspektakel in unregelmäßigen Abständen statt. Unter Kaiserin Maria Theresia hatte es im Jahr 1743 sogar ein reines »Damen-Karussell« gegeben, mit dem die Regentin zum einen die Vertreibung ihrer Feinde aus Prag feiern, zum anderen wohl zeigen wollte, dass auch Frauen zu außergewöhnlichen Leistungen fähig waren. Seither galten die »Amazonen«, wie die weiblichen Teilnehmer genannt wurden, als ein unverzichtbarer Bestandteil der Reiterspiele, auch wenn sie am Tierkopfstechen nicht teilnahmen.

Dieser besondere Wettkampf hatte nach der Belagerung von Wien durch die Türken im Jahr 1683 sogar eine symbolische Bedeutung gehabt. Bis zum Wiener Kongress hingen beim »Türkenkopfstechen« nachgebildete Häupter der ehemaligen Todfeinde an den Schnüren, bis sie durch Tierköpfe ersetzt worden waren.

Die Herolde gaben das Zeichen zum Start. Richard drückte seinem Hengst die Sporen in die Weichen und preschte los.

»Wer wohl die letzte Runde gewinnen wird?« Sophie presste vor Aufregung ihre Hände vor den Mund.

Zu ihrer Überraschung hielt Mary ihr Opernglas jedoch nicht auf die Wettkampfbahn gerichtet, sondern erneut auf die Hofloge am Kopfende der Halle. Dort gab es nun tatsächlich Bewegung. In einer aufwendigen silbergrauen Robe trat gerade Kronprinzessin Stephanie ein, gefolgt von ihrem Mann, Kronprinz Rudolf, in einer weißen Galauniform.

Indigniert tippte Sophie Mary auf die Schulter. »Interessierst du dich gar nicht für das Wettstechen?«

Mary zuckte leicht zusammen und senkte das Glas. »Doch, doch«, murmelte sie, wirkte dabei aber abwesend. »Wer sind denn die letzten Reiter, die gegeneinander antreten?«

Jetzt war Sophie wirklich verwirrt. Nach jeder Zwischenrunde waren die Namen der Sieger von den Herolden laut und deutlich verkündet worden.

»Richard von Löwenstein und Graf Georg Larisch«, antwortete Hanna an ihrer statt. Auch sie musterte Mary kritisch.

Die senkte ihre großen dunkelblauen Augen und errötete leicht. Nervös strich sie mit ihren Händen über den Rock ihres weißen Atlaskleides mit dem bestickten Schößchen-Bustier und der breiten blauen, im Rücken zu einer großen Schleife gebundenen Schärpe, sagte aber nichts.

Sophies lindgrünes Nachmittagskleid war, wie immer im Vergleich zur Garderobe der Vetsera-Schwestern, weit schlichter geschnitten. Es wies weder auf der Vorder- noch auf der Rückseite aufwendige Volants, Spitzenapplikationen oder Stickereien auf. Auch war der Turnüren-Rock eher schlicht ohne üppige Drapierungen gehalten und lief in keiner angedeuteten Schleppe aus. Den einzigen Zierrat bildeten ein paar silberne Knöpfe am Bustier und cremefarbene Rüschen am runden Stehkragen und den Manschetten.

Das Hornsignal der Herolde lenkte Sophies Aufmerksamkeit wieder auf das Geschehen in der Rennbahn. Die Gegner galoppierten in vollem Lauf auf die Tierköpfe zu. Beide stießen je einen aus ihren Befestigungen.

Auch der nächste Durchgang brachte noch keine Entscheidung. Wieder fiel ein Tierkopf auf jeder Seite der Bahn in den ockerfarbenen Sand.

Der letzte Durchgang begann. Sophie ballte die Hände zu Fäusten und biss sich vor Aufregung auf die Lippen. Würde Richard, den sie mittlerweile zu ihrem Favoriten erkoren hatte, gewinnen?

Die Reiter preschten los. Um eine eindeutige Entscheidung herbeizuführen, galt jetzt die Zusatzregel, dass derjenige siegte, der als Erster den in seiner Bahn verbliebenen Tierkopf traf. Richard lag mit dem Oberkörper fast auf dem Hals seines Pferdes und berührte den Kopf auf seiner Bahn mit einer halben Pferdelänge Vorsprung vor dem Grafen Larisch, der ebenfalls traf.

Dann geschah jedoch blitzschnell etwas Unerwartetes. Der Jubelschrei der Menge für den Sieger wandelte sich in einen Schrei des Schreckens, als Richards Ross nach dem Treffer weiterhin ungebremst auf die Wand der Halle zuraste. Im letzten Moment riss Richard, der seine Lanze zur Seite schleuderte, mit beiden Händen so stark an den Zügeln, dass der Fuchs mitten im Lauf hochstieg, beim Aufkommen auf den Hallenboden aber ins Stolpern geriet und mit dem rechten Vorderfuß umknickte. Zitternd und mit Schaum vor dem Maul kam das Pferd schließlich zum Stehen.

Richard schwang sich elegant aus dem Sattel und grüßte die ihm jetzt wieder zujubelnde Menge mit einer vollendet höfisch wirkenden Verbeugung. Dann führte er sein hinkendes Pferd aus der Halle.

»Oh, was für ein Pech! Der Teufel soll diesen Wettkampf holen«, fluchte Richard laut, als er sich außer Hörweite des Publikums befand.

Besorgt beugte er sich zum rechten Vorderbein seines Hengstes nieder und versuchte, den Huf anzuheben. Laut schnaubend wich das Ross vor ihm zurück und fletschte sogar die Zähne. Offenbar hatte es große Schmerzen.

Erst mithilfe eines herbeieilenden Stallmeisters gelang es Richard, das Tier zu beruhigen, sodass es sich behutsam untersuchen ließ.

Der Stallmeister, ein untersetzter Mann in den Vierzigern, der zu den erfahrensten Kräften der Hofreitschule gehörte, schnalzte mit der Zunge. »Brochen scheint mir nix, gnä' Herr. Aba vielleicht is a Sehne ang'rissen. Schau'n S' her, der Knöchel schwillt scho an!«

»Oh nein«, stöhnte Richard. Dann riss er sich zusammen. Ein Offizier seiner Kaiserlichen Majestät ließ sich niemals vor einem Untergebenen gehen. Er holte tief Luft. »Wann kann ich ihn wieder reiten?«, fragte er, so ruhig es ihm möglich war.

Der Stallmeister zuckte mit den Achseln. »Des könnt dauern, gnä' Herr. Zwei bis drei Monat' vielleicht?«

Jetzt konnte Richard einen kleinen Aufschrei nicht mehr zurückhalten. »Zwei bis drei Monate?«, fragte er entsetzt nach. »Herkules ist für die Rennen in der Freudenau gemeldet. Die finden schon in knapp vier Wochen statt!«

»Freudenau« hieß die Galopprennbahn im Prater. Richard hatte gehofft, zumindest eins der Rennen mit Herkules zu gewinnen und das Preisgeld einzustreichen, um damit wenigstens einen Teil seiner Schulden begleichen zu können. Seit zwei Jahren nahm Richard als Herrenreiter an den Galopprennen teil, hatte aber bislang als höchste Platzierung nur zweimal den dritten Platz errungen. Mit der ungeheuren Investition in Herkules hatte er sich nun bessere Chancen erhofft.

Wieder zuckte der Mann mit den Achseln. »Ob S' da mitreiten können, kann i ned sagen. Des muss der gnä' Herr selbst entscheiden.«

Wie vom Donner gerührt verharrte Richard an seinem Platz.

Jetzt sah er auch noch, dass sein geliehenes Samtwams zerrissen war. Die ganze rechte Seitennaht war aufgeplatzt. Auch dies war wahrscheinlich bei dem unseligen Bremsmanöver geschehen.

*Mindestens weitere zweihundert Gulden dahin,* schoss es ihm durch den Kopf. Das Kostüm war wie alle anderen von Hans Makart, dem bekanntesten Wiener Künstler, für das Reitkarussell entworfen worden. Richard würde dem Verleiher einen angemessenen Ersatz für das Gewand leisten müssen, dessen Seitennaht völlig ausgefranst und wahrscheinlich nicht mehr zu flicken war.

*Und ein Reitpferd für meinen Posten bei den Dragonern brauche ich auch noch.* Richard spürte, dass ihn zunehmend Verzweiflung überkam. *Natürlich könnte ich mir eins aus dem Regimentsstall ausleihen. Aber das sind in der Regel elende Klepper. Keine Pferde für einen Hauptmann.*

Jeder Dragoneroffizier, der etwas auf sich hielt, verfügte natürlich über sein eigenes Pferd. Richard hatte sein früheres verkauft, bevor er Herkules erworben hatte. Den Unterhalt für zwei Rösser konnte er sich einfach nicht leisten. Obwohl ihn Aristides Baltazzi davor gewarnt hatte, ein vollblütiges Rennpferd wie Herkules auch als gewöhnliches Reittier einzusetzen.

Überhaupt hatte sich Richard damals in Prag, als er sich für den Posten bei den Dragonern entschied, nicht vorgestellt, wie viele Unkosten auf ihn zukommen würden, wollte er mit den Betuchteren seiner Offizierskameraden mithalten. Ein Dragoneroffizier verfügte zwar, ebenso wie ein Infanterieoffizier, über keinen üppigen Sold.

Aber die Kavallerie galt als die Elite der Armee, insbesondere das 2. Dragonerregiment in Wiener Neustadt. Das musste man auch durch den damit verbundenen aufwendigen Lebensstil zeigen, egal, wer letztendlich für diesen aufkam. Bei Richard war es bislang der Kronprinz gewesen, wie er sich nun beschämt eingestehen musste. Sonst hätte er dort schon lange den Dienst quittieren müssen.

Schweren Herzens fasste er einen Entschluss. *Es hilft alles nichts. Morgen muss ich noch einmal mit Rudolf sprechen. Leider ist er der Einzige, der mir aus der Patsche helfen kann.*

»Richard von Löwenstein ist ein sehr stattlicher Mann!«, schwärmte Sophie, während die Halle für den nächsten Aufzug – den Auftritt der Falkenjäger – umgerüstet wurde. Zu den sechs Paaren, die jetzt einritten, gehörte auch Helene Vetsera in ihrem prachtvollen Gewand aus Rot- und Goldbrokat, ebenfalls von Hans Makart entworfen und bei Madame Spitzer, einer der teuersten Wiener Schneiderinnen, angefertigt. Ihr Partner war ihr nicht weniger prächtig ausstaffierter Bruder Aristides Baltazzi.

Dass Mary ihr schon wieder nicht antwortete, führte Sophie zuerst darauf zurück, dass sie natürlich den Einritt ihrer Mutter beobachtete. Doch als sie ihr einen Seitenblick zuwarf, sah sie, dass Mary ihr Opernglas erneut auf die Hofloge gerichtet hatte.

»Hörst du mir überhaupt zu?«, beschwerte sich Sophie jetzt in etwas lauterem Ton.

Mary ließ das Glas sinken und wandte sich ihr zu. »Was hast du denn gesagt?«

»Ich sagte, dass Richard von Löwenstein ein sehr stattlicher Mann ist.«

»Ach so!« Mary schürzte etwas verächtlich die Lippen. »Mir gefällt er nicht besonders.« Sie richtete ihr Opernglas wieder auf die Hofloge.

»So, so!« Sophie fühlte sich in ihrer Backfischschwärmerei gekränkt. »Und für wen erwärmt sich dein Herz?«, fragte sie provokativ. »Der Kronprinz, den du andauernd betrachtest, kann es ja wohl kaum sein.«

Mary schoss zu ihr herum, als hätte sie etwas gestochen. »Und warum nicht?«, fragte die gerade erst Dreizehnjährige mit geröteten Wangen.

Sophie war perplex. »Er ist der Thronfolger und zudem verheiratet«, war das Einzige, was ihr als Antwort einfiel.

»Na und?«, entgegnete Mary.

In diesem Augenblick begann die Falkenjagd, wie alle Aufführungen von lauter Musik untermalt.

Über Marys gesenkten Kopf hinweg, die jetzt mit einem trotzigen Ausdruck in die Arena starrte, trafen sich Sophies und Hannas Blicke. Hanna wedelte leicht mit der Hand vor ihrem Gesicht. *Mary ist nicht ganz bei Trost,* sollte das wohl heißen.

Trotz der wunderbaren Vorführungen verlief die restliche Veranstaltung zwischen den Freundinnen einsilbig, teilweise sogar in verlegenem Schweigen.

## Wiener Hofburg

### *April 1884, am nächsten Tag*

Rudolf empfing Richard in seinem »Türkischen Zimmer«, das mit etlichen Möbeln und Accessoires ausgestattet war, die er vor der Hochzeit mit Stephanie von seiner Orientreise mitgebracht hatte.

Der Kronprinz wies Richard einen Platz auf dem mit einem kostbaren rotgrundigen Teppich belegten Sofa zu, das unter einer zeltartigen Überdachung aus gelb-rot gestreiftem Seidenstoff stand, unter der zusätzlich noch ein roter, weiß gepunkteter Himmel gespannt war. Der Baldachin wurde von den Klauen eines mächtigen, darüber schwebenden Adlers in der Höhe zusammengehalten. Die Einrichtung mit ihren Hockern und Teppichen, den mit Intarsien aus Perlmutt und Elfenbein eingelegten Tischchen und dem ganzen Nippes, vor allem arabischen Rauchutensilien, entsprach zwar nicht Richards Geschmack. Ihm war der Raum zu überladen. Dennoch fand er das »Türkische Zimmer« gemütlicher als die meisten Appartements in der Hofburg oder in Schloss Schönbrunn, die er kennengelernt hatte.

Anstatt sich zu ihm zu setzen, durchmaß Rudolf mit langen Schritten den Raum. »Es ist gut, dass du gekommen bist«, sagte er zu Richard. »Ich habe mich gerade ganz arg über meinen Großonkel Albrecht geärgert. Am liebsten würde ich ihm in Moritz Szeps' Gazette eins auswischen und einen deftigen Artikel verfassen. Aber entweder würde Moritz den um des lieben Friedens willen entschärfen oder das Risiko eingehen, dass schon wieder eine ganze Ausgabe beschlagnahmt wird.«

Dies war ein häufiges Mittel des Ministerpräsidenten, Graf Eduard von Taaffe, um ihm unliebsame Journalisten mundtot zu machen. Da man die Zeitungen nur in bestimmten Verkaufsläden, Trafiken genannt, erwerben konnte, in denen auch die Abonnenten ihre Exemplare täglich abholen mussten, war es der Polizei ein Leichtes, eine ganze Ausgabe ohne großen Aufwand zu konfiszieren.

»Was hat dein Großonkel denn nun wieder verbrochen?«, fragte Richard pflichtschuldigst.

»Er hat erneut versucht, meinen Vater gegen mich aufzuhetzen. Ich habe einen Leitartikel über die unselige Reform der Schulgesetze verfasst, die es Protestanten und Juden verbieten, als Lehrer an staatlichen Schulen zu arbeiten. Das stiftet nur permanent Unfrieden! Doch mein erzkonservativer Großonkel unterstützt natürlich die Klerikalen in ihren Bemühungen, alles, was nicht gut katholisch ist, in die Schranken zu weisen.«

»Aber du schreibst deine Artikel doch anonym«, wandte Richard erstaunt ein. »Woher will Albrecht denn wissen, dass du der Verfasser bist?«

»Ich weiß es nicht«, gab Rudolf zu. »Möglicherweise schießt er einfach ins Blaue. Er kennt meine liberalen politischen Ansichten und missbilligt sie auf das Schärfste. Und dass Moritz Szeps, genau wie du, zu meinen treuesten Freunden zählt, ist ja stadtbekannt.«

»Und womit hat er deinen Vater gegen dich aufgebracht?«

»Mal wieder mit dem leidigen Thema, was eines zukünftigen Kaisers würdig ist und was nicht. Ich habe es bis obenhin satt.« Rudolf strich sich mit der Handkante über die Stirn. Seine Augen schimmerten grünlich, wie meistens, wenn er erregt war. »Und daher hat mein Altvorderer nur für alle Fälle bei der heutigen Audienz angemahnt, dass ein Kronprinz kein Journalist sei und mehr Distanz zum gemeinen Volk wahren müsse, als ich es tue. Dabei wollte ich endlich über den elenden Zustand der Ausrüstung meiner Truppe mit ihm sprechen. Die Leute haben nicht einmal vernünftiges Schuhwerk.«

Seit dem letzten Jahr war Rudolf Kommandant der in Wien stationierten 25. Infanterie-Division.

»Dazu kam es dann aber nicht«, ergänzte er, was Richard bereits geahnt hatte. »Es ist ein nicht enden wollendes Elend. Mein Vater nimmt mich einfach nicht ernst!« Er ballte die Hände zu Fäusten und holte tief Luft, als könnte er sich dadurch beruhigen.

»Aber genug davon! Was führt dich denn heute zu mir?«, lenkte er dann das Thema auf Richards noch nicht näher erläutertes Anliegen.

Er musterte seinen Freund scharf, als dieser nach Worten rang. »Los, heraus damit! Hat es mit deinem Herkules zu tun? Er hat sich offensichtlich beim gestrigen Reitkarussell verletzt.«

Richard nickte betreten und schilderte Rudolf in dürren Worten sein Dilemma. »Kurzfristig brauche ich schon wieder ungefähr fünfzehnhundert Gulden«, schloss er mit gedämpfter Stimme. »Ich muss die Baltazzis bezahlen und mir darüber hinaus ein neues Pferd kaufen. Und das beschädigte Kostüm ersetzen.«

Er spürte, dass sein Gesicht heiß wurde. »Und du weißt ja, dass ich meinen Onkel nicht um diese Summe bitten und mein Vater sie mir nicht geben kann. Obwohl er mir selbst dann nichts geben würde, wenn er genug Geld hätte, um meine Schulden zu tilgen«, fügte er beschämt hinzu.

»Nuun«, sagte Rudolf gedehnt. »Dann muss ich dir wohl erneut unter die Arme greifen. Schließlich wärst du in den Augen der Wiener Gesellschaft kein Ehrenmann mehr, wenn du deine Schulden nicht bezahlen würdest.«

»Ich danke …«, setzte Richard an, als Rudolf ihm mit erhobener Hand Einhalt gebot.

»Doch diesmal verlange ich etwas für meinen Freundschaftsdienst«, sagte er.

Verlegen blickte Richard auf seine Hände. »Alles, was in meiner Macht steht, werde ich tun, um dir die Summe und auch das Geld, das du mir schon davor geliehen hast, zurückzuzahlen.«

Rudolf lächelte kryptisch. »Daran habe ich gar kein Interesse!«

Richard hob den Kopf. »Was kann ich denn sonst für dich tun?«

»Du könntest endlich mein Angebot annehmen, das ich dir seinerzeit schon in Prag gemacht habe. Werde wieder ein Offizier meines Stabs!«

»Meine Stabsoffiziere sind selbstverständlich beritten!«, deutete er Richards betretenen Gesichtsausdruck richtig. »Als Kommandant einer ganzen Infanterie-Division sind meine Möglichkeiten hier in Wien bedeutend besser als weiland in Prag. Und wenn du willst, darfst du auch weiterhin an den Rennen in der Freudenau oder meinethalben sogar im böhmischen Pardubitz teilnehmen.«

Richard fiel ein Stein vom Herzen. »Dann nehme ich dein Angebot mit Freuden an«, stimmte er zu. »Gleich morgen reiche ich meinen Abschied bei den Dragonern ein.«

»Das musst du gar nicht tun, Richard«, entgegnete Rudolf. »Es reicht, wenn du dich dort einfach beurlauben lässt.«

# Kapitel 4

## Café Prinzess in Wien

### *Februar 1886, ungefähr zwei Jahre später*

»Oh nein!« Noch bevor Sophie nach ihr greifen konnte, rollte die kleine Blumenvase, die sie gerade umgestoßen hatte, schon über den hölzernen Tisch und zersprang in tausend Scherben, als sie auf den Steinfliesen aufschlug.

»Aber Phiefi!« Mimi, ein Serviermädchen des Cafés, dem Sophie dabei geholfen hatte, kleine Sträuße aus Röschen, Nelken und Immergrün mit goldenen und silbernen Bändern zu umwinden und danach in die kleinen Vasen zu stecken, betrachtete sie mit einer Mischung aus Missbilligung und Mitgefühl. »Der Herr Danzer wird traurig sein«, fügte sie ungeachtet der bereits feuchten Augen Sophies hinzu. »Es war'n vierundzwanzig Stück, erst vor'n paar Tagen gekauft. Sind alle handbemalt, die Vaserl.«

Verzweifelt starrte Sophie auf die Scherben, während ihr die Tränen nun wie ein Sturzbach über die Wangen liefen. *Und ich habe keinen Kreuzer, um Onkel Stephan den Schaden zu ersetzen.* Sie schluchzte auf.

Mimis Mitgefühl gewann die Oberhand. »Jetz wein doch ned so, Phiefi! Er wird scho ned so arg schimpfen.«

»Da hat die Mimi wohl recht, Phiefi«, ertönte in diesem Moment Onkel Stephans Stimme in ihrem Rücken. »Solch ein Missgeschick kann jedem passieren. Du hast es doch nicht mit Absicht getan.«

Sophie schüttelte so heftig den Kopf, dass sich einer ihrer Zöpfe, die am Hinterkopf zu einem Dutt gesteckt waren, aus diesem löste. Noch immer brachte sie keinen Ton heraus.

»Mach die Sträußchen eben allein fertig, Mimi«, wies Stephan Danzer seine Untergebene an. »Ich muss die Phiefi erst einmal trösten.«

Er legte seiner Nichte den Arm um die Schulter und führte sie hinaus in den Caféraum. »Es ist grad noch nicht viel los. Komm, wir setzen uns hier an den kleinen Tisch in der Nische. Soll ich dir eine heiße Schokolade bringen lassen? Oder …«, er stockte kurz. »Oder eine Mandelmelange?«

Tatsächlich erreichte Danzer sein Ziel. Verblüfft blickte Sophie auf und hörte unmittelbar auf zu schluchzen. »Ja … ja, darf ich denn schon …?«, stammelte sie.

Danzer nickte lächelnd. Sein rundes Gesicht erinnerte jetzt an einen gutmütigen Vollmond. »Du wirst doch schon im Juni sechzehn, Phiefi. Da machen die paar Monate keinen Unterschied.«

»Ja, sehr gerne, Onkel Stephan!«, nickte Sophie begeistert. »Die Mandelmelange wollte ich immer schon kosten.«

Obwohl Sophie die Mokkaprinzentorte essen durfte, seit sie zwölf Jahre alt war, hatte Onkel Stephan ihr die Mandelmelange bislang verweigert. Das lag nicht allein am starken Arabica-Kaffee, den er dafür verwendete, sondern vor allem an dem Tropfen Bittermandelöl, den er der aufgeschäumten Milch beifügte. Sophie erinnerte sich daran, dass Onkel Stephan am Tag von Nikkis Tod einen Professor aufgesucht hatte, der ihm versicherte, ein einziger Tropfen, zudem noch in heißer Milch aufgelöst, sei für Erwachsene völlig unschädlich. Bei seiner geliebten Nichte Phiefi hatte Stephan Danzer trotzdem bislang nicht das geringste Risiko eingehen wollen, sosehr sie auch darum bettelte, das Getränk einmal kosten zu dürfen.

Verzückt schloss Sophie die Augen, als sie den ersten Schluck Mandelmelange trank, den ihr eine der Serviererinnen auf

Anweisung ihres Onkels gebracht hatte. »Köstlich!«, schwärmte sie. »Wahrhaft köstlich!«

Jetzt betrachtete sie auch den schon mit der Faschingsdekoration geschmückten Caféraum zum ersten Mal bewusst, seit sie vor ungefähr einer Stunde gekommen war. Überall zwischen den weißen Stuckornamenten hingen venezianische Masken in allen Farben, Formen und Größen an den mit gelben Seidentapeten bezogenen Wänden. Die runden Marmortischchen mit den geschwungenen weißgoldenen Füßen waren mit Tischdecken bedeckt, die mit Faschingssymbolen bestickt waren. Auf den Tischen glitzerte verstreuter Goldflitter im Licht der kostbaren, mit Gaslicht betriebenen Lüster aus böhmischem Glas.

Seinerzeit hatten Annerl und Stephan Danzer all ihre Ersparnisse in die Einrichtung des neuen Caféraums investiert. Ihr Vorbild waren dabei Abbildungen der Räume im Schloss Schönbrunn gewesen.

»Wunderschön habt ihr hier alles gerichtet!« Wieder fiel ihr die zerbrochene Vase ein. Jede zeigte eine Figur in einem anderen Faschingskostüm. Onkel Stephan hatte die Väschen wohl eigens für diese Zeit im Jahr gekauft. Die Wiener feierten Fastnacht in vollen Zügen.

Verlegen knetete Sophie ihre Hände. »Und du bist mir wirklich nicht böse wegen des Vaserls?«

Der Onkel runzelte in gespielter Strenge die Stirn. »Nur unter einer Bedingung nicht, Phiefi. Du sagst mir ganz ehrlich, was dich bedrückt. Schon seit du heute Nachmittag hergekommen bist, wirkst du auf mich, als läge dir etwas schwer auf der Seele.«

Wieder füllten sich Sophies Augen mit Tränen. Wie gut der Onkel sie kannte!

»Ich … ich«, begann sie unbeholfen, bis es aus ihr herausplatzte. »Ich habe kein Faschingskostüm. Zumindest keins, mit dem ich auf den Ball bei den Vetseras gehen könnte, zu dem sie mich eingeladen haben. Hanna verkleidet sich als Rose und

Mary als Schwan. Nur ich«, sie hielt inne und biss sich auf die Lippen. Die Mutter hatte es ihr ausdrücklich verboten.

»Nur du hast kein Kostüm, in dem du dich sehen lassen kannst«, beendete Onkel Stephan ihren angefangenen Satz.

Sophie nickte stumm.

»Was würde dir denn vorschweben?«

»Ich darf dich nicht um ein Kostüm bitten.« Jetzt war Sophies Stimme so leise, dass sich Danzer zu ihr hinüberbeugen musste. »Die Mutter will's nicht leiden.«

»Henriette will nicht, dass ich dir ein Kostüm besorge?« Jetzt war Danzer verblüfft. »Aber warum denn nicht, liebes Kind?«

Sophie holte tief Luft. »Sie sagt, du tust ohnehin schon so viel für uns. Wir dürfen dich nicht immer um Geld angehen, nur weil mein Stiefvater ...« Sie stockte und biss sich schon wieder auf die Lippen.

»Nur weil dein Stiefvater mit dem Geld deiner Mutter so sehr geizt, als hätte er es mühevoll und unter Schmerzen mit eigenen Händen erworben«, beendete Danzer erneut Sophies Satz, nun mit einem sarkastischen Unterton.

Tatsächlich hielt Arthur von Freiberg seit einiger Zeit selbst von Kairo aus seine Familie außerordentlich knapp und hatte ihr das monatliche Salär schon einige Male gekürzt. »Wahrscheinlich, weil der Kaiser ihn noch immer nicht in den Freiherrnstand erhoben hat«, hatte Danzer sofort gemutmaßt, als Henriette ihm zum ersten Mal von dem bescheidenen Wirtschaftsgeld erzählte, das vorn und hinten nicht reichte. Zumindest nicht, um das luxuriöse Leben zu führen, das die Familie aus früheren Zeiten gewohnt war.

»Papperlapapp«, reagierte Danzer jetzt unwirsch auf Sophies Bedenken. »Wenn du eine Einladung zu einem Faschingsball hast, sollst du auch hingehen und mit den andern Maderln in deinem Alter mithalten können. Als was würdest du dich denn gerne verkleiden?«

»Als Meerjungfrau!« Die Worte waren heraus, bevor Sophie nachgedacht hatte.

»Soso, als Meerjungfrau«, nickte Danzer lächelnd. »Das dünkt mich, ein gar ungewöhnliches Kostüm zu sein.« Er warf einen Blick auf die goldumrahmte Wanduhr über der Kuchentheke. »Noch keine drei Uhr«, konstatierte er. »Vor vier Uhr wird es sicher nicht sehr voll werden. Lass uns doch gleich zum Kostümverleiher um die Ecke gehen und schauen, was er so auf Lager hat. Vielleicht ist ja ein Meerjungfrauenkostüm dabei. Und wenn nicht, lass ich dir halt eins schneidern! Wann findet der Ball denn statt?«

»Am Freitag in der nächsten Woche!« Sophie konnte ihr Glück kaum fassen, zumal sie sich ursprünglich fest vorgenommen hatte, Onkel Stephan nichts von ihrer Misere zu erzählen.

Der Onkel nickte. »Bis dahin sind noch zehn Tage Zeit. Das sollte wohl reichen, um dich auszustaffieren!«

## Palais Vetsera in Wien

### *Februar 1886, Freitag vor Faschingssonntag*

Tapfer folgte Sophie Helene Vetsera und Mary zu der letzten der ältlichen Matronen, denen die Baronin ihre jüngere Tochter und Sophie zum Auftakt des Kostümballs in ihrem Palais vorstellte. Es war Marys und Sophies erster Auftritt bei einer Abendgesellschaft. Zwar noch nicht das offizielle Debüt, wie man die Einführung junger Komtessen in die Gesellschaft nannte, aber immerhin ihre erste Teilnahme an einem Ball für Erwachsene.

»Liebe Gräfin von Thurn und Taxis, hier bringe ich Ihnen meine Tochter Mary und ihre Freundin Sophie von Werdenfels.«

Mary und Sophie knicksten höflich. Die korpulente Dame mit den Hängebacken, die in ihrem rosafarbenen Kostüm eher einem Schwein ähnelte als dem Flamingo, den sie darstellen wollte, lächelte Mary freundlich an. »Aus dir ist ja eine richtige Schönheit geworden, Komtess«, betonte die Gräfin. »Komtess« wurde jede junge Adlige bis zu ihrer Verheiratung genannt. »Und wie wunderbar dir dein Schwanenkleid zu Gesicht steht!«

Mary blickte die Gräfin keck mit ihren dunkelblauen Augen an und erwiderte deren Lächeln. »Ich danke Ihnen für Ihr Kompliment«, säuselte sie.

Nun schob Helene Vetsera Sophie nach vorn die noch einmal knickste. »Und dies ist Sophie von Werdenfels, verehrte Gräfin.« Deren Lächeln erstarrte. »Leider ist ihre Mutter Henriette unpässlich und kann sie daher heute Abend nicht begleiten und persönlich vorstellen.«

»Soso«, kommentierte Frau von Thurn und Taxis Helenes Erläuterung. Um dann laut auszusprechen, was sich die anderen Damen verkniffen hatten, obwohl Sophie zu wissen glaubte, was sie sich dachten. »Das tut mir sehr leid zu hören.« Sie streifte Sophie mit einem kühlen Blick. »Ich kannte deine Mutter, als sie noch mit Baron Nikolaus von Werdenfels verheiratet war. Wer hätte gedacht, dass sie eine weitere Ehe unter ihrem Stand eingeht.«

Helene Vetsera zog scharf die Luft ein und öffnete bereits den Mund, um zu protestieren, als die Gräfin ihre fette Hand hob. »Sparen Sie sich Ihren Protest, Baronin! Ich spreche doch nur aus, was alle Welt denkt.«

Das Schlimmste war, dass die Gräfin von Thurn und Taxis die Wahrheit sagte, was Sophie nur zu gut wusste.

In diesem Moment mischte sich Mary ein. »Komm, Mama!«, bat sie aufgeregt. »Onkel Hector stellt schon die Tänzer vor.«

Hector Baltazzi, einer der jüngeren Brüder Helenes, hatte heute Abend die Rolle des Tanzmeisters übernommen, der das Tanzzeremoniell leitete. Mit fest aufeinandergepressten Lippen und zu Fäusten geballten Händen, die Sophie in den Falten ihres Meerjungfrauenkostüms verbarg, folgte sie Helene und Mary.

Noch vor dem Aufbruch zum Ball hatte Sophie vergeblich versucht, ihre Mutter dazu zu bewegen, sie heute Abend zu den Vetseras zu begleiten. Doch wie immer seit Nikkis Tod hatte Henriette Kopfschmerzen vorgeschützt und sich geweigert, ihr Schlafzimmer zu verlassen.

*Wenigstens muss ich sie dann nicht über die Herkunft des Meerjungfrauenkleides belügen und behaupten, Marys Mutter hätte es mir geliehen,* dachte Sophie noch, als die Equipage der Vetseras vorfuhr, um sie abzuholen. Tatsächlich war das petrolgrüne, ins Dunkelblaue changierende Seidenkleid mit den an Dekolleté, Taille und Saum aufgenähten Seerosen und dem mit Silberfäden eingestickten Meeresgetier aller Art ein Geschenk ihres Onkels und im teuren Schneidersalon der Madame Spitzer eigens für Sophie angefertigt worden. Es brachte ihre grünen Augen und blonden Haare, in die ebenfalls rosa-weiße seidene Seerosen gesteckt waren, wunderbar zur Geltung. »Schließlich sollst du hinter all den anderen Komtessen doch nicht zurückstehen!«, hatte ihr Onkel gestern noch gesagt, als er das Kostüm im Palais Vetsera abgeliefert hatte. Er selbst, aber auch Helene, Hanna und Mary waren begeistert gewesen, als sie es anprobierte.

Trotzdem entpuppte sich der heutige Abend, auf den Sophie sich so sehr gefreut hatte, von Anfang an als Enttäuschung, die auch jetzt kein Ende nehmen wollte. Nach der schlecht verhohlenen Ablehnung der adligen Matronen, die Sophie offensichtlich nicht zur wirklich guten Gesellschaft zählten, fand sich nun auch kein Tänzer, der Sophie zum Kotillon führen wollte.

Das war der Gesellschaftstanz, der den Höhepunkt eines jeden Ballabends bildete und dessen komplizierte Figuren Sophie gestern Nachmittag gemeinsam mit den Vetsera-Schwestern unter Anleitung eines Tanzlehrers eigens noch einmal geübt hatte. Vergebens, wie sich jetzt herausstellte.

Tatsächlich blieben nur sie und die mollige, schon neunzehnjährige Komtess Annelie von Wilczek ohne einen Tänzer übrig. Annelies Schicksal war sogar noch bedauernswerter als das Sophies. Denn sie hatte ihr Debüt schon längst hinter sich und verbrachte bereits ihre dritte Saison als Komtess, ohne trotz ansehnlicher Mitgift bislang einen einzigen Bewerber um ihre Hand gefunden zu haben. Wahrscheinlich würde sie eine alte Jungfer werden.

Trotz ihres Mitgefühls für Annelie fand Sophie das Schicksal einfach ungerecht. Sie war rank und schlank und viel hübscher als Annelie mit ihren vorstehenden Zähnen, dem dünnen mausbraunen Haar und den Pausbacken. Trotzdem fand sich kein einziger junger Mann, der sich um ihre Gunst bemühte. Offensichtlich hatte Helene Vetsera zu wenig junge Männer geladen, um alle Komtessen mit Tanzpartnern für den Kotillon zu versehen. Oder ein paar waren einfach nicht erschienen.

Möglichst unauffällig zog sich Sophie in eine Ecke der Spiegelgalerie zurück, wie man den Ballsaal im Palais Vetsera aufgrund seiner mannshohen, mit barocken goldenen Rahmen eingefassten Spiegel an den Längswänden nannte. Das Licht der vielen, mit Gas betriebenen Kerzen spiegelte sich darin. Doch Sophie hatte keinen Blick für die Pracht rings um sich herum. Sie wünschte sich zurück in ihre bescheidene Kammer im Palais Werdenfels.

»Darf ich mich um einen Walzer bemühen und mich in Ihre Tanzkarte eintragen?« Überrascht blickte Sophie auf. Prinz Miguel von Braganza, der aus Portugal vertriebene Thronprätendent, stand vor ihr und machte eine artige Verbeugung. Er hatte das Rennen als Tanzpartner von Mary Vetsera beim Kotillon unter etlichen anderen Bewerbern gemacht.

Sophie wusste, dass sich Marys Mutter Helene viel davon versprach, dass der Prinz ihrer Tochter bereits seit dem Beginn der Faschingssaison den Hof machte. Zwar wurde Mary erst im nächsten Monat fünfzehn Jahre alt und war damit noch zu jung für die Ehe. Aber sie war bereits weit entwickelt und wirkte dadurch älter.

Außerdem hatte Helene Marys Vater Albin ebenfalls schon

im zarten Alter von erst sechzehn Jahren geheiratet und erhoffte sich für ihre ganze Familie den Aufstieg in die Hocharistokratie, wenn Miguel, ein enger Freund des Kronprinzen Rudolf, ihre Jüngste ehelichte.

Mary selbst war von diesen Aussichten wenig begeistert. »Er ist viel zu alt für mich«, beklagte sie sich bei Sophie. »Ein Witwer mit drei Kindern!« Sie seufzte schwer. »Aber es bleibt mir gar nichts anderes übrig, als ihn hinzuhalten und so zu tun, als ob er Aussichten hätte. Sonst wird Mutter richtig wütend auf mich.«

Und das wollte etwas heißen! Denn Mary war Helenes Liebling und wurde in der Regel sehr nachsichtig behandelt.

»Immerhin erzählt er mir von Rudolf«, fügte Mary hinzu. »Das tröstet mich darüber hinweg, dass er selbst so langweilig ist.«

Sophie konnte Marys Klagen nur schwer nachvollziehen. Natürlich war Miguel von Braganza mit zweiunddreißig Jahren bereits ein erwachsener Mann. Aber er sah recht gut aus mit seiner schlanken Statur, den dunklen Haaren und Augen und erinnerte Sophie entfernt an Richard von Löwenstein.

Etwas getröstet reichte sie Miguel ihre Tanzkarte, in die er sich sogar für zwei Tänze eintrug, eine Polka und einen Walzer. Ihre Zuversicht verflog jedoch rasch, als sich auch Hannas Kotillonpartner, einer der jüngeren Grafen Kinsky, sowie Helenes Brüder Aristides und Heinrich Baltazzi um Tänze mit ihr bewarben. Offensichtlich hatten die Damen Vetsera bei den Herren etwas nachgeholfen, um zu verhindern, dass Sophie als Mauerblümchen den ganzen Abend über sitzen blieb.

*Wäre diese Farce nur schon vorbei,* seufzte sie still in sich hinein und wünschte sich meilenweit weg.

Missmutig schreckte Richard aus seinen trüben Gedanken auf, als die Mietdroschke mit einem heftigen Ruck vor dem Palais Vetsera in der Salesianergasse zum Stehen kam. Eigentlich verspürte er nicht die geringste Lust dazu, jetzt auch noch einen Faschingsball zu besuchen.

Aber das war immer noch besser, als mutterseelenallein in seiner dunklen Zweizimmerwohnung in der Hofburg zu hocken. Diese Unterkunft im Erdgeschoss eines Hofgebäudes hatte er durch Rudolfs Empfehlung bekommen und bewohnte sie, seitdem er vor zwei Jahren wieder als Ordonnanzoffizier dessen Stab beigetreten war. Immerhin kostete sie ihn nur wenige Gulden im Monat. Zudem war er, wie alle Bewohner der Hofburg, dazu berechtigt, sehr gute und trotzdem preiswerte Mahlzeiten aus der Hofküche zu beziehen. Auch sein Bursche war in einer Gesindekammer gut untergebracht.

Trotzdem hatte die Sache einen großen Haken: Damenbesuch konnte er nicht mit in die Burg bringen. Die strengen Vorschriften für unverheiratete Männer galten auch für ihn.

Also hatte er heute Abend eine luxuriöse Suite im Grand Hotel am Kärntner Ring gemietet, die er sich eigentlich gar nicht leisten konnte. Denn sein Sold war durch seine Zugehörigkeit zu Rudolfs Stab nicht maßgeblich gestiegen, zumal er nach wie vor im Rang eines Hauptmanns verharrte.

Doch für Olga Popova, die aus Russland stammende Ballerina an der Wiener Hofoper, in die Richard sich vor einigen Wochen bis über beide Ohren verliebt hatte, war das Beste gerade gut genug. Zumal er sicherlich nicht der Einzige war, der diesen aufgehenden Stern am Wiener Theaterhimmel umschwärmte.

Richard hatte die Tänzerin vor vier Wochen zum ersten Mal gesehen, als er eine Vorstellung des Balletts *Giselle* besuchte. Hier tanzte Olga zwar nur eine Nebenrolle, aber von seinem Sitz in der Hofloge des Kronprinzen aus fiel ihm ihre rassige Schönheit sofort auf.

Eigentlich wollte auch Rudolf der Vorstellung beiwohnen. Doch nun war das eingetreten, was Richard schon seit Jahren befürchtete: Rudolf hatte sich einen Tripper geholt, wie man die Geschlechtskrankheit Gonorrhoe im Volksmund bezeichnete.

Und schlimmer noch, er schien auch seine Ehefrau Stephanie damit angesteckt zu haben.

Seither hing nicht nur der vorher schon wacklige Haussegen in der Ehe des Kronprinzen endgültig schief. Denn beide hatte die Krankheit ungewöhnlich heftig getroffen: Rudolf litt an einer schweren Entzündung der Harnwege. Die Infektion war darüber hinaus auf beide Augen übergesprungen, eine häufige Begleiterscheinung des Trippers. Rudolfs Leibarzt meinte, die Entzündung sei wahrscheinlich eine Folge davon, dass sich der Thronfolger seine Augen unmittelbar nach der Berührung der infizierten Genitalien mit ungewaschenen Händen gerieben habe.

Noch schlimmer schien es die Kronprinzessin getroffen zu haben. Sie litt unter so heftigen Leibschmerzen, dass die Ärzte befürchteten, dass sich ihr ganzer Unterleib entzündet hatte. Dadurch könne sie auf Dauer unfruchtbar werden, eine zwar seltene, aber sehr gravierende Begleiterscheinung der Gonorrhoe, hatte Rudolf Richard bei ihrem letzten Treffen verzweifelt anvertraut.

Nun lag der Kronprinz mit hohem Fieber zu Bett und würde, sobald es beiden möglich war, gemeinsam mit seiner Frau eine Genesungsreise auf die vor Dubrovnik gelegene Mittelmeerinsel Lacroma antreten. Damit war Richards beständige Zusatzgeldquelle erst einmal versiegt.

Ohnehin würden die paar Gulden, die Rudolf ihm hie und da zusteckte, für die Aufwendungen, die er jetzt für Olga Popova hatte, gar nicht reichen. Deswegen hatte Richard schon nach seinem ersten Treffen mit der schwarzhaarigen schwarzäugigen Schönheit einen Geldverleiher aufgesucht, der ihm eintausend Gulden zu einem horrenden Zinssatz geliehen hatte.

Einen Teil dieser Summe setzte Richard noch am gleichen Abend wagemutig am Spieltisch ein. Und Fortuna war ihm tatsächlich hold. Mit mehr als dreihundert Gulden Gewinn verließ er das Casino. Doch das Geld rann ihm wie Sand durch die Finger, seit er Olga kannte.

Noch am Abend der Vorstellung, in der er sie zum ersten Mal sah, schickte er der Tänzerin einen Strauß langstieliger roter Rosen und teuren Champagner in ihre Garderobe. Doch seine Hoffnung, sie würde darauf mit einer Einladung reagieren, erwies sich als nichtig. Er hörte an diesem Abend rein gar nichts von ihr.

Bereits zur nächsten Vorstellung war er wieder erschienen, hatte wieder Blumen und Champagner geschickt und wieder nichts von Olga gehört.

Schließlich kaufte er sich eine Karte für einen Platz nahe der Bühne in der zweiten Reihe des Zuschauerraums, für die er ebenfalls weit mehr bezahlen musste, als er sich eigentlich leisten konnte. Doch diesmal lohnte sich der Einsatz. Er warf Olga sein Rosenbukett gleich zu, als sie sich mit dem gesamten Ensemble nach der Vorstellung vor dem stürmisch applaudierenden Publikum verneigte.

Auch aus der Nähe betrachtet war Olga weitaus attraktiver als die Primaballerina, die die Giselle tanzte. Daher erhielt sie auch ein Vielfaches an Blumen. Richards Herz begann, wie rasend zu klopfen, als Olga aus dem Meer an Gebinden, das zu ihren zierlichen Füßen lag, nur seinen Strauß aufhob, ihn an ihre Lippen drückte und ihm danach eine Kusshand zuwarf.

Nachdem er weiteren Champagner in ihre Garderobe geschickt hatte, war ihm diesmal die Einladung zuteilgeworden, nach der er sich sehnte. Olga erlaubte ihm, sie nach der Vorstellung auszuführen. Sie suchte sich dazu das Restaurant des Hotels Sacher aus, eins der teuersten in ganz Wien.

Richard hatte gar nicht so viel Geld dabeigehabt, wie er nach dem intimen Abendessen in einem der Separees entrichten musste. Nur die Tatsache, dass er zu Rudolfs Stab gehörte und in der Hofburg residierte, verhalf ihm dazu, die Summe erst am nächsten Tag begleichen zu müssen. Ein Lakai des Sacher brachte ihm die Rechnung von über fünfzig Gulden, mehr als ein Viertel seines monatlichen Solds, in seine Wohnung.

Dennoch hatte er diese Unkosten bis jetzt keinen einzigen Moment lang bereut. Olga war eine bezaubernde Frau, die in ihrem Leben zunächst nicht vom Glück verfolgt worden war, wie sie ihm treuherzig anvertraute. Sie stammte aus einer verarmten russischen Adelsfamilie, hatte sich schon als Kind dem Tanz verschrieben und war von zu Hause ausgerissen, um sich einer wandernden Schaustellergruppe anzuschließen, erzählte sie ihm schon bei ihrer ersten Begegnung. Durch harte tägliche Übung sei sie schließlich zu einer russischen Ballettgruppe gestoßen, mit der sie vor einiger Zeit nach Wien gelangt war. Nach Auftritten in verschiedenen Tingeltangel-Etablissements habe sie es nach einiger Zeit geschafft, sich bis ins Ballett der Hofoper zu tanzen. Dort sei sie, ebenfalls durch härteste Übung, vom Corps jetzt zur Einzeltänzerin aufgestiegen.

Hätte Richard nur einmal mit kühlem Kopf nachgerechnet, wie Olga, die behauptete, erst zwanzig Jahre alt zu sein, dies alles in solch kurzer Zeit geschafft haben wollte, wäre er womöglich misstrauisch geworden. Doch da war er dem Charme der glutäugigen Tänzerin bereits rettungslos erlegen. Sein ansonsten scharfer Verstand war wie ausgeblendet. Auch weil Olga ihn zunächst an der kurzen Leine führte.

Trotz weiterer kostspieliger Begegnungen hielt sie ihn volle drei Wochen lang schamhaft hin, bis sie endlich bereit war, seiner immer drängender werdenden Leidenschaft nachzugeben. Erst vor einer Woche war es zur ersten Liebesnacht im Grand Hotel gekommen, die Richard endgültig in Olgas Bann geschlagen und ihm die Sinne vollends vernebelt hatte.

Wieder fragte er sich keine Sekunde lang, woher die angeblich im Bett fast unerfahrene Frau ihre zahlreichen Kniffe hatte, die er bislang nur aus dem Dirnenmilieu kannte. »Ich bin wohl ein Naturtalent in der Liebe«, strahlte Olga ihn an, als er sie, erschöpft von einer weiteren leidenschaftlichen Umarmung, umfangen hielt und sein Erstaunen darüber äußerte, welche überwältigenden Gefühle sie in ihm auslöste.

Dass sie keine Jungfrau mehr war, überraschte Richard nicht, im Gegenteil, er bedauerte sie sogar. »Es war nicht leicht für mich, meinen Weg zu gehen«, hatte ihm Olga mit niedergeschlagenen Augen bereits bei ihrem ersten Treffen im Sacher verraten. »Ich musste alles in die Waagschale werfen, was mir zu Gebote stand, wenn Sie verstehen, was ich meine«, fügte sie mit ihrer rauchigen Stimme und ihrem unverkennbar fremdländischen Akzent hinzu.

Richard war es einerlei. Jetzt schenkte dieses exotische Wesen *ihm* seine Liebe. Er hielt sich für den glücklichsten Mann der Welt.

Heute war er allerdings zum ersten Mal aus seinem Wolkenkuckucksheim hart auf dem Boden der Tatsachen angekommen. »Ich habe eine große Bitte an dich«, hatte Olga ihm ins Ohr geflüstert, als sie am Morgen nach ihrer Liebesnacht im Bett ihres Zimmers im Grand Hotel erwachten. »Doch ich weiß nicht, ob du sie mir erfüllen willst.« Sie biss sich mit einem traurigen Gesichtsausdruck auf die vollen roten Lippen.

»Ich tue alles für dich, meine Geliebte! Alles, was du willst!«, beteuerte Richard.

Sie lächelte ihn strahlend an. »Dann wünsche ich mir für unsere nächste Begegnung eine der Fürstensuiten hier im Hotel!«

Richard hatte geschluckt. Bereits für dieses Zimmer musste er dreißig Gulden für eine einzige Nacht entrichten. Eine Suite würde noch um einiges teurer sein.

Und tatsächlich hatte er für die mit erlesener Eleganz eingerichtete Zimmerflucht, in der die heutige Verabredung stattfinden sollte, einhundert Gulden bezahlen müssen, als er sie vorgestern reservierte. Doch heute war Olga gar nicht erschienen, sondern hatte ihm lediglich ein Billett an die Rezeption geschickt.

»Ich kan heute Abent nicht komen.« Ihre mangelhafte Rechtschreibung fiel ihm zum ersten Mal auf. Er hielt sie jedoch für eine Folge ihrer russischen Abstammung. »Ich mus für eine erkranckte Kolegin die Königin der Wilas tanzen. Das ist eine ganz herliche«, das nächste Wort konnte er nur dem Zusammenhang des Briefchens nach erschließen, »Schannse für mich, die ich nuzen mus. Das verstest du doch. In Libe Olga.«

Eigentlich hätte Olga heute Abend freihaben sollen. Zwar verstand Richard sehr wohl, dass es für sie einen erneuten Aufstieg bedeutete, diese Rolle endlich tanzen zu dürfen. Die »Königin der Wilas« war die bedeutendste Rolle im Ballett *Giselle* nach der der Primaballerina. Olga beherrschte sie zwar, war aber als Ersatztänzerin bislang zu keinem aktiven Einsatz gekommen.

Richards Enttäuschung war dennoch maßlos. Zumal Olga zuvor bereits die ganze Woche vorgeschützt hatte, wichtige Proben nicht versäumen zu dürfen, und daher abends zu müde war, um ihn zu treffen.

Natürlich weigerte sich der Hoteldirektor, Richard auch nur einen Kreuzer der einhundert Gulden zurückzuerstatten. Dennoch hatte er Glück im Unglück gehabt. Gerade als er frustriert überlegte, ob er allein in diesem Luxus nächtigen sollte, um die ungeheure Summe wenigstens nicht ganz umsonst bezahlt zu haben, traf ein ungarischer Graf in Begleitung einer Dame ein, der die Suite nur allzu gern übernahm. Zumal Richard sie bis dahin nicht einmal betreten hatte.

Erst auf dem Weg in seine, im Vergleich zum Grand Hotel geradezu schäbige Wohnung war Richard die Einladung eingefallen, die ihm Aristides Baltazzi bei ihrem wöchentlichen Treffen im Jockey-Club übermittelt hatte. Heute Abend würde im Palais seiner Schwester Helene Vetsera ein Kostümball stattfinden. Zwar war Richard wie üblich in Uniform. Doch es war die Galaversion, die er eigens für das Treffen mit Olga angelegt hatte. Die war weit eleganter als jedes Faschingskostüm. Also hatte er sich auf den Weg gemacht.

Nun stieg er aus der Mietdroschke, entlohnte den Kutscher und betätigte den Messingklopfer an der geschnitzten Eingangstür. Es war bereits nach zehn Uhr. Der Ball hatte längst begonnen, wie er hören konnte, da die Kapelle gerade einen der bekannten Walzer von Johann Strauß spielte. Das Portal war natürlich nicht mehr offen, die geladenen Gäste längst eingetroffen.

Dennoch öffnete man ihm rasch. Nachdem er ihm seinen Umhang abgenommen hatte, führte ihn der offensichtlich ebenfalls für den Kostümball livrierte Lakai mit der altmodischen gepuderten Perücke die geschwungene Marmortreppe hinauf zum Eingang des Ballsaals in der Beletage.

Richard blickte in den festlich geschmückten Raum. Wie er erwartet hatte, war der Tanz in vollem Gange. Unschlüssig trat er von einem Fuß auf den anderen. Die Damen hatten ihre Tänze natürlich längst vergeben, zumindest die hübschen Komtessen in ihren farbenprächtigen Kostümen.

Plötzlich sprach ihn jemand von hinten an. »Oh, wie gut, dass Sie doch noch gekommen sind!« Als er sich umdrehte, sah er Helene Vetsera, die Hausherrin, die als »Nacht« kostümiert war, wie ihm die vielen goldenen Sterne auf ihrem mitternachtsblauen Gewand und in den dunklen Haaren zeigten. Während er sich verbeugte und einen Kuss auf ihre behandschuhte Hand drückte, fiel ihm siedend heiß ein, dass er nicht das geringste Präsent bei sich hatte. *Hätte ich doch wenigstens die Rosen, die ich für Olga bestellt habe, aus der Suite holen lassen,* fuhr es ihm durch den Kopf. *Oder das teure Konfekt behalten, welches ich heute Nachmittag eigens noch im Café Prinzess gekauft habe, anstatt es dem Ungarn für seine Dame zu schenken.*

Doch die Baronin Vetsera schien es gar nicht zu stören, dass Richard mit leeren Händen gekommen war. Sie näherte ihren Mund seinem Ohr. »Ich möchte Sie um einen großen Gefallen bitten.«

Richard lauschte und richtete seinen Blick danach auf eine junge Frau, fast noch ein Mädchen, die in einem reich verzierten grünen Kostüm nahe der Tür in einer Ecke saß und die Tanzenden mit einem traurigen Gesichtsausdruck betrachtete. Es war eine leidlich hübsche Blondine. *Kein Vergleich mit Olga,* dachte er bitter.

Nun fiel ihm noch ein Versäumnis ein. »Aber … aber«, stammelte er und verfluchte sich aufs Neue für seine Nachlässigkeit. »Ich habe leider nichts für den …«

»Wenn Sie ein paar Sträuße für den Kotillon brauchen, nun, daran gibt es keinen Mangel«, erriet Helene Vetsera den nicht ausgesprochenen Rest seines Satzes. Sie nahm seinen Arm und führte ihn in einen Nebenraum, der offensichtlich als Garderobe diente. Dort standen die Kotillonkörbe der Komtessen, in denen diese die Sträuße sammelten, die man ihnen auf dem Höhepunkt des Balls verehren würde. Jetzt waren sie natürlich noch leer.

Helene zog einen Vorhang beiseite. Dahinter stand ein flacher Weidenkorb voller Sträuße. »Bedienen Sie sich!«, forderte sie ihn auf. »Und glauben Sie mir, damit machen Sie ein junges Mädchen heute Abend sehr glücklich.«

*Wenigstens eine Frau, der ich dienlich sein kann,* seufzte Richard innerlich. Dann musterte er die Blumen und griff schließlich nach einem Bukett aus Nelken und Lilien, legte es beiseite und machte sich auf den Weg in den Ballsaal.

Sophie konnte ihr Glück kaum fassen, als sich Richard von Löwenstein artig vor ihr verbeugte, um sie zum Kotillon zu führen. Schon vorher hatten sie zwei Walzer miteinander getanzt.

»Darf ich das gnädige Fräulein bitten?« Sophie bemerkte die Spur von Langeweile nicht, die in Richards Stimme mitschwang.

»Von Herzen gern«, strahlte sie und reichte ihm die rechte Hand. Sie war froh, dass ihr mit einem silbernen Fischschuppenmuster bestickter Handschuh verbarg, dass diese vor Aufregung schweißfeucht war.

»Und welche Meereshoheit stellen Sie dar?«, hatte Richard sie schon gefragt, als er sie zum ersten Mal auf die Tanzfläche führte.

»Oh, keine Hoheit«, antwortete sie bescheiden. »Nur eine schlichte Meerjungfrau.«

»Also lieben Sie das Meer?«

Sophie errötete leicht. »Leider war ich noch nie dort. Aber ich vermute, es würde mir sehr gefallen.«

Der Kotillon erforderte allerdings die ganze Aufmerksamkeit der Mitwirkenden und ließ erst einmal keinen Raum für Konversation. Hector Baltazzi, der Tanzmeister, dirigierte die Paare zu ihren verschiedenen Positionen und gab dann der Kapelle ein Zeichen.

»Begrüßung!«, rief er. Folgsam führten die Tänzer die vorgeschriebenen Schritte aus. Die Herren defilierten im Takt an den Damen vorbei und verbeugten sich, während die Damen ihren Rock leicht rafften und einen Knicks vollführten.

Einzelne Herren begannen bereits, ihre Blumenbuketts, die ihnen einige am Rand der Tanzfläche stehende Diener auf ihr Zeichen hin reichten, an die Damen ihrer Wahl zu verschenken, welche sie strahlend entgegennahmen. Die Komtessen übergaben sie ihrerseits einem Bediensteten, der sie in den mit ihrem Namen gekennzeichneten Korb legte.

Sophie registrierte sehr wohl, dass die Damen keineswegs nur Sträuße von ihren Tanzpartnern erhielten. Sie schmückten ihrerseits auch ausgewählte Herren mit bunten Papierorden, die sie mitgebracht oder von der Gastgeberin erhalten hatten.

Als die Runde zu Ende war und Richard sich ihr wieder näherte, überreichte er ihr den ersten Strauß, den sie bis jetzt erhalten hatte. Die zartrosa Nelken und weißen Lilien korrespondierten wunderbar mit den gleichfarbigen Seerosen an ihrem Kostüm und in ihrem Haar.

*Woher kann er nur gewusst haben, wie mein Faschingsballkleid aussieht?*, überlegte sie kurz, ehe die Freude über diese unerwartete Wendung des Abends wieder überhandnahm und sie sich dem Walzer in Richards Armen hingab, der als nächster Teil des Kotillons angesagt wurde.

Der Kotillon nahm seinen Fortgang. Mehrfach wurden die Tänzer aufgefordert, ihre Partnerin zu wechseln, bei bestimmten Figuren kamen ebenfalls neue Paare zusammen. Sophie hatte Richard schon längst einen ihrer Papierorden an die Uniformjacke gesteckt und weitere Sträuße von Miguel von Braganza und Aristides Baltazzi erhalten.

Natürlich entging ihr nicht, dass die Vetsera-Schwestern, insbesondere Mary, mit Sträußen geradezu überschüttet wurden. Offenbar hielt nicht nur sie selbst Mary für die reizendste junge Dame dieses Abends. Deren üppiges dunkles Haar war am Hinterkopf aufgesteckt und mit Schwanenfedern geschmückt. Aus der Aufsteckfigur heraus fielen ihr einige mit der Brennschere zu Korkenzieherlocken gebrannte Strähnen bis weit über die Schultern. Ihr apartes Gesicht mit den runden Wangen, den dichten, geschwungenen Brauen, dem Grübchen über den herzförmigen Lippen und dem pfirsichfarbenen Teint glich dem ihrer Mutter Helene und war doch gleichzeitig auf seine ganz eigene Art anziehend.

Das über und über mit Federn besetzte weiße Kleid saß Mary wie angegossen und betonte ihre üppige Figur. Sie wirkte mindestens um zwei Jahre älter, als sie mit ihren noch nicht einmal fünfzehn Jahren war. Wäre Sophie dieses Wort schon vertraut gewesen, hätte sie Marys Ausstrahlung als »sinnlich« bezeichnet.

Allerdings erhielten auch andere attraktive junge Damen, allen voran die ebenfalls außerordentlich hübschen Komtessen der Familie Kinsky, viele Sträuße. Deren Körbe quollen vor Blumengaben nahezu über.

Doch Sophie war es einerlei. Selbst wenn sie nicht noch zwei weitere Buketts erhalten hätte, würde sie eine persönliche Gabe von Richard von Löwenstein mit nach Hause nehmen. Dagegen hätte sie keinen der vollen Blumenkörbe der anderen Mädchen eintauschen wollen.

Erst nach über einer halben Stunde endete der Kotillon mit

einer wilden Polka. Völlig außer Atem blieb Sophie stehen, als die letzten Töne der Kapelle verklangen.

Wieder verbeugte sich Richard höflich vor Sophie, nachdem er sie zu einem der Stühle geleitet hatte, die an der Längswand der Spiegelgalerie aufgereiht waren.

»Es war mir ein ganz außerordentliches Vergnügen. Doch leider muss ich mich jetzt verabschieden. Ich wünsche Ihnen noch einen wunderbaren restlichen Abend.«

»Oh, Sie bleiben gar nicht zum Mitternachtssouper?«, fragte Sophie überrascht. Natürlich hatte sie auf Richard als Tischherrn gehofft. Und sich zum ersten Mal auf die feinen Speisen gefreut. Das Dessert hatte die Baronin Vetsera im Café Prinzess bestellt. Natürlich waren auch die Mokkaprinzentörtchen dabei.

Richard verbeugte sich wieder. »Ich bedauere außerordentlich, Komtess von Werdenfels. Doch ich muss meinen Dienst schon morgen in aller Frühe um sechs Uhr antreten und befürchte, zu müde zu sein, wenn ich den Ball jetzt nicht verlasse.«

Obwohl Sophie nicht ahnte, dass dies eine Lüge war, da Kronprinz Rudolf ja krank zu Bett lag und Richard daher am nächsten Tag kommen und gehen konnte, wann er wollte, verspürte sie einen Stich.

Irgendetwas berührte sie unangenehm an seinem Verhalten. *Es ist fast so, als ob er dieses Balls und auch meiner überdrüssig wäre,* dachte sie verunsichert.

Sie bemühte sich um eine gelassene Miene, um ihre Enttäuschung zu verbergen. »Darf ich Ihnen noch eine letzte Frage stellen?«

Richard nickte, eine Spur ungeduldig.

»Woher wussten Sie, welche Blumen so gut zu meinem Kleid passen würden?« Sobald die Frage heraus war, kam Sophie sich töricht vor und hätte die Worte am liebsten zurückgenommen. Sie fühlte, wie sie errötete.

Dennoch war sie von Richards Antwort schockiert. Er lächelte ein wenig mokant. »Ich konnte Ihr Kostüm ja einen

Moment lang in Augenschein nehmen, als die Baronin Vetsera mich bat, Sie zum Kotillon zu führen. Da war es mir natürlich ein Anliegen, unter den zur Auswahl stehenden Sträußen den passendsten auszuwählen.«

»Oh!« Mehr brachte Sophie nicht heraus. Also daher wehte der Wind! Dieser Mann, den sie so anziehend fand, hatte ebenfalls nur aus Mitleid und auf Bitten der Gastgeberin hin mit ihr getanzt. Damit sie beim Höhepunkt des Balls nicht sitzen blieb. Sie hätte sich am liebsten an die Stirn geschlagen. *Wie kann man denn nur so dumm sein,* schalt sie sich innerlich.

Laut sagte sie, so würdevoll es ihr möglich war: »Dann wünsche auch ich Ihnen einen guten Abend und eine gesegnete Nacht.«

Wenn Richard von Löwenstein seinen Fauxpas bemerkte oder ihn sogar beabsichtigt hatte, ließ er sich dies nicht anmerken, sondern verzog keine Miene. Mit einer letzten Verbeugung wandte er sich um und strebte zur Tür.

Der Gong, der die Gäste zum Mitternachtssouper rief, ertönte zum ersten Mal. In den drei großen Salons, die an die Spiegelgalerie grenzten, waren verschiedene Tische dafür eingedeckt worden. So prächtig das Palais Vetsera auch war, die Beletage verfügte nur über den einen großen Saal, in dem man getanzt hatte. Einen ebenso großzügigen Speisesaal gab es nicht.

Mary trat auf Sophie zu. »Und, hast du dich gut mit deinem Angebeteten amüsiert?«, frotzelte sie. Dann sah sie sich suchend um. »Wo ist er denn?«

»Er hat sich bereits verabschiedet«, antwortete Sophie steif.

»Ach du meine Güte!« Mary schlug sich eine Hand vor den Mund. »Dann hast du ja gar keinen Tischherrn für das Souper.«

»Den brauche ich auch nicht«, erwiderte Sophie. »Mir ist etwas flau im Magen. Ich habe überhaupt keinen Hunger.«

Mary musterte sie prüfend. »Soll ich schon anspannen und dich nach Hause bringen lassen?«

Sophie nickte. »Ja bitte. Solange lege ich mich in der Garderobe ein wenig hin. Dort gibt es ja eine Chaiselongue, soviel ich weiß.«

Sobald sich Sophie hinter dem Vorhang, der die Mäntel der Gäste verdeckte, auf die etwas schäbige Chaiselongue gelegt hatte, liefen ihr die Tränen über die Wangen, auch wenn sie sich bemühte, ein Schluchzen zu unterdrücken.

Die Chaiselongue diente als Platz für Damen jeden Alters, die plötzlich ein Schwindel oder eine andere Unpässlichkeit überkam, sodass sie sich niederlegen mussten. Das kam gar nicht so selten vor, zumal viele Frauen zu eng geschnürt waren.

Gleich hinter der Garderobe lag außerdem der Erfrischungsraum der Damen mit zwei abgetrennten Toiletten aus Porzellan, wie sie zum ersten Mal auf der Weltausstellung von 1873 gezeigt worden waren, und etlichen Waschbecken aus dem gleichen Material. Natürlich verfügte das Palais längst über fließend Wasser, obwohl es diesen Luxus noch nicht einmal im Privatgemach des Kaisers in der Hofburg gab, wie man munkelte.

Nur unterschwellig nahm Sophie das Kommen und Gehen vor dem Vorhang wahr. Bedienstete brachten die Blumenkörbe der Komtessen aus dem Tanzsaal herein. Hier sollten sie bis zur Abfahrt aufbewahrt werden. Kichernde Backfische und würdevoll parlierende Matronen suchten den Erfrischungsraum auf. Schließlich ertönte der Gong zum dritten Mal. Das war das Zeichen, sich endgültig zu Tisch zu begeben.

Eine Weile rührte sich nichts mehr vor dem Vorhang. Sophie war allein. Mittlerweile waren ihre Tränen versiegt. Sie spürte eine tiefe Resignation. *Wahrscheinlich ergeht es mir wie der armen Annelie. Auch ich werde eine alte Jungfer. Oder ich muss einen ältlichen Witwer heiraten, der eine Mutter für seine Kinder braucht.*

Ein leises Geräusch riss sie aus ihren trüben Gedanken. Es klang wie ein Schniefen. War etwa noch jemand so unglücklich wie sie und hatte sich hierhergeflüchtet?

Leise stand sie auf, zog den Vorhang ein winziges Stück beiseite und lugte durch den Spalt. Zu ihrer Überraschung erkannte sie die Gräfin von Wilczek, Annelies Mutter. Sie beugte sich zu den übervollen Körben der Vetsera- und Kinsky-Mädchen hinunter, entnahm ihnen drei Sträuße und legte sie in den leeren Korb mit dem Namensschild ihrer Tochter. Dabei weinte sie leise.

Plötzlich riss der Vorhang, den Sophie unwillkürlich zu fest umklammert hatte, ratschend ein Stück aus seiner Verankerung. Die Gräfin schoss herum. Als sie Sophie erblickte, stand sie ihrerseits wie erstarrt. Ihr Gesicht färbte sich dunkelrot vor Scham.

Sophie erinnerte sich an das müßige Geschwätz, mit dem ihr Mary gestern auf dem Schulweg die Zeit vertrieben hatte. »Ein Kotillondieb geht um«, erzählte sie. »Er stiehlt Blumen aus den Körben der Komtessen. Auch Hanna sind schon einige Sträuße abhandengekommen.«

»Und wen hat man im Verdacht?«

Mary hatte mit den Schultern gezuckt. »Wahrscheinlich ist es ein Bediensteter, den irgendein ahnungsloser Gast mit ins Haus bringt und der die Sträuße nachher für ein paar Kreuzer verscherbelt.«

So anziehend Marys Äußeres auch war, so derb empfand Sophie manchmal ihre Ausdrucksweise. Ihr Stiefvater wäre außer sich gewesen, hätte Sophie Wörter wie »verscherbelt« benutzt. Sie schickten sich nicht für eine Dame; das fand sogar sie selbst. Doch Marys Mutter Helene war auch in dieser Hinsicht zu nachlässig und ließ ihrer Lieblingstochter viel zu viel durchgehen. Oder sie verstand die Bedeutung mancher Wörter nicht ganz genau. Schließlich war Deutsch nicht ihre Muttersprache, da sie in Konstantinopel und England aufgewachsen war.

Nun entpuppte sich die Kotillondiebin allerdings als Mitglied einer der angesehensten Familien des Hochadels. Natürlich war Annelie auf allen Bällen dieser Saison gewesen.

*Und ist wohl nie auch nur mit einem einzigen Strauß bedacht worden,* wurde Sophie plötzlich klar. Mitgefühl mit der in ihrer Trostlosigkeit wie versteinerten Gräfin überkam sie. Natürlich wussten Mutter und Tochter genau, dass die Sträuße entwendet waren. Aber wenigstens den gestrengen Vater Wilczek, der aufgrund eines Reitunfalls nicht mehr gehen konnte, würde man zu Hause damit beruhigen können, dass sein einziges Kind zumindest ein wenig Anklang in der Gesellschaft fand.

Spontan trat Sophie in den Raum und beugte sich zu ihrem eigenen Korb hinunter. Sie ergriff die drei Sträuße und hielt sie der Gräfin entgegen.

»Nehmen Sie diese, gnädige Frau! Ich brauche sie nicht. Und niemand wird ihr Fehlen bemerken«, fügte sie mit einem Anflug von Bitterkeit hinzu.

Frau von Wilczek machte keine Anstalten, die Blumen zu ergreifen. Sophie verstand. Sie legte ihren Zeigefinger kurz an die Lippen. »Auf mein Schweigen können Sie selbstverständlich zählen.«

Erst jetzt nahm die Gräfin wortlos Sophies Gabe und legte die Sträuße in Annelies Korb, den sie danach in eine Wandnische stellte, wo er kaum auffiel. Nachdem sie die gestohlenen Blumen zurückgelegt hatte, huschte sie zur Tür.

Dort verharrte sie mit der Hand auf dem Knauf und drehte sich schließlich um, immer noch blutrot im Gesicht. Sophie verstand ihre Worte kaum, so leise und nuschelnd brachte sie sie hervor.

»Vergelt's Gott, liebes Fräulein! Sofern ich das eines Tages nicht selbst tun kann.«

Dann schlüpfte sie geräuschlos hinaus.

# Kapitel 5

## Türkisches Zimmer in der Wiener Hofburg

***Mitte September 1886***

»Und nun haben die Russen ihr Ziel erreicht! Alexander von Battenberg hat als Fürst von Bulgarien abgedankt!«

Immer wieder an seiner türkischen Zigarette ziehend durchmaß Rudolf mit großen Schritten den Raum, wie er es immer zu tun pflegte, wenn er erregt war. Richard saß derweil auf dem Sofa unter dem Baldachin und bemühte sich, zumindest vorzugeben, er höre Rudolf zu.

»Ja, das ist schade«, murmelte er. »Wo Battenberg doch mit so vielen Hoffnungen angetreten ist.«

Alexander von Battenberg war ein deutschstämmiger Prinz aus dem Haus Hessen-Darmstadt, den die Bulgaren vor sieben Jahren zu ihrem Herrscher gewählt hatten. Er war ein Freund Österreich-Ungarns und hatte – mit Erfolg – danach getrachtet, das bulgarische Territorium zu vergrößern. Damit geriet er jedoch in Gegensatz zu den Interessen Russlands und war vor einigen Tagen nach einem erfolgreichen Putsch prorussischer Offiziere zur Abdankung gezwungen worden.

»Jetzt haben wir kaum mehr Verbündete auf dem Balkan, um Russlands immer größer werdenden Einfluss in Schach zu halten«, lamentierte Rudolf weiter. Schon seit Jahren vertrat der Kronprinz die Meinung, die Zukunft der österreichisch-ungarischen Monarchie läge auf dem Balkan, keineswegs in den deutschsprachigen Stammlanden. Zumal es dort beunruhigende nationale Strömungen gab, die einen Anschluss dieser Gebiete ans Deutsche Reich befürworteten.

»Das kommt Bismarck und Preußen natürlich zugute«, fuhr Rudolf fort. »Moritz Szeps, bei dem ich meine anonymen Artikel veröffentliche, meint sogar, Bismarck paktiere heimlich mit Russland. So weit will ich nicht gehen, zumal ich auf den deutschen Kronprinzen Friedrich hoffe. Er hat liberale Ansichten und wird seinem steinalten Vater Wilhelm hoffentlich bald auf den Thron folgen.«

»Ja, das wäre gut«, murmelte Richard erneut Zustimmung, war mit seinen Gedanken aber nach wie vor woanders.

Wieder einmal machte Olga ihm Sorgen. Obwohl er ihr nach wie vor nahezu jeden Wunsch von den Augen ablas und sich deswegen mittlerweile mehr als fünftausend Gulden Schulden angehäuft hatten, war sie niemals zufriedenzustellen. Die kleine Wohnung am Kärntner Ring, in einer der besten Wohnlagen Wiens, die er bereits im April für sie gemietet hatte und die bislang ihr lauschiges Liebesnest gewesen war, reichte ihr nun nicht mehr.

»Kronprinz Rudolf hat seiner Mätresse Mizzi Caspar ein ganzes Haus gekauft«, lag sie ihm seit Wochen in den Ohren. »Dabei ist sie nur eine Dirne, keine Künstlerin wie ich.«

Tatsächlich war Rudolf schon bald nach seiner Rückkehr von der Mittelmeerinsel Lacroma, wo er sich von seiner Gonorrhoe erholen wollte, dem Charme der Wiener Luxusprostituierten erlegen. Er hatte sie, wie bereits etliche andere Geliebte zuvor, im Bordell der Johanna Wolf kennengelernt.

Dass sich Rudolf sofort nach seiner Rückkehr nach Wien wieder außerehelichen Freuden hingab, wunderte Richard nicht. Die Ferien auf Lacroma mussten für Rudolf und Stephanie nahezu unerträglich gewesen sein. Alle Anzeichen sprachen dafür, dass Stephanie durch die Ansteckung mit der Gonorrhoe unfruchtbar geworden war. Damit war die Beziehung in eine furchtbare Sackgasse geraten. Rudolf hatte weder Aussichten auf einen männlichen Thronerben noch im streng katholischen Kaiserhaus auf eine Scheidung von Stephanie. Die beiden schienen unauflöslich aneinandergekettet zu sein.

Während sich Rudolf daher bemühte, seiner Ehefrau tunlichst aus dem Weg zu gehen, spionierte Stephanie ihm nach und konfrontierte ihn immer wieder mit seiner Untreue. Außerdem verwehrte sie ihm häufig den Zugang zu seiner geliebten dreijährigen Tochter Erzsi.

Vielleicht waren Rudolfs Gefühle für Mizzi Caspar deshalb so stark. Richard konnte im Vergleich mit den früheren Mätressen des Kronprinzen nichts Außergewöhnliches an ihr entdecken. Doch diesmal war es mehr als nur eine kurze Affäre. »Mizzi ist meine ganz große Liebe«, erklärte Rudolf dem darüber gleichermaßen erstaunten wie abgestoßenen Richard schon wenige Wochen nach dem Beginn ihres Verhältnisses. »Ich kaufe ihr ein eigenes Zinshaus. Dort kann sie als ehrbare Hausbesitzerin leben und muss sich nicht mehr mit anderen Männern abgeben.«

Richard war verblüfft. »Du kaufst ihr gleich ein ganzes Haus? Kannst du das denn bezahlen?« Rudolfs Apanage war zwar weit höher als sein Sold als Hauptmann. Aber die Immobilienpreise in Wien waren hoch.

»Baron Moritz Hirsch leiht mir das Geld«, erklärte Rudolf. Hirsch war ein Bankier jüdischer Herkunft und Rudolfs väterlicher Gönner. Er hatte sich auch bereit erklärt, einem weiteren jüdischen Freund Rudolfs, dem mittlerweile hoch verschuldeten Verleger Moritz Szeps, unter die Arme zu greifen. Szeps hatte sich mit der Redaktion des *Wiener Tagblatts* zerstritten und daraufhin das *Neue Wiener Tagblatt* gegründet. Eine Transaktion, die ihn sein gesamtes, ehemals sehr beträchtliches Vermögen kostete.

Der Kronprinz zögerte nicht lange, seinen Worten Taten folgen zu lassen. Mizzi bewohnte nun ein Haus in der Heumühlgasse im teuren 4. Wiener Bezirk Wieden. Paradoxerweise fungierte dort ausgerechnet die Bordellbesitzerin Johanna Wolf als Anstandsdame, die ihr Wäschegeschäft, das ihr als Tarnung für ihr eigentliches Gewerbe diente, kurzerhand in Mizzis Haus verlegte.

Olga hatte diese Entwicklung mit einer für Richard unerklärlichen Eifersucht verfolgt und schließlich ihrerseits ähnliche Forderungen an ihn gestellt.

»Olga, ich kann mir kein Haus für dich leisten«, erklärte er ihr schließlich in aller Offenheit. »Mir leiht kein Mensch solch hohe Summen, wie sie Rudolf von Moritz Hirsch erhält. Schließlich bin ich nur der Sohn aus einer verarmten Nebenlinie des ohnehin nicht sehr begüterten Hauses von Löwenstein und verfüge ausschließlich über meinen Sold als Hauptmann!«

»Ach je!«, war Olgas einzige Reaktion. Offensichtlich hatte sie sich bislang über Richards Stellung und Vermögen aufgrund seiner engen Freundschaft mit Kronprinz Rudolf Illusionen gemacht.

Nach dieser Eröffnung konnte sich Richard des Eindrucks nicht erwehren, dass sich Olgas Gefühle für ihn abkühlten. Immer wieder schützte sie anstrengende Proben und Vorstellungen vor, um ihn abends nicht treffen zu müssen. War er dann bei ihr, schien ihre Leidenschaft für ihn jedoch ungebrochen, sodass er sich mehr als einmal einen Narren schalt. Bis sie ihn das nächste Mal abwies.

Nun stellte sie zwar keine Forderungen mehr nach einem eigenen Haus, aber begründete ihre Wünsche nach Luxusartikeln aller Art weiterhin mit dem Verweis auf Mizzi Caspar.

Erst gestern Abend hatte sie ihm von einem Brillantarmband vorgeschwärmt, das sie in einer Auslage des k.u.k. Hofjuweliers Köchert gesehen hatte. »Es kostet zwar fünfhundert Gulden«, räumte sie ein. »Aber es ist vom berühmtesten Juwelier Wiens. Er hat sogar die Diamantsterne für Kaiserin Sisi angefertigt.«

Wie jedermann in Wien war dies natürlich auch Richard bekannt. Zumindest, seit der Hofmaler Franz Xaver Winterhalter die Kaiserin im Jahr 1865 mit diesen Sternen im prachtvollen Haar gemalt hatte.

Obwohl er nicht die geringste Ahnung hatte, woher er die Summe von fünfhundert Gulden nehmen sollte, gab Richard das vage Versprechen ab, er wolle zusehen, was sich machen ließe. Er wurde mit einer rauschenden Liebesnacht belohnt, die seine Zweifel vorübergehend vollkommen auslöschte. Doch heute im Licht des nächsten Tages sah die Sache schon wieder anders aus.

*Ich werde wohl erneut mein Glück am Roulettetisch versuchen müssen,* seufzte er still in sich hinein, als Rudolf plötzlich vor ihm stehen blieb und ihn direkt ansprach.

»Also, was meinst du, hat Moritz Szeps recht?«

Richard spürte, dass er errötete. »Sicherlich nicht«, antwortete er auf gut Glück in der Annahme, Rudolf spräche noch immer von dem heimlichen Pakt des deutschen Kanzlers Otto Graf Bismarck mit dem russischen Zaren. »Das Deutsche Kaiserreich wird Österreich-Ungarn die Treue halten, wenn es wirklich zum Krieg mit Russland kommt.«

Rudolf verzog den Mund und musterte ihn spöttisch. »Mich dünkt, du hast mir überhaupt nicht zugehört, mein Freund«, sagte er Richard auf den Kopf zu. »Ich fragte dich nämlich gerade, ob ich die unterwürfige Politik unseres Außenministers Kálnoky gegenüber dem Deutschen Kaiserreich im *Neuen Wiener Tagblatt* ein weiteres Mal anprangern soll. Szeps befürchtet allerdings, dass die ganze Auflage wegen eines solchen Artikels dann wieder beschlagnahmt werden könnte. Das will er in seiner beengten finanziellen Situation lieber nicht riskieren.«

Jetzt fühlte Richard, wie seine Wangen zu brennen begannen. »Ich bitte dich um Verzeihung, Rudolf. Du hast recht, ich war gerade mit den Gedanken völlig woanders.«

»Geht es um diese Olga?« Wieder traf Rudolf ins Schwarze.

Richard nickte. »Sie wünscht sich ein Armband von Köchert«, gab er zu.

»Das du gar nicht bezahlen kannst«, schlussfolgerte Rudolf.

Richard nickte stumm. Vor seiner Verbindung mit Mizzi Caspar hätte ihm Rudolf jetzt womöglich angeboten, ihm die erforderliche Summe zu leihen. Nun blieben solche Offerten aus, da Rudolf oft selbst knapp bei Kasse war.

Richard holte tief Luft. »Ich werde ein paar Gulden im Spielcasino setzen. Da habe ich schon ein paarmal gewonnen.« *Und genauso oft, wenn nicht sogar so gut wie immer verloren,* schoss es ihm durch den Kopf, was er jedoch nicht aussprach.

»Du solltest einmal mit Mizzi über Olga sprechen«, forderte ihn Rudolf nun zu seiner grenzenlosen Überraschung auf. »Die beiden kennen sich von früher.«

»Von früher?«, echote Richard ungläubig. Woher sollte seine Olga eine Dirne kennen?

Rudolf nickte nachdrücklich. »Alles Weitere sollte dir Mizzi selbst erzählen. Ich gehe heute Abend noch zu ihr. Soll ich dich für morgen Nachmittag anmelden?«

»Ja … ja bitte«, stammelte Richard. Rudolfs Angebot abzulehnen hätte den Eindruck vermitteln können, als ob er den Kontakt zu Mizzi Caspar scheute. Diesen Affront wollte er lieber nicht riskieren.

*Andererseits, was wird mir Mizzi schon groß berichten?,* beruhigte er sich selbst auf dem Weg in seine düstere Wohnung in der Hofburg. Olga fühlte sich nicht wohl und bedurfte der Ruhe, hatte sie ihm bedeutet, als er kurz vor dem Treffen mit Rudolf noch bei ihr hereingeschaut hatte.

Dennoch verspürte er ein nagendes Gefühl der Unruhe in der Magengrube.

## Mizzi Caspars Haus in Wien

### *Mitte September 1886, am nächsten Tag*

»Kannst jetzt geh'n, Kati. Ich läut, wenn was fehlt.«

Mizzi Caspar entließ ihr Hausmädchen, das gerade Tee und Kuchen serviert hatte, mit einer lässigen Handbewegung. Dann wandte sie sich Richard zu.

»Darf ich Ihnen etwas Schlagobers zum Zwetschgenkuchen anbieten, Richie? Ich habe Kati eigens gebeten, ihn aus dem Café Prinzess zu besorgen. Da gibt es den besten in Wien. Er ist ganz frisch.« Bis auf den Wiener Akzent sprach Mizzi jetzt wieder perfektes Hochdeutsch, wie sie es in Madame Wolfs Etablissement gelernt hatte. Sie siezte Richard zwar, sprach ihn aber mit seinem Kurznamen an, wie es in der gehobenen Wiener Gesellschaft üblich war.

Richard schüttelte den Kopf. »Nein danke!«

Seine Kehle war ihm vor Aufregung wie zugeschnürt, er würde sowieso kaum einen Bissen hinunterbekommen. Um sich dies nicht anmerken zu lassen, spießte er ein kleines Stück Kuchen mit der Gabel auf und führte es zum Mund. Obwohl das Gebäck, zumindest seinem Duft nach zu schließen, zweifellos köstlich war, kaute er darauf herum, als wäre es ein Stück Kautschuk.

Mizzi betrachtete ihn aufmerksam und lächelte ein wenig spöttisch. Sie war eine zierliche Frau mit dichten, sehr dunklen Haaren und fast schwarzen ausdrucksvollen Augen. Damit entsprach sie wie Olga dem Schönheitsideal ihrer Zeit. Ihr zartes Gesicht mit den ebenmäßigen Zügen wies keinerlei Spuren des Lasters auf, mit dem sie seit einiger Zeit ihren Lebensunterhalt verdiente. Kein Wunder, dass ihr der Kronprinz mit Leib und Seele verfallen war.

Nun trank sie einen Schluck Tee, bevor sie die Initiative ergriff. »Rudolf erzählte mir gestern Abend, Sie wollten etwas über meine Bekanntschaft mit Maruschka erfahren«, fiel sie gleich mit der Tür ins Haus.

»Maruschka?« Ein Kuchenkrümel geriet in Richards Luftröhre und verursachte einen kräftigen Hustenanfall. Als er mühsam wieder zu Atem kam, krächzte er: »Maruschka? Wer ist Maruschka?«

»So nannte sich Olga Popova zu dem Zeitpunkt, als ich sie kennenlernte.«

Richard musste noch einmal husten und nahm dann einen kräftigen Schluck Tee. Mizzi wartete geduldig, bis sie wieder seine volle Aufmerksamkeit hatte.

»Aber ob Maruschka ihr richtiger Name ist, weiß ich nicht«, fügte sie noch hinzu.

Richard fühlte, wie ihm der Schweiß ausbrach. »Also ist sie gar kein Abkömmling russischer Adliger?«

Mizzi lachte laut auf. »I wo!« Dann fasste sie sich wieder und fuhr gemessener fort. »Damals, als wir gemeinsam im ›Goldenen Schwan‹ auftraten, behauptete sie, die entlaufene Tochter eines ungarischen Adligen zu sein. Aus der Gegend von Pest.«

»Sie traten gemeinsam im ›Goldenen Schwan‹ auf?«, echote Richard. Das war ein bekanntes und ziemlich berüchtigtes Wiener Varietétheater. Richard war noch nie dort gewesen, hatte aber gehört, dass die Tänzerinnen dort nahezu unbekleidet auf die Bühne kamen.

Mizzi nickte. »Aber ich glaube, dass Olga, wie sie sich heute nennt, aus ganz kleinen Verhältnissen stammt. Sie ist wahrscheinlich eher die Tochter eines Bauern als die eines Grafen.«

Richard holte tief Luft. »Was wissen Sie denn genau über sie, Mizzi?« Er versuchte, sich für das, was nun kommen mochte, zu wappnen. Und was er von Mizzi erfuhr, war in der Tat schockierend.

»Olga lebte schon einige Jahre in Wien, bevor ich aus Graz, meiner Heimatstadt, hierherkam. Sie erzählte mir einmal, sie sei mit einer wandernden Schaustellertruppe gekommen, was ich für glaubhaft halte. Sie hat ein natürliches Talent zum Tanzen. Damit schlug sie sich durch. Zu mehr reichte es aber nicht.«

Richard schluckte schwer. »Was heißt ›zu mehr‹?«

Mizzi biss sich auf die Lippen, entschloss sich dann aber offensichtlich zu schonungsloser Offenheit. »Olga ging wie ich bei Madame Wolf in die Lehre, um eine Gefährtin für ganz besonders ausgewählte Kunden zu werden. Aber sie erwies sich als faul und unzuverlässig, was das Lernen und die Bildung anging, auf die Frau Wolf bei ihren Damen den allergrößten Wert legt. Wir sollten alle mindestens eine Fremdsprache lernen. Ich selbst spreche fließend Französisch. Aber Olga lernte es nie, auch kein Englisch, womit es Frau Wolf später versuchte. Nicht einmal richtig Deutsch schreiben konnte sie.«

Letzteres war Richard bereits bekannt, erschien ihm nun aber in einem ganz neuen Licht.

Mizzi fuhr fort. »Da Olga zudem etliche Jahre älter ist als ich, ging Madame Wolfs Geduld mit ihr irgendwann zu Ende. Olga spürte das wohl und ergriff die nächstbeste Gelegenheit beim Schopf, die sich ihr bot. Im Etablissement lernte sie den Kapellmeister der Hofoper kennen und brannte schon am nächsten Tag mit ihm durch. Offensichtlich machte er seinen Einfluss geltend, um Olga im Corps des Balletts unterzubringen. Sie verließ ihn schnell, als der Ballettmeister sich für sie zu interessieren begann. Daneben hatte sie zahllose Affären mit weiteren hohen Herren. Selbst der Theaterdirektor soll darunter gewesen sein.«

Mizzi nahm einen weiteren Schluck Tee und betrachtete Richard, der mittlerweile schwer zu atmen begonnen hatte, besorgt. »Soll ich fortfahren?«

»Ja bitte«, nickte er tonlos.

»Eins muss man ihr lassen«, sprach Mizzi jetzt erstmals zu Olgas Gunsten. »Sie hat sehr hart gearbeitet, um ihre Stellung im Ballett nicht nur zu behalten, sondern sogar noch weiter auszubauen. Heute soll sie es sogar zur Einzeltänzerin gebracht haben. Ist das wahr?«

»Sie tanzt jetzt die ›Königin der Wilas‹«, bestätigte Richard tonlos. »Das ist die zweitwichtigste Rolle nach der *Giselle* im gleichnamigen Ballett!«

»Kennen Sie dieses Stück, Mizzi?«, fiel ihm erst dann ein.

Zu seiner Erleichterung nickte sie. »Die Wilas sind doch diese verzauberten Frauen, die jeden Mann ins Unglück stürzen?«, fragte sie bedeutungsschwanger.

Richards Brust durchfuhr ein Stich. So hatte er diese Sache noch nie betrachtet. *Stürzt mich Olga ins Unglück?*, fragte er sich bang.

Mizzi betrachtete ihn weiterhin aufmerksam. »Sie sollten sich vorsehen«, erriet sie Richards Befürchtungen. Rudolf hatte recht, sie war eine gute Menschenkennerin. »Es heißt, dass sich schon einige Männer wegen Olga duelliert haben. Mindestens einer von ihnen ist sogar ins Wasser gegangen, als sie ihn verließ. Lassen Sie sich nicht allzu sehr von ihr umgarnen!«

Richard fühlte sich wie betäubt. Zeitweise war sein Kopf wie leer gefegt. Mizzi wartete wieder geduldig und aß derweil ein Stück Kuchen. »Fragen Sie mich ruhig, wenn Sie noch etwas wissen möchten«, forderte sie Richard schließlich auf.

Ihm fiel tatsächlich noch etwas ein. »Sie sagten eben, Olga sei ein paar Jahre älter als Sie?«

»Ja, ich schätze, es dürften ungefähr fünf oder sechs Jahre sein«, bestätigte sie. »Eher mehr als weniger.«

»Und Sie selbst sind …« Richard stockte, denn ein Gentleman fragte nicht einmal eine Halbweltdame nach ihrem Alter.

»Ich bin zweiundzwanzig«, erklärte Mizzi jedoch ganz offenherzig.

*Dann muss Olga also mindestens sieben Jahre älter sein als die zwanzig, die sie zu sein behauptet hat,* rechnete Richard stumm nach.

Siedend heiß fiel ihm noch etwas anderes ein. Er spürte, dass er rot im Gesicht wurde. Aber die Frage musste heraus.

»Hat Olga damals … bei Madame Wolf … als sie noch in der

Ausbildung war …«, stammelte er, ohne auf den springenden Punkt zu sprechen zu kommen.

»Sie meinen, ob sie da schon als Freudenmädchen gearbeitet hat?«, erriet Mizzi seine Frage.

Wieder antwortete sie schonungslos offen. »Madame Wolf erlaubte es eigentlich nicht, solange wir noch in der Ausbildung waren. Wir sollten uns für die wirklich hochgestellten Persönlichkeiten aufsparen. Aber manchmal war sie auf Reisen. Rudolf schickte sie öfter mit ein paar Mädchen zum Kronprinzen Wilhelm nach Berlin. Sie wissen ja, dass wir auf diese Weise auch wichtige politische Informationen sammeln?«, umschrieb sie vornehm ihre Rolle als Spionin.

Richard nickte kraftlos.

»Das hat Olga genutzt, um sich auf eigene Faust etwas hinzuzuverdienen. Auf diese Weise hat sie auch den Kapellmeister der Hofoper kennengelernt. Er kam öfter in den zweiten Stock.« Richard wusste, was das bedeutete. Im zweiten Stock des Bordells wurden die weniger prominenten Herren bedient, die zwar dem niederen Adel oder dem gehobenen Bürgertum angehörten, aber eben nicht dem Hochadel oder der reichen Bourgeoisie. Dort arbeiteten die Mädchen, die für den eleganten ersten Stock zu alt geworden waren oder es nicht geschafft hatten, Madame Wolfs strengen Kriterien für diese Kundengruppe Genüge zu tun.

*Also war auch Olga einst eine Nutte.* Diese Erkenntnis schmetterte Richard weit mehr nieder als alles andere, was ihm Mizzi erzählt hatte. Sein Lebtag war er stolz darauf gewesen, sich niemals näher mit einer Prostituierten eingelassen zu haben.

Plötzlich spürte er, dass er keine weiteren Einzelheiten mehr ertragen konnte. Abrupt stand er auf und verbeugte sich steif. »Ich danke Ihnen sehr für Ihre Auskünfte, Mizzi. Doch jetzt muss ich leider gehen.«

Mizzi lächelte nachsichtig und erhob sich ebenfalls. »Dann hoffe ich, diese Auskünfte waren Ihnen dienlich.« Sie reichte ihm die Hand und hielt die seine noch einen Moment lang fest. Dabei sah sie ihm in die Augen.

»Und vergessen Sie nicht, die Wilas tanzen so lange mit den Männern, die sie umgarnt haben, bis diese tot zu Boden sinken. Ganz besonders die ›Königin der Wilas‹«, fügte sie beschwörend hinzu.

Dann läutete sie nach dem Hausmädchen, um Richard zur Tür geleiten zu lassen.

### Wiener Innenstadt

### *Oktober 1886*

Pfeifend näherte sich Richard Olgas Wohnung am Kärntner Ring. Kronprinz Rudolf hatte eine für den späten Nachmittag angesetzte Besprechung seines Stabs überraschend abgesagt. Es war erst drei Uhr.

Da eine milde Herbstsonne vom Himmel schien, hatte Richard sein Pferd in den Stallungen der Hofburg gelassen und sich zu Fuß auf den Weg zu Olga gemacht. Zuvor besorgte er noch ihr Lieblingskonfekt, zarte Nougattrüffel mit Pistazien aus dem Café Prinzess. Er wollte sie mit seinem Besuch, mit dem sie erst in einigen Stunden rechnete, überraschen.

Schließlich hatte es die Ärmste in den letzten Wochen nicht leicht gehabt. Kaum hatte sie mit den Proben zu ihrer ersten Hauptrolle, der Waldfee im Ballett *La Sylphide* begonnen, war sie bei einem komplizierten Sprung umgeknickt und verletzte sich dabei schwer am Knöchel. »Der Arzt hat gesagt, wahrscheinlich sei eine Sehne oder ein Muskel angerissen«, weinte sie abends in Richards Armen, nachdem sie ihm ihren bandagierten Unterschenkel gezeigt hatte. »Jetzt kann ich diese wunderbare Chance nicht wahrnehmen, die sich mir gerade geboten hat. Womöglich kann ich die ganze Saison nicht mehr tanzen!«

Seither bemühte sich Richard, Olga, wie er sie immer noch nannte, nach Strich und Faden zu verwöhnen, um sie wenigstens ein wenig zu trösten. Schließlich hätte er ihr vor ein paar Wochen nach seinem Besuch bei Mizzi Caspar beinahe schreiendes Unrecht angetan.

In heftigem innerem Aufruhr war er damals durch die Straßen von Wien gelaufen, bis er sich schließlich dazu entschloss, die Sache noch am gleichen Abend aufzuklären. Olga hatte keine Vorstellung. Träfe er sie nicht zu Hause an, hätte dies seinen Verdacht nur noch genährt.

Doch sie öffnete ihm mit verquollenen Augen und roter Nase. Auf der zugigen Bühne hatte sie sich eine schwere Erkältung zugezogen. Trotzdem empfand Richard anfangs keinerlei Mitgefühl für sie. Zu schwer wog der Verdacht, den Mizzi in ihm geweckt hatte.

Er hatte kaum auf dem Sofa im Salon Platz genommen, als er herausplatzte. »Bist du wirklich die Tochter eines russischen Adligen, oder tust du nur so, da du in Wahrheit aus einer ungarischen Bauernfamilie stammst?«

Fassungslos starrte Olga ihn an. Ihre schönen, fast schwarzen Augen füllten sich bereits mit Tränen. »Wer …?«, stammelte sie. »Wer hat so etwas von mir behauptet?«

»Das tut hier gar nichts zur Sache«, wehrte Richard ab. »Also, ist es wahr oder nicht?«

Einen Moment lang focht Olga einen inneren Kampf mit sich aus, bis sie schließlich nickte. »Es ist wahr!«, hauchte sie.

»Und wie heißt du wirklich, und woher kommst du?«

Olga schniefte. »Ich stamme aus der Gegend von Pest.« Sie stockte.

»Und heißt in Wahrheit Maruschka«, ergänzte Richard.

Zu seinem Erstaunen schüttelte Olga den Kopf. »Nein. Ich trage einen ganz gewöhnlichen Namen. *Erzsébet* wurde ich gerufen.« Das war in der ungarischen Sprache die Entsprechung für »Elisabeth«.

»Mein Vater bearbeitete ein kleines Stück Land, meine Mutter starb bei der Geburt meines jüngeren Bruders im Kindbett.«

Sie schluchzte auf. »Tag für Tag musste ich schwere Arbeit tun und wurde darüber hinaus geprügelt und schikaniert. Neben der Arbeit auf dem Feld und im Stall musste ich den ganzen Haushalt besorgen und meinen Vater und meine beiden Brüder von hinten bis vorn bedienen. Das begann schon, als ich erst sechs Jahre alt war.«

Nun schüttelte das Weinen ihren ganzen zarten Körper. Augen und Nase liefen über. Richard reichte ihr stumm ein sauberes Taschentuch, in das sie sich heftig schnäuzte. Er war zwar bereits verunsichert, aber noch nicht überzeugt.

»Und wie bist du dieser Hölle entkommen?«

»Als ich ungefähr zwölf Jahre alt war, wurde es besonders schlimm. Mein älterer Bruder war sechzehn, ein grober Geselle ohne Anstand und Moral. Immer häufiger fing er an, nach mir zu grapschen. Eines Abends war der Vater betrunken, und Zoltan, so hieß mein Bruder, wurde immer zudringlicher. In meiner Not schlug ich ihm schließlich eine Flasche über den Schädel. Dann rannte ich hinaus in die Nacht.«

Sie stockte wieder.

»Und dann?«, drängte Richard.

»In unserem Dorf trat zu dieser Zeit eine Gauklertruppe auf. Der schloss ich mich an. Es gab dort noch ein anderes, ungefähr gleichaltriges Mädchen. Ihr Name war Mariza. Sie konnte sehr gut tanzen. Ihr Vater brachte auch mir das Tanzen bei und entdeckte, dass ich großes Talent habe. So zog ich mit den Gauklern fort. Nach Hause hätte ich ohnehin nicht mehr zurückgekonnt. Mein Bruder hätte mich totgeschlagen.«

Der Rest von Olgas trauriger Geschichte war schnell erzählt. Bei den Gauklern fand sie zwar ein notdürftiges Auskommen. Aber für dieses musste sie bald mit ihrem Körper bezahlen. Das blieb auch bei allen weiteren Stationen ihres Lebens so, sei es die Schaustellergruppe, mit der sie nach Wien kam, sei es das Tingeltangel »Goldener Schwan«, in dem sie auftrat, und schließlich das Theater. »Sonst wäre ich gar nicht erst ins Ballett aufgenommen worden«, schluchzte sie.

»Wahrscheinlich hältst du mich jetzt für eine Hure«, kam sie schließlich tränenüberströmt zum Ende. »Dabei liebe ich dich von ganzem Herzen und war dir treu, seit ich dich kenne.«

Johanna Wolf und Mizzi Caspar erwähnte Olga nicht. Und im Nachhinein war das Richard sogar ganz recht. Denn wenn Olga ahnte, wer sie bei Richard angeschwärzt hatte, und dies offen angesprochen hätte, wäre Mizzi Caspar kompromittiert gewesen. Und offensichtlich war diese ja nur sehr oberflächlich mit Olgas schlimmem Schicksal in der Vergangenheit vertraut.

Mizzis Informationen über Olgas »Lehre« bei Johanna Wolf verdrängte er außerdem lieber. Alles, womit sich dieses unglückliche Geschöpf aus seiner Not zu befreien versucht hatte, wollte er gar nicht so genau wissen.

»Warum hast du mir denn nicht gleich die Wahrheit über dich gesagt?«, fragte er stattdessen.

Wieder begann sie zu weinen. »Ich hatte Angst, dich zu verlieren. Schließlich habe ich mir einen falschen Namen gegeben, einen russischen, da aus diesem Land viele berühmte Tänzerinnen stammen. Und mich jünger gemacht, als ich bin.«

Dann hob sie den Kopf und sah Richard gerade ins Gesicht. »Dass ich keine Jungfrau mehr war, habe ich dir jedoch nicht verschwiegen«, betonte sie schniefend. »Ich habe keinen Hehl daraus gemacht, dass ich meinen Körper einsetzen musste, um weiterzukommen.«

Da Olga in diesem Punkt recht hatte, gab das für Richard den Ausschlag zu ihren Gunsten. Denn dass sie ihm nicht das ganze Ausmaß ihrer vergangenen Affären verraten hatte, war für ihn verständlich. *Sie befürchtete ja, ich könnte mich von ihr abwenden,* dachte er gerührt.

Und obwohl Olga zu krank war, um noch am selben Abend eine leidenschaftliche Versöhnung zu feiern, lebten sie danach wieder miteinander in Harmonie, ohne Olgas Vergangenheit noch einmal zur Sprache zu bringen.

Seither wich Richard Rudolfs Fragen aus und ging Mizzi Caspar tunlichst aus dem Weg. Zumal ihm noch eine andere schwere Last vom Herzen fiel: Olga erwähnte das teure Brillantarmband von Köchert mit keiner Silbe mehr und stellte auch keine sonstigen unangemessenen Forderungen. Stattdessen jubelte sie über seine kleinen Präsente, als wären es kostbare Juwelen. Auch aus diesem Grund hatte Richard Olga heute wieder Konfekt aus dem Café Prinzess besorgt. Der Gulden, den ihn das hübsch verpackte Schächtelchen mit den Pralinen kostete, war kaum der Rede wert.

Zu seiner Überraschung war er im Café von der kleinen Komtess bedient worden, mit der er den Kotillon auf dem Faschingsball der Vetseras getanzt hatte. Fast hätte er sie gar nicht erkannt.

Sie trug wie alle der ausschließlich weiblichen Angestellten des Cafés die weiland noch von Annerl Danzer entworfene Tracht: Ein hochgeschlossenes dunkelblaues Kleid mit blütenweißer spitzenverbrämter Latzschürze und ein steif gestärktes Leinenhäubchen auf dem zu einem strengen Knoten gebundenen blonden Haar. Auf den zweiten Blick stand ihr das sogar sehr gut.

Sie helfe heute aus, weil einige Angestellte plötzlich erkrankt seien, hatte sie ihm verschämt gestanden, nachdem sie einander begrüßt hatten. Der Besitzer des Cafés sei ihr Onkel.

Richard konnte sich gut vorstellen, wie sein Vater und erst recht sein Onkel, der Majoratsherr der Löwensteiner, darüber die Nase gerümpft hätten. »Welch ein Verfall der Sitten, seit man diese Neureichen geadelt hat! Sie arbeiten wie die kleinen Leute und sind sich für nichts zu schade!«

Aber er selbst spürte, dass es ihm nicht das Geringste ausmachte. Immerhin verfügte Sophie von Werdenfels offensichtlich über etwas, das es in seiner eigenen Familie schon längst nicht mehr gab, nämlich über ein Leben in ausreichendem

Wohlstand. Den Adelsdünkel seiner Altvorderen hätte Richard nur zu gern dagegen eingetauscht.

Nun war er nur noch ein paar Meter von Olgas Wohnung entfernt. Beschwingt beschleunigte er seine Schritte, als er plötzlich abrupt stehen blieb. Olga trat aus der Haustür. Er erkannte sie an dem Hut mit den hellblauen Straußenfedern, den sie ihm im Mai anlässlich des Blumencorsos im Wiener Prater abgeschmeichelt hatte.

Das ebenfalls hellblaue Kleid mit dem eng anliegenden Jäckchen und dem gerafften, spitzenbesetzten Rock kannte er allerdings nicht. Mizzi Caspar hatte bei seinem Besuch vor einigen Wochen ein Kleid mit einem ähnlichen Schnitt getragen. Richard wusste, dass Mizzi ihre ganze Garderobe auf Rudolfs Kosten erneuert hatte, seit sie seine Geliebte geworden war. Also musste auch Olgas Kleid aus der aktuellen Saison stammen.

Zudem hinkte Olga nicht im Geringsten. Erst gestern Abend hatte sie noch behauptet, nicht einmal schmerzfrei auftreten zu können. Doch jetzt schritt sie leichtfüßig am Straßenrand hin und her und wiegte sich dabei in den Hüften.

Richard trat einen Schritt zurück und verbarg sich hinter einem der großen Palmenkübel vor dem Grand Hotel. Was er von dort aus beobachtete, ließ ihm das Blut in den Adern gefrieren.

Eine unauffällige schwarze Kutsche näherte sich Olga und hielt vor ihr an. Der innen mit goldgemustertem lilafarbenem Stoff bezogene Schlag wurde geöffnet, ohne dass Richard einen Insassen ausmachen konnte. Olga stieg in den Wagen.

Die Kutsche trug kein Wappen oder ein anderes Kennzeichen. Dennoch erkannte Richard sie sofort an dem ungewöhnlichen Stoff, mit dem sie ausgeschlagen war. Sie gehörte Carl von Bombelles, Rudolfs Obersthofmeister, der den Kronprinzen schon als Jüngling in die Wiener Halbwelt eingeführt hatte, wo Bombelles als einer der bekanntesten Lebemänner bekannt war.

Rudolf hatte die Kutsche in früheren Zeiten oft als Tarnung

benutzt, wenn er, auch in Richards Begleitung, die Freudenhäuser Wiens aufsuchte. Heute bediente er sich für solche Fahrten des Fiakers von Josef Bratfisch, seinem privaten Leibkutscher, um den allgegenwärtigen Geheimpolizisten des Innenministers zu entkommen, die ihn im Auftrag des Ministerpräsidenten von Taaffe auf Schritt und Tritt verfolgten.

Was tat Olga in der Kutsche des Grafen Bombelles? Das Gefährt setzte sich gemächlich in Richtung der Wiener Innenstadt in Bewegung. Da viel Verkehr herrschte, kam es nur langsam voran, sodass Richard leicht Schritt mit ihm halten konnte. Vom Kärntner Ring bog die Kutsche in die Kärntnerstraße ein und danach über den Stock-im-Eisen-Platz in den Graben.

Dort herrschte auf dem Bürgersteig an diesem milden Herbstnachmittag ein so dichtes Gedränge, dass Richard seinen Schritt verlangsamen musste und die Kutsche einen Moment lang aus den Augen verlor. Schließlich entdeckte er sie wieder jenseits der Pestsäule, wo sie am Straßenrand hielt.

Entschlossen trat Richard heran und riss den Schlag auf. Die Kutsche war leer.

## Café Prinzess in Wien

### *Oktober 1886, etwa eine halbe Stunde später*

Wie ein Raubtier im Käfig schritt Stephan Danzer hinter der Kuchentheke des Cafés Prinzess hin und her. Die massigen Hände hatte er zu Fäusten geballt.

»Mimi!«, wies er eine seiner Serviererinnen schließlich an. »Geh nochmal zum Separee, klopf an und frag, ob die Herrschaften noch etwas wünschen!«

»Ich hab ja gewusst, dass das ein Fehler war«, hörte Sophie ihren Onkel ingrimmig murmeln, kaum dass sich das Mädchen entfernt hatte.

Die Separees hatte Danzer erst vor einigen Monaten in zwei Nischen des Damensaals, wie der Caféraum auch genannt wurde, einrichten lassen. Das war vor allem der Tatsache geschuldet, dass sich die Kundschaft seit dessen Eröffnung verändert hatte.

Während der ältere Kaffeehausraum nach wie vor für sie tabu war, hatten – noch bis vor einigen Jahren – nur Damen der Gesellschaft in Begleitung ihrer männlichen Familienangehörigen das Café besucht, da es sich für sie nicht schickte, allein in der Öffentlichkeit aufzutreten.

Doch angesichts des unkonventionellen Verhaltens der Kaiserin höchstpersönlich, die sich weit mehr in anderen Ländern als in Wien aufhielt, lockerten sich die Sitten allmählich auch im streng den Traditionen verhafteten kaiserlich-königlichen Wien. Heutzutage kamen vor allem werktags immer öfter Damen nur in Begleitung ihrer Gesellschafterinnen oder Zofen, um sich nach der Besorgung ihrer Einkäufe am Graben oder Kohlmarkt an Danzers Köstlichkeiten zu delektieren.

Sonntags suchten ganze Familien das Café nach dem Kirchgang im nahe gelegenen Stephansdom auf. Auch alleinstehende Herren zogen das elegante Ambiente des Caféraums immer häufiger dem rustikalen, traditionellen, aber auch völlig verqualmten und lauten Kaffeehausraum vor, der durch einen Gang mit dem vornehmen Damensaal verbunden war.

Um deshalb auch diskretere Sitzgelegenheiten anbieten zu können und vor allem nicht hinter der Konkurrenz, zum Beispiel dem Café des Sacher, zurückzustehen, hatte Danzer kürzlich die beiden Separees einrichten lassen. Damit wollte er seinen Gästen auch von der Öffentlichkeit unbeobachtete Aufenthalte ermöglichen. Um zu demonstrieren, dass dort nichts Unmoralisches geschah, waren die Nischen allerdings mit kostbar geschnitzten durchbrochenen Schwingtüren versehen, die zwar vor allzu neugierigen Blicken schützten, aber gleichzeitig sicherstellen sollten, dass es auch zwischen den Geschlechtern bei unverfänglichen Kontakten blieb.

Bislang hatte es rund um die Separees auch noch keine der ursprünglich von Danzer befürchteten unangenehmen Situationen gegeben. In der Regel nutzten Ehepaare oder Familien bekannter Adliger, die im Café ungestört bleiben wollten, die geschützteren Nischen. Ab und zu war sicherlich auch ein verheirateter Mann dabei, der sich hier diskret mit seiner Liebschaft zu einem harmlos verlaufenden Stelldichein traf. Affären waren insbesondere im Adel gang und gäbe.

Doch nun war heute zum ersten Mal das geschehen, was Danzer ursprünglich befürchtet hatte: Die geschnitzten Öffnungen in der Schwingtür des ersten Separees waren mit einem Umhang verhängt worden, der keine Sicht mehr ins Innere ermöglichte. Zudem drangen verdächtige Laute aus der abgeschiedenen Nische.

Das junge Serviermädchen Mimi näherte sich zögernd der Schwingtür des Separees. Es fühlte sich sichtlich unwohl.

Stirnrunzelnd betrachtete Sophie das Geschehen von ihrem Platz hinter der Auslage mit den feinen hausgemachten Pralinés aus. Dort bediente sie heute anstelle einer erkrankten Verkäuferin. Sie kannte zwar den in einen feinen dunkelgrauen Gehrock und Zylinder gekleideten Herrn nicht, der sich im Separee aufhielt, wohl aber dessen weibliche Begleitung.

Es war die junge Frau, die sie im Mai während des Blumencorsos im Prater an Richards Arm gesehen hatte. Der Corso war eine Art Prozession von über und über mit Blüten geschmückten Kutschen aller Art, der in diesem Jahr den Höhepunkt des Wiener Frühlingsfests dargestellt hatte. Er war heuer erstmalig von der Grande Dame der Wiener Gesellschaft, der Fürstin Pauline von Metternich, ins Leben gerufen worden. Und wie bei allen Festivitäten, für die sie verantwortlich zeichnete, hatte niemand fehlen wollen, der in Wien etwas darstellte.

Auch Sophie und ihre kleine Schwester Milli waren in Stephan Danzers selten benutztem Landauer mit offenem Verdeck mitgefahren, natürlich weit hinter den Equipagen des Hochadels. Von ihrem Sitz aus hatte Sophie dann Richard mit jener Dame am Straßenrand entdeckt. Sie trug heute sogar denselben auffälligen Hut mit den hellblauen Straußenfedern.

*Was für ein merkwürdiger Zufall,* dachte sie. *Erst vor einer Stunde hat Richard von Löwenstein hier eine Schachtel Nougatkonfekt gekauft.* Die Verpackung, die Richard unter den verschiedenen, zur Wahl stehenden bunten Schächtelchen ausgesucht hatte, wies eindeutig auf eine Frau als Empfängerin des Naschwerks hin. *Womöglich ist das Präsent aber für eine ganz andere Dame gedacht,* überlegte sie nun, da es ihr noch immer einen Stich versetzte, wenn sie Richard sah. Erst recht, da seine Aufmerksamkeit einer anderen Frau galt.

Nun klopfte Mimi schüchtern an die Schwingtür.

»Ja, was gibt's?«, ertönte die unwirsche Stimme des Mannes von innen.

»Darf ich den gnädigen Herrschaften noch etwas bringen?«

»Nein, geben Sie Ruh, wir haben alles. Wenn wir noch Champagner brauchen, melden wir uns.«

Stephan Danzers Stirnfalten vertieften sich. Tatsächlich hatte der *feine Herr,* wie er verächtlich bei sich dachte, am hellen Nachmittag Champagner bestellt, den teuersten, den das Café führte. Dazu hatte Mimi eine ganze Etagere mit bunten Petits Fours ins Separee gebracht. Das war nun fast eine halbe Stunde her.

Sophies Onkel winkte der Serviererin. »Hast du was hören können, Mimi?«

Die junge Frau errötete leicht und warf einen unsicheren Blick auf Sophie. Dann flüsterte sie Danzer etwas ins Ohr.

»Waas? Das ist unerhört!«, zischte der. Die ersten, in der Nähe an ihren Marmortischchen sitzenden Gäste wurden bereits aufmerksam. Sophie verließ ihren Platz und näherte sich ihrem Onkel.

»Pst, Onkel Stephan!« Sie legte einen Finger auf ihre Lippen. »Was geht denn da drinnen vor, dass du dich derart echauffierst?«

»Nichts, was ein junges Mädchen wie dich zu interessieren hätte«, antwortete Danzer ungewohnt barsch.

In diesem Augenblick ertönte ein deutlich vernehmbares Kichern hinter den verhängten Schwingtüren. Gefolgt von einem Geräusch, das Sophie zunächst nicht einordnen konnte. Es klang wie ein Grunzen.

Die Damen in der Nähe des Separees blickten irritiert auf. Eine ältliche Matrone, die mit zwei jungen Mädchen nur zwei Meter vor der Schwingtür saß, winkte Mimi empört. »Wir möchten zahlen! Geleiten Sie uns zur Kasse!«

»Aber … aber«, stammelte Mimi. »Die gnädige Frau hat doch gerade erst bestellt. Die Mandelmelange und die heiße Schokolade für die jungen Damen werden im Moment zubereitet. Und die Mokkaprinzentorte steht schon bereit.«

Die Matrone bedachte Mimi mit einem finsteren Blick. »Mich dünkt, dies ist kein Ort für gesittete Besucherinnen. Geschweige denn für unschuldige junge Mädchen.« Sie stand auf.

Dann geschah alles sehr schnell. Danzer, der den Wortwechsel verfolgt hatte, stürmte nun mit großen Schritten, mehr als dass er ging, auf die Schwingtür zu und pochte heftig daran.

»Kommen Sie bitte sofort heraus!« Obwohl er seine Stimme zu dämpfen versuchte, verstand jedermann im Café seine Worte. Jetzt war auch der letzte, entfernter sitzende Gast auf die Szene aufmerksam geworden.

»Weg da! Lassen Sie uns in Ruh!«, ertönte es erneut von innen.

»Dies ist ein ehrbares Haus und kein Etablissement für zweifelhafte Vergnügungen!« Sophie konnte sich nicht daran erinnern, ihren Onkel jemals so wütend erlebt zu haben. Sein rundes Gesicht war dunkelrot vor Zorn, die Enden seines ausladenden Schnurrbarts zitterten, seine Augen schossen Blitze.

In diesem Moment sah Sophie aus den Augenwinkeln, dass Richard von Löwenstein das Café betrat, gerade als Stephan Danzer mit heftigem Schwung eine der Halbtüren aufriss. Der darübergehängte Umhang verfing sich im Scharnier und riss mit einem ratschenden Geräusch entzwei. Die Frau im Innern quiekte entsetzt auf.

»Machen Sie, dass Sie herauskommen! Auf der Stelle! Sonst rufe ich die Sittenpolizei!« Wieder waren Danzers Worte im ganzen Raum zu vernehmen. Er hielt die Schwingtür weit offen. Nur sein breiter Rücken verdeckte den Blick ins Innere. Man hörte nun von drinnen ein Raunen und Zischen, jetzt tatsächlich gedämpfter und teilweise unverständlich. Wie von einem unsichtbaren Magneten angezogen trat Sophie näher. Sie war zu klein, um ihrem Onkel über die Schulter blicken zu können, hörte aber die Worte »Skandal« und »strafbar«.

Plötzlich stieß sie jemand unsanft zur Seite. Richard von Löwenstein war herangekommen und riss die zweite Schwingtür weit auf. Das ermöglichte auch Sophie einen Blick auf das Pärchen im Separee.

Ungläubig starrte sie auf den offenen Hosenlatz des Mannes, an dem er noch immer nestelte. Unter dem dunkelgrauen Stoff hob sich deutlich die weiße Leinenunterhose ab. Noch schlimmer sah die Frau aus. Ihr Hut lag zerknautscht auf der Sitzbank, ihr zuvor zu einer kunstvollen Frisur hochgestecktes Haar war halb aufgelöst. Sie saß dicht neben dem Herrn, war offenbar um den Tisch herum zu ihm gerutscht. Ihr Kleid war über die nun nackten Schultern heruntergezogen, mühsam hielt sie es vor ihre Brust.

»Du Hure!«, hörte Sophie Richard zischen. Mit erhobenen Fäusten versuchte er, sich an Danzer vorbei ins Separee zu drängen. Mit eisernem Griff hielt ihn der Kaffeehausbesitzer zurück.

»Verlassen Sie mein Café auf der Stelle und kommen Sie niemals wieder! Sonst haben Sie eine Besitzstörungsklage am Hals!«, hörte Sophie ihren Onkel zu dem Pärchen sagen.

Der Mann murmelte etwas Unverständliches.

»Bringen Sie Ihre Kleidung in Ordnung und verschwinden Sie! Die Rechnung erlasse ich Ihnen«, antwortete Danzer. »Sparen Sie Ihr schmutziges Geld für dieses Dämchen auf!«

An Richard von Löwenstein vorbei, der jetzt wie versteinert neben dem Eingang zum Separee stand, stolperten die beiden schließlich aus dem Café Prinzess hinaus.

## Palais Thurnau in Wien

*Anfang November 1886, drei Wochen später*

»Du machst wohl Scherze, Eduard?« Sogar durch die geschlossene massive Tür des Vorzimmers hindurch, in dem Richard saß, konnte er seinen Onkel Max brüllen hören. »Zehntausend Gulden? Selbst wenn ich so viel Geld hätte, würde ich es so einem Taugenichts wie deinem Sohn nicht in den Rachen werfen!«

Die Antwort seines Vaters konnte Richard nicht verstehen. Trotzdem brach ihm schon wieder der Schweiß aus, obwohl das Vorzimmer zum Salon seines Onkels nur spärlich geheizt war.

Überhaupt befanden sie sich hier in keinem Besitz der Löwensteins. Ihr baufälliges Wiener Palais hatte die Familie schon vor zwanzig Jahren aufgeben müssen, da ihnen das Geld zu seiner Sanierung fehlte. Es war, wie viele andere ältere Gebäude, beim Bau der Ringstraße der Errichtung neuer Prachtbauten zum Opfer gefallen. Seither residierten Onkel Max, der Majoratsherr von Löwenstein, ebenso wie sein jüngerer Bruder Eduard mit ihren Gattinnen und Kindern im Palais ihres reichen Cousins mütterlicherseits, Adalbert von Thurnau, in der Herrengasse.

Von Thurnau war ausgerechnet durch den Zusammenbruch der Wiener Börse im Jahr 1873 zu sehr viel Geld gekommen. Obwohl sich dies für ein Mitglied eines alten Adelshauses eigentlich nicht schickte, hatte Adalbert ungeniert spekuliert und die wertlosen Aktien vieler um ihr Vermögen gebrachter Geschädigter für ein paar Kreuzer aufgekauft. Sein eigenes Vermögen hatte er dann mit den geschlossenen Vergleichen gemacht, zu denen sich viele Banken schließlich genötigt sahen, um ihre Gläubiger, denen sie die Papiere mit völlig falschen Versprechungen verkauft hatten, nicht gänzlich zu verprellen.

Die ausgezahlten Summen richteten sich natürlich nach dem ehemaligen Kaufwert der Aktien, nicht nach den Almosen, die von Thurnau den oft völlig verzweifelten ehemaligen Besitzern gezahlt hatte. Auf diese Weise hatte er seinen Einsatz um etliche tausend Prozent vervielfacht.

Mit dem so gewonnenen Geld beteiligte er sich an mehreren, gut florierenden Industrieunternehmen, die beträchtliche Renditen abwarfen. Ihm gehörte zudem ein Anteil an der Wiener Tramway, der Pferdeomnibusbahn, dem wichtigsten Verkehrsmittel in Wien. Schließlich bestand der größte Teil der ständig wachsenden Stadtbevölkerung aus nahezu mittellosen Kleinbürgern und Arbeitern, die auf die Tramway angewiesen waren, um innerhalb der immer größer werdenden Hauptstadt von einem Ende zum anderen zu kommen.

Materielle Unterstützung bot von Thurnau seinen armen Verwandten trotz seines Reichtums jedoch nicht an. Seine Großzügigkeit beschränkte sich lediglich darauf, die von Löwensteins während der Wiener Saison in der obersten Etage seines Palais hausen zu lassen. Das waren zugige, schlecht beheizbare Räume, die mit den verschrammten, unmodernen Möbeln eingerichtet waren, die zum Fideikommiss, dem unveräußerlichen Vermögen der Familie, gehörten. Sie durften daher nur ausrangiert, aber nicht weggeworfen werden.

Nun hörte Richard weitere Satzfetzen aus dem Salon seines Onkels. Die beschwörende Stimme seines Vaters sprach von »Verlust der Hoffähigkeit«. Auch der Name des Kaisers Franz Joseph wurde genannt.

Richards Fingernägel bohrten sich vor Anspannung schmerzhaft in seine Handflächen. Hatte er nun den endgültigen Ruin seiner Familie herbeigeführt? Waren die von Löwensteins auch arm wie die Kirchenmäuse, so blickten sie doch auf eine beachtliche Tradition zurück. Weit mehr als die acht erforderlichen Generationen beider Elternteile waren im Gotha, dem Verzeichnis aller wichtigen Adelshäuser Europas, aufgeführt. Auch ohne beträchtliches Einkommen verlieh dies den Grafen von Löwenstein bislang das Recht, bei Hofe empfangen zu werden.

Doch Kaiser Franz Joseph wurde von Jahr zu Jahr unduldsamer mit den Untugenden hoffähiger Familien. So nachsichtig er auch gegenüber den immer absurder werdenden Marotten seiner Ehefrau Sisi war, so streng verhielt er sich doch gegenüber anderen engsten Familienmitgliedern. Seine leichtfertigen Neffen, die Erzherzöge Franz Ferdinand und Otto, Söhne seines jüngeren Bruders Karl Ludwig, wurden beständig ermahnt. Und auch Rudolf beklagte sich Jahr für Jahr heftiger über die Strenge seines Vaters und seines Großonkels Erzherzog Albrecht, welcher die Untadeligkeit von Mitgliedern des Kaiserhauses und des hoffähigen Adels fast noch verbissener einforderte als Kaiser Franz Joseph selbst.

*Es ist nicht auszudenken, wie der Kaiser darauf reagieren würde, sollte mein weniges Hab und Gut samt meinem Sold gepfändet werden. Zumal dies ja bei Weitem nicht ausreicht, um meine Schulden zu decken. Also würden meine Gläubiger versuchen, sich an unserem geringen Familienbesitz schadlos zu halten.* Richard wischte sich wohl zum fünfzehnten Mal mit seinem bereits völlig durchweichten Taschentuch den Schweiß von Stirn, Gesicht und Nacken. *Und Rudolf kann mich dann nicht länger in seinem Stab behalten. Sein Vater wird es ihm schlichtweg verbieten.*

Vorsichtig befühlte er mit der Zunge seine geschwollene Lippe. Es musste mindestens zehn Jahre her sein, dass ihn sein Vater zuletzt geschlagen hatte.

»Du hast diese Unsumme ausgegeben, um eine Kokotte auszuhalten, die sich mit anderen Männern vergnügte, derweil sie dich ausnahm, und schließlich mit Carl Bombelles, diesem Schandfleck unseres ganzen Standes, durchgebrannt ist?«

Richard hatte sich die wie Feuer brennende Wange gehalten und schweigend genickt. Was hätte es auch genutzt, seinem erbosten Vater zu gestehen, dass die Hälfte der Schuldensumme von zehntausend Gulden nicht durch Aufwendungen für Olga, sondern durch Spielverluste entstanden war.

*Dabei hätte meine Strategie sogar aufgehen können,* dachte er bitter. Die ersten zweitausend Gulden, die ihm der Wucherer nach dem katastrophalen Ausgang seiner Beziehung zu Olga geliehen hatte, brachten ihm noch kein Glück. Er verlor alles an einem einzigen Abend und nahm dann auch noch unseligerweise das Angebot eines Bekannten an, der ihm Jetons im Wert von weiteren fünfhundert Gulden lieh, die er dann ebenfalls verlor.

Um diese Ehrenschulden zu tilgen, hatte er ein weiteres Darlehen aufnehmen müssen, diesmal bei einem anderen Geldverleiher, dessen Zinssatz noch unverschämter war. Zwei Wochen hielt er sich danach vom Casino fern und suchte verzweifelt nach anderen Lösungen. Doch was er auch immer versuchte, es verlief im Sande und verschlechterte seine Stimmung nur noch.

Rudolf hatte ihm diesmal nicht einmal mit tausend Gulden aushelfen können. »Mizzi hat dich doch gewarnt«, entgegnete er vorwurfsvoll, als sich Richard ihm schließlich in seiner Verzweiflung anvertraute. »Und so leid es mir für dich tut, das war diesmal die einzige Hilfe, die ich anzubieten hatte. Ich muss Stephanie eine große Summe Geldes übereignen, damit sie Ruhe hält und keinen weiteren Skandal verursacht, da sie nun einmal leider von Mizzi und dem Haus weiß.«

Tatsächlich hatte die Kronprinzessin, die sich seit ihrer Ansteckung mit Gonorrhoe zwar weigerte, Rudolf seine ehelichen Rechte zu gewähren, aber dennoch mit glühender Eifersucht auf seine neue Affäre reagierte, Rudolf bereits arg kompromittiert. Da sie wusste, dass sich ihr Mann von seinem privaten Leibfiaker Josef Bratfisch zu Mizzis Haus bringen ließ, war sie vor einigen Tagen mit der auffälligen Hofkalesche dort vorgefahren und hatte Bratfisch genötigt, sie mit seinem unauffälligen Einspänner zurück in die Hofburg zu bringen. Derweil wartete die Hofkutsche in der Heumühlgasse auf Rudolf.

Natürlich war eine riesige Menschenmenge zusammengelaufen, als man das Gefährt erkannte. Jeder Wiener trachtete unaufhörlich danach, einem Mitglied der Kaiserfamilie persönlich zu begegnen. Und als sich schließlich herausstellte, dass es sogar der beim Volk überaus beliebte Kronprinz war, der aus Mizzis Haus kam, war die Menge in laute Hochrufe ausgebrochen. Auch die Gazetten hatten über den Vorfall berichtet. Er trug Rudolf neben der Blamage einen grimmigen Verweis seines erzürnten Vaters ein.

»Außerdem habe ich gerade die Rechnung für Mizzis Wintergarderobe erhalten«, fuhr Rudolf nun fort. »Sie beläuft sich auf fast tausend Gulden. Ich muss mir für all diese Unkosten selbst schon wieder Geld bei Baron Hirsch leihen.«

Völlig niedergedrückt hatte es Richard außerdem, dass Olga noch am Tag ihrer Entlarvung als untreue Geliebte die Wohnung am Kärntner Ring verlassen hatte, natürlich unter Mitnahme sämtlicher Pretiosen, die ihr Richard verehrt hatte. Zu einer Aussprache war es dadurch nicht mehr gekommen.

Stattdessen erfuhr Richard von der Hauswirtin, dass Olga bereits früher öfter Herrenbesuch empfangen hatte. Als die Wirtin, die um den guten Ruf ihres vornehmen Mietshauses fürchtete, weil ständig neue Verehrer bei Olga ein und aus gingen, ihr deshalb gedroht hatte, sie bei Richard zu verpetzen, war sie dazu übergegangen, sich zu ihren Stelldicheins lieber von zu Hause abholen zu lassen.

Verbittert entsann sich Richard während der endlosen Warterei im immer kühler werdenden Vorzimmer einmal mehr der vielen Abende, an denen ihn Olga mit dem Hinweis auf ihre Müdigkeit nach den Proben, ihre monatliche Unpässlichkeit und, wie sich nun herausstellte, immer neuen Ausreden offensichtlich versetzt hatte, um sich mit anderen Männern abzugeben.

Aus Angst vor Entdeckung hatte sie es deshalb wohl auch nicht gewagt, den Grafen Bombelles am Tag des Skandals im Café Prinzess zu einem Techtelmechtel in ihren eigenen vier Wänden zu empfangen. Bombelles wohnte seinerseits wie Rudolf und Richard in der Hofburg, wo das Kommen und Gehen jedes auswärtigen Gastes aufs Genaueste protokolliert wurde. Das machte ein Treffen in den Räumen des Grafen ebenfalls unmöglich.

Inzwischen hatte Bombelles allerdings seinerseits ein Liebesnest für Olga und sich gemietet. Dies erfuhr Richard, als er nach tagelangem Zögern endlich im Theater vorsprach, um doch noch die Aussprache mit Olga zu suchen. Denn trotz seiner Wut auf sie hing er noch immer an ihr und hoffte gegen jede Vernunft, es gäbe für alles, was vorgefallen war, irgendeine harmlose Erklärung.

Dabei erfuhr er zu seiner Bestürzung, dass Olga dem Ballett schon seit zwei Monaten nicht mehr angehörte. »Sie wurde immer fordernder und unverschämter«, erklärte ihm der Ballettmeister, ebenfalls ein ehemaliger Liebhaber Olgas, wie Richard wusste. »Nachdem ich ihr die Hauptrolle der Waldfee im neuen Ballett *La Sylphide* verweigerte, erschien sie zu vielen Proben zu spät oder gar nicht mehr. Ich musste sie schließlich fristlos entlassen.«

Diese letzten Enthüllungen über Olgas Charakter, die nie eine Hauptrolle in Aussicht gehabt und ihre Knöchelverletzung nur vorgetäuscht hatte, um ihren Rauswurf zu verbergen, kurierten Richard endgültig von seinem Liebeswahn. Heute schickte er sogar immer wieder ein Dankgebet zum Himmel, dass ihn nur seine Frustration, Olga im Graben aus den Augen verloren zu haben, an jenem Oktobernachmittag ins Café Prinzess geführt hatte, wo er sich mit einem Stück Torte und einem Großen Schwarzen trösten wollte. Zweifellos hätte ihn dieses Miststück ansonsten noch monatelang ausgenommen, Bombelles hin oder her.

Auch deshalb wurde ihm seine desolate finanzielle Situation nach der Unterredung mit dem Ballettmeister endgültig unerträglich. Er beschloss, alles auf eine Karte zu setzen, und lieh sich noch einmal zweitausend Gulden. Mit den bereits angefallenen Zinsen war der Schuldenberg damit auf zehntausend Gulden angewachsen.

Dass man ihm überhaupt noch einmal Geld lieh, hatte er nur seinem alten ehrwürdigen Namen zu verdanken. Junge leichtfertige Söhne aus dem Hochadel waren die einträglichsten Kunden solch dubioser Geldverleiher. Sie wussten, dass man Schulden in diesen Kreisen stets beglich, da sonst die Ehre der Familie auf dem Spiel stand. Also unterschrieb Richard mit klopfendem Herzen einen neuen Wechsel.

Und zunächst schien Fortuna Richard auch gewogen zu sein. Anfangs riskierte er nur wenig. Er setzte beim Roulette zuerst mäßige, dann, von seinem Spielglück berauscht, immer höhere Summen – stets auf die Farbe Rot – und verdoppelte seinen Einsatz so mit jedem Gewinn.

Schließlich verfügte er über Jetons im Wert von fünftausend Gulden. *Nur noch eine einzige Runde,* hatte er frohlockt, als er den gesamten Stapel ein letztes Mal auf die Farbe Rot setzte. Und dann noch minutenlang wie gelähmt vor Schock am Rand des Tisches stand, nachdem der Croupier seine Spielmarken längst eingestrichen hatte. Diesmal war die Kugel auf ein schwarzes Feld gefallen.

Der erste Wechsel war bereits in zwei Tagen fällig. Also hatte Richard nach einer schlaflosen Nacht den Gang nach Canossa angetreten und war zu seinem Vater gegangen, der sich aufgrund der Herbstsaison bereits im Palais Thurnau in Wien aufhielt. Die Unterredung hatte vor zwei Stunden stattgefunden. Danach begab sich sein Vater Eduard sofort zu seinem älteren Bruder Max.

Plötzlich bemerkte Richard, dass die Stimmen im Nachbarraum verstummt waren. Vorsichtig stand er auf und legte sein Ohr an die Tür. Schließlich öffnete er sie sogar und lugte hinein. Der Raum, ein typisches Durchgangszimmer mit zwei Ein- und Ausgängen, wie es in vielen Palais üblich war, war leer.

Er wartete eine weitere Stunde, ohne dass etwas geschah. Als er noch unschlüssig überlegte, was er nun tun sollte, kamen die Herren zurück. Sein Vater riss die Tür zum Vorzimmer auf und musterte Richard streng.

»Wir haben eine Lösung gefunden, mein Sohn«, sagte Eduard von Löwenstein mit seiner etwas schnarrenden Stimme. »Sie wird dir womöglich nicht gefallen, doch das tut nichts zur Sache. Schließlich wenden wir auf diese Weise gleich zweifach Schande von unserer Familie ab.«

# Teil 2

## *Melodram*

# Kapitel 6

## Café Prinzess am Graben

### *Mitte Juli 1887*

»Die gute Freundin meiner Mutter, Ihre Durchlaucht Gräfin Larisch, wird jeden Augenblick eintreffen, Fräulein Mohr«, sagte Mary Vetsera gestelzt zu ihrer Promeneuse, die sie ins Café Prinzess begleitet hatte. »Sie können jetzt nach Hause zurückkehren.«

Die ältliche, bei den Vetseras als Gesellschafterin beschäftigte Frau neigte mit zusammengepressten Lippen knapp den Kopf. »Ihre Frau Mutter gab mir die Order, bis zum Eintreffen der Gräfin Larisch bei Ihnen zu bleiben, Baroness«, erwiderte sie mit einem barschen Unterton, der kurz davor war, die Grenze der gebotenen Höflichkeit zu überschreiten. »Daran gedenke ich mich zu halten.«

Mary stieß hörbar die Luft aus. »Dann setzen Sie sich dahinten in die Ecke an den kleinen Tisch!«, befahl sie unwirsch. »Bestellen Sie sich meinethalben eine Melange und ein Stück Torte, aber lassen Sie mich ungeschoren! Ich möchte in Ruhe mit meiner Freundin Phiefi plaudern.«

Dann schaute sie sich suchend um. Sophie, die den unfreundlichen Dialog in ihrer Nische hinter der Kuchentheke unfreiwillig mitangehört hatte, trat hervor. Mit ausgebreiteten Armen stürzte Mary auf sie zu.

»Phiefi! Wie schön, dich endlich wieder einmal zu treffen!« Sie küsste Sophie auf beide Wangen. »Diese Frau Mohr ist eine richtige Pest«, raunte sie Sophie ins Ohr. »Sie lässt mich keinen Moment lang aus den Augen und berichtet Mama brühwarm alles, was ich tue oder lasse. Würde sich Marie Louise Larisch heute nicht zu uns gesellen, säße sie wohl sogar mit uns hier am Tisch.«

»Warum lässt dich deine Mutter denn so stark beaufsichtigen?«

Mary zuckte mit den Achseln. »Ach, sie befürchtet wohl, dass ich irgendwelche Dummheiten machen könnte«, erklärte sie vage.

Dann erschien ein verschmitztes Lächeln auf ihrem Gesicht. »Können wir nicht in eins der Separees gehen? Da sind wir ungestört. Marie Louise kommt frühestens in einer halben Stunde. So sie denn pünktlich ist. Ich habe mich mit Absicht später mit ihr verabredet, als ich es Mama gesagt habe, damit wir zuvor ungestört miteinander plaudern können. Schließlich sehen wir uns ja nicht mehr so oft wie früher.«

Tatsächlich war ihre letzte Verabredung bereits drei Wochen her. Dass sich die Freundinnen im Vergleich zu früher relativ selten trafen, hatte verschiedene Ursachen.

Mit Marys Bereitschaft, von Einsicht gar nicht erst zu reden, mehr Zeit und Energie in die Schulausbildung bei den Klosterschwestern der Salesianerinnen zu stecken, war es schnell zu Ende gewesen. Sie hatte das Institut schon nach wenigen Jahren wieder verlassen, sodass zunächst der gemeinsame Schulweg und die nachmittäglichen Hausaufgaben entfallen waren. Mary erhielt von Privatlehrern zwar noch Unterricht in französischer und englischer Sprache und zweimal wöchentlich eine Klavierstunde, nahm dies aber nicht allzu ernst, sodass sich ihre Lernfortschritte in relativ niedrigen Grenzen hielten.

Sophie setzte ihre Ausbildung am Institut der Salesianerinnen hingegen selbstverständlich fort, bis ihr Stiefvater in Kairo durch ein Gespräch mit Albin Vetsera zufällig von Marys Schulabbruch erfuhr. Um das Schulgeld einzusparen, hatte er deshalb sofort verlangt, dass auch Sophie die Schule verlassen müsste.

Da er seiner Frau und Sophie zu Recht nicht traute, dass sie seiner Anordnung auch Folge leisten würden, schrieb er eigenhändig an die Oberin der Klosterschwestern und meldete Sophie offiziell ab. Als ihr Vormund war er dazu berechtigt. Damit waren Sophies Pläne hinfällig, mithilfe ihres Onkels Stephan, der die Zahlung des Schulgelds übernommen hätte, einen regulären Abschluss zu erreichen. Das alles war jetzt schon mehr als zwei Jahre her.

Nachdem Mary die Klosterschule verlassen hatte, besuchten sich die Freundinnen anfangs dennoch fast täglich. Dann waren die Abstände zwischen ihren Treffen allmählich immer größer geworden. Da Sophies Mutter Henriette nach wie vor kränkelte, musste sich Sophie mehr und mehr um ihre jüngere Schwester Milli kümmern. Immerhin durfte diese jetzt ebenfalls die Klosterschule besuchen, nachdem sie zuvor nur sehr halbherzig und unregelmäßig von Henriette und der Mamsell Ida unterrichtet worden war.

Mit fast zehn Jahren beherrschte Milli daher kaum die Grundlagen des Lesens, Schreibens und Rechnens. Als Arthur von Freiberg dies bei einem Urlaub in Wien erkannte, ordnete er Millis Schulbesuch sofort an. Natürlich war ihm klar, dass eine Stieftochter ohne jegliche Bildung in den höheren Kreisen kaum als attraktive Gattin zu vermitteln wäre.

Ein paar Monate lang besuchten die Schwestern die Schule noch gemeinsam, bis Arthur von Freiberg Sophies Ausscheiden befahl. Doch Milli tat sich aus unerfindlichen Gründen von Anfang an sehr schwer mit dem Lesen und Schreiben, sodass Sophie ihr bis zum heutigen Tag nachmittags ständig bei den Hausaufgaben helfen und ihr auch Nachhilfeunterricht geben musste.

Mary dagegen widmete sich mehr und mehr den typischen Aktivitäten junger Komtessen. Sie trat dem Wiener Eislaufverein bei und war im Winter jeden Nachmittag, den das Wetter zuließ, auf der Eisbahn. Mittlerweile hatte sie es bereits zu einiger Kunstfertigkeit gebracht und galt als eine der besten Läuferinnen auf dem Platz.

Zudem nahm sie seit einiger Zeit Gesangsunterricht und hatte den Ehrgeiz, nicht nur im Chor der Hofkirche St. Augustin mitzusingen, sondern probte auch schon für Soloauftritte.

Hinzu kamen mehr und mehr gesellschaftliche Verpflichtungen. Seit ihrem sechzehnten Geburtstag im März nahm Mary an den wöchentlichen Jours fixes ihrer Mutter Helene teil, bei denen sich neben anderen Courmachern vor allem der portugiesische Thronprätendent Miguel von Braganza immer wieder einfand.

Schon längst wurde Sophie nicht mehr zu jeder Vergnügung eingeladen, der sich die Vetsera-Damen widmeten. Denn davon gab es, je älter Hanna und Mary wurden, einfach zu viele. Hinzu kam außerdem, dass Sophie auch nicht über die entsprechende Garderobe verfügte, um an ihnen teilnehmen zu können. Helene Vetsera legte allergrößten Wert darauf, ihre hübschen Töchter der Wiener Öffentlichkeit immer wieder zu präsentieren. Eine hausbacken gekleidete Freundin als beständiges Anhängsel hätte den vorteilhaften Eindruck, den die Vetsera-Mädchen machen sollten, da wohl getrübt, vermutete Sophie.

Sie wurde auch sonst von keiner anderen hochstehenden Familie zu einer Veranstaltung eingeladen. An der Missbilligung der als unstandesgemäß geltenden Ehe ihrer Mutter mit dem entweder unbekannten oder aufgrund seines arroganten Auftretens unbeliebten Ritters von Freiberg hatte sich in Wien nichts geändert.

Und da Henriette das Palais nach wie vor nur verließ, um in der Kirche der Salesianerinnen zu beten oder die Gräber ihres verstorbenen ersten Mannes und ältesten Sohnes Nikki zu besuchen, geriet der Name »von Werdenfels« immer mehr in Vergessenheit.

Jetzt nickte Sophie etwas verwundert auf Marys Bitte hin. »Ja, die Separees sind beide frei und meines Wissens auch nicht reserviert.« Sie machte eine einladende Bewegung zu den Torten in der gläsernen Vitrine. »Möchtest du dir zuerst ein Stück Kuchen aussuchen? Mein Onkel hat mir erlaubt, dich einzuladen.«

Mary strahlte und stellte ihren perfekt zu ihrem Sommerkleid passenden Sonnenschirm in den geschnitzten Ständer aus Nussbaumholz. Dann trat sie vor die Vitrine.

»Nach der Mokkaprinzentorte gelüstet es mich heute nicht«, erklärte sie. »Obwohl sie irgendwie anders aussieht als früher. Oder täusche ich mich?« Sie sah fragend zu Sophie auf.

Die schüttelte stolz den Kopf. »Nein, du hast völlig recht, meine Liebe. Der Mohr hat ein kostbareres Gewand erhalten.«

Jedes Stück der für den Verzehr im Café nur einstöckigen Torte war mit solch einem ausgestochenen Marzipanfigürchen verziert.

»Aha!« Offensichtlich verstand Mary nicht, was sie meinte.

Sophie verdrängte einen leichten Anflug von Unmut. Eine scharfe Beobachterin war ihre Freundin noch nie gewesen.

»Schau, der Prinz trägt nun eine goldene Schärpe über der roten Pluderhose, eine goldene Weste über dem jetzt blauen Hemd und eine Agraffe mit einer goldenen Feder an seinem Turban.«

»Stimmt!«, konstatierte Mary. »Und wie kommt es dazu?«

»Das erzähle ich dir gleich. Such dir doch erst einmal ein Stück Kuchen aus! Da kommen schon die nächsten Gäste herein. Am Ende sind die Separees noch besetzt, wenn wir uns nicht beeilen.«

Mary trat unschlüssig von einem Fuß auf den anderen. »Was würdest du mir denn empfehlen?«

Sophie lächelte. »Probier einmal die Orangentorte! Die neueste Kreation meines Onkels. Sie schmeckt köstlich.« Sie wies auf eine zartorangefarbene Sahnetorte, die mit kandierten

Apfelsinenstückchen, Schokolade und fein geraspelter Schale verziert war. »Die nehme ich jetzt ebenfalls. Sie ist wunderbar erfrischend bei dieser Hitze.« Draußen war ein sonniger, sehr warmer Julitag.

Mary nickte. »Gut, dann folge ich deinem Rat.«

Sophie gab einer der Serviererinnen ein Zeichen. »Leni, bring uns zwei Stück Orangentorte ins erste Separee. Und was willst du trinken?«, fiel ihr plötzlich ein.

»Nichts Warmes bei dieser Hitze«, antwortete Mary.

Sophie lächelte. »Und dazu zwei große Glas Zitronenlimonade«, wies sie Leni an. »Und tu viel Eis hinein!«

Die beiden jungen Frauen nahmen einander gegenüber in dem der Kuchentheke am nächsten gelegenen Separee Platz. Sofort nach dem Skandal mit dem Grafen Bombelles und der Tänzerin hatte Sophies Onkel die Schwingtüren entfernen und durch zwei große Töpfe mit Palmen ersetzen lassen. So konnte jedermann den Marmortisch in der Mitte des Separees sehen, während die Gäste auf den gepolsterten Sitzbänken dennoch durch die Pflanzen vor neugierigen Blicken geschützt waren.

Wahrscheinlich war es vor allem diesem Umbau zu verdanken, dass sich der Ruf des Cafés Prinzess mittlerweile wieder erholt hatte. Anfangs waren viele der weiblichen Gäste ferngeblieben, da sich die Kunde von den unwürdigen Geschehnissen im Separee in der klatschsüchtigen Wiener Gesellschaft wie ein Lauffeuer verbreitet hatte. Doch erst seitdem auch wieder junge Komtessen mit ihren Müttern, Tanten oder Gesellschafterinnen zu den Gästen gehörten, war Stephan Danzer sicher gewesen, dass seinem Haus kein bleibender Schaden entstanden war.

»Hast du schon das neue *Wiener Salonblatt* gesehen?«, fragte Mary mit glänzenden Augen, kaum dass sie sich vorsichtig auf der Polsterbank niedergelassen hatte. Sie trug ein Turnüren-Kleid nach der neuesten Sommermode, mit einem blau-weiß gestreiften Oberteil und eng anliegenden dreiviertellangen Ärmeln. Darüber verlief dekorativ über Kreuz ein zartblauer schimmernder Seidenstoff, der in Form zweier Dreiecke, die mit der Spitze nach unten ausliefen, fast bis zum Kleidersaum reichte. Der darunterliegende vordere Rock war aus dem gleichen blau-weiß gestreiften Material wie das Oberteil. Die Schärpe, die die Taille betonte und seitlich mit einer Silberschnalle gehalten wurde, war dagegen wie der hintere Turnüren-Rock aus dem zartblauen Seidenstoff.

Etwas neidisch konstatierte Sophie, dass dem Salon der Madame Spitzer hier ein weiteres Meisterwerk der Schneiderkunst gelungen war. Ihr eigenes Sommerkleid aus elfenbeinfarbenem Musselin war dagegen wie üblich schlicht. Heute trug sie keine Kaffeehaustracht, da sie privat mit Mary im Café Prinzess verabredet war.

»Ja, natürlich habe ich dein Konterfei auf dem Titelblatt des *Salonblatts* gesehen«, beantwortete sie nun Marys Frage und schluckte ihre gelinde Enttäuschung darüber, dass die Freundin das Interesse am neuen Kostüm des Mokkaprinzen bereits verloren hatte, hinunter. So war Mary eben. Ihre Gedanken kreisten meist um sie selbst.

»Wir führen das *Wiener Salonblatt* seit Neuestem auch hier im Café«, erläuterte sie dann. »Zusammen mit einigen Modemagazinen. Immer mehr Damen werfen einen Blick hinein, während sie ihre Melange genießen.«

»Leni!«, wies sie dann die Bedienung an, die gerade Torte und Limonade servierte. »Bring uns bitte noch das neueste *Salonblatt*!«

»Das ist schon das dritte Mal, dass ich auf der Titelseite abgebildet bin«, sagte Mary stolz. »Es gibt keine andere Komtess, die sich dergleichen rühmen kann!«

Sophie studierte die schwarz-weiße Fotografie intensiver, als es nötig gewesen wäre. Seitdem die Zeitschrift vor zwei Tagen erschienen war, hatte sie das Titelbild schon mehrmals betrachtet. Es zeigte Marys Gesicht nach links gewandt im Profil. Ihre dichten Haare waren ähnlich der Frisur, die Kaiserin Sisi zu tragen pflegte, zu Zöpfen geflochten, welche am Hinterkopf zu einem kunstvollen Dutt zusammengesteckt wurden. Darüber trug sie einen federgeschmückten Hut mit breiter, ausladender Krempe.

»Aber warum trägst du denn in einer Juli-Ausgabe ein Winterkleid?«, konnte sich Sophie die Frage, die sie ursprünglich nicht hatte stellen wollen, jetzt doch nicht verkneifen. Aber Marys ihr selbst gar nicht bewusster Dünkel verdiente einmal einen kleinen Dämpfer. »Das wunderschöne Sommerkleid, das du heute anhast, hätte doch viel besser zur Jahreszeit gepasst.«

Mary nahm Sophie ihren Einwand nicht übel. Im Gegenteil pflichtete sie ihr sogar bei. »Das habe ich Mama auch immer wieder gesagt«, erklärte sie aufgeregt. »Aber das Foto musste schon im März an die Redaktion gegeben werden. Denn die braucht immer einen bestimmten zeitlichen Vorlauf für den Druck.«

Sophie kannte das Kleid, mit dem Mary im *Salonblatt* bis unter die Büste abgebildet war. Es war aus dunkelgrünem Wollstoff gefertigt und mit seinem bis unter das Kinn reichenden Stehkragen und dem mit schwarzen Tressen besetzten Einsatz ein typisches Kleid für die kühlere Jahreszeit. Zu diesem Zeitpunkt konnte sie noch nicht ahnen, welch tragische Bedeutung genau diesem Kleid einmal zukommen würde.

»Aber Mama konnte ja einmal mehr nicht warten«, beklagte sich Mary weiter. »Sie wollte unbedingt, dass ich so rasch wie möglich wieder auf das Titelblatt komme, und hat Max Schlesinger, den Redakteur, unaufhörlich bedrängt. Weil ich doch zuletzt vor zwei Jahren auf der Titelseite war. Damals noch als Mädchen mit offenem Haar, nicht als junge Dame von Welt.«

Sie trank einen Schluck Limonade. »Ich habe Mama deshalb mehrmals gesagt, dass sie doch wenigstens die Sommermode abwarten und dann eine neue Fotografie einreichen soll, wenn die Redaktion so einen langen Vorlauf für die Veröffentlichung braucht. Dann wäre die Zeitung mit mir auf dem Titelblatt zwar nicht vor Oktober oder sogar erst im November erschienen.

Aber ein hübsches Sommerkleid auf einem Wintertitelblatt wirkt doch allemal verführerischer als ein Winterkleid auf einem Sommertitelblatt.«

»Und warum wollte deine Mutter nicht warten?« Sophie ahnte den Grund, wollte ihn aber von Mary selbst hören.

»Ach, das ist wegen dem Braganza«, erklärte die Freundin verächtlich. »Seit ich sechzehn geworden bin, macht er mir ganz offiziell den Hof. Mutter hofft sogar, dass er mir bald einen Antrag macht. Aber ich ermutige ihn nicht dazu. Ich denke, es gibt bessere Chancen.«

»Bessere Chancen als einen Herzog, noch dazu von königlichem Geblüt?«, wunderte sich Sophie. »Ich denke, deine Mama setzt doch alles daran, dass du in Hochadelskreise aufsteigst! Wer könnte dazu besser geeignet sein als Miguel von Braganza! Er ist sogar ein persönlicher Freund des Kronprinzen Rudolf!«

Auf Marys Gesicht erschien ein seltsamer Ausdruck. »Das ist tatsächlich sein einziger Vorteil.« Sie senkte beschwörend die Stimme. »Jedes Mal, wenn wir uns treffen, frage ich Miguel ausgiebig über Rudolf aus. Du glaubst gar nicht, was ich auf diese Weise alles erfahre.«

## Im Wienerwald

### *Juli 1887, am selben Tag*

»Rudolf, nein! Nun lass es gut sein! Das ist eine Ricke mit ihrem Kitz!«

Spontan griff Richard an den Lauf von Rudolfs Jagdgewehr, das dieser gerade anlegen wollte, und drückte ihn herunter. Zum Glück löste sich kein Schuss.

»Was ist denn heute nur mit dir los?«, fragte Richard auf Rudolfs vorwurfsvollen Blick hin. »Du weißt doch, dass zu dieser Jahreszeit nur einjähriges Rotwild geschossen werden soll.

Trotzdem hast du bereits eine Hirschkuh mit ihrem Kalb und einen mindestens zweijährigen Rehbock erlegt. Gar nicht zu reden von den fünf Keilern und Sauen und …«

»Die Jagd auf Schwarzwild ist das ganze Jahr über erlaubt«, fiel Rudolf Richard ins Wort.

»Aber …«, setzte Richard schon zu einem Widerspruch an, als er in Rudolfs Gesicht blickte, das zu seinem Schreck regelrecht verfallen wirkte.

Tiefe Schatten lagen unter seinen geröteten Augen, die sich Rudolf fortwährend rieb, als ob sie ihn juckten. Seine Wangen waren eingefallen, die Lippen spröde und rissig. Der Schweiß lief ihm in Strömen von den Schläfen in den Hemdkragen.

Als die beiden am frühen Morgen zur heutigen Jagd aufgebrochen waren, hatte Richard Rudolfs elenden Zustand gar nicht zur Gänze realisiert. Zwar fiel ihm auf, dass der Kronprinz abgemagert war und nervös wirkte. Aber vor allem die Nervosität war er von Rudolf in den letzten Jahren gewohnt und hatte daher gehofft, die Jagd würde ihn ablenken. Zumal es die einzige Leidenschaft war, die Rudolf mit seinem Vater Franz Joseph teilte und die deshalb oft das einzige unverfängliche Thema ihrer meist angespannten Konversationen war.

Tatsächlich wirkte der Kronprinz jedoch von Stunde zu Stunde verbissener, anstatt entspannter. Wie besessen legte er immer wieder auf das von den Treibern aufgescheuchte Wild an, machte selbst vor Igeln, Eichhörnchen und Vögeln nicht halt und schoss alles ab, was ihm vor die Flinte kam. Sofern er traf. An so viele Fehlschüsse Rudolfs wie heute konnte Richard sich nicht erinnern. Und er hatte schon Dutzende von Jagdausflügen mit ihm bestritten.

Mittlerweile stand die Sonne bereits hoch am Himmel. Der Tag würde sehr heiß werden.

»Komm, lass uns dort ein wenig im Schatten rasten«, forderte Richard Rudolf auf. »Das wird uns nach der Anstrengung bei dieser Hitze guttun.«

Rudolf nickte schweigend und folgte Richard unter eine ausladende Buche, wo auf einer Decke ein reich bestückter Picknickkorb bereitstand. Während Richard herzhaft in einen knusprig gebratenen Hühnerschenkel biss, legte Rudolf seine Schinkensemmel nach einem Bissen bereits wieder weg. Stattdessen griff er nach der Flasche Weißwein, setzte sie an die Lippen und tat einen tiefen Zug.

»Also, was liegt dir auf der Seele?« Richard konnte die Spannung, die wie eine giftige Aura von Rudolf ausging, nicht länger ertragen.

»Kronprinz Friedrich von Preußen wird sterben«, antwortete Rudolf tonlos. Friedrich war der einzige Sohn des über neunzigjährigen deutschen Kaisers Wilhelm I.

Richard musterte Rudolf skeptisch. »Befürchtest du das nur, oder ist es sicher?« Schon seit Wochen erging sich Rudolf in immer pessimistischeren Zukunftsvisionen. Im März hatte er sogar sein Testament erneuert und behauptete seither immer öfter, er rechne mit seinem frühen Tod.

»Moritz Szeps, der Verleger, hat es mir gestern Abend gesagt. Er unterhält Kontakte zu den höchsten Berliner Kreisen. Der Kronprinz leidet an Kehlkopfkrebs. Inoperabel und mit keinem Heilmittel in den Griff zu bekommen. Es ist daher nicht einmal sicher, ob er seinen greisen Vater überlebt.«

Richard war schockiert. Er wusste, wie sehr Rudolf darauf gehofft hatte, dass Friedrich als Kaiser seine liberalen Ansichten politisch verwirklichen und damit das Deutsche Kaiserreich wieder zu einem attraktiven Verbündeten für die k. u.k Monarchie machen würde. Insbesondere im Hinblick auf ihn selbst als österreichischen Thronfolger.

»Das ist wirklich schlimm«, murmelte er hilflos.

Rudolf nahm noch einen Zug aus der Flasche. »Also wird dieser heuchlerische Kretin kurz nach dem Tod seines Großvaters den Thron besteigen.« Rudolf sprach von Friedrichs Sohn Wilhelm. »Er wird Bismarcks Linie eines neuen Krieges mit Frankreich befürworten und uns bei einem Kampf gegen Russland im Stich lassen.«

Richard seufzte. »Das vermutest du nur«, versuchte er, Rudolf zu beschwichtigen. »Aber du weißt es nicht sicher!«

»Doch, ich weiß es sogar aus seinem eigenen Munde«, fuhr Rudolf auf. »Bislang habe ich mich sogar dir gegenüber an das Schweigegebot gehalten, das mir unser Außenminister Kálnoky im Frühjahr mit dem Segen meines kaiserlichen Vaters auferlegt hat.«

Im März hatte Rudolf Österreich-Ungarn bei den Feierlichkeiten zum neunzigsten Geburtstag des deutschen Kaisers Wilhelm I. in Berlin vertreten.

»Aber nun sollst du wissen, dass der junge Wilhelm und seine Eltern sich spinnefeind sind. Wilhelms Mutter Victoria hat sogar versucht, mich über ihren Sohn auszufragen, weil die beiden seit Monaten nicht mehr miteinander sprechen. Und Wilhelm hat seinerseits kein gutes Haar an seinen Eltern gelassen.«

Richard holte tief Luft. Dann entschied er sich für die Flucht nach vorn. »Das mag ja alles so sein, wie du es sagst, Rudolf. Aber es ist mit Sicherheit nicht die alleinige Ursache dafür, dass es dir auch körperlich derart elend geht. Macht dir deine Krankheit noch immer so stark zu schaffen?« Richard meinte die Gonorrhoe, mit der sich Rudolf zu Beginn des letzten Jahres angesteckt hatte.

»Das und noch mehr«, räumte Rudolf kryptisch ein. Er wies auf seine geröteten Augen. »Du siehst ja selbst, dass ich schon wieder an einer Bindehautentzündung leide. Heute Abend muss ich Kamillenbäder nehmen, sonst sind meine Lider morgen früh völlig verklebt.«

Richard erschrak. »Was sagen die Ärzte?«

Rudolf hob die Schultern. »Schon für die Reise nach Berlin hat mir der Widerhofer Morphiumtropfen verschrieben. Sonst hätte ich mich dort schier zu Tode gehustet. Und nun werde ich das Zeug nicht mehr los.«

»Du nimmst seit dem Frühjahr Morphium ein?« Richard war fassungslos. »Du weißt doch, was das für ein starkes Gift ist!«

Wieder zuckte Rudolf mit den Achseln. »Ich wollte das Mittel eigentlich nach der Berlinreise wieder absetzen oder die Dosis zumindest verringern. Aber stattdessen …« Er stockte.

»Was ist stattdessen?« Nun war Richard aufs Höchste beunruhigt.

»Nichts, nichts«, wiegelte der Kronprinz ab. »Mach dir keine allzu großen Sorgen um mich!« Der Versuch eines beruhigenden Lächelns verzerrte sein Gesicht zu einer gespenstisch anmutenden Fratze. »Du weißt doch, dass ich jung sterben werde«, wiederholte er seine fixe Idee.

»Aber …«

»Aber erzähle mir jetzt etwas von dir«, unterbrach Rudolf ihn. »Denn auch du trägst seit geraumer Zeit eine Last mit dir herum, teurer Freund.«

Richard war überrascht. Bislang war er nicht davon ausgegangen, dass Rudolfs Gedanken um irgendetwas anderes kreisen könnten als um seine eigenen permanenten Sorgen und Befürchtungen.

»Nun los, spuck 's schon aus.« Rudolf schlug Richard aufmunternd auf die Schulter. »Ich vertraue dir doch auch all meine Nöte an.«

*Keineswegs alle,* schoss es Richard durch den Kopf. *Das Schlimmste, was dich bedrückt, hast du mir gerade verschwiegen.*

»Ich muss mich verloben«, brachte er schließlich gepresst hervor.

»Oha!« Nun blickte ihn Rudolf prüfend an. »Das scheint nicht gerade eine Herzensangelegenheit zu sein. Wer ist denn die Glückliche?«

»Eine entfernte Cousine. Sie heißt Amalie von Thurnau.«

»Sieh an, sieh an, die kleine Amalie. Sie soll ja ein rechter Wildfang sein, habe ich munkeln hören. Aber sie hat eine hübsche Visage, das muss man ihr lassen.«

Richard fuhr der Schrecken in alle Glieder. Hatte Rudolf etwa von dem Skandal um Amalie gehört? Denn wenn *er* es wusste, dann ganz sicher auch halb Wien. Dabei hatte sein Schwiegervater in spe Stein und Bein geschworen, dass niemand außerhalb der engsten Familie von dieser Affäre Kenntnis hätte.

Die erst sechzehnjährige Amalie hatte sich mit einem jungen Hausdiener ihres Vaters auf eine Liebschaft eingelassen und war dabei schwanger von ihm geworden. Das Ganze war aufgeflogen, als sie heftige Blutungen bekam und der herbeigerufene Arzt eine Fehlgeburt diagnostizierte. Zwar hatte man den Diener buchstäblich aus dem Haus geprügelt, als Amalie unter dem Schock ihrer Schmerzen alles verriet. Aber nicht nur ihre Jungfräulichkeit war dahin, sondern möglicherweise auch ihre Fähigkeit, weitere Kinder zu bekommen.

Damit war sie keine Partie mehr für einen betuchten Bewerber aus dem Hochadel. Der Skandal könnte leicht einen noch viel größeren nach sich ziehen, käme nunmehr heraus, dass die jugendfrische, hübsche Amalie in Wahrheit eine Mogelpackung war. Würde der derart hinters Licht geführte Ehemann von ihrer Fehlgeburt erfahren und wegen der daraus resultierenden Unfruchtbarkeit die Scheidung einreichen, könnte das die Familie von Thurnau sogar die Hoffähigkeit kosten. Kaiser Franz Joseph kannte in solchen Fällen kein Pardon.

So hatte man also Richard Amalie als zukünftige Gattin angedient. Das war der Handel, zu dem sein Vater Eduard und sein Onkel Max ihn im Herbst des letzten Jahres gezwungen hatten. Er sollte Amalie heiraten. Im Gegenzug dafür beglich Adalbert von Thurnau Richards beträchtliche Schulden, gab ihm einen großzügigen monatlichen Zuschuss zu seinem kargen Sold und versprach ihm darüber hinaus eine erkleckliche Mitgift für seine Tochter.

Trotzdem hätte Richard diesen Handel am liebsten abgelehnt. Mit seinen Bedenken und Zweifeln stieß er bei seinem Vater und seinem Onkel allerdings auf Granit. Das einzige Zugeständnis, das man ihm machte, bestand darin, die Verlobung noch bis zur Herbstsaison des nächsten Jahres 1888 geheim zu halten.

Amalie war ja noch blutjung gewesen, als der Diener sie geschwängert hatte. Und da Richard alles andere als eine gute Partie für die einzige Tochter des steinreichen Adalbert von Thurnau war, hätte es Verdacht erregen können, wenn sich Amalie bereits vor ihrem achtzehnten Geburtstag mit einem armen Verwandten verlobte.

Stattdessen sah der ausgeklügelte Plan der drei alten Männer vor, der Wiener Gesellschaft eine Liebesheirat der beiden vorzugaukeln. Richard sollte Amalie mit dem Beginn der Herbstrennen im Jahr 1888 vor aller Augen den Hof machen. Er würde auf den ersten Bällen mehrmals den Kotillon mit ihr tanzen, was immer als ein Zeichen ernsthaften Interesses galt, und sich am Silvestertag 1888 mit ihr verloben. Mit einem großen Ball im Palais von Thurnau sollte dieses Ereignis gleich nach dem 6. Jänner, also zum Beginn der Faschingszeit im Jahr 1889, offiziell bekannt gegeben werden.

Der Form halber hätte Richard Rudolf als seinen Vorgesetzten um die Erlaubnis zu dieser Heirat bitten müssen. Da die Verlobung aber zeitlich noch in weiter Ferne lag, hatte er das Thema bislang noch nicht angesprochen. Zumal er in seinem tiefsten Innern auf ein Wunder hoffte, das ihm ermöglichen würde, der Ehe mit Amalie doch noch zu entgehen. Auch wenn er keine Ahnung hatte, wie dieses Mirakel zustande kommen sollte.

»Was genau hast du denn gehört?«, fragte Richard nun beklommen nach.

»Ach, so dies und das.« Rudolf machte eine wegwerfende Handbewegung. »Du kennst doch den allgegenwärtigen Klatsch!« Plötzlich begann er zu grinsen.

»Aber ich habe eine Idee. Im Oktober will ich mein frisch renoviertes Jagdschloss Mayerling einweihen. Dazu lade ich dann nicht nur dich, sondern auch Amalie ein. Dann können sich die

Wiener schon einmal an eure zukünftige Beziehung gewöhnen. Was hältst du davon?«

Richard wehrte entsetzt mit beiden Händen ab. »Um Gottes willen, nein!«, entfuhr es ihm.

»Wir wollen die Verlobung erst zum Jahreswechsel 88/89 bekannt geben«, fuhr er in gemäßigterem Ton fort. »Vorher ist Amalie noch viel zu jung. Sie wird erst im nächsten Frühjahr achtzehn.«

»Soso!« Rudolf musterte Richard erneut prüfend. »Ein höchst merkwürdiges Argument, wenn man bedenkt, dass sowohl meine Mutter Elisabeth als auch meine Frau Stephanie erst fünfzehn Jahre alt waren, als sie sich verlobten. Also rankt sich wahrscheinlich ein skandalöses Geheimnis um eure Verbindung«, traf er ins Schwarze.

Doch Richard wiegelte ab. »Das ist, mit Verlaub gesagt, Unsinn.« Rudolf hatte ihm schließlich auch nicht alles anvertraut, was ihn bedrückte. Warum sollte er also nicht das Gleiche tun?

»Amalie ist zwar sehr hübsch, aber ich konnte sie noch nie besonders gut leiden«, erläuterte er dann. »Doch ich muss eine reiche Frau heiraten, die eine beträchtliche Mitgift in die Ehe einbringt. Du weißt doch, dass wir von Löwensteins so arm wie die Kirchenmäuse sind.«

Rudolf blieb weiterhin skeptisch. »Ich glaube dir kein Wort, mein Freund«, sagte er ihm auf den Kopf zu. »Doch du hast recht, wenn du Amalie unter diesen Umständen nicht mit zur Einweihung von Mayerling bringen willst. Wenn sich nämlich ein unter den Teppich gekehrter Skandal hinter eurer Verlobung verbirgt, könnte das im Nachhinein meine Eltern düpieren, die ebenfalls kommen werden. Sofern es irgendwann doch herauskommt.«

Seine Miene verdüsterte sich wieder. »Und ich habe wahrlich keinen Mangel an Sorgen. Das Verhältnis zu meinem Vater ist schwierig genug. Aber vor allem meiner Mutter, die sich jetzt schon kaum mehr dazu bereit erklärt, an offiziellen Feierlichkeiten teilzunehmen, böte es einen wunderbaren Vorwand, mir noch mehr aus dem Wege zu gehen, als sie es bereits ohnehin tut.« Seine Stimme bekam einen schmerzlichen Unterton.

Er nahm noch einen letzten Schluck aus der Weinflasche, dann stand er auf. »Deshalb gehen wir besser kein Risiko ein. Ich vermute, ihr habt euch einen Plan zurechtgelegt, wie niemand Verdacht schöpfen soll, dass mit eurer Verlobung etwas ›faul im Staate Dänemark ist‹, um Hamlet zu zitieren. Also lassen wir es dabei bewenden.«

Er reichte Richard die Hand und zog ihn ebenfalls hoch. »Und nun sollten wir nach Wien zurückkehren. Ich habe heute am frühen Abend noch eine Sitzung des Kuratoriums für das neue kaiserlich-königliche Heeresmuseum. Du weißt ja, dass ich das Gremium leite. Aber auch Erzherzog Wilhelm, der Bruder meines gestrengen Großonkels Albrecht, gehört diesem an und hinterträgt ihm sicherlich alles, was sich dort abspielt. Deshalb sollte ich der heutigen Sitzung weder fernbleiben noch zu spät kommen. Albrecht würde mir das als Disziplinlosigkeit auslegen und weidlich verübeln.«

## Café Prinzess am Graben

### *Mitte Juli 1887, wenig später am selben Tag*

»Also ist deine Schwärmerei für den Kronprinzen ungebrochen«, bemerkte Sophie mit einer Mischung aus Amüsement und leichtem Überdruss.

»Jedes Mädchen und jede junge Frau in Wien schwärmt für Rudolf«, behauptete Mary, nun mit leicht geröteten Wangen. »Schau her!« Sie zog etwas aus ihrem zum Sommerkleid passenden Stoffbeutel. »Das hier hat mir Miguel erst beim letzten Jour fixe überlassen.«

Die Fotografie zeigte Rudolf mit Miguel und einem Mann,

den Sophie sofort wiedererkannte, auf der Jagd. Es war Richard von Löwenstein. Ihr Herz begann zu ihrem Ärger, schneller zu schlagen.

Die Männer standen mit den Jagdgewehren im Arm neben einer langen Strecke erlegter Beute. Sophie erkannte Wildschweine, Rotwild und Füchse. Es waren sicherlich mehr als fünfzig Tiere.

»Schau!« Mary deutete auf das Halstuch, das Miguel von Braganza trug. »Das Tuch ist knallrot, hat mir Miguel erzählt. Deshalb hat Rudolf ihm den Spitznamen ›Wasserer‹ verpasst. Abgeleitet von den Gehilfen der Fiaker, die die Pferde tränken und genau solche Halstücher tragen.«

»Und was erzählt dir Miguel sonst noch so alles?«

Sophies vage Hoffnung, etwas über Richard von Löwenstein zu erfahren, wurde sofort enttäuscht. »Ich habe ihn über die Ehe des Kronprinzen mit Stephanie ausgefragt.« Obwohl außer ihnen niemand im Separee saß, blickte Mary sich um und senkte die Stimme.

»Sie soll völlig zerrüttet sein«, flüsterte sie. »Es heißt, die beiden haben seit Jahren nicht nur getrennte Schlafzimmer ohne die übliche Zwischentür, sondern gehen völlig getrennte Wege. Sie wahren nur noch nach außen hin den Schein. Aber selbst das gelingt ihnen immer schlechter. Miguel hat erzählt, dass Stephanie Rudolf offen kompromittiert. Er muss ein zutiefst unglücklicher Mann sein!«

Ihre Züge wurden weicher. »Schau ihn dir doch auf dem Foto an! Hat ein so attraktiver Mann ein solches Schicksal verdient?«

Sophie verlor die Geduld. »Ich finde Rudolf nicht attraktiver als deinen Verehrer Miguel.« Das war keineswegs nur als Brüskierung Marys gemeint, sondern entsprach ihrer Überzeugung. Wenn sie ganz ehrlich gewesen wäre, hätte sie sogar bekennen müssen, dass sie Rudolf von allen drei abgebildeten Männern am unattraktivsten fand.

Mary schürzte empört die Lippen. Doch bevor sie etwas entgegnen konnte, lenkte Sophie schnell auf ein unverfänglicheres Thema ab. »Wann wollte die Gräfin Larisch denn zu uns stoßen?«

Sie warf dabei einen Blick auf ihre kleine Taschenuhr, dem Weihnachtsgeschenk ihres Stiefvaters. Sie war nicht besonders wertvoll, bestand nur aus versilbertem Metall. Doch immerhin war das Geschenk nützlich. Die Zeiger standen auf ein Viertel vor vier.

»Ach, Marie Louise wollte schon vor einer Viertelstunde hier sein«, erklärte Mary, nachdem sie ihre eigene Taschenuhr gezückt hatte. Sie war viel kostbarer als Sophies und mit kleinen Brillanten besetzt. »Aber du weißt doch, sie ist nicht die Zuverlässigste. Und seit Onkel Heinrich sie wegen dieser Schauspielerin Jenny Groß verlassen hat …«, ergänzte sie vielsagend, ohne den Satz zu beenden.

Sophies Neugier gewann die Oberhand über ihre sonstige Zurückhaltung. »Stimmt es wirklich, dass Marie Louise deshalb versucht hat, sich vor einigen Wochen das Leben zu nehmen?«

Mary zuckte mit den Achseln. »Mama, die sie an ihrem Krankenlager in Pardubitz besucht hat, behauptet es jedenfalls und war sehr böse auf ihren jüngsten Bruder. Aber offiziell heißt es, dass eine böse Zahngeschichte dazu geführt hat, dass Marie Louise vor lauter Schmerzen zu viel Opiumtropfen eingenommen hat.«

Während Sophie diese Nachricht noch verdaute, fuhr Mary auch schon fort. »Mein Onkel Heinrich war eben Marie Louises große Liebe. Ich kann verstehen, dass sie ohne ihn nicht mehr leben wollte. Sie hat ja sogar zwei Kinder von ihm.«

»Ist das also wirklich wahr?« Dieses Gerücht hatte Sophie schon gehört, aber nicht gewusst, ob sie ihm Glauben schenken sollte.

Mary nickte. »Ihre beiden jüngsten Kinder stammen nicht aus der Ehe mit Graf Georg Larisch. Ein Hinweis darauf ergibt sich schon aus den Taufnamen der beiden. Das Mädchen heißt mit zweitem Vornamen ›Henriette‹ wie deine Mutter, der Junge ›Heinrich‹. Also tragen beide den Namen ihres leiblichen Vaters.«

»Und der Ehemann lässt sich das so einfach gefallen?« Sophie ließ die Kuchengabel sinken, auf die sie gerade ein Stück Orangentorte gespießt hatte.

»Was bleibt dem Georg denn anderes übrig?«, konterte Mary. »Den öffentlichen Hahnrei zu geben? Immerhin zahlt Heinrich Marie Louise eine Menge Alimente. Davon kann sie zumindest einen Teil ihres aufwendigen Lebensstils bestreiten. Denn Georg hält sie natürlich nach dieser Affäre knapp.«

Auch sie aß jetzt ein Stück ihrer noch nahezu unberührten Torte. »Du weißt doch, dass eine Dame von Welt allein vier bis fünf Abendkleider pro Saison braucht. Und eine elegante, ausgefallene Robe kostet mindestens zwei- bis dreihundert Gulden.«

Sophie bemühte sich, keine Miene zu verziehen, da Marys unbedachte Bemerkung sie schmerzlich berührte. Obwohl das Vermögen, das ihre Mutter von ihrem verstorbenen Mann geerbt hatte, dem der Vetseras sicher kaum nachstand, hielt ihr Stiefvater Arthur seine eiserne Hand darauf. Das Budget, das er für Sophies Garderobe freigab, reichte pro Saison gerade einmal für ein paar schlichte Tages- und Nachmittagskleider. Eine elegante Robe für Abendgesellschaften besaß Sophie im Augenblick gar nicht. Wenn sich das Gewand aus der vorletzten Saison nicht noch einmal richten ließe, würde sie wohl wieder Onkel Stephan um Hilfe bitten müssen.

Als hätte er gespürt, dass Sophie gerade an ihn dachte, trat ihr Onkel genau in diesem Moment zwischen den Topfpalmen hindurch an ihren Tisch. »Hier bringe ich den jungen Damen die Gräfin Larisch.« Er wandte sich zu seinem neuen Gast um. »Hat die gnädige Frau schon gewählt?« Er warf einen Blick auf die kaum berührten Tortenstücke der jungen Mädchen.

»Die Orangentorte kann ich wahrlich empfehlen. Obwohl

diese Stücke bereits recht unansehnlich geworden sind. Ich lasse den jungen Damen gleich ein frisches Stück bringen.«

»Doch, doch«, wehrte er Marys Protest ab. »Und darf es auch noch eine frische Limonade sein? Leni!« Er winkte bereits das Serviermädchen herbei.

Dann trat er zurück, um der Gräfin Larisch Platz zu machen. Auch sie trug eine elegante Nachmittagsrobe aus weißer, mit blauen Blüten bestickter Seide.

Nach der Begrüßung musterte Sophie verstohlen die ihr bis dahin nur flüchtig bekannte Gräfin. Marie Louise Larisch-Wallersee war wie Mary mittelgroß, allerdings viel schlanker als diese. Ihre blonden Haare waren zu einer kunstvollen Frisur aufgesteckt, auf der keck ein weißes Seidenhütchen thronte. Sie hatte ein schmales Gesicht mit regelmäßigen Zügen und dunkelbraunen ausdrucksstarken Augen unter geschwungenen Brauen.

Schon Marie Louises Geburt war weiland ein Skandal gewesen, wie jedermann in Wien wusste. Geboren im Februar 1858, war sie ein uneheliches Kind aus der Verbindung von Kaiserin Sisis ältestem Bruder Ludwig mit der Schauspielerin Henriette Mendel. Als dem Paar ein weiterer Sohn geboren wurde, erzwang Ludwig unter Verzicht auf sein Erstgeburtsrecht die morganatische Ehe mit der Mutter seiner Kinder. Zumindest wurde seine Frau in diesem Zusammenhang als »Freifrau von Wallersee« in den Adelsstand erhoben.

Kaiserin Sisi lernte ihre Nichte im Alter von elf Jahren kennen und fand Gefallen an ihr. Böse Zungen behaupteten, dass sie Marie Louise nur deshalb in ihren Hofstaat berief, um den extrem konservativen Hochadel der Monarchie zu schockieren. Aufgrund ihrer dubiosen Herkunft wäre Marie Louise ohne das Protektorat der Kaiserin niemals in einem adligen Haus, das etwas auf sich hielt, empfangen worden. Doch nun wagte man es nicht mehr, die Gräfin, die überdies in den Hochadel eingeheiratet hatte, zu schneiden. Immerhin war sie die Nichte der Kaiserin.

Daran änderte auch ihr Verhältnis mit Heinrich Baltazzi nichts, zumal das Ehepaar Larisch den Schein einer intakten Ehe aufrechterhielt. Es hieß allerdings, dass Sisi Anstoß an der Affäre genommen habe und die Beziehung zu ihrer ehemals bevorzugten Nichte seitdem deutlich abgekühlt sei.

»Ich bleibe bei der Mokkaprinzentorte«, erklärte Marie Louise nun Stephan Danzer. »Ich bin ja nicht mehr so oft in Wien, dass ich es mir erlauben könnte, auf diesen köstlichen Genuss zu verzichten. Doch mich dünkt, etwas hat sich an der Torte verändert, seit ich das letzte Mal in Ihrem schönen Kaffeehaus war.«

Stephan Danzer strahlte. »Die gnädige Frau hat eine scharfe Beobachtungsgabe. Tatsächlich trägt unser Mokkaprinz nun ein kostbareres Gewand. Das ist das Verdienst meiner lieben Nichte Phiefi.«

Er nickte Sophie auffordernd zu. »Aber erzähl das doch selbst, meine Liebe!«

Sophies Wangen röteten sich leicht. »Vor einiger Zeit hörte ich ein paar Kinder vor der Kuchentheke sagen, dass der Mokkaprinz gar nicht wie ein solcher aussehe, weil er nur ein einfaches Gewand trage. Da fragte ich die Kleinen, wie sie sich denn einen Prinzen vorstellen würden. Sie erklärten mir, dass er eine goldene Krone tragen müsse. Nun, das kam natürlich bei einem orientalischen Prinzen nicht infrage. Doch ich erkundigte mich bei Onkel Stephan, ob man das Kostüm des Figürchens nicht mit einem goldenen Accessoire schmücken könnte.«

»Anfangs war ich recht ratlos«, ergriff nun Danzer das Wort. »Dann aber kam mir die Idee, dazu den Professor zu befragen, den ich schon einmal in einer anderen Sache zu Rate gezogen hatte.« Damit meinte er das Bittermandelöl, das seiner Mandelmelange den unvergleichlichen Geschmack verlieh.

»Und siehe da, der Professor hatte wieder eine Idee. Sie ist zwar kostspielig, aber das ist mir der Ruf des Cafés Prinzess wert.« Er machte eine kleine Pause.

»Und?« Mary tat Danzer als Erste den Gefallen nachzufragen, um ihre Neugier zu befriedigen.

»Gürtel, Weste und Turbanfeder des Mokkaprinzen bestehen nun aus echtem Blattgold«, erklärte er stolz.

»Aus Blattgold? Ja, ist das denn nicht furchtbar teuer?«, fragte die Gräfin. »Oder sogar giftig?«

Danzer schüttelte seinen massigen Schädel. »Keineswegs, Durchlaucht. Giftig ist es nicht. Teuer schon, wenn ich ehrlich bin. Aber das Gold ist so fein geraspelt, dass die Torte erschwinglich bleibt, weil ich nur sehr geringe Mengen für die Marzipanprinzen brauche.«

»Zu Weihnachten werde ich noch ein weiteres besonderes Konfekt damit schmücken«, fügte er noch hinzu. »Lassen Sie sich überraschen! Auch dazu werde ich vorher Phiefis Rat einholen. Sie hat ein ausgesprochenes Talent für die Zuckerbäckerei!«

Sophie errötete wieder. Das Lob ihres Onkels freute sie ungemein.

»Doch nun überlasse ich die Damen ihren Plaudereien«, meinte Danzer und zog sich mit einer Verbeugung zurück. »Leni wird Ihnen sogleich das Gewünschte bringen. Und sollte es noch an irgendetwas mangeln, lassen Sie es mich bitte wissen.«

# Kapitel 7

## Jagdschloss Mayerling

### *19. Oktober 1887*

Als das Dessert, bestehend aus Veilchensorbet und einer schaumigen Vanillecreme serviert wurde, spielte die Zigeunerkapelle, die eigens aus Temesvár angereist war, einen wilden Csardas.

Da die Musik zu laut war, um eine Konversation zu führen, ließ Richard seine Blicke unauffällig über die Tafel im Speisezimmer des Jagdschlosses Mayerling gleiten, an der sich Rudolfs Gäste, die er zur Einweihung geladen hatte, versammelt hatten.

Es war eine kleine, aber feine Gesellschaft. Wie Rudolf ihm bereits im Sommer angekündigt hatte, waren seine Eltern zur Einweihungsfeier aus Wien angereist. Sie nahmen die Ehrenplätze am Kopfende der Tafel ein.

Richard bemerkte, dass nur Kaiserin Sisi sich etwas von dem Veilchensorbet auflegen ließ, das Rudolf eigens aus dem Wiener Café Demel hatte kommen lassen. Seine Mutter pflegte Gefrorenes als Dessert zu jeder Mahlzeit zu essen und mochte diese Demel-Spezialität am liebsten. Der besondere Veilchengeschmack schien allerdings nicht jedermanns Sache zu sein. Auch Richard bevorzugte wie alle anderen Gäste die Vanillecreme.

Am Aufwand, den Rudolf selbst hinsichtlich dieser Kleinigkeit getrieben hatte, konnte Richard ermessen, wie sehr er sich über die Anwesenheit seiner Mutter bei diesem Einweihungsfest freute. Sisis Verhältnis zu ihrem einzigen Sohn war schon in dessen Kindheit eher kühl gewesen.

Nur einmal setzte sie sich für den damals fast Siebenjährigen ein, nachdem sein Vater Franz Joseph den pädagogisch völlig ungeeigneten Grafen Leopold Gondrecourt mit der Erziehung des Knaben betraut hatte. Der Aufforderung des Kaisers, seinen sensiblen, intellektuell weit über seine Jahre hinaus entwickelten Sohn »scharf herzunehmen«, da dieser die »Sache zu leicht nähme«, war Graf Gondrecourt in nahezu sadistisch anmutender Weise nachgekommen. Er pflegte den kleinen Jungen nachts mit Pistolenschüssen aus dem Schlaf zu reißen, ließ ihm Kaltwassergüsse verabreichen und ihn bei jedem Wetter stundenlang exerzieren. Damit hoffte er wohl, die vom Kaiser monierte fehlende männliche Abhärtung zu erreichen, nachdem dieser seinen Sohn für viel zu »vergeistigt« hielt.

Nach einem Jahr dieser Art »Erziehung« war Rudolf körperlich und psychisch am Ende. Ob Kaiserin Sisi, der ein besorgter Zeuge von diesen Quälereien berichtete, sich nur aus Sorge um das Wohlergehen ihres Kindes engagierte, oder ob sie diese Angelegenheit zum Anlass nahm, um sich endlich aus ihrer Bevormundung von Ehemann und Schwiegermutter zu befreien, blieb dahingestellt.

Für die letzte Version sprach ihr Verhalten, nachdem Franz Joseph ihr Ultimatum akzeptierte. Sisi hatte ihm gedroht, sich völlig vom Hof zurückzuziehen, wenn er ihr nicht die uneingeschränkte Vollmacht über die Erziehung ihrer Kinder übertrage. Sobald sie dies erreicht hatte, suchte sie noch Rudolfs zukünftige Lehrer aus, danach kümmerte sie sich kaum mehr um ihren Sohn.

Rudolf war seiner Mutter zwar von Herzen dafür dankbar, dass sie ihn aus seinem Martyrium befreit hatte. Danach blieb sie für ihn jedoch weiterhin die unerreichbare »schöne Fee«, wie er Richard während eines weinseligen Abends in einem Heurigen einmal anvertraut hatte. Umso mehr schätzte es Rudolf, dass Sisi heute nach Mayerling gekommen war.

Da die Kaiserin nur noch selten in der Öffentlichkeit auftrat und sich seit Jahren weder porträtieren noch fotografieren ließ, entsprach ihre äußere Erscheinung, so wie Richard sie heute wahrnahm, nicht mehr der auf den überall in Wien von ihr hängenden Bildern. Zwar war sie nach wie vor gertenschlank, was durch den Schnitt ihrer perlgrauen Abendtoilette noch betont wurde. Doch ihre Gesichtszüge wirkten weit schärfer geschnitten und die mittlerweile fast Fünfzigjährige natürlich insgesamt viel älter als auf den mindestens fünfzehn Jahre alten Abbildungen. Daran änderten auch die nach wie vor prachtvollen kastanienbraunen Haare der Kaiserin nichts, die keine einzige graue Strähne aufwiesen.

Während des fünfgängigen Menüs hatte die Kaiserin bis zum Dessert, dem sie nun eifrig zusprach, nur in den Speisen auf ihrem Teller herumgestochert und kaum etwas zu sich genommen. Damit stand sie ganz im Gegensatz zu ihrem Ehemann Franz Joseph, der herzhaft zugriff und sich Hecht und Hirschbraten sichtlich schmecken ließ.

Richard fiel im Laufe des Diners immer wieder auf, wie die Züge des Kaisers geradezu einen Ausdruck der Anbetung annahmen, wenn er seine neben ihm sitzende Frau anblickte. Er selbst war dem Kaiserpaar noch nie so nahe gekommen wie heute und fand nun vieles von dem bestätigt, was er bislang nur gerüchtweise gehört hatte.

Außer der Kaiserin war nur noch eine einzige weitere Dame in der Festgesellschaft vertreten. Es war Louise von Sachsen-Coburg, die Schwester der Kronprinzessin Stephanie, die zu Richards Verwunderung selbst nicht anwesend war. Noch hatte sich keine Gelegenheit ergeben, Rudolf danach zu befragen.

Außer ihm selbst hatte Rudolf nur noch einige seiner engsten Jagdfreunde nach Mayerling eingeladen. Dazu gehörten Louises Mann, Philipp von Coburg, und Miguel von Braganza.

Die Kaiserin hatte nun ihr Dessert beendet und legte den silbernen Löffel auf das blütenweiße Damastischtuch. Sofort folgte Franz Joseph ihrem Beispiel, obwohl er seine Vanillecreme noch nicht ganz verspeist hatte. Damit gab das Kaiserpaar auch den übrigen Gästen das Zeichen, ihre Mahlzeit zu beenden. Die Diener begannen, die Tafel abzuräumen. Auch die ungarische Kapelle spielte einen letzten, etwas schrägen Akkord.

Rudolf stand auf und blickte in die Runde. »Ich hoffe, euch allen hat unsere schlichte Abendmahlzeit gemundet.« Damit untertrieb er natürlich gewaltig. Denn die Qualität des Essens hatte einem Diner in der Hofburg in nichts nachgestanden, auch wenn es nur aus fünf anstatt der in Wien üblichen sieben Gänge bestand.

Allerdings hatten die prächtigen vergoldeten Tafelaufsätze gefehlt. Auch das Geschirr wies im Gegensatz zu den aufwendig, mit Hand bemalten Speiseservices der Hofburg nur ein schlichtes hellbraunes Rankenmuster auf.

»Ich möchte meinen ehrwürdigen Eltern«, Rudolf verbeugte sich leicht in deren Richtung, »und euch allen jetzt die Gelegenheit geben, sich ein wenig zu erholen. In einer halben Stunde treffen wir hier wieder bei Konfekt, Kaffee und allerlei geistigen Getränken zusammen, um dem Wiener Männerquartett Udel zu lauschen. Um Mitternacht wird dann noch eine Käseplatte serviert werden.«

Ein leises Raunen lief rund um den Tisch. Das ehemalige »Komische Quartett des Wiener Männergesangvereins«, das sich nun nach seinem prominentesten Mitglied Karl Udel umbenannt hatte, gehörte zu den beliebtesten Musikern Wiens. Dessen Engagement für diesen Abend hatte Rudolf bislang als Überraschung geheim gehalten.

Nachdem Kaiser Franz Joseph aufgestanden war und Sisi seinen Arm gereicht hatte, um sie aus dem Speisezimmer zu führen, zwinkerte Rudolf seinen Jagdfreunden zu.

»Mich gelüstet es nach einer herzhaften türkischen Zigarette. Doch ich ziehe dem Billardzimmer die freie Natur vor. Wer mir Gesellschaft leisten möchte, findet mich draußen im Hof.«

Richard war erstaunt, dass er der Einzige war, der Rudolf ins Freie folgte. Möglicherweise lag es daran, dass mittlerweile dichter Nebel aufgezogen war, aus dem es überdies ganz leicht zu nieseln begonnen hatte. Zudem war es nach einem sonnigen Tag empfindlich kühl geworden.

Fröstelnd schlug Richard seine Arme über seiner Uniformjacke zusammen und überlegte, ob er sich seinen Umhang aus dem Zimmer holen sollte. Doch da sich die Gästequartiere ein Stück weit entfernt in einem anderen Gebäude befanden als Rudolfs Privatzimmer und die Gesellschaftsräume, verwarf er den Gedanken wieder. Zumal ihn der Kronprinz auch schon ansprach.

»Wie schön, dass du mir Gesellschaft leistest, mein Freund. Was hältst du bislang von dem Einweihungsfest?«

»Du hast es dich einiges kosten lassen und keinen Aufwand gescheut«, antwortete Richard anerkennend. Dann überlegte er kurz und stellte die Frage, die ihn schon seit dem Dessert beschäftigte.

»Wie konntest du denn das Veilchensorbet den ganzen Weg von Wien hierherbringen lassen, ohne dass es zerlaufen ist?«

Rudolf sah ihn einen Moment lang verblüfft an, bevor er grinste. »Diese Frage hätte ich nun nicht erwartet«, bekannte er. »Aber da du es schon einmal wissen willst, es gibt spezielle metallene Eisbehälter, in denen sich das Gefrorene ein paar Stunden lang hält. Der innere Kern mit dem Sorbet wird von Eisstücken umgeben, das Gefäß dann noch mit Stroh umwickelt und …«

Richard hob die Hand. »So genau wollte ich es dann doch nicht wissen«, unterbrach er Rudolf.

»Nun, dann sag mir jetzt, wie dir das Jagdschlösschen gefällt.«

»Es ist wunderhübsch geworden. Der grüne Anstrich mit den weiß lackierten Fensterläden wirkt heimelig. Etwas schade ist nur, dass der Gästetrakt nicht mit dem Hauptgebäude verbunden ist.«

»Das ist Absicht«, räumte Rudolf ein. »Ich beabsichtige, diesen Ort auch als Rückzugsrefugium zu nutzen. Da will ich ganz ungestört sein.«

»Aber der erste Stock über deinen Privatzimmern im Erdgeschoss ist doch für deine Familie bestimmt«, wunderte sich Richard. »Fürchtest du deren Störungen nicht?«

Rudolf grinste wieder und winkte ab. »Nach meinen Eltern wird dort so rasch niemand mehr nächtigen. Offiziell sind es die Gemächer meiner werten Gattin Stephanie und meiner Tochter Erzsi. Doch die beiden werden sich kaum jemals hierherverirren.«

»So wie es um mich und Stephanie steht«, fügte er nach einer kleinen Pause hinzu.

»Und wie steht es um euch?«, rang sich Richard nach einer weiteren kleinen Pause zu der heiklen Frage durch.

Der Kronprinz zuckte mit den Schultern. »Du hast ja bereits bemerkt, dass Stephanie heute Abend fehlt. Sie befindet sich wieder einmal auf Reisen. In dieser Hinsicht beginnt sie, meiner Mutter nachzueifern. Allerdings wird sie sich dabei irgendwo mit ihrem Geliebten treffen, vermute ich.«

Richard musste diese Antwort erst einmal verarbeiten. Gerüchte hatte er diesbezüglich bereits gehört, aber Rudolf bislang nicht darauf angesprochen.

»Also ist es wahr, dass Stephanie ein Verhältnis mit diesem polnischen Grafen Arthur Potocky unterhält?«

Rudolf schürzte die Lippen. »So sieht es aus. Zumindest behauptet dies von Taaffes Geheimpolizei. Die beiden haben sich wohl schon ein paarmal getroffen, seit sie sich im Sommer auf unserer Galizienreise kennengelernt haben. Und denk dir nur, sie nennt sich in den Briefen an Potocky, die man abgefangen hat, ›Ophelia‹ und ihren Liebhaber ›Hamlet‹. Ist das nicht kurios?«

Rudolf führte die Zigarette zum Mund und nahm einen tiefen Zug.

»Allerdings bietet das ganz neue Perspektiven. Potocky ist Witwer. Und das könnte ich nutzen, um …« Der Kronprinz stockte und ließ den Satz unbeendet.

»Was meinst du denn damit?«

Rudolf ließ die Frage unbeantwortet und wich auf ein anderes Thema aus. »Jedenfalls wäre mir Stephanies Affäre einerlei, würde sie mir nicht trotzdem – eifersüchtig, wie sie nun einmal ist – weiterhin nachstellen. Neuerdings verweigert sie mir sogar den Kontakt zu meiner Tochter.«

»Stephanie verweigert dir den Kontakt zu Erzsi?« Richard war schockiert. »Womit begründet sie das denn?«

»Nun, sie fürchtet, ich würde die Kleine anstecken.«

»Anstecken? Womit denn? Ich dachte, ihr beide wärt mittlerweile kuriert? Zumindest schienst du mir in den letzten Wochen wieder weit besser auszusehen als zuletzt im Sommer.«

»Das liegt an Mizzis und Dr. Widerhofers Künsten.«

»Wie das?« Richard war verwirrt.

»Nun, der Leibarzt verordnet mir allerlei Mittelchen, die mich aufpäppeln sollen. Angefangen von Möhrensaft zur Stärkung meiner Augen und aufgehört mit widerlich schmeckendem Lebertran. Das ist seine Bedingung dafür, dass er mir weiterhin meine Morphiumtropfen verschreibt.«

Richard spürte einen Klumpen im Magen. »Also nimmst du dieses Teufelszeug immer noch?«

Rudolf blieb ihm die Antwort erneut schuldig und zündete sich stattdessen eine weitere Zigarette an.

»Und was hat Mizzi damit zu tun?«, unterbrach Richard schließlich das lastende Schweigen.

»Nun, sie beherrscht die Kunst der Maske«, antwortete Rudolf kryptisch.

Richard war erneut verwirrt.

»Nun, sie schminkt mich jedes Mal, wenn ich bei ihr bin«, fuhr Rudolf mit gereiztem Unterton fort. »Und hat mir beigebracht, wie ich es selbst tun kann, wenn ich ohne sie auf Reisen bin. Sie beherrscht diese Kunst famos. Auch du hast ja bislang nichts bemerkt!«

»Sie schminkt dich«, echote Richard fassungslos. Ehe er etwas erwidern konnte, hörten sie Schritte über das Pflaster des Hofs kommen.

»Servus, Wasserer!«, begrüßte Rudolf Miguel von Braganza in leichtem Ton mit seinem Spitznamen. »Nett, dass du zu uns stößt. Was macht die Liebe? Lässt dich deine Kleine noch immer am ausgestreckten Arm verhungern? Wie heißt sie doch gleich noch mal?«

Wenn Miguel sich durch diese taktlose Frage brüskiert fühlte, ließ er es sich nicht anmerken. »Baroness Mary Vetsera heißt sie. Und sie ist es wert, ein wenig Geduld zu haben. Schließlich ist sie ja noch blutjung, gerade einmal sechzehn Jahre alt. Da braucht's seine Zeit, bis die Mutter sie überzeugt hat, so einen alten Knacker wie mich zu erhören.«

»Aber du wärst doch eine ausgesprochen gute Partie für eine Baroness, deren Familie erst kürzlich geadelt wurde«, sprach Rudolf jetzt aus, was alle Welt dachte. »Was will sie denn mehr als einen waschechten Prinzen?«

Miguel lächelte. Im schwachen Licht der Laterne glaubte Richard zu erkennen, dass es ein schmerzliches Lächeln war.

»Leider ist die Kleine ein wenig verwöhnt. Stell dir nur vor, was der Schlesinger im *Wiener Salonblatt* über sie schrieb: ›Ihr Liebreiz kommt bei der viel bewunderten jugendlichen Schönheit überall, wo diese wundervollen Mädchenaugen entzückt und entzückend in die große Welt hineinblicken, zur bestrickendsten Geltung‹ oder so ähnlich.«

»Was für ein Schmus«, kommentierte Rudolf Miguels Zitat. »Das ist ja süßlicher als …« Ihm fiel offenbar nichts ein, womit er die Worte des Salonblatt-Reporters vergleichen könnte. »Ach was, süßlicher Schmus eben. Dass die Madln auf so was reinfallen.«

»Oh, da ist schon was dran«, widersprach Miguel. »Sie ist

wirklich ein begehrenswertes Geschöpf. Und …«, er machte eine kleine Kunstpause, »und es gibt tatsächlich einen Prinzen, für den sie sich außerordentlich interessiert. Er heißt Kronprinz Rudolf. Sie kann mich gar nicht genug über dich ausfragen.«

»Tatsächlich?« Zu Richards Verdruss lächelte Rudolf geschmeichelt. »Dann erzähl mir mehr von ihr!«

In diesem Moment kamen weitere Schritte über den Hof. Diesmal war es Rudolfs Kammerdiener Johann Loschek. Er verneigte sich vor den Herren.

»Die kaiserlichen Majestäten haben sich bereits mit den übrigen Gästen im Salon versammelt. Auch das Udel-Quartett steht bereit. Vielleicht sollte Seine Hoheit sich jetzt wieder hineinbegeben.«

## Palais Werdenfels in der Marokkanergasse

### *19. Januar 1888*

Immer wieder blickte Henriette von Freiberg nervös auf die Standuhr in einer Nische des großen Salons der Beletage im Palais Werdenfels. Die Zeiger standen mittlerweile auf zwanzig vor sechs Uhr.

»Ich fürchte, heute wird niemand mehr kommen«, sagte sie leise. Tränen lagen in ihrer Stimme.

Helene Vetsera legte der alten Freundin tröstend die Hand auf den Arm. »Mach dir doch nicht solch einen Kummer, meine Liebe! Es braucht eben seine Zeit, bis sich so ein Jour fixe etabliert hat.«

»Aber es ist schon der zweite Termin. Und ich habe meine Visitenkarten überall in Wien abgeben lassen, um den Jour fixe bekannt zu machen. Erhalten habe ich bislang keine.« Nun stahl sich die erste Träne aus Henriettes hellblauen Augen.

»Und wenn du nach Venedig abgereist bist, wird überhaupt niemand mehr kommen.« Sie schluchzte auf.

Helene verstärkte den Druck ihrer Hand. »Nun sei nicht so mutlos, Yetta. Schau, heute waren wir doch schon zu zweit. Marie Louise von Larisch hat ebenfalls hereingeschaut.«

»Gerade einmal eine halbe Stunde lang«, weinte Henriette, die sich nun nicht länger beherrschen konnte. »Und das nur, weil du sie darum gebeten hast, stimmt's?«

Helene blickte betreten drein und sagte weder Ja noch Nein dazu. Aber Sophie, die unbeachtet in ihrer Nische saß und sich bis dahin furchtbar gelangweilt hatte, wusste instinktiv, dass es die Wahrheit war.

Wieder einmal verfluchte sie ihren Stiefvater im Stillen. Er hatte ihre Mutter Henriette dazu gezwungen, erneut den Versuch zu machen, im Palais Werdenfels einen Jour fixe einzuführen, obwohl dies vor Jahren schon einmal gescheitert war.

Jours fixes boten alle Damen der Gesellschaft während der Wintersaison an. Es waren festgelegte Besuchszeiten an einem bestimmten Nachmittag in der Woche, zu denen jeder Gast unangekündigt erscheinen konnte. Um mitzuteilen, dass man in der Stadt war und vorbeikommen würde, ließ man seine Visitenkarten in jedem Haus abgeben, mit dessen Bewohnern man Kontakt pflegen wollte.

Sophie seufzte und ließ die Ereignisse der vergangenen bewegten Monate noch einmal Revue passieren. Ende Oktober hatte Mary sie nach längerer Zeit wieder einmal ins Palais Vetsera eingeladen. Die Mädchen saßen in Marys Zimmer und zeichneten. Plötzlich stürmte die ältere Schwester Hanna herein, ohne anzuklopfen. Sie war totenblass.

»Mama hat gerade eine Depesche aus Kairo erhalten. Unser Vater hat einen Schlaganfall erlitten. Beginn schon einmal damit, deine Kleider auszuwählen, die du mitnehmen willst. Agnes wird uns beim Packen helfen. Wir reisen morgen früh ab.«

Damit stürmte sie wieder hinaus. Mary und Sophie hörten

Hanna im Nachbarzimmer rumoren. Die beiden Mädchenzimmer hatten keinen separaten Eingang. Man musste Hannas Zimmer durchqueren, um in Marys zu gelangen.

Auch Mary war mittlerweile bleich geworden. Doch ihre erste Reaktion galt nicht ihrem kranken Vater, wie Sophie schockiert registrierte.

»Ach Gott! Jetzt sind wir sicher monatelang nicht mehr in Wien. Und wenn Vater am Ende stirbt, dürfen wir alle ein halbes Jahr lang an keinen gesellschaftlichen Ereignissen mehr teilnehmen. Zumindest an keinen größeren.«

»Ja, machst du dir denn gar keine Sorgen um deinen Vater?«, fragte Sophie entsetzt.

»Doch, natürlich schon.« In Sophies Ohren klang das nicht sehr überzeugend. »Aber ich kenne ihn doch kaum. Wenn er denn einmal hier auf Urlaub war, was selten genug vorkam, wie du ja weißt, haben wir kaum ein paar Worte miteinander gewechselt. Er interessierte sich ausschließlich für meine Brüder. Früher für Laszi, heute für Feri. Wir Mädchen kümmern ihn nicht. Das war immer schon so.«

Sophie ließ das auf sich wirken. Sie musste sich eingestehen, dass sie tatsächlich noch nie mit Mary über deren Vater Albin gesprochen hatte. Allerdings hatte sie bislang gedacht, dass Mary das Thema vermied, um sie, Sophie, nicht zu verletzen. Denn ihre Freundin kannte die Misere mit ihrem Stiefvater Arthur ja nur zu gut und wusste auch, wie sehr Sophie an ihrem verstorbenen Vater Nikolaus gehangen hatte. Nun war sie gerade eines Besseren belehrt worden.

»Was hattest du in der Saison denn Besonderes vor?«, lenkte sie auf ein anderes Thema über.

»Theater- und Opernbesuche natürlich, dazu die Soireen und Faschingsbälle. Eben all das, was Wien im Winter zu bieten hat. Das weißt du doch!«

Sophie verkniff sich die Bemerkung, dass sie die meisten dieser Vergnügungen nur vom Hörensagen kannte. Sie wurde nach wie vor nirgendwohin eingeladen, sah man von den Empfängen und Bällen im Palais Vetsera einmal ab. Und die würde es angesichts der Krankheit von Marys Vater in diesem Winter womöglich gar nicht geben.

»Ich werde nicht einmal eislaufen dürfen, wenn mein Vater stirbt«, klagte Mary weiter. »Und damit alles verlernen, was ich kann. Erst letztes Jahr hat mich der Diamantidi als eine der besten Läuferinnen auf dem Wiener Eislaufplatz gemalt.«

Demeter Diamantidi war ein bekannter Wiener Eisläufer und Bergsteiger griechischer Herkunft, der auch als Maler Anerkennung fand.

»Das Bild soll im Künstlerhaus auf der Jubiläumsausstellung im nächsten Jahr gezeigt werden. Am Ende kann ich die auch nicht besuchen«, jammerte Mary weiter. »Ich verpasse sogar die Frühjahrsrennen, wenn Vater lange dahinsiecht. Und werde ihn daher nirgendwo treffen können«, schloss sie kryptisch.

»Ihn?«, echote Sophie. Dann wurde ihr klar, wen Mary meinte. »Du denkst an den Kronprinzen Rudolf? Er ist dir wichtiger als dein eigener Vater?«

»Und wenn es so wäre?«, antwortete Mary schnippisch. Angesichts Sophies fassungsloser Miene lenkte sie ein.

»Natürlich ist mir auch mein Vater wichtig. Hoffentlich wird er rasch gesund! Dann stünde wieder alles zum Besten!«

Marys Wunsch erfüllte sich nicht. Ihr Vater Albin verstarb am 14. November 1887 in Kairo, ohne seine Familie noch einmal gesehen zu haben. Da sie keine frühere Schiffspassage bekommen hatten, trafen Helene, Hanna und Mary erst einen Tag nach seinem Tod in der ägyptischen Hauptstadt ein.

Die Beerdigung fand auf einem katholischen Friedhof in Kairo statt. Danach kehrte die Familie Mitte Dezember 1887 nach Wien zurück, begleitet von Sophies Stiefvater Arthur, der sich im Ministerium des Äußeren erfolgreich um die Nachfolge von Albin Vetsera bewarb.

»Nun wird es mit meiner Erhebung in den Freiherrnstand nicht mehr lange dauern«, erklärte er eines Abends triumphierend während des Nachtmahls, nachdem ihm die Beförderung binnen wenigen Tagen bewilligt worden war. »Zumal mir die Nation bald etliches zu verdanken haben wird.«

Erst bei dieser Gelegenheit erfuhr Sophie, dass Albin Vetsera Österreich-Ungarn in einer internationalen Kommission vertreten hatte, die Ägyptens beträchtliche Staatsschulden ordnete. Dadurch sollten die Kredite der Gläubiger, zu denen auch die k. u.k Monarchie zählte, rascher zurückgezahlt werden.

»Aber auch Sie müssen Ihren Beitrag leisten, Henriette«, wandte Arthur sich an seine Gattin. »Ihre Attitüde, sich vor aller Welt zu verstecken, muss ab sofort ein Ende haben. Ich erwarte von Ihnen, sich unverzüglich wieder in die Wiener Gesellschaft einzugliedern.«

Er musterte Henriettes unmodern gewordene Abendtoilette. »Als Erstes sollten Sie sich zu einer exquisiten Schneiderin begeben und sich völlig neu ausstaffieren lassen!« Sein Blick streifte Sophies schlichtes Wollkleid.

»Und nehmen Sie Sophia gleich mit! Mit diesem Fetzen da, den sie heute trägt, ist nun wahrlich kein Staat zu machen.«

Dass Arthur von Freiberg persönlich wegen seines Geizes für Henriettes und Sophies mittlerweile schäbig gewordene Garderobe verantwortlich war, erwähnte er natürlich mit keinem Wort.

Sophies Erbitterung über die Heuchelei ihres Stiefvaters legte sich rasch, als sie im Salon der Madame Spitzer tatsächlich eine funkelnagelneue Ausstattung erhielt. Aus deren sündhaft teurem Atelier besaß sie bislang nur das Meerjungfrauen-Faschingskostüm. Auch ihre kleine Schwester Milli freute sich über die neuen Kleider. Sie hatte bislang Sophies Garderobe, aus der diese herausgewachsen war, auftragen müssen.

Nur Henriette konnte ihren seidenen Abendroben und spitzenbesetzten Nachmittagskleidern nichts abgewinnen. Sie blieb verzagt und brach bei jedem noch so geringfügigen Anlass in Tränen aus, wagte es jedoch nicht, sich ihrem Gatten zu widersetzen.

Also wurden goldbedruckte Visitenkarten bestellt. »Baronin Henriette von Freiberg wird sich geehrt fühlen, Sie an jedem Donnerstag zwischen zwei und sieben Uhr nachmittags in ihrem prächtigen Salon im Palais Werdenfels in der Marokkanergasse begrüßen zu dürfen«, hieß es darauf großspurig. Der Hausdiener brachte die Karten entsprechend einer von Arthur selbst erstellten Liste zu den darauf verzeichneten Adressen.

Zwar war allen, auch Arthur selbst, von vorneherein klar, dass große Häuser wie die von Liechtenstein, Schwarzenberg oder Auersperg sich wahrscheinlich nie bei ihnen sehen lassen würden. Doch auch die neureichen und erst kürzlich geadelten Ringstraßen-Baroninnen waren geladen worden. Zumindest aus diesen Kreisen, denen der Zugang zu den Jours fixes der Hocharistokratie, ungeachtet ihres Reichtums, häufig verwehrt wurde, erwartete sich von Freiberg aus unerfindlichen Gründen regen Zuspruch. Vielleicht hoffte er, man habe Henriette, die ja einst selbst dieser Gesellschaftsklasse angehört hatte, ihre nicht standesgemäße Heirat im Laufe der Jahre verziehen.

Als Sophies Stiefvater noch kurz vor seiner Abreise mit seiner Gattin und Mamsell Ida über die Bewirtung an den wöchentlichen Besuchstagen diskutierte, hatte er sogar zugestimmt, dass das Café Prinzess die meisten Leckereien liefern sollte. Mamsell Ida, die ehemalige Aufseherin, die nun den Haushalt im Palais Werdenfels führte, machte ihm klar, dass sie sich für die Qualität der Torten und Häppchen aus dem Prinzess persönlich verbürgen könne. Darüber hinaus erhoffte sich von Freiberg aufgrund der Verwandtschaft seiner Frau mit dem Cafébesitzer günstigere Preise, als sie vergleichbare Häuser wie das Demel oder die Konditorei Gerstner berechnen würden.

Kurz nach Neujahr war Arthur von Freiberg wieder nach Kairo aufgebrochen, nicht ohne Henriette und Sophie unzählige Mahnungen für die Zeit seiner Abwesenheit zu geben. Und nun saß seine verzweifelte Gattin schon zum zweiten Mal in ihrem leeren Salon und würde in ihrem wöchentlichen Brief, auf dem Arthur bestand, eine weitere Hiobsbotschaft zu berichten haben.

Die große Standuhr schlug die sechste Stunde. Draußen war es bereits stockdunkel. Wer um diese Uhrzeit noch nicht eingetroffen war, würde auch nicht mehr kommen. *Selbst mit Mary ist jetzt nicht mehr zu rechnen.* Auch Sophie stieß es nun im wahrsten Sinn des Wortes sauer auf.

Mary, die sich noch beim ersten Jour fixe gemeinsam mit ihr gelangweilt hatte, hatte heute eine dringende Klavierlektion vorgeschützt und nur unverbindlich versprochen vorbeizuschauen, wenn sie rechtzeitig fertig sein würde. Doch Mary hatte sich offensichtlich ebenfalls gedrückt. Die wenigen Häppchen, die Sophie zu sich genommen hatte, um das sorgfältig angerichtete Buffet nicht vorzeitig zu plündern, lagen ihr nun wie Blei im Magen.

*Was machen wir jetzt nur mit all diesen Leckereien?* Traurig ließ Sophie ihren Blick über die Köstlichkeiten schweifen, die heute Mittag pünktlich um halb zwei Uhr angeliefert worden waren. Die Petersilie auf den Lachs-Kanapees war bereits welk geworden. Die Sahnetupfer auf den verschiedenen Tortenstücken, die Stephan Danzer zu einem farbenfrohen Muster zusammengesetzt hatte, begannen in der Wärme des Salons zu zerlaufen.

Als hätte Henriette ihre Gedanken gelesen, fragte sie ihre Freundin Helene: »Möchtest du nicht wenigstens noch eine Kleinigkeit essen? Ich muss fast alles der Dienerschaft überlassen, da Phiefi, Milli und ich diese Leckereien unmöglich alle verzehren können, bevor sie verderben.«

Helene schüttelte den Kopf. »Ich erwarte meinen Bruder Alexander heute Abend zum Diner und muss mich vorher noch umkleiden«, erklärte sie. »Albin hat ihn zum Vormund der

Kinder bestimmt. In diesem Zusammenhang müssen wir noch einiges regeln, bevor wir nach Venedig aufbrechen.«

»Wie lange werdet ihr weg sein?«

Helene hob die Schultern. »Genau weiß ich es noch nicht, meine Liebe. Doch spätestens zu den Frühjahrsrennen in der Freudenau sind wir wieder zurück. Dann beginnt die Halbtrauerzeit, und wir können uns wieder in der Öffentlichkeit zeigen.«

An sich war das vorgeschriebene halbe Jahr »ausschließlicher Trauer« nach dem Tod Albins im April noch gar nicht vorbei. Aber offensichtlich vermisste nicht nur Mary ihren Vater kaum. Auch Helene Vetsera schien der Tod ihres Gatten nicht sonderlich nahezugehen.

»Es ist ärgerlich genug, dass wir Miguel von Braganza vorläufig nicht mehr treffen können«, bestätigte die Baronin nun Sophies Verdacht. »Mary sperrt sich noch immer gegen seine Werbung. Ich hatte gehofft, mit der Zeit würde sie schon erkennen, was sie an ihm hat. Uns Vetseras und Baltazzis würde eine Verbindung mit ihm endlich alle Türen öffnen.«

»Schließlich hat es ja auch bei unserer Familie jahrelang gedauert, bis wir zumindest einigermaßen anerkannt in der Wiener Gesellschaft waren«, fügte sie hinzu. »Daher weiß ich, dass du noch viel Geduld brauchen wirst, Yetta. Zumal du keine exzellenten Reiter zu Brüdern hast. Die Preise, die Alexander und Aristides bei den verschiedenen Derbys gewonnen haben, erleichterten so manches.«

Sie klappte ihren schwarzen Fächer zusammen, mit dem sie sich im zunehmend stickiger gewordenen Salon etwas Luft zugefächelt hatte, und stand auf. »Vielleicht solltest du daher in der Faschingssaison einmal einen Ball in Erwägung ziehen, Yetta. Oder zumindest eine Soiree.«

»Doch, doch!«, insistierte sie angesichts des völlig entsetzten Gesichtsausdrucks ihrer Freundin. »Damit habe ich mir seinerzeit ebenfalls beholfen. Die Gäste kamen nur zu gern in unser Palais, nachdem sich einmal herumgesprochen hatte, wie luxuriös es dort zugeht. Und in den letzten Jahren werden auch wir immer häufiger eingeladen. Auch wenn uns nach wie vor so manch großes Haus verschlossen bleibt.«

»Doch kommt Zeit, kommt Rat. Oh, jetzt muss ich mich aber sputen, wenn ich nicht zu spät zum Diner kommen will.« Helene beugte sich zu Henriette hinab, die wie erstarrt ob der Vorschläge ihrer Freundin in ihrem Sessel verharrte, und küsste sie auf beide Wangen. Dann blickte sie Sophie auffordernd an.

»Begleitest du mich noch hinaus, meine Liebe?«

Als sie außer Hörweite Henriettes und der Zofe, die ihr den Umhang angelegt hatte, war, flüsterte sie Sophie noch ein paar letzte Worte ins Ohr.

»Achte darauf, dass deine Mama nicht wieder in ihrer Melancholie versinkt, Phiefi. Man muss das Eisen schmieden, solange es heiß ist. Wer weiß, wie lange dein Stiefvater noch so spendabel bleibt.«

Sie zog ihre schwarzen Handschuhe aus feinem, glänzendem Leder an.

»Also sorge dafür, dass sich Yetta weiterhin gesellschaftlich engagiert. Wir Vetseras sind das beste Beispiel dafür, dass sich das am Ende lohnt. Heute werden wir sogar regelmäßig im *Wiener Salonblatt* erwähnt. Auch die Gräfin Larisch, die man aufgrund ihrer bürgerlichen Mutter anfangs ebenfalls missachtet hat, ist seit ihrer Heirat ein vollwertiges Mitglied der adligen Gesellschaft geworden. Die Kaiserin hat sie sogar zur Palastdame erhoben.«

Schon in der Tür drehte sie sich noch einmal zu Sophie um. »Das ist auch in deinem eigenen Interesse, mein Kind. Schließlich willst du ja sicherlich keine alte Jungfer werden.«

## In der Nähe eines Dorfes bei Enns in Oberösterreich

### *Mitte Januar 1888*

»Juchhuu«, jubelte Rudolfs Cousin Franz Ferdinand, als die kleine Jagdgesellschaft das Wäldchen verließ, in dem sie reiche Beute gemacht hatte. Alle waren nach einem Tag in der eisigen Kälte gründlich durchgefroren und sehnten sich nach einem Kaminfeuer und einer heißen Brühe.

Zumal schwere Wolken am Himmel hingen, die weiteren Schnee ankündigten. Obwohl es erst drei Uhr nachmittags war, begann es bereits zu dämmern.

Nun lagen flache Felder vor ihnen, so weit das Auge reichte. Sie waren von einer dünnen gefrorenen Schneeschicht bedeckt, die unter den Hufen der Pferde leise knirschte.

»Wir wollen ein Wettrennen veranstalten«, schlug Franz Ferdinand vor. »Dann wird es uns wieder richtig warm werden! Wer den Dorfrand zuerst erreicht, hat gewonnen! Im dortigen Gasthaus wärmen wir uns dann auf, nehmen eine kräftige Mahlzeit ein und natürlich dazu einen guten Schluck! Oder auch zwei! Der Sieger bezahlt keinen Kreuzer seiner Zeche!«

Der Erzherzog blickte auffordernd in die Runde. »Also, wer ist dabei?«

»Ich mache mit!«

»Ich auch!« Die ersten Hände flogen spontan in die Höhe.

»Ich muss leider passen«, bekannte ein Leutnant aus Franz Ferdinands Dragonerregiment. »Meine Circe hat sich erst vor ein paar Wochen den Vorderhuf verstaucht. Ich möchte sie schonen!«

»Schade!«, kommentierte Franz Ferdinand. »Dann eben nicht!« Er fixierte seine restlichen Jagdgenossen einen nach dem anderen. »Aber du bist doch sicher dabei? Wusste ich es doch! Und du sicher auch!«

Niemand wagte es, dem Erzherzog eine abschlägige Antwort zu erteilen, obwohl Richard an den Mienen der Männer, alle Offiziere aus Franz Ferdinands Regiment, erkennen konnte, dass außer denjenigen, die sich zuerst gemeldet hatten, niemand von der vorgeschlagenen Wette begeistert war.

Es hatte gestern getaut, dann heute Nacht wieder gefroren und ein wenig darübergeschneit. Es bestand die Möglichkeit, dass überall unter der dünnen Schneedecke gefährliche Eisplatten verborgen waren, auf denen die Pferde ins Rutschen geraten konnten. Ross und Reiter gerieten in Gefahr, sich alle Knochen im Leib zu brechen.

Zuletzt musterte Franz Ferdinand Richard. »Und du, Richie? Was ist mit dir? Du giltst als einer der besten Herrenreiter Wiens. Du wirst dich doch wohl vor diesem Wettritt nicht drücken wollen?«

Innerlich verfluchte sich Richard dafür, dass er nach der Erfüllung seines Auftrags, mit dem ihn Rudolf nach Enns geschickt hatte, nicht schon heute Morgen wieder abgereist war. Stattdessen hatte er sich zu diesem Jagdausflug überreden lassen.

»Ich kenne meinen Gaul hier zu wenig«, versuchte er auszuweichen. »Wenn ich mein eigenes Rennpferd dabeihätte, wäre das etwas anderes.« Natürlich war Richard bei diesem kalten Winterwetter mit der Eisenbahn nach Enns gefahren.

»Papperlapapp«, widersprach ihm Franz Ferdinand ganz ungeniert. »Es wäre doch Wahnsinn, ein edles Ross bei diesem Wetter womöglich zuschanden zu reiten. Aber wenn sich dieser Gaul hier die Stelzen bricht, ist's nicht schade um ihn.«

Damit gab Franz Ferdinand selbst zu, dass das Wettrennen durchaus gefährlich war. Widerwillig gestand sich Richard außerdem ein, dass der Erzherzog sogar recht hatte, sowohl was sein neues Rennpferd als auch sein momentanes Reittier betraf.

Nachdem sich sein damaliger Hengst Herkules nach dem Tierkopfstechen in der Spanischen Hofreitschule nie wieder von seiner Verletzung erholt hatte und als Rennpferd völlig untauglich geworden war, hatte Richard den Rennsport erst einmal ganz aufgeben müssen. Erst durch seine noch geheim gehaltene Verlobung mit Amalie von Thurnau war dies anders geworden. Sie brachte immerhin den Vorteil mit sich, dass er bereits jetzt über erhebliche Summen verfügen konnte, wenn er seinen zukünftigen Schwiegervater Adalbert darum bat und der einen Sinn darin sah, ihm diese zu geben.

Genau das war bei der Anschaffung eines neuen Rennpferds der Fall gewesen. Denn da Richard über kein eigenes Vermögen verfügte, konnte es Adalbert nur zupasskommen, wenn der zukünftige Mann seiner Tochter eines der hochkarätig besetzten Rennen gewinnen würde. Es böte zudem eine plausible Erklärung dafür, warum er dem eher Mittellosen die Hand seiner einzigen Tochter überließ.

Im Gegenzug hatte Richard wohl oder übel in Kauf nehmen müssen, dass seine Verlobung mit Amalie im Rahmen des vergangenen Christfests bereits im engsten Familienkreis verkündet und am zweiten Christtag sogar mit einem Festessen gefeiert worden war. Darauf hatte Adalbert von Thurnau bestanden, dem offensichtlich nicht entgangen war, dass Richard noch immer keinen Gefallen an Amalie fand.

Allerdings hatte Richard zur Bedingung gemacht, dass sich alle derart Eingeweihten an das Schweigegebot hielten. Schließlich sollte die Posse des vorgeblichen Liebeswerbens mit anschließender Hochzeit ja erst im Herbst dieses Jahres beginnen.

Wenn Richard ganz ehrlich zu sich selbst war, hoffte er auch weiterhin auf irgendein Wunder. Die wenigen Male, die er Amalie im vergangenen Jahr, ausschließlich im Beisein von Familienmitgliedern, getroffen hatte, wirkte sie schnippisch und hoffärtig auf ihn. Sie war ruppig zu den Bediensteten und pflegte an allem und jedem herumzumäkeln. Ihm selbst begegnete sie mit einer ihm unangenehmen, aufgesetzt wirkenden Keckheit. Vielleicht war ihr ja ebenfalls die Aussicht auf eine Ehe mit ihm nicht ganz geheuer, und sie überspielte auf diese Weise ihre Verlegenheit.

Der Besitz seines edlen Rennpferds, das er erneut aus dem

Gestüt der Baltazzi-Brüder erworben hatte, tröstete ihn immerhin etwas über diese Misere hinweg. Sooft er es ermöglichen konnte, trainierte er für die Frühjahrsrennen in der Freudenau, bei denen er zum ersten Mal seit fünf Jahren wieder antreten wollte.

*Und natürlich würde ich einen Teufel tun, das wertvolle Tier bei solch einer nutzlosen Verfolgungsjagd aufs Spiel zu setzen,* dachte er jetzt ingrimmig.

»Also, wie steht es?«, drängte ihn Franz Ferdinand ein weiteres Mal. »Machst du mit, oder bist du zu feige dazu?«

Seine umstehenden Offizierskameraden begannen zu feixen. Später sollte es Richard mehr als einmal bereuen, dass er sich von seinem Zorn über ihren Spott hatte hinreißen lassen, anstatt das ganze Vorhaben energisch infrage zu stellen. Obwohl Franz Ferdinand ihm völlig gleichgültig war, da er aufgrund seiner Zugehörigkeit zum Stab des Kronprinzen nichts von ihm zu befürchten hatte, bewahrte er keinen kühlen Kopf, sondern spürte sein Gesicht im Gegenteil heiß werden.

»Also, dann los!«, antwortete er wütend. »Macht euch schon mal auf etwas gefasst!«

»Stellt euch alle nebeneinander auf!«, befahl der Erzherzog. »Und du, Rudi«, sprach er den einzigen Mann an, der nicht mitreiten wollte, »gibst das Zeichen. Schieß in die Luft!«

Kaum war der Knall ertönt, presste Richard seinem Ross die Sporen in die Weichen und preschte los. Wie beim Rennen beugte er sich tief über den Hals des Pferdes und stand mit erhobenem Gesäß in den Steigbügeln, ohne den Sattel zu berühren. Schnell hatte er einen beträchtlichen Vorsprung gewonnen, wie er aus den Augenwinkeln wahrnahm.

Die schneebedeckte Erde unter den Hufen des Pferdes flog nur so dahin. Das Dorf kam bereits in Sicht, als Richard bemerkte, dass ein Leichenzug aus einem hinter Gebüsch verborgenen Seitenweg auf die Landstraße einbog, die die Wettreiter überqueren mussten, um den Dorfrand schneller zu erreichen.

Dem Zug voran schritt ein Messdiener im weißen Gewand, der eine Weihrauchkugel schwenkte. Dahinter kam ein niedriger Bauernkarren, gezogen von einem Kaltblüter, auf dem der mit einem schwarzen Tuch und einem Kranz bedeckte Sarg lag. Mit dem Pfarrer an ihrer Spitze folgte die Trauergemeinde. Wahrscheinlich stammten die Leute aus einem abgelegenen Gehöft und waren auf dem Weg zum Dorffriedhof.

Zum Glück war der Zug noch so weit entfernt, dass Richard sein Ross rechtzeitig zügeln konnte.

Was dann geschah, konnte er anfangs kaum fassen. Jubilierend stürmte Franz Ferdinand an ihm vorbei, dicht gefolgt von zweien seiner Offizierskameraden. Er hielt direkt auf den Leichenzug zu, der angesichts der herannahenden Reiter zum Stehen gekommen war.

Die Menschen schrien auf und wichen zurück, als der Erzherzog mit einem kühnen Satz genau über den Sarg setzte. Seine Kameraden taten es ihm nach und zu Richards Entsetzen auch noch alle drei nachfolgenden Reiter. Einer streifte mit dem Hinterhuf seines Pferdes den Kranz, der zu Boden geschleudert und zertreten wurde. Bei diesem Manöver verrutschte auch das Tuch über dem schlichten Holzsarg. Dann sprengten alle Reiter, ungerührt vom Schrecken der Trauergemeinde, auf den Dorfrand zu.

Richard näherte sich den noch immer wie erstarrt stehenden Leuten im Schritt. Er hörte Frauen und Kinder weinen. Vor dem Leichenzug sprang er ab, zog sein Käppi und verbeugte sich vor dem Pfarrer. »Ich muss mich für das Verhalten meiner Kameraden entschuldigen«, krächzte er. Sein Gesicht fühlte sich noch immer heiß an, jetzt aber vor Scham, anstatt vor Wut.

Der Pfarrer, ein alter Mann in einer abgetragenen Soutane, musterte ihn verächtlich. »Ihr seid's doch alle das gleiche Lumpenpack! Ich werde diesen Vorfall bei der Garnison in Enns zur Anzeige bringen. Und hoffe, dass ihr alle eine Weile im Karzer landet!«

Damit wandte er Richard den Rücken zu und gab das Zeichen weiterzuziehen. Eine Frau rückte das Tuch über dem Sarg wieder zurecht und hob den zerfledderten Kranz auf. Richard wäre am liebsten im Erdboden versunken.

Doch was ihn am meisten wurmte, war, dass des Pfarrers Anzeige in Enns ohne jeden Effekt bleiben würde. Wenn man dort erst einmal realisiert hätte, dass Erzherzog Franz Ferdinand persönlich für diesen Frevel verantwortlich war, würde kein Hahn mehr danach zu krähen wagen.

Wie alle Mitglieder der kaiserlichen Familie war der Erzherzog sakrosankt. Nicht einmal die Zeitungen würden über diesen Vorfall zu berichten wagen, sollte er ihnen überhaupt jemals zu Ohren kommen. Dafür sorgte die allgegenwärtige Zensur.

Mit bleiernen Beinen stieg Richard wieder auf sein Pferd und wandte sich in Richtung des Dorfes. Die letzte Eisenbahn von Enns zurück nach Wien würde er heute nicht mehr erreichen. Es bliebe ihm also nichts anderes übrig, als noch eine Nacht in dieser niederträchtigen Gesellschaft zu verbringen.

# Kapitel 8

## Wiener Hofburg

### *18. Februar 1888*

»Was sich dieser Pernerstorfer erlaubt hat, spottet jeder Beschreibung!«

Richard erkannte Kronprinz Rudolf kaum wieder. Selten hatte er ihn dermaßen aufgebracht erlebt. Seine Augen funkelten grünlich, wie immer, wenn ihn etwas emotional sehr erregte.

»Dieses deutschnationale Gesindel fordert nicht nur die Abspaltung unserer österreichischen Kernlande von der Habsburger-Monarchie, um sie dem unersättlichen Deutschen Kaiserreich in den Rachen zu werfen! Nein, es lässt auch kein gutes Haar an den Juden! Männer wie Moritz Szeps und Baron Hirsch müssen sich die unflätigsten Beschimpfungen gefallen lassen! Und jetzt stellt dieser Kerl sogar unsere Familie öffentlich bloß!«

Mit langen Schritten durchmaß der Kronprinz das Türkische Zimmer und zog immer wieder hektisch an seiner Zigarette. Da er sich eine an der anderen anzündete, war der ganze Raum bereits völlig verqualmt.

Sein Cousin Otto, der jüngere Bruder von Erzherzog Franz Ferdinand, der im Freundeskreis nur »Bolla« genannt wurde, lümmelte dagegen gelassen in einem der bequemen Sessel und grinste spöttisch. »Warum echauffierst du dich so, Rudolf«, warf der erst Zweiundzwanzigjährige ein, der trotz seiner hohen Geburt als ausgemachter Tunichtgut galt. »Der Kerl verdient eine ordentliche Tracht Prügel. Die wird ihn Mores lehren.«

Richard holte tief Luft und musste erst einmal aufgrund der schlechten Luft einen Hustenreiz unterdrücken. Er selbst hatte, anders als die meisten seiner Geschlechtsgenossen, dem Rauchen noch nie etwas abgewinnen können.

»Man mag ja von den Deutschnationalen halten, was man will. Wobei Engelbert Pernerstorfer meines Wissens kein Antisemit ist wie dieser unsägliche Ritter Georg von Schönerer, mit dem er sich sogar überworfen hat, wie es heißt. Aber im Abgeordnetenhaus des Reichsrats hat der Mann zuletzt die Wahrheit gesagt. Zumindest, was Franz Ferdinands Streich angeht. Von dem war ich leider selbst Zeuge.«

Der »schöne Otto«, wie ihn das Volk nannte, musterte Richard verächtlich. »Und du hältst es für opportun, das gerade jetzt in die Welt hinauszuposaunen? Um diesen Abtrünnigen auch noch weitere Munition zu liefern?«

»Das habe ich nicht gesagt und werde es auch nicht tun«, erwiderte Richard scharf. »Obwohl ich mich noch heute für das Verhalten deines Bruders schäme!«

»Du bist doch mitgeritten!« Otto grinste provozierend.

Richard spürte, dass er errötete. Das geschah ständig, wenn er sich an diesen Wettritt erinnerte. »*Ich* bin nicht über den Sarg gesprungen!«, betonte er.

»Ja, weil dir der Schneid dazu fehlte«, höhnte Otto. »Das behauptet zumindest mein Bruder!«

Richard ballte die Hände zu Fäusten und atmete tief durch, um seine Wut zu bezwingen.

»Du hast es nötig, von Schneid zu reden. Es gehört in der Tat sehr viel Mut dazu, eine Bande besoffener Kerle nächtens ins Schlafgemach der eigenen Gattin zu führen!«

Ottos Gesichtszüge wurden starr. Aber er blieb äußerlich ruhig. »Woher willst *du* das denn wissen? Oder glaubst du diesem Pernerstorfer alles, was er so von sich gibt?«

»Ich traue es dir zumindest zu, Otto«, parierte Richard schlagfertig. »Es passt zu dir und deinem Charakter.«

In der Tat hatte der Abgeordnete Engelbert Pernerstorfer im Parlament als Beispiel für den von ihm angeprangerten Verfall der Sitten des Hochadels nicht nur Franz Ferdinands Fauxpas angeführt. Er behauptete auch, Otto habe seinen betrunkenen Kameraden nach einem wüsten Zechgelage einmal »eine Klosterschwester zeigen wollen«, wie der junge Erzherzog sich angeblich ausgedrückt hätte, als die Horde ins Schlafzimmer seiner Gattin stürmte.

Der Hintergrund war traurig, wenn auch nicht unüblich: Wie viele Mitglieder des Kaiserhauses war auch Otto vor etwas mehr als einem Jahr zu einer politischen Heirat gezwungen worden. Seine Frau, eine sächsische Prinzessin, war für ihre Frömmigkeit bekannt und flüchtete sich wahrscheinlich auch aufgrund ihrer unglücklichen Ehe immer mehr in die Arme der Kirche.

Obwohl Richard mit seiner letzten Bemerkung die Gebote der Höflichkeit im Umgang mit einem Neffen des Kaisers grob missachtet hatte, erstaunte ihn Rudolfs unwirsche Reaktion.

»Genug jetzt, Richie!«, fuhr er ihm über den Mund. »Selbst wenn an dem, was dieser Pernerstorfer behauptet, was dran ist, gehört es nicht in die Öffentlichkeit des Abgeordnetenhauses. Sein einziger Beweggrund ist doch, meine Familie durch den Schmutz zu ziehen.«

*Vor einigen Jahren hast du noch anders argumentiert. Da waren dir die Missstände im Adel ein Dorn im Auge,* lag es Richard schon auf der Zunge. Doch er verbiss sich die Bemerkung.

Stattdessen stand er auf. »Es ist wohl besser, wenn ich jetzt gehe!«

Seine schwache Hoffnung, Rudolf würde ihn zurückhalten, erfüllte sich nicht, da der Kronprinz ihm daraufhin einen guten Abend wünschte. Nach einer förmlichen Verbeugung, die für ihren vertrauten Umgang völlig unüblich war, verließ Richard den Raum. *Rudolf verändert sich mehr und mehr zu seinem Nachteil,* erkannte er auf dem Weg in seine einsame Wohnung in der Hofburg.

Schon wenige Tage später machte in Wien das Gerücht die Runde, der Abgeordnete Engelbert Pernerstorfer sei in seiner Wohnung von zwei ihm unbekannten Männern überfallen und mit Stöcken geschlagen worden. Zum Glück hätten sie ihn dabei aber nicht schwer verletzt.

Die Täter konnten nie ermittelt werden.

## Café Prinzess am Graben

### *Februar 1888*

»Aber es muss doch irgendeine Lösung geben, Phiefi!« Stephan Danzer kratzte sich seinen zunehmend kahl werdenden Schädel.

Sophie zuckte ratlos mit den Schultern. »Mein Stiefvater will es einfach nicht verstehen. Obwohl er doch an allem schuld ist«, sagte sie verbittert.

»Was verlangt er denn genau von deiner Mutter?«

»Er hat ihr verboten, die Jours fixes wieder aufzugeben, worum sie ihn brieflich gebeten hatte. Dabei ist niemand mehr gekommen, nachdem die Vetseras nach Venedig abgereist sind. Auch die Bekannten nicht, die Helene Vetsera jedes Mal im Schlepptau hatte.«

»Was heißt das?« Danzer runzelte die Stirn. »›Im Schlepptau hatte‹?«

Sophie stieß einen tiefen Seufzer aus. »Ich vermute, die Baronin hat ein paar Freunde und Bekannte, die ihr noch einen Gefallen schuldeten, gebeten, sie bei den Jours fixes meiner Mutter zu treffen. Gräfin Marie Louise Larisch war zum Beispiel zweimal da. Aber jetzt ist sie wieder in Pardubitz.«

»Wer kam noch?«

»Beim letzten Mal vor ihrer Abreise war auch Miguel von Braganza, Marys Verehrer, dabei. Wahrscheinlich nur um

Marys willen. Sie musste mit und war die ganze Zeit über angeödet.«

Danzer schüttelte den Kopf. »Und wieso verlangt Arthur jetzt, dass Yetta eine Soiree ausrichten soll? Wenn doch schon niemand zu den Nachmittagsbesuchen erschienen ist.«

»Er hat geschrieben, dass die Besucher es im Palais Werdenfels wahrscheinlich zu eintönig fanden. Weil ihnen zu wenig geboten wurde. Eine Soiree soll das jetzt richten!« Sophie klang zugleich verächtlich und verzagt. »Seitdem der Brief aus Kairo eingetroffen ist, liegt Mama den ganzen Tag wieder zu Bett und weint sich die Augen aus.«

»Nun, die Faschingszeit ist ja jetzt vorbei«, überlegte Danzer laut. »Große Bälle gibt es nicht mehr. Man wendet sich wieder den schlichteren Vergnügungen zu, um die Zeit bis zu den Frühjahrsrennen zu überbrücken. Bis zu Mitte April, wenn sie beginnen, ist es aber noch eine Weile hin.«

Sophie schwieg und zupfte nervös an ihren Fingernägeln. Ihre noch unberührte Mandelmelange war mittlerweile kalt geworden.

»Insofern hat Arthur nicht ganz unrecht«, fuhr Danzer fort. »Jetzt oder nie! Wenn Yetta Fuß in der Wiener Gesellschaft fassen will, muss sie jetzt handeln. Ab Mai beginnen zudem außer den Rennen die Frühlingsfeste im Prater. Dann ist die Zeit für kleine Abendgesellschaften in den eigenen vier Wänden vorbei, weil daran niemand mehr Interesse hat.«

»Auch jetzt hat niemand Interesse an uns!«, begehrte Sophie auf.

Danzer legte seine große Hand begütigend über die ihre. »Nun beruhige dich doch, Phiefi.« Er bemerkte das unberührte Getränk und winkte einer Serviererin. »Bring Phiefi eine frische Mandelmelange, Resi!«

»Kennst du denn niemanden, der dir einen Gefallen schuldet? Oder der zumindest bereit wäre, dir einen Gefallen zu tun?«

Sophie überlegte. »Ich könnte mich ebenfalls an Miguel von

Braganza wenden. Und ihn bitten, noch ein paar Bekannte mitzubringen. Miguel weiß ja, dass Mary meine beste Freundin ist. Und er hat mir auf den Bällen der Vetseras beim Kotillon schon öfter einen Blumenstrauß verehrt.«

Sie stutzte. Ihr kam ein Gedanke.

»Na, siehst du. Das ist doch ein Anfang«, sprach Stephan Danzer ihr Mut zu. Erst dann bemerkte er Sophies abwesenden Blick.

»Ist dir noch jemand eingefallen?«, deutete er ihren Gesichtsausdruck richtig.

Sophie nickte langsam. »Ich glaube schon. Aber da nutzt eine einfache Einladung nichts. Ich muss einen Brief beilegen.«

## Palais Werdenfels in der Marokkanergasse

### *Februar 1888, am Abend desselben Tages*

*Sehr verehrte Gräfin von Wilczek,*

*ich wende mich heute mit Herzklopfen an Sie, um Sie um einen großen Gefallen zu bitten. Sie sagten mir einst großzügig Ihre Unterstützung zu, vielleicht erinnern Sie sich noch an die Gelegenheit. Es war vor zwei Jahren nach dem Kotillon beim Faschingsball im Palais Vetsera.*

Sophie stockte. Dann strich sie den letzten Satz durch. Wenn die Gräfin nicht mehr wusste, bei welcher Gelegenheit sie Sophie versprochen hatte, sich erkenntlich zu zeigen, hätte es ohnehin keinen Zweck, sie daran zu erinnern. Die Gräfin würde das möglicherweise als taktlos empfinden, vielleicht sogar als Erpressungsversuch. Zumal es nach diesem Vorfall zu keinen weiteren Blumendiebstählen mehr auf Bällen gekommen war.

*So wie Sie Ihre Tochter lieben und sich um sie sorgen, so sorge ich mich um meine Mutter Henriette. Sie hat den Tod meines Vaters nie ganz verwunden,* schrieb Sophie weiter.

War das jetzt zu dick aufgetragen? Sophie entschloss sich, diesen Satz stehen zu lassen. Es war nicht nur die reine Wahrheit, sondern sollte auch durch die Blume deutlich machen, dass Henriettes zweite Ehe nicht glücklich verlief.

*Nun erwartet mein Stiefvater, der als Diplomat Seiner Majestät in Kairo weilt, dass meine Mutter wieder mehr am gesellschaftlichen Leben teilnimmt. Daher wäre es uns eine große Freude, Sie und Ihre Tochter Annelie bei unserer Soiree am Freitagabend, dem 2. März, um acht Uhr in unserem Hause begrüßen zu dürfen.*

Auch über diese Sätze dachte Sophie nach und beschloss dann, sie nicht zu ändern. Jedermann in Wien wusste, dass der von der Hüfte an abwärts gelähmte Graf Josef von Wilczek vor seinem Tod, der jetzt ein Dreivierteljahr zurücklag, jeden Tag unleidlicher geworden war und seine Frau und die immer noch ledige Annelie beständig tyrannisiert hatte. Daher war Sophie sich sicher, dass die Gräfin die versteckte Botschaft zwischen ihren Zeilen lesen würde. Ihre Mutter Henriette bekäme großen Ärger mit ihrem Gatten, sollte die Soiree ein Misserfolg werden.

Sie überlas noch einmal ihren Entwurf, bevor sie ihn ins Reine schrieb. Spontan fügte sie noch einen letzten Satz hinzu.

*Und die Ehre wäre ganz unsererseits, wenn Sie sogar in Begleitung einiger Ihrer Bekannten kämen.* Oft brachten Gäste spontan noch jemanden zu den Einladungen mit, die sie erhalten hatten.

Sophie fügte das Schreiben zu der Einladungskarte für die Gräfin Wilczek hinzu. Auch Miguel von Braganza hatte sie einen Brief geschrieben, den sie ebenfalls recht offen formuliert hatte. Mehr konnte sie nicht tun. Wie das Ganze nun ausgehen würde, bliebe abzuwarten.

Die meisten der übrigen Geladenen würden der Einladung auch diesmal nicht Folge leisten. Das ahnte sie bereits. Aber wenn auch nur vier Gäste kämen, Miguel von Braganza mit einem Freund und Gräfin Wilczek mit ihrer Tochter Annelie, wäre es zumindest ein Anfang.

## Palais Werdenfels in der Marokkanergasse

### *Freitag, 2. März 1888*

Immer noch staunend und ab und an sogar gerührt ließ Sophie ihren Blick über die muntere Abendgesellschaft gleiten, die sich im Palais Werdenfels versammelt hatte und sich zwischen den Runden von Brett- und Kartenspielen an den Köstlichkeiten delektierte, die Stephan Danzer geliefert hatte.

*Mein Onkel sollte diese wunderbaren kalten Speisen auch im Café Prinzess anbieten,* ging ihr erneut der Gedanke durch den Kopf, den sie schon beim Aufbau des Buffets gehabt hatte. Silberne Platten mit einer Vielzahl appetitlich dekorierter Kanapees, unter anderem belegt mit Lachs, Gänseleberpastete und Wildschinken, standen zwischen den Salaten und der schmackhaften Frittatensuppe, die die Köchin des Palais Werdenfels beigesteuert hatte.

Und der Höhepunkt, das wieder ausschließlich vom Café Prinzess gelieferte Dessertbuffet mit den Mokkaprinzentörtchen, der locker geschlagenen Schokoladencreme und den mit Orangenstückchen und Sahne gefüllten ausgehöhlten Apfelsinen wartete noch im Kühlkeller darauf, den Gästen serviert zu werden.

In der Tat hatte Stephan Danzer sich selbst übertroffen, nachdem sowohl Miguel von Braganza als auch die Gräfin Wilczek ihre Teilnahme an der Soiree zugesagt hatten. Beide deuteten außerdem an, in Begleitung kommen zu wollen.

Dennoch reichten die Speisen für die insgesamt fünfzehn Personen gerade so aus. Denn weder Danzer noch Henriette noch Sophie hatten mit einer solchen Anzahl von Gästen gerechnet.

Zu ihrer Überraschung brachte Miguel nicht nur Helene Vetseras Brüder Alexander und Hector Baltazzi mit, sondern auch die Gräfin Larisch mit ihrem Gatten Georg, die erst seit gestern wieder in Wien weilten.

In Begleitung der Gräfin Wilczek befanden sich außer ihrer Tochter Annelie zwei verwitwete Cousinen mit ihren ebenfalls noch unverheirateten Töchtern sowie ein ältlicher Onkel, der bereits nahezu taub war, sich aber bislang als der pfiffigste Kartenspieler des Abends erwiesen hatte.

»Bitte richten Sie Ihrem Onkel, dem verehrten Herrn Danzer, aus, dass ich hoffe, diese wunderbare Gänseleberpastete auch im Café Prinzess recht häufig genießen zu dürfen.«

Sophies Magen begann wieder zu vibrieren, als Richard von Löwenstein sie ansprach. Er war die größte Überraschung des Abends für sie gewesen.

Sie hatte geglaubt, ihren Augen nicht zu trauen, als er mit Miguel und den Baltazzi-Brüdern eintraf und sich formvollendet vor ihrer Mutter und ihr verbeugte. Er hatte ihnen beiden ein Blumenbukett mitgebracht.

»Diesmal musste ich raten, welche Abendtoilette Sie tragen würden!« Angesichts Henriettes verständnislosem Blick zwinkerte er Sophie zu.

»Ich durfte Ihre Tochter schon einmal zum Kotillon führen«, erklärte er Sophies erstaunter Mutter. »Damals kannte ich das Kleid des gnädigen Fräuleins und konnte den Strauß danach auswählen.«

»Oh!«, entfuhr es Henriette. »Leider hat mir Sophie noch nie davon erzählt. Wann …«

»Verzeih, liebe Mama, sollten wir nicht das Mädchen rufen, damit es die Blumen in eine Vase stellt?«, fiel ihr Sophie ins Wort, damit Richard die ihr peinliche Frage nicht beantworten musste.

»Diese Blumen sind in der Tat ganz wunderbar. Auch wenn mein Kleid eine etwas andere Farbe hat.« Plötzlich verlegen strich sich Sophie über den spitzenbesetzten Rock ihrer fliederfarbenen Abendtoilette. Das Kleid war eins der Glanzstücke ihrer neuen Garderobe, die ihr der Stiefvater bewilligt hatte.

Während Richard ihrer Mutter langstielige rote Rosen überreicht hatte, bestand ihr Bukett aus lachsfarbenen Teeröschen und Schleierkraut. Es verströmte einen lieblichen Duft.

Anfangs war Sophie so verlegen gewesen, dass sie Richard nach der Begrüßung sogar auswich. Als man nach einem ersten Umtrunk mit den einschlägigen Gesellschaftsspielen begann, suchte Sophie sich Annelie von Wilczek rasch als Partnerin für einige Partien Mühle und Tric Trac aus. Mit einer Ausnahme hatte sie alle Spiele verloren. Richards Anwesenheit machte sie so nervös, dass sie sich kaum konzentrieren konnte.

Dann war das Buffet eröffnet worden, und Richard hatte sie soeben angesprochen.

Sie fasste sich ein Herz und stellte die Frage, die ihr schon seit Richards Eintreffen auf der Seele lag. »Was verschafft uns denn überhaupt die Ehre Ihres Besuchs?« Sie spürte, dass sie errötete. »Oder tun Sie wiederum nur einem Freund einen Gefallen?«

»Ja und nein«, erwiderte Richard offenherzig. Auch er errötete leicht. »Als Miguel mich gebeten hat mitzukommen, wollte ich ihm diese Bitte einerseits nicht abschlagen. Andererseits war ich aber auch recht gespannt darauf, Sie wiederzusehen.«

»Oh!« Sophie fehlten vor Überraschung die Worte. »Ich ... ich dachte nicht ...«, stammelte sie, ärgerte sich über sich selbst und fühlte ihr Gesicht noch heißer werden.

»Was dachten Sie nicht?«

»Ach nichts«, wehrte Sophie ab. »Aber Sie haben ja gar nichts mehr zu trinken! Möchten Sie vielleicht von unserem Rumpunsch kosten?«

»Ja gerne! Ich liebe Punsch!«, log Richard, um ihr eine Freude zu machen. Eigentlich konnte er gesüßte alkoholische Getränke nicht ausstehen.

»Dann spute ich mich, Ihnen ein Glas zu holen! Setzen Sie sich doch bitte wieder!«

Obwohl der in einen schwarzen Frack gekleidete Hausdiener Gruber für das Servieren der Getränke verantwortlich war, stürzte Sophie zum Buffet.

Kopfschüttelnd setzte sich Richard wieder in einen der schweren Fauteuils, sorgsam darauf bedacht, dass der Sessel neben ihm frei blieb. Als Miguel sich näherte, winkte er, unmerklich für die anderen Gäste, ab. »Lass mich ein wenig allein!«, raunte er ihm zu.

Miguel grinste. »Soso! Interessierst du dich endlich wieder für das schöne Geschlecht? Dann wünsche ich dir diesmal jedenfalls mehr Erfolg als mit deiner Olga!« Mit diesen Worten gesellte sich der Herzog wieder zu den Baltazzi-Brüdern.

Unwillkürlich ballte Richard die Hände zu Fäusten. Natürlich hatte es sich weiland im ganzen Freundeskreis des Kronprinzen herumgesprochen, welchem Flittchen er aufgesessen war. Zumal auch der Graf Carl von Bombelles anfangs mit seiner Eroberung geprahlt hatte.

Allerdings war dieser Olgas mit ihren ewigen Forderungen auch schnell wieder überdrüssig geworden. Die Affäre dauerte kaum ein halbes Jahr. Doch die Tänzerin fiel erneut auf die Füße. Das Letzte, was Richard im Frühjahr über sie gehört hatte, war, dass ein ungarischer Graf sie mit nach Ofen genommen hatte.

Er selbst lebte notgedrungen seit dem Skandal im Café Prinzess wie ein Mönch. Adalbert von Thurnau hatte ihm lediglich gestattet, seine »Bedürfnisse«, wie er sich ausdrückte, bis zur Hochzeit mit Amalie in Freudenhäusern zu befriedigen. Und denen blieb Richard nach wie vor fern. Zu abschreckend war Kronprinz Rudolfs Beispiel, dessen Geschlechtskrankheit noch immer nicht heilen wollte, wie er ihm neulich beiläufig anvertraut hatte.

*Doch dieses kleine Madl da könnte mir wohl gefallen,* sinnierte Richard nun, während er Sophie nachsah. Warum war sie ihm beim Faschingsball vor zwei Jahren nur so uninteressant erschienen? Wie verblendet war er eigentlich wegen seiner Affäre mit Olga gewesen?

Doch die »Strafe« für seine närrische Verliebtheit war ja auf dem Fuße gefolgt. Im Gegensatz zu Amalies aufdringlich wirkender Keckheit war Sophie eher zurückhaltend. Wenn auch keineswegs feige. *Sonst hätte sie mich sicherlich nicht so offen gefragt, aus welchem Grund ich denn heute hierhergekommen bin. Amalies Hochmut und Eitelkeit gehen Sophie völlig ab. Sie hilft ja sogar im Café Prinzess ihres Onkels aus, wenn sie gebraucht wird.*

Er seufzte unwillkürlich so laut auf, dass sowohl die Gastgeberin als auch die Gräfin Wilczek erstaunt zu ihm herüberblickten. Richard biss sich auf die Unterlippe.

Dann bemerkte er, dass Sophie mit zwei Gläsern Punsch auf einem kleinen Tablett zurückkam. Er setzte sich gerade auf und versuchte, sich zu entspannen. Als er Sophies zaghaftes Lächeln erwiderte, während er das angebotene Glas vom Tablett nahm, fiel die Anspannung von ihm ab.

Süß war sie mit ihren smaragdgrünen Augen und dem vollen blonden Haar, das zu Zöpfen geflochten und am Hinterkopf aufgesteckt worden war. Sie hatte zarte helle Haut und einen rosigen Teint. Ihr Gesicht mit den hohen Wangenknochen, der Stupsnase und den vollen Lippen war nicht im eigentlichen Sinne schön zu nennen, aber sehr reizvoll.

Die fliederfarbene Abendtoilette mit dem halbrunden Dekolleté kleidete sie sehr gut und betonte ihre schlanke Gestalt. Als Schmuck trug sie nur ein dünnes Goldkettchen mit einem Kreuz um den Hals. Wahrscheinlich ein Geschenk zu ihrer Erstkommunion. Es galt für eine Komtess als unschicklich, bereits wertvollen Schmuck zu tragen.

Er nahm einen Schluck Punsch und verzog unwillkürlich den Mund.

»Schmeckt er Ihnen denn nicht?« Sophies Stimme klang besorgt.

»Doch, doch, ganz vorzüglich«, beeilte sich Richard, ihr zu versichern.

Sie musterte ihn prüfend, während er einen weiteren Schluck nahm. Plötzlich blitzte der Schalk in ihren grünen Augen auf. Diesmal war ihr Lächeln echt und herzlich.

*Sie hat einen wunderschönen sinnlichen Mund,* schoss es Richard durch den Kopf.

»Sie schwindeln!«, sagte Sophie ihm auf den Kopf zu. »Sie mögen überhaupt keinen Punsch!«

Richard erwiderte Sophies Lächeln. »Sie haben recht. Doch woran haben Sie das erkannt?«

Ihr Lächeln vertiefte sich und zauberte kleine Sterne in ihre Augen.

»Das sieht man Ihnen ganz deutlich an! Sie runzeln beim Trinken die Stirn!«

»Oh herrje! Bin ich so leicht zu durchschauen?«

»Zumindest, was Ihre Vorliebe für Rumpunsch angeht.« Sophie winkte den Diener herbei.

»Bringen Sie unserem Gast hier doch ein anderes Getränk, Gruber! Was mögen Sie denn lieber?«

»Der Burgunder ist ganz vorzüglich!«

Nachdem sich der Diener entfernt hatte, fragte Sophie. »Warum haben Sie denn nicht gleich ein Glas Rotwein verlangt?«

»Ich wollte Sie nicht schon wieder enttäuschen!« Die Worte waren heraus, bevor er darüber nachgedacht hatte. Also holte er tief Luft und fuhr fort: »Mein Verhalten Ihnen gegenüber auf dem Faschingsball bei den Vetseras war unverzeihlich. Ich bitte Sie von ganzem Herzen um Vergebung.«

Ihre Wangen röteten sich wieder. Sie sah dadurch noch entzückender aus. Offensichtlich rang sie nach Worten.

»Phiefi, komm bitte einmal her!«, ertönte da die Stimme ihrer Mutter. »Die Gräfin Larisch möchte dich etwas fragen!«

Sophie stand so hastig auf, dass ihr Punsch überschwappte und ein paar Tropfen auf den rot gemusterten Teppich tropften. »Ich komme sofort, Mutter. Entschuldigen Sie mich bitte!«

Damit huschte sie davon und erinnerte Richard dabei an ein flüchtendes Reh.

*Ach, könnte ich mein Herz doch nur an ein Mädchen verschen-*

*ken, das mir gefällt.* Mit leiser Wehmut im Herzen blickte er ihr nach.

### Gasthaus »Zum Goldenen Stern« in Wien

### *8. März 1888, gegen neun Uhr abends*

»Extrablatt! Extrablatt! Deutscher Kaiser Wilhelm verstorben!«

Der vollbärtige untersetzte Mann mit den Geheimratsecken, der bislang am Nebentisch inmitten einer lärmenden Gruppe von mehr als zwanzig Männern gesessen hatte, hielt mitten in der Bewegung inne, als er den Ruf des Zeitungsjungen hörte. Er setzte seinen Bierhumpen so hart auf dem Tisch ab, dass der Schaum überschwappte. Dann sprang er auf.

»Was sagst da grad, Bürscherl? Unser Kaiser is tot?«

Der Zeitungsjunge sah den Fragenden verwirrt an. »Na, na, Herr. S' is' der deutsche Kaiser, der Wilhelm. Ned unser Franz Joseph.«

»Eben, eben, i sag's ja. Unser wahrer Kaiser is verschieden!«, wiederholte der Mann theatralisch. »Gib her da so a Blattl!«

Er kramte bereits in der Tasche seines Jacketts aus grobem braunem Wolltuch nach Münzen, da fiel sein Blick auf den Namen der Gazette mit dem schwarzen Trauerrand. Es war eine Ausgabe des *Neuen Wiener Tagblatts.* Sofort zog er seine Hand zurück.

»Pfui bah! Was für a Schmarrn! Des stammt ja von dem Judenpack, dem grauslichen. Macht auch noch Reibach mit'n Tod von den groß'n Mann. Ham vor nix Respekt!«

Er griff den Jungen grob am Kragen seiner abgetragenen Jacke und drehte ihn in Richtung der Tür des Gasthauses. »Schleich di! Aba rasch! Sonst mach i dir a Feuer unterm Hintern!«

Dabei stieß er den Jungen so heftig von sich, dass dieser

stolperte und fast hingefallen wäre. Der Packen Zeitungen rutschte ihm aus den Händen und landete auf dem schmutzigen Boden.

»Hey!«, rief Richard daraufhin, der gerade am Nachbartisch ein spätes Nachtmahl aus Wurst, Käse und Brot einnahm. »Lass den Jungen in Frieden!«

Er stand auf und stellte sich dem Mann in den Weg. Einen Moment lang schauten sich die beiden mit zu Fäusten geballten Händen drohend in die Augen. Angesichts der Uniform Richards wandte der Grobian schließlich den Blick ab.

Auch seine Kumpane hatten wohl keine Lust, sich mit einem Stabsoffizier anzulegen. Sie wussten, dass ein Stab nur wenigen mächtigen Heerführern zustand und sie schnell den Kürzeren ziehen würden, wenn sie Richard bedrohten oder gar angriffen und dieser sie hernach anzeigte. Stattdessen riefen sie ihren Kameraden an den Tisch zurück:

»Jetz komm und setz di wieder her, Schurli! Lass den da in Ruh'!«

»Der Wilhelm war alt! Über neunzig! Da war's Zeit, dass er abtritt.«

»Und der Friedrich, der nächste Kaiser, wird's auch ned lang' mach'n. Dann ham mir wieder an Wilhelm. Und dann geht's heim ins Reich!«, fiel ein anderer ein.

Erst in diesem Augenblick begriff Richard, wer der untersetzte Mann war, der den Zeitungsjungen so grob behandelt hatte. Er war ihm zuvor nur vage bekannt vorgekommen. »Ach herrje, das ist der Schönerer!«, murmelte er vor sich hin.

Er hatte erst kürzlich ein Bild dieses Mannes in einer Zeitung gesehen, die von der sogenannten Alldeutschen Bewegung herausgegeben wurde. Das war die radikalste der politischen Strömungen, die fanatisch für den Anschluss der deutschsprachigen österreichischen Kernlande an das Deutsche Kaiserreich plädierte.

Von den gemäßigteren Deutschnationalen, denen der neulich

verprügelte Abgeordnete Engelbert Pernerstorfer angehörte, unterschied sich diese Bewegung außerdem dadurch, dass sie den Kapitalismus und Liberalismus in jeder Form verdammte. Besonders die Juden, die sie als hauptsächliche Vertreter dieser wirtschaftlichen Philosophie ansahen, bekämpften die Alldeutschen mit glühendem Hass.

Georg Ritter von Schönerer, der Sohn eines vor knapp dreißig Jahren von Kaiser Franz Joseph geadelten Eisenbahnunternehmers, war seit fast zehn Jahren der Anführer dieser »Alldeutschen Bewegung«. Mit der Zeit hatte er sich immer mehr radikalisiert. Vor allem die wohlhabenden Juden, allen voran die Familie Rothschild, betrachtete er als die ärgsten Feinde des Volkes und sah in jüdischen Wiener Zeitungen, insbesondere dem *Neuen Wiener Tagblatt* von Moritz Szeps, deren Sprachrohr. In der Tat hatte Richard den jüdischen Verleger oft mit dem Kronprinzen über Schönerer sprechen hören, begegnete dem Mann aber heute Abend zum ersten Mal.

Suchend sah er sich nach dem Zeitungsjungen um. Aber der hatte längst die Gelegenheit beim Schopf ergriffen und war aus dem Gasthaus geflüchtet. Kopfschüttelnd nahm Richard eine der beschmutzten Zeitungen vom Boden auf und vertiefte sich in deren Inhalt. Offensichtlich war Kaiser Wilhelm am frühen Abend um sieben Uhr in Berlin verschieden.

Mit der Zeit wurde die Gruppe am Nebentisch immer lauter, wozu auch die vielen Schnäpse beitrugen, die die Männer zusätzlich zum Bier wie Wasser in sich hineinschütteten. Richard, der die Gruppe immer wieder verstohlen beobachtete, fiel auf, dass Männer aller Altersgruppen vertreten waren. Junge Burschen von kaum zwanzig Jahren saßen neben Greisen, die sicherlich bereits die sechzig weit überschritten hatten. Schönerer selbst schätzte Richard auf zwischen vierzig und fünfzig Jahre alt.

Viele der Randalierer trugen schwarzrotgoldene Halstücher in den Farben der deutschen Revolution von 1848 oder hatten sich ebensolche Kokarden an ihre Westen geheftet. Als die Kerle schließlich die »Wacht am Rhein« zu grölen begannen, war Richard kurz davor, in seine dunkle Wohnung in der Hofburg zu flüchten. Aber noch zögerte er, zum Teil aus Trotz, zum Teil aus Angst vor einem öden restlichen Abend.

Das Gasthaus »Goldener Stern« war sein Lieblingslokal, in dem er schon so manch einsame Stunde verbracht hatte, wenn der Kronprinz bei seiner Geliebten Mizzi Caspar weilte oder, wie heute, aus Gründen der hohen Politik unabkömmlich war. Sonst pflegte man sich oft mit anderen Freunden und Verwandten Rudolfs in der Hofburg zu treffen, ab dem Spätsommer auch in einem Heurigen, wie man die Wiener Straußwirtschaften in Nussdorf und Grinzing nannte. Dort gab dann Rudolfs privater Kutscher Josef Bratfisch zur Schrammelmusik seine Wiener Balladen zum Besten.

Das Gasthaus jetzt zu verlassen wäre Richard vor allem wie eine Flucht vor diesem aufdringlichen deutschnationalen Gesindel vorgekommen. Um sich von dem ohrenbetäubenden Lärm am Nachbartisch abzulenken, ließ er seine Gedanken wieder zu Sophie von Werdenfels schweifen. Seit der Soiree vor einer Woche ging sie ihm nicht mehr aus dem Kopf.

An diesem Abend hatten sie noch eine Partie Dame miteinander gespielt, die Sophie gewann. Danach musste sie sich um andere Gäste kümmern.

Im Laufe des Abends wurden die Blicke der anwesenden Mütter mit ledigen Töchtern auf Miguel von Braganza und ihn selbst immer begehrlicher. Sie waren die einzigen unverheirateten jungen Männer bei dieser Abendgesellschaft. Womöglich rechneten sich die Matronen Chancen für ihre Töchter aus. Zwar störte Richard das nicht, offenbar aber Miguel von Braganza. Deshalb war Richard auf dessen Drängen hin schließlich gemeinsam mit den Baltazzis und Georg Larisch gegen elf Uhr abends aufgebrochen, obwohl er gerne noch länger geblieben wäre. Man schützte eine späte Verabredung im feinen Wiener Jockey-Club vor.

Seither grübelte Richard darüber nach, wie er Sophie wiedertreffen könne. Außer den wöchentlichen Jours fixes ihrer Mutter sah er dazu jedoch keine unverfängliche Gelegenheit. Es war ausgeschlossen, dass ein unverheirateter Mann eine ledige Komtess ohne Begleitung ihrer Promeneuse oder einer verheirateten Dame ausführte.

Darüber hinaus würde es sicher bald Aufsehen im Hause Thurnau erregen, wenn er jede Woche im Palais Werdenfels vorsprach. Niemand würde ihm abnehmen, dass er lediglich Sophies Mutter Henriette einen Besuch abstatten wollte. Selbst Braganzas Angebot, sich gemeinsam mit ihm, Sophie und Mary Vetsera nach deren Rückkehr aus Venedig ab und zu im Café Prinzess zu treffen, würde ihm nicht viel nützen. Denn sobald sich auch diese Begegnungen zu häufen begännen, würde Adalbert von Thurnau unweigerlich misstrauisch werden.

Denn in der Wiener Gesellschaft blieb nichts lange geheim. Besonders beliebt war der Tratsch über mögliche zarte Bande, die sich zwischen den unverheirateten Mitgliedern bekannter Familien entwickelten. Wenn er Pech hatte, würde sogar das *Wiener Salonblatt*, das Mary Vetsera oft und gern erwähnte, über ihn berichten, wenn er sich immer wieder in ihrer und Sophies Begleitung befand.

Dieses Klatsch- und Modemagazin verschlang Amalie von Thurnau jede Woche von der ersten bis zur letzten Seite auf der Suche nach Bemerkungen über sie und ihre Familie. Natürlich hoffte sie darauf, selbst einmal auf dem Titelblatt zu erscheinen. »Das ist allerdings nur eine Frage der Zeit, sobald ich mein Debüt habe und der Kaiserin vorgestellt werde«, hatte sie Richard bei seinem letzten Besuch mit ihrer gewohnten Eitelkeit anvertraut.

*Zum Glück ist Rudolf jetzt endlich zum Generalinspekteur der Infanterie befördert worden,* dachte er, während er von dem Weißwein nippte, den er sich gerade nachbestellt hatte. *Das gibt mir als einem Angehörigen seines Stabs zumindest den Vorwand, häu-*

*figer als bislang beschäftigt zu sein, sollte dies nicht ohnehin der Fall sein.* Im Augenblick besuchte er Amalie alle zwei bis drei Wochen und gedachte, diese Abstände erheblich auszudehnen.

Die Wanduhr in der Ecke der mittlerweile vollkommen verqualmten Gaststube schlug Mitternacht. Richard schreckte aus seinen eher trüben Gedanken auf.

*Was? Ist es schon so spät?* Gerade winkte er der Schankmagd, um seine Zeche zu begleichen, als wieder ein Zeitungsjunge das Gasthaus betrat. Er war jünger als der erste Bote des Abends. Richard schätzte ihn auf höchstens dreizehn Jahre.

»Extrablatt! Extrablatt!«, rief auch er. »Kaiser Wilhelms Tod eine Falschmeldung! Extrablatt!«

Die Geräusche am Nebentisch verstummten. Eine lähmende Stille breitete sich aus. Dann sprang Schönerer erneut von seinem Sitz auf, diesmal so heftig, dass er seinen Humpen umstieß, dessen Inhalt sich über den ganzen Tisch und die Hosenbeine etlicher seiner Kumpane ergoss.

»Komm her!«, rief er dem Jungen zu. »Was is des für a Blatt?«

Schnell stellte sich heraus, dass es die *Wiener Zeitung* war, die die neue Nachricht herausgebracht hatte.

»Kein Judeng'schmier!«, rief Schönerer erregt. In seiner Hast, den Artikel über Wilhelm zu lesen, warf er dem verblüfften Jungen einen halben Gulden als Bezahlung zu. Auch Richard erstand ein Exemplar und studierte die Meldung, obwohl dies gar nicht nötig gewesen wäre. Denn mit lauter und zunehmend wütender Stimme gab Schönerer seinen Kameraden zum Besten, welche Informationen der Artikel enthielt.

»Der Kaiser Wilhelm is gar ned tot. Der Alte hat heut' Abend sogar no z'Nacht gessen und Champagner dazu trunken!«

Der Ritter schlug mit seiner mächtigen Faust auf den Tisch. »Sein Tod war a Verleumdung von dem Judeng'schmeiß! Des darf ned ung'sühnt bleiben! Mir hauen des Pack g'scheit durch! Wer von euch is dabei?«

»I!«

»I a!«

»I bin mit dabei!« Ehe sichs Richard recht versah, sprangen die Alldeutschen auf und stürmten aus dem Gasthaus. Keiner von ihnen nahm sich die Zeit, seine Zeche zu bezahlen oder auch nur die Joppe zuzuknöpfen.

»Meine Herrn!«, rief der Wirt verzweifelt hinter der Horde her. Dann griff er sich an den Kopf. »Die ham für mehr wie zehn Gulden g'fressen und g'soffen. Wer ersetzt mir jetz den Schaden?«

Auch Richard stand auf und knöpfte seine Uniformjacke zu. Er warf ein paar Münzen auf den Tisch und griff nach seinem Umhang.

»Ihr Anführer heißt Georg Ritter von Schönerer!«, beschied er dem Wirt. »Merken Sie sich den Namen! Der Mann ist Mitglied des Abgeordnetenhauses im Reichsrat. Dort wird er auch ein Kontor unterhalten. Wenden Sie sich dahin!«

Dann rannte er auf die Straße. Ihm schwante Übles. Noch im Laufen griff er nach der Pistole in seinem Halfter und verfluchte sich dafür, dass er seinen Säbel in der Hofburg gelassen hatte.

Obwohl keiner der Männer mehr auf der nachtdunklen, nur von ein paar Gaslaternen spärlich beleuchteten Straße zu sehen war, wies ihr Geschrei Richard den Weg. Es kam tatsächlich aus der Richtung, in der die Redaktionsräume des *Neuen Wiener Tagblatts* lagen. Richard beschleunigte seine Schritte. Außer Atem kam er schließlich vor dem Gebäude an. Die Räume der Zeitung lagen im Erdgeschoss.

Vor dem Eingang drängte sich eine johlende Gruppe und klatschte Beifall. Richard erkannte die Alldeutschen an ihren Halstüchern. Rücksichtslos Püffe nach allen Seiten austeilend zwängte er sich durch die Leute hindurch. Er spürte seinen Uniformkragen reißen, als ihn einer der Kerle daran zurückzerren wollte. Ein Stoß nach rückwärts mit dem Ellenbogen, gefolgt von einem lauten Aufschrei, verschaffte ihm einen Moment lang Luft. Das reichte, um durch die bereits offensichtlich gewaltsam aufgebrochene Eingangstür ins Innere der Redaktion zu gelangen.

Dort herrschte ein unbeschreibliches Durcheinander. Papiere, Aktenordner und allerlei Schreibtischutensilien bedeckten den Boden, dazwischen lagen Scherben von Gläsern, Kaffeegeschirr und einer zerbrochenen Blumenvase. Zwei Kerle waren gerade dabei, einen Schrank aufzureißen und seinen Inhalt ebenfalls auf den Boden zu fegen.

Schlimmer war jedoch, dass jeweils drei von Schönerers Kumpanen sich auf die vier noch anwesenden Redakteure gestürzt hatten. Die Zeitungsmänner hatten eine Nachtschicht einlegen müssen, um gleich am nächsten Morgen über die Reaktion der k.u.k. Monarchie auf den jetzt wieder dementierten Tod des deutschen Kaisers berichten zu können. Jeweils zwei Alldeutsche hielten einen Mann fest, auf den der Dritte einschlug und -trat. In eine Ecke gedrückt weinte eine Frau, wahrscheinlich eine Schreibkraft, mit vor das Gesicht geschlagenen Händen.

All dies erfasste Richard in wenigen Sekunden. Jetzt kam ihm zum ersten Mal seit Jahren wieder die ausgezeichnete Nahkampfausbildung zugute, die er einst als Offiziersanwärter in der Theresianischen Akademie und später in seinen Regimentern erhalten hatte. Und er konnte seinem Beinamen »Löwenherz« Ehre machen!

*Man muss den Feind immer bei den Hörnern packen,* dröhnte die Stimme seines Ausbilders in der Kadettenanstalt wieder in seinen Ohren. Sofort stürzte er sich auf Schönerer, der gerade einem Redakteur einen Faustschlag in den Magen versetzte. Er riss ihn zurück, umspannte mit dem linken Arm den Kehlkopf des Stolpernden und drückte zu. Mit der Rechten hielt er ihm seine Pistole an die Schläfe. Sie war ungeladen, doch das Risiko musste er eingehen.

»Aufhören! Sofort! Oder der hier spricht noch heute bei

Petrus vor!«, brüllte er. Zur Bekräftigung verstärkte er noch einmal den Druck auf Schönerers Kehle, sodass dieser zu röcheln begann.

Die restlichen Schläger wurden aufmerksam und ließen von ihren Opfern ab. Auch die Frau nahm die Hände von ihrem Gesicht. Richard bemerkte, dass ihr linkes Auge zuzuschwellen begann.

»Also!«, rief er den Angestellten der Zeitung zu. »Wer von euch läuft los und benachrichtigt die Polizei?«

Ein junger Mann mit zerrissener Weste und blutigem Hemd hob die Hand. »Ich mach das! Die nächste Wache ist nur ein paar Straßen weiter.« Er wühlte in seiner Hosentasche. »Wer hat ein Sacktuch für mich?«

»Danke, Herta!« Das war an die immer noch weinende Frau gerichtet. Er presste sich das Leinentuch auf seine blutende Nase.

»Einer ist zu wenig!«, entschied Richard. »Wer geht mit?«

Ein weiterer Mann mit geschwollener Lippe meldete sich.

»Gut!«, entschied Richard. »Bleibt hinter mir. Ich gehe vor!«

»Alle anderen raus hier!«, brüllte er die noch im Raum verbliebenen Alldeutschen an, nachdem sich die meisten bereits davongemacht hatten. Auch die Gruppe der Schaulustigen vor der Tür hatte sich beträchtlich ausgedünnt.

Richard stieß Georg Schönerer vor sich her. Als seine Kumpane einen freien Blick auf ihn hatten, stieß er ihm mit voller Wucht das Knie in den Steiß. Da Schönerer wegen des Drucks auf seine Kehle nicht schreien konnte, röchelte er wie kurz vor dem Ersticken.

Richard lockerte seinen Griff ein winziges bisschen. »Wenn die zwei hier«, er machte eine Kopfbewegung in Richtung der hinter ihm stehenden Journalisten, »nicht in einer halben Stunde mit den Gendarmen zurück sind, muss der hier dran glauben.«

»Also haut ab!«, brüllte er jetzt aus Leibeskräften. Tatsächlich stoben die verbliebenen Kerle auseinander wie eine Schar aufgeschreckter Hühner.

Später fragte sich Richard, was er eigentlich getan hätte, wenn ihn die Meute nicht ernst genommen hätte. *Ohne Munition hätte ich den Fanatiker ja schlecht erschießen können. Hätte ich ihn wirklich stattdessen erwürgt?*

Doch alles ging gut. Nach knapp zwanzig Minuten kamen die Redakteure mit vier Gendarmen im Schlepptau zurück.

Ihr Wachtmeister ließ seinen Blick durch den verwüsteten Raum schweifen. »Donnerwetter!«, hörte Richard ihn murmeln.

»Das hier ist der Anführer dieses Überfalls. Nehmen Sie ihn unverzüglich fest! Sein Name ist Georg Ritter von Schönerer.« Er stieß den alldeutschen Führer genau so heftig nach vorn, wie der es vor einigen Stunden mit dem Zeitungsjungen des *Neuen Wiener Tagblatts* getan hatte.

Schönerer stolperte und fing sich erst in letzter Sekunde ab. Er fasste sich mit beiden Händen an die Kehle.

»Sie können mich nicht verhaften«, krächzte er. »Ich bin ein Abgeordneter des Reichsrats und genieße Immunität!«

Richard knirschte vor Wut mit den Zähnen. Daran hatte er gar nicht mehr gedacht.

»Ist das wahr?« Der Wachtmeister wandte sich an Richard. Der nickte grimmig.

»Dann lasst den Strolch eben erst mal laufen!«, befahl der Polizist gleichmütig. »Sind Sie alle hier willens, Anzeige zu erstatten?« Er blickte in die Runde.

»Darauf können Sie Gift nehmen!«, bestätigte Richard.

# Kapitel 9

### Pferderennbahn Freudenau im Wiener Prater

### *12. April 1888*

»Marie Louise, Sophie, kommt, und du auch, Hanna, lasst uns ein wenig vor der Tribüne promenieren! Ich muss mir dringend die Füße vertreten!«

Mary schlug das Herz bis zum Hals. Kronprinz Rudolf saß in der Hofloge. Und zwar ohne seine Frau Stephanie, von der es hieß, dass sie wieder einmal auf Reisen sei.

»Ich weiß nicht so recht!« Sophie zögerte. Richard von Löwenstein war in einem der ersten Rennen als Zweiter vom Platz gegangen. Sie wollte nicht versäumen, ihm zu gratulieren, sollte er wirklich sein Versprechen wahrmachen und sie in der Rennpause in der Loge der Vetseras aufsuchen. So hatte er es jedenfalls beim letzten Jour fixe im Palais Werdenfels angekündigt, als er erfuhr, dass Mary Sophie zum Eröffnungsrenntag eingeladen hatte, mit dem die bis in den Frühsommer dauernde Rennsaison heute beginnen würde. Es war ihre erste Begegnung seit der Soiree gewesen.

»Ach, dann bleib eben da und warte auf deinen Galan!« Mary wusste von Sophies Hoffnung, Richard zu treffen. Aber auch sie wollte endlich zum Zug kommen und wurde ungeduldig. »Mama kann ja deine Anstandsdame spielen, wenn er wirklich auftaucht!«

Helene Vetsera sah ihre Tochter missbilligend an. »Nun sei nicht so ungebärdig, meine Liebe!«, ermahnte sie Mary. »Das schickt sich nicht für eine junge Komtess, erst recht nicht, wenn sie noch Halbtrauer trägt!«

»Schlimm genug, dass ich diesen Fetzen heute anziehen musste!«, versetzte Mary daraufhin. Missbilligend sah sie an ihrem schwarz-weiß gestreiften Leinenkostüm herunter. Sie hasste Schwarz. Viel lieber hätte sie ein Kleid in einer der Farben getragen, die ihr besonders gut zu Gesicht standen. Grün zum Beispiel oder Hellblau. Beides brachte ihre dunkelblauen Augen besonders gut zur Geltung.

Stattdessen musste sie sogar noch ein schwarzes Band um ihren weißen Strohhut winden, um die Trauer um ihren im November verstorbenen Vater Albin zu demonstrieren, obwohl sie ihn kaum vermisste. Dabei war es sogar schon ein ihrer Mutter hart abgerungener Kompromiss, dass sie wenigstens nicht, wie Helene selbst, ganz in Schwarz auftreten musste.

Die Halbtrauer sowie die damit einhergehende Lockerung der Kleidervorschriften begann nämlich eigentlich erst ein halbes Jahr nach dem Hinscheiden eines nahen Verwandten. Das war allerdings erst in ungefähr einem Monat vorbei. Aber wie so oft hatte Helene ihrer Jüngsten schließlich nachgegeben.

Unruhig trat Mary von einem Fuß auf den anderen. Was wäre, wenn sich Rudolf mittlerweile aus der Hofloge entfernte, um in einem nur für die Kaiserfamilie reservierten Raum eine Erfrischung einzunehmen? Dann wäre ihre Chance, endlich seine Aufmerksamkeit auf sich zu ziehen, unwiderruflich dahin. Die nächsten Rennen würden beginnen, und danach würde man aufbrechen müssen.

Helene Vetsera sah ihre Tochter prüfend an. »Was ficht dich eigentlich an, Mary, dass du so ungestüm bist? Eine Komtess muss auf ihren tadellosen Ruf achten. Vielleicht solltest du besser hier bei mir bleiben.«

Mary sank das Herz in die Schuhe. Zum Glück kam ihr die Gräfin Larisch zu Hilfe.

»Ach, wir passen schon auf, dass sich Mary tadellos benimmt«, versicherte sie ihrer Freundin Helene. »Und Hanna und Nora Fugger sind ja ebenfalls dabei! Zwei verheiratete Damen für zwei ledige Komtessen. Damit müsste dem Anstand doch wohl Genüge getan sein!«

»Aber …«

»Bitte, Mama!«, flehte Mary.

»Nun gut«, gab Helene einmal mehr nach. »Aber ich erwarte, dass du dich einwandfrei verhältst.«

Mary nahm die letzte Ermahnung kaum mehr zur Kenntnis, sondern drehte sich auf dem Absatz um. Ein rascher Blick in die Hofloge zeigte ihr, dass Rudolf diese nicht verlassen hatte, sondern noch immer dort saß. Er unterhielt sich sogar lebhaft mit einem anderen Mann.

*Dem Himmel sei Dank,* sandte Mary ein stummes Stoßgebet zum Himmel. *Auch dafür, dass Stephanie, diese plumpe Kuh, nicht dabei ist.* Was war Rudolf doch für ein bedauernswerter Mann, gebunden an eine ungeliebte und noch dazu unattraktive Ehefrau!

»Mary, nun warte doch auf uns!« Hanna, ihre ältere Schwester, klang ärgerlich. Widerwillig verlangsamte Mary ihren Schritt.

»Warum hast du es denn so eilig?«, fragte Marie Louise Larisch neugierig.

»Ach, das nächste Rennen beginnt doch bald. Bis dahin müssen wir schon wieder zurück sein!«

Tatsächlich waren schon zehn Minuten der kostbaren halbstündigen Pause vorbei. *Wird die Zeit dafür reichen, dass er mich überhaupt zur Kenntnis nimmt?* Sie spürte ihre Hände schweißfeucht werden.

Nora Fugger, die mit Hanna befreundet war, schüttelte ungläubig den Kopf, Hanna hingegen, die wohl den Grund für Marys Eile ahnte, den ihren demonstrativ unwillig. Nur um die Lippen der Gräfin spielte ein wissendes Lächeln.

Mit aufgespannten, zu ihren Kleidern passenden Sonnenschirmen promenierten die vier Damen auf dem schmalen

Weg vor der Tribüne. Diese war weiß gestrichen mit einem von schlanken Säulen getragenen Dach. Heute kam der Schatten den vornehmen Herrschaften, die sich Logenplätze leisten konnten, gut zupass. Denn die Aprilsonne schien bereits warm vom Himmel.

Als die Gruppe ungefähr auf der Höhe der Hofloge war, hob Mary erwartungsvoll den Kopf. Doch zu ihrer Enttäuschung war der Kronprinz gerade abgelenkt. Er hatte sich einem Gesprächspartner zugewandt, der hinter ihm saß, und drehte Mary sogar den Rücken zu.

Am liebsten wäre sie auf der Stelle umgekehrt und einige Schritte zurückgegangen, um dann so rasch wie möglich ein zweites Mal an der Loge vorbeidefilieren zu können. Doch das hätte zu viel Aufmerksamkeit erregt.

Missmutig ließ Mary Nora Fugger und Hanna den Vortritt und trottete mit gesenktem Kopf neben Marie Louise den Spazierweg entlang. »Beweg dich ein wenig eleganter!«, flüsterte ihr die Gräfin plötzlich ins Ohr. »Wenn du die Aufmerksamkeit eines Mannes auf dich ziehen möchtest, was ich vermute, solltest du nicht marschieren wie ein Bauerntrampel!«

Erschrocken straffte Mary den Rücken. Fast war sie versucht, einen Blick über ihre Schulter zu werfen, um zu erkunden, ob Rudolf ihre Ungeschicklichkeit bemerkt hätte und sie missbilligend musterte. Doch sie wagte es nicht. Denn auch das wäre zu auffällig gewesen.

Endlich war das Ende der kleinen Promenade erreicht. Die Damen kehrten um. Doch zu ihrer Riesenenttäuschung blickte Rudolf schon wieder nicht auf, als die Frauen vorbeikamen.

»Lasst uns in die Loge zurückkehren!«, schlug Nora Fugger zu Marys Entsetzen vor. »Ich glaube, es sind nur noch ein paar Minuten bis zum nächsten Rennen.«

Einen Lidschlag lang fühlte sich Mary wie gelähmt. Dann überkam sie der Mut der Verzweiflung. »Oh!«, rief sie. »Ich glaube, ich habe etwas auf dem Weg verloren!« In ihrer Hast fiel ihr nicht einmal ein, was das gewesen sein könnte. Schmuck trug sie nicht, ihre Spitzenhandschuhe hatte sie an.

»Was hast du verloren?«, fragte Hanna denn auch. Da hatte Mary aber bereits kehrtgemacht und war den kurzen Weg bis zur Hofloge zurückgegangen, den Blick zunächst suchend zu Boden gerichtet.

Exakt vor der Loge blieb sie stehen. Sie drehte sich zu ihr um, schob ihren Sonnenschirm in den Nacken, hob den Kopf und sah … Rudolf geradewegs in die grünbraunen Augen!

Ein strahlendes Lächeln erschien auf ihrem Gesicht, das er herzlich erwiderte. Sie deutete einen Knicks an und war fast schon so weit, ihm zuzuwinken, als Hanna sie einholte. Ihre dunklen Brauen waren vor Ärger zusammengezogen.

»Was treibst du denn da?«, raunte sie Mary ins Ohr. »Soll alle Welt mitbekommen, dass du unserem Kronprinzen öffentlich Avancen machst? Schämst du dich denn gar nicht? Komm sofort mit zurück, sonst erzähle ich es Mama!« Sie packte Mary am Arm.

Mit einer Mischung aus Glückseligkeit und Widerstreben ließ Mary sich zurück zu ihrer Mutter geleiten. An Sophies traurigem Blick erkannte sie sofort, dass Richard von Löwenstein ihre Freundin offensichtlich nicht aufgesucht hatte. Aber das trübte ihre eigene Stimmung nicht. Hauptsache, sie selbst hatte ihr Ziel erreicht! Vor lauter Glück hätte sie am liebsten gejubelt.

»Mama!«, entschloss sie sich spontan dazu, ihrer Mutter von dem Vorfall zu berichten, ehe Hanna sie am Ende doch noch verpetzte. »Ich hatte etwas vor der Hofloge verloren. Als ich es gefunden hatte und aufblickte, hat mich der Kronprinz persönlich allerliebst angelächelt!«

»Wie schön für dich, mein Kind!« Helene schmunzelte nachsichtig. Was war ihre Jüngste doch für ein typischer Backfisch! Alle jungen Mädchen in Wien schwärmten für Kronprinz Rudolf. »Aber nun setz dich wieder! Gleich gehen die Rennen weiter!«

»Wer ist denn dieses entzückende junge Ding?«, fragte Rudolf den Grafen Josef Hoyos, einen seiner Jagdfreunde, die er heute in die Hofloge eingeladen hatte.

»Warte, ich komme gleich darauf! Der Name liegt mir auf der Zunge«, überlegte der Graf. »Sie ist eine Nichte der Baltazzi-Brüder! Ah ja, Vetsera heißt sie, Mary mit Vornamen, glaube ich. Aber wenn du mehr über das Madl wissen willst, frag den Wasserer! Er macht ihr mit Inbrunst den Hof.«

»Ach ja! Ich erinnere mich! Miguel hat mir bei der Einweihungsfeier von Mayerling von ihr erzählt. Sie ist wirklich sehr hübsch!«

»Ja! Und auch sehr spröde, wie es heißt! Miguel hat mir neulich sein Herz ausgeschüttet.« Hoyos grinste. »Ihr Vater ist erst im November verstorben. Nun muss Miguel warten, bis das Trauerjahr vorbei ist, bevor er sich mit ihr verloben kann.«

»Falls sie ihn überhaupt nimmt!«, fügte er mit leichtem Spott hinzu. »Ich würde mich jedenfalls von der Tochter eines Beamtenadligen nicht so am Gängelband führen lassen!«

Rudolf waren Miguels Bemühungen um Mary Vetsera zwar vage bekannt. Dass sie ihn aber noch immer nicht erhört hatte, erfuhr er erst jetzt.

*Soso. Das ist also das Madl, das Miguel als Courmacher nicht wertschätzt, sondern ihn stattdessen über mich ausgefragt hat,* dachte er. *Sehr interessant! Ein süßes Ding, in der Tat!*

### Pferderennbahn Freudenau im Wiener Prater

### *12. April 1888, eine halbe Stunde zuvor*

»Herzlichen Glückwunsch zu deinem zweiten Platz, lieber Richard! Das macht deinem und daher in Zukunft auch unserem Namen alle Ehre!«

Verblüfft drehte Richard sich um. Er hatte nicht damit gerechnet, dass Adalbert von Thurnau ihn in den Stallungen aufsuchen würde, wo er sich gerade davon überzeugte, dass man sein Pferd Hermes nach dem Rennen gut versorgte. Zu seinem Verdruss hing Amalie am Arm ihres Vaters.

»Guten Tag, Richie!«, flötete sie. »Zeigst du mir die anderen Pferde?«

Richard schüttelte den Kopf. »Das hier ist kein Platz für junge Damen in feinen Kleidern und hochhackigen Seidenschuhen.« Er merkte selbst, wie unfreundlich er klang, und nahm sich zusammen.

»Eigentlich hatte ich gar nicht mit euch gerechnet. Ihr wolltet doch erst übermorgen nach Wien zurückkehren.« Er zwang sich ein Lächeln ab. Die von Thurnaus hatten einige Tage in der Nähe von Salzburg verbracht, wo eins ihrer Landgüter lag.

»Wir wollten dich überraschen, Richard!« Adalbert fixierte ihn scharf. »Aber du scheinst dich nicht darüber zu freuen!«

»Es war abgemacht, dass Amalie und ich uns erst zu Beginn der Herbstsaison gemeinsam in der Öffentlichkeit zeigen«, entgegnete Richard unwirsch.

»Es war abgemacht, dass du Amalie erst ab der Herbstsaison in der Öffentlichkeit *den Hof machst*«, erwiderte Adalbert in gleicher Tonart. »Wir sind miteinander verwandt. Niemand wird sich wundern, wenn man uns bei den Frühjahrsrennen zusammen sieht. Schließlich ist alles, was in Wien Rang und Namen hat, heute hier versammelt. Also komm jetzt mit in meine Loge! Dein Onkel Max und deine Eltern sind auch da.«

*Was für ein Mist,* fluchte Richard innerlich. Er hatte Sophie versprochen, sie in der Pause zu treffen. Jetzt konnte er ihr nicht einmal mehr absagen. Sie würde ihn für einen wortbrüchigen Schaumschläger halten und gekränkt sein, wie seinerzeit auf dem Faschingsball, als er nur Olga im Kopf gehabt hatte. Erst recht, wenn sie ihn in Begleitung von Amalie sah.

Seine zukünftige Verlobte betrachtete ihn aufmerksam. Dann

lächelte sie spöttisch und hängte sich zu Richards Entsetzen bei ihm ein.

»Komm, mein Lieber! Begleite mich in meinen *hochhackigen Seidenschuhen*«, die beiden letzten Worte betonte sie spöttisch, »bitte nach draußen. Es ist heiß heute. Mich gelüstet es nach einer Erfrischung.«

Einen Augenblick lang überlegte Richard, ob er sich von Amalie losreißen sollte. Aber das hätte das Misstrauen ihres Vaters nur verstärkt.

*Zumindest werde ich auf keinen Fall lächeln,* gelobte er sich innerlich. *Sophie soll nicht denken ...*

Ja, was sollte sie eigentlich nicht denken? Er würde Amalie ja nun einmal heiraten müssen. So stand es im Vertrag, den Adalbert ihm zusammen mit dem Ehevertrag bereits aufgezwungen hatte. Würde er von der Verlobung zurücktreten, würde seine gesamte Schuldsumme plus Zinsen und der zusätzlich erhaltenen Zuwendungen, zum Beispiel für sein Rennpferd Hermes, sofort fällig werden. Ebenso wie das Geld, das seine Familie bislang erhalten hatte. Adalbert von Thurnau hatte sich dabei nicht lumpen lassen. Wahrscheinlich, um Richard unauflöslich an Amalie zu binden.

Er biss die Zähne so fest zusammen, dass seine Kiefermuskeln schmerzten. »Wir müssen uns ja nicht ineinander verlieben, Richie«, raunte Amalie ihm zu, als sie die Stalltür erreichten. »Doch bevor du dich mit einem so grimmigen Ausdruck im Gesicht mit mir am Arm vor dem gesamten Publikum zeigst, solltest du dir klarmachen, dass ich eine der begehrtesten Komtessen Wiens bin. Jeder junge Mann wird dich beneiden und über deine Grimasse befremdet sein!«

Obwohl er Amalie in diesem Moment am liebsten in den Schmutz des Stalls gestoßen hätte, musste sich Richard eingestehen, dass seine Cousine recht hatte. Da niemand von ihrer Schande wusste, blieb ihm nichts anderes übrig, als gute Miene zum bösen Spiel zu machen.

Zumal niemand hinter Amalies lieblichem Gesicht mit der makellosen weißen Haut, den leicht geröteten Wangen und den ebenmäßigen Zügen das Miststück vermutet hätte, das sie in Wirklichkeit war. Lange dunkle Wimpern umrahmten ihre hellgrauen Augen, ihr rotblondes Haar unter dem kleinen kecken Hütchen glänzte im Sonnenschein wie Gold.

Ihre Taille war wieder so schmal wie eh und je. Kein Mensch hätte auch nur im Traum daran gedacht, dass sie ein Kind bis zum sechsten Monat ausgetragen hatte. Das hellgrüne Kostüm aus Seidensamt saß ihr am Oberkörper wie angegossen. Der Rock umfloss schmeichelnd ihre Figur und ließ verführerisch lange Beine darunter erahnen, ohne im Geringsten anstößig zu wirken. Ami, wie man sie mit ihrem Kurznamen rief, sah aus wie ein entzückender unschuldiger Engel.

Insofern hatte sie mit ihrer Hoffärtigkeit sogar recht. Als sie vor der Tribüne zur Loge der von Thurnaus entlangschritten, bemerkte Richard, dass Amalie tatsächlich viele bewundernde Blicke folgten. Zweifellos würden ihn etliche junge Männer beneiden, und mit Sicherheit würde sie in der nächsten Ausgabe des *Wiener Salonblatts* zumindest erwähnt, wenn nicht sogar samt ihrer teuren Garderobe ausführlich beschrieben werden. Richard hatte Max Schlesinger, den Redakteur, heute bereits mehrfach gesehen.

Anstatt seines Kiefers schmerzten ihm nun allmählich die Mundwinkel von seinem gezwungenen Lächeln. Angestrengt vermied er jeden Blick zur Loge der Vetseras, in der er Sophie wusste. Amalie hätte es wahrscheinlich sofort bemerkt.

»Warum kannst du mich eigentlich so gar nicht leiden?«, fragte sie plötzlich mit zuckersüßer Stimme.

Am liebsten hätte Richard ihr die reine Wahrheit gesagt. *Weil du schon seit deiner frühesten Kindheit verwöhnt und verhätschelt worden bist. Weil bis heute alle nach deiner Pfeife tanzen müssen, nicht nur die Dienstboten. Auch deinen Vater wickelst du immer wieder um den Finger. Weil zweifellos du diejenige warst, die ein Auge auf den bemitleidenswerten Hausdiener geworfen und ihn verführt hat – und nicht umgekehrt. Um ihm dann später alle Schuld in die Schuhe zu schieben. Dabei war er doch selbst noch blutjung, nur zwei Jahre älter als du. Aber du warst schon als kleines Mädchen verlogen bis ins Mark.*

Richard erinnerte sich, dass er als fast Fünfzehnjähriger von seinem Vater eine heftige Tracht Prügel wegen Amalie bekommen hatte. Er war damals schon in der Kadettenanstalt und mit seinen Eltern ein paar Tage auf Urlaub auf dem Landgut der Thurnaus im Salzburgischen gewesen. Die damals knapp fünfjährige Amalie, ein von Anfang an verzärteltes Einzelkind, deren Mutter bei der Geburt verstorben war, wollte unbedingt auf seinem Pferd reiten.

Bevor er die unaufhörlich Quengelnde schließlich widerwillig in den Sattel hob, nahm er ihr das Versprechen ab, ganz still zu sitzen. Er richtete noch etwas am Schwanzriemen des Pferdes und wollte es alsdann am Zügel nehmen und mit Amalie auf dem Rücken im Schritt einmal um den Platz führen.

Da riss der Teufelsbraten auf einmal und völlig unvermutet heftig an der Mähne des Wallachs und schrie dabei »hüh«, offensichtlich, um loszureiten. Das panische Tier stieg hoch und warf Amalie mit Schwung aus dem Sattel. Zum Glück fiel sie weich in einen Heuhaufen und verstauchte sich dabei nur den linken Arm. Natürlich heulte sie erbärmlich.

Als ihre erschrockene Kinderfrau herbeieilte, dicht gefolgt von Amalies und seinem Vater, beschuldigte das Mädchen ihn. »Er hat gesagt, ich soll den Gaul einmal reiten!« Tränenüberströmt wies sie mit der Hand ihres unverletzten Arms auf ihn. »Und dann hat er dem Pferd einen Klaps gegeben, und ich bin gefallen!«

Niemand stellte die Worte eines so kleinen Kindes infrage. Im Gegenteil: Als Richard seine Unschuld beteuerte und Amalie der Lüge bezichtigte, gab dies sogar den Ausschlag für die Prügel, die ihm sein Vater vor aller Augen mit der Reitpeitsche verabreichte. Denn er hielt Richard für zu feige, um zu seiner Leichtfertigkeit zu stehen, zumal als Kadett und damit angehender Soldat, und warf ihm den Vorfall noch jahrelang vor. Richard verzichtete auf jedwede weitere Verteidigung, da diese alles nur noch schlimmer gemacht hätte. Doch Amalie hatte er nie verziehen und war ihr seither tunlichst aus dem Weg gegangen.

Und nun sollte er sie sogar heiraten! Wieder einmal verfluchte er Olga und seine Leichtgläubigkeit, die beiden Ursachen für seine jetzige Misere. Doch es half nun einmal alles nichts. Er saß ohne Aussicht auf Rettung in der Falle. Wenn nicht doch noch ein Wunder geschah.

Also biss er die Zähne zusammen und blieb Amalie die Antwort auf ihre Frage schuldig.

»Schau mal, Phiefi! Da kommt ja dein Verehrer! Obwohl es so aussieht, als ob er heute eine andere Dame bevorzugt!«

Sophies Blick folgte Marys ausgestrecktem Zeigefinger. Ein schmerzhafter Stich fuhr ihr durch die Brust. Sie bemühte sich um eine gelassene Miene, obwohl ihre Augen feucht wurden.

»Mary!«, tadelte Hanna ihre Schwester. »Findest du das jetzt besonders nett? Nur weil dir der Kronprinz einmal zugelächelt hat, musst du dich wahrlich nicht so aufspielen.«

Mary blickte betroffen drein. Ihre Taktlosigkeit, die Sophie in jüngster Zeit schon häufiger aufgefallen war, war ihr selbst offensichtlich gar nicht bewusst.

»Entschuldige bitte, Phiefi!« Immerhin drückte ihr Tonfall echtes Bedauern aus. »Das war wirklich dumm von mir. Ich wollte dich nicht kränken.«

»Schon gut, Mary«, antwortete Sophie mit erstickter Stimme. Sie wandte ihr Gesicht ab und versuchte, die aufsteigenden Tränen zurückzudrängen.

Nachdem Mary ihr gestern anvertraut hatte, dass sie Rudolf heute endlich auf sich aufmerksam machen wolle, hatte sie der

Freundin ihrerseits gestanden, dass sie sich sehr auf den kurzen Besuch von Richard von Löwenstein freute.

Da sie wusste, dass er an einem der Rennen teilnehmen würde, hatte sie für den Fall seines guten Abschneidens sogar drei Rosetten für ihn gebastelt. Sie ähnelten den Papierorden, die die jungen Damen beim Kotillon verteilten. Die dunkelgrüne mit der Aufschrift »2. Sieger« hatte sie ihm während seines Besuchs anheften wollen.

Nun zerknüllte sie unbewusst die Rosette, die sie in der Tasche ihres Rocks aufbewahrte, während sie verstohlene Blicke auf die Frau an Richards Seite warf. Sie war jung und sehr schön, wie Sophie bitter konstatierte. Zudem nach der allerneuesten Mode gekleidet. Das erkannte sie am Schnitt ihres eleganten hellgrünen Kostüms aus kostbar wirkendem Stoff. *Da kann ich natürlich nicht mithalten.*

Obwohl Henriettes Jours fixes jetzt regelmäßig von einigen Gästen besucht wurden, hatte ihr Stiefvater Arthur das Budget für die Sommergarderobe im Vergleich zur Wintersaison wieder deutlich gekürzt. Vor allem die Summe für ihre und Millis Kleidung war davon betroffen.

»Er ärgert sich, dass der Kaiser ihn immer noch nicht zum Freiherrn erhoben hat«, hatte Onkel Stephan die übliche Erklärung für die Schikanen ihres Stiefvaters.

Und dafür, dass dies kein Zufall war, gab es seit ein paar Tagen sogar einen ersten Hinweis. Helene Vetsera hatte Henriette im Vertrauen gesagt, dass sie nicht glaube, dass der Baron von Prokesch-Osten, dessen Protegé Albin Vetsera gewesen war, sich seinerzeit gleichermaßen auch für Arthurs Beförderung eingesetzt habe.

»Ich vermute, dein Gatte war Prokesch-Osten nicht sehr sympathisch, Yetta«, erklärte sie. »Das ist jetzt nur so ein Gefühl. Aber ich habe seinen Sohn vor ein paar Tagen auf einem Empfang gesprochen. Dabei hat er sich sehr lobend über Albin und seine Freundschaft mit seinem mittlerweile verstorbenen

Vater geäußert. Deinen Mann hat er dagegen mit keinem einzigen Wort erwähnt.«

Baron Prokesch-Osten der Ältere war lange Zeit sowohl Albins als auch Arthurs Vorgesetzter im diplomatischen Dienst gewesen.

»Der Baron hat Albin weiland für den Freiherrenstand vorgeschlagen«, erläuterte Helene weiter. »Wenn das Ministerium des Äußeren auf Kaiser Franz Joseph zugehen soll, um das Gleiche für Arthur zu beantragen, braucht auch er einen Fürsprecher. Doch ich fürchte, den wird es nicht geben.« Sie verschwieg taktvoll, wie unbeliebt sich Arthur bei vielen Beamten im Ministerium gemacht hatte.

Seit diesem Gespräch vor etwa einer Woche war Henriette von Freiberg wieder niedergeschlagen. Sophie befürchtete, dass sie bald in ihre alte Melancholie zurückfallen würde.

Sophie selbst trug zwar auch ein brandneues Kostüm, aber nur dank der Zuwendung ihres Onkels Stephan, der ihr schmales Garderobenbudget aufgestockt hatte. Es war wie das der Vetsera-Schwestern aus Leinenstoff und längst nicht so elegant und aufwendig garniert wie das der jungen Dame, die eingehakt in Richards Arm neben ihm herging. Trotzdem stand Sophie die himmelblaue Farbe gut. Erst gestern war sie von Mary noch heftig darum beneidet worden, dieses Kostüm in seinem frischen Frühlingston auf den Rennen vorführen zu dürfen, während ihre Freundin mit dem »langweiligen Schwarz-Weiß«, wie sie klagte, vorliebnehmen musste.

Nun schritt Richard in Begleitung der jungen Frau und eines älteren Mannes, den Sophie nicht kannte, genau unter ihrem Platz an der Tribüne vorbei. Er hob nicht einmal den Kopf, um ihr zuzulächeln.

Genau in diesem Moment stellte Mary ihrer Mutter die Frage, die auch Sophie auf der Zunge brannte. »Wer ist denn diese Komtess, Mama?«

»Es wird wohl Amalie von Thurnau sein, vermute ich. Zumindest wird sie von Adalbert von Thurnau begleitet. Er ist einer der reichsten Männer von Wien und hat nur eine einzige Tochter, die zumindest im gleichen Alter wie dieses Mädchen sein dürfte.«

*Einer der reichsten Männer von Wien!* Helene Vetseras Worte dröhnten in Sophies Ohren. *Amalie ist also nicht nur wunderschön, sondern auch sagenhaft reich. Eine Partie, mit der ich nicht im Geringsten mithalten kann.*

Dass Sophie ihre eigene Anziehungskraft auf junge Männer unterschätzte, war für ihr Alter normal, wie ihr jede erfahrene Matrone versichert hätte. Und sie wusste auch nicht, dass sie mit einer eigenen großzügigen Mitgift ausgestattet werden würde. Das Geld würde zwar erst bei ihrer Hochzeit ausgezahlt werden. Doch das Testament ihres Vaters Nikolaus verhinderte, dass ihr Stiefvater Arthur Zugriff darauf hatte.

Weder ihre Mutter noch ihr Stiefvater hatten je über das Testament mit ihr gesprochen. Dennoch ging die Wiener Gesellschaft wahrscheinlich davon aus, dass Sophie zumindest finanziell eine gute Partie war. Nur sie selbst kam gar nicht auf diesen Gedanken.

Für sie zählte allein die traurige Gegenwart im Palais Werdenfels. Denn wie ärmlich es seit Henriettes zweiter Heirat aufgrund Arthurs Geiz dort zuging, wusste niemand außerhalb ihres engsten Familien- und Freundeskreises.

## Café Prinzess am Graben

***Ende Mai 1888***

»Oh nein! Jetzt ist es zu spät!«

Entsetzt starrte Sophie auf die Schüssel mit der hellroten festen Masse, bevor sie sich die Hände vors Gesicht schlug und heftig zu weinen begann.

»Aba, aba, Fräulein Phiefi! Des is kein Weltuntergang. Jetz grämen S'Ihna doch ned so!«

Toni Schleiderer, erster Konditor in der Backstube des Cafés Prinzess, reichte der schniefenden Sophie sein eigenes, nicht mehr ganz reines Sacktuch. Sophie nahm es trotzdem und schnäuzte sich kräftig.

»Alles mach ich heut falsch«, weinte sie.

»So a Creme is auch ned so einfach«, erklärte der Konditormeister, »da braucht's scho a Stückerl Erfahrung.«

»Aber die schönen Erdbeeren!« Sophie ließ sich nicht trösten. »Sie werden doch gerade erst reif und sind doch jetzt noch so teuer! Und erst das Agar-Agar, um die Creme zu gelieren! Das kostet doch ein Vermögen, habe ich meinen Onkel einmal sagen hören!«

»Es war trotzdem eine gute Idee, Phiefi«, ertönte die sonore Stimme Stephan Danzers in Sophies Rücken. Unbemerkt war er in die Backstube im Souterrain des Kaffeehauses gekommen, wo sich Sophie gerade an ihrer ersten eigenen süßen Kreation versucht hatte. Rechtzeitig zum Beginn der Erdbeersaison war ihr die Idee gekommen, eine Art »Bayerische Creme« mit Erdbeerpüree zu verfeinern.

»Wenn du's ein zweites Mal probierst, wird's schon klappen.«

Sophie war so überrascht, dass sie sogar zu weinen aufhörte. »Du willst es mich noch mal versuchen lassen?«

Danzer bejahte lächelnd. »Natürlich, mein Schatzerl! Wie sollst 's denn sonst lernen? Aber nun lass mich mal seh'n, was dir misslungen is.« Jedes Mal, wenn er in die Backstube kam, verfiel Stephan Danzer unwillkürlich ein wenig in den Wiener Dialekt. Im Gastraum des Cafés Prinzess dagegen achtete er stets darauf, nur einwandfreies Hochdeutsch zu sprechen.

»Es ist eigentlich fast alles misslungen, Onkel.« Wieder war Sophie den Tränen nahe. Sie zeigte auf die irdene Schüssel mit der hellroten Masse. »Die Eiercreme habe ich noch ganz gut hinbekommen. Aber dann habe ich entweder viel zu viel Agar-

Agar hineingetan oder zu lange gewartet, bis ich die Masse aus dem Kühlkeller geholt habe. Jedenfalls ist sie jetzt viel zu starr geworden, um das Schlagobers und das steife Eiklar noch unterzurühren.«

Danzer hob die Schüssel hoch und kippte sie leicht zur Seite. Die Masse bewegte sich keinen Millimeter.

»Tja, mein Schatzerl, da hast wohl recht. Wenn du jetzt versuchst, das Obers einzurühren, klumpt alles zusammen und wird unansehnlich.« Er tauchte seinen fleischigen Zeigefinger in die Schüssel und kostete. »Hmhm!«, machte er dann. »Aber schmecken tut's schon mal gut. Willst es gleich noch mal versuchen?«

Entmutigt schüttelte Sophie den Kopf. »Nein, Onkel Stephan. Ich dank dir recht schön für dein Zutrauen in mich. Aber auch das Schlagobers ist mir heute schon zweimal misslungen, bis er endlich die richtige Konsistenz hatte.«

»Beim ersten Mal wurde er gar nicht erst steif und beim zweiten Mal gleich zu Butter«, antwortete sie auf Danzers fragenden Blick.

»Des is wohl dran g'legen, dass des Obers nimmer ganz frisch war!«, kam ihr nun Toni Schleiderer zu Hilfe. »Wenn's glei beim ersten Mal 'klappt hätt', wär' die Creme womöglich gar ned zu steif worden.«

»Weil du sie dann früher aus der Kühlkammer geholt hättst«, schlussfolgerte Danzer. Sophie nickte traurig.

»Also, wenn du's heut ned nochmal versuchen magst, komm mit mir rauf und erzähl mir doch, was dir so auf die Seele drückt.«

»Ach, Toni!«, drehte sich Danzer auf der Treppe noch einmal um. »Füll uns zwei Schälchen von der Creme ab und tu Schlagobers drauf. Das schaut vielleicht ned so schön aus, aber schmecken tut's sicher. Ich schick dir eins der Serviermadln runter, damit sie es uns bringt.«

Nachdem Sophie Kittel und Haube abgelegt hatte, nahmen

beide an einem kleinen Tisch in einer Nische Platz. Es war erst später Vormittag, noch waren nur wenige Gäste im Café Prinzess.

»Möchtest du etwas trinken?«

Sophie lehnte ab. »Mir ist die Kehle wie zugeschnürt.«

Danzer blickte sie forschend an. »Also, was bedrückt dich denn so, mein Liebes? Die misslungene Creme allein kann es doch nicht sein!«

Sophie suchte nach den richtigen Worten. Wie viel sollte sie ihrem Onkel anvertrauen?

»Ist es ein junger Bursche, der dir solchen Kummer macht?«

Erstaunt blickte Sophie auf. Danzer lächelte wissend.

»Du brauchst es gar nicht abzustreiten, Phiefi. Das ist jetzt zu spät. Ich hab's dir schon von den Augen abgelesen.«

Stockend fing Sophie an zu berichten. Sie begann mit dem Kotillon auf dem Faschingsball der Vetseras vor zwei Jahren, zu dem ihr Danzer das Meerjungfrauenkostüm geschenkt hatte.

»Damals hat mich Richie zum ersten Mal enttäuscht. Ich war so stolz, als er mich zum Kotillon aufforderte. Dabei tat er es nur der Baronin Vetsera zuliebe. Aus mir machte er sich nicht das Geringste.«

»Und wie ging es dann weiter?«

Jetzt berichtete Sophie ihrem Onkel von der Soiree, zu der Henriette im März ins Palais Werdenfels geladen hatte. Wie freundlich und höflich Richard auf einmal zu ihr gewesen war. Dass er sich sogar für sein Verhalten während des Faschingsballs entschuldigt und ihr versprochen hatte, sie während der Rennpausen in der Freudenau in ihrer Loge zu besuchen.

»Aber er ist kein einziges Mal gekommen.« Erneut spürte sie ihre Kehle eng werden. »Stattdessen ist er jedes Mal mit einer wunderschönen Komtess am Arm an unserer Loge vorbeispaziert und hat nicht einmal zu mir hochgeblickt, um mich zu grüßen.«

»Wie heißt denn diese Komtess?«, erkundigte sich Danzer.

»Amalie von Thurnau!«

»Ach, die ist das! Sie ist eine der reichsten Erbinnen Wiens!« Er stutzte. »Und jetzt weiß ich auch, wer dieser Richie ist. Er war nämlich mit dieser Komtess und ihrem Vater vor einigen Tagen hier im Café Prinzess zu Gast. Das ist doch derselbe Mann, dessen Kokotte ich damals zusammen mit diesem Grafen Bombelles aus dem Separee geworfen habe?«

»Ja, das ist er«, räumte Sophie leise ein.

»Nun, dann scheint mir dieser Herr ja ein rechter Windhund zu sein. Zumindest einer, der nicht weiß, was er will. Vielleicht bist du dem Schicksal eines Tages noch dankbar dafür, dass er dich so schlecht behandelt hat.«

Sophie ließ diese Worte auf sich wirken. So hatte sie die Angelegenheit bislang noch gar nicht betrachtet. Sie schluchzte ein letztes Mal.

»Vielleicht hast du recht, lieber Onkel. Und daher ist es an sich auch nicht tragisch, dass mich Mary Vetsera zum Derbyrennen in der nächsten Woche nicht eingeladen hat.«

»Warum hat Mary dich denn nicht eingeladen? Habt ihr beide euch zerstritten?« Danzer wusste, dass seine Schwester Henriette keine eigene Loge in der Freudenau hatte.

Sophie biss sich auf die Lippen. Da berührte ihr Onkel ein sehr heikles Thema. Einerseits wollte sie ihn nicht belügen, andererseits konnte sie ihm nicht den wahren Grund für Marys launische Überspanntheit nennen. Die hatte sich darüber geärgert, dass sowohl ihre Schwester Hanna als auch Sophie ihr Kontra gegeben hatten, als sie den beiden wieder einmal des Langen und Breiten vom Kronprinzen vorschwärmte.

In den Tagen danach hatte Sophie wiederholt überlegt, ob sie Hanna bitten sollte, die Einladung auszusprechen. Jetzt war sie froh, es nicht getan zu haben. Es hätte wahrscheinlich mit einer erneuten Enttäuschung für sie geendet, was Richard anging.

»Also, warum habt ihr euch denn entzweit?«, insistierte Danzer.

»Nur wegen einer Kleinigkeit. Das renkt sich schon wieder ein, Onkel Stephan«, wich Sophie aus. Dann fiel ihr etwas ein, mit dem sie ihn von diesem Thema ablenken konnte.

»Apropos Soiree im März. Es war Richard von Löwenstein, der an diesem Abend vorschlug, die feinen Kanapees, die du uns damals geliefert hast, auch in die ständige Speisenauswahl des Cafés Prinzess aufzunehmen. Das wollte ich dir schon lange sagen, habe es aber immer wieder vergessen. Was hältst du davon?«

Danzer wiegte sein massiges Haupt. »Ich weiß nicht so recht«, zögerte er. In diesem Moment kam Resi mit einem Tablett, auf dem zwei Kelchgläser standen. Sie waren mit der gelierten Erdbeermasse gefüllt und jeweils mit einem großen Tupfen Schlagobers verziert.

Danzer nahm einen Löffel und kostete. »Oh!«, wiederholte er. »Das schmeckt ja wirklich ganz wunderbar, Phiefi. Ähnlich wie ein Gelee und damit sehr erfrischend bei Hitze. Vielleicht hast du ja doch eine neue Kreation erfunden, wenn auch eine andere, als du ursprünglich wolltest.«

Nun nahm auch Sophie einen Löffel voll und schob ihn sich in den Mund. Tatsächlich schmeckte das Gelee köstlich nach frischen Erdbeeren.

»Man müsste noch Fruchtstücke mit hineintun, bevor man es fest werden lässt«, sinnierte Danzer laut. »Dann wird es sicher eine kleine Sommersensation.« Er tätschelte Sophies Hand.

»Du hast wirklich Talent für dieses Geschäft«, lobte er sie. »Und wo wir schon einmal dabei sind, warum sollte ich nicht auch salzige Speisen anbieten. Vor allem die Herren, denen meine Torten oft zu süß sind, würden sie mögen. Allerdings …« Er stockte.

»Was lässt dich denn noch an dieser Idee zweifeln, Onkel Stephan?«

»Zu salzigen Speisen wie diesen verschiedenen Kanapees muss ich außer den Champagnersorten, die ich schon führe, auch gute Weine anbieten können. Sehr gute sogar. Bislang haben wir nur ein paar billigere Sorten im alten Kaffeehaus. Die passen nicht ins Angebot eines Cafés Prinzess. Dafür müsste es schon etwas Besonderes sein.«

Plötzlich hellte sich seine Miene auf. Er strahlte Sophie an. »Du bist wirklich so etwas wie meine Kaffeehaus-Muse, mein Liebes. Denn schon habe ich eine Idee, woher ich diese besonderen Weine beziehen könnte. Drück mir die Daumen, dass es klappt!«

## Palais Vetsera in der Salesianergasse

### *3. Juni 1888, am Vormittag*

»Geht es noch, gnädiges Fräulein?«

»Ja, ja doch! Zieh noch ein bisschen fester!«, keuchte Mary. »Wenn ich schon diesen grässlichen Kittel tragen muss, möchte ich zumindest eine Wespentaille haben.«

Agnes, ihre gleichaltrige siebzehnjährige Zofe, zog gehorsam nochmals kräftiger an den Schnüren von Marys Korsett. Sie war die Tochter des Kutschers und erst vor ein paar Monaten vom Hausmädchen zur Kammerzofe aufgestiegen. Zuvor hatte sie eine halbjährige Ausbildung bei der langjährigen, erfahrenen Kammerfrau der Baronin Vetsera absolviert. Diese hatte zudem, wenn auch nur mit mäßigem Erfolg, versucht, Agnes ihren Wiener Dialekt abzugewöhnen. Nun diente Agnes den beiden Schwestern Hanna und Mary.

»Aba, gnä's Fräulein!«, sprach sie Mary nun mit ganz leichtem Tadel an. Sie konnte sich das leisten, denn sie war mittlerweile von der einfachen Dienstbotin zu Marys Vertrauten aufgerückt. »An Kittel würd i des schöne weiße Kleid aba ned nennen. Es is so hübsch mit die schwarzen Blüten bestickt. Da merkt's gar niemand, dass es a Trauerkleid is.«

Mary richtete sich auf und gab Agnes damit das Zeichen, eine Pause einzulegen.

»Es heißt nicht ›gnä's‹, sondern ›gnädiges Fräulein‹«, korrigierte Mary die Zofe. »Außerdem nicht ›des‹, sondern ›das‹, ›nicht‹ anstatt ›ned‹, und was weiß ich noch. Achte bitte auf deine Aussprache! Mama wird es sonst nicht leiden, wenn du uns weiter aufwartest. Du weißt doch, wie sehr ich sie darum bitten musste, dass du meine Zofe wirst.«

Agnes und Mary kannten einander, seit die Vetseras im Jahr 1880 ins Palais in der Salesianergasse eingezogen waren und Agnes' verwitweten Vater als Kutscher und Portier eingestellt hatten. Die Mädchen hatten ab und an miteinander im weitläufigen Garten des Anwesens gespielt, wenn es Mary allzu langweilig geworden war.

»Und Hanna ist noch viel strenger als ich und petzt der Mama alles«, fügte Mary hinzu.

»Entschuldigen Sie, Komtess!«, murmelte Agnes betroffen.

»Schon gut, zieh weiter!«

Während Agnes mit aller Kraft an den Korsettschnüren zerrte, wandte sich Marys Aufmerksamkeit wieder ihrem Kummer zu.

»Ich hasse Schwarz«, jammerte sie keuchend. »Wo gibt es in der Natur schwarze Blüten? Ich muss zum Rennen außerdem eine schwarze Schärpe als Gürtel und einen schwarzen Hut tragen.«

»Aber das alles kleidet Sie doch ganz prächtig«, erwiderte Agnes nun etwas gestelzt. Mit einem letzten Ruck hörte sie auf zu ziehen. »Nu is es genug, sonst fallen Sie mir am End noch um!«

Mary überging den erneuten Rückfall in den Dialekt, richtete sich schwer atmend auf und musterte ihr Konterfei kritisch im Spiegel. Dann hielt sie sich das duftige, weißseidene, mit winzigen schwarzen Blüten bestickte Kleid vor den Körper. Selbst sie musste jetzt zugeben, dass es très chic war und nicht wie ein Halbtrauerkleid wirkte.

»Glaubst du, er würde mich auffangen, wenn ich vor ihm in Ohnmacht fiele?«

Agnes runzelte zunächst die Stirn. Dann verstand sie und verzog ihren Mund zu einem breiten Grinsen. »Ach, Sie meinen den Prinzen. Ich glaube schon, dass er Sie auffangen tät.«

»Auffangen würde, heißt das!« Ein glückliches Lächeln brachte Marys Gesicht zum Strahlen.

Dann fiel ihr etwas ein. Sie verzog den Mund, ihre Miene verfinsterte sich wieder. »Aber heute ist sie dabei«, sagte sie kryptisch.

Agnes stutzte, bis ihr erneut ein Licht aufging. »Sie meinen die Stephanie? Ja, heute ist Derbytag. Da darf sie net … nicht fehlen.«

Der Derbytag war der Höhepunkt der Wiener Rennsaison. Die besten Reiter Wiens würden mit dreijährigen Vollblütern gegeneinander antreten. Auch die Baltazzi-Brüder Heinrich und Hector waren mit ihren von den Wettenden hoch gehandelten Pferden dabei.

Mary warf das Kleid auf ihr Bett und schüttelte ihre dichten, hüftlangen, fast schwarzen Haare.

»Dann beginn nun, mich zu frisieren, Agnes! Ich muss tadellos aussehen.« Sie setzte sich vor ihren weiß lackierten Toilettentisch mit den silbernen Frisier- und Schminkutensilien.

»Werden Sie dem Prinzen denn wieder begegnen?«

Mary seufzte. »Nur wenn die Mama mich promenieren lässt. Beim letzten Rennen Ende Mai hätte sie es mir fast verboten. Das habe ich dir ja erzählt. Nur die Gräfin Larisch hat mich erneut gerettet.«

»Warum sollte Ihre Mama es Ihnen denn verbieten?«

Mary hob trotzig den Kopf. »Sie hält meine Liebe zu Rudolf für Narretei. Für die Schwärmerei eines unreifen Backfischs. Dabei bin ich schon siebzehn. Stephanie hat Rudolf aber bereits geheiratet, als sie erst sechzehn war!«

Agnes sagte nichts dazu. Mit Inbrunst kämmte sie Marys lange Haare mit der Bürste.

»Autsch! Nicht so fest!«, schrie die auf.

»'tschuldigung«, nuschelte die Zofe. »Aber der Mann ist nun einmal verheiratet«, gab sie dann doch preis, was ihr durch den Kopf ging.

»*Unglücklich* verheiratet«, betonte Mary. »Die Malaise ist Stadtgespräch in ganz Wien!«

Bevor Agnes etwas darauf erwidern konnte, drehte sich Mary plötzlich zu ihr um.

»Du bist doch die Einzige, die mich versteht!«, sagte sie mit einem bittenden Lächeln. »Du und vielleicht noch die Gräfin Larisch. Aber der habe ich nie was erzählt. Sie könnte es daher höchstens ahnen.«

»Was ist mit Hanna und Ihrer Freundin Phiefi?«

»Ach, die zwei!« Mary machte eine wegwerfende Handbewegung. »Die zwei verstehen gar nichts. Hanna hält mich für närrisch und liegt sogar Mama damit dauernd in den Ohren. Sie ist schuld, dass ich nächsten Monat mit in diesen furchtbaren Urlaub fahren muss. *Damit ich auf andere Gedanken komme«*, äffte sie die Stimme ihrer Mutter nach.

»Wohin soll es denn gehen?«

»Erst nach Paris und London. Dann auch noch ins Deutsche Kaiserreich in irgend so einen Kurort. Bad Humberg oder so ähnlich! Wir werden wochenlang unterwegs sein!«

Agnes, die noch nie aus Wien herausgekommen war, wunderte sich. »Aber da ist es doch bestimmt sehr schön, oder nicht?«

»Nirgendwo ist es schön ohne ihn«, deklamierte Mary theatralisch. »Ich werde sein liebes Lächeln, das er mir jedes Mal auf der Rennbahn oder im Prater zuwirft, so arg vermissen.«

»Denk dir«, sagte sie eifrig, als ihr noch etwas einfiel. »Gestern ist er beim Nachmittagskorso auf der Praterpromenade dreimal an Mamas Kutsche vorbeigefahren. Wir haben ihn jedes Mal gegrüßt. Er hat die Grüße erwidert und *soo* lieb gedankt mit seinen schönen Augen!«

»Dreimal vorbeigefahren?«, wiederholte Agnes verblüfft.

»Ja, ich hab's dir noch gar nicht erzählt. Das ist doch kein Zufall, oder?«

Obwohl Agnes ihr gerade einen Zopf flocht, drehte sich Mary wieder zu ihr um. Es ziepte heftig. Aber sie achtete nicht weiter darauf.

»Also, was meinst du, Agnes?«, insistierte sie. »Ist das ein Zufall?«

Die Zofe zuckte mit den Achseln. »Das weiß ich nicht, gnädiges Fräulein. Aber verheiratet ist er schon. Da gibt es doch sicher noch andere liebe Männer, die Ihnen gefallen könnten. Zum Beispiel der Bar… Bra… Also dieser Prinz oder Herzog oder was er halt ist.«

»Ah bah, der ist doch fad«, wischte Mary Agnes' Einwand vom Tisch.

Der Zofe fiel darauf keine Antwort ein.

»Niemand ist wie Rudolf«, erwiderte Mary im Brustton der Überzeugung. »Keiner kann ihm das Wasser reichen.«

»Ich weiß nicht«, seufzte Agnes. »Es ist eine Sache, Zeitungsartikel und Bilder von ihm zu sammeln. Das tun viele, ich ja auch. Aber …«

»Hast du neue Bilder, die ich noch nicht kenne?«, fiel ihr Mary ins Wort.

Wieder hob Agnes die Schultern. »Das weiß ich auch nicht. Hab erst heute eins aus der Zeitung ausgeschnitten, die der Vater neulich heimgebracht hat.«

»Geh es sofort holen!«, befahl Mary energisch. »Ich will es mir ansehen!«

»Aber ich muss auch noch die Hanna frisieren. Am Ende kommen's noch alle zu spät!«

Das leuchtete Mary ein. Vor Aufregung achtete sie nicht einmal mehr auf Agnes' gelegentlichen Rückfall in den Dialekt. Im Gegenteil wurde nun auch ihre eigene Sprache nach den strengen Kriterien des Hochdeutschen fehlerhaft.

»Dann leg's mir hier in meine Nachttischschublade. Wenn

ich's noch nicht in meiner Sammlung hab, kauf ich es dir ab. Sonst geb ich es dir zurück.«

»Sie müssen mir nix dafür zahlen. Aber Sie sollten noch mal überlegen, ob unser Kronprinz wirklich der rechte Mann für Sie ist! Da gibt's doch so viele andre, die sich in Sie vergucken täten!«, wiederholte Agnes ihr Argument.

Marys heftige Reaktion überraschte sie. Tränen des Zorns traten ihr in die Augen. »Ich dachte, wenigstens du hältst zu mir! Aber jetzt redest du genauso daher wie die Phiefi! Die predigt mir auch immer, ich solle *vernünftig* sein.« Mary betonte das Wort verächtlich. »Deshalb hab ich sie für heut auch nicht eingeladen. Is mir doch wurscht, wenn sie ihren Richard deshalb nicht wiedersieht!«

Auch Richard von Löwenstein würde mit seinem Hengst Hermes an einem der Derbyrennen teilnehmen.

Hanna hätte Marys Ausdrucksweise nun »shocking« gefunden, wie die Wiener Gesellschaft jedes ungehörige Verhalten zu bezeichnen pflegte, und sie scharf kritisiert. Agnes dagegen zog angesichts Marys Zorn die Schultern ein und wich ihrem Blick aus.

»Ich müsst jetzt weitermachen«, murmelte sie.

Mary ergriff ihre Hand. »Agnes! Wenigstens du musst mir helfen!« Plötzlich brach sie in Tränen aus.

»Niemand nimmt meine Gefühle ernst. Aber ich schwöre, dass ich nie einen anderen lieben werde! Eher bin ich bereit zu sterben!«

## Türkisches Zimmer in der Wiener Hofburg

### *20. Juni 1888*

»Er ist noch rascher gestorben, als ich es befürchtet habe! Und nun folgt ihm dieser heuchlerische Kretin auf den Thron!«

Richard verfolgte Kronprinz Rudolfs Hin und Her mit den Augen. Wieder schritt dieser erregt in seinem Arbeitszimmer in der Hofburg auf und ab, wieder rauchte er ununterbrochen.

*Wann habe ich Rudolf eigentlich zuletzt einmal glücklich und gelöst erlebt?*, ging es Richard durch den Kopf. *Es muss Monate oder sogar Jahre her sein.*

Tatsächlich sah der Kronprinz heute wieder sehr schlecht aus. Mizzis Schminke half da auch nicht mehr. Im Gegenteil wirkten Rudolfs mit Rouge gefärbte Wangen unnatürlich rot in seinem ansonsten bleichen, eingefallenen Gesicht. Die tiefen dunklen Ringe unter den Augen wiesen auf schlechten oder gar gänzlich fehlenden Schlaf hin. Außerdem hatte er stark an Gewicht verloren und wirkte regelrecht hager.

»Ja, das tut mir auch sehr leid«, stimmte Richard Rudolf zu. »Andererseits wussten wir alle, wie krank Friedrich war.«

Kaiser Friedrich, der seinem Vater Wilhelm erst im März diesen Jahres auf den deutschen Kaiserthron gefolgt war, war seinem Krebsleiden vor wenigen Tagen am 15. Juni erlegen.

Rudolf nickte. »Ja, er scheint kaum je selbst regiert zu haben, berichtet unser Botschafter in Berlin. Hinter den Kulissen hat seine Frau Viktoria die Geschäfte geführt. Am Ende war der Kaiser sogar zu schwach, um Dekrete und Schreiben noch leserlich zu unterzeichnen.«

»Dann war der Tod doch wahrhaftig eine Erlösung für ihn«, gab Richard zu bedenken.

Zu seiner Überraschung blieb Rudolf abrupt stehen. »Da hast du recht. Wenn es keine Zukunft mehr gibt, ist der Tod eine Erlösung. Darüber denke ich auch immer wieder nach.«

»Aber du bist doch nicht so krank wie Friedrich und außerdem viel jünger«, warf Richard erschrocken ein.

Rudolf machte eine wegwerfende Handbewegung, die Richard nicht deuten konnte.

»Und hast doch gerade jetzt Großes vor!«, gab er Rudolf zu bedenken. »Erst in der letzten Sitzung hast du uns Stabsoffizieren deine Ideen zur Reform der Exerzierreglements in der Infanterie erläutert. Und dass du die veraltete Ausrüstung der Soldaten ersetzen willst und …«

»Mein verehrter Großonkel Albrecht wird sicherlich all meine Bemühungen, wie üblich, zunichtemachen«, unterbrach ihn Rudolf.

»Wie das?«

»Mein hochwohlgeborener Herr Vater, der allmächtige Kaiser, hörte mir nicht einmal richtig zu, als ich ihm meine Ideen erläuterte. Bei meiner letzten Audienz kritzelte er geistesabwesend irgendetwas auf ein Papier und kündigte dann an, über alles erst einmal mit Albrecht sprechen zu wollen. Und darauf, dass mir der ehrwürdige Albrecht die Stange hält, verwette ich keinen Kreuzer.«

Richard seufzte. »Erzherzog Albrecht ist nun einmal der oberste Heerführer. Aber ich dachte, nach deiner Beförderung zum Generalinspekteur der Infanterie ließe er dir freiere Hand.«

Rudolf prustete verächtlich, wobei ihm versehentlich grünlicher Schleim aus der Nase flog. Hektisch wischte er sich mit dem Ärmel seiner Uniformjacke über das Gesicht.

»Das habe ich auch gehofft. Und mich wie du geirrt, mein Freund. Meine Beförderung verleiht mir nur einen gewissen Status. Aber keinen Einfluss geschweige denn ein Mitspracherecht! Sollten die Russen uns wirklich jemals angreifen, gehen unsere Soldaten erneut in löchrigen Stiefeln und mit veralteten Waffen geradewegs in den Tod. Wie bei Königgrätz! Weder mein Vater noch Albrecht haben aus dieser Niederlage auch nur das Geringste gelernt.«

Im böhmischen Königgrätz hatte 1866 im preußisch-österreichischen Krieg die Entscheidungsschlacht stattgefunden. Österreich hatte sie unter entsetzlichen Verlusten verloren, vor allem aufgrund der moderneren Ausrüstung der Preußen.

»Auch meine Ideen zum Einsatz der Elektrizität bei der Ausrüstung der Armee halten diese starrsinnigen Greise für Spinnereien«, beantwortete Rudolf unbewusst Richards nächste Frage, die dieser gerade hatte stellen wollen. »Sie sind vollkommen rückwärtsgewandt und setzen ausschließlich auf das Althergebrachte!«

»Was ist mit dem Kuratorium für das neue kaiserlich-königliche Heeresmuseum?«, fiel Richard noch eine andere Aufgabe Rudolfs ein. »Du leitest das Gremium doch mit großer Leidenschaft! Es soll aller Welt Österreichs glorreiche militärische Vergangenheit demonstrieren.«

Tatsächlich widmete sich Rudolf der Leitung des Kuratoriums seit mehr als drei Jahren mit viel Engagement. Allein ihm war es zu verdanken, dass mittlerweile eine recht beachtliche Sammlung von Militaria aus allen Teilen Österreichs zusammengekommen war.

Doch jetzt zuckte der Kronprinz nur mit den Schultern und nahm seinen Gang durch das Türkische Zimmer wieder auf. »Da lässt der alte Albrecht mich bislang gewähren. Auch weil er wenigstens in einer Sache meiner Meinung ist: dass nämlich die Armee das Bindeglied zwischen den Völkern der so unterschiedlichen Nationen in unserem Staat ist. Aber du kannst sicher sein, falls ihm irgendetwas an dem Konzept für das neue Heeresmuseum nicht passen sollte, wird er es verhindern. Obwohl er gar kein Mitglied des Kuratoriums ist. Doch sein Bruder Wilhelm, mein Stellvertreter, berichtet ihm gewiss brühwarm alles, was in unseren Sitzungen besprochen wird.«

Während Richard noch überlegte, womit er Rudolf Mut zusprechen könnte, kam der ohne Übergang auf den neuen deutschen Kaiser Wilhelm II. zurück.

»Nun triumphiert dieser bigotte Heuchler endgültig über mich! Und ich als völlig machtloser Kronprinz von Österreich-Ungarn muss in der Öffentlichkeit auch noch seinen innigen Freund mimen. Mir graut schon vor seinem Antrittsbesuch in Wien.«

»Andererseits«, ein gespenstisch anmutendes Grinsen verzerrte Rudolfs Gesicht, »ist ein wahrer Schauspieler an mir verloren gegangen. Stell dir doch einmal vor: Mein innig geliebtes Trampeltier zu meiner Rechten und dieser deutsche Saubermann zu meiner Linken. Und alle lächeln wir für den Fotografen. Was für eine Schmierenkomödie!«

Ein heftiger Hustenanfall schüttelte ihn. »Aber ich werde Wilhelm in die Suppe spucken«, krächzte er. Immer noch hustend ging er zu seinem Schreibtisch und reichte Richard ein von seiner Hand geschriebenes Papier.

Während Rudolf unaufhörlich weiter hustete und schließlich zu einem der Fenster wankte, das er weit aufriss, überflog Richard anfangs ungläubig, schließlich zunehmend schockiert den Text.

Der Kronprinz hatte ein Pamphlet gegen Kaiser Wilhelm II. verfasst, das kaum niederträchtiger und hämischer hätte ausfallen können. Darin zog er in übelster Weise über den »allerchristlichsten, gottbegnadeten Kaiser mit der untadeligen Lebensführung« her, als der Wilhelm insbesondere von der den Deutschnationalen nahestehenden Presse immer wieder bezeichnet wurde.

Er legte darin eine Affäre Wilhelms offen, die sich vor einem Jahr im Rahmen einer Gebirgsjagd in der Steiermark ereignet hatte. Dorthin sollte ihm angeblich nicht nur seine Berliner Mätresse gefolgt sein, sondern auch eine ihrer Freundinnen, die die Kurtisane ebenfalls mit Wilhelm verkuppelt hatte. Auf diese Weise hätte der damalige Prinz zwei Damen gleichzeitig beglückt und dabei solch einen Lärm gemacht, dass alle Hausbewohner hörten, was sich da abspielte. Mit einer angeblich aus dieser Affäre stammenden Schwangerschaft hätte ihn eine der Dirnen sogar im Nachgang erpresst, bis eine erkleckliche Summe sie schließlich zum Schweigen brachte.

Fassungslos ließ Richard das Schreiben sinken. Bevor ihm die rechten Worte einfielen, um Rudolf deutlich, aber dennoch taktvoll mit seiner Meinung zu konfrontieren, kam der ihm jedoch zuvor. »Ich habe Beweise für alles, was ich geschrieben habe, beigelegt!«

»Beigelegt?« Richards Fassungslosigkeit steigerte sich zum Entsetzen. »Du hast dieses Mach… dieses Schreiben doch hoffentlich noch niemandem außer mir gezeigt!«

»Ich habe es sogar bereits abgeschickt«, antwortete Rudolf trotzig. »An den Pariser *Figaro*.«

»Natürlich anonym«, fügte er angesichts Richards entgeisterter Miene hinzu.

»Aber warum?«, stammelte der, als er sich wieder etwas gefasst hatte. »Warum denn nur? Was bezweckst du damit? Selbst wenn das alles hier den Tatsachen entspricht, kannst du doch nicht derart über den Kaiser einer befreundeten Nation herziehen!«

»Nein? *Ich* darf das nicht? Und warum nicht?«, antwortete Rudolf so laut, dass er erneut zu husten begann. »Dieser Kerl ist bereits mit nur neunundzwanzig Jahren Kaiser und brüstet sich damit, dass er schon vier Söhne hat. Dabei kann einem seine arme Frau Auguste Viktoria nur leidtun«, keuchte er, gefolgt von einem noch heftigeren Hustenanfall.

*Rudolf ist nicht nur kränker, sondern auch viel aggressiver als früher,* realisierte Richard mit erneuter Bestürzung.

Als der Anfall endlich verebbte, fuhr Rudolf in gemäßigterem, wenn auch noch immer empörtem Ton fort. »Mich darf dagegen jedermann in diesem Land ungestraft als ›verjudet‹, ›lasterhaft‹ und ›sittenlos‹ bezeichnen. Wohlgemerkt, immer im krassen Gegensatz zu unserem tugendhaften, stolzen deutschen Recken.«

»Das sind doch nur die Schönerer-Freunde, die so über dich herziehen. Sie können es nicht verkraften, dass dieser Schurke wegen des Überfalls auf die Redaktion jetzt im Karzer sitzt.«

In der Tat war Georg Ritter von Schönerer im Mai zu vier Monaten Haft verurteilt worden, nachdem man zuvor seine Immunität als Abgeordneter aufgehoben hatte.

Doch der Sturm der Entrüstung gegen dieses Vorgehen war groß gewesen und in der Öffentlichkeit noch immer nicht abgeflaut. Auch ein Teil der bürgerlichen Presse und sogar ausländische Blätter hetzten zunehmend gegen den österreichischen Kronprinzen und sprach ihm offen die Fähigkeit ab, die k.u.k. Monarchie dereinst als Kaiser zu führen.

Richard wusste daher nur zu gut, wie schwach sein Argument war. Auch er selbst war seit seiner Zeugenaussage, die maßgeblich zu Schönerers Verurteilung beigetragen hatte, immer wieder hämischen Angriffen vonseiten der Alldeutschen und Antisemiten ausgesetzt. Man hatte ihm unter anderem eine tote Ratte in die Hofburg geschickt, versehen mit einem Zettel, der die Warnung enthielt: *Sieh dich vor! So ergeht es dem Pack!*

Seither ging er nur noch mit geladener Pistole und seinem Säbel in der Scheide aus dem Haus.

Jetzt holte er tief Luft. »Auch wenn jedes Wort wahr ist, das du geschrieben hast, ist ein solches Schreiben deiner nicht würdig, Rudolf. Die Gefahr ist zudem zu hoch, dass der Schmutz, den du wirfst, geradewegs auf dich zurückfällt. Denn käme heraus, wer der Urheber eines solchen Machwerks ist, hätte dies zumindest eine schwere diplomatische Krise zur Folge. Wenn nicht sogar Schlimmeres. Der Deutsch-Französische Krieg wurde 1870 aus verletztem Nationalstolz heraus erklärt. Es bleibt zu hoffen, dass der *Figaro* dies auch so sieht und den Artikel daher nicht bringt.«

Rudolf entgegnete nichts. Er starrte Richard nur aus blutunterlaufenen Augen an.

»Rudolf, ich stehe uneingeschränkt auf deiner Seite«, sagte

Richard eindringlich. »Ich weiß, wie sehr du unter den aktuellen Verhältnissen leidest und wie unglücklich du bist. Doch ich erkenne dich trotzdem kaum wieder. Du hast dich über alle Maßen verändert!«

»Das mag sein, Richard. Aber ich kann dich beruhigen. Lange werdet ihr mich nicht mehr ertragen müssen.«

Richard erschrak bis ins Mark. Das war heute schon Rudolfs zweite Andeutung auf sein bevorstehendes Ende. »Was soll das heißen, Rudolf? Bist du etwa tödlich erkrankt wie der verstorbene Kaiser Friedrich?«

Kürzlich hatte Richard einen Artikel gelesen, in dem ein Mediziner einen Zusammenhang zwischen Friedrichs Kehlkopfkrebs-Leiden und seinem exzessiven Rauchen hergestellt hatte. Auch Rudolf rauchte nahezu ununterbrochen.

Zu seiner Erleichterung schüttelte Rudolf den Kopf. »Nein, noch eine neue Krankheit ist nicht dazugekommen, soviel ich weiß.«

Sein nächster Satz machte Richard jedoch aufs Neue zutiefst betroffen. »Aber ich spüre, dass es mir bestimmt ist, jung zu sterben.«

»Aber warum denn nur? Warum sagst du das?«

Rudolf zuckte in einer gleichgültig anmutenden Geste mit den Schultern. »Es ist ein Gefühl, mein Freund.«

Bevor Richard weiter in ihn dringen konnte, hob er die Hand.

»Doch ich glaube, es ist jetzt an der Zeit, dass du gehst.« Er wies mit einem schiefen Grinsen auf seinen Schreibtisch. »Siehst du den Aktenberg dort? Auch wenn ich in meinen diversen Posten nichts zu entscheiden habe, geben sie mir doch eine Menge zu tun.«

Mit tiefer Beunruhigung im Herzen verließ Richard das Türkische Zimmer. Auch dass Rudolfs anonymer Brief tatsächlich niemals abgedruckt wurde, war nicht dazu angetan, seine tiefe Sorge um den Kronprinzen zu mildern.

# Kapitel 10

## Palais Vetsera in der Salesianergasse

***letzte Augustwoche 1888***

»Auf mich wirkst du wie ein törichtes Kind, Mary!«

»Was ficht es dich an, dass ich Kronprinz Rudolf verehre! Das ist ganz allein meine Sache!«

»Was versprichst du dir denn davon? Das sind doch alles nur Hirngespinste!«

»Ihr habt wohl gehofft, ich hätte Rudolf nach diesem blöden Urlaub vergessen! Aber ihr täuscht euch! Ich liebe ihn nur noch inniger!«

Marie Louise, Gräfin von Larisch-Wallersee, blieb verwundert auf dem Flur vor Hannas und Marys Zimmern stehen. Sie war erst vor zwei Tagen aus Pardubitz wieder nach Wien gekommen, um neue Garderobe für sich anfertigen zu lassen. Bei einem Spaziergang auf dem prächtigen Wiener Ring hatte plötzlich die Equipage der Baronin Vetsera neben ihr angehalten und Helene sie für diesen Morgen zum Frühstück in die Salesianergasse eingeladen. Marie Louise war mit Absicht etwas früher gekommen, um vorher noch mit den Mädchen sprechen zu können.

Durch den belauschten Wortwechsel der Schwestern bestätigte sich nun ein Verdacht, den sie schon seit den Frühjahrsrennen in der Freudenau hegte: Mary hatte sich in den Kronprinzen verliebt. Allerdings war Marie Louise erstaunt darüber, dass sich die Schwestern hierüber so lauthals stritten. Jeder Dienstbote hätte ihre Worte genauso deutlich verstehen können wie sie selbst.

Sie klopfte an und öffnete die Tür, ohne auf das Zeichen zum Eintritt von drinnen zu warten. »Guten Morgen, meine Lieben!«, begrüßte sie die Mädchen mit einem herzlichen Lächeln.

Wieder einmal fiel ihr der Unterschied zwischen Mary und deren älterer Schwester Hanna auf. Einerseits glichen sich die beiden mit ihren dunklen dichten Haaren und Augenbrauen, der etwas zu groß geratenen Nase und dem Grübchen über den herzförmigen Lippen. Auch wer sie nicht kannte, würde sie sofort für Schwestern halten.

Aber Hannas Gesicht wirkte trotz der ähnlichen Gesichtszüge viel strenger als Marys, was nicht nur an ihrem spitzeren Kinn und den schmaleren Wangen lag. Es war das unterschiedliche Temperament, das in ihren Gesichtern zum Ausdruck kam. Hanna wirkte gesetzter und viel beherrschter als die drei Jahre jüngere Mary. *Fast schon ein wenig altjüngferlich,* zog Marie Louise innerlich einen Vergleich.

Mary dagegen mit ihren strahlenden Augen und runderen Wangen hatte eine viel weiblichere Ausstrahlung. Zudem trug sie ihr Herz auf der Zunge und wirkte insgesamt viel lebendiger und anziehender als ihre Schwester.

Der Unterschied zwischen den jungen Frauen zeigte sich auch jetzt bei der Begrüßung.

»Marie Louise!« Mit einem Jubelschrei sprang Mary auf sie zu und schloss sie stürmisch in die Arme. »Was für eine wunderbare Überraschung! Ich wusste gar nicht, dass du wieder in der Stadt bist!«

Marie Louise wunderte sich erneut. »Hat euch denn eure Mutter nicht von unserem gestrigen Treffen berichtet?«

»Nein, wir wussten davon nichts!« Nun stand auch Hanna von ihrem Sitz vor der Staffelei auf, wo sie gerade ein Aquarell malte. Sie hatte die zeichnerische Begabung ihres Vaters Albin geerbt. »Wahrscheinlich wollte Mama uns überraschen!«

Mit gemessenen Schritten trat sie auf die Gräfin zu und küsste sie leicht auf beide Wangen. Offensichtlich war sie weniger erfreut über ihren Besuch als Mary.

Einen Moment lang überlegte Marie Louise, ob sie die Schwestern auf ihre lautstarke Auseinandersetzung ansprechen sollte, entschied sich dann aber dagegen. Womöglich wäre es den beiden ja peinlich.

Doch ihre gute Absicht, das Thema »Rudolf« auf diese Art zu umgehen, wurde sogleich durch eine Frage Marys durchkreuzt. »Was führt dich denn nach Wien, liebe Cousine?«

Eigentlich war Marie Louise Larisch überhaupt nicht mit den Vetseras verwandt, sondern nur eine gute Freundin ihrer Mutter Helene. Kaiserin Sisi hatte die beiden Frauen vor Jahren auf einer Jagdgesellschaft miteinander bekannt gemacht.

Dem Alter nach stand die Gräfin genau zwischen Helene und deren Töchter, war also ungefähr zehn Jahre jünger als die Baronin und zehn Jahre älter als die heute zwanzigjährige Hanna. Zu jung, um sich als »Tante« bezeichnen zu lassen, was sich Marie Louise daher schon vor einigen Jahren energisch verbeten hatte. So hatte sich die Bezeichnung »Cousine« im Verhältnis zu den Vetsera-Mädchen angeboten.

»Ich mache hier nur Station, um mich neu einzukleiden, und reise dann zu einem großen Familienfest nach Bayern weiter«, beantwortete sie nun Marys Frage. »Zum achtzigsten Geburtstag meiner Großmutter. Auch die ganze Kaiserfamilie wird kommen.«

»Die Kaiserfamilie?« Marys dunkelblaue Augen weiteten sich. »Auch Kronprinz Rudolf?«

»Natürlich!« Marie Louise ignorierte Hannas Aufstöhnen. »Seine Großeltern sind doch auch die meinen!« Die Gräfin entstammte der morganatischen Ehe von Ludwig, dem ältesten Sohn von Sisis Eltern, dem Herzog Max und der Herzogin Ludovika in Bayern.

»Dann werdet ihr sicher eine sehr große Gesellschaft

sein«, mischte sich Hanna ein, offensichtlich, um vom Thema »Rudolf« abzulenken.

Marie Louise nickte lächelnd. »Oh ja! Obwohl es heißt, Max' Ehe mit Ludovika sei durchwegs unglücklich gewesen, entstammen ihr doch acht noch lebende Kinder samt deren zahlreichen Nachkommen.«

Ungewollt gab sie Mary damit das nächste Stichwort. »Ja«, seufzte die Siebzehnjährige theatralisch. »Es scheint das Schicksal von Königskindern zu sein, keine Erfüllung in der ihnen aufgezwungenen Ehe zu finden.«

Marie Louises Großmutter Ludovika war eine Tochter des längst verstorbenen bayerischen Königs Maximilian I. Joseph von Bayern. Ihre Heirat mit Herzog Max in Bayern war gegen den Willen beider Ehepartner erzwungen worden.

Marie Louise musterte Mary prüfend, während Hanna die Augen verdrehte. »Man behauptet, im Alter hätten die beiden sich miteinander arrangiert. Jeder lässt den anderen gewähren. So wird mein Großvater nicht an der Geburtstagsfeier teilnehmen, sondern in München bleiben, zumal er recht kränklich ist. Aber worauf willst du eigentlich hinaus, Mary?«

»Auf ihre närrische Schwärmerei für unseren Kronprinzen Rudolf, dem man ebenfalls eine unglückliche Ehe nachsagt!«, kam Hanna Marys Antwort zuvor. »Darüber verliert sie noch ihr bisschen Verstand!«

»Du bist gemein!«, zischte Mary. »Ich sage es Mama, wenn du mich weiter sekkierst!«

»Nur zu! Geh und petze mal wieder!« Hanna funkelte Mary wütend an. »Wenn Mama dir nicht alles durchgehen ließe, hätte sie dir schon längst den Kopf gewaschen! Du machst uns seit Monaten lächerlich mit deinem Getue! Glaubst du nicht, dem Kronprinzen ist es langsam peinlich, dass du ihn jedes Mal anhimmelst wie eine dumme Gans, sobald ihr euch begegnet?«

Mary schürzte trotzig die Lippen. »Im Gegenteil! Er freut sich darüber, wenn ich ihn grüße. Du aber bist nur neidisch auf mich! Weil sich um dich niemand schert. Du hast bislang keinen einzigen ernsthaften Verehrer aufzuweisen!«

Hanna schnappte nach Luft und krümmte unwillkürlich ihre Finger zu Klauen. Marie Louise befürchtete schon, die Schwestern würden aufeinander losgehen, um sich gegenseitig das Gesicht zu zerkratzen. Da klopfte es zu ihrer Erleichterung an die Tür.

»Das Frühstück ist angerichtet, meine Damen!«, vermeldete der alte Christian, der schon seit Jahrzehnten im Dienst der Vetseras stand. »Die verehrte Baronin erwartet Sie alle im Speisezimmer.«

»Auf ein Wort, Helene!«

Die Mädchen hatten den Frühstücksraum bereits verlassen. Marie Louise nutzte die Gelegenheit, um ihre Freundin anzusprechen.

Die sah sie nun fragend an. »Was liegt dir denn auf dem Herzen?«

Marie Louise biss sich auf die Lippen und suchte nach den richtigen Worten. »Als ich Mary und Hanna vor dem Frühstück getroffen habe, stritten die beiden sich wegen …«

Helene lachte auf. »Wegen des Kronprinzen!«, unterbrach sie Marie Louise. »Das tun sie in jüngster Zeit dauernd! Mach dir darüber keine Gedanken, das ist nichts, worüber man sich beunruhigen müsste. Schwestern zanken sich häufig. Dennoch lieben die beiden einander innig.«

»Also macht dir Marys Schwärmerei für Rudolf keine Sorgen«, konstatierte Marie Louise.

»I wo! Das ist doch nur eine Backfisch-Allüre! Nichts Ernstes! Das geht so rasch wieder vorbei, wie es gekommen ist.«

»Mein Eindruck ist, dass es schon eine ganze Weile andauert!«, erwiderte Marie Louise.

»Und wenn schon«, antwortete Helene wegwerfend. Dann seufzte sie. »Natürlich hatte ich gehofft, dass Mary während unserer ausgedehnten Sommerreise auf andere Gedanken kommen würde. Aber sie war schon immer hartnäckiger als ihre Geschwister, wenn sie sich etwas in den Kopf gesetzt hat.«

Sie trank einen Schluck ihres mittlerweile erkalteten Tees, verzog angewidert den Mund und setzte die mit zarten Blumen bemalte Tasse klirrend ab. »Aber das geht vorbei! Viele Mädchen schwärmen für Rudolf. Er ist ja auch ein stattlicher Mann.« Ein versonnenes Lächeln spielte um Helenes Lippen.

Marie Louise erinnerte sich daran, dass auch der damals längst verheirateten Helene Vetsera vor mehr als einem Jahrzehnt eine Affäre mit Rudolf nachgesagt worden war. Es hatte nie einen Beweis dafür gegeben. Doch Kaiser Franz Joseph höchstpersönlich hatte sich über das »schamlose Verhalten dieser Frau« echauffiert, wie ihr Sisi einmal erzählt hatte.

»Aber sprich du doch noch einmal mit Mary!«, forderte Helene Marie Louise nun auf. »Du bist Rudolfs leibliche Cousine. Vielleicht nimmt sie ja eher Vernunft an, wenn du ihr gut zuredest. Hannas Spott bringt sie jedenfalls nur noch mehr auf und verstärkt ihren Dickschädel.«

Ein vorerst noch vager Gedanke begann sich daraufhin, in Marie Louises Hinterkopf zu bilden. *Könnte hier ein Ausweg aus meiner Misere liegen?*

Aber dazu bedürfte es zweier Personen: nicht nur Marys, sondern vor allem auch Rudolfs.

Mit klopfendem Herzen lugte Mary um die Ecke des Geländers der geschwungenen Treppe zum zweiten Stock, hinter deren reich geschnitzten Pfosten sie sich im Halbdunkel verbarg. Jeden Moment konnte Hanna wieder aus dem Badezimmer auftauchen, wohin sie sich nach dem Frühstück zurückgezogen hatte. Dann wäre es zu spät, um Marie Louise, unbemerkt von ihrer Schwester, in ihr eigenes Zimmer zu lotsen, das nur durch Hannas Zimmer zu erreichen war. Doch sie wollte unbedingt vertraulich mit Marie Louise sprechen. Im Beisein Hannas könnte sie nicht zur Sprache bringen, was ihr auf dem Herzen lag. Wo blieb Marie Louise denn nur so lange?

In diesem Moment öffnete sich unten in der Beletage endlich die Tür des Speisezimmers. Zu ihrer Erleichterung kam Marie Louise allein heraus.

»Pscht!«, zischte ihr Mary von ihrem Platz auf dem Treppenabsatz zu. »Komm doch rasch noch einmal mit in mein Zimmer! Ich habe eine riesige Bitte an dich!«

Zu ihrer Freude zögerte die Gräfin keinen Moment lang, um ihr zu folgen. Trotzdem atmete Mary erst erleichtert auf, als sie ihr mit weiß lackierten Möbeln eingerichtetes Jungmädchenzimmer erreicht und die Tür zu Hannas Gemach abgeschlossen hatte.

»Also, was möchtest du denn von mir, Mary? Und warum so geheimnisvoll?«

Mary legte einen Finger auf ihre Lippen. »Sprich leise, ich bitte dich! Wenn Hanna zurückkommt, darf sie nicht einmal ahnen, worum ich dich bitten möchte. Sie würde es Mama sogleich verraten.«

Marie Louise blickte skeptisch drein. Dass sie tatsächlich voll gespannter Aufmerksamkeit war, ahnte Mary nicht. Die Gräfin nahm auf dem Sessel Platz, auf den Mary wies. Mary wäre in ihrer Aufregung am liebsten stehen geblieben, ging dann aber zum Schemel vor ihrem Toilettentisch und setzte sich ebenfalls.

Sie holte tief Luft und wagte den Sprung ins Ungewisse. Würde Marie Louise ihr helfen? »Du hast ja eben erzählt, dass du Rudolf bald treffen wirst.«

Die Gräfin nickte. Sie wirkte gleichgültig. Einen Lidschlag lang ärgerte sich Mary über sie. *Sie weiß Rudolfs Nähe gar nicht zu schätzen.*

»Ja, ihn und, wie ich schon sagte, die ganze Familie. Es werden Dutzende von Gästen erwartet. In Schloss Tegernsee wird es furchtbar eng für uns alle werden!«, beklagte sich Marie Louise nun sogar über das bevorstehende Fest.

Schloss Tegernsee war ein ehemaliges Kloster, das Ludovikas Vater zu einem Landsitz hatte umbauen lassen, nachdem die Abtei in napoleonischer Zeit säkularisiert worden war.

Mary hörte ihr kaum zu. »Willst du dir meine ewige Dankbarkeit erwerben, liebe Cousine?« Innerlich wurde ihr heiß und kalt. Ohne Marie Louises Antwort abzuwarten, fuhr sie fort.

»Dann richte Rudolf doch Folgendes von mir aus: *Eine, die ihn sehr lieb hat, sendet ihm einen innigen Gruß*. Wirst du das für mich tun?«

Wie sie befürchtet hatte, runzelte Marie Louise die Stirn. »Das soll ich ihm sagen?« Sie machte eine kleine Pause. »Er wird mich fragen, wer ihm das ausrichten lässt!«

»Darauf hoffe ich sogar! Bitte!« Mary faltete flehend die Hände. »Drück dich meinethalben anders aus, aber sage ihm, was ich für ihn empfinde!«

»Ich soll also preisgeben, dass dieser Gruß von dir kommt, Mary, sofern Rudolf danach fragt? Bist du dir da ganz sicher?«

»Ja, das bin ich!« Nie in ihrem jungen Leben war sich Mary einer Sache sicherer gewesen.

Marie Louise seufzte. »Ich will sehen, was ich tun kann«, dämpfte sie Marys Überschwang. »Und ob sich überhaupt eine Gelegenheit dazu ergibt!«

Marys Zuversicht schwand. Unwillkürlich stiegen ihr Tränen in die Augen. »Du wärst dir meiner ewigen Dankbarkeit gewiss!«, flüsterte sie.

»Dessen bedarf es nicht, liebe Mary«, versicherte ihr Marie Louise. »Ich berichte dir dann, wenn ich wieder in Wien bin. Spätestens zu den Jubiläumsrennen in ein paar Wochen gebe ich dir Bescheid.«

Ein triumphierendes Lächeln erlaubte sich Marie Louise Larisch erst, als sie in der Equipage der Vetseras zurück auf dem Weg ins Grand Hotel am Kärntner Ring saß, in dem sie wie üblich abgestiegen war.

*Ob mir Mary dankbar sein wird, ist mir relativ einerlei. Aber Rudolfs Dankbarkeit wüsste ich durchaus zu schätzen. Und würde sie mir reichlich vergüten lassen!*

## Mödling bei Wien

### *September 1888*

Etwas außer Atem erreichte Rudolf die Anhöhe im Wald von Mödling, auf der der kleine Husarentempel stand.

»Komm, Mizzi!« Er reichte seiner Geliebten die Hand, um ihr die letzten Schritte zum Fuß des Gebäudes hinaufzuhelfen. Dabei konstatierte er mit leichtem Neid, dass Mizzi der ungefähr einstündige Aufstieg weit weniger ausgemacht zu haben schien als ihm selbst. Zumindest lief ihr der Schweiß nicht in Strömen über das Gesicht.

Einen kleinen Moment lang wurde er wankend in seinem Entschluss. Doch dann erinnerte er sich daran, welches Leid auch Mizzi mit höchster Wahrscheinlichkeit bevorstand, und verdrängte seine Zweifel. Stattdessen wischte er sich mit seinem Sacktuch den Schweiß ab.

»Oh, wie schön ist es hier!« Mizzi klatschte angesichts der wunderbaren Aussicht über die weite Ebene bis hin nach Wien vor Entzücken in die Hände. Ihre dunklen Augen strahlten. »Solche herrlichen Ausflüge sollten wir viel, viel öfter machen! In Wien ist es fad dagegen!«

Sie umarmte Rudolf stürmisch und drückte ihre Lippen auf seinen Mund. »Und endlich kann ich dich einmal unter freiem Himmel küssen!«

Mit schlechtem Gewissen dachte Rudolf daran, dass Mizzi und er sich größtenteils in ihrem Haus in der Heumühlgasse trafen. In der Öffentlichkeit konnte er sich in Wien mit Mizzi nicht sehen lassen. Deshalb hatte der Kutscher Josef Bratfisch die beiden heute auch trotz des sonnigen Spätsommerwetters im geschlossenen Fiaker nach Mödling kutschiert und wartete nun am Fuße des Hügels auf ihre Rückkehr.

Wieder einmal war Rudolf dankbar dafür, dass ihm Bratfisch so treu ergeben war und jederzeit zur Verfügung stand. Der Kutscher stand nicht in den Diensten des Kaiserhofs, sondern war mit seinem Gefährt als Mietdroschker in Wien unterwegs, wenn Rudolf ihn nicht brauchte. Besonders schätzte Rudolf Bratfischs Diskretion und absolute Verschwiegenheit. Längst zählte er den einfachen Mann aus dem Volk zu seinem Vertrauten und besuchte ihn ab und an sogar in seinem Heim, wo ihn Bratfischs Frau mit einfachen, aber von Rudolf heiß geliebten Gerichten bekochte.

Nach dem Ausflug wollte man noch in einen unauffällig gelegenen Heurigen einkehren. Rudolf trug keine Uniform, sondern die etwas schäbige Kleidung eines Landmanns. Auch Mizzi hatte für die Wanderung ein gelbes, mit blauen Blümchen bedrucktes Waschkleid aus Baumwolle gewählt. Es stand ihr hervorragend und ließ sie noch jünger und frischer aussehen, als sie mit ihren jetzt vierundzwanzig Jahren war. Ihre fast schwarzen Haare hatte sie zu zwei Zöpfen geflochten, die ihr bis weit unter die Brust fielen. Heute Abend würde man sie im Heurigen für eine fesche Bauern- oder Winzertochter halten.

Schon öfter hatte Rudolf solche Ausflüge inkognito gewagt. In den meisten Fällen war es gut gegangen, und man hatte ihn nicht erkannt. Wer erwartete den zukünftigen Kaiser auch schon in einem einfachen Buschenschank?

»Aber ich habe furchtbaren Durst«, klagte Mizzi nun in gespieltem Jammerton. »Gibst du mir jetzt endlich etwas zu trinken?«

Schon auf dem Weg nach oben durch den immer wieder sonnendurchfluteten Mischwald hatte Mizzi bedauert, dass Rudolf kein Wasser, sondern nur eine Flasche Champagner mitgenommen hatte. Einmal geöffnet würde sie sich nicht wieder schließen lassen, ohne dass das Getränk seine prickelnde Konsistenz verlor.

Lächelnd öffnete Rudolf den mitgebrachten Rucksack und entnahm ihm die Flasche. Als er sie öffnete, entwich der Korken mit einem lauten Knall. Der Champagner schäumte über und durchnässte den Ärmel seines Hemds. Bevor er Mizzi die Flasche reichte, setzte er sie selbst an die Lippen und trank in langen Zügen.

Mizzi betrachtete ihn mit einem feinen Lächeln um ihre Mundwinkel. Dann trank sie ebenfalls ein paar Schlucke, trat näher, legte ihm eine Hand auf die Wange und die andere auf seinen Hosenlatz.

»Sollen wir es einmal hier in Gottes Natur tun?«, flüsterte sie ihm verführerisch ins Ohr, während sie seinen Penis sanft zu massieren begann. Mizzi wusste, dass Rudolf seine immer häufiger auftretende Potenzschwäche mit Alkohol, vorzugsweise Champagner, zu überwinden versuchte.

Er stöhnte kurz auf und gab sich einen Moment lang seiner Erregung über Mizzis verlockendes Angebot hin. Dann brachte die Erinnerung an die Absicht, die hinter ihrem Besuch des Husarentempels stand, seine Erektion wieder zum Abklingen. Sanft schob er ihre Hand weg.

»Heute Nacht, mein Lieb. Heute Nacht haben wir noch genug Zeit dafür. Jetzt möchte ich dir etwas zeigen.«

Er reichte ihr die Hand und zog sie die wenigen Stufen ins Innere des Tempelchens hinauf. Das Gebäude im griechischen Stil war nach allen Seiten hin offen. An der vorderen und hinteren Frontseite wurde das spitz zulaufende Dach von je zwei Säulen gestützt, über denen auf den dreieckigen Giebelflächen Friese mit gemeißelten Heldenszenen prangten. An den Längsseiten ermöglichten offene Rundbogen einen Blick auf die Umgebung.

Mizzi blickte empor, bevor sie den mit Schmuckornamenten versehenen kleinen Innenraum betrat. »Der Tempel sieht aus wie unser neues Parlamentsgebäude«, konstatierte sie. »Aber warum heißt er Husarentempel? Husaren gab es doch noch gar nicht im Zeitalter der Griechen.« Wieder einmal glänzte Mizzi mit der Bildung, die sie als Bestandteil ihrer Ausbildung bei der Wiener Edelhurenwirtin Johanna Wolf genossen hatte, bevor Rudolf sie zu seiner Dauergeliebten machte.

»Das Tempelchen ist zum Andenken an die Helden der Schlacht von Aspern errichtet worden.«

»Der ersten schweren Niederlage Napoleons. Es war *unsere* glorreiche Armee, die sie dem Usurpator beigebracht hat«, ergänzte Rudolf mit sichtlichem Stolz angesichts Mizzis nun doch verständnisloser Miene.

Die errötete leicht. »Ach ja, das hatte ich vergessen!«, räumte sie ein. »Militärgeschichte fand ich immer am langweiligsten«, gab sie offen zu.

Rudolf lächelte nachsichtig. »Das ist ja auch ein schweres Thema für so ein süßes Köpfchen!« Er gab Mizzi einen keuschen Kuss auf den Scheitel. »Doch schau einmal her, was hier steht!«

Er zog Mizzi wieder ein Stück nach draußen und zeigte ihr die Inschrift auf dem Dachfirst.

»Für Kaiser und Vaterland!«, las sie laut. »Den ausgezeichneten Völkern der österreichischen Monarchie gewidmet.«

»Fünf heldenhafte Soldaten, die in der ruhmreichen Schlacht von Aspern ihr Leben verloren, sind sogar in den Fundamenten bestattet.« Rudolf holte tief Luft. Unwillkürlich ballte er die Hände zu Fäusten. Jetzt kam der entscheidende Moment.

»Und daher ist dies genau der richtige Ort für mein Vorhaben«, begann er kryptisch.

Mizzi blickte ihn neugierig an. »Was für ein Vorhaben meinst du denn, Rudi?« Nur sie rief ihn mit diesem Kosenamen.

»Hier möchte ich mit eigener Hand meinem Leben ein Ende setzen«, erklärte Rudolf nicht ohne Pathos. »Meine Ehre erheischt, dass ich mich an diesem Ort erschieße.«

Mizzi wirkte einen Moment lang verblüfft. Dann begann sie, lauthals zu lachen.

»Ach geh!«, prustete sie. »Was hast du doch für einen Hang zu absonderlichen Scherzen!«

Rudolf ergriff Mizzi an beiden Oberarmen und drehte sie zu sich herum. »Sieh mich an, Mizzi!«

Etwas an seinem Tonfall ließ sie aufschrecken. Ihre Miene verdüsterte sich.

»Ich meine das ganz ernst, Mizzi. Hier an diesem Ort erfordert es meine Ehre, mich zu erschießen. Denn Österreichs glorreiche Zeiten sind schon lange vorbei. Nach den verheerenden Niederlagen von Solferino und Königgrätz droht uns nun in Bälde ein neuer Krieg. Auch den wird unser Kaiserreich schmählich verlieren. Und das möchte ich nicht mehr miterleben.«

Mizzis Augen weiteten sich vor Entsetzen. »Was redest du denn da daher, lieber Rudi? Solferino und Königgrätz liegen doch schon viele Jahre zurück!«

Sie wusste trotz ihrer Abneigung gegen Militärgeschichte ganz offensichtlich, dass Rudolf die Entscheidungsschlachten von 1859 im Sardinischen und 1866 im preußisch-österreichischen Krieg meinte.

»Und wer soll denn jetzt einen neuen Krieg mit uns beginnen?« Ihr Tonfall zeigte Anzeichen von Panik, da seine Miene unverändert entschlossen blieb. »Was befürchtest du denn, Rudi?« Sie legte ihm beide Hände auf die Wangen. »Sag es mir!«

»Es hat mit dem neuen deutschen Kaiser Wilhelm zu tun und führt hier zu weit, Mizzi. Ich erklär es dir später«, entschloss er sich zu einer ausweichenden Antwort, um sich nicht von seinem eigentlichen Vorhaben abbringen zu lassen.

»Schau mir noch mal in die Augen, Geliebte!« Er packte sie erneut, diesmal an den Schultern. »Liebst du mich?«

Mizzi starrte ihn verständnislos an. »Natürlich lieb ich dich, Rudi!«

»Würdest du auch ein großes Opfer für unsere Liebe bringen?«

»Wenn es mir möglich ist.« Nun klang Mizzis Stimme schon zögerlicher.

Rudolf holte noch einmal tief Luft. »Ich brauche eine Gefährtin, die mit mir in den Tod geht, Mizzi.« Ungeachtet ihres erstickten Aufschreis fuhr er fort. »Willst du diese Frau an meiner Seite sein?«

Mizzi riss sich von ihm los und wich drei Schritte zurück. Dabei stolperte sie in ihrer Erregung beinahe die Stufen des Tempelchens hinunter und fing sich erst in letzter Sekunde ab.

»Bist jetz gar närrisch worden?« In ihrem Entsetzen fiel sie in den Dialekt zurück, den ihr Johanna Wolf so mühsam abgewöhnt hatte. »I mag no ned sterb'n. Und du auch ned!«, insistierte sie eindringlich. »Mir sind beide viel zu jung dazu!«

Obwohl Mizzis Reaktion für Rudolf nicht unerwartet kam, fühlte er bittere Enttäuschung in sich aufsteigen.

»Allein wage ich nicht, in den Tod zu gehen, Mizzi.« Er trat auf sie zu und hob ihr Gesicht an, sodass sie ihm wieder in die Augen schauen musste. »Und glaub mir, auch für dich ist es besser, bald zu sterben!«

»Für mi?« Mizzi wich erneut vor ihm zurück. »Na, für mi is es ned besser. I leb gar zu gern, Rudi!«

Ein Ausdruck der Entschlossenheit trat in ihre Augen. »Und jetzt möchte ich nichts mehr davon hören«, entschied sie, nun wieder in einwandfreiem Deutsch. »Lass uns jetzt zurückgehen. Und dann bring mich bitte nach Hause. Nach dem Heurigen ist mir heute Abend nicht mehr zumute.«

Mit gesenktem Kopf trottete Rudolf den steilen Weg zurück hinter Mizzi her. Für die gelben und zartvioletten Blümchen am Wegesrand hatte er keinen Blick.

*Was soll ich nur tun? Allein traue ich mich nicht!,* drehte sich ein und derselbe Gedanke immer wieder in seinem Kopf. *Dazu braucht es eine Gefährtin, die mir vollkommen ergeben ist. Wo finde ich sie nur?*

Plötzlich erinnerte er sich an den Gruß, den ihm seine Cousine Marie Louise während der Geburtstagsfeier ihrer gemeinsamen Großmutter Ludovika vor einigen Wochen ausgerichtet hatte.

»Mir scheint, du hast eine vollständige Eroberung gemacht, lieber Cousin«, hatte sie in dem gewohnt spöttischen Ton, in dem sie viele ihrer Unterhaltungen zu führen pflegten, gesagt. »Eine kleine Baroness Mary Vetsera lässt dir bestellen, dass sie unsterblich in dich verliebt ist. Wenn du magst, bring ich dich einmal mit ihr zusammen!«

Rudolf hatte sich sofort an das Mädchen erinnert, aber natürlich geantwortet, keinen Bedarf an solch einer platonischen Heldenverehrung zu haben. Affären mit unverheirateten jungen Komtessen waren nämlich für jeden Mann von Ehre in der k. u.k Monarchie absolut tabu, mochte er ansonsten auch noch so ein lockeres Leben führen. Dann hatten sie beide über das junge, verblendete Ding gelacht.

Jetzt fiel ihm Marie Louises Angebot, einen Kontakt zwischen ihm und der Baroness Vetsera zu vermitteln, wieder ein. *Wer weiß,* dachte er in seiner Verzweiflung. *Vielleicht komme ich ja doch noch einmal darauf zurück. Es wäre zumindest eine weitere Möglichkeit. Wenn sie auch äußerst vage ist.*

## Grand Hotel in Wien

### *21. September 1888*

*Mein inniglich verehrter Herr,*

Mary überlegte kurz, dann zerknüllte sie das teure Büttenpapier erneut und warf das Knäuel zu den vielen anderen auf den bunt gemusterten Teppich. Sie saß an einem kleinen Schreibsekretär im Boudoir der Suite von Marie Louise Larisch, welche die Gräfin bei jedem ihrer Aufenthalte im Wiener Grand Hotel zu mieten pflegte.

Von nebenan aus dem Salon hörte sie das gedämpfte Lachen von Marie Louise und ihrer Zofe Agnes, die sie ins Hotel begleitet hatte. Mary hatte bewusst auswärtige Verpflichtungen ihrer Mutter und ihrer Schwester Hanna benutzt, um das Palais mit Agnes zu verlassen. Dabei kam ihr gelegen, dass Fräulein Mohr, die Promeneuse, ebenfalls nicht im Haus war, da sie ihren freien Nachmittag hatte.

Agnes zögerte anfangs, Mary zu begleiten. »Und wenn Ihre Frau Mama Ihnen zürnt, Fräulein Mary, und es dann an mir auslässt?«

»Ach was!«, wischte Mary die Bedenken ihrer Zofe beiseite. »Wir behaupten einfach, wir gingen ein wenig spazieren. Bis Mama zurückkommt, sind wir längst wieder zu Hause. Und selbst wenn sie erfährt, dass wir Marie Louise besucht haben, wird sie nicht schimpfen. Schließlich ist sie gut mit der Gräfin Larisch befreundet, das weißt du doch. Und bis zum Kärntner Ring sind es nur ungefähr zwanzig Minuten Wegstrecke, wenn wir tüchtig ausschreiten. Wir sind längstens in zwei Stunden zurück.«

»Sie hätten Ihre Mama trotzdem um Erlaubnis bitten müssen!«, wandte Agnes noch einmal ein.

Mary schnaubte. »Der Gedanke auszugehen ist mir doch erst eben gekommen«, log sie. »Auch weil der Himmel aufgeklart hat und draußen so schönes Wetter herrscht. Wer hätte das an diesem trüben Morgen gedacht!«

»Also, kommst du jetzt mit?«, setzte sie ihrer Zofe, die immer noch zögerte, die Pistole auf die Brust. »Sonst geh ich eben allein und berichte Mama, dass du mich nicht begleiten wolltest, wenn sie es herausfindet.«

»Aber gnädiges Fräulein!« Agnes war erschrocken. »Wenn Sie sicher sind, dass Ihre Mama uns nicht ausschimpft, komme ich natürlich mit.«

Zu Marys Erleichterung trafen sie Marie Louise tatsächlich in ihrer Suite an. Nach der herzlichen Begrüßung und einem kleinen Plausch bei Tee und einem köstlichen Tortenstück aus dem Café Prinzess war Mary zur Sache gekommen.

»Ich möchte ihm schreiben und dich bitten, ihm den Brief bei nächster Gelegenheit zu geben, Marie Louise.«

Die Gräfin machte eine Kopfbewegung in Richtung Agnes, um Mary zur Vorsicht zu mahnen. Die grinste nur.

»Mach dir keine Sorgen! Agnes ist meine Vertraute und in alles eingeweiht. Also, wirst du dem Kronprinzen meinen Brief übergeben?«, insistierte sie.

»Ich weiß nicht, ob das klug ist, Mary«, mahnte die Gräfin. »Es könnte aufdringlich wirken.«

Einen Moment lang fühlte sich Mary verzagt. Dann gewann ihr Wagemut wieder die Oberhand. »Aber er hat doch lieb auf den Gruß reagiert, den du ihm von mir ausgerichtet hast!«

»Oder nicht?«, hakte sie nach, als Marie Louise nicht gleich antwortete.

»Doch, doch«, versicherte die hastig. »Er wusste auch sofort, wer du bist.«

Mary schürzte in einer Mischung aus Trotz und Seligkeit die Lippen. »Dann tue ich jetzt den nächsten Schritt!«, erklärte sie pathetisch. »Er hat sicherlich Sorge, sich zu kompromittieren, wenn er zuerst auf mich zugeht! Also muss ich ihn eben dazu ermutigen!«

Marie Louise zog die Stirn kraus. Sie schien zu überlegen und traf dann eine Entscheidung.

»Nun gut«, sagte sie schließlich. »Aber ich stelle dir zwei Bedingungen. Die eine ist, du gibst mir den Brief zuerst zu lesen. Die andere: Nur wenn ich ihn für gut befinde, warte ich eine passende Gelegenheit ab, um ihn Rudolf zu übergeben. Welche Gelegenheit das ist, entscheide ich. Es kann möglicherweise ein Weilchen dauern.«

Mary war überglücklich. Und nun saß sie schon seit einer halben Stunde hier in Marie Louises Boudoir und suchte nach den richtigen Worten.

Es klopfte leise an die Tür. Agnes lugte herein. »Es ist schon fast fünf Uhr, gnädiges Fräulein. Wir sollten bald gehen. Sonst wird Ihre Mutter uns am Ende noch suchen lassen.«

Mary hatte dem alten Diener Christian lediglich ausgerichtet, sie wolle sich ein wenig mit Agnes im nahe gelegenen Park des Schlosses Belvedere ergehen, der dem Publikum offen stand.

»Also gut! Ich beeile mich!«, seufzte sie.

Und als ob Agnes' Drängen ihre Fantasie beflügelt hätte, kamen ihr die richtigen Worte nun wie von selbst.

*Mein innig verehrter Rudolf,*

*Sie verzeihen mir hoffentlich meine Unbotmäßigkeit, mich so gegen jede höfische Konvention unmittelbar an Sie zu wenden. Doch ich gestehe freimütig ein, dass sich meine Gefühle, die ich seit Langem für Sie hege, nicht länger unterdrücken lassen.*

*Mein Herz gehört Ihnen seit vielen Jahren. Ich verehrte Sie schon als kleines Mädchen. Ihr wunderbares Wesen, Ihre Freundlichkeit zu jedermann, Ihr strahlendes Lächeln nahmen mich seit jeher für Sie ein.*

*Ich sammele jede Fotografie, jeden Zeitungsartikel, in dem etwas über Sie geschrieben steht, in der Einbildung, Ihnen dadurch zumindest ein wenig näherkommen zu können.*

*Doch ach! Letztlich bleibt Papier nur Papier und ersetzt nicht den lebendigen Menschen. Deshalb verzehre ich mich in der Sehnsucht danach, Sie einmal persönlich sprechen, anstatt, wie bisher, nur aus der Ferne bewundern zu können. Jede Nacht träume ich im Wachen und im Schlafen von einer solchen Begegnung mit Ihnen.*

*Daher würde ich mich nicht nur glücklich, sondern unendlich selig fühlen, wenn dieser mein Wunsch einmal in Erfüllung ginge.*

*Dieses Briefchen vertraue ich Ihrer Cousine Marie Louise, Gräfin von Larisch, an, die ich glühend darum beneide, sich immer wieder in Ihrer erlauchten Nähe aufhalten zu dürfen. Oh, wäre mir doch nur eine Minute lang das gleiche Glück vergönnt.*

*Da Marie Louise mir eine mütterliche, verständnisvolle Freundin ist, wird Sie Ihnen meinen Gruß überbringen. So wie sie es schon einmal getan hat, ohne dass Sie sich dadurch belästigt fühlten.*

*Nun harre ich sehnsüchtig und voller Hoffnung Ihrer Antwort!*

*Ihre Sie auf ewig liebende Marie Alexandrine, Baroness von Vetsera, die alle nur Mary rufen*

## Pferderennbahn Freudenau im Wiener Prater

### *23. September 1888*

»Ja! Ja! Schneller! Schneller! Sie schaffen es!«

Wie ein Sturmwind rasten die Reiter auf ihren Rennpferden an der Haupttribüne vorbei. Die Erde erzitterte unter dem Donnern ihrer Hufe.

Noch lag Richard von Löwenstein, den Sophie so begeistert anfeuerte, mit seinem Hengst Hermes Kopf an Kopf mit seinem stärksten Rivalen, einem ungarischen Grafen aus dem Fürstenhaus Esterházy. Beide trugen ihre Galauniform, beide lagen mit dem Oberkörper fast flach auf den Hälsen ihrer Rösser, in den Steigbügeln stehend, die Gesäße gen Himmel gereckt.

Nun bogen sie nach der letzten Runde erneut in die Zielgerade ein. Der Ritt wurde noch einmal halsbrecherischer. Plötzlich scherte Richards Ross nur einen kleinen Schritt aus. Doch genug, um dem Gegner eine Viertel Pferdelänge Vorsprung zu verschaffen.

»Schneller! Schneller! Sie holen es noch auf!« Sophie schrie sich fast die Seele aus dem Hals. Vergeblich!

»Oh nein!«, rief sie, als Richard mit Hermes nur als Zweiter die Ziellinie überquerte. »Wie schade! Wie überaus schade!«

Außer Atem wischte sie sich mit ihrem Spitzentaschentuch den Schweiß von der Stirn. Es herrschte Kaiserwetter bei diesem Jubiläumsrennen zu Ehren des vierzigsten Jahrestages der

Thronbesteigung Franz Josephs. Die Sonne strahlte von einem azurblauen, nahezu wolkenlosen Himmel.

»Aber Phiefi!« Henriette von Freiberg betrachtete ihre älteste Tochter befremdet. »Nun echauffiere dich doch nicht derart, ich bitte dich! Man könnte glauben, du hättest eine erkleckliche Summe auf den Sieg dieses Rosses gesetzt!«

Sophie errötete. »Ich bitte dich um Verzeihung, Mama!« Sie legte die Hände auf ihre vom Seitenstechen schmerzende Taille. »Und Sie auch, verehrte Baronin von Vetsera!«

Während Henriette weiterhin die Stirn runzelte, erwiderte Helene Sophies zaghaftes Lächeln. »Da scheint Richard von Löwenstein ja eine große Bewunderin gefunden zu haben!«

Jetzt spürte Sophie ihr Gesicht glühend heiß werden.

»Ja, es ist allzu schade, dass er nur Zweiter bei diesem Rennen geworden ist«, seufzte die Baronin. »Denn ich hatte tatsächlich auf den Sieg seines Hengstes Hermes gesetzt.«

Sie machte eine beschwichtigende Handbewegung angesichts der bestürzten Mienen um sie herum. »Aber keine Sorge, meine Lieben! Ich habe dabei kein Vermögen verloren. Noch nicht! Erst wenn Woodman, so heißt der Wallach meines Bruders Hector, bei der Steeplechase nicht unter die ersten drei kommt, wird es teuer!«

Das Hindernisrennen, nach seinem britischen Ursprung auch in Österreich »Steeplechase« genannt, war der Höhepunkt dieses Jubiläumsrennens, das der Wiener Jockey-Club zu Ehren des Kaisers ausrichtete. Überall in Wien fanden in diesem Jahr besondere Veranstaltungen statt, um das Thronjubiläum des Monarchen gebührend zu feiern.

Ein plötzlicher Windstoß fegte durch die Loge, die sich die Vetseras heute mit Henriette von Freiberg und deren Töchtern Sophie und Milli teilten. Lachend und kreischend griffen die Damen nach ihren Hüten, damit sie nicht auf die Rennbahn geweht würden.

»Gefällt es dir denn hier trotz deiner Bedenken, Henriette?«, wandte sich Helene Vetsera an Sophies Mutter. Es war deren erster Auftritt in der gesellschaftlichen Öffentlichkeit nach dem Tod ihres Sohnes Nikki vor fast sieben Jahren.

»Ja!«, lächelte die. »Viel besser, als ich vorher angenommen habe. Und wie ich sehe, amüsieren sich auch meine Töchter ganz prächtig.«

Zu den Jubiläumsrennen hatte auch der fast sechzehnjährige Feri, der jüngste Vetsera-Spross, Urlaub aus seinem Internat bekommen und machte nun offensichtlich Milli den Hof. Für die Dreizehnjährige war es die erste öffentliche Veranstaltung, die sie überhaupt besuchte. Sie genoss die Aufmerksamkeit des jungen Burschen in vollen Zügen.

Sophie war ohnehin überglücklich. Obwohl Richard von Löwenstein wieder nicht gewonnen hatte und sie aufgrund familiärer Verpflichtungen auch während des Rennens nicht aufsuchen konnte, wie er ihr vor einigen Tagen in einem Billett mitgeteilt hatte, würde man sich schon in wenigen Tagen beim Besuch der Jubiläumsausstellung im Wiener Künstlerhaus wiedersehen.

Hinterher wollte man noch im Café Prinzess einkehren. Sophie hatte ihren Onkel bereits gebeten, eins der Separees für diesen Tag zu reservieren, und ihm auch von Richards Entschuldigung für sein Benehmen während der Frühjahrsrennen berichtet, um seine Skepsis ihm gegenüber zu beschwichtigen.

Den gemeinsamen Besuch im Künstlerhaus hatte Miguel von Braganza auf Marys Wunsch hin in die Wege geleitet. Die hatte vor, ihren Verehrer bei dieser Gelegenheit erneut über Rudolfs Aktivitäten auszufragen. Der Antrittsbesuch des deutschen Kaisers Wilhelm II. stand kurz bevor. Mary hatte von Marie Louise Larisch erfahren, dass zu den dafür geplanten Festlichkeiten auch eine große Jagdpartie nicht weit von dem Anwesen in Reichenau gehörte, auf das ein mit den Vetseras befreundeter Graf Helene und ihre Töchter zu Beginn des Oktobers eingeladen hatte.

Als Hanna, die die Ausstellung bereits gesehen hatte, sich weigerte, Miguel und Mary als Anstandsdame zu begleiten, gab Helene, wie so oft, Marys Drängen nach, anstelle Fräulein Mohr, der Gesellschafterin, Richard von Löwenstein und Sophie von Werdenfels mitzunehmen. Das tat Marys Mutter wohl auch in der Hoffnung, ihre Tochter und Miguel würden sich in den letzten Wochen der Halbtrauer um Albin Vetsera wieder ein Stück näherkommen.

Was konnte denn auch passieren, wenn sich zwei wohlerzogene Paare am helllichten Tag an so belebten Plätzen wie einer Kunsthalle und einem Café aufhielten? Dass dies dennoch gegen die strengen gesellschaftlichen Wiener Konventionen für unverheiratete Komtessen verstieß, nahm Helene in Kauf, da Mary damit drohte, die Einladung Braganzas abzulehnen, wenn die Promeneuse sie zu dieser begleiten sollte.

Auch Sophie musste zumindest vonseiten ihres Stiefvaters keine negativen Konsequenzen infolge ihres leichten Verstoßes gegen die guten Sitten befürchten. Arthur von Freiberg war in Kairo des Wartens auf eine Initiative seines Ministeriums, ihn zum Freiherrn adeln zu lassen, müde geworden.

Während seines kurzen Sommerurlaubs in Wien war er daher selbst im Ministerium des Äußeren vorstellig geworden und hatte eine schriftliche Bitte um wohlwollende Förderung seines Anliegens eingereicht. Seither wartete er auf die Antwort. Der Kaiser pflegte nämlich nicht zu hinterfragen, ob ein verdienter Diplomat geadelt werden sollte, wenn ihm das Ministerium dies vorschlug.

In der sicheren Erwartung auf einen positiven Bescheid hatte Arthur Henriette und Sophie daher regelrecht befohlen, sich zu Beginn der Herbstsaison, die mit dem heutigen Jubiläumsrennen eröffnet wurde, auch außerhalb des Palais in der Öffentlichkeit zu zeigen. So war die zunächst zaghaft widerstrebende Henriette heute mit in die Freudenau gekommen und lebte dabei, zu ihrer eigenen größten Überraschung, regelrecht auf.

»Schau!« Mary puffte Sophie in die Seite. »Da kommt dein

Verehrer wieder mit dieser Amalie von Thurnau am Arm! Es soll eine entfernte Cousine von ihm sein.«

Tatsächlich wandelte das Paar mit gemessenen Schritten soeben unterhalb der Loge der Vetseras vorbei. Wieder vermied Richard jeden Blickkontakt zu Sophie, wieder fuhr ihr ein Stich durch die Brust, obwohl sie durch sein Billett ja darauf vorbereitet war, dass es zu keinem persönlichen Kontakt kommen würde. In diesem Schreiben hatte sich Richard auch mit den bereits zitierten »familiären Verpflichtungen« bei ihr dafür entschuldigt, sie während der Frühjahrsrennen nicht aufgesucht zu haben.

Dass er Sophie jedoch heute wie damals nicht einmal grüßte, verwirrte sie trotz seiner Erklärungen. Auch zu den Jours fixes ihrer Mutter war Richard seit dem ersten Rennen in der Freudenau im April nicht mehr erschienen. Umso mehr hatte sie sich über sein Schreiben gefreut, fühlte sich nun aber wieder verzagt. Mit einer solchen Rivalin um Richards Gunst, sollte es denn eine sein, konnte sie, Sophie, wahrlich nicht mithalten, wurde ihr erneut klar. Denn Amalie in ihrem zartgelben, mit dunkelblauen Einsätzen versehenen Kostüm und dem dazu passenden Strohhut mit dem breiten blau-gelben Band war erneut sehr elegant gekleidet und wunderschön.

*Auf eine eisige Weise schön,* kam Sophie plötzlich ein absonderlicher Gedanke. Erst neulich war ihr beim Aufräumen ein altes Märchenbuch von Hans Christian Andersen in die Hände gefallen, das auf dem Titelblatt die Schneekönigin zeigte. *Amalie von Thurnau hat eine ähnliche Ausstrahlung.*

Plötzlich packte sie das Verlangen, den beiden nachzuschauen. »Leihst du mir einmal dein Opernglas?«, bat sie Mary.

Doch die reagierte nicht, sondern hatte es auf die Hofloge gerichtet, in der sich außer dem Kronprinzen auch sein Großonkel Erzherzog Albrecht, seine Cousins Franz Ferdinand und Otto sowie der Prinz von Wales, der schon seit einigen Wochen zu Besuch in Österreich weilte, aufhielten.

Mit bloßem Auge erkannte Sophie, dass sich Richard und Amalie in eine Loge ganz in der Nähe der Hofloge begaben.

»Wollen wir einen kleinen Spaziergang machen?«, schlug sie Mary spontan vor. Dann würde Richard sie wenigstens sehen können. Vielleicht erhaschte sie ja auch einen näheren Blick auf die kühle Schönheit an seiner Seite.

Zu ihrer Enttäuschung und Verblüffung schüttelte Mary jedoch den Kopf. »Ich habe heute keine Lust dazu«, erklärte sie. »Zumal sich Marie Louise in der Hofloge aufhält und nicht mitgehen kann.«

»Aber Mama könnte uns doch begleiten«, schlug Sophie vor. Damit würde Henriette von Freiberg sogar der Forderung ihres Gatten Genüge tun, sich einer breiteren Öffentlichkeit zu zeigen.

Diesmal antwortete Mary gar nicht. Wie gebannt starrte sie weiterhin in die Hofloge. Nun wurde Sophie neugierig. Ging da etwas Besonderes vor sich? Sie kniff die Augen zusammen, um besser sehen zu können.

Tatsächlich beugte sich die Gräfin Larisch gerade zu Rudolf hinab und schien ihm etwas zuzuflüstern. Beide traten an die Balustrade der Loge unter der überdachten Tribüne. Eine kurze Weile standen sie dort. Dann setzte der Kronprinz sich wieder.

Marie Louise blieb stehen und wandte ihren Blick in Richtung der Vetsera-Loge. Sie hob ihre Hand und reckte einen winzigen Moment lang den rechten Daumen empor.

Zu Sophies erneuter Verblüffung stieß Mary einen kleinen Jubelschrei aus.

»Warum freust du dich so? Hat Marie Louise beim Wetten gewonnen?« Sophie wusste von Mary, dass die Gräfin oft knapp bei Kasse war.

»Ja, in der Tat! Heute hat Marie Louise gewonnen!« Mary strahlte über das ganze Gesicht. »Und darüber bin ich genauso glücklich wie sie!«

## Mizzi Caspars Haus in der Heumühlgasse

### *26. September 1888*

»Ich bin Ihnen unendlich dankbar, dass Sie meiner Bitte so rasch gefolgt sind, lieber Richie! Ich weiß mir überhaupt keinen Rat mehr!« Mizzi Caspar rang ihre Hände in einer Geste der Verzweiflung. »Es wird Tag für Tag schlimmer mit ihm.«

Richard nickte betroffen. Auch ihm war aufgefallen, dass Rudolf in jüngster Zeit immer öfter zerstreut wirkte und seine Stimmung extrem schwankte. Bei manchen Sitzungen seines Stabs war er optimistisch, manchmal geradezu euphorisch. Anderentags konnte er bereits wieder in tiefe Melancholie versinken, die er nicht einmal mehr vor den Stabsoffizieren zu verbergen suchte, mit denen er nicht so eng befreundet war wie mit Richard.

Am befremdlichsten war es jedoch, dass Richard häufig für diese Stimmungsschwankungen Rudolfs keine objektive Ursache ausmachen konnte. Weder lagen der Melancholie persönliche Niederlagen zugrunde, wie zum Beispiel eine unerfreuliche Audienz des Kronprinzen bei seinem Vater. Noch konnte er Erfolge bei seinen Bemühungen um eine Modernisierung der ihm anvertrauten Infanterie vermelden, wenn er geradezu überschäumend fröhlich war.

»Was meinen Sie denn mit ›schlimmer‹, Mizzi?«, tastete sich Richard nun vorsichtig vor.

»Rudolf ist völlig ohne Hoffnung und glaubt fest daran, dass er niemals Kaiser werden wird. Und er spricht immerzu davon, dass er jung sterben müsse. Er hat sogar …«

Sie stockte.

»Was hat er sogar?«

»Ach nichts«, wehrte Mizzi ab.

Richard hatte das untrügliche Gefühl, dass sie ihm das Schlimmste verschwieg.

»Also, was ist Ihnen denn aufgefallen?«, insistierte er. »Wenn ich Ihnen helfen soll, muss ich Genaueres wissen.«

Mizzi biss sich auf die Lippen und strich sich immer wieder nervös über die Hände.

»Geht es um seine Scheidung von Stephanie?«, wagte Richard einen Vorstoß. »In ganz Wien geht das Gerücht um, Rudolf habe sich an den Papst gewandt, um seine Ehe annullieren zu lassen.«

»Der Papst hat Rudolf noch nicht geantwortet«, bestätigte Mizzi den Klatsch. »Und der päpstliche Nuntius in Wien hält ihn hin. Aber ich glaube nicht, dass ihn das im Augenblick so sehr niederdrückt.«

»Was ist es dann? Etwa der bevorstehende Antrittsbesuch seines Vetters Wilhelm, bei dem er gute Miene zum bösen Spiel machen und zusammen mit ihm und Stephanie in der Öffentlichkeit Harmonie vortäuschen muss?«

Mizzi schüttelte den Kopf, sagte aber immer noch nichts. Da ihr Mienenspiel ihren inneren Kampf verriet, wagte Richard einen letzten Vorstoß. »Geht es um Rudolfs Gesundheit? Ist er wieder kränker geworden?«

»Das weiß ich nicht so genau, Richie!« Mizzi hob ratlos beide Hände. »Darüber spricht er gar nicht mit mir. Er versucht im Gegenteil sogar, vor mir zu verheimlichen, wenn es ihm schlecht geht. Aber ich glaube schon, dass er immer wieder starke Schmerzen hat, vor allem in den Gelenken.«

Richard stieß einen Laut des Bedauerns aus. Er wusste, dass eine fortschreitende Gonorrhoe diese Symptome zeitigte.

»Außerdem fühlt er sich immer öfter nicht als Mann«, fügte Mizzi hinzu. »Trotz des Alkohols, mit dem er das zu bekämpfen versucht, wenn Sie verstehen.«

Anfangs verstand Richard nichts. Dann dämmerte ihm die Wahrheit. »Sie meinen …« Er wusste nicht, wie er es taktvoll formulieren sollte. Ein Mann wie Rudolf war mit gerade einmal dreißig Jahren impotent? Ein Mann, für den die Freuden der körperlichen Liebe seit jeher zu seinen größten Vergnügungen zählten?

»Ja, so ist es«, bestätigte Mizzi Richards unausgesprochenen Verdacht. »Und glauben Sie mir, ich habe bei Frau Wolf so manchen Kniff gelernt, um mit männlichem Unvermögen fertigzuwerden«, erklärte sie mit entwaffnender Offenheit. »Doch bei Rudolf versagen meine Mittel immer häufiger.«

»Dabei liebt er mich innig, das spüre ich«, ergänzte sie mit leiser Stimme.

Auch Richard hegte daran nicht den geringsten Zweifel. Da er immer sicherer war, dass ihm Mizzi noch etwas vorenthielt, entschloss er sich zur direkten Konfrontation.

»Worum geht es Ihnen wirklich, Mizzi? Sie verschweigen mir etwas. Wenn Sie mir nicht alles sagen, was Sie gehört oder beobachtet haben, kann ich Ihnen und vor allem Rudolf nicht beistehen.«

Jetzt traten Tränen in ihre Augen. »Er spricht immer häufiger von seinem Tod«, flüsterte sie.

Richard wurde trotz des traurigen Themas ein wenig ungeduldig. »Das sagten Sie schon, und ich weiß es auch. Er ist aus unerfindlichen Gründen der Überzeugung, jung sterben zu müssen. Das hat er auch mir gegenüber öfter geäußert. Ich halte es für ein Zeichen seiner Melancholie. Aber es dünkt mich noch kein Grund für die Befürchtung zu sein, dass er wirklich bald sterben wird.«

»Er will es selbst tun.« Mizzi sprach nun so leise, dass Richard anfangs glaubte, sich verhört zu haben.

»Was will er selbst tun?«

»Sich entleiben. Beim Husarentempel in Mödling. Er sagt, das würde seine Ehre erheischen.« Richard musste sich zu Mizzi hinüberbeugen, um sie überhaupt verstehen zu können.

Er erschrak zutiefst. »So konkret denkt er darüber nach? Hat er Ihnen das so gesagt?«

Nun rannen Mizzi die Tränen über die Wangen. »Er hat

mich sogar an diesen Ort geführt und gebeten, mit ihm zu sterben.«

Richard fehlten zunächst die Worte. »Er hat Sie gebeten, mit ihm in den Tod zu gehen?« Er konnte es kaum glauben.

Mizzi schluchzte auf. »Ich habe den Vorschlag anfangs für einen schlechten Scherz gehalten. Doch er meinte ihn ernst.«

»Und wie haben Sie darauf reagiert?«

»Ich habe es natürlich weit von mir gewiesen. Doch er lässt von diesem Gedanken nicht ab. Bei jedem Besuch spricht er aufs Neue davon und bedrängt mich, mit ihm zu sterben. Er sagt sogar, es sei auch das Beste für mich! Aber nicht, warum es das Beste sein soll.«

Sie schlug beide Hände vors Gesicht und weinte nun hemmungslos. Noch selbst unter Schock setzte Richard sich neben sie auf die Chaiselongue und streichelte ihre Schulter.

Schließlich fasste sich Mizzi wieder. »Ich weiß nicht mehr, was ich tun soll«, sagte sie mit vom Schluchzen rauer Stimme. »Wie ich schon zu Beginn sagte, es wird von Tag zu Tag schlimmer mit ihm.«

»Könnten Sie nicht einmal mit ihm sprechen?«, flehte sie Richard an. »Sie sind einer seiner besten Freunde. Aber Sie dürfen ihm nicht verraten, dass ich Sie eingeweiht habe! Er hat mir einen heiligen Eid abgenommen, dass ich niemandem auch nur ein Sterbenswörtchen von seinen Plänen erzähle.«

# Kapitel 11

**Wiener Künstlerhaus**

***30. September 1888***

»Wie gefällt dir dieses Bild?«

Mary war vor einem Gemälde stehen geblieben und hielt Sophie, die gerade Miguel von Braganza und Richard von Löwenstein nacheilen wollte, auf. Die beiden betrachteten weiter hinten in der Halle eine überdimensionale Schlachtszene aus einem der letzten österreichischen Kriege.

Sophie trat näher und glaubte zuerst, Mary wolle ihr noch ein Bild zeigen, auf dem sie selbst porträtiert worden war, wie auf dem Ölgemälde der Eislaufbahn des Malers Demeter Diamantidi. Sie nahm das Bild, auf das Mary wies, näher in Augenschein. Im ersten Moment war sie verwirrt von der Szene, die sich ihr darauf bot.

»Was tut der Mann denn da? Will er das arme Mädchen in die Fluten werfen?«

Das in düsteren Farben gehaltene Bild zeigte einen schnauzbärtigen Mann, der eine offensichtlich um einiges jüngere Frau, die die Augen geschlossen hatte, an den Schultern umfasst hielt. Beide standen bei stürmischem Wetter am Ende eines Stegs, der von den Fluten eines vom Wind aufgewühlten Flusses umspült wurde.

»Nein!« Mary klang gereizt. »Die beiden wollen sich gemeinsam das Leben nehmen! Siehst du das denn nicht?«

Erst jetzt bemerkte Sophie den Strick, den sich das Paar um

den Leib gebunden hatte. *Die Lebensmüden* las sie den dazu passenden Titel des Gemäldes. Es stammte von einem Künstler namens Emil Neide.

»Ach Gott!« Unwillkürlich schauderte Sophie zusammen. »Was für eine entsetzliche Szene! Welcher Maler wählt denn ein solches Motiv? Und warum stellt man es auch noch aus?«

Aber Mary hörte sie gar nicht. Sie stand weiterhin versunken vor dem Bild. »So geht es Menschen, die an ihrer Liebe verzweifeln«, murmelte sie. »Sie wählen lieber den Tod, als sich zu trennen! Das Seil vereint die beiden in ihren letzten Lebensminuten!«

»Furchtbar!«, erwiderte Sophie. »Es muss schrecklich sein zu ertrinken! Zumal in wahrscheinlich eisigem Wasser. Der Kleidung der beiden nach zu schließen ist es Herbst oder sogar schon Winter.«

»Kein Tod kann schrecklicher sein als der Umstand, dass zwei Liebende auseinandergerissen werden. Vielleicht ist der Mann ja verheiratet und kann seine Liebste niemals zur Frau nehmen. Da wählt er für beide lieber den Tod!«

»Aber das ist ein furchtbares Schicksal!«, wandte Sophie ein. »Und du sprichst darüber, als hättest du selbst überhaupt keine Angst davor.«

»Das stimmt«, bestätigte Mary Sophies Vermutung. »Seit Laszis Tod habe ich viel über das Sterben nachgedacht. Der Tod trifft Junge und Alte, Gesunde und Kranke, ganz so, wie es ihm beliebt. Anstatt also darauf zu warten, dass er einen zufällig ereilt, wie Laszi beim Brand des Ringtheaters, würde ich es vorziehen, selbst die Kontrolle über das Ende meines Lebens zu haben.«

Sophie war erschüttert. Diese Gedanken hatte Mary ihr noch nie anvertraut, obwohl sie sie offensichtlich schon seit langer Zeit hegte. Laszis Tod lag mittlerweile fast sieben Jahre zurück.

»Dennoch ist das ein schreckliches Motiv für ein Gemälde«, entgegnete sie hilflos.

»Absolut unverantwortlich!« Unbemerkt von den jungen Frauen war Miguel hinter sie getreten. »Eine Schande für unser Geschlecht! Denn offensichtlich ist es der Mann, von dem diese wahnwitzige Regung ausgeht! Was für ein erbärmlicher Mensch muss das sein! Reißt eine junge, naive Frau, die ihm vertraut, mit in ein so scheußliches Ende! Unglaublich, dass die Jubiläumsausstellung ein solches Machwerk zeigt. Es verunglimpft die Ehre eines jeden guten Mannes!«

Mary fuhr zu ihm herum. »Ich kann gut verstehen, dass diese junge Frau ihrem Geliebten in den Tod folgen will!«, fauchte sie ihn an. »Ich glaube, sie tut es freiwillig. Denn nichts schmerzt mehr als eine unerfüllbare Liebe!«

Miguel war verblüfft. Dann lachte er verlegen auf. »Insofern trifft es sich gut, dass ich Witwer bin.«

Sophie verstand genau, was Miguel meinte. Einer Heirat zwischen Mary und ihm würden keine unüberwindbaren Schranken im Wege stehen. Mary selbst überging seine Bemerkung.

»Jedenfalls ist es mir ein Rätsel, warum die Gemetzel auf den Schlachtfeldern eine bessere Art zu sterben darstellen sollen als ein Sprung in die Fluten mit der geliebten Frau im Arm. Dass man diese Schlachtgemälde zeigt, scheint niemanden zu stören!«

»Das Bild, das wir gerade betrachtet haben, zeigt die Schlacht von Aspern!« Jetzt war auch Richard zu der Gruppe hinzugetreten. »Es war ein glorreicher Sieg unserer Armee über den Usurpator Napoleon Bonaparte! Mich dünkt dies ein gutes Motiv für eine Ausstellung zu Ehren des vierzigjährigen Thronjubiläums unseres Kaisers zu sein! Jedenfalls besser als ein feiger Selbstmord!«, stärkte er Miguel den Rücken.

Sophie betrachtete Mary und Richard stirnrunzelnd. Beide schienen ihr heute von Anfang an in trüber Stimmung gewesen zu sein.

Bei Mary ahnte sie zumindest den Grund. Sie hatte Sophie anvertraut, dass die Gräfin Larisch Kronprinz Rudolf ein Liebesbriefchen aus ihrer Hand übergeben hatte. Sophie erinnerte sich an die Szene beim Jubiläumsrennen in der Freudenau, wo die Gräfin Mary die erfolgte Übergabe mit dem erhobenen Daumen signalisiert hatte.

Anfangs war sie zutiefst schockiert gewesen. Ihrer Auffassung nach hatte sich Mary mit diesem Schritt völlig kompromittiert. Dass sie und Marys Zofe Agnes außer der Gräfin die einzigen Eingeweihten in diese zunehmenden Tollheiten ihrer Freundin waren, bereitete ihr zudem heftiges Unbehagen. Zumal Mary sie beide darüber zu absolutem Stillschweigen verpflichtet hatte. Gerne hätte Sophie die Gräfin Larisch darauf angesprochen, warum sie Mary nicht ins Gewissen geredet, sondern deren unsinnige Handlung stattdessen auch noch unterstützt hatte. Doch Marie Louise war kurz nach den Rennen wieder nach Pardubitz abgereist.

Dass Mary bislang vergeblich auf eine Antwort Rudolfs wartete, beruhigte Sophie zwar von Tag zu Tag mehr. Allerdings stand ihre sorgsam vor Mary verborgene Erleichterung in krassem Gegensatz zu deren eigener Stimmung, die sich beständig verschlechterte.

*Kein Wunder, dass sie gegenüber jedermann so gereizt ist,* ging es Sophie durch den Kopf. *Doch dass auch Richard so schlechter Stimmung ist, hätte ich nicht erwartet.*

## Café Prinzess am Graben

### *30. September 1888, eine Stunde später*

»Ist alles nach den Wünschen der verehrten Herrschaften?«

Stephan Danzer ließ es sich nicht nehmen, sich persönlich vom Wohlbefinden seiner hohen Gäste zu überzeugen, die in einem der Separees seines Cafés Platz genommen hatten. Schließlich gehörten sowohl Miguel von Braganza als auch

Richard von Löwenstein zum hoffähigen Hochadel. Solch hochstehende Besucher beehrten sein Kaffeehaus keineswegs jeden Tag.

»Die Gänseleberpasteten-Schnittchen sind wirklich köstlich, Herr Danzer. Ich ziehe sie, offen gestanden, jeder Ihrer Torten vor«, antwortete ihm Richard von Löwenstein als Erster.

Trotz seiner noch nicht ganz ausgeräumten Vorbehalte gegenüber Richard grinste Stephan Danzer daraufhin erfreut über das ganze Gesicht. »Soviel ich weiß, war es ja sogar Ihre Idee, diese Kanapees auch im Café Prinzess anzubieten. Das hat mir meine liebe Nichte Sophie vor einiger Zeit berichtet. Ich bin daher sowohl ihr als auch Ihnen zu Dank verpflichtet, verehrter Herr von Löwenstein.«

»Phiefis Ideen sind über alle Maßen wertvoll«, fügte Danzer hinzu. »Ihrer Kreativität verdanken wir auch das beliebteste Produkt im vergangenen Sommer, ein Erdbeergelee. Wir konnten es kaum so schnell herstellen, wie es verzehrt wurde.«

Sophie lächelte ob des Lobs ihres Patenonkels geschmeichelt und voller Freude.

»Vielleicht solltet ihr auch noch die Lachsschnittchen kosten«, schlug sie Miguel und Richard vor. »Oder die ganz neue Spezialität meines Onkels: hauchdünne, mit verschiedenen Arten von Käsecreme bestrichene Weißbrotschnitten nach Art der Briten. Dort nennt man sie ›Sandwiches‹!«

»Sogar der Prinz von Wales hat sie sich während seines Aufenthalts in Wien ins Grand Hotel liefern lassen«, fügte sie stolz hinzu.

»Dann bringen Sie uns doch bitte eine Platte mit diesen Delikatessen!«, entschied Miguel. »Und bitte für meinen Freund und mich noch eine weitere Flasche dieses köstlichen Rieslings. Er stammt aus Rheinbayern, wenn ich recht unterrichtet bin.«

Danzer nickte stolz. »Die Weinhandlung, über die ich diese Sorte beziehe, gehört zu den besten im Deutschen Kaiserreich.«

»Darf ich den Damen auch noch etwas bringen?«, fragte er

sodann mit einer leichten Verbeugung. »Vielleicht ein Gläschen Eiswein?« Es war bereits halb sechs Uhr abends. Nicht zu früh, um auch Frauen ein alkoholisches Getränk anzubieten.

»Nein, nein!«, wehrten beide ab.

»Ich hätte gerne noch ein Glas Orangenlimonade!«, bat Sophie.

»Und Sie, gnädiges Fräulein?«

»Danke, ich brauche nichts«, entgegnete Mary unfreundlich. Sie hatte noch kaum etwas zu sich genommen. Ihre Mandelmelange war mittlerweile kalt geworden, das Stück Blaubeersahnetorte in sich zusammengefallen und unansehnlich.

»Darf ich das mitnehmen?«, fragte Danzer denn auch stirnrunzelnd angesichts der verdorbenen Köstlichkeit. Sophie hatte sie Mary bei der Ankunft im Café als die neueste Tortenkreation ihres Onkels angepriesen.

Mary nickte nur. Seit dem Besuch der Ausstellung gab sie sich einsilbig und unzugänglich.

Miguel von Braganza seufzte vernehmlich, als sich Danzer mit dem schmutzigen Geschirr zurückgezogen hatte. »Vielleicht hätten wir doch anstelle der Ausstellung eine Fahrt durch den Prater unternehmen sollen. Mich dünkt, die Betrachtung der Gemälde hat uns allen die Stimmung verdorben.«

Offensichtlich meinte er vor allem Mary, war aber zu höflich, um es auszusprechen.

Die hob jetzt trotzig den Kopf und blitzte ihren Verehrer aus ihren dunkelblauen Augen zornig an.

»Mir hat die Ausstellung sehr gut gefallen«, behauptete sie. »Besonders das Gemälde der Lebensmüden!«

Miguel runzelte die Stirn. »Was hat dich denn ausgerechnet daran so fasziniert?«

»Dass zwei Menschen frei über ihr Schicksal entscheiden. Sich jenseits aller Konventionen so verhalten, wie ihnen zumute ist.«

»Sie wollen sich das Leben nehmen!«, warf Richard ein.

»Das dünkt mich die schlechteste Entscheidung zu sein, die zwei Menschen treffen können.«

»Mir erscheint es eher wie eine Erlösung aus unendlicher Qual!«, entgegnete Mary. Ihr Tonfall ließ keinen Zweifel daran, dass sie ihre diesbezügliche Ansicht nicht ändern würde. »Ich würde das gleiche Schicksal wählen, wenn es der einzige Ausweg wäre.«

Einen Moment lang schwiegen alle schockiert. Genau in diesem Moment brachte ein Serviermädchen die nachbestellten Speisen und Getränke.

Miguel wartete ab, bis sich die Kellnerin wieder entfernt hatte. Dann wandte er sich an Richard. »Ich werde an den Direktor der Ausstellung schreiben, welch schlimme Wirkung dieses Gemälde auf junge, empfindsame Damen hat«, kündigte er an. »Ich habe ihn neulich auf einer Vernissage kennengelernt. Er sollte das Bild umgehend entfernen lassen.«

Richard nickte zustimmend.

»Und was sind deine Pläne für die nächsten Tage, Miguel?«, lenkte er dann vom Thema ab. »Hast du Verpflichtungen rund um den Antrittsbesuch des neuen deutschen Kaisers Wilhelm?«

Dessen Staatsbesuch stand kurz bevor. Am 3. Oktober würde Wilhelm mit großem Gefolge in Wien eintreffen.

Miguel nickte. »Ich werde an der Jagdgesellschaft in Mürzsteg teilnehmen, die der Kaiser und Kronprinz Rudolf für ihre deutschen Gäste ausrichten.«

Er war zu taktvoll zu fragen, ob Richard ebenfalls eingeladen war. Offensichtlich war dies nicht der Fall, schloss Sophie daraus. *Ist das vielleicht der Grund für seine bedrückte Stimmung?*

Marys unerwartete Reaktion lenkte sie von ihren Grübeleien ab. »Liegt Mürzsteg in der Nähe von Reichenau?«, fragte sie, plötzlich mit ihrer gewohnten Lebhaftigkeit.

»So ist es, Mary. Nicht weit davon, wo du bald hinreisen wirst. Wahrscheinlich fährt der Hofzug geradewegs über das

Payerbacher Viadukt, das fußläufig vom Anwesen zu erreichen ist, wo du ab übermorgen Quartier nehmen wirst.«

Mary strahlte nun über das ganze Gesicht. »Sehr interessant«, meinte sie nur, doch ihre Miene strafte ihre distinguierte Antwort Lügen.

»Werden Sie auch an der Jagdgesellschaft teilnehmen, Richie?«, stellte sie die Frage, die Miguel vermieden hatte.

Richard schüttelte den Kopf. »Um zu der illustren, handverlesenen Gästeschar dieses Staatsbesuchs zu gehören, ist mein Rang bei Hofe nicht bedeutend genug«, räumte er offen ein.

»Dann können Sie ein paar freie Tage genießen?«, sprach Sophie Richard an. Bislang hatten sie zu ihrer Enttäuschung kaum ein Wort miteinander gewechselt.

Richard verneinte. »Leider nicht, Phiefi. Ich habe eine Menge Akten aufzuarbeiten. Der Kronprinz wird demnächst eine weitere Inspektionsreise zu seinen Infanterietruppen unternehmen. Das muss vorbereitet werden.«

»Oh, wann wird der Kronprinz denn abreisen?« Erneut mischte Mary sich ein, diesmal mit wieder umwölkter Stirn.

»Erst nach der feierlichen Eröffnung des neuen Hofburgtheaters«, gab Richard bereitwillig Auskunft.

Marys Miene entspannte sich wieder. »Darauf freue ich mich schon sehr«, sagte sie. »Zum Glück ist diese elende Halbtrauerzeit kein Hindernis für den Besuch des Theaters.«

Wieder war Sophie befremdet, wie wenig Mary den Tod ihres Vaters betrauerte.

»Und deine Mutter und du, ihr werdet ja ebenfalls teilnehmen, Phiefi. Weißt du schon, was du anziehen wirst? Ich verhandele noch immer mit Mama, dass ich ein weißes Abendkleid mit ganz wenigen schwarzen Akzenten tragen will«, plapperte sie nun lebhaft weiter. »Wir alle werden Plätze in der Parterreloge der Esterházys haben. Werden Sie ebenfalls da sein, Richie?«, wandte sie sich wieder an Richard.

Der nickte, wirkte dabei jedoch alles andere als fröhlich.

»Mein Onkel Adalbert von Thurnau hat mich und meine Eltern in seine Loge eingeladen.«

»Wird Ihre Cousine ebenfalls mitkommen?« Die Worte entschlüpften Sophie, ohne dass sie zuvor darüber nachgedacht hätte. Sie errötete. »Ich … ich habe gehört, die Dame, die Sie bei den Rennen begleitet hat, sei mit Ihnen verwandt«, ergänzte sie verlegen.

Richards Gesichtszüge versteinerten. »Ja. Meine Cousine Ami ist auch dabei!«, erklärte er kurz angebunden.

»Ami? Ist das der Kurzname der Dame?«, fragte nun Mary.

»So ist es. Ihr Taufname ist Amalie Maria Elisabeth.«

Sein Tonfall signalisierte deutlich, dass er keine weiteren Fragen zu diesem Thema wünschte. Eine kurze Weile herrschte verlegenes Schweigen rund um den Tisch, bevor sich die Unterhaltung wieder unverfänglicheren Themen zuwandte.

Richard blieb dabei einsilbig. Schließlich zog er eine Taschenuhr hervor.

»Oje! Es ist bereits nach sechs Uhr. Wir sollten aufbrechen, um die Damen rechtzeitig zum Abendessen nach Hause zu bringen. Das haben wir ihren Müttern versprochen.«

Erst auf dem Weg ins Palais Vetsera, wo ihre Mutter Henriette auf sie wartete, fiel Sophie auf, dass Richard kein einziges der nachbestellten Schnittchen gekostet hatte.

## In einem Heurigen in Grinzing

***12. Oktober 1888***

»Zur schwarzen Mitzi sagt a Herr ganz leis, mei Schatzerl's Herz brennt für dich gar so heiß …«, schmetterte Rudolf aus voller Kehle im Duett mit seinem Leibfiaker Josef Bratfisch.

Dazu spielte eine Kapelle aus drei Musikanten, einem Geiger, einem Gitarristen und einem Harmonikaspieler die sogenannte Schrammelmusik. Zwischen den einzelnen Strophen des Lieds spitzte Bratfisch die Lippen und pfiff die Melodie mit einer Virtuosität, um die ihn manch ein Flötenspieler beneidet hätte.

Neben seinem Beruf als Fiaker war Josef Bratfisch ein in Wien recht bekannter Heurigensänger und Kunstpfeifer. Ein Instrument beherrschte er nicht. Doch die Musik lag ihm im Blut, wie er immer wieder beteuerte.

*Dass der Kutscher, ein Mann aus dem einfachen Volk, mittlerweile zu einem der wichtigsten Vertrauten Rudolfs geworden ist, spricht allein schon Bände,* dachte Richard. Bratfisch fuhr den Kronprinzen mit seinem unauffälligen geschlossenen Fiaker zu seinen Stelldicheins mit Mizzi Caspar und anderen Liebschaften, die Rudolf in seinem übermäßigen Geschlechtstrieb auch weiterhin unterhielt.

Eigentlich hätte Mizzi Caspar an Richards Stelle heute nach Grinzing, einem für seine vielen Buschenwirtschaften bekannten Wiener Vorort, mitkommen sollen. Sie lag aber mit heftigen Leibschmerzen zu Bett. Deshalb hatte Rudolf Bratfisch zu Richards Wohnung in die Hofburg geschickt, um ihn um seine Begleitung zu bitten. Beide hatten ihre Uniformen gegen schlichte Handwerkerkittel getauscht, um inkognito zu bleiben.

Diese Verkleidung in Kombination mit Bratfischs Talent, die allgegenwärtigen Geheimagenten des Ministerpräsidenten von Taaffe abzuhängen, würde Rudolf trotz Mizzis Unwohlsein einen unbeschwerten Abend in diesem Heurigen ermöglichen. Niemand würde ihn in seiner schäbigen Kleidung erkennen. Die Wirtschaft, malerisch im Innenhof eines Fachwerkhauses gelegen, war eins von Bratfischs Stammlokalen, in denen er häufig auftrat.

Richard begleitete Rudolf zum ersten Mal seit einigen Monaten wieder zu einer solchen Vergnügung. Dies löste gemischte Gefühle in ihm aus.

Einerseits war der Wein recht sauer, die lehnen- und kissenlosen Holzbänke waren hart und unbequem, die Schrammelmusik zu laut.

Andererseits blühten in dem mit herbstlich buntem Weinlaub überdachten Hof überall farbenprächtige Blumen in großen Steintöpfen und zwei alten Viehtränken. Die Schankmädchen waren sauber und adrett gekleidet, außerdem zog Richard eine herzhafte Mahlzeit bestehend aus Geselchtem, Winzerkäse und derbem Bauernbrot ohnehin einer Vielzahl von Delikatessen vor.

Also hätte er den Abend genossen, hätte ihm nicht buchstäblich das Gespräch im Magen gelegen, das er während der Kutschfahrt nach Grinzing mit dem Kronprinzen geführt hatte. Die Gedanken daran ließen ihn einfach nicht los und verdarben ihm den Appetit. Deshalb war er sogar froh um die laute Musik, die jedes Gespräch vereitelte.

Tatsächlich hatte ihm Rudolf heute endlich den schwerwiegendsten Grund für seine fortwährende Melancholie anvertraut und ihn damit unwissentlich in ein weiteres Dilemma gestürzt. Wegen des aufwendigen Festprogramms rund um den Staatsbesuch von Kaiser Wilhelm war dies für Richard die erste Gelegenheit gewesen, nach seinem Gespräch mit Mizzi wieder unter vier Augen mit Rudolf zu sprechen.

Vorsichtig sprach er ihn auf seine Stimmungsschwankungen an, ohne Mizzi Caspar mit einem Wort zu erwähnen.

»Ich mache mir Sorgen um dich«, begann er aufrichtig. »Irgendetwas liegt dir wie Blei auf der Seele, Rudolf. Da bin ich mir sicher.« Er machte eine kleine Pause und wartete, ob Rudolf protestieren würde. Doch der Kronprinz wich seinem Blick aus und zündete sich eine weitere Zigarette an.

Richard wollte das Fenster der Kutsche nicht öffnen, da ihre Unterredung in höchstem Maße vertraulich war. Er versuchte, seine aufsteigende Übelkeit aufgrund des Qualms und der schwankenden, über schlechte Straßen holpernden Kutsche zu ignorieren.

»Möchtest du mir nicht anvertrauen, was dich bedrückt?«, insistierte er, durch Rudolfs Schweigen ermutigt.

»Ich werde bald sterben. Das ist jetzt gewiss«, fiel der Kronprinz nun mit der Tür ins Haus. Obwohl Richard mit schlechten Nachrichten gerechnet hatte, fuhr ihm der Schrecken durch alle Glieder. Diese Behauptung Rudolfs klang nicht mehr wie eine vage Äußerung seiner Niedergedrücktheit, sondern sehr konkret.

»Was … was heißt das, du wirst bald sterben?«, stammelte er. »Woran denn um Himmels willen? Am Tripper stirbt man doch nicht«, argumentierte er hilflos. Wieder kam ihm der furchtbare Verdacht, der ihn schon einmal bewegt hatte. Rudolf rauchte zu viel, wie einst Kronprinz Friedrich von Preußen, der elendiglich an Kehlkopfkrebs zugrunde gegangen war.

»Oder hast du ein anderes tödliches Leiden?«, fragte er bang. Das Herz schlug ihm bis zum Hals.

Zu seinem Entsetzen nickte Rudolf. »Ich habe mir wohl eine zweite venerische Krankheit zugezogen. Eine, die nicht so glimpflich verläuft wie die Gonorrhoe.«

Zunächst verstand Richard gar nichts. Sein Kopf war wie leer gefegt.

»Was …« Er räusperte sich. »Was meinst du denn?«

»Na, was denn wohl! Die Franzosenkrankheit natürlich«, antwortete Rudolf ungeduldig.

»Die Syphilis? Du leidest an der Syphilis?« Richards Verstand weigerte sich, diese Katastrophe zu erfassen. »Aber … aber ist das denn überhaupt möglich? Kann man denn zugleich an zwei venerischen Krankheiten leiden?«

»Wenn der kaiserliche Leibarzt Dr. Widerhofer recht hat, kommt dies zwar selten vor, ist aber möglich.« Rudolf warf seinen Zigarettenstummel in einen dafür bereitstehenden, am Boden mit Wasser bedeckten Napf und zündete sich die nächste Zigarette an.

»Und nun bleiben mir nur die Alternativen, elendiglich an der Quecksilbertherapie zu krepieren, bei der einem die Haare und Zähne ausfallen, oder aber darauf zu warten, dass mein Körper langsam verfällt und mein Verstand sich vernebelt.«

Richard weigerte sich noch immer, das Unabänderliche zu akzeptieren. »Welche Therapie schlägt Widerhofer denn vor?«

»Vom Quecksilber riet er mir ab. Zumal dann alle Welt erkennen würde, woran ich leide. Er hat die Morphiumdosis erhöht. Mehr kann er nicht für mich tun.«

Richard ließ dies auf sich wirken. »Wie lange ... wie lange ...«, krächzte er, ohne den Satz zu vollenden.

»Du meinst, wie viel Zeit mir noch bleibt?« Rudolf zuckte mit den Achseln. »Auch das kann mir Widerhofer nicht sagen. Vielleicht sind es noch zehn Jahre, vielleicht aber auch nur noch zwei oder drei.« Er inhalierte gierig den Rauch seiner Zigarette. »Kaiser werde ich jedenfalls niemals werden«, fügte er lakonisch hinzu.

»Aber ... aber woher ...?« Wieder fehlten Richard die Worte.

»Nicht von Mizzi!«, antwortete Rudolf scharf, obwohl Richard die junge ehemalige Prostituierte gar nicht erwähnt hatte. »Johanna Wolfs Edelhuren sind gesund. Dafür bürgt sie mit ihrem Namen.«

Richard blieb stumm. Wieder zuckte Rudolf mit den Achseln.

»Wahrscheinlich habe ich mich in Berlin angesteckt. Du weißt schon, im vorletzten Frühjahr, als ich zum neunzigsten Geburtstag des alten Kaisers Wilhelm abgeordnet wurde. Die ersten Symptome hielt ich für eine Variante der Beschwerden meines Trippers. Aber dann trat der für die Syphilis typische Ausschlag auf. Widerhofer erkannte daran sofort die Franzosenkrankheit, als ich ihm davon berichtete.«

»Seit wann weißt du es?«

Rudolfs Antwort bestätigte Richards Verdacht. »Ungefähr seit Juni des vergangenen Jahres. Das genaue Datum habe ich vergessen.«

Richard erinnerte sich an das Gespräch während einer Jagd im vorletzten Sommer, auf der Rudolf jedes Lebewesen abschoss, das ihm vor die Flinte kam. Damals schon hatte er den Eindruck gehabt, dass der Kronprinz ihm etwas verschwieg.

*Zu diesem Zeitpunkt muss er die Diagnose gerade einmal ein paar Wochen vorher erhalten haben,* reimte er sich den Verlauf der Ereignisse zusammen.

Jetzt gingen ihm auch weitere Lichter auf. *Kurz zuvor hat Rudolf außerdem von Kronprinz Friedrichs unheilbarer Krankheit erfahren. Damit ist ihm klar gewesen, dass es ihm gleich in doppelter Hinsicht nicht vergönnt sein wird, nach dem Tod des alten Wilhelms gemeinsam mit Friedrich auf eine österreich-freundliche, liberale Politik des Deutschen Kaiserreichs hinzuwirken. Er wusste nicht nur, dass Friedrich bald sterben wird, sondern auch, dass ihm selbst nur noch wenige Jahre verbleiben. In denen er sich zudem mit Friedrichs erzkonservativem Sohn Wilhelm II. als Kaiser herumschlagen muss, den er zutiefst verabscheut. Zumal dieser eine seinem verstorbenen Vater völlig entgegengesetzte Politik verfolgt.*

Richard wusste, wie schwer es Rudolf zuletzt gefallen war, während der vielen Festlichkeiten im Rahmen von Wilhelms Antrittsbesuch in Wien Haltung zu bewahren.

*Und wegen der Syphilis hat er Mizzi gesagt, es sei auch besser für sie, mit ihm zu sterben.* Richard würgte es in der Kehle. Er räusperte sich noch einmal. *Um sie ebenfalls vor dem furchtbaren Schicksal zu bewahren, das ihr bevorsteht, sofern er sie angesteckt hat. Wovon mit an Sicherheit grenzender Wahrscheinlichkeit auszugehen ist.*

Rudolf musterte ihn scharf. Als hätte er seine Gedanken gelesen, fragte er: »Woran denkst du, Richard? An Mizzi?«

Richard blieb stumm.

Rudolf legte ihm die Hand auf die Schulter und hielt sie so fest gepackt, dass es schmerzte. »Kein Wort zu Mizzi, Richard! Schwöre es mir! Ich will ihr die letzten Jahre, die sie noch hat, nicht damit trüben.«

»Ihre heutige Unpässlichkeit stammt von verdorbenem Fisch«, fügte er unaufgefordert hinzu. »Ich hatte mich schon zu Tode erschreckt, als ich hörte, dass sie eine Übelkeit aufs Lager geworfen hat. Doch ihre Dienstboten sind auch erkrankt. Die Ursache dafür kann also nicht die Franzosenkrankheit sein.«

»Schwöre mir, dass du niemandem etwas erzählst, Richie!«, insistierte er, als Richard weiterhin stumm blieb. *Nun haben mich beide Seiten zum Schweigen über das Unheil verpflichtet, das ihnen droht,* dachte er verzweifelt.

Dann kam ihm plötzlich eine Idee. Er holte tief Luft und legte Rudolf seinerseits die Hand auf die Schulter. »Ich schwöre es, wenn du mir im Gegenzug auch etwas versprichst.«

»Was soll das sein?«

»Dass du dir selbst kein Leid zufügst, sondern den Dingen ihren natürlichen Lauf lässt.«

Auf Rudolfs hager gewordenes Gesicht trat wieder das gespenstische Lächeln. Seine Augen glühten grünlich braun. »Keine Sorge«, sagte er leichthin. »Das wage ich im Augenblick ohnehin nicht!«

Richard war nicht beruhigt, obwohl ihm erst viel später die ganze unheilvolle Tragweite dieser Worte klar werden sollte.

Der Rest der Fahrt verlief in bedrücktem Schweigen. Und so atmete Richard, nicht zuletzt, weil er auch seinen Brechreiz in der verqualmten Kutsche kaum mehr bezwingen konnte, erleichtert auf, als der Zweispänner endlich anhielt. Ein grüner Fichtenzweig, »Buschen« genannt, hing über einem breiten hölzernen Tor und zeigte an, dass man die Straußwirtschaft erreicht hatte.

»Und, wie gefallen dir meine Couplets?« Richard schreckte aus seinen Gedanken auf, als Rudolf ihn ansprach. Die Schrammelmusik legte gerade eine Pause ein.

»Äh, deine Couplets?«, fragte er verständnislos.

Rudolf verzog spöttisch den Mund. »Aha! Du hast also überhaupt nicht zugehört, was Bratfisch und ich gesungen haben. Das sind zwei Lieder, zu denen ich den Text geschrieben habe. Eigens für Mizzi. Zu Melodien aus dem Wiener Volksmusikgut.«

»Ja! Ja, wirklich sehr schön«, murmelte Richard zerstreut. Rudolf lachte laut auf. Dann winkte er der Schankmagd, die, mit schweren Schoppen beladen, vorbeieilte.

»Geh, Madl! Bring mir noch einen Halben von dem Weißen!« Er wies auf Richard. »Und dem Sauertopf da auch! Damit er auf andre Gedanken kommt.«

## Kaiserlich-königliches Hofburgtheater in Wien

*14. Oktober 1888*

Erwartungsvoll glitten Sophies Augen an der prächtigen Fassade des neuen Hofburgtheaters empor, das, wie das gegenüberliegende Rathaus, zu den Prachtbauten am Wiener Ring gehörte, die in den letzten Jahrzehnten entstanden waren.

Das alte Hofburgtheater hatte im Zuge der Neugestaltung des Michaelerplatzes weichen müssen, der unmittelbar neben der Hofburg lag. Deshalb war auch das Café Demel, das mittlerweile mit dem Café Prinzess im Wettstreit um den Rang des ersten Kaffeehauses in Wien lag, an den in der Nähe des alten Standorts gelegenen Kohlmarkt umgezogen.

Im Licht unzähliger elektrischer Glühbirnen, der modernsten Errungenschaft der Lichttechnik, die das Gebäude seit Einbruch der Dämmerung beleuchteten, betrachtete Sophie fasziniert die Porträtbüsten bekannter Dichter über den bogenförmigen Fenstern mit den vorgelagerten, von korinthischen Säulen umrahmten Balkonen.

Neben Johann Wolfgang von Goethe, William Shakespeare und dem Franzosen Molière entdeckte sie auch die Büsten von

Franz Grillparzer und Friedrich Schiller. Stücke aus deren Feder würde man heute Abend zur Eröffnung aufführen.

Mittlerweile hatte der Mietdroschker auch ihrer Mutter Henriette aus der Kutsche geholfen. Über eine eigene Kutsche verfügte das Palais Werdenfels seit Arthurs Versetzung nach Kairo nicht mehr. Und die Kutsche der Vetseras bot für fünf in festliche Abendroben gekleideten Damen nicht genug Platz.

Als sich Sophie, strahlend vor Vorfreude auf das bevorstehende Ereignis, zu ihrer Mutter umdrehte, erschrak sie, als sie Tränen in Henriettes Augen bemerkte.

»Liebe Mama, was ist dir?«, fragte sie bestürzt. Bislang zeigte Henriette große Freude an den gesellschaftlichen Aktivitäten, an denen sie mit Sophie auf Anweisung ihres Gatten teilnehmen musste. Noch immer hatte sich keine neue Entwicklung infolge seines Antrags auf Erhebung in den Freiherrenstand ergeben. Aber noch war ihr Stiefvater guter Hoffnung, wie er erst gestern in seinem jüngsten Brief aus Kairo mitgeteilt hatte.

Henriette kramte in ihrem, zu ihrem Abendkleid passenden dunkelblauen Samtbeutel nach einem Taschentuch. »Ich war schon so lange nicht mehr im Theater«, begründete sie ihre Traurigkeit.

Sophie fand das nicht schlüssig. »Erinnert es dich an frühere Besuche mit Papa?«, fragte sie mitfühlend.

Henriette schüttelte den Kopf. »Nein! Oder ja, das auch. Aber ich denke vor allem an Nikki.«

Schuldbewusst biss sich Sophie auf die Lippen. Tatsächlich war ihr der furchtbare Tod ihres Bruders vor fast acht Jahren heute Abend kein einziges Mal in den Sinn gekommen, obwohl Nikki während eines Theaterbesuchs beim Brand des Wiener Ringtheaters auf grausamste Weise ums Leben gekommen war.

Da seine bis zur Unkenntlichkeit verbrannte Leiche nie hatte identifiziert werden können, gab es nicht einmal ein eigenes Grab. An seinem Todestag besuchte die Familie stattdessen die pompöse Gedenkstätte auf dem Wiener Zentralfriedhof, die über den Überresten der nicht identifizierbaren Toten errichtet worden war und an das furchtbare Unglück gemahnte.

Tröstend tätschelte Sophie ihrer Mutter die Hand. Auch ihre freudige Stimmung trübte sich nun. Dabei war sie beim Ankleiden noch so stolz auf ihr neues Abendkleid aus petrolgrüner Seide gewesen. Es war um das Dekolleté und den tiefen Rückenausschnitt herum mit Rüschen aus cremefarbenen Spitzen verbrämt und ließ, wie es die aktuelle Mode erforderte, ihre Schultern zur Gänze frei. Wegen der Abendkühle hatte sie sich zwar eine Stola umgelegt, die sie aber gleich an der Garderobe abgeben wollte.

Ihre blonden Haare waren kunstvoll am Hinterkopf aufgesteckt. Dazu hatte ihnen die Baronin Vetsera eigens ihre eigene Zofe ins Palais Werdenfels gesandt, da Henriettes und Sophies einziges Kammermädchen kein allzu großes Geschick beim Frisieren bewies.

Um den Hals trug Sophie ihr goldenes Erstkommunionkreuz an einer dünnen Kette, an den Ohren schlichte goldene Stecker. Aufwendigerer Schmuck war bei unverheirateten Komtessen verpönt.

»Lass uns dennoch den Abend genießen!«, raunte sie nun ihrer Mutter zu. »Ich habe mich so darauf gefreut. Man sagt, außer der Kaiserin wird die ganze kaiserliche Familie versammelt sein.«

Tatsächlich befand sich Sisi wieder einmal auf einer ihrer vielen Reisen. Kronprinzessin Stephanie würde sie vertreten, hatte Mary ihr erst gestern mitgeteilt.

Ehe ihre Mutter ihr antworten konnte, fuhr bereits eine weitere Equipage vor. Am Wappen erkannte Sophie die Kutsche der Vetseras. Mary entstieg ihr mithilfe des Kutschers, dem Vater ihrer Zofe Agnes, als Erste und eilte sofort auf Sophie und Henriette zu, als sie die beiden erkannte.

Obwohl sie lächelte, entging Sophie ihr prüfender Blick auf ihre Robe nicht. »Das Kleid steht dir wirklich gut, Sophie«, lobte sie nach der Begrüßung. Sie breitete ihren eigenen Rock mit beiden Händen aus. »Aber ich habe es auch ganz gut getroffen, nicht wahr?«

Im Gegensatz zu Mary, die Sophies Kleid schon gestern begutachtet hatte, kannte Sophie deren neue Robe noch nicht. Sie war ein Traum aus zarter weißer Seide mit rundem Dekolleté. Nur ein schmaler schwarzer Gürtel und einige schwarze Atlasbänder wiesen auf die noch immer andauernde Halbtrauerzeit der Vetseras hin.

Spektakulär und »shocking« war jedoch, dass Mary zu ihren kleinen diamantenbesetzten Ohrsteckern einen glitzernden, über und über mit Diamanten besetzten Halbmond in ihre aufwendige Frisur gesteckt hatte. Sophie hatte dieses Schmuckstück noch nie gesehen. Es musste ihrer Mutter Helene gehören.

»Sie hat sich den Halbmond erbettelt. Und Mutter hat, wie immer, nachgegeben.« Die Stimme von Marys Schwester Hanna, welche Sophies verblüffte Miene richtig deutete, klang unverkennbar missbilligend. Obwohl sie drei Jahre älter war, trug sie nur schlichte Ohrstecker aus Gold zu ihrem ebenfalls weißen Abendkleid mit schwarzen Spitzenapplikationen.

»Pah!«, antwortete Mary nur und wandte sich ab. Mittlerweile war auch die ganz in schwarzen Samt gehüllte Baronin Helene aus der Equipage gestiegen und begrüßte Henriette und Sophie mit je zwei Küsschen auf die Wangen.

»Lasst uns rasch hineingehen und unsere Plätze einnehmen«, forderte sie ihre Töchter sowie Henriette und Sophie auf. »Ihr seht ja selbst, es wird immer voller hier.«

Tatsächlich wurde die Menschenmenge, die sich hinter den von der Polizei aufgestellten Barrieren auf dem Franzensring drängte, um einen Blick auf die Besucher zu erhaschen, immer größer.

Wieder voller Vorfreude betrat Sophie mit ihrer Mutter am Arm das luxuriöse Foyer.

»Was ist das nur für ein prachtvoller Bau!«, flüsterte Sophie Mary zu, nachdem sie ihre Plätze in der Loge der Esterházys eingenommen hatten und zwei mit diesem aus Ungarn stammenden Fürstengeschlecht verwandten Prinzessinnen vorgestellt worden waren.

Im Foyer hingen Porträts berühmter Schauspielerinnen und Schauspieler des Hofburgtheaters, darunter auch ein Gemälde der Katharina Schratt. Von ihr hieß es, sie sei eine enge Freundin, wenn nicht sogar die heimliche Mätresse des alternden Kaisers, zu der er sich aus seiner lieblos gewordenen Ehe mit Sisi flüchtete.

Die Decken der über und über mit Stuckornamenten und Statuen geschmückten Treppenaufgänge waren wundervoll mit verschiedenen Szenen aus der Geschichte des Theaters seit der Antike ausgemalt. Sie stammten hauptsächlich von einem Wiener Künstlerpaar, namens Ernst und Gustav Klimt, wie die Baronin Vetsera der staunenden Sophie erklärte.

Der Zuschauerraum und die Logen waren mit rotem Stoff ausgeschlagen, die bequemen Sitze mit gleichfarbigem Samt bezogen. Das neuartige elektrische Licht beleuchtete auch den gesamten Zuschauerraum.

Während Sophie noch ihre bewundernden Blicke durch den Saal schweifen ließ, begann die Kapelle, die Hymne »Gott erhalte unsern Kaiser« zu spielen, und kündigte damit den Einzug der Kaiserfamilie in die Hofloge an. Diese lag erhöht im rechten Rang neben der Bühne. Von der ihr fast genau gegenüberliegenden Loge, in der Sophie und Mary saßen, hatte man einen ausgezeichneten Blick auf sie.

Die Zuschauer hatten sich schon von ihren Plätzen erhoben, als Franz Joseph mit Kronprinzessin Stephanie am Arm hereinschritt. Hinter ihnen folgten Kronprinz Rudolf mit seiner jüngeren Schwester Marie Valerie sowie etliche Erzherzoginnen und Erzherzöge der kaiserlichen Familie.

Sophie entging nicht, dass Mary ihr Opernglas demonstrativ auf die Kronprinzessin gerichtet hatte. Stephanie trug eine dunkelrote Brokatrobe mit spitzenumsäumtem Dekolleté, dazu funkelnden Brillantschmuck um den Hals und im blassblonden Haar. Es war zu einer Pompadour-Frisur aufgesteckt und zudem mit blauen Federn geschmückt. Die Frisur betonte unvorteilhaft ihre hohe Stirn, da die Haare allesamt streng nach hinten gekämmt waren, was ihren Kopf eiförmig wirken ließ.

»Sie sieht aus wie ein Bauerntrampel«, hörte Sophie Mary erwartungsgemäß abfällig murmeln. »Und Rot kleidet sie überhaupt nicht«, echauffierte sie sich sodann über Stephanies Kleid. »Trotzdem darf keine andere Dame heute Abend diese Farbe tragen.«

Es war diesbezüglich zwar kein offizielles Verbot des Obersthofmeisteramtes ergangen. Dennoch hatte sich auf informellem Wege die Bitte verbreitet, der Kronprinzessin an diesem besonderen Abend die »Farbe der Königinnen« exklusiv zu belassen.

»Pscht!«, zischte Hanna, die an Marys anderer Seite saß, um ihre Schwester zum Schweigen zu bringen. Immerhin waren sie heute Abend in ihrer Loge nicht unter sich. Auch Sophie erschien es unklug, sich vor den Ohren von Prinzessinnen aus dem Hause Esterházy negativ über die Kronprinzessin zu äußern.

Der Vorhang fiel nach dem ersten Stück, Grillparzers *Esther*, einem vom Dichter nie vollendeten Drama, das auf der Vorlage des gleichnamigen biblischen Buchs basierte und den Abend eröffnet hatte. Eine halbstündige Pause stand bevor.

»Gott sei Dank!«, hörte Sophie Mary wispern, die sich, ihrer Miene nach zu urteilen, während der Vorführung sehr gelangweilt hatte.

Wie nahezu alle anderen Zuschauer erhoben sich auch Sophie und die Damen Vetsera von ihren Plätzen, um an einem der im Foyer aufgebauten Stände eine Erfrischung einzunehmen. Nur Henriette bat sich aus, in der Loge verbleiben zu dürfen.

Sophie suchte in ihrer Börse nach Münzen, um nicht den

Eindruck zu erwecken, dass sie sich von der Baronin Vetsera zu ihrem Glas Champagner einladen lassen wollte. Doch vor den Ständen hatten sich bereits lange Schlangen gebildet.

Plötzlich stellte sich Helene Vetsera auf die Zehenspitzen. Sie hatte soeben Richard von Löwenstein entdeckt und rief ihn über die Köpfe der vor ihr wartenden Besucher an. Als sich Richard, gekleidet in seine Galauniform, auf den Ruf hin umwandte, winkte Helene ihm zu. Er stand bereits in der zweiten Reihe und würde in Kürze bedient werden.

»Wären Sie wohl so freundlich, je ein Glas Champagner für vier dürstende Damen mitzubringen?«

Richard winkte zum Zeichen, dass er verstanden hatte, zurück. Nur wenige Minuten später drängte er sich mit einem Tablett, das er fast in Kopfhöhe hielt, durch die Menge. Insgesamt sechs gefüllte Champagnerkelche standen darauf.

Noch bevor er die Gruppe um Helene erreichte, trat eine junge Frau auf ihn zu. Obwohl sie weder Richard noch Amalie an diesem Abend bereits gesehen hatte, erkannte Sophie Richards Cousine sofort.

Die griff zunächst nach einem der Gläser und wandte sich dann zu Helene und ihren jungen Begleiterinnen um. Anstatt zu grüßen, musterte sie vor allem Hanna, Mary und Sophie kühl, während Richard den vier Frauen den Champagner anbot.

»Wer sind denn diese Damen, die deine Dienste in Anspruch nehmen, als wärst du ihr Lakai?«, fragte sie Richard provozierend.

Sophie bemerkte, dass sich dessen Gesicht vor Unmut verzog und seine Wangen sich röteten. Trotzdem bewahrte er die Contenance.

Er stellte das Tablett mit dem verbliebenen Kelch auf einem Stehtischchen ab, verbeugte sich vor der Baronin und räusperte sich. »Darf ich die Damen miteinander bekannt machen?«

»Amalie!«, er drehte den Kopf nur leicht zu seiner Cousine, ohne sie dabei anzusehen. »Dies ist eine gute alte Freundin von mir, Baronin Helene von Vetsera. Ihr Mädchenname lautet Baltazzi. Sie ist die Schwester der in ganz Wien bekannten Rennreiter und Gestütsbesitzer Baltazzi.«

Helene neigte, ohne zu lächeln, den Kopf. Offensichtlich empfand sie Amalies vorige Bemerkung als unverschämt. »Guten Abend«, sagte sie kühl.

»Und dies sind Baronin Vetseras Töchter Hanna und Mary«, fuhr Richard fort. Die Szene schien ihm immer peinlicher zu werden. »Begleitet von der Komtess Sophie von Werdenfels.«

Auch die jungen Frauen lächelten nicht, während sie ihre Köpfe zur Begrüßung leicht senkten.

»Ich wiederum bin in Begleitung meiner werten Cousine, der Komtess Amalie von Thurnau, hier«, vollendete Richard die Vorstellung steif. Er blickte sich suchend um.

»Leider kann ich meinen Onkel Adalbert von Thurnau nirgends entdecken. Er befindet sich wahrscheinlich im Rauchsalon.« Richard griff nach seinem eigenen Glas. Nachdem er den Damen zugeprostet hatte, nahmen alle einen Schluck.

»Igitt!«, ließ sich Amalie wieder vernehmen. »Der Champagner ist ja schon schal geworden.« Sie stellte ihr Glas auf das Tablett zurück und nahm danach vor allem Mary demonstrativ in den Blick. »Vielleicht hätten wir es doch im Buffetsaal versuchen sollen anstatt in diesem überfüllten Foyer.«

*… mit all diesem lästigen Volk,* ergänzte Sophie in Gedanken Amalies Satz, wie er dem Ausdruck ihrer Miene und dem Tonfall ihrer Worte nach zu schließen zweifelsohne gemeint gewesen war.

»Wie gefällt Ihnen denn die bisherige Aufführung?« Helene versuchte, die darauffolgende peinliche Schweigepause zu überbrücken.

Amalie entblößte ihre makellosen weißen Zähne zu einem frostigen Lächeln. »Dazu kann ich leider gar nichts sagen, werte Baronin. Ich habe nämlich kaum ein einziges Wort von dem verstanden, was sich auf der Bühne abspielte.«

»So ging es mir leider auch«, bestätigte Helene. Die Akustik im neuen Theater war überraschend schlecht.

Wieder fixierte Amalie Mary intensiv. Ihr Blick blieb vor allem an deren Halbmond hängen, den sie im Haar trug. »Einen wertvollen Schmuck haben Sie zu Ehren dieses besonderen Abends angelegt, Baroness Vetsera. Leider musste ich auf solche Accessoires verzichten, da ich noch unverheiratet bin.«

Richards Röte vertiefte sich. Genauso wie die Damen erkannte auch er die Provokation in Amalies harmlos klingender Bemerkung.

Doch Mary war nicht auf den Mund gefallen. »Und Sie haben sich, was Ihre Abendrobe betrifft, für die Farbe Rot entschieden, Komtess von Thurnau. Ich muss offen eingestehen, sie steht Ihnen besser zu Gesicht als unserer hohen Kronprinzessin.«

Sophie erstarrte vor Schreck. Sie hörte, dass Hanna neben ihr scharf die Luft durch die Zähne zog.

Marys Antwort enthielt eine doppelte Brüskierung. Sie spielte zum einen auf Amalies Dreistigkeit an, die – entgegen der für diesen Abend gewünschten Konvention – die gleiche Farbe für ihr Kleid gewählt hatte wie Stephanie. Damit rächte sie sich für Amalies Anspielung auf ihren für eine Komtess unpassenden Schmuck.

Zum anderen versetzte sie mit ihrer Bemerkung auch der zukünftigen Kaiserin einen Seitenhieb. Der wurde auch dadurch nicht gemildert, dass sie die Wahrheit sprach. Amalie von Thurnau sah entzückend aus in ihrem schillernden rotseidenen Kleid, das ihre schmale Taille betonte. Der Rock umschmeichelte ihren schlanken Leib mit mehreren Lagen fließendem, mit kostbaren silbernen Stickereien versehenem Stoff.

In diesem Augenblick geschah zur Erleichterung aller Beteiligten zweierlei. Eine Glocke kündigte das Ende der Pause an. Gleichzeitig trat ein dicklicher Mann in einem maßgeschneiderten schwarzen Abendanzug mit einem jovialen Lächeln auf die Gruppe zu.

»Ich sehe, ihr befindet euch beide in reizender Gesellschaft«, sprach er Amalie und Richard an. Dann verbeugte er sich vor den anderen Damen. »Adalbert von Thurnau. Habe die Ehre!«

Während Richard die Vorstellung der Damen wiederholte, entging Sophie nicht, dass von Thurnaus Augen nicht mitlächelten, als er sie alle einzeln begrüßte und ihnen in altmodischer Manier sogar einen angedeuteten Kuss auf ihre behandschuhte Rechte drückte. Besonders Mary betrachtete er forschend.

*Er hält sie für eine mögliche Rivalin Amalies,* kam Sophie eine plötzliche Erkenntnis. *Wie es Amalie ebenfalls tut.*

Die Glocke läutete zum zweiten Mal. Offensichtlich erleichtert, diese unangenehme Zusammenkunft beenden zu können, verbeugte sich Richard und reichte Amalie den Arm.

»Ich empfehle mich und wünsche den Damen noch einen wunderschönen restlichen Abend.« Seine Stimme klang gepresst.

Er wandte sich schon zum Gehen, als ihn Helene zurückrief.

»Warten Sie bitte noch einen Moment!« Sie wühlte in ihrem Samtbeutel. »Ich bin Ihnen noch das Geld für den Champagner schuldig.«

Richard verbeugte sich noch einmal. »Ich betrachte die Damen als meine Gäste. Es war mir ein ganz außerordentliches Vergnügen.« Sein Tonfall strafte seine Beteuerung Lügen.

Auf dem Weg zurück in ihre Loge konnte sich Sophie zunächst nicht darüber schlüssig werden, ob es sie erleichterte oder ärgerte, dass Richard sie so gut wie keines Blickes gewürdigt hatte.

*Wahrscheinlich hat er mir damit eine spitze Bemerkung seiner furchtbaren Cousine erspart,* zog sie schließlich ein Resümee der unerfreulichen Pause. Gleichzeitig war dies auch eine Erklärung dafür, dass er sie während der Rennen in der Freudenau nicht einmal angesehen geschweige denn gegrüßt hatte.

Doch eine Frage konnte sie sich nicht beantworten. *Warum gibt sich Richard dauernd mit dieser unmöglichen Person ab? Es ist doch ganz offensichtlich, dass er ihre Gesellschaft nicht schätzt.*

Als der Vorhang sich wieder hob, beschloss Mary spontan, die letzte Gelegenheit, die sich ihr vorläufig bot, zu nutzen, um sich bei Rudolf wieder in Erinnerung zu bringen. Bis heute Abend hatte sie vergeblich auf ein Antwortbriefchen von ihm gewartet. Es war jetzt bereits drei Wochen her, dass Marie Louise von Larisch dem Kronprinzen ihr Schreiben beim Jubiläumsrennen in der Freudenau überbracht hatte.

Während ihres Aufenthalts in Reichenau hatte sie sich zwar heimlich aus dem Gut gestohlen, um am Payerbacher Viadukt den vorbeifahrenden Hofzug abzupassen. Doch ihre Hoffnung, Rudolf dabei zuwinken zu können, zerschlug sich. Sie konnte ihn an keinem der Fenster der vorbeibrausenden Salonwagen entdecken. Und nun würde er bald zu seiner nächsten Inspektionsreise aufbrechen, wenn sie Richard neulich im Café Prinzess richtig verstanden hatte. Weiß Gott, wann er danach wieder nach Wien zurückkehren würde!

Heute Abend war Mary trotzdem ohne einen gezielten Plan ins Hofburgtheater aufgebrochen. Zwar hatte sie wie eine Löwin um ihr elegantes Kleid gekämpft und um jedes Zeichen der Halbtrauer, das sie nicht tragen musste, so erbittert gefeilscht, dass ihr Helene schließlich sogar die Bitte erfüllt hatte, den diamantenen Halbmond tragen zu dürfen.

Doch weiter, als möglichst auffallend gekleidet zu sein, hatte sie bislang nicht gedacht. Erst die Begegnung mit Richards Cousine Amalie, dieser unmöglichen Person, hatte sie zu dem Wagnis inspiriert, das sie nun eingehen wollte.

*Sie hat sich offen mit mir gemessen.* Anstatt sich zu ärgern, freute sich Mary darüber. *Ich habe also weit mehr Eindruck auf sie gemacht als Hanna oder Sophie. Warum soll ich meine Ausstrahlung heute Abend nicht auch an Rudolf erproben?*

Sie wartete noch die ersten Szenen von Schillers Stück über den Feldherrn Wallenstein ab, das im zweiten Teil des Abends gespielt wurde. Dass man die Schauspieler dabei erneut selbst von ihrer, der Bühne relativ nahe gelegenen Loge aus kaum verstand, lieferte ihr den perfekten Vorwand für ihr Vorhaben.

Zunächst reckte sie den Kopf und legte demonstrativ eine Hand an ihr Ohr. Dann stand sie plötzlich auf und trat in voller Größe an die Logenbrüstung. Sie ignorierte die leise gezischten Anweisungen ihrer Mutter und Schwester, sich sofort wieder zu setzen. Wie sie gehofft hatte, stand keine von beiden auf, um sie zurück auf ihren Sitz zu ziehen, da dies noch weit mehr Aufsehen erregt hätte als ihr aufrechtes Stehen an der Logenbrüstung.

Mary bemühte sich jetzt gar nicht mehr, so zu tun, als würde sie von dort aus dem Fortgang des Stücks lauschen. Stattdessen nahm sie Rudolf, der zwischen seiner Frau und seiner Schwester Marie Valerie saß, fest ins Visier.

Anfangs schien Rudolf sie nicht zu bemerken. Sein Blick blieb auf das Geschehen auf der Bühne gerichtet. Allerdings nahm Mary wahr, dass die Kronprinzessin sie musterte. Konsequent vermied sie es, deren Blick zu erwidern.

Umso mehr freute sie sich, dass es Stephanie selbst war, die Rudolf schließlich auf sie aufmerksam machte. Sie bemerkte, dass sich die Kronprinzessin zu ihrem Gatten hinüberbeugte und ihm etwas ins Ohr flüsterte. Und genau durch diese Einmischung Stephanies ging Marys sehnlichster Wunsch in Erfüllung.

Plötzlich trafen sich ihre und Rudolfs Blicke und hielten einander einen endlos erscheinenden Moment lang fest.

Am liebsten hätte Mary vor Seligkeit laut gejauchzt. Denn in diesem Moment war sie sich absolut sicher: *Er hat mich bemerkt! Endlich bin ich am Ziel.*

Trotz seines zunehmenden Überdrusses an öffentlichen Auftritten konnte sich Rudolf an kaum eine Gelegenheit erinnern, bei der ihm seine Gemahlin so zuwider gewesen wäre wie an diesem Abend.

Seine Hoffnung, sich mit den Theaterstücken von der penetranten Gegenwart seiner ihm mittlerweile verhassten Gattin Stephanie abzulenken, erfüllte sich von Anfang an nicht. Er verstand kaum ein Wort von den Rezitationen der Schauspieler. Da er die dargebotenen Stücke von Grillparzer und Schiller nur oberflächlich kannte, konnte er dem Geschehen auf der Bühne bald nicht mehr folgen.

*Was für ein Reinfall! Mein Vater wird sich zu Tode grämen.* Schließlich hatte Franz Joseph mit Gottfried Semper einen der bekanntesten Architekten Europas mit dem Entwurf des neuen Hofburgtheaters betraut. Doch so prachtvoll die Außen- und Innenausstattung auch gelungen waren, so deutlich wurde schon während der heutigen Eröffnungspremiere, dass der Bau seinen Hauptzweck verfehlte. Offensichtlich hatte niemand auf die Akustik im Zuschauerraum geachtet.

An der angestrengten Mimik der Darsteller erkannte Rudolf, dass diese ihre Texte mittlerweile nahezu herausschrien. Dennoch drangen nur Satzfetzen bis zu seinem Platz in der kaiserlichen Loge empor. Seinem Vater schien es ähnlich zu gehen. Der Kaiser verfolgte das Geschehen mit zunehmend finsterer Miene.

Rudolf hingegen lenkte nun nichts mehr von Stephanies bedrückender Gegenwart ab. Eine kurze Weile erfüllte ihn Groll auf seine Mutter Sisi. Die hatte sich wieder einmal einer öffentlichen Verpflichtung entzogen und es damit vermieden, wie »ein Gaul im Geschirr zu gehen«, wie sie ihre Rolle bei diesen und ähnlichen anderen Auftritten zu bezeichnen pflegte. Obwohl der Eröffnungstermin des Hofburgtheaters seit Monaten feststand, war sie rechtzeitig zu einer Reise nach Griechenland aufgebrochen.

*Hätte ich doch nur ihren Schneid,* seufzte Rudolf innerlich. Doch instinktiv war ihm klar, dass sein Vater ihm nicht einmal einen Bruchteil dessen durchgehen lassen würde, was er seiner Gattin Elisabeth immer wieder erlaubte.

Aber jetzt war auch er, Rudolf, am Ende seiner Geduld. Endlos lange Tage in Gegenwart seines prahlerischen deutschen »Vetters« Wilhelm lagen hinter ihm. Tage, in denen er klaglos ertragen musste, welche erzkonservativen politischen Pläne der neue deutsche Kaiser mithilfe seines Kanzlers Otto von Bismarck verfolgen wollte. Er hatte erdulden müssen, dass Wilhelm abfällig und geschmacklos über die Juden und das französische Volk herzog. Und dass er sich nach außen hin bieder und seiner Gattin Auguste Viktoria völlig ergeben präsentierte, obwohl er sich nicht entblödet hatte, Johanna Wolfs Edelhuren sogar während dieses Staatsbesuchs aufzusuchen.

Derweil die Rudolf feindlich gesinnten Presseorgane in Wien und sogar im benachbarten Ausland immer offener über sein eigenes »Lotterleben« herzogen und ihm mittlerweile sogar charakterliche Verworfenheit und geistige Unzurechnungsfähigkeit unterstellten.

Aber noch schlimmer, als Wilhelm zu tolerieren, war es Rudolf angekommen, die Gegenwart Stephanies auszuhalten. Wenn er Arm in Arm mit ihr spazieren gehen musste oder dicht neben ihr, zusammen mit dem deutschen Kaiserpaar, für die Fotografen posierte, schmerzten ihn seine Gesichtsmuskeln geradezu von der Anstrengung, ständig eine freundliche Miene zur Schau zu tragen.

Am meisten aber verabscheute er Stephanies Geruch, den auch das stärkste Parfüm nicht zu überdecken vermochte: Ein süß-säuerlicher Dunst ging von ihr aus, der ihm mittlerweile sogar Brechreiz verursachte. Auch heute Abend verströmte sie ihn.

Plötzlich wurde der scheußliche Geruch stärker. Stephanie beugte sich zu ihm herüber. »Wer ist denn die junge Frau dort, die derart auffällig posiert?«

Widerwillig wandte Rudolf seinen Blick von dem ihm weiterhin unverständlichen Geschehen auf der Bühne ab. Und dann sah er sie!

Sie war entzückend in ihrem weißen Kleid mit dem leicht gebauschten Rock! Frisch und unverbraucht wie eine Frühlingsbrise im März. Im Haar trug sie ein leuchtendes Schmuckstück. *Mut hat sie also auch,* konstatierte er anerkennend. *Sie scheint sich wenig darum zu scheren, was die Gesellschaft von ihr denkt.*

Und sie sah ihn an! Unverwandt sah sie ihn an. Als ihre Blicke sich trafen, erschien ein zauberhaftes Lächeln auf ihrem Gesicht.

Es war die kleine Vetsera, deren kindlich naiven Liebesbrief ihm seine Cousine Marie Louise vor einigen Wochen übergeben hatte. Rudolf erkannte sie sofort.

*Was für ein süßes unschuldiges Ding! Und doch …* Rudolf spürte eine leichte Erektion. *Und doch strahlt sie etwas Sinnliches aus!*

Er fasste einen Entschluss. *Ich werde ihr Schreiben beantworten. Und sobald ich von meiner Inspektionsreise nach Wien zurückgekehrt bin, will ich sie treffen!*

# Teil 3

## *Schmierenkomödie*

# Kapitel 12

## Palais Werdenfels in der Marokkanergasse

### *25. Oktober 1888*

*Im Härst ferben die Pleter sisch gelp, rot unt praun …*

Ratlos las Sophie den jüngsten Schulaufsatz ihrer jetzt dreizehnjährigen Schwester Milli. Während die Deutschlehrerin den Inhalt mit »gut« bewertet hatte, war die Rechtschreibung wie üblich »nicht genügend«, was der schlechtesten Note entsprach.

»Ich verstehe das nicht, Milli!« Da sich die Augen ihrer jüngeren Schwester sofort mit Tränen füllten, bemühte sich Sophie tunlichst, einen vorwurfsvollen Tonfall zu vermeiden. »Wir haben alle Wörter, die mit dem ›Herbst‹ zusammenhängen, doch stundenlang geübt. Schau!« Sie zog ein Heft heran. »Hier hast du jedes schwierige Wort zehnmal richtig abgeschrieben. Und da! Unser Übungsdiktat!« Sie schlug eine Seite des Schreibhefts um. »Bis auf das Wort ›Herbst‹, wo du immer wieder das ›b‹ vergisst, war doch alles richtig! Und nun das!«

Jetzt begann Milli zu weinen. »Ich bin halt dumm! Ich lerne es nicht!«

Obwohl auch Sophie völlig niedergeschlagen war, versuchte sie, ihrer Schwester Mut zuzusprechen.

»Du bist nicht dumm, Milli! Denk doch an deine wunderbare Rechenarbeit, die du erst gestern heimgebracht hast. Bruchrechnen ist gar nicht so einfach. Ich selbst war nie besonders gut darin. Aber du hast alles richtig gemacht und sogar die

Zusatzaufgaben gelöst. Die Lehrerin hat außer der Note ›sehr gut‹ noch die Bemerkung ›überragend‹ unter die Arbeit geschrieben, das weißt du doch!«

»Aber warum kann ich dann nicht ordentlich schreiben?«, schluchzte Milli. »Mit dem Lesen ist es doch auch besser geworden!«

Sophie zuckte ratlos mit den Schultern. »Ich weiß es nicht, Milli!« Dabei verschwieg sie taktvoll, dass sich Milli für ihr Alter auch mit dem Lesen schwertat. Aber da sie ein hervorragendes Gedächtnis für Fakten hatte, behielt sie auch komplexere Inhalte gut. So mühsam es vor einigen Tagen auch gewesen war, einen Text über Afrika mit Milli zu lesen, so gut hatte das Mädchen danach in der Schule abgeschnitten, als die Lehrerin sie zu diesem Thema abfragte.

»Die Schwester Oberin will jetzt mit Mama sprechen«, weinte Milli weiter. »Vielleicht wollen sie mich in der Schule gar nicht mehr haben!«

»Das glaube ich nicht«, tröstete sie Sophie entgegen ihrem eigenen unguten Gefühl. »Ich werde Mama zur Sprechstunde in die Klosterschule begleiten. Dort versichere ich der Oberin, dass du sehr fleißig bist und dich jeden Tag mehrere Stunden lang mit den Hausaufgaben beschäftigst.« Sie streichelte Milli über das feine hellblonde Haar, das sie wie die hellblauen Augen von ihrer Mutter Henriette geerbt hatte.

Glichen Sophies Züge mit den Jahren immer mehr ihrem verstorbenen Vater Nikolaus, so war Milli zunehmend das jüngere Abbild ihrer Mutter Henriette. Und neigte wie diese rasch zu Mutlosigkeit und Resignation.

»Sie werden dich schon nicht von der Schule weisen!«, sprach Sophie nicht nur Milli, sondern auch sich selbst Mut zu.

In diesem Moment pochte es an die Tür des Schreibzimmers. Mamsell Ida trat ein, ohne eine Aufforderung abzuwarten. Als Sophie irritiert den Kopf hob, erkannte sie sogleich den Grund dafür.

Hinter Ida stand Mary, noch in ihrem Umhang, den sie nicht in der Halle abgelegt hatte. Sie drängte sich an Ida vorbei.

»Komm mit, Phiefi!« Sie strahlte über das ganze Gesicht. »Etwas Wunderbares ist geschehen. Ich muss es dir gleich erzählen!«

»Guten Tag«, reagierte Sophie demonstrativ mit der von Mary völlig vergessenen Begrüßung. Sie wies auf ihre Schwester. »Ganz gelegen kommt mir dein Besuch nicht, Mary. Du weißt doch, dass ich um diese Zeit oft mit Milli übe!«

»Ja, ja«, erwiderte Mary ungeduldig. »Das weiß ich. Doch was ich dir erzählen möchte, duldet keinen Aufschub!«

Sophie seufzte. »Nun gut!« Sie stand auf. »Milli, versuch, noch einmal den ganzen Text deines Aufsatzes richtig abzuschreiben, wie es dir die Lehrerin aufgetragen hat. Sieh in unserem Übungsheft nach! Dort hast du die meisten Wörter ja richtig geschrieben.«

Milli nickte stumm.

»Ich bin gleich wieder da!«, kündigte Sophie noch demonstrativ an. »Es dauert nur ein paar Minuten.«

Dann ging sie Mary voran in ihr eigenes Zimmer.

Kaum hatte Sophie die Tür ihres Zimmers geschlossen, warf sich Mary rücklings mit ausgebreiteten Armen auf das Bett ihrer Freundin, immer noch, ohne den Umhang abzulegen.

»Ich bin ja soooo glücklich«, seufzte sie voller Wonne. Sie hob ihren Kopf mit dem mittlerweile am Hinterkopf zerdrückten Hütchen. »Kannst du dir denken, warum, Phiefi?«

Sophie schwante Übles. Aber sie schüttelte, Ratlosigkeit vortäuschend, den Kopf.

»Er hat mir endlich geantwortet«, bestätigte Mary ihre Befürchtungen. Sie setzte sich auf und zog ein Schreiben aus ihrem Samtbeutel. »Schau her!« Sie streckte Sophie das schon arg zerknitterte Papier entgegen. »Lies selbst!«

Zögernd öffnete Sophie den Umschlag.

*Meine liebe Baroness Vetsera, liebe Mary,* stand da in einer geschwungenen, gut leserlichen Handschrift.

*Mit großer Freude habe ich Ihre Zeilen gelesen und fühle mich sehr geschmeichelt, diese von einer solch liebreizenden Dame wie Ihnen erhalten zu haben. Schon öfter habe ich Sie bewundern dürfen, ohne zu ahnen, welch großes Interesse Sie an meiner Person hegen.*

*Aus diesem Grund trage auch ich das lebhafteste Verlangen in mir, einmal mit Ihnen zu sprechen, und erbitte mir darob ein Rendezvous mit Ihnen anlässlich einer Spazierfahrt im Prater.*

*Bitte übersenden Sie Ihre innig ersehnte Antwort an die Adresse meines treuen Kammerdieners Johann Loschek, und lassen Sie ihm das Schreiben durch einen Dienstmann überbringen. Er wird es mir zuverlässig aushändigen.*

*In ungeduldiger Erwartung verbleibe ich*

*Ihr*

*Ihnen ergebener Erzherzog Rudolf von Habsburg*

Tief beunruhigt ließ Sophie das Papier sinken. »Wie hat der Brief dich denn erreicht?«, fragte sie.

Mary zog endlich den Umhang aus. Dabei verfing sich eine ihrer Haarnadeln im Kragen, sodass sich ein Zopf aus ihrer Aufsteckfrisur löste.

»Zum Teufel!«, fluchte sie alles andere als damenhaft. »Gut, dass Agnes mich hierher begleitet hat! Sie muss das richten, bevor ich nach Hause zurückkehre.« Sie warf den Umhang achtlos auf den Teppich. »Nun setz dich doch endlich, Phiefi«, forderte sie Sophie, die immer noch an ihrer Frisierkommode lehnte, auf. »Und mach kein Gesicht wie sieben Tage Regenwetter! Also, was hast du gerade gesagt?«

»Wie hat dich der Brief denn erreicht?«, wiederholte Sophie ihre Frage.

»Er kam als rekommandiertes Schreiben«, lächelte Mary. »Agnes' Vater hat den Empfang als Portier bescheinigt. Das Schreiben trug keinen Absender. Zum Glück war Agnes dabei, als es eintraf. Sie überredete ihren Vater, es ihr zu geben, damit sie es mir gleich bringen könne. So erfuhren weder Mama noch Hanna davon.«

Dies war nicht dazu angetan, Sophie zu beruhigen. »Und was willst du jetzt tun?«

Marys strahlende Miene verfinsterte sich. »Mama lässt mich natürlich nicht allein aus dem Haus«, beklagte sie sich. »Und Agnes' Begleitung reicht ihr nicht aus, um mir eine Spazierfahrt im Prater zu erlauben. Fräulein Mohr will ich auf gar keinen Fall mitnehmen. Sie würde Mama gleich alles verraten.«

»Aber ich habe schon einen Plan ausgeheckt.« Jetzt lächelte Mary wieder verschmitzt. »Marie Louise Larisch und du, ihr beide müsst mich begleiten. Marie Louise habe ich schon nach Pardubitz telegrafiert. Agnes hat das Telegramm aufgegeben. Ich habe Marie Louise gebeten, sofort nach Wien zu kommen und mich am Sonntag zu einer Spazierfahrt einzuladen. Mama wird ihr das nicht abschlagen. Erst recht nicht, wenn du auch mit dabei bist.«

Sophie erwiderte Marys Lächeln nicht. »Das halte ich für keine gute Idee«, entschloss sie sich zur Offenheit. »Ein Rendezvous mit dem Kronprinzen könnte euch kompromittieren, wenn euch jemand dabei ertappt. Ihr habt beide einen Ruf zu verlieren. Rudolf ist ein verheirateter Mann und Österreichs zukünftiger Monarch. Und du ...«

Sie biss sich auf die Lippen und suchte nach den richtigen Worten.

»Und ich? Was ist mit mir? Missgönnst du mir etwa mein Glück?«, unterstellte ihr Mary aggressiv.

Sophies Puls begann sich zu beschleunigen. Sie holte tief Luft. »Von Missgönnen kann keine Rede sein, Mary«, antwortete sie, so ruhig es ihr möglich war. »Ich bin eher in Sorge um deine Reputation. Du bist eine unverheiratete Komtess. Da ist ein Rendezvous mit einem verheirateten Mann ein absolutes Tabu! Erst recht mit dem Kronprinzen!«

Marys dunkelblaue Augen schossen Blitze. »Du bist mir ja eine schöne Freundin!«, schnappte sie. »Jetzt, wo ich endlich am Ziel meiner Wünsche bin, fällst du mir schamlos in den Rücken!«

Sophie schrak vor dem unberechtigten Vorwurf in Marys Worten zurück. »Ich falle dir nicht in den Rücken, ich sorge mich um dich!«, verteidigte sie sich.

»Und hältst mich auch für närrisch, so wie es Hanna tut?«

Als Sophie nicht gleich antwortete, stand Mary auf und griff nach ihrem Umhang. »Dann will ich in Zukunft nichts mehr mit dir zu tun haben«, erklärte sie schroff.

Sie wandte sich schon zur Tür, als Sophie sie an der Schulter zurückhielt. »Nein! Ich halte dich nicht für närrisch. So war das nicht gemeint«, log sie in ihrer Hilflosigkeit.

Marys Züge entspannten sich. »Dann komm mit in den Prater!«, bat sie noch einmal. »Ich habe Rudolf den nächsten Sonntag vorgeschlagen.«

»Du hast sein Schreiben bereits beantwortet?« Sophie war entsetzt.

»Selbstverständlich«, antwortete Mary trotzig. »Der Brief ist bereits an seinen Diener unterwegs. Ich habe Rudolf darin auch von dir gesprochen. Und werde ihm also sagen müssen, dass du dich geweigert hast mitzukommen, wenn ich ihn treffe.«

Sophie spürte, dass ihr die Situation über den Kopf zu wachsen drohte. Sie fühlte sich innerlich zerrissen. Um keinen Preis wollte sie den Unmut des Kronprinzen auf sich ziehen, zumal das ihren Stiefvater jegliche Aussicht auf den Freiherrntitel kosten könnte. Und damit für sie, ihre Mutter und Milli den Verlust sämtlicher Privilegien bedeuten würde.

Andererseits widerstrebte es ihr zutiefst, sich nicht nur zur Mitwisserin, sondern sogar zur Mitwirkenden bei der Ausführung von Marys tollkühnem Plan zu machen. Und ihre Narretei, wie sie Marys Bestrebungen tatsächlich innerlich nannte, damit auch noch zu decken.

Mary spürte ihre Unschlüssigkeit und musterte sie prüfend. »Auch du hast gehofft, dass ich Rudolf vergessen würde«, sagte sie Sophie schließlich auf den Kopf zu. »Aber ich liebe ihn von Tag zu Tag inniger! Merke dir das! Ich würde sogar für ihn sterben!«

*Sie ist völlig besessen,* konstatierte Sophie voller Furcht vor dem Kommenden. *Was wird daraus noch erwachsen?*

»Also, kommst du jetzt mit oder nicht? Ich frage dich das zum allerletzten Mal!«

*Vielleicht kann ich mich selbst davon überzeugen, wie ernst es Rudolf mit Mary ist,* fiel Sophie ein. *Auf jeden Fall kann ich Marie Louise von Larisch um Rat fragen. Sie ist die Älteste von uns dreien und kann Mary vor allzu großen Dummheiten bewahren,* kam ihr sogar ein Hoffnungsfunke.

»Also gut«, gab sie schließlich nach. »Wenn Mama es erlaubt, begleite ich dich am nächsten Sonntag zu einer Spazierfahrt in den Prater.«

## Praterallee in Wien

## *28. Oktober 1888*

»Hopp, ihr zwei! Lauft's zu!« Joseph Jahoda, der die Equipage der Vetseras lenkte, schnalzte mit der Zunge. Die beiden Zugpferde, zwei fuchsfarbene Wallache, fielen in einen leichten Trab.

Jahoda lenkte das Gefährt die breite Hauptallee im Prater entlang. Vor und hinter ihnen fuhren zahlreiche weitere Equipagen mit heruntergelassenem Verdeck. Wie schon den ganzen Herbst über war das Wetter auch heute wieder für diese Jahreszeit ungewöhnlich mild. Im Licht der blassen Spätoktobersonne leuchteten die tiefroten und orangegelben Blätter der Praterbäume besonders intensiv.

»Schau, da kommen die Damen Esterházy!«, machte Sophie

Mary auf eine ihnen entgegenkommende Kutsche aufmerksam. Darin saßen die beiden Prinzessinnen, in deren Loge Mary und Sophie die Eröffnungsvorstellung des neuen Hofburgtheaters miterlebt hatten.

Die Damen erwiderten den Gruß der drei Insassinnen der Vetsera-Equipage kühl. Offensichtlich nahmen sie Mary ihr auffälliges Verhalten vor zwei Wochen noch immer übel.

»Blöde Zicken«, wisperte Marie Louise, ohne ihre lächelnde Miene zu verziehen, nachdem sie die Kutsche passiert hatten. »Glauben, sie seien bessere Menschen, nur weil ihr Geschlecht gefürstet ist.«

Mary prustete vor Lachen, während Sophie nur, peinlich berührt, die Lippen zu einem gekünstelten Lächeln verzog. »Was macht denn Ihr schlimmer Zahn?«, erkundigte sie sich bei Marie Louise, um auf ein anderes Thema abzulenken.

Deren Lächeln verbreiterte sich zu einem Grinsen. Dabei konnte man erkennen, dass ein Stück eines oberen Eckzahns abgebrochen war. »Der bot einen guten Vorwand, um von Pardubitz schnell wieder nach Wien zu kommen und meinen Zahnarzt aufzusuchen«, gab Marie Louise ungeniert zu. »Schließlich konnte ich meinem dauernd eifersüchtigen Ehegemahl ja schlecht eingestehen, dass ich nur auf Marys und Rudolfs Bitten hin so rasch nach den letzten Herbstrennen schon wieder nach Wien fahren will.«

»Pscht!«, zischte Mary mit einer Kopfbewegung zu Agnes' Vater auf dem Kutschbock, während Sophie diese letzte Information noch verdaute. »Der Alte darf nichts davon wissen!«

»Er … Er hat Sie ebenfalls um Ihr Kommen gebeten?«, stammelte Sophie schließlich, ohne Rudolfs Namen zu nennen.

»So ist es!« Marie Louises Antwort klang ein wenig triumphierend. »Sogar geradezu flehentlich hat er mich gebeten! Nun schuldet auch er mir einen Gefallen.«

»Achtung! Da kommt er!« Marys Wangen röteten sich. In einem ebenfalls offenen Einspänner kam ihnen der Kronprinz entgegen. Er kutschierte den Wagen selbst, sein Hoffiaker saß in einem langen, hellen Mantel und Zylinder neben ihm auf dem Bock. Zwischen Rudolfs Lippen steckte eine Zigarette.

Als sich die Gefährte einander näherten, zog Joseph Jahoda ehrerbietig seinen Zylinder. Auch die Damen grüßten Rudolf. Dabei fiel Sophie auf, dass der Kronprinz ihr und Marie Louise keinen einzigen Blick schenkte. Seine grünbraunen Augen waren ausschließlich auf Marys Gesicht gerichtet.

Er neigte zwar nur leicht den Kopf und lächelte mit geschlossenen Lippen, da er sonst seine Zigarette verloren hätte. Aber auf seinem Gesicht lag ein Ausdruck, der Sophie Furcht einflößte. Der Kronprinz verschlang Marys Gestalt geradezu mit seinen Blicken, die etwas Besitzergreifendes an sich hatten.

Kaum hatten die Kutschen einander passiert, klopfte Mary an die Rückwand der Vetsera-Equipage. »Jahoda! Biegen Sie links ab und fahren Sie in Richtung des kleinen Wäldchens vor der Krieau.« Die Krieau war die Trabrennbahn inmitten des Praters.

Der Fiaker drehte sich kurz verwundert um, bog dann aber achselzuckend in die gewünschte Richtung ab. Sophie erkannte sofort, warum Agnes' Vater erstaunt war. Hier war der Weg nicht gepflastert und, je mehr man sich von der Praterallee entfernte, holprig und voller Schlaglöcher. In einigen Pfützen stand noch immer das Regenwasser, das bei einem heftigen Wolkenbruch vor ein paar Tagen niedergegangen war.

Vor einem dichten Gebüsch klopfte Mary erneut an die Rückwand. »Halten Sie kurz an, Jahoda! Mein Strumpfband hat sich gelöst! Ich muss es richten!«

Noch ehe die Kutsche ganz zum Halten gekommen war, sprang Mary hinaus und stakste mit ihren hochhackigen Schuhen durch den Matsch. Schmutz spritzte auf den Saum ihres dunkelbraunen Kleides, was sie jedoch nicht zu stören schien.

Spontan stand auch Sophie auf. Sie wollte Mary gerade ein »Soll ich dir helfen?« nachrufen, als Marie Louise sie am Arm zurückhielt.

»Sitz still!«, raunte sie ihr fast unhörbar zu. »Hier treffen sie sich! So hat Rudolf es vorgeschlagen! Siehst du den roten Stofffetzen am Zweig des Weißdorns? Das ist das Zeichen!«

»Hier findet ihr Treffen statt? Mitten im Dreck?« Sophie konnte es nicht fassen. »Wo kommt er denn her?«, flüsterte sie.

»Von der anderen Seite! Aber nun lass uns lauter sprechen, sonst schöpft der Kutscher am Ende noch Verdacht, dass hier etwas nicht mit rechten Dingen zugeht.«

»Wie hat dir denn die Eröffnungsvorstellung im neuen Hofburgtheater gefallen?«, setzte Marie Louise ihr Vorhaben sogleich in die Tat um. »Ich habe gehört, die Akustik im Zuschauerraum sei sehr schlecht. Kannst du das bestätigen?«

»Ja, das ist wahr«, räumte Sophie ein, die ihren Blick unverwandt auf das Gebüsch gerichtet hielt. »Man konnte die Schauspieler kaum verstehen, obwohl sie sich große Mühe gaben!«

Nun bewegte sich etwas hinter den Sträuchern. Einen winzigen Moment lang erhaschte Sophie einen Blick auf eine Uniform. Sie hatte die gleiche Farbe wie die, welche Rudolf auf der Praterpromenade getragen hatte.

Die knapp zehn Minuten zwischen Marys Verschwinden im Unterholz und ihrer Rückkehr kamen ihr wie eine Ewigkeit vor. Zumal ihr rasch der Gesprächsstoff mit der Gräfin ausging und ihre Unterhaltung immer gezwungener wurde. Joseph Jahoda schien zum Glück nichts zu bemerken.

Schließlich saß Mary wieder im Wagen. Ihre Wangen waren nun stark gerötet, ihre Augen blitzten.

»Er ist noch viel schöner, als er von Weitem aussieht«, flüsterte sie entzückt. Erneut konnte Sophie dies nicht nachvollziehen. Der Kronprinz hatte hager auf sie gewirkt mit seinen tiefen Schatten unter den Augen und mit seinen ausgemergelten scharf geschnittenen Gesichtszügen.

Mary öffnete ihre in einem schwarzen Spitzenhandschuh steckende Rechte und drückte Marie Louise ein Zettelchen in die Hand. Die Gräfin bewegte beim Lesen lautlos die Lippen.

»Am 5. November in der Hofburg«, flüsterte Mary, die sich wieder in Fahrtrichtung neben Sophie gesetzt hatte, dieser ins Ohr. »Marie Louise soll mich an diesem Tag dorthin bringen. Am späten Vormittag gegen ein viertel zwölf.«

Jahoda drehte sich auf dem Kutschbock um. »Soll ich weiterfahren, gnädiges Fräulein? Und in welche Richtung, wenn ich fragen darf?«

»Drehen Sie um, sobald es möglich ist«, befahl Mary. »Dann setzen Sie uns auf dem Rückweg in diesem Kaffeehaus kurz vor dem Wurstelprater ab. Ihr seid eingeladen«, strahlte sie Sophie und Marie Louise an. »Leider ist es zu spät für das Café Prinzess«, fügte sie bedauernd hinzu. »Orangencreme- oder Mokkaprinzentorte bekommen wir in dem einfachen Gasthaus leider nicht. Aber der Topfenstrudel ist dort auch ganz passabel.«

## Praterallee in Wien

### *28. Oktober 1888, eine halbe Stunde später*

»Wie schön, dass wir uns nun endlich näherkommen, Richie!«

Amalie von Thurnau schmiegte sich enger an Richard. Beide saßen in einem zweisitzigen Landaulett mit heruntergelassenem Verdeck.

»Schau, da kommt uns die Fürstin Pauline von Metternich entgegen! Wie aufregend!«

Amalie setzte ihr strahlendstes Lächeln auf, als die ebenfalls offene Equipage der Fürstin an ihnen vorbeifuhr. Ob absichtlich oder unabsichtlich, drückte sie sich noch enger an Richard, als sich die Damen grüßten. Mit der freien Hand nahm Richard sein dunkelgrünes Käppi ab, das er zu seiner gleichfarbigen Stabsoffiziersuniform trug. In einer Anwandlung kindischen Trotzes hatte er für den Ausflug in den Prater auf die Galaversion seiner Uniform verzichtet.

Dagegen war Amalie, wie immer, äußerst elegant gekleidet. Ihr zartviolettes Kostüm war am Kragen, an den Manschetten und über der Knopfleiste mit Zobelpelz besetzt. Es war eigentlich zu warm für diesen milden Herbsttag. Aber seit das *Wiener Salonblatt* diese Robe in ihrer vorletzten Ausgabe als »très chic« gepriesen und Amalie zu einer der am besten angezogenen jungen Damen der Saison erklärt hatte, zeigte sich Amalie bei jeder sich bietenden Gelegenheit darin.

Pauline von Metternich, die Grande Dame der Wiener Gesellschaft, erwiderte gemessen Amalies und Richards Gruß. Richard entging nicht, dass sie das junge Paar aufmerksam betrachtete. Ein leises Lächeln spielte um ihre Mundwinkel, als sie Amalies Arm bemerkte, den sie um den von Richard geschlungen hatte.

Plötzlich traf Amalie ein leichter Windstoß von der Seite. »Oh je!«, rief sie geziert. »Berta, dreh dich einmal zu mir!«, befahl sie ihrer Zofe, die neben dem Kutscher auf dem Bock saß. »Hat sich mein Hütchen verschoben?«

Das zarte Gebilde war mit violetten Straußenfedern besetzt und schief auf der rechten Seite des Kopfes befestigt. Berta verneinte.

»Der Hut des gnädigen Fräuleins ist ganz unversehrt und sitzt richtig. Ebenso wie die Frisur«, fügte die Zofe unaufgefordert hinzu. Trotzdem strich sich Amalie über ihr rotblondes Haar und überzeugte sich selbst davon, dass sich nur ja keine vorwitzige Strähne gelöst hatte.

»Ihre Durchlaucht wird sich jedenfalls nicht wundern, wenn unsere Verlobungsanzeige bald in allen Wiener Gazetten steht, Richie«, sagte Amalie geziert. »Die Fürstin hat bereits jetzt ihre Schlüsse gezogen.«

Richard sagte nichts dazu.

»Oh!«, rief Amalie plötzlich aus. »Ich glaube, da kommt uns der Kronprinz höchstpersönlich entgegen.«

Zu Richards Verdruss fuhr Rudolf, der den Einspänner immer

noch selbst kutschierte, nicht einfach an ihnen vorbei, sondern zügelte das Pferd und warf seine halb aufgerauchte Zigarette auf die Straße.

»Servus, Richie!«, grüßte er locker. »Ich sehe, du lässt es dir heute gut gehen. Zumal erneut in Begleitung dieser reizenden Dame! Willst du uns nicht endlich einmal miteinander bekannt machen?«

Dabei zwinkerte er Richard spöttisch zu, denn natürlich wusste er, dass Amalie dessen ungeliebte Verlobte war.

Amalies Wangen röteten sich vor Aufregung, was sie zu Richards Verdruss noch hübscher aussehen ließ.

»Darf ich vorstellen?«, kam er steif Rudolfs Bitte nach. »Komtess Amalie von Thurnau, eine Cousine zweiten Grades.«

»Habe die Ehre!« Rudolf fasste sich kurz an sein Käppi. »Diese Dame ist nur eine Cousine?«, wandte er sich dann spöttelnd an Richard.

»Im Augenblick ja, Hoheit«, säuselte Amalie, ehe Richard antworten konnte. »Doch wer weiß …?« Sie ließ den Satz unvollendet.

»Und was führt Eure Majestät … Verzeihung, Eure Kaiserliche Hoheit in den Prater?« Amalie setzte ihr verführerischstes Lächeln auf. Sie senkte ganz leicht den Kopf und erwiderte Rudolfs amüsierten Blick ihrerseits mit einem von unten nach oben aufschauenden, der zwischen unschuldig und bezirzend lag.

»Das Gleiche wie Sie, verehrtes Fräulein«, lächelte Rudolf zurück und entblößte dabei seine vom Tabak gelb verfärbten Zähne. »Die Freude an der Sonne, an der milden Luft und an der Liebe.«

Verblüfft reckte Richard den Hals. Aber hinter Rudolfs Einspänner hielt kein weiterer Wagen. Sollte er wirklich zu einem Stelldichein im Prater gefahren sein, blieb seine Auserwählte jedenfalls unerkannt.

»Wie poetisch Sie das ausdrücken, Hoheit«, flötete Amalie. »Und wie recht Sie damit haben!« Sie warf Richard einen Seitenblick zu und klimperte dabei mit den Wimpern. »Uns führt vor allen Dingen die Liebe hierher!«, erklärte sie dann zu Richards Entsetzen.

Rudolfs spöttisches Lächeln vertiefte sich. »Nun, dann will ich diesem hehrsten aller Gefühle nicht länger im Wege stehen.« Er hob grüßend die Hand an sein Käppi und schnalzte mit der Zunge, um sein Pferd anzutreiben.

»Einen Augenblick noch, Hoheit!«, hielt ihn Richard zurück. Es war ihm ein großes Anliegen, ihrer Begegnung noch eine nüchterne Wendung zu geben. »Bleibt es bei unserer Sitzung gleich morgen um sieben Uhr? Wir wollten die Ergebnisse unserer Inspektionsreise zusammenstellen.« Richard hatte den Kronprinzen auf seiner achttägigen Reise nach Ungarn begleitet.

»Natürlich bleibt es dabei, Richie. Wir haben viel zu besprechen. Also gib Acht, dass du nicht allzu müde bist.«

Mit dieser letzten anzüglichen Bemerkung ließ Rudolf das Pferd wieder an- und davontraben.

»Wen mag der Kronprinz wohl hier im Prater getroffen haben?«, sinnierte Amalie laut, kaum dass Rudolf außer Hörweite war.

»Ich glaube nicht, dass dich das etwas angeht«, antwortete Richard schroff, obwohl er sich die Frage gerade selbst gestellt hatte. »Überhaupt warst du schon vorwitzig genug!«, machte er seinem Ärger über Amalies Verhalten gegenüber dem Kronprinzen Luft.

Amalie zog einen Schmollmund und blickte ihn aus großen, unschuldigen Augen an. »Was habe ich denn falsch gemacht, lieber Richard?«, fragte sie, als könne sie kein Wässerchen trüben.

*Alles, du aufdringliches Luder,* hätte er ihr am liebsten geantwortet. Er ärgerte sich vor allem darüber, dass Amalie offen mit dem Prinzen poussiert und dabei gleichzeitig faustdicke Andeutungen über ihre Beziehung zu ihm gemacht hatte. Doch das

Erste würde sie abstreiten, und das Zweite entsprach leider den unabweisbaren Tatsachen.

»Ihre Majestät steht als Titel außerdem nur unserem Kaiserpaar zu«, monierte er daher das Einzige, was ihm sonst noch einfiel.

Amalie lächelte. »Du glaubst doch selbst nicht, dass Rudolf sich darüber ärgert. Hätte ich ihn mit ›Herr von Habsburg‹ angesprochen, als wäre er nur von niederem Adel, hätte er Grund dazu. Aber so? Ich glaube, das hat ihm sogar gefallen!«

»Also, mit wem hat sich der Thronfolger wohl getroffen?«, insistierte sie weiter. »Seine Gemahlin Stephanie kann ja wohl kaum mit der ›Liebe‹ gemeint sein, die ihn heute hierhergeführt hat. Schließlich pfeifen ja schon die Spatzen von den Dächern, dass Rudolf sich scheiden lassen will.«

Obwohl Amalie mit beidem recht hatte, blieb Richard stumm.

»Oder glaubst du, es war diese Halbweltdame, wie heißt sie doch gleich, diese Mizzi Caspar?«

»Woher weißt du denn etwas darüber?« Richard war verdutzt. Junge Komtessen wurden in der Regel von solch anstößigen Themen sorgfältig abgeschirmt.

»Also stimmt es, und du weißt davon?« Ein lauernder Ausdruck trat in Amalies graue Augen.

Richard hätte sich am liebsten die Zunge abgebissen, als er realisierte, dass er Amalies Verdacht mit seiner ungeschickten Frage nur noch verstärkt hatte.

»Ich weiß gar nichts«, wehrte er unwirsch ab. »Und nun lass mich mit solchem Unsinn in Ruhe!«

Amalie zog erneut einen Schmollmund, löste ihren Arm von dem Richards und rückte ein Stückchen von ihm ab. Ihm war das nur recht.

*Wen mag Rudolf heute nur getroffen haben?*, grübelte nun auch er, ohne dass ihm die geringste Idee kam. *Jedenfalls wirkte er regelrecht aufgekratzt. So habe ich ihn schon seit Monaten nicht mehr erlebt.*

»Richie!« Amalie zupfte ihn am Ärmel. »Mich gelüstet nach einer kleinen Erfrischung. Magst du mich noch ins Demel führen oder ins Café Prinzess? Wir könnten in einer halben Stunde dort sein.«

Richard schüttelte den Kopf. »Ich habe keine Zeit mehr, Ami«, log er. »Ich muss noch etwas für morgen vorbereiten.«

Zum dritten Mal an diesem Tag verzog Amalie ihre roten, herzförmigen Lippen zu einer Schnute. Sie wirkte dabei entzückend, was Richard jedoch völlig kaltließ.

»Deine Mutter hat mir erzählt, dass es im Café Prinzess ein neues Rosensorbet gibt. Es soll noch besser schmecken als das Veilchensorbet aus dem Demel, das unsere Kaiserin so liebt. Ich würde es so gern einmal kosten.«

»Heute geht es nicht«, beschied ihr Richard barsch. »Das habe ich dir doch schon gesagt. Ich bringe dich jetzt zu eurem Palais in der Herrengasse. Danach habe ich zu arbeiten.«

Der Rest der Fahrt verlief in trotzigem Schweigen.

## Wiener Hofburg

### *5. November 1888*

Mary schlug das Herz bis zum Hals, als die Kutsche von Rudolfs privatem Leibfiaker Josef Bratfisch auf der Augustinerrampe vor einer kleinen eisernen Tür hielt, die sich unauffällig an einer Rückseite der Hofburg befand.

»Marie Louise!« Sie drückte der Gräfin Larisch, die neben ihr in der Kutsche saß, voller Dankbarkeit die Hand. »Das werde ich dir nie vergessen!«

Marie Louise war erst gestern aus Pardubitz wieder nach Wien gekommen, eigens zu dem Zweck, Mary und Rudolf die erste Begegnung in der Hofburg zu ermöglichen. Erneut hatte ihre Zahnbehandlung als Vorwand herhalten müssen.

Auch gegenüber Marys Mutter Helene hatte Marie Louise einen überzeugenden Vorwand parat, um Mary auf eine Ausfahrt in die Innenstadt mitnehmen zu können.

»Ich möchte mich gerne, gemeinsam mit Mary, bei ›Adèle‹ fotografieren lassen«, erklärte sie. »Vielleicht erklärt sich das *Wiener Salonblatt* ja dann bereit, uns einmal gemeinsam auf dem Titelblatt abzubilden.«

Dieses Argument überzeugte Marys ehrgeizige Mutter sofort. Immerhin war es jetzt nahezu eineinhalb Jahre her, dass Mary zuletzt auf der Titelseite erschienen war. Und tatsächlich hatte das Gesellschaftsblatt schon mehrmals zwei attraktive Damen gemeinsam abgebildet.

So ließ Helene ihre jüngste Tochter völlig ahnungslos mit Marie Louise Larisch in deren Mietdroschke ziehen. Und schöpfte auch keinen Verdacht, als ihr die Gräfin bedeutete, danach noch ein paar weitere Kommissionen mit Mary erledigen zu wollen.

Natürlich würden die Fotografien erst in einigen Tagen fertig sein. Und natürlich hatte sich Mary auch ohne Marie Louise aufnehmen lassen, um Rudolf ein solches Bild von sich überreichen zu können.

*Wenn es zu einer weiteren Begegnung kommt,* dachte sie nun bang, als Bratfisch den Schlag öffnete, um ihr beim Aussteigen zu helfen.

Der untersetzte, stämmige Mann mit dem bis zu den Ohren reichenden Vollbart und einem an den Spitzen nach oben geschwungenen, sogenannten Ungarischen Husarenschnurrbart, wie ihn auch Rudolf seit einigen Monaten trug, reichte erst ihr, dann Marie Louise seine kräftige Hand.

Wie schon beim Einstieg in Bratfischs Fiaker, der sie hinter dem Grand Hotel erwartet hatte, schlangen sich beide Damen ihre Pelzboas ums Gesicht, um selbst bei den wenigen Schritten bis zur kleinen Tür in die Hofburg unerkannt zu bleiben. Die öffnete sich, ohne dass sie angeklopft hatten. Offensichtlich waren sie von dem alten Kammerdiener Rudolfs bereits erwartet worden.

Er führte Mary und Marie Louise zunächst durch schlecht beleuchtete Gänge und dunkle Räume des Augustinertrakts der Hofburg, in denen sie keiner Menschenseele begegneten. Schließlich stiegen sie eine schmale, steile Wendeltreppe empor, die auf einem Flachdach endete. Dahinter lag ein Wintergarten mit Palmen, Orchideen und anderen exotischen Gewächsen. Kanarienvögel und kleine Papageien saßen zwitschernd in einer großen Voliere.

Nach der Novemberkühle empfand Mary die plötzliche Schwüle, die ihr entgegenschlug, in ihrer warmen Kleidung als unangenehm. Schon bildeten sich die ersten Schweißperlen auf ihrer Stirn.

*Oh Himmel! Ich werde völlig verschwitzt bei Rudolf erscheinen.*

Sie versuchte, die Pelzboa um ihren Hals zu lösen, als sie zum Glück den Ausgang des Wintergartens erreichten. Doch die größte Herausforderung auf dem verschwiegenen Weg zu ihrem ersten Rendezvous mit Rudolf lag noch vor ihr.

Der alte Mann, Mary erfuhr später, dass sein Name Carl Nehammer war, blieb plötzlich vor einem ebenerdig gelegenen Fenster stehen. Er stieß es auf und verbeugte sich vor den Damen.

»Wenn die gnädigen Frauen nun belieben würden, hier hindurch zu steigen, nachdem ich ihnen vorausgegangen bin. Ich erwarte die Damen dann auf der Innenseite und helfe ihnen herein.«

Marie Louise schnaubte. Unwillkürlich griff sie nach ihrem, mit Straußenfedern verzierten und dadurch recht hohen Hut. »Hoffentlich verderbe ich ihn mir nicht. Er ist noch ganz neu!«, erklärte sie Mary. »Geh du voran!«

Auch Mary trug gemäß der aktuellen Mode einen schmalen, mit Federn garnierten Hut, dessen Höhe in etwa dem von Marie Louise entsprach. Am liebsten hätte sie ihn abgenommen. Doch es war undenkbar, dem Kronprinzen ohne angemessene Kopfbedeckung gegenüberzutreten.

So beugte sie sich, so tief es ihr möglich war, hinunter, stieg vorsichtig über den Fensterrahmen und fand Halt auf einer dahinterstehenden breiten Trittleiter. Sofort reichte ihr Nehammer die Hand und half ihr hinunter. Während die Gräfin Mary auf dem gleichen Weg folgte, ebenfalls ohne ihren Hut zu beschädigen, wischte sich Mary verstohlen mit einem Taschentuch über das Gesicht.

Dann blickte sie sich um. »Das ist ein Garderobenraum Seiner Königlichen Hoheit«, erklärte der Diener, ohne eine diesbezügliche Frage abzuwarten. »Dahinter liegt gleich das Türkische Zimmer, in dem Seine Hoheit die Damen erwartet.«

*Das Türkische Zimmer!* Marys Herz schlug noch einmal höher, als sie den Raum betrat, den sie bislang nur aus den Schilderungen Miguel von Braganzas kannte. Staunend blickte sie sich um. Doch bevor sie die Einzelheiten, die farbigen Teppiche, den Baldachin über dem weich gepolsterten Sofa, und den vielen Nippes, der überall auf kleinen, mit Perlmutt eingelegten Tischchen stand, intensiver betrachten konnte, flog etwas Schwarzes auf sie zu und prallte leicht gegen ihren Kopf.

»Balthasar!«, ertönte Rudolfs Stimme, der gerade aus einem Nebenraum trat. Dann kam er auf Mary zu, ergriff ihre lederbehandschuhte Hand und drückte mit einer Verbeugung einen Kuss darauf.

»Ich muss mich für das ungezogene Verhalten meines Haustiers entschuldigen.« Er wirkte trotz seines Tadels amüsiert. »Ich hoffe, Sie sind nicht abergläubisch.«

Mittlerweile hatte Mary erkannt, dass es sich bei dem schwarzen Etwas um einen Raben handelte, der sich frei im Raum bewegen konnte. »Keineswegs«, erwiderte sie mit einem kecken Augenaufschlag. »Mir bringt Ihr Rabe im Gegenteil Glück.«

Marie Louise erwies sich als zimperlicher als Mary. »Bitte

sperr das Untier in seinen Käfig!«, bat sie ihren Cousin nach der Begrüßung.

Rudolf schnalzte mit der Zunge und streckte den Arm aus. Sofort ließ sich der Rabe darauf nieder und widerstandslos in seinen großen, mit goldenen Gitterstäben versehenen Käfig mit dem kuppelartigen Dach setzen. Mary bemerkte, dass der Kronprinz das Türchen nur anlehnte.

»Möchten die Damen ablegen?« Rudolf winkte seinem Kammerdiener, der Mary und Marie Louise die Wintermäntel und Pelzboas abnahm und sich dann diskret zurückzog. Beide Damen behielten ihre Hüte auf dem Kopf, zogen aber die Handschuhe aus.

Rudolf wies nun auf die Sitzgruppe unter dem gelbrot-gestreiften Baldachin. Mary nahm auf dem mit Teppichen belegten Sofa Platz. Marie Louise bevorzugte einen der Schemel ihr gegenüber.

In einer Nische zischte plötzlich ein silberner Samowar. »Darf ich den Damen einen türkischen Tee anbieten?«

Als beide nickten, goss Rudolf eine dunkle Flüssigkeit aus einer kleinen Kanne, die auf dem Deckel des Samowars stand, in drei Teegläser in je einem fein ziselierten Messinggestell mit Henkel. Er füllte die Gläser mit Wasser aus dem Hahn des Samowars auf und brachte sie auf einem kleinen Tablett zu seinen Besucherinnen.

»Seien Sie vorsichtig, der Tee ist sehr heiß! Fassen Sie die Gläser nur am Griff an. Mögen Sie Zucker?«

Er reichte den Damen eine, ebenfalls aus Messing bestehende Dose und gab selbst drei Löffel Zucker in sein Glas.

Mary kostete den Tee und verbrannte sich dabei fast die Zunge. Sie fand ihn trotz des Zuckers abscheulich bitter, verzog aber keine Miene.

»Was macht euer Gestüt in Pardubitz?«, begann Rudolf alsdann eine leichte Plauderei mit seiner Cousine Marie Louise. Die Zeit flog nur so dahin, während sich die drei über die vergangene Rennsaison unterhielten. Mary, durch ihre Baltazzi-Onkel sowohl mit Pferden als auch mit dem Rennsport bestens vertraut, fiel es leicht, bei der Konversation mitzuhalten.

»Und wie beabsichtigen Sie, liebe Mary, die diesjährige Wintersaison zu verbringen?« Ihr wurde ganz heiß, als Rudolf sie mit seinen jetzt leuchtend braun schillernden Augen musterte.

So gefasst es ihr unter seinem intensiven Blick möglich war, berichtete sie von ihrem für Ende Jänner geplanten Solo-Auftritt als Sängerin in der Augustinerkirche und ihrer Liebe zum Eislaufen.

»Bislang war das Wetter ja noch recht mild. Doch der heutige Tag gibt Anlass zu der Hoffnung, dass es jetzt umschlägt«, erklärte sie geziert. »Dann friert es hoffentlich bald, und ich kann wieder, so leicht wie ein Vogel, über das Eis gleiten.«

»Möchten Sie es nicht auch einmal versuchen?« Sie bedachte den Kronprinzen, kühner geworden durch seine Aufmerksamkeit, mit einem weiteren tiefen Blick unter ihren langen dunklen Wimpern heraus.

Rudolf lächelte bedauernd. »Ich würde es nur zu gerne einmal probieren. Zumal mit einer so charmanten Läuferin an meiner Seite. Allein, man glaubt ...« Er stockte und verbesserte sich dann. »Allein, das Eislaufen verträgt sich leider nicht mit der Würde eines Kronprinzen.«

Eine kleine goldene Standuhr begann, leise die volle Stunde zu schlagen. »Allmächtiger! Es ist ja schon zwölf Uhr«, erschrak Marie Louise. Dann wandte sie sich an ihren Cousin. »Rudolf, ich muss Mary jetzt zurück nach Hause bringen. Ich habe ihre Rückkehr gegen ein Uhr mittags versprochen.«

Rudolf stand auf, jedoch nicht, um sich zu verabschieden, wie Mary schon befürchtete. »Gemach, gemach, liebe Cousine. Bratfisch wartet auf der Augustinerrampe und bringt euch wieder zum Grand Hotel, wo ihr in einen Mietfiaker umsteigen könnt. Um danach die Salesianergasse zu erreichen, braucht es insgesamt nicht mehr als eine Viertelstunde. Komm noch einmal kurz mit mir mit! Ich möchte etwas mit dir besprechen.«

»Sie, liebe Mary, entschuldigen uns für eine kleine Weile. Sehen Sie sich gerne noch ein wenig um, wenn Sie mögen.«

Mary ließ sich das nicht zweimal sagen. Sobald Marie Louise und Rudolf in einem Nebenzimmer verschwunden waren, stand auch sie auf und ging in dem mit Gegenständen aller Art überladenen Zimmer umher.

Plötzlich zogen zwei Dinge auf Rudolfs Schreibtisch sie magisch an.

»Sie ist allzu süß, Marie Louise. Bring sie mir bitte bald wieder!«

Marie Louise schürzte die Lippen. »Du hast leicht reden, mein Lieber. Womit soll ich Georg denn meine dauernde Abwesenheit von Pardubitz erklären?«

Rudolf grinste. »Ach, da wird dir schon etwas einfallen, liebe Cousine. Raffiniert, wie du bist, kannst du deinen Gatten sicher noch einmal mehr hinters Licht führen. Und glaub mir, dein Schaden wird es nicht sein!«

Marie Louise bemühte sich, ein triumphierendes Lächeln zu verbergen. *Darauf komme ich mit Sicherheit zurück, lieber Rudolf.* Ihre Pläne schienen tatsächlich aufzugehen.

»Ich will sehen, was ich tun kann«, sagte sie laut. »Aber nun sollten wir Mary nicht länger warten lassen!«

Rudolf nickte und ließ Marie Louise den Vortritt zurück ins Türkische Zimmer. Dann sah er, was Mary gerade in der Hand hielt, und erschrak. Rasch trat er zu ihr vor seinen Schreibtisch.

»Ich glaube, das ist kein erquicklicher Gegenstand für eine junge Dame.« Er streckte die Hand aus, um ihr den Totenschädel, den sie hin und her drehte, abzunehmen.

Doch zu seinem Erstaunen trat Mary, anstatt ihm den Schädel zu geben, daraufhin einen Schritt zurück. »Ich habe keine Furcht vor dem Tod«, sagte sie mit fester Stimme. »Doch sagen Sie mir, Hoheit, woher haben Sie diesen Kopf?«

»Ein guter Freund, seines Zeichens ein Anatom, hat ihn mir

geschenkt. Er hält den Tod für kein Unglück, sondern für eine notwendige, wundervolle Erfüllung des Lebens.«

Mary legte den Schädel zurück und griff nach einem daneben liegenden Revolver mit Elfenbeingriff. Sie betrachtete die ungeladene Waffe. Dann blickte sie Rudolf mit einem weiteren koketten Augenaufschlag an.

»Für wie wahrscheinlich halten Sie es, dass man mit einer solchen Waffe sein Ziel verfehlt, wenn man selbst für diese wundervolle Erfüllung des Lebens sorgen möchte?«

Einen Moment lang war Rudolf verwirrt. Dann ging ihm die ungeheuerliche Bedeutung von Marys Worten auf. »Sie meinen, wenn man sich selbst entleiben möchte?«

Mary nickte. Rudolf erfasste ihren Gedankengang. »Sie denken an den gescheiterten Selbstmord dieses Franzosen, dem gerade der Prozess gemacht wird? Die Wiener Gazetten strotzen geradezu vor Berichten über diese Affäre.«

Mary nickte erneut. »Ja, er wollte sich doch gemeinsam mit seiner Geliebten das Leben nehmen. Sie konnten als Paar nicht zusammenkommen, weil sie verheiratet war. Er erschoss zuerst sie, verfehlte dann aber sich selbst, als er sich in den Kopf schießen wollte.«

Rudolf musste wider Willen lachen. *Was für ein erstaunliches Madl!*

»Nun, wenn ich es damit zu tun hätte«, antwortete er gedehnt, »käme es nicht zu einem derartigen Missgeschick. Ein einziger Schuss in die Schläfe ist absolut tödlich. Mit einem Spiegel in der linken Hand könnte ich meine rechte Schläfe gar nicht verfehlen, wie dieser … wie heißt er doch gleich …?«

»Henry Chambige«, mischte sich nun Marie Louise ein. Missbilligend schaute sie von einem zum anderen. »Aber dies dünkt mich kein Thema für ein Gespräch mit einer zarten jungen Dame zu sein. Wir sollten jetzt wirklich gehen.«

Rudolf spürte ein unerwartet großes Bedauern über den bevorstehenden Abschied von Mary.

»Aber bring sie mir bitte bald wieder!«, wiederholte er seinen Appell an Marie Louise, diesmal in Marys Beisein.

»Ich sagte dir schon, Rudolf, ich will sehen, was sich tun lässt. Fest versprechen kann ich dir heute nichts.«

Rudolf klingelte. Der alte Kammerdiener Nehammer erschien sofort.

Zum Abschied hielt Rudolf Marys Hand länger, als es schicklich war, in der seinen, und blickte ihr tief in die Augen.

*Sollte dieses Mädchen die Lösung meiner Probleme sein? Wäre sie am Ende bereit, mich auf meinem letzten Weg zu begleiten? Anders als Mizzi scheint sie keine Angst vor dem Tod zu haben. Und sie ist offensichtlich in mich verliebt.*

Marys Miene bestätigte seine Vermutung. In ihren tiefblauen Augen las er eine große Sehnsucht, gemischt mit Traurigkeit über ihren Abschied. Sie bemühte sich gar nicht erst um ein fröhliches Lächeln.

»Ich hoffe, Sie sehr bald wiederzusehen, Hoheit«, sagte sie leise mit zitternder Stimme. »Bis dahin werde ich mich stündlich nach Ihnen verzehren.«

Nachdenklich sah Rudolf ihr nach. In seinen Händen drehte er den Totenkopf, nach dem er unwillkürlich gegriffen hatte.

*Sie könnte tatsächlich die Richtige sein. Hoffentlich findet Marie Louise bald einen Weg für unsere nächste Begegnung.*

»Wann kannst du wieder nach Wien kommen, liebste Marie Louise? Ich kann nicht länger ohne ihn leben«, flehte Mary mit Tränen in den Augen auf dem Rückweg vom Grand Hotel zum Palais Vetsera.

Marie Louise fasste einen Entschluss. Eigentlich hatte sie das Thema heute noch nicht ansprechen wollen. Doch man musste das Eisen schmieden, solange es heiß war.

Sie seufzte schwer. »Das kann ich dir nicht sagen, mein Liebes. Ich muss erst noch eine sehr heikle Angelegenheit aus der Welt schaffen.«

»Was für eine Angelegenheit ist das?«

Marie Louise blickte auf ihren Schoß. »Ich benötige dringend fünfundzwanzigtausend Gulden und weiß nicht, woher ich sie nehmen soll.« Sie klang verzagt, was ihr nicht schwerfiel, da es ihrem Gemütszustand in dieser Sache entsprach. »Ich habe mir die Summe vor einiger Zeit in einer Notlage geliehen. Nun droht mein Gläubiger, sich an meinen Mann Georg zu wenden, wenn ich die Schuld nicht bald tilgen kann. Und dann lässt mich Georg die ganze Saison nicht mehr nach Wien reisen, sondern sperrt mich in Pardubitz ein.«

Sie spürte, wie Mary an ihrer Seite zusammenzuckte, und hob ihren Kopf. »Oder weißt du einen Rat, Mary?«

»Warum bittest du Rudolf nicht darum, dir auszuhelfen? Er schuldet dir doch jetzt einen großen Gefallen.«

Marie Louise verzog gespielt schmerzlich die Lippen. »Das wage ich nicht, liebe Mary. Er hat mir schon zu oft aus der Patsche geholfen.«

»Dann werde ich ihn um das Geld für dich bitten«, sagte Mary entschlossen. »Ich glaube, mir wird er es nicht abschlagen.«

# Kapitel 13

**Café Prinzess am Graben**

***10. November 1888***

Als Mary mit ihrer Promeneuse im Schlepptau das Café Prinzess betrat, herrschte dort der übliche nachmittägliche Hochbetrieb. Es war gegen halb vier. Alle Marmortische und beide Separees waren besetzt.

Sophie, die gerade beim Schneiden der Torten half, hoffte inständig, dass Marys Besuch nicht ihr galt. Die Freundinnen hatten sich seit der Fahrt im Prater Ende Oktober, bei der Mary Rudolf das erste Mal getroffen hatte, nicht mehr gesehen. Deshalb wusste Sophie auch nicht, ob die Gräfin Larisch Mary tatsächlich am 5. November zu Rudolf in die Hofburg gebracht hatte.

Das Gespräch im Pratergasthaus, in das Mary sie nach der Begegnung mit dem Kronprinzen eingeladen hatte, war ihr noch in äußerst schlechter Erinnerung. Weder Mary Vetsera noch Marie Louise Larisch waren für ihre Ermahnungen, solche Begegnungen mit dem Thronfolger nicht zu wiederholen, zugänglich gewesen.

Noch mehr als über Marys blinde Verliebtheit hatte sich Sophie jedoch über die Gräfin geärgert. »Was soll ich denn tun, wenn mich mein hochwohlgeborener Cousin um solch einen Gefallen bittet?«, argumentierte sie scheinheilig. »Wenn ich mir seine Gunst verscherze, kann dies nur von Nachteil für mich sein. Du vergisst, liebe Phiefi, dass ich keineswegs mit einem goldenen Löffel im Mund geboren wurde«, erinnerte Marie Louise an ihre, aus Sicht der Hocharistokratie zweifelhafte Herkunft.

»Außerdem bleibe ich ja die ganze Zeit dabei, wenn sich Rudolf und Mary unterhalten«, bemühte sie sich sodann, Sophies Bedenken zu zerstreuen. »Es kann also nichts Anstößiges zwischen den beiden geschehen.«

»Aber was würde Marys Mutter Helene zu alledem sagen, wenn sie davon wüsste?«, fragte Sophie provokativ.

Mary zog erschrocken die Luft ein. Sofort schossen ihr Tränen in die Augen. »Ich gehe in die Donau, wenn du ihr auch nur ein Sterbenswörtchen verrätst«, drohte sie Sophie mit zitternder Stimme. Dann legte sie ihr beschwörend die Hand auf den Arm. »Glaub mir, Phiefi, ich finde Mittel und Wege dazu, selbst wenn Mama mich in eine Besenkammer sperren würde. Willst du meinen frühen Tod auf dein Gewissen nehmen?«

Hilfloser Zorn stieg in Sophie auf. Einerseits fühlte sie sich erpresst, andererseits war sie in größter Sorge um ihre Freundin, deren Drohung sie durchaus ernst nahm.

»Nun dramatisiert die Situation doch nicht derartig, meine Lieben«, begütigte die Larisch. »Ich bleibe am 5. November beim Treffen mit Rudolf an Marys Seite, wie ich schon sagte. Damit unterscheidet sich Marys Besuch in der Hofburg in nichts von einem gesellschaftlichen Treffen an einem Jour fixe.«

*Nur, dass der Besuch verheimlicht wird und ihr beide Marys Mutter belügt,* wollte Sophie schon einwenden, verkniff sich die Bemerkung aber angesichts Marys flehenden und Marie Louises kühl berechnenden Blicks.

»Nun gut«, gab sie widerwillig nach. »Dann schweige ich über das, was bereits geschehen ist und noch geschehen soll. Aber wohl ist mir nicht dabei.«

Seither hatte Sophie nichts mehr von Mary gehört und den Kontakt zu ihr auch nicht gesucht. Sie wollte lieber gar nicht darüber im Bilde sein, wie sich die Beziehung zwischen Rudolf und Mary weiterentwickelte.

Dabei war ihr zupassgekommen, dass ihr Onkel Stephan im Palais Werdenfels erschien, um höchstpersönlich anzufragen, ob Sophie ihm nicht ab und zu im Café Prinzess zur Hand gehen könne.

»Ich gehe davon aus, dass Ida, meine ehemalige rechte Hand, hier unabkömmlich ist. Doch mir fehlen gleich drei Kräfte im Café Prinzess. Ein Madl hat sich die Hand mit kochendem Wasser verbrüht, als es Tee aufgießen wollte. Es wird noch mindestens drei Wochen lang nicht arbeiten können. Die Leni, auf die ich immer so große Stücke hielt, hat sich mit einem schlechten Kerl eingelassen und ist nun in anderen Umständen. Ich musste sie ausbezahlen und leider entlassen.«

»Sie hat ein schönes Stück Geld mit auf den Weg bekommen«, ergänzte Danzer, als er Sophies betroffenen Blick bemerkte. »Aber behalten kann ich sie nicht, wenn sie um die Taille herum immer fülliger wird. Selbst wenn sie verheiratet wäre, hätte ich sie nicht mehr beschäftigen können.«

Sophie nickte traurig. Eine schwangere Serviererin, zumal ohne Trauschein, hätte den guten Ruf des Cafés Prinzess untergraben und war daher nicht tragbar.

»Nun hab ich zwar zum Glück rasch zwei neue Madl gefunden. Aber jetzt liegt die Hedwig mit einem schweren Brustkatarrh danieder und kann sie nicht anlernen. Geschweige denn die Aufsicht führen, wenn ich anderweitig beschäftigt bin.«

Hedwig war die Nachfolgerin Idas, die viele Jahre in Danzers Kaffeehaus gearbeitet hatte und nun als Mamsell den Haushalt im Palais Werdenfels führte.

»Aber anlernen kann ich die Madln doch auch nicht«, wandte Sophie ein. »Ich hab doch selbst bislang nur beim Tortenschneiden und beim Verkauf geholfen.«

Danzer nickte etwas ungeduldig. »Das Anlernen kann die Resi übernehmen. Aber du sollst die Aufsicht führen, wenn ich nicht verfügbar bin.«

Sophie fühlte sich sowohl geschmeichelt als auch etwas ängstlich. »Ja, wenn es die Mama erlaubt.« Sie warf Henriette, die bislang geschwiegen hatte, einen Blick zu.

Die biss sich auf die Lippen. »Deinem Stiefvater wäre es gar nicht recht«, überlegte sie laut. »Andererseits wird er es kaum erfahren, solange er in Kairo weilt. Er kommt erst zum Christfest wieder nach Wien.«

»Und wir haben dir allemal viel zu verdanken, Stephan.« Sie lächelte ihren älteren Bruder mit Wärme an. »Also soll Phiefi dir helfen, wenn sie es möchte. Schließlich ist sie mit ihren achtzehn Jahren schon fast erwachsen.«

Sophie fühlte sich sehr geschmeichelt. »Ja, wenn ihr es mir beide zutraut, helfe ich gerne aus, bis die Hedwig wieder gesund ist.«

Da ihr Onkel an diesem Nachmittag einen wichtigen Lieferanten erwartete, war Sophie heute zum zweiten Mal in das hochgeschlossene, streng geschnittene schwarze Kleid geschlüpft, das die Aufseherin im Café Prinzess trug, um sich von den einfachen Serviermädchen und Verkäuferinnen abzusetzen. Es war aus feinem Wolltuch geschneidert und mit einem tressenbesetzten, hellgrauen Brusteinsatz, weißen Manschetten und einem weißen Stehkragen aus zartem Leinen verziert, unter dessen Rand eine silberne Brosche prangte. Einst hatte es Annerl Danzer, der verstorbenen Frau ihres Onkels, gehört. Die Kleider der fülligen Hedwig waren Sophie viel zu weit.

Anders als die Serviermädchen trug Sophie kein Häubchen und legte ihre spitzenbesetzte weiße Halbschürze ab, sobald sie den Caféraum betrat. Auch jetzt löste sie die Schürzenbänder mit einem unguten Gefühl, um ihre Freundin zu begrüßen.

»Grüß Gott, Phiefi! Wie gut, dass ich dich hier antreffe«, begrüßte Mary Sophie und machte ihr damit sogleich klar, dass sie ihretwegen gekommen war. »Ich habe schon im Palais Werdenfels vorgesprochen und dabei erfahren, dass du heute im Café Prinzess aushilfst.«

Sie musterte Sophies Tracht neugierig. »Hast du keine Sorge, dass man dich erkennt, während du hier arbeitest, und sich das Maul über dich zerreißt? Schließlich bist du eine Komtess!«, fragte sie unverblümt.

Sophie verzog trotzig die Lippen. »Und wenn schon! Der Kaffeehausbesitzer ist mein Onkel! Zwar nicht geadelt, aber ein herzensguter Mann, dem meine Mutter, Milli und ich viel zu verdanken haben. Mit jemandem, der sich daran stört, dass ich hier ab und zu aushelfe, wenn Onkel Stephan mich darum bittet, möchte ich ohnehin keinen näheren Umgang pflegen.«

Zu ihrem Erstaunen begann Mary über das ganze Gesicht zu strahlen. »Ich wusste es doch! Wir sind verwandte Seelen!«, raunte sie Sophie zu. »Auch ich schere mich nicht um die Meinung der Leute.«

Während Sophie noch überlegte, wie sie Mary taktvoll auf die völlig unterschiedlichen Gründe ihrer beider Haltung hinweisen könnte, erhoben sich gleich an mehreren Tischen die Gäste und verließen das Café Prinzess, nachdem sie ihre Rechnung an der Kasse beglichen hatten.

Zur gleichen Zeit betrat eine Gruppe von drei Personen den Gastraum. Der einzige Herr, korrekt in einen hellgrauen, pelzverbrämten Gehrock und mit Zylinder gekleidet, stützte sich mit der rechten Hand schwer auf einen Stock mit silbernem Knauf, obwohl Sophie ihn höchstens auf vierzig Jahre schätzte. In der anderen Hand trug er einen kleinen Koffer. In seiner Begleitung befanden sich zwei Damen unterschiedlichen Alters.

»Das ist die neue Familie des Grafen von Sterenberg«, flüsterte Mary Sophie zu. »Er hat die ältere Dame geehelicht und ihren Sohn adoptiert. Die jüngere Dame ist dessen Frau.«

»Alles ehemals Bürgerliche, dazu noch aus Deutschland«, fügte sie bedeutungsschwanger hinzu. »Der alte Graf gehörte vorher zum Hochadel und hat nun seine Hoffähigkeit eingebüßt. Das war der Preis für die Erlaubnis des Kaisers, seine jetzige Gattin ehelichen und deren Sohn adoptieren zu dürfen.«

»Aha!« Sophie hatte von dieser Angelegenheit noch nie etwas gehört. Wie üblich war Mary über den Wiener Klatsch weit besser informiert als sie.

Zu ihrer Verblüffung eilte nun ihr Onkel aus seinem Kontor im hinteren Teil des Kaffeehauses auf den Herrn mit dem Gehstock zu. Die beiden begrüßten sich auf Augenhöhe mit einem Handschlag. Sophie war verblüfft. War das etwa der wichtige Lieferant, mit dem ihr Onkel sich heute besprechen wollte?

»Geht denn der Sohn des Grafen einem Gewerbe nach?«, fragte sie Mary erstaunt.

Die lächelte wissend. »Soviel ich weiß, ja. Er betreibt einen weit über die Grenzen des Deutschen Kaiserreichs hinaus bekannten Weinhandel.«

Sophie ging ein Licht auf. Seitdem ihr Onkel ihrem Rat gefolgt war, auch kalte Delikatessen in seinem Kaffeehaus anzubieten, brauchte er zur Vervollkommnung dazu auch die entsprechend hochkarätigen Weine. Sie erinnerte sich flüchtig an eine Bemerkung Miguel von Braganzas nach dem Besuch der Jubiläumsausstellung im Wiener Künstlerhaus. Er hatte damals den ausgezeichneten Riesling gelobt, den man zu den Kanapees serviert hatte.

Jetzt führte Danzer die beiden Damen an einen der freien und mittlerweile neu eingedeckten Tische und winkte einem der Serviermädchen. Dann kam er auf Sophie zu.

»Bitte achte darauf, dass es den Damen von Sterenberg an nichts mangelt, Phiefi. Ich bin derweil mit Herrn von Sterenberg in meinem Kontor und möchte nach Möglichkeit nicht gestört werden.«

»Herr Gerban, wenn es Ihnen beliebt«, verbesserte ihn der Weinhändler. »Noch darf ich den Titel nicht tragen, Herr Danzer, und bin ein bürgerlicher Geschäftsmann wie Sie selbst.«

»Also hast du heute gar keine Zeit für einen Plausch?« Mary wirkte sehr enttäuscht. »Ich bin eigens mit einem Mietfiaker hergekommen, um vertraulich mit dir zu sprechen.«

Just in diesem Moment wurde auch eines der beiden Separees frei. Sophie seufzte. »Dann lass uns kurz hier hineingehen, Mary. Aber längstens ein Viertelstündchen. Mein Onkel hat mich mit der Aufsicht betraut, derweil er beschäftigt ist. Da will ich ihn nicht enttäuschen.«

Während ein Serviermädchen das schmutzige Geschirr im Separee abräumte, diskutierte Mary kurz mit Fräulein Mohr, ihrer Gesellschafterin, die daraufhin mit beleidigter Miene das Café verließ. »Ich habe ihr gesagt, sie soll ein wenig spazieren gehen und mich in einer halben Stunde hier wieder abholen«, erklärte sie Sophie. »Ich hasse es, wenn sie mir nachspioniert.«

Dann nahmen beide einander gegenüber im Separee Platz. Sophie setzte sich so, dass sie zumindest einen Teil des Caféraums überblicken konnte. Mary wählte eine heiße Schokolade mit Schlagobers, sie selbst eine Mandelmelange.

»Also, worüber möchtest du denn so dringend mit mir sprechen?«, begann Sophie.

Mary nahm einen flachen Gegenstand aus ihrer ledernen Handtasche und reichte ihn Sophie. Es war eine Fotografie von ihr und Marie Louise Larisch.

»Das Bild wurde im Atelier ›Adèle‹ aufgenommen«, sagte sie mit gedämpfter Stimme, anstatt Sophies Frage zu beantworten. »Dreh es einmal um!«

*Zum Angedenken an den 5. November 1888. Da war ich das erste Mal bei ihm!,* bestätigte die handgeschriebene Aufschrift Sophies Befürchtungen, als sie Marys Kommentar auf dem Foto las, die dazu nur meinte:

»Das schenke ich dir, Phiefi. Agnes hat auch eins bekommen! Und er natürlich ebenfalls! Ich habe es ihm gleich mit dem Schreiben geschickt, in dem ich ihn um das Geld für Marie Louise bat.«

Sophie schwirrte der Kopf. Sie hob die Hand. »Eins nach dem anderen, liebe Mary!«, bremste sie den Überschwang ihrer Freundin. »Was genau ist denn geschehen? Erzähl bitte der Reihe nach! Warst du wirklich mit der Gräfin bei ihm?« Sie vermied es, in der Öffentlichkeit des Cafés Rudolfs Namen zu nennen.

Mary nickte mit blitzenden Augen. Kurz erzählte sie Sophie vom Ablauf ihres Besuchs in der Hofburg.

Dann trübte sich ihre Miene. »Seitdem habe ich ihn leider nicht wiedergesehen. Ich wollte ihn treffen, um ihm Marie Louises Bitte persönlich vorzutragen, aber unglücklicherweise hatte er keine Zeit.«

Sophies schwante Böses. »Was war das denn für eine Bitte, Mary?«

Mary beugte sich noch näher über den Tisch zu Sophie hinüber. Die Tressen, mit denen ihr Kleid geschmückt war, schwebten gefährlich nah über dem Schlagobers ihrer Schokolade. »Marie Louise benötigte fünfundzwanzigtausend Gulden«, raunte sie. »Ich habe Rudolf gebeten, ihr diese Summe zu geben, weil sie darob arg in Bedrängnis war.«

»Fünfundzwanzigtausend Gulden?«, echote Sophie fassungslos. »Und die hat er ihr so ohne Weiteres gegeben?«

»Das Geld hat er schon am nächsten Tag durch seinen Kammerdiener überbringen lassen.« Mary kaute auf ihrer Unterlippe. »Aber ich fürchte, er war mir deswegen ein wenig gram«, fügte sie zögernd hinzu. »Jedenfalls hat er mir nur ganz kurz etwas dazu geschrieben.«

Sophie holte tief Luft. »Genau das habe ich mir gedacht!« Sie dämpfte ihre Stimme, als Mary einen Finger auf ihre Lippen legte. »Darauf hat die Larisch es angelegt. Sie fordert Geld für ihre Kuppeldienste von euch! Allerdings hätte ich nicht geglaubt, dass sie schon jetzt so dreist ist …«

»Schweig still!«, zischte Mary nun mit ärgerlicher Miene. »Marie Louise hat mir geholfen! Ich bin ihr zu größtem Dank verpflichtet! Ohne sie hätte ich Rudolf nie kennengelernt und könnte ihn auch nicht mehr wiedersehen! Da war es nur recht und billig, dass ich Marie Louise ebenfalls einen kleinen Gefallen getan habe.«

»Du hältst fünfundzwanzigtausend Gulden für einen ›kleinen Gefallen‹?« Sophie konnte es nicht fassen.

»Nun ja.« Plötzlich klang Mary kleinmütig. »Ich selbst konnte ihr das Geld leider nicht geben. Auch wenn ich das in einem Brief an sie so behaupten soll.«

»Wie bitte? Das wird ja immer schlimmer! Du sollst Marie Louise schreiben, dass sie das Geld von dir hat? Woher hättest du es denn nehmen sollen?«

»Von mir und Hanna«, räumte Mary ein.

»Und was soll ein solch unglaubwürdiger Brief für einen Sinn haben?«

»Als Marie Louise das Geld vorgestern abgeholt hat, sagte sie, dieser Brief solle im Falle eines Falles vorspiegeln, dass sie gar nicht wisse, dass Rudolf der Geldgeber gewesen sei.«

»Ach!« Auf einmal fühlte Sophie sich völlig kraftlos. »Die Larisch hat das Geld also schon erhalten.«

»Und konnte trotzdem nicht länger in Wien verweilen«, jammerte Mary. »Und nun kann ich Rudolf vielleicht tage- oder sogar wochenlang nicht mehr treffen.«

*Zum Glück! Dann kommst du vielleicht doch noch zur Besinnung,* lag es Sophie schon auf der Zunge zu sagen, als Mary schon weiterplapperte.

»Ich vergehe vor Sehnsucht nach ihm. Seit ich ihn gesehen und gesprochen habe, ist meine Liebe zu ihm nur noch größer geworden. Ich überlege Tag und Nacht, wie ich ihn sehen könnte, aber es ist unmöglich ohne Marie.«

»Es sei denn …« Sie griff nach Sophies Hand. »Es sei denn, du wärst bereit, mir zu helfen. Das ist der Grund, warum ich heute gekommen bin. Um dich um einen großen Gefallen zu bitten.«

In diesem Augenblick ertönte aus dem Caféraum das Geräusch splitternden Porzellans, gefolgt von einem leisen Aufschrei, und ersparte Sophie eine Antwort auf Marys Ansinnen.

Sie sprang auf. »Entschuldige mich jetzt bitte! Ich muss draußen nach dem Rechten sehen.«

Als Sophie durch den palmengesäumten Ausgang des Separees trat, sah sie, was geschehen war. Franzi, eines der neuen Serviermädchen, stand, wie zur Salzsäule erstarrt, vor dem Tisch der Damen von Sterenberg. Auf dem glänzenden bronzefarbenen Parkettboden lag eine zerbrochene Tasse samt Untertasse.

Die jüngere der beiden Dame war aufgesprungen. Oberhalb des Saumes ihres burgunderroten Samtkleids breitete sich ein dunkler, mit weißem Milchschaum gesprenkelter Fleck aus.

*Eine Melange,* schoss es Sophie durch den Kopf, als sie sich eilig dem Tisch näherte. *Franzi hat die Tasse fallen lassen. Mitten auf die Nachmittagsrobe der jüngeren Frau von Sterenberg!*

Als sie herankam, erwachte Franzi aus ihrer Erstarrung. Nach einem Blick auf Sophie hob sie unwillkürlich die Arme vor ihr Gesicht, als wolle sie sich vor einem Schlag schützen.

Obwohl Sophie nichts dergleichen beabsichtigt hatte, mischte sich die befleckte Dame sofort ein. »Sie werden dem Mädchen doch nichts antun wollen?«, fragte sie scharf. »Solch ein Missgeschick kann jedem einmal passieren.« Ihre Augen, die die gleiche dunkelblaue Farbe besaßen wie die Marys, blitzten Sophie an. Auch ihre Haare glichen denen von Mary. Sie waren dunkelbraun und sehr üppig.

»Nein, nein! Natürlich nicht!«, beruhigte Sophie die aufgebrachte Frau. Aus dem Augenwinkel heraus registrierte sie erstaunt, dass anstelle der erwarteten Entrüstung ein feines Lächeln um die Mundwinkel der älteren Dame spielte. »Ich bitte allerdings recht schön um Vergebung für unsere Franzi, allergnädigste Frau. Sie ist erst fünfzehn Jahre alt und hat gerade erst bei uns angefangen.«

Die Miene der befleckten Dame entspannte sich, wie Sophie erleichtert feststellte. »Selbstverständlich! Wie schon gesagt, vor solchen Missgeschicken ist niemand gefeit.«

»Darf ich die gnädige Frau denn in den Erfrischungsraum begleiten und ihr dabei helfen, ihr Kleid zu säubern? Das Café Prinzess kommt selbstverständlich für die Reinigung auf.«

»Resi!«, wies Sophie die ältere Serviererin an, die mittlerweile dazugekommen war. »Sorge bitte dafür, dass hier aufgewischt und der Tisch neu eingedeckt wird. Und erkundige dich danach, ob die Damen noch etwas bestellen möchten. Natürlich auf Kosten des Hauses«, fügte sie hinzu.

Als Sophie mit Frau von Sterenberg den Erfrischungsraum für Damen betrat, war er zum Glück gerade leer.

»Darf ich fragen, ob die gnädige Frau den Rock ablegen möchte? Dann kann ich ihn besser auswaschen.«

Die Angesprochene schüttelte den Kopf. »Nennen Sie mich doch einfach bei meinem Namen!«, schlug sie vor. »Ich heiße Irene Gerban.«

»Sehr wohl, gnädige Frau Gerban.« Obwohl sich auch schon der Ehemann mit seinem bürgerlichen Namen hatte ansprechen lassen, kamen Sophie die Worte nur schwer über die Lippen. In der Regel bestanden die Damen der Wiener Gesellschaft auf ihrem Adelstitel, selbst wenn sie diesen von Rechts wegen noch gar nicht tragen durften.

»Nur Frau Gerban«, korrigierte sie die Frau des Weinhändlers. »Das reicht vollkommen aus.«

Dann beugte sie sich selbst über eines der Waschbecken aus feinem Delfter Porzellan, die, passend zu den neumodischen Toiletten, erst vor einigen Monaten installiert worden waren. Das weißgrundige Porzellan war mit ganz in Blau gehaltenen ländlichen Szenen bemalt, die vor allem verschiedene Windmühlen zeigten. Auch die Wandkacheln waren von ähnlicher Machart.

Sophie beobachtete Frau Gerban in einem der messingumrandeten Spiegel. Sie drehte den Wasserhahn kräftig auf, ergriff ihren Rocksaum mit beiden Händen, rieb ihn unter dem Wasserstrahl und wrang ihn danach mit geübten Händen aus. Dann glättete sie die dadurch entstandenen Falten und drückte noch eines der Leinenhandtücher auf den nassen Samt.

»So wird es schon gehen«, bedeutete sie Sophie, die sich noch immer über die unprätentiöse Art dieser Dame wunderte. »Zum Glück ist unser Tisch ja gleich vor einem der Kamine. Da kann der Stoff schon etwas trocknen, bevor wir nach Hause zurückkehren.«

»Und nun machen Sie nicht länger ein solches Gesicht! Es ist doch gar nichts von Bedeutung passiert«, munterte sie Sophie, der die ganze Angelegenheit nach wie vor furchtbar peinlich war, auf. »Auch ich habe vor einiger Zeit einmal Kaffee über das Seidenkleid einer Dame geschüttet. Sie hat sich zwar schrecklich darüber echauffiert. Aber daran gestorben ist sie nicht.«

»Zu meinem Leidwesen«, fügte sie mit einem verschmitzten Lächeln hinzu. »Deshalb muss ich sie bis heute auch immer wieder ertragen, wenn wir zu Besuch bei meinem Schwiegervater in Wien sind.«

Die Dämmerung war schon hereingebrochen, als Sophie mit Frau Gerban in den Gastraum zurückkehrte. Ein Blick ins Separee zeigte ihr, dass Mary das Café Prinzess inzwischen verlassen hatte.

Zu ihrer eigenen Beschämung spürte Sophie darüber Erleichterung. *Wer weiß, um welchen Gefallen sie mich bitten wollte.*

## Türkisches Zimmer in der Wiener Hofburg

### *15. November 1888*

»Meine Herren! Darf ich Ihnen noch etwas Cognac anbieten? Oder eisgekühlten Champagner? Oder eine Mischung aus beidem?«

»Eine Mischung aus beidem?«, reagierten Richard und Moritz Szeps, der Verleger des *Neuen Wiener Tagblatts,* entgeistert wie aus einem Mund.

Rudolf grinste. »Urteilen Sie nicht darüber, meine Herren, solange Sie es noch nicht gekostet haben. Das Getränk ist ein wunderbarer Wachmacher für lange Arbeitsnächte.«

Der dritte anwesende Besucher mischte sich ein. »Darf man daraus schließen, dass Ihnen solche langen Arbeitsnächte zur Gewohnheit geworden sind?« Es war Professor Eduard Sueß, der Rektor der Wiener Universität und ein bekannter liberaler Politiker.

»Nun ja. Leider bleibt mir oft nichts anderes übrig.« Rudolf breitete schicksalsergeben die Hände aus. »Zu meinen zahlreichen Verpflichtungen als Generalinspekteur der Infanterie und Repräsentant der Monarchie kommt die Leitung des Kuratoriums für das neue Heeresmuseum hinzu und nun auch noch der energische Protest gegen diese unsäglichen Antisemiten. Da bleiben oft nur drei bis höchstens fünf Stunden Schlaf pro Nacht.«

»Und da hält Sie ein solches Mischgetränk wach?«, fragte Sueß skeptisch.

Rudolf grinste. »Möchten Sie es einmal kosten?«

»Nein, nein! Auf keinen Fall!« Sueß hob abwehrend die Hände. »Lieber entscheide ich mich für noch ein Gläschen unvermischten Cognacs.«

»Wer noch?« Rudolf blickte in die Runde. Richard und Szeps schüttelten die Köpfe. »Für mich bitte ein Glas Wasser«, bat Richard.

Rudolf läutete nach seinem alten Kammerdiener Carl Nehammer, der die gewünschten Getränke servierte. Derweil ließ sich Richard Rudolfs letzte Sätze durch den Kopf gehen. Schließlich sprach der Professor aus, was er selbst dachte.

»Nun, nur drei bis höchstens fünf Stunden Schlaf dünken mich zu wenig für einen in der Blüte seiner Jahre stehenden Mann. Sie wirken in der Tat auch ein wenig blass auf mich, wenn Sie mir die Bemerkung erlauben.«

*Das ist noch sehr vornehm ausgedrückt,* dachte Richard. Rudolf wurde mit jedem Tag, der verstrich, immer mehr zu einem Schatten seiner selbst. Dennoch beherrschte ihn seit Kurzem eine zu seiner schlechten körperlichen Verfassung im Gegensatz stehende eigenartige Fröhlichkeit.

»Also, was halten Sie denn nun von diesem Dr. Karl Lueger?«, lenkte Rudolf von sich ab. »Ist er der neue Stern am Himmel der Antisemiten?«

»Nun, er hat zumindest weitaus mehr Charisma als Georg Ritter von Schönerer. Er versteht es, die Massen für sich zu gewinnen, während Schönerer nur bei den eingefleischten Fanatikern den größeren Anklang findet«, antwortete Moritz Szeps als Erster auf Rudolfs Frage.

»Und Lueger steht für das Lager der Christlichsozialen«, ergänzte Professor Sueß mit unverhohlenem Spott. »Er versteckt sich hinter den Klerikalen und ihrem konservativen Katholizismus, während Schönerer absolut gegen den Vatikan eingestellt ist. Das macht es dem biederen Kleinbürger leichter, Luegers Partei zu ergreifen, da er sein christliches Gewissen reinhalten kann.«

»Natürlich! Hauptsache, man kann unseren Herrgott als Feigenblatt für jede Perversität bemühen! Oder besser gesagt, das unfehlbare Wort des Papstes, seines höchsten Dieners auf Erden.«

Diese Bemerkung Rudolfs, in der ein Anflug von Bitterkeit mitschwang, war wie etliche andere in jüngster Zeit auf die Enttäuschung des Kronprinzen zurückzuführen, dass der amtierende Papst Leo XIII. sein Gesuch um eine Scheidung von Stephanie noch immer nicht beantwortet hatte.

»In der Vulgarität ihrer Sprache stehen sich Schönerer und Lueger allerdings in nichts nach«, warf Richard ein.

»Das ist wohl wahr«, stimmte Rudolf zu. Er schürzte die Lippen. »Lueger bemüht sich, in die Fußstapfen Karl Vogelsangs, des geistigen Begründers der Christlichsozialen Bewegung zu treten, den er offensichtlich beerben möchte. Und als was hat dieser Vogelsang mich erst kürzlich bezeichnet? Als ›Handlanger des Großjudentums‹!«

Er sah grinsend von einem zum anderen. Anstatt wie früher mit Wut oder Niedergeschlagenheit auf solche Beschimpfungen zu reagieren, schienen sie ihn heute eher zu amüsieren.

»Nun, als Verursacher der ›Verjudung‹ unserer ehrwürdigen Wiener Universität, deren mich Karl Lueger kürzlich bezichtigte, befinde ich mich mit dieser Beleidigung also in überaus erlauchter Gesellschaft«, schloss Sueß sich Rudolf in gleicher Tonart an.

Richard wusste, dass Professor Sueß als Halbjude galt, aber nicht, ob dies nur ein Produkt der antisemitischen Hetze war oder der Wahrheit entsprach.

»Nun, ich meine, dass Schönerer in seinem Drecksblatt, das er zur Schande aller rechtschaffenen Deutschen auch noch *Unverfälschte Deutsche Worte* nennt, seine Gesinnungsgenossen Lueger und Vogelsang noch um Längen übertrifft«, versetzte Szeps. Er griff in seine vom vielen Gebrauch abgewetzte lederne Aktentasche. »Hier lese ich einmal aus der neuesten Ausgabe vor, was Schönerer über Heinrich Heine schreibt.«

Er rückte seine randlose Brille zurecht und begann, wie im Theater zu deklamieren. »›So muss von Heine hingegen gesagt werden, dass seine Werke einem ungebührlich verherrlichten, giftdünstendem Sumpfe zu vergleichen seien, in welchem sich das abscheulichste Getier in Hülle und Fülle vorfindet.‹ Welch eine verquere Poesie liegt in den Worten dieses Kleingeistes Schönerer«, höhnte er, um dann fortzufahren: »Und hier heißt es: ›Weg mit diesem Schandfleck auf dem glänzenden Himmel unserer Literatur, die Gott sei Dank ohne Juden noch bestehen kann.‹«

»Was wird denn nun aus dem geplanten Denkmal für Heinrich Heine in Düsseldorf?«, fiel Richard der Anlass für diesen Schmähartikel Schönerers ein. »Es heißt ja, unsere Kaiserin habe eine hohe Summe für seine Errichtung gespendet.«

Zum ersten Mal während dieses Treffens verdüsterten sich Rudolfs Züge. »Gar nichts wird daraus werden«, entgegnete er in schroffem Ton. »Dieser Kretin Wilhelm II., selbst ein widerwärtiger Antisemit, wird es verbieten.«

»Das Denkmal wird nicht errichtet?«, fragte Sueß betroffen nach.

Rudolf stieß heftig die Luft aus und schüttelte grimmig den Kopf. Bevor er antwortete, nahm er einen tiefen Zug aus seiner Zigarette. Wie üblich rauchte er auch während dieses Treffens nahezu ununterbrochen. »Prinz Reuß, der deutsche Botschafter in Wien, hat gegenüber dem Außenminister Kálnoky angedeutet, dass Wilhelm II. den Bau untersagen wird.«

»Was habt ihr denn anderes von diesem aufgeblasenen Schwachkopf erwartet?«, brach Rudolf das auf seine Worte folgende betroffene Schweigen rund um den Tisch. »Etwas Gutes hat es jedoch allemal. In dieser Sache bin ich völlig mit meiner Mutter Sisi einig. Wir kommen uns dadurch näher, als wir es seit Jahren gewesen sind«, räumte er offen ein.

»Ach, das hätte ich fast vergessen, lieber Moritz«, wandte er sich dann an seinen jüdischen Freund. »Du fährst doch im Dezember nach Paris?«

Als Moritz bejahte, fuhr Rudolf freudig fort: »Dort stehen etliche handgeschriebene Briefe Heines zum Verkauf. Ich wollte dich ersuchen, mir so viele wie möglich zu besorgen. Ich möchte sie meiner Mutter zum Christfest schenken. Das soll ihr ein kleiner Trost für das verbotene Denkmal ihres Lieblingsdichters sein.«

Stolz blickte er wieder von einem zum anderen. Seine Augen schillerten leuchtend braun. *Wie ein kleiner Junge,* schoss es Richard durch den Kopf. *Wenn es um die von ihm ersehnte Liebe seiner Mutter geht, wirkt er wieder wie der verschreckte Siebenjährige, den die Kaiserin aus den Klauen dieses sadistischen Erziehers gerettet hat.*

Er wurde aus Rudolf in der letzten Zeit einfach nicht schlau.

Einerseits freute es ihn, ihn wieder öfter fröhlich zu sehen. Andererseits hatte dies einen unangenehmen Beigeschmack, den Richard zwar spürte, aber nicht genauer zu benennen wusste.

Im Augenblick überwog jedoch die Erleichterung, zumal in dieser angenehmen Runde, die der Kronprinz Schönerer, Lueger und anderen Antisemiten zum Trotz ganz demonstrativ einberufen hatte. Damit wollte er Professor Eduard Sueß, den Karl Lueger aufs Schärfste attackiert hatte, vor der Wiener Öffentlichkeit den Rücken stärken. Moritz Szeps würde in seinem *Neuen Wiener Tagblatt* von dieser Zusammenkunft in der Hofburg berichten.

*Vielleicht sind meine Sorgen am Ende ja doch unbegründet,* versuchte Richard, sich selbst zu beruhigen. Denn eine Möglichkeit, Rudolf wirksam vor sich selbst zu schützen, sah er nicht.

Das war auch Rudolfs Geliebter Mizzi Caspar in den letzten Monaten nicht gelungen. Nachdem Rudolf sie immer wieder mit der Bitte um einen gemeinsamen Selbstmord bedrängte, griff sie in ihrer Seelennot schließlich zu einem ganz außergewöhnlichen Mittel, wie sie Richard erst vor wenigen Tagen anvertraut hatte.

Im Oktober hatte sich Mizzi an den Polizeipräsidenten Franz von Krauß gewandt, um ihn in ihrer Verzweiflung um seine Unterstützung zu bitten. Sie schaffte es sogar, bis zu dem mächtigen Baron vorzudringen, was allein angesichts ihrer dubiosen gesellschaftlichen Stellung schon ungewöhnlich genug war.

Von Krauß hatte sich ihre Sorgen um Rudolfs seelische Stabilität und dessen ihrer Ansicht nach immer stärker werdende Selbstmordgefährdung zwar kommentarlos angehört, sich dann aber rundweg geweigert, ihr Anliegen zu unterstützen. Er war nicht dazu bereit, Rudolfs Überwachung durch seine Geheimagenten zu intensivieren oder gar den Kaiser von Rudolfs Selbstmordabsichten zu unterrichten.

Richard war von sich widerstreitenden Gefühlen hin- und hergerissenworden, als Mizzi ihm von ihrem Gang zu Krauß erzählte. Einerseits war er entsetzt über ihre Initiative und die damit einhergehende irreversible Schädigung von Rudolfs Ansehen. Sicher hatte Baron Krauß auch seinem Vorgesetzten, dem Ministerpräsidenten Eduard von Taaffe, einem erklärten Gegner des Kronprinzen, von Mizzis Besuch berichtet.

Andererseits war auch er enttäuscht vom Ausgang der vergeblichen Bemühungen Mizzis, da er sich ebenfalls große Sorgen um Rudolfs körperliche und geistige Gesundheit machte.

Nun rätselte er über die Ursache der ihm unnatürlich erscheinenden Fröhlichkeit des Kronprinzen, konnte sich aber keinen Reim darauf machen.

*Vielleicht hat es ja wirklich damit zu tun, dass sich Rudolf und seine Mutter nach Jahrzehnten einander wieder annähern,* grübelte er. *Zumal es ja heißt, dass sich ihre jüngste Lieblingstochter Marie Valerie demnächst verloben wird. Vielleicht räumt Sisi Rudolf daher wieder einen größeren Platz in ihrem Herzen ein.*

»Richard! Träumst du mit offenen Augen?«, schreckte ihn Rudolf da aus seinen Gedanken auf.

»Nein, nein«, stammelte er. »Ich war nur einen Augenblick lang abgelenkt. Worum geht es denn?«

»Ich wollte euch alle fragen, ob ihr noch zum Diner bleiben wollt. Ich könnte etwas aus der Hofküche ordern.«

Just in diesem Moment betrat Nehammer mit einem silbernen Tablett in der Hand den Raum. Darauf lag ein Telegramm. Rudolf riss es auf und zog die Augenbrauen zusammen.

»Kaum habe ich die Einladung ausgesprochen, muss ich sie schon wieder zurückziehen«, sagte er lakonisch. »Ich habe gerade die Nachricht erhalten, dass mein Großvater Max in Bayern verstorben ist. Auch wenn meine Mutter und er sich in den letzten Jahren nicht sehr nahestanden, sollte ich sie jetzt unverzüglich aufsuchen.«

## Türkisches Zimmer in der Wiener Hofburg

### *15. November 1888, kurz vor Mitternacht*

*Mein liebes Fräulein Mary,*

*nun sind schon zehn lange Tage ins Land gegangen, seit wir uns zuletzt gesehen und gesprochen haben. Und durch den plötzlichen, wenn auch nicht unerwarteten Tod unseres gemeinsamen Großvaters wird Gräfin Larisch nicht, wie sie es mir und Ihnen versprochen hat, übermorgen wieder nach Wien kommen können, um Sie erneut zu mir zu bringen.*

*Auch ich selbst muss übermorgen in aller Frühe zu den Beerdigungsfeierlichkeiten nach München reisen. Das erwartet man von mir, zumal schon meine Mutter Elisabeth sich zu unpässlich fühlt, um ihrem Vater die letzte Ehre zu erweisen. Der Kaiser wird allerdings ebenfalls nach München kommen.*

Rudolf steckte seine Schreibfeder ins Tintenfass und trank noch einen Schluck von dem mit Cognac vermischten eisgekühlten Champagner. Dass sich seine Mutter sogar der Pflicht entzog, zur Beerdigung ihres eigenen Vaters zu kommen, erfüllte ihn mit Ingrimm. Denn von ihm, der zu seinem Großvater in den letzten Jahren kaum Kontakt gehabt hatte, verlangte man es wie selbstverständlich.

Doch als er vor einigen Stunden in die Gemächer seiner Mutter geeilt war, um ihr sein Beileid auszudrücken, schließlich galt Sisi als Lieblingstochter des alten Herzogs, fand er sie völlig unbewegt von der Todesnachricht. »Ich werde meine Erholungsreise nach Korfu deshalb nicht verschieben«, erklärte sie kurz und bündig.

Rudolfs Hoffnung auf eine neue Innigkeit in ihrem Verhältnis zueinander erlitt einen empfindlichen Dämpfer, zumal Sisi im Anschluss unentwegt über die bevorstehende Verlobung ihrer jüngsten Tochter Marie Valerie klagte. Sie befürchtete eine Entfremdung zu ihrer »Einzigen«, wie sie Marie Valerie trotz ihrer beiden älteren Kinder Gisela und Rudolf zu nennen pflegte. Für ihn selbst überraschend hatte Rudolf innerlich erneut mit der heftigen Eifersucht auf seine jüngere Schwester reagiert, die er an und für sich schon seit Jahren überwunden geglaubt hatte.

Als er nach der kurzen Visite, die nicht einmal eine Viertelstunde gedauert hatte, in seine einsamen Gemächer zurückkehrte, wurde sein Verlangen, Mary noch einmal vor seiner Abreise zu sehen, übermächtig. Nicht weil er sich in sie verliebt hatte. Dieses Gefühl verspürte er ihr gegenüber nicht im Mindesten. Sein Herz gehörte Mizzi Caspar.

Aber um sich *Marys* Zuneigung zu versichern, wollte er sie unbedingt vor seiner Abreise noch einmal treffen. *Das Madl ist blutjung und mir völlig ergeben,* dachte er. *Es wird alles tun, was ich von ihm verlange. Und ich spüre, dass es bald so weit ist.*

Ein plötzlicher Gedanke ließ Rudolf innehalten. Einen Augenblick lang zögerte er. *Was ist, wenn Mary einen solchen Brief von mir herumzeigt?*

Doch rasch fand er auch eine Lösung für dieses Problem. *Ich werde Mary die Auflage machen, Marie Louise meine Briefe zur Aufbewahrung zu übergeben. Dann ist sichergestellt, dass sie nicht in falsche Hände gelangen können.*

Erleichtert griff er wieder zur Feder, ließ die Tinte etwas abtropfen und schrieb weiter.

*Können Sie es nicht auf irgendeine Weise zuwege bringen, morgen Nachmittag kurz in die Hofburg zu kommen? Bratfisch kann Sie um vier Uhr nachmittags abholen, wo immer Sie wollen. Dann hätten wir zumindest noch ein Stündchen miteinander, bevor ich Sie mit wehem Herzen verlassen muss.*

*In hoffnungsvoller Erwartung*

*Ihr Ihnen völlig ergebener Erzherzog Rudolf*

## Palais Werdenfels in der Marokkanergasse

### *16. November 1888, am frühen Nachmittag*

»Phiefi, du musst dich umziehen und sofort mit mir kommen!«, flehte Mary zum wiederholten Male. »Ohne dich bin ich verloren!«

Alles in Sophie sträubte sich gegen Marys Vorhaben, ausgerechnet sie zur Komplizin eines neuen heimlichen Treffens mit Rudolf zu machen.

»Du hast doch gelesen, was er mir geschrieben hat! Ich kann und darf ihn nicht enttäuschen!« Als Sophie noch immer zögerte, fiel Mary zu ihrem Entsetzen auf dem weichen Teppich vor ihr auf die Knie. Nach ihrer Ankunft vor zehn Minuten hatten sich die jungen Frauen sogleich in Sophies Zimmer zurückgezogen.

Mary ergriff Sophies Hände und sah mit Tränen in den Augen zu ihr auf. »Rudolf braucht mich! Er ist einsam und unglücklich und hat doch sonst keinen Menschen auf dieser Welt.«

»Wie kommst du denn auf solch einen Unfug?« Trotz ihres Mitgefühls mit Mary reagierte Sophie gereizt.

»Das spüre ich!« Mary ließ Sophie los und legte beide Hände auf ihre Brust. »Hier tief drinnen spüre ich das! Bitte, bitte, sei eine gute Freundin und hilf mir! Nur dieses eine einzige Mal!«

»Und wie soll es danach weitergehen?«

»Marie Louise kommt nach der Beerdigung zurück nach Wien. Dann wird ihr schon etwas einfallen.«

»Mary, ich heiße deine Gefühle für den Kronprinzen nicht gut«, versuchte es Sophie ein letztes Mal. »Ich habe Angst, dass du geradewegs in dein Unglück rennst. Und die Larisch leuchtet dir auf diesem Weg in den Abgrund. Wenn sie dich um ihres eigenen Vorteils willen nicht sogar in ihn hinabstößt.«

»Sei es, wie es sei!«, schlug Mary Sophies Warnungen in den Wind. Sie holte tief Luft und fuhr mit sanfterer Stimme fort. »Ich weiß ja, dass du es gut mit mir meinst, Phiefi. Doch ich kann nicht anders. Meine Liebe zu ihm ist stärker als mein Wille.«

»Und dies nutzt die Larisch schamlos aus, um sich zu bereichern! Merkst du das denn nicht?«

Mary stand auf und ließ sich auf Sophies Bett sinken. Tränen rannen ihr über beide Wangen. Doch ihre Stimme klang entschlossen und klar. »Ich weiß ja, dass alles, was du sagst, richtig ist, liebste Phiefi. Ich habe zwei Freundinnen in dieser Sache, dich und Marie Louise Larisch. Du arbeitest für mein seelisches Glück, Marie Louise für mein moralisches Unglück. Aber gegen meine Liebe zu Rudolf bin ich machtlos. Ich kann ohne ihn nicht mehr leben!«

Sophie sah ein, dass ihr nur die Wahl blieb, Mary in ihrer Seelennot entweder im Stich zu lassen und damit ihre Freundschaft aufs Spiel zu setzen, oder sich dieses eine Mal deren Willen zu fügen.

»Nun gut. Wie hast du dir das denn heute vorgestellt?«

Marys Tränen versiegten auf der Stelle. »Ich habe Mama überredet, mich gemeinsam mit dir ins Café Prinzess fahren zu lassen. Agnes' Vater Joseph Jahoda kutschiert uns zum Graben. Dort setzen wir uns in eins der Separees, um keine allzu große Aufmerksamkeit auf uns zu ziehen. Das musste ich Mama versprechen, denn es schickt sich nicht, wenn zwei junge unbegleitete Damen ein öffentliches Café aufsuchen. Mama lässt mich ohnehin nur dorthin, weil dein Onkel Stephan anwesend ist.«

Sie stockte und suchte nach einem Taschentuch, um sich die Nase zu putzen.

»Und was dann?«, drängte Sophie weiter.

Mary wich ihrem forschenden Blick aus. »Nach ungefähr einer Viertelstunde suche ich den Erfrischungsraum für Damen auf. Von dort aus führt ja ein Flur direkt zum Ausgang des alten Kaffeehauses in der Dorotheergasse. Da wartet Rudolfs Leibfiaker Josef Bratfisch auf mich. Er bringt mich die wenigen

Meter bis zur Augustinerbastei zu dem kleinen Eingang in die Hofburg. Um genau vier Uhr soll ich da sein.«

Sophie atmete tief durch, um sich zu beruhigen. »Wer hat sich diesen Plan ausgedacht, und wer weiß außer uns noch davon?«

»Dass ich einen Brief von Rudolf mit einer Einladung in die Hofburg bekommen habe, weiß nur die Agnes. Denn Rudolf adressiert ja alle Briefe, die er mir schickt, an sie und lässt sie durch seinen Kammerdiener Loschek persönlich überbringen.«

»Und der Plan?« Sophie blieb hartnäckig.

»Der stammt von mir. Von ihm weiß nur Rudolf, denn ich habe ihm ja gleich geantwortet.«

Sophie stöhnte. »Also weiß der Kronprinz, dass du mich und das Kaffeehaus meines Onkels in diese Affäre hineinziehst? Und er würde also auch unmittelbar wissen, wenn ich mich weigere?«

Mary bejahte stumm.

»Das ist Erpressung!«, warf Sophie ihr vor. »Warum bittest du mich überhaupt um meine Hilfe, wo du doch sowieso schon alles in die Wege geleitet hast und weißt, dass mir gar keine andere Wahl mehr bleibt. Oder glaubst du etwa, ich würde es riskieren, den Unmut des nächsten Kaisers auf das Lebenswerk meines Onkels zu ziehen?«

»So weit habe ich gar nicht gedacht«, räumte Mary kleinmütig ein.

Sophie ballte die Hände zu Fäusten. »Schlimm genug!«, presste sie schließlich hervor. »Ich helfe dir, aber nur dieses einzige Mal. Das musst du mir versprechen!«

»Ich verspreche es, Phiefi!«

Sophie sah Mary eindringlich an. »Wenn du mich noch einmal mit einem solchen Ansinnen bedrängst, verrate ich deiner Mutter alles, Mary. Das ist keine leere Drohung!« Ihre Augen blitzten.

»Ich habe dir doch schon gesagt, dass Marie Louise nach der

Beerdigung wieder nach Wien kommt. Also kannst du dich darauf verlassen, dass ich mein Wort halte.« Sie zog ihre kleine Uhr aus der Rocktasche und warf einen Blick darauf. »Aber nun beeil dich und zieh dich um! Es ist schon fast drei Uhr!«

Schweigend nahm Sophie ihr neues dunkelgrünes Nachmittagskleid aus dem Schrank. Mary half ihr, es überzustreifen und die Haken und Ösen zu schließen.

Erst in der Kutsche fiel Sophie noch etwas ein. »Eins musst du mir außerdem noch versprechen, Mary! Du bist heute mit dem Prinzen allein. Es darf nichts Unwiderrufliches zwischen euch beiden geschehen. Schwörst du mir das?«

Mary lächelte. »Das zu schwören ist leicht. Schließlich ist Rudolf ein Ehrenmann. Er wird meine Unschuld nicht antasten, solange er noch verheiratet ist.«

### Café Prinzess am Graben

### *16. November 1888, etwa zwei Stunden später*

Sophie atmete erleichtert auf, als Mary durch den Hintereingang, der von den Erfrischungsräumen ins Café führte, pünktlich um wenige Minuten nach fünf Uhr zurückkehrte. Sie winkte Sophie, die in ihrem Aufseherinnen-Kleid hinter der Theke mit dem Konfekt stand, fröhlich zu.

Um die Zeit zu überbrücken und ihre Unruhe zu bezwingen, hatte sich Sophie während Marys Abwesenheit dazu entschlossen, sich umzuziehen und im Café auszuhelfen, obwohl heute eigentlich kein Mangel an Personal herrschte.

Das hatte Stephan Danzer natürlich bemerkt. »Wo ist denn die kleine Vetsera hin?«, fragte er erstaunt.

»Sie macht noch einige Kommissionen mit ihrer Promeneuse Fräulein Mohr.« Sophie wand sich innerlich vor Scham, weil sie ihren Onkel belügen musste.

»Merkwürdig«, wunderte der sich. »Die Promeneuse habe ich gar nicht gesehen, als ihr eintratet.«

»Mary hat sie zuerst weggeschickt, weil sie allein mit mir sprechen wollte. Das tut sie oft. Um kurz vor vier Uhr hat Fräulein Mohr Mary abgeholt.«

Zum Glück hatte Onkel Stephan nicht weiter nachgefragt.

Nun trat Mary mit geröteten Wangen und leuchtenden Augen vor die Konfekttheke. »Du musst dich rasch umziehen, Phiefi. Joseph Jahoda kommt uns um Punkt halb sechs wieder abholen.«

»Oh!« Ihr Blick blieb an der Auslage hängen. »Was ist denn das für ein Praliné? Es ist ja ganz golden!«

»Das ist die neueste Kreation von Onkel Stephans Zuckerbäckermeister Toni Schleiderer. Mit Champagnercreme gefüllte und mit Blattgold verzierte Trüffel aus Bitterschokolade.«

»Darf ich einmal kosten?«

Etwas unwillig reichte ihr Sophie die Praline über den Tresen. Dabei fiel ihr auf, dass Mary den silbernen Ring mit dem kleinen Rubin nicht mehr trug, den sie noch bei der Hinfahrt an ihrer rechten Hand gesehen hatte.

»Hast du etwa deinen Ring verloren?«, fragte sie erschrocken. *Am Ende noch in der Hofburg, wo jemand Unbefugtes ihn finden könnte.*

Doch Mary lächelte geheimnisvoll. »Das erkläre ich dir, wenn wir in der Kutsche sitzen. Geh dich jetzt umziehen! Ich erstehe derweil eine Schachtel von diesem Konfekt für Mama. Als kleine Überraschung. Sie liebt Trüffel und wird sich freuen.«

Erst im Halbdunkel der Kutsche zog Mary den rechten Ärmel ihres Kleides zurück. Darunter blitzte es golden.

»Das ist ein Saphirarmband. Rudolf hat es mir als Unterpfand seiner Liebe gegeben. Im Gegenzug habe ich ihm meinen Ring geschenkt. Er passt gerade so auf seinen kleinen Finger.«

Sophie erschrak aufs Neue. »Wie willst du denn deiner Mutter und vor allem Hanna erklären, woher du auf einmal ein so wertvolles Schmuckstück hast?«

Mary winkte ab. »Ach, da hatte Rudolf, er hat mir übrigens das Du angeboten, eine Idee. Ich verstecke das Armband, bis Marie Larisch zurückkommt. Dann behaupte ich einfach, sie habe es mir geschenkt.«

*Wo soll das bloß alles enden?*, ging es Sophie, wie schon zuvor immer wieder, durch den Kopf. Aber sie sagte nichts. Sie wusste nur zu gut, dass es keinen Zweck gehabt hätte.

# Kapitel 14

**Wiener Hofoper**

***1. Dezember 1888***

»Wenn du deine Cousine Mary nicht augenblicklich zur Räson bringst, gibt es noch einen Skandal«, zischte Georg Larisch seiner Gattin Marie Louise von seinem Sitz in der zweiten Reihe der Loge, die er für die heutige Aufführung gemietet hatte, ins Ohr. »Sie benimmt sich unmöglich und hat jetzt sogar das Aufsehen der Kronprinzessin erregt. Zumal sie außerdem vollkommen unpassend aufgeputzt ist.«

Marie Louise seufzte unhörbar. »Ich spreche in der Pause mit ihr«, raunte sie Georg zu, ohne den Kopf zu wenden. »Wenn ich sie jetzt von der Brüstung wegziehe, würde es jedermann bemerken.«

Sie hörte, dass Georg erneut einen unterdrückten Fluch ausstieß. Kurz erhaschte sie einen Blick auf Miguel von Braganza, der Marys Tun ebenfalls mit zusammengezogenen Brauen beobachtete. Keiner von ihnen achtete mehr auf das Bühnengeschehen.

Seit sie die Oper betreten hatten, entwickelte sich der Abend zunehmend unangenehm für Marie Louise. *Warum musste Georg auch diese unpassende Dinereinladung Helenes annehmen?*, gab sie jetzt ihrem Gatten die Schuld an der peinlichen Situation. *Er hatte die Loge für die Aufführung doch längst gemietet. Und warum hat er außerdem Marys stürmischer Bitte nachgegeben, sie mit in die Oper zu nehmen? Er hätte doch beides einfach ablehnen können. Anders als ich! Ich darf mir ihre Gunst nicht verscherzen!*

Denn hätte Mary sie selbst gebeten, mit in die Oper kommen zu dürfen, hätte sie ein Nein nicht riskiert, obwohl ihr klar war, dass Mary nur mitwollte, um den Kronprinzen zu sehen. Wieder brauchte Marie Louise dringend Geld, diesmal zehntausend Gulden, und war dabei erneut auf Marys Hilfe bei der Beschaffung der Summe angewiesen.

Die sie sich ihrer Ansicht nach allerdings auch redlich verdient hatte. Seit ihrer Rückkehr nach Wien am 21. November hatte sie gleich mehrmals dafür gesorgt, dass sich Mary und Rudolf wiedersehen konnten. Mittlerweile waren diese Besuche sogar schon zur Routine geworden und ihr eigener Beitrag dazu weit geringer als zu Anfang.

Der Ablauf war immer der Gleiche. Sie bat sich Mary bei deren Mutter Helene als Begleitung für Besorgungen oder einen Plausch im Grand Hotel aus und lieferte sie dann bei Josef Bratfisch ab, der stets pünktlich hinter dem Grand Hotel auf das Mädchen wartete.

Danach hatte sie freie Zeit für sich selbst, bis der Fiaker Mary ebenso pünktlich zur vereinbarten Zeit wieder ablieferte und sie das Mädchen mit einer Mietdroschke zurück in die Salesianergasse brachte.

Vor zwei Tagen war allerdings auch Marie Louises Gatte Georg nach Wien gekommen, was ihre Freiheit, sich ohne ihn in der Hauptstadt zu bewegen, erheblich einschränkte. Da sie diesen Umstand aber als Vorwand nutzen wollte, um vorläufig keine weiteren Treffen mehr zwischen Mary und Rudolf zu ermöglichen, war sie alles andere als begeistert gewesen, als ihr Georg von seiner zufälligen Begegnung mit Helene Vetsera und der dabei ergangenen Einladung in deren Palais für den heutigen Abend erzählte.

»Wir werden zu spät in die Oper kommen«, wandte sie vergeblich ein. Und genau so war es dann auch gekommen. Zumal sich Mary eigens noch umzog, nachdem Georg ihrer diesbezüglichen Bitte nachgegeben hatte.

Zu ihrem raffiniert geschnittenen Kleid aus weißem Crêpe de Chine trug sie erneut Helenes Haarschmuck, den sich für eine Komtess nicht geziemenden Diamanthalbmond. Die Zofe hatte ihn vorn an Marys zu einem komplizierten Dutt aufgesteckten Zöpfen befestigt. So fiel er jedermann gleich ins Auge, ebenso wie die diamantbesetzten Ohrstecker.

Georg machte große Augen, als Mary die Treppe zur Halle hinunterkam, wo die Übrigen schon abfahrbereit auf sie warteten. Doch um sie zurückzuschicken, war es schon zu spät gewesen. Die Vorstellung hatte bereits begonnen.

Mary wiederum schien nicht erfreut darüber zu sein, dass auch Miguel von Braganza mit von der Partie war. Er hatte ebenfalls am Diner teilgenommen und sich auf die Bitte Helenes hin bereit erklärt, ihre Tochter zu begleiten.

Entsprechend schweigsam verlief die zwanzigminütige Fahrt zur Hofoper. Erst als Mary an der Garderobe ihren pelzbesetzten Umhang auszog, entdeckte Marie Louise zu ihrem Entsetzen, dass sie auch das Saphirarmband angelegt hatte, welches ihr Rudolf verehrt hatte und das offiziell als Geschenk von Marie Louise galt.

Sie selbst hatte vergessen, Mary zu verbieten, das Schmuckstück je in Georgs Gegenwart zu tragen, und hoffte nun inständig, dass Mary wenigstens schlau genug sein würde, ihr vorgebliches Präsent nicht von sich aus zu erwähnen. *Georg würde mir die Hölle heißmachen, zumal er ja weiß, wie knapp ich bei Kasse bin.* Da Miguel von Braganza Mary sogleich den Arm reichte, um sie die Treppe hinaufzuführen, gab es auch keine Gelegenheit für Marie Louise, Mary zu warnen.

Als Kavaliere überließen die Herren den Damen die beiden vorderen Logenplätze. Und kaum hatte sie Platz genommen, zückte Mary auch schon ihr Opernglas und richtete es auf die Hofloge, in der sich Kronprinz Rudolf in Begleitung seiner Gattin Stephanie und deren Schwester Louise von Sachsen-Coburg befand.

Spätestens jetzt musste auch Georg klar werden, dass Mary, die weder anspruchsvolle deutsche Literatur noch Opern schätzte, ihr Interesse an der Vertonung von Goethes *Faust* mit dem Operntitel *Margarethe* nur vorgetäuscht hatte.

In den ersten fünf Minuten begnügte sie sich damit, das Geschehen in der Hofloge sitzend zu beobachten. Danach trat sie, wie schon bei der Eröffnungsvorstellung des Hofburgtheaters, von der Helene Marie Louise berichtet hatte, an die Logenbrüstung, über die sie sich sogar noch weit hinausbeugte, um Rudolf besser sehen zu können. Ungeachtet der Tatsache, dass die Baronin ihre Tochter für diese Szene im Hofburgtheater ungewöhnlich scharf getadelt hatte.

Der Vorhang fiel nach dem ersten Akt, doch im Saal blieb es dunkel. Ein kurzer Blick ins Programmheft zeigte Marie Louise zu ihrem Leidwesen, dass es erst nach dem zweiten Akt eine Pause geben würde. Georg tippte ihr von hinten auf die Schulter. Sie verstand das Signal und zupfte nun ihrerseits an Marys Rock, was diese jedoch vollkommen ignorierte. Stattdessen hob sie die Hand zum Gruß und winkte Rudolf vor den Augen aller Opernbesucher, die gerade zufällig hinsahen, zu. Georg stieß seinen ersten Fluch aus.

Doch nun war es ohnehin zu spät. Beide Damen in der Loge des Kronprinzen hoben nun ihrerseits ihre Operngläser, die wie ein Lorgnon an einem Stab befestigt waren, vor die Augen und schauten zur Loge der Larischs hinüber.

## Kaiserliche Loge in der Hofoper

### *1. Dezember 1888, zur selben Zeit*

»Schau einmal! Dort steht diese impertinente Person tatsächlich schon wieder an der Brüstung ihrer Loge und scheint uns zu beobachten«, wandte sich Stephanie an Rudolf, der rechts neben ihr saß.

Rudolf folgte ihrer Kopfbewegung mit den Augen und wurde, wie weiland im Hofburgtheater, erst durch Stephanies Hinweis auf die Anwesenheit Marys aufmerksam. Die Szene erschien ihm unwirklich, ein Déjà-vu des Moments vor einigen Wochen, in dem er sich dazu entschlossen hatte, den Kontakt zu Mary aufzunehmen.

»Sie grinst wie ein Honigkuchenpferd.« Stephanie stieß ihn in die Seite und beugte sich noch näher zu ihm herüber, sodass er ihren säuerlichen Körpergeruch wahrnahm, den er so sehr verabscheute. »Jetzt winkt sie sogar! Wer ist das denn nur? Bei Hofe habe ich diese aufdringliche Person jedenfalls noch nie gesehen!«

Sie setzte ihr Opernglas wieder an die Augen. »Es scheint noch ein ganz junges Ding zu sein!« Stephanie kräuselte verächtlich die Lippen. »Hast du etwa schon wieder ein Herz erobert, mein werter Gemahl? Diesmal das einer blutjungen Komtess, die nicht einmal weiß, was sich gehört?«

»Obwohl«, fügte sie mit einer Mischung aus Spott und Bitterkeit hinzu, »wenn es ein Mädchen aus gutem Hause wäre, würde es sich wohl kaum derart schamlos exponieren. Geschweige denn, sich mit dir einlassen.«

Rudolf presste die Lippen zusammen und entschloss sich zu einer Lüge. »Ich weiß nicht, wer das ist. Und nun wäre ich dir außerordentlich verbunden, wenn du mich weiter der Oper lauschen ließest!« Er wandte sich schroff von Stephanie ab.

Doch die ließ sich nicht so ohne Weiteres zum Schweigen

bringen. »Kennst du diese zweifelhafte Komtess?«, fragte sie nun ihre Schwester Louise.

Auch Louise hatte sich Mary mithilfe ihres Opernglases inzwischen angesehen. »Persönlich getroffen habe ich dieses Mädchen noch nicht. Aber ich habe eine Ahnung, wer es sein könnte. Sie sitzt in der Loge der Larischs, gemeinsam mit Georg, Marie Louise und Miguel von Braganza. Und dem sagt man nach, einer neuadligen Komtess nachzustellen. Einem der Vetsera-Mädchen, soviel ich weiß.«

»Einer Tochter dieser dubiosen Baronin? Der man eine Affäre mit meinem liebwerten Gemahl nachsagt, als er noch ein recht unbedarfter Jüngling von achtzehn Jahren war?« Stephanies Stimme triefte vor Hohn. »Mein verehrter kaiserlicher Schwiegervater echauffierte sich seinerzeit höchstpersönlich über die Zudringlichkeit dieser Helene Vetsera. Da kann man wieder einmal sehen, dass der Apfel niemals weit vom Stamm fällt!«

Rudolfs Puls begann, sich zu beschleunigen. Am liebsten hätte er sich die Ohren zugehalten, denn Stephanie bemühte sich gar nicht, ihre Stimme so zu dämpfen, dass er ihren Sarkasmus nicht mitbekam. Im Gegenteil: Schon befürchtete er, man würde das Getratsche auch in den Nachbarlogen mithören können.

*Würdet ihr euer einfältiges Geschwätz jetzt zugunsten dieser Arie beenden?*, wollte er schon sagen, als die berühmte Sängerin Pauline Lucca, die die Rolle der Margarethe spielte, zu singen anhob. Doch er verbiss sich den Tadel, wohl wissend, dass er Stephanie damit nur noch mehr angestachelt hätte.

*Oh, könnte ich dieses ekelhafte Weib doch nur endlich zum Teufel schicken!*, wünschte er sich inbrünstig. *Aber der Papst hat mir noch immer nicht auf meine Bitte um eine Scheidungserlaubnis geantwortet. Dabei bricht dieses Weib selbst die Ehe! Und verfolgt mich trotzdem weiter mit seiner Eifersucht!*

Er sah kurz zur Loge der Larischs hinüber, in der Mary noch immer an der Brüstung stand. Schon war er versucht, den Kopf zu schütteln, um sie von ihrem zugegebenermaßen dreisten Tun abzubringen, als es ihn siedend heiß durchfuhr.

*Wenn Stephanie Verdacht schöpft, weiß das bald auch ganz Wien. Und im Falle eines Skandals kann ich meinen Kontakt zu Mary nicht länger aufrechterhalten, zumal wenn ihre Mutter Verdacht schöpft. Ich muss Mary dringend davor warnen, sich allzu auffällig zu benehmen. Denn ich würde wahnsinnig werden, wenn auch sie mir entgleitet und ich erneut mit meinem Vorhaben ganz allein dastehe.*

## Loge der von Thurnaus in der Hofoper

### *1. Dezember 1888, zur selben Zeit*

»Richie!« Amalie von Thurnau stieß ihren zukünftigen Verlobten in die Seite. »Richie! Schau einmal dort hinüber!«

Als Richard, der wieder einmal in trübe Gedanken über seine trostlose Zukunft versunken war, nicht gleich reagierte, erhob sie die Stimme ein wenig.

»Dort steht diese putzsüchtige Komtess wieder an der Brüstung ihrer Loge! Wie schon zuletzt bei der Eröffnungsvorstellung im Hofburgtheater! Was beabsichtigt sie nur damit?«

»Pscht!«, zischte Adalbert von Thurnau seiner Tochter zu. »Gleich kommt die berühmte Arie der Margarethe, gesungen von einer der besten Sopranistinnen Europas. Diesen Genuss möchte ich mir nicht durch deine Tuscheleien trüben lassen.«

Amalie rollte mit den Augen und hob enerviert den Blick zur Decke. Richard wusste, dass sie sich im Theater immer grässlich langweilte. Auch er machte sich aus Opern nicht allzu viel, sondern zog Schauspiele ohne Musik und Gesang vor.

Im Augenblick standen ihm bis Weihnachten allerdings noch geschlagene vier weitere Opernaufführungen bevor. Es würde, jeweils im Abstand von wenigen Tagen, Wagners *Ring der Nibe-*

*lungen* aufgeführt werden. Adalbert hatte seine und Amalies Begleitung zu all diesen Vorstellungen angeordnet.

»Damit man euch beide jetzt schon möglichst oft in der Öffentlichkeit zusammen sieht«, begründete er seine Anweisung.

Für seinen zukünftigen Schwiegervater würden die Aufführungen des *Rings* das Angenehme mit dem Nützlichen verbinden. Denn von Thurnau unterhielt in der Hofoper als begeisterter Anhänger dieses Genres sogar eine ständige Loge. Für Richard und Amalie bedeuteten die bevorstehenden Veranstaltungen aus unterschiedlichen Gründen allerdings eine Qual.

Amalie war viel zu oberflächlich, um sich auf das Geschehen auf der Bühne einzulassen. Und Richard war das Spiel oft zu affig und der Gesang zu schrill. Besonders die Sopran- und Tenorstimmen, die in der Regel die Hauptrollen sangen, mochte er nicht.

Während sich Adalbert um Richards Neigungen keinen Deut scherte, hatte er seine quengelnde Tochter mit einer ganzen Flut kostbarer Abendtoiletten quasi bestochen. Alle stammten aus dem Salon der Madame Spitzer und waren unterschiedlich in Farbe und Schnitt.

Heute trug Amalie ein saphirblaues schulterfreies Seidenkleid mit einem tief ausgeschnittenen Dekolleté, das die Grenzen von Sitte und Anstand gerade noch wahrte.

Außerdem hatte ihr Vater ihr als Verlobungsgeschenk etwas ganz Besonderes versprochen, um das er im Augenblick noch ein großes Geheimnis machte. Doch vor einigen Tagen hatte Max Schlesinger, der Redakteur des *Wiener Salonblatts*, im Palais Thurnau in der Herrengasse vorgesprochen.

Seither ahnte Amalie, worum es gehen könnte, und machte Richard gegenüber beständig Andeutungen, die ihn jedoch vollkommen kaltließen. Er wusste ja, wie sehr sich Amalie danach sehnte, endlich auch einmal auf dem Titelblatt dieses Gesellschaftsmagazins zu erscheinen.

»Ich durfte heute keinen wertvollen Schmuck tragen«, raunte sie ihm jetzt, ungeachtet des Tadels ihres Vaters, zu. Der hatte ihr verboten, das zu ihrem Abendkleid passende Saphirhalsband zu tragen, das Amalie von ihrer verstorbenen Mutter geerbt hatte. »Dabei stellt diese Mary Vetsering, oder wie sie heißt, schon wieder in aller Öffentlichkeit ihre Juwelen zur Schau! Offensichtlich hat dieses Dämchen keine allzu strengen Eltern.«

Nun schreckte Richard endgültig aus seinen Grübeleien auf. Und glaubte kaum, seinen Augen trauen zu können. Tatsächlich, da stand Mary wieder an der Brüstung ihrer Loge wie bei der Eröffnung des Hofburgtheaters! Offensichtlich ungeachtet des Tratschs und Klatschs, den sie erneut damit erzeugen würde.

Jetzt hob sie sogar den Arm und winkte. Von seinem Platz, der am Fußende des Saales lag, konnte Richard deutlich erkennen, wem diese Geste galt. In der Hofloge saß Rudolf mit seiner Frau und seiner Schwägerin.

Richard kam ein entsetzlicher Verdacht. Stand dort etwa die Ursache für Rudolfs exaltierte Fröhlichkeit in den vergangenen Wochen? War er dabei, Mary, die jüngste Tochter der Baronin Vetsera, zu verführen, noch dazu als ein Mann, der gleich an zwei Geschlechtskrankheiten litt, darunter der letztendlich tödlich verlaufenden Syphilis?

Seine Gedanken rasten. Richard wusste, dass Mary gut mit Sophie von Werdenfels befreundet war. Seine letzte Begegnung mit ihr lag nun schon mehr als sechs Wochen zurück. Sie hatte genau an jenem Abend im Hofburgtheater stattgefunden, an dem sich Mary das erste Mal so auffällig benommen hatte. Und natürlich! Fast hätte sich Richard an die Stirn geschlagen – denn wie einfältig und blind war er nur gewesen. Auch damals war die Hofloge bereits das Ziel ihres Opernglases gewesen!

Nur ein Gutes hatte dieser ihm heute noch peinliche Abend gezeitigt. Amalie hatte Sophie überhaupt nicht zur Kenntnis genommen, sondern stattdessen ihre Aufmerksamkeit ganz auf

Mary Vetsera gerichtet, die sich gerade zum zweiten Mal so unglücklich exponierte.

Richard fasste einen Entschluss. An ihrem nächsten Jour fixe würde er Henriette von Freiberg im Palais Werdenfels besuchen. Dabei würde er auch Sophie antreffen. Dort war er schon so lange nicht mehr gewesen, dass Ami und ihr Vater keinen Verdacht schöpfen würden.

Einerseits war das eine wunderbare Gelegenheit, Sophie endlich wiederzusehen. Andererseits bot es ihm die Möglichkeit, ganz unauffällig in Erfahrung zu bringen, ob sein Verdacht, dass sich zwischen Rudolf und Mary etwas anbahnte, berechtigt war.

Beim Gedanken an Sophie begann Richards Herz, schneller zu schlagen. Mit ihrem Bild vor seinem inneren Auge bedachte er Amalie mit einem strahlenden Lächeln, das sie erstaunt erwiderte.

Gerade fiel der Vorhang nach dem zweiten Akt. Nach dem Applaus würde es eine Pause geben.

Adalbert von Thurnau blickte Richard zufrieden an. »Solange du Ami ein solches Lächeln schenkst, muss ich mir ja keine Sorgen um euch machen«, erklärte er. »Doch nun kommt rasch mit! Die Pause dauert nur zwanzig Minuten. Mich gelüstet es nach einem Glas Champagner.«

## In einer Nische auf einem Gang der Hofoper

*1. Dezember 1888, wenig später*

»Du kommst sofort mit! Ich muss ein sehr ernstes Wort mit dir reden!« Marie Louise bemühte sich, ihr Lächeln aufrechtzuerhalten, während sie mit einem strengen, noch nie da gewesenen Ton mit Mary sprach.

Noch befanden sie sich in ihrer Loge, sichtbar für jeden der im Saal verbliebenen Zuschauer. Da sich auch Rudolf mit seinen Damen während der Pause offensichtlich in seiner Loge aufhalten wollte, hatte es Mary anfangs schlichtweg abgelehnt, sich von der Stelle zu rühren.

»Bring das depperte Madl zur Räson, sonst brechen wir jeden Kontakt mit den Vetseras ab!«, hatte Georg Marie Louise daraufhin gedroht, als er merkte, dass Mary ihnen nicht in den Buffetsaal folgen wollte.

»Ja, ja!« Auch Marie Louise hatte sich selten so unbehaglich gefühlt wie am heutigen Abend. Doch nun half alles nichts. Sie kannte ihren Ehemann gut genug, um zu wissen, dass er seine Drohung wahrmachen würde, wenn Mary nicht spurte.

Tatsächlich versuchte diese, erneut zu protestieren. »Ich habe weder Hunger noch Durst und möchte in der Loge bleiben!«

»Um öffentlich mit Rudolf zu poussieren, vor den Augen seiner Gattin und Schwägerin?« Nun schmerzten Marie Louise schon die Mundwinkel von ihrem gezwungenen Lächeln. Doch sie behielt es krampfhaft bei, zumal sie bemerkte, dass Louise von Sachsen-Coburg ihr Opernglas schon wieder auf sie beide gerichtet hatte. »Nun, meine Liebe! Wenn du diese Narretei hier vor einem ganzen Saal voller Zeugen fortsetzen möchtest, wird es dein letzter Kontakt mit dem Kronprinzen gewesen sein. Zumindest, was mich und meine Unterstützung angeht.«

Mary wurde bleich. Ihre Augen weiteten sich vor Schreck. Marie Louise wandte sich brüsk zum Gehen, um ihrer Drohung Nachdruck zu verleihen. Zu ihrer Erleichterung folgte Mary ihr nun auf dem Fuße.

Sie zog das Mädchen in eine Nische vor einem der Fenster der Hofoper, das auf den um diese Abendstunde noch immer belebten Wiener Ring führte. Sie sah Mary nicht an, sondern beobachtete die zahlreichen Kutschen und Equipagen, die sich vor und hinter einem liegen gebliebenen Fuhrwerk stauten.

Dann begann Marie Louise, mit leiser Stimme zu sprechen: »Was ist in dich gefahren, Mary, dass du dich derartig aufführst? Ist dir deine Beziehung zu Rudolf so wenig wert, dass du einen Skandal riskieren willst?«, begann sie ohne Umschweife.

Mary zog zischend den Atem ein. »Wie kommst du denn darauf, werte Cousine? Ich liebe Rudolf von ganzem Herzen!«

»Und du glaubst, dass, wenn du das in aller Öffentlichkeit so herausfordernd demonstrierst, diese Liebe auch nur den Hauch einer Chance hat?« Jetzt erst drehte sich Marie Louise zu Mary um.

Deren Augen blitzten vor Trotz. »Der Ärmste muss in der Hofloge ausharren! Mit der ihm verhassten Gattin an seiner Seite! Da will ich ihm wenigstens ein Zeichen senden, das ihm Hoffnung auf eine bessere Zukunft macht.«

*Sie ist größenwahnsinnig geworden. Sie glaubt tatsächlich, der Kronprinz würde für sie seine Ehe aufgeben. Worauf habe ich mich da nur eingelassen?* Marie Louise verdrängte ihre aufsteigende Panik und fasste Mary hart am Arm.

»Aua! Du tust mir weh!«

»Ja, schrei das noch lauter heraus, damit uns die Leute auch hier bemerken!« Fast war Marie Louise versucht, Mary zu schütteln.

»Und nun hör mir zu! Und sieh mich dabei an!« Sie wartete, bis Mary ihren Kopf hob.

»Dreierlei musst du wissen, Mary. Erstens: Wenn du mir nicht hoch und heilig versprichst, dich während der restlichen Aufführung unauffällig zu verhalten, werde ich Georg bitten, dich sofort nach Hause zu bringen. Er ist ohnehin rasend vor Wut auf dich und fühlt sich von dir getäuscht. Du hast ihm brennendes Interesse an dieser Oper vorgegaukelt. Nun kennt er den wahren Grund dafür, warum du mitkommen wolltest. Hast du das verstanden?«

Mary nickte unwillig. »Aber«, setzte sie zu einer Erwiderung an, die Marie Louise sofort unterband.

»Hör mir weiter zu! Zweitens: Georg hat bereits angekündigt, den Kontakt zu deiner Familie abzubrechen, sofern du heute Abend einen Skandal verursachst. Ich zweifle nicht daran, dass er diese Drohung wahrmachen wird. Doch zuvor werde ich ihn um eine letzte Unterredung mit deiner Mutter bitten. Und sollte er mir diese verweigern, werde ich Miguel von Braganza ersuchen, deiner Mutter von deinem heutigen Benehmen und dem bisherigen Verlauf deiner Beziehung zu Rudolf zu berichten.«

»Das wirst du nicht wagen! Denn dann müsstest du auch deinen eigenen Anteil daran eingestehen!«, trumpfte Mary auf.

Marie Louise biss sich auf die Lippen. *Das Miststück hat recht,* dachte sie.

Doch sie fuhr, ohne auf Marys Einwand einzugehen, weiter fort: »Zum Dritten: Außerdem werde ich das Gespräch mit Rudolf suchen und ihm die Briefe zurückgeben, die er dir geschrieben hat. Dabei werde ich ihm mitteilen, dass er auf meine Hilfe bei der Fortsetzung eurer Affäre nicht länger zählen kann.«

Erst dieses letzte Argument zeigte Wirkung. Mary wurde weiß wie die Wand, an der sie lehnte.

»Diese Briefe sind Rudolfs Liebesbeweise an mich. Du hast mir versprochen, dass du sie für mich aufbewahrst, damit kein Unbefugter sie zufällig findet, und dass ich sie jederzeit lesen kann, wenn du in Wien bist.«

Noch immer schien Mary nicht verstanden zu haben, dass ihre ganze Beziehung zu Rudolf bedroht war. *Sie ist völlig verblendet!*

Eine Glocke kündigte das nahende Ende der Pause an. Marie Louise verstärkte den Griff um Marys nackten Arm. »Also, wie entscheidest du dich? Sollen wir wieder hineingehen oder gleich zurückfahren?«

Sie holte tief Luft und spielte ihren letzten Trumpf aus. »Aber wenn wir wieder hineingehen und du dich weiterhin so beschämend aufführst, wird dich Georg vor aller Augen von der Brüstung wegzerren und hinausführen. Dann ist deine Blamage perfekt. Ganz Wien wird über dich tratschen und dir bei deiner noch bevorstehenden offiziellen Einführung in die große Gesellschaft den Respekt verweigern.«

Nun gab Mary endlich nach.

»Gut, ich verspreche dir, auf meinem Platz sitzen zu bleiben!«

»Und du richtest auch dein Opernglas nur noch auf die Bühne! Keinesfalls mehr auf die Hofloge«, insistierte Marie Louise.

»Ich verspreche es«, presste Mary hervor.

Marie Louise atmete auf. »Gut, dann will ich dir trauen und dir noch eine letzte Chance geben. Nutze sie gut, wenn du meine Hilfe weiter in Anspruch nehmen willst.«

Auf dem Rückweg in ihre Loge kam ihr ein plötzlicher Geistesblitz. *Das ist die Gelegenheit, aus meiner Not eine Tugend zu machen.*

»Eins musst du allerdings noch wissen!«, raunte sie Mary zu. »Ich schulde Georg zehntausend Gulden. Er drängt mich schon länger, sie ihm endlich zurückzuzahlen, und wird sie mir nach dem heutigen Affront, an dem er mir die Schuld geben wird, nicht mehr länger stunden wollen. Du musst mir unbedingt helfen, dieses Geld zu beschaffen!«

## Café Prinzess am Graben

### *6. Dezember 1888*

Sophie atmete auf, als Richard von Löwenstein tatsächlich zur verabredeten Zeit das Café Prinzess betrat.

Heute war Nikolaustag. Dies hatte ihr im Palais Werdenfels als Vorwand gedient, um Richards Bitte nach einer Verabredung im Café nachkommen zu können.

Zwar hatten alle kleineren Kinder bereits am Morgen ihren mit Leckereien gefüllten Stiefel gefunden, nachdem der heilige Nikolaus, begleitet von seinem grimmigen Gesellen Krampus, die Kleinen aus wohlhabenderen Familien sogar schon am Vorabend besucht hatte. Aber obwohl Sophie und Milli hierfür zu alt waren, fanden sie nach dem Aufwachen ebenfalls je einen Teller voller Köstlichkeiten aus dem Café Prinzess vor. Henriette hatte Orangen und getrocknete Feigen hinzugefügt sowie einen kleinen Silberring für Milli.

Dies war die Belohnung dafür, dass sich Sophies jüngere Schwester in der Schule weiterhin stark bemühte und mit Sophies Hilfe sogar ihre miserable Rechtschreibung ein wenig verbessert hatte. Damit erfüllte Milli die von der Schwester Oberin vor einigen Wochen gestellte Forderung, als Henriette und Sophie sie im Kloster aufgesucht und dort wegen Millis schlechter schriftlicher Leistung vorgesprochen hatten.

Aber heute hatte Milli schulfrei und daher am Nachmittag keine Hausaufgaben zu erledigen. Im Café Prinzess würde dagegen Hochbetrieb herrschen. Den ganzen Tag über war zu erwarten, dass Kunden Konfekt und Gebäck kaufen wollten, um auch ihren erwachsenen Verwandten und Freunden eine Freude zum Nikolaustag zu bereiten. Henriette von Freiberg hatte Sophie daher sofort geglaubt, dass ihre Hilfe im Café dringend gebraucht würde, und sie mit einer Mietdroschke dorthin bringen lassen.

Stephan Danzer begrüßte sie anfangs freudig, reagierte dann aber sehr zurückhaltend, als Sophie ihm gestand, hier mit Richard zusammentreffen zu wollen. »Weiß deine Mutter davon?«

»Nein. Sie glaubt, ich helfe dir im Geschäft.«

Ihr Onkel runzelte missbilligend die Stirn. »Dem jungen von Löwenstein eilt nicht gerade der beste Ruf voraus«, gab er Sophie zum wiederholten Mal zu bedenken. »Man sagt ihm nach, ein rechter Hallodri zu sein, wovon wir beide uns ja schon überzeugen konnten«, erinnerte er sie an die peinliche Szene, als er Richards ehemalige Geliebte Olga mit ihrem neuen Galan bei unzüchtigen Handlungen in einem der Separees ertappt hatte.

»Auch in jüngster Zeit war er außerdem öfter mit dieser Komtess von Thurnau hier«, ergänzte Danzer seine Ermahnung. »Das halte ich für keinen Zufall. Offensichtlich bahnt sich da etwas zwischen den beiden an.«

Sophie fuhr ein Stich durch die Brust. Klugerweise verzichtete sie darauf, ihren Onkel um einen Platz in einem der Separees zu bitten, um sich mit Richard zu besprechen.

»Unser heutiges Treffen ist völlig harmlos«, versuchte sie stattdessen, ihren Onkel zu beruhigen. »Wir setzen uns für alle sichtbar in diese Nische, wenn es dir recht ist, Onkel Stephan.« Sie wies auf einen kleinen, nur für zwei Personen geeigneten runden Tisch.

»Was hast du denn so Wichtiges mit diesem Herrn zu bereden, Phiefi?« Onkel Stephan war noch nicht beruhigt. »Was deine Mutter zudem nicht wissen darf?«

Sophie entschloss sich schweren Herzens, zumindest eine Andeutung über den Anlass ihres Treffens zu machen. »Es geht um meine Freundin Mary, die mir große Sorgen bereitet«, gab sie zu. Um dann zwar nicht mit einer direkten Lüge fortzufahren, aber ihren Onkel dennoch auf eine falsche Fährte zu locken.

»Mary stößt ihren Verehrer, den Herzog Miguel von Braganza, immer wieder vor den Kopf«, seufzte sie. »Ich befürchte, dass sie sich diese einmalige Gelegenheit, in den Hochadel aufzusteigen, bald völlig verscherzt haben wird. Ihre Mutter ahnt nichts davon. Richard ist mit Miguel befreundet. Bevor ich ein ernstes Wort mit Mary rede oder die Sache sogar ihrer Mutter anvertraue, muss ich wissen, wie gekränkt Miguel mittlerweile ist. Den Herzog selbst kann ich nicht danach fragen. Aber seinen Freund Richard schon. Daher habe ich ihn um diese Unterredung gebeten, als er bei Mamas letztem Jour fixe vorsprach und sich eine Gelegenheit dazu ergab.«

Dies war allerdings gelogen. Denn die Initiative zu der heutigen Begegnung war von Richard ausgegangen.

»Mamas Salon war wieder recht gut besucht. Denn da gab es keine Möglichkeit zu einem vertraulichen Gespräch«, fügte sie noch hinzu.

Danzer sah seine Nichte prüfend an. Ganz schien er noch immer nicht überzeugt zu sein. Sophie kam eine Idee.

»Bei dieser Gelegenheit könntest du Richard dein Rosensorbet servieren, damit er es kostet. Er ist gut mit dem Kronprinzen befreundet, sogar ein Offizier seines Stabs. Wenn Richard das Rosensorbet mundet, besteht ja vielleicht die Chance, dass er es Rudolf und der es wiederum seiner Mutter Elisabeth empfiehlt. Vielleicht wird sie dadurch dem Veilchensorbet des Demel doch noch einmal abtrünnig.«

An der Miene ihres Onkels erkannte Sophie sogleich, dass dies ein erfolgreicher Schachzug gewesen war. In Danzers Augen glaubte sie neben Bekümmerung auch einen Hoffnungsschimmer zu erkennen. Denn obwohl dessen Rosensorbet ein voller Erfolg bei den Gästen des Cafés Prinzess war, hatte er bislang vergeblich auf eine Bestellung der Kaiserin gewartet.

»Also gut«, brummte er. »Aber ich behalte euch beide im Blick.«

Als Richard auf die Minute genau zur verabredeten Zeit das Café Prinzess betrat, konnte er Sophie nicht sogleich finden. *Sie ist nicht gekommen.* Er spürte bittere Enttäuschung.

Dabei hatte er sich im Vorfeld solche Mühe gegeben, heute besonders gut auszusehen. Er hatte sogar gebadet. Sein Bursche hatte ihm die Uniform tadellos ausgebürstet und seine kniehohen schwarzen Stiefel auf Hochglanz poliert. Jetzt nahm Richard sein Käppi ab und blickte sich suchend um.

Der Kaffeehausbesitzer trat auf ihn zu. »Habe die Ehre, Graf von Löwenstein. Meine Nichte wartet dort hinten auf Sie.«

Tatsächlich entdeckte Richard Sophie erst jetzt hinter einem Tisch voller Damen, deren ausladende Hüte ihm den Blick auf die Nische, in der sie saß, verstellt hatten. »Ich begleite Sie, Herr von Löwenstein.« Erst jetzt fiel Richard die starre Miene von Sophies Onkel auf. Auch ließ er es ihm gegenüber an der sonst gewohnten Beflissenheit fehlen.

Trotzdem schlug sein Herz höher, als er sich Sophie näherte. Sie sah reizend aus in ihrem grünen Nachmittagskleid, das sie auch beim Jour fixe ihrer Mutter getragen hatte. Im Gegensatz zu Amalies aufwendig garnierten Roben war es nur mit einigen schwarzen Borten und Tressen besetzt. Aber es betonte die Farbe ihrer Augen. Dazu trug sie ein kleines, mit zwei schwarzen Federn geschmücktes Hütchen, das mit dem gleichen Stoff bezogen war, aus dem das Kleid geschneidert war.

Amalie hätte Sophies Aufmachung als »gewöhnlich« bezeichnet. Doch zum Glück ging es heute einmal nicht um sie.

»Hier bringe ich dir den Herrn von Löwenstein, Phiefi.« Danzer deutete eine Verbeugung an. »Was darf ich dem Herrn Grafen und dir selbst denn bringen lassen?«

»Bitte zwei Portionen deines köstlichen Rosensorbets«, kam Sophie zu Richards Erstaunen seiner eigenen Bestellung zuvor.

»Sehr wohl. Möchten Sie dazu etwas trinken?«

»Eine Mandelmelange für mich, lieber Onkel. Und für Sie, Richie?« Jetzt fragte Sophie ihn zum Glück auch einmal nach seiner Meinung.

»Einen Großen Schwarzen«, bestellte er.

Dann nahm er mit einem verwunderten Lächeln Sophie gegenüber an dem kleinen Tisch Platz.

»Ich freue mich sehr, Sie zu sehen, Phiefi«, begrüßte er sie. »Doch nun muss ich Ihnen gleich etwas gestehen, um Sie nicht wieder wie damals mit dem Rumpunsch, den Sie mir auf Ihrer Soiree anboten, aus Höflichkeit zu beschwindeln. Ich mag Sorbets eigentlich gar nicht.«

»Kosten Sie es mir zuliebe, Richie!« Ihr Tonfall klang ein wenig beschwörend. »Damit hat es eine ganz besondere Bewandtnis.«

»Nun, dann bin ich gespannt«, antwortete er ehrlich, da er sich auf diese Andeutung keinen Reim machen konnte. Er holte tief Luft.

»Aber auch mit meiner Bitte nach der heutigen Unterredung hat es eine ganz besondere Bewandtnis«, kam er gleich auf den

Punkt. »Es geht um eine Frage, Ihre Freundin Mary betreffend, wie ich es Ihnen auf dem Jour fixe vor zwei Tagen schon angekündigt habe.«

Wegen des heutigen Nikolaustages, der auf einen Donnerstag fiel, hatte Henriette von Freiberg ihren offenen Besuchsnachmittag ausnahmsweise um zwei Tage vorverlegt und die Mühe nicht gescheut, alle Gäste, die ihn in diesem Jahr beehrt hatten, mit einem kurzen Billett darüber zu unterrichten.

Plötzlich bekam Richard Angst vor seiner eigenen Courage. Er stockte kurz, um noch einmal Atem zu schöpfen.

Sophie blickte ihn forschend an und kam ihm zu seiner Verblüffung zuvor. »Gehe ich recht in der Annahme, dass diese Frage auch eine weitere, sehr hochgestellte Persönlichkeit, mit der Sie bekannt sind, betrifft?«

Richard nickte. »So ist es, Phiefi. Ich möchte deren Namen hier nicht nennen. Doch ich bin sicher, dass wir ein und dieselbe Person meinen.«

In diesem Moment kam ein Serviermädchen mit den Getränken und dem Eis.

»Sie müssen das Sorbet jetzt probieren und dann eine ganz verzückte Miene machen«, raunte Sophie ihm zu, kaum dass sich die Serviererin wieder entfernt hatte. »Ich bin sicher, mein Onkel beobachtet Sie.«

Verwirrt nahm Richard einen Löffel von dem dunkelrosafarbenen Eis. »Oh, das schmeckt ja tatsächlich ganz köstlich«, sagte er ehrlich. »Das hätte ich nun nicht gedacht. Denn das Veilchensorbet des Demel liegt mir so ganz und gar nicht.«

Sophie lächelte zufrieden. »Dann sagen Sie mir jetzt, wobei ich Ihnen helfen kann, Richie«, forderte sie ihn auf. »Viel Zeit haben wir nämlich leider nicht. Mein Onkel wird misstrauisch, wenn unsere Unterredung allzu lange dauert.«

»Gut, dann frage ich Sie jetzt ganz gerade heraus, Phiefi. Unterhält Ihre Freundin persönliche Kontakte zu jener hochgestellten Person?«

Zu seiner Bestürzung färbten Sophies Wangen sich rot. Dass sie dies noch reizvoller aussehen ließ, verdrängte Richard. Jetzt ging es um Wichtigeres.

Eine kleine Weile sah es so aus, als kämpfte Sophie mit sich. »Leider ist es so, wie Sie sagen, Richie«, bestätigte sie dann seine schlimmsten Befürchtungen. »Das geht jetzt schon über einen Monat so. In der Regel vermittelt die Gräfin Larisch«, sie senkte die Stimme, »den Kontakt. Unter dem Vorwand, Ma… meine Freundin zu Kommissionen mitzunehmen, holt sie sie von zu Hause ab. Allein dürfte die junge Dame natürlich nicht ausgehen. Trotzdem hat sie neulich …«

Richard hob die Hand. »Langsam, langsam, meine Liebe!« Mechanisch nahm er noch einen Löffel Rosensorbet. »Erzählen Sie alles der Reihe nach!«

So erfuhr Richard zunächst von Rudolfs und Marys erster Begegnung im Prater Ende Oktober, der das Treffen in der Hofburg am 5. November gefolgt war.

»Wie oft diese dubiose Gräfin danach noch gekuppelt hat, weiß ich nicht.« Sophie nahm kein Blatt vor den Mund. »Aber mindestens einmal hat meine Freundin ihn auch ohne deren Vermittlung in seinen Gemächern aufgesucht.« Sie berichtete Richard von dem Tag, an dem Mary sogar ein Treffen mit ihr hier im Café Prinzess als Vorwand benutzt hatte, um in die Hofburg zu fahren.

Mit zunehmender Betroffenheit erfuhr Richard weiter, wie ausgeklügelt die Kontakte zwischen Mary und Rudolf mittlerweile schon organisiert waren. Sophie erwähnte die Rolle von Rudolfs Leibfiaker Bratfisch ebenso wie den geheimen Briefwechsel, getarnt als Austausch zwischen Marys Zofe Agnes Jahoda und Rudolfs Kammerdiener Johann Loschek.

»Und Sie sagen, die Gräfin … seine Cousine gibt sich als Vermittlerin her? Warum denn nur, um Himmels willen? Sie ist doch eine nahe Verwandte der Kaiserin und ihr Ansehen bei Hofe völlig von deren Wohlwollen abhängig!«

»Meiner Ansicht nach geht es dabei vor allem um Geld«, versetzte Sophie unverblümt.

Richard spürte spontan, dass sie recht hatte. »Ja, die Dame gilt als chronisch verschuldet«, murmelte er, während er die Gerüchte über Marie Louise Larisch Revue passieren ließ, denen er bislang nur wenig Beachtung geschenkt hatte.

Plötzlich durchfuhr es ihn siedend heiß. »Soeben sagten Sie doch, einmal hätten sich die beiden auch schon ohne Zeugen getroffen?« Er schluckte schwer und suchte nach den passenden Worten. »Glauben Sie, dass ... da etwas Ungehöriges, ich meine ...« Wie sprach man solch ein delikates Thema gegenüber einer jungen unverheirateten Dame an, ohne sie zutiefst zu schockieren?

Doch Sophie erwies sich in dieser Hinsicht als durchaus robust, obwohl sie erneut errötete. »Meine Freundin hat mir hoch und heilig versichert, dass nichts Unsittliches zwischen ihnen geschehen ist noch passieren wird. Glauben Sie, das ist die Wahrheit?«

Richard hatte daran so seine Zweifel. Doch die wollte er Sophie lieber nicht eingestehen.

»Ich hoffe es«, wich er aus.

»Und was wollen Sie jetzt tun?«

Richard überlegte einen Moment lang. »Ich muss das Gespräch mit ihm suchen!«

Sophies Augen weiteten sich vor Schrecken. »Das dürfen Sie nicht, Richie! Mary hat mich zu strengstem Stillschweigen verpflichtet.« In ihrer Sorge nannte sie jetzt doch den Namen ihrer Freundin. »Sie will sich etwas antun, wenn es herauskommt.«

Richard hätte ihr am liebsten beruhigend die Hand auf den Arm gelegt, wagte es jedoch in der Öffentlichkeit des Cafés nicht.

»Ich werde sehr diskret sein«, versprach er. »Aber wirken auch Sie weiterhin auf Ihre Freundin ein, von diesem Wahnsinn abzulassen! Stellen Sie sich doch nur den Zorn des Kaisers vor, wenn dies alles ans Licht käme!«

»Ich tue, was ich kann!«, versprach Sophie. »Doch im Augenblick vermeidet sie jeden Kontakt mit mir. Sie habe meine ewigen Vorhaltungen satt, bedeutete sie mir bei unserer letzten Begegnung.«

Richard stieß frustriert den Atem aus. *Nicht auszudenken, wenn er dieses Madl entjungfert und am Ende noch ansteckt,* schoss es ihm durch den Kopf.

Unter Sophies besorgtem Blick setzte er ein schiefes Lächeln auf. »Ich versuche herauszufinden, wie er zu der ganzen Sache steht«, versprach er ihr. »Kann ich Sie denn hier wieder treffen, um zu berichten?«

Sophie überlegte. »Zumindest ein Treffen wird in der Adventszeit sicher noch möglich sein. Ich habe meinem Onkel gesagt, dass ich etwas über Miguel von Braganzas Haltung bezüglich Marys von Ihnen erfahren will. Ich kann ihm gegenüber jetzt behaupten, dass Sie sich erst sachkundig machen und mir dann wieder berichten möchten.«

Sie betrachtete seine leere Eisschale mit einem Lächeln. »Und auch das Rosensorbet könnte ein guter Vorwand sein.« Dann berichtete sie Richard von ihrem Plan, über ihn die Kaiserin als Kundin des Cafés Prinzess zu gewinnen.

Richard erwiderte ihr Lächeln. »Dann sollten Sie selbst Ihr Eis aber auch noch auslöffeln! Selbst wenn es inzwischen völlig geschmolzen ist.«

Zerknirscht betrachtete Sophie die rosa Flüssigkeit in ihrer Schale. Sie sah, dass Onkel Stephan sich ihrem Tisch näherte. »Geben Sie mir Deckung!«, raunte sie Richard zu. Während er verblüfft die Arme hinter dem Kopf verschränkte, als wollte er seinen Rücken strecken, goss sie das geschmolzene Sorbet blitzschnell in eine Topfpalme, die neben ihrem Stuhl stand.

»Schade darum!«, hörte er sie murmeln.

Nun war Danzer herangekommen. Mit einem zufriedenen

Lächeln betrachtete er die geleerten Eisschalen. »Und hat Ihnen das Rosensorbet gemundet?«, wandte er sich an Richard.

»Sehr gut«, antwortete der ehrlich. »Aber verraten Sie mir einmal, woraus besteht denn ein solches Eis?«

Danzer grinste. »Das genaue Rezept werde ich Ihnen natürlich vorenthalten. Ich nenne Ihnen nur die wichtigsten Zutaten. Im Rosensorbet ist selbstverständlich Rosenwasser enthalten, außerdem feiner Zucker und etwas Wein. Auch ein paar gehackte Rosenblätter gehören hinein. Die exakte Zusammensetzung bleibt mein Geheimnis, werter Herr Graf.«

»Ihre Nichte hat mir von Ihrer Hoffnung berichtet, über den Kronprinzen auch seine erlauchte Mutter für das Sorbet zu gewinnen. Ich werde es ihm auf alle Fälle empfehlen«, versprach Richard. »Und da der Thronfolger beständig bemüht ist, seiner Mutter eine Freude zu machen …« Er ließ den Satz mit Absicht unvollendet.

»Vielleicht können Sie mir beim nächsten Mal ja auch eine Probe davon mitgeben«, schlug er vor. »Sophie und ich werden uns vor Weihnachten sicher noch einmal in Ihrem schönen Café treffen müssen«, setzte er damit bereits Danzers Zustimmung zu ihrer nächsten Begegnung voraus.

Der stutzte zwar einen Augenblick, nickte dann jedoch, immer noch lächelnd. »Sehr gerne, Herr Graf.«

»Erlauben Sie mir noch ein letztes vertrauliches Wort mit Ihrer Nichte? Sie wissen doch, es geht um eine delikate Angelegenheit.«

Danzers Miene verfinsterte sich. Dennoch wandte er sich mit einer kurzen Verbeugung ab.

»Nur noch fünf Minuten«, bedeutete Sophie Richard. »Ich kenne Onkel Stephan. Sonst wird er doch wieder misstrauisch. Also, was liegt denn noch an?«

»Quid pro quo«, antwortete Richard. Angesichts Sophies verständnisloser Miene, entschuldigte er sich. »Verzeihen Sie bitte, das ist Lateinisch und bedeutet ›Eine Hand wäscht die andere‹.«

Sophie errötete schon wieder. »Um Gottes willen, denken Sie jetzt nicht schlecht von mir, Phiefi«, beeilte sich Richard, ihr zu versichern. »Ich verwende mich beim Kronprinzen für das Rosensorbet Ihres Onkels und möchte Ihnen im Gegenzug das Du anbieten? Sind Sie … bist du damit einverstanden?«

Sophie lächelte erleichtert. »Von Herzen gern, Richie!«

Er wollte schon aufstehen, als ihm noch etwas einfiel. »Wann sehen wir uns denn in dieser Sache das nächste Mal?«

Sophie runzelte die Stirn. »Kommen Sie weiterhin donnerstags zu den Jours fixes meiner Mutter«, schlug sie vor. »Dabei können wir vereinbaren, ob und wann sich ein nächstes Treffen im Café Prinzess lohnt.«

## Der Prater in Wien

### *9. Dezember 1888*

»Hast du endlich mit Rudolf über das Geld gesprochen?«

Mary entgleisten die Gesichtszüge. Offensichtlich hatte sie gehofft, dass Marie Louise das Thema nicht noch einmal zur Sprache bringen würde.

Sie presste die Lippen zusammen. Dann entschloss sie sich zur Wahrheit. »Ich glaube, diesmal wird oder kann er dir nicht helfen, liebe Cousine. Ich habe dein Anliegen ihm gegenüber jetzt nicht weniger als dreimal erwähnt. Zweimal brieflich und bei unserem letzten Treffen am 5. Dezember auch mündlich. Aber selbst da ist Rudolf nicht darauf eingegangen. Er tat so, als hätte er die Bitte gar nicht gehört, und wechselte das Thema.«

»Aha!« Marie Louise verschlug diese Eröffnung erst einmal die Sprache. Sie ballte die Hände zu Fäusten und versuchte, sich ihre Frustration nicht anmerken zu lassen.

»Gut! Dann vergessen wir die Sache!«, sagte sie schließlich. »Und übrigens: Morgen fahre ich nach Pardubitz zurück.«

»Schon morgen?« Mit Genugtuung registrierte Marie Louise Marys Entsetzen.

Sie zuckte die Achseln. »Ja, schon morgen, mein Liebes. Georg bedrängt mich arg wegen meiner Schuld. Ich muss daher versuchen, mir die Summe anderweitig zu verschaffen.«

»Und wenn ich Rudolf das heute noch einmal genau so sage?«, bot Mary an. »Vielleicht findet er dann doch einen Weg.«

Marie Louise schüttelte den Kopf. Sie kannte ihren Cousin gut genug, um zu wissen, dass er, bekäme er dadurch den Eindruck, sie wolle ihn erpressen, nur wütend auf sie werden würde. »Wenn es einen solchen Weg gäbe, hätte er mir bereits geholfen«, wehrte sie Marys Offerte ab.

Der Mietfiaker bog scharf nach links ab und nahm den nicht geschotterten Weg in die Krieau. Mitten auf diesem Weg hinter einem Gebüsch hatte schon das erste Treffen von Mary und Rudolf stattgefunden. Diesmal wollte Mary allerdings zu Rudolf einsteigen, der ihnen in Bratfischs Kutsche folgte, sobald sie die Trabrennbahn erreicht hätten. Denn es war vereinbart, den Mietfiaker zuvor zurückzuschicken, damit der Kutscher nichts von dem Treffen mitbekam.

*Und mich wollen sie solange eine halbe Stunde oder noch länger in dieser nassen Kälte umhergehen lassen, um ungestört zu sein,* dachte Marie Louise ingrimmig. *Und das nur für Gottes Lohn.*

Die fünfundzwanzigtausend Gulden, die sie erst vor wenigen Wochen erhalten hatte, kamen ihr dabei nicht in den Sinn.

Rumpelnd und schaukelnd erreichte die Kutsche endlich die Krieau. Mary war erleichtert und voller Ungeduld.

»Fast wäre mir auf den letzten Metern noch übel geworden«, erklärte sie, als sie den Schlag aufriss, ohne darauf zu warten, dass ihn der Kutscher öffnete. Doch bevor sie die Trittleiter ausklappen konnte, erstarrte sie.

»Da ist noch eine Kutsche«, sagte sie verstört. »Hinter Rudolfs Fiaker fährt eine dritte Equipage.«

Marie Louise beugte sich nun ebenfalls aus dem Kutschenschlag und erschrak zutiefst.

»Mein Gott, diesen Wagen kenne ich. Siehst du nicht, dass er dunkelgrün ist? Das ist eine Kutsche aus dem kaiserlichen Marstall.«

»Du meine Güte! Wer kann das denn sein?« Mary erblasste.

Während Bratfisch Rudolfs Kutsche vereinbarungsgemäß an die Seite fuhr, da sich der Kronprinz ja nicht zeigen wollte, bevor der Mietfiaker die Krieau wieder verlassen hatte, überholte die Hofequipage Bratfischs Gefährt und hielt zwischen seinem und dem Mietfiaker an.

Der Kutscher in der kaiserlichen Livree öffnete sofort den Schlag. In einen Zobelpelz gehüllt entstieg Kronprinzessin Stephanie der Equipage. Hinter ihr folgte ihre Schwester Louise von Coburg.

Beide traten auf den Mietfiaker zu. Auch Mary und Marie Louise waren in der Zwischenzeit mithilfe des Mietdroschkenkutschers ausgestiegen. Rudolf blieb dagegen zunächst in Bratfischs Gefährt sitzen.

»Was für eine ganz unerwartete Überraschung!«, spottete Stephanie anstelle einer Begrüßung. Sie musterte Mary mit einem verächtlichen Gesichtsausdruck von Kopf bis Fuß. Als Reaktion darauf blieb Mary stocksteif stehen und erwiderte trotzig den Blick der Kronprinzessin.

Marie Louise versank dagegen in einen so tiefen Hofknicks, wie es der matschige Untergrund erlaubte. »Königliche Hoheit«, säuselte sie. »Welch eine Ehre, Sie hier zu treffen.«

Stephanie musterte die Gräfin womöglich noch eine Spur verächtlicher als Mary. »Sieh an, sieh an!« Sie sprach nicht zu Marie Louise, sondern zu ihrer, neben ihr stehenden Schwester. »Die Wallersee gibt sich als Anstandsdame für Rudolfs Affären her! Aber was will man von der Tochter einer Schauspielerin schon anderes erwarten!«

Marie Louises Gesicht färbte sich blutrot. Auch Mary schnappte nach Luft. In den Worten der Kronprinzessin lag gleich eine doppelte Beleidigung. Sie sprach die Nichte der Kaiserin nicht nur beim Namen ihrer erst lange nach ihrer Geburt zur Freifrau erhobenen Mutter, der Baronin Henriette von Wallersee, an, sondern betonte gleichzeitig auch ihre zweifelhafte Herkunft.

Jetzt richtete Stephanie ihren stechenden Blick auf Mary. »Und Sie dienen meinem Gemahl als eine seiner vielen Matratzen? Hat Rudolf es jetzt schon nötig, Kinder zu verführen?«

»Lass es gut sein, Stephanie, und versprühe dein Gift woanders!« Unbemerkt von den Frauen war Rudolf jetzt doch aus seiner Kutsche gestiegen.

Wie eine Furie fuhr seine Gemahlin zu ihm herum. »Besitzt du denn überhaupt kein Schamgefühl mehr, edler Gemahl?« Die letzten Worte spuckte sie geradezu heraus.

Rudolf verzog keine Miene. »Mich dünkt, wenn hier jemand kein Schamgefühl hat, bist du es, werte Gemahlin. Genierst du dich nicht, dich in aller Öffentlichkeit so zu echauffieren, nur weil zwei Damen in einer Kutsche einen Ausflug in den Prater machen und ich allein in einer anderen? Was sollen denn diese braven Männer davon halten?«

Er wies auf die drei Kutscher. Der Hofkutscher und Rudolfs Leibfiaker Bratfisch blickten stoisch drein und verzogen keine Miene. Die Augen des Mietkutschers waren dagegen so groß wie Untertassen.

»Komm, Stephanie!«, griff nun Louise von Coburg ein. »Du hast deine Genugtuung gehabt! Nun lass uns zurückfahren.«

Doch Stephanie funkelte nun auch ihre Schwester wütend an. »Nun krieche doch nicht so vor unserem zukünftigen Kaiser! Nur um das Heil deines Philipps willen.«

Louise erwiderte deren Blick ruhig. »Wie immer hast du recht, liebe Stephanie«, schlug sie die Kronprinzessin mit ihren eigenen Waffen. »Du sprichst von unserem zukünftigen Kaiser, dessen Jagdfreund mein werter Gatte ist und auch bleiben soll.«

Sie wandte sich zum Gehen. »Wenn du nicht mitkommen möchtest, findest du sicher eine andere Rückfahrgelegenheit!« Damit ließ sich Louise in die kaiserliche Equipage helfen.

»Du hörst noch von mir, du Flittchen«, drohte Stephanie Mary, bevor sie sich wutschnaubend umwandte und ihrer Schwester in die Hofkutsche folgte.

Rudolf wartete, bis das Gefährt bereits ein Stück Weges zurückgelegt hatte, bevor er sich an Mary und Marie Louise wandte. »Das war eine leere Drohung, verehrte Dame!«, beruhigte er Mary, deren Augen vor Schreck weit aufgerissen waren. »Stephanie wird von Tag zu Tag verrückter und bildet sich immer mehr Abstrusitäten ein!« Er zwinkerte Mary zu, die sofort verstand. Vor dem Mietkutscher durfte es nicht das geringste Anzeichen dafür geben, dass an Stephanies Beschuldigungen irgendetwas dran war.

Jetzt wandte sich Rudolf an den Fiaker. »Wie ist Ihr Name, guter Mann?«, fragte er höflich.

Der Mietkutscher riss sich den Hut vom Kopf, woran er offensichtlich während Stephanies Auftritt gar nicht gedacht hatte, und verbeugte sich tief. »Franz Weber ist mein Name, Eure hochwohlgeborene Hoheit.«

»Und Sie fahren immer mit dieser Droschke, der Nummer 58?«

Der Mann verbeugte sich noch einmal. »Jawohl, allergnädigste Hoheit.«

Rudolf zückte ein kleines Notizbüchlein und machte mit Bleistift einen Eintrag. Dann griff er in die Tasche seiner Uniformjacke.

»Hier sind fünfzig Gulden, Herr Weber.« Er reichte dem Kutscher, in dessen Augen es gierig aufleuchtete, einige Goldmünzen. »Sie haben heute weder etwas Auffälliges gesehen noch gehört.« Er fixierte den Mann eindringlich. »Haben wir uns da gut verstanden?« Seine Stimme bekam einen drohenden Unterton. »Ansonsten sähe ich mich gezwungen, den Polizeipräsidenten Baron von Krauß persönlich zu ersuchen, Ihre Lizenz zu überprüfen.«

Weber erbleichte. Seine rechte Hand krampfte sich um die Münzen. Er verbeugte sich noch tiefer als zuvor. »Ich habe Eure Hoheit sehr gut verstanden.«

»Dann bringen Sie die Damen jetzt in die Innenstadt zurück, Weber. Und vergessen Sie meine Worte nicht!«

»Was tue ich nur, wenn Stephanie meiner Mutter alles verrät?«, jammerte Mary, kaum dass sie wieder in der Kutsche saßen.

»Das wird sie sicher nicht tun«, beruhigte Marie Louise sie. »Erstens hat sie keinen Beweis, dass dies hier mehr als ein zufälliges Treffen war.« Sie bemühte sich, mehr Zuversicht auszustrahlen, als sie tatsächlich empfand. »Und zweitens würde Stephanie damit öffentlich eingestehen, von Rudolf betrogen zu werden.«

»Ach, wäre er dieses schreckliche Weib doch endlich los!«, klagte Mary weiter. »Du weißt doch, dass er sich scheiden lassen will?«

Marie Louise nickte unwillig. »Ganz Wien weiß das.« *Außer dem Kaiser. Der ahnt noch nichts,* fügte sie gedanklich hinzu.

»Und nun hat diese Megge mir mein heutiges Treffen mit Rudolf verdorben!« Mary war nicht zu beruhigen.

»Wer? Welche *Megge*?«, fragte Marie Louise verständnislos.

»Ach, so nennt man doch diese griechischen Ungeheuer, die nur Unheil bringen. Mein Hauslehrer hat sie neulich erwähnt. In einer todlangweiligen Stunde, an die ich mich kaum mehr erinnern kann.«

»Du meinst die ›Megären‹!«, ging Marie Louise ein Licht auf.

»Meinethalben, dann eben die Megären! Kannst du denn nicht noch einen einzigen Tag bleiben, liebste Cousine?«, bettelte Mary. »Damit ich ihn vor Weihnachten wenigstens noch einmal sehe?«

Marie Louise verneinte.

»Bitte! Ich konnte ihm doch nicht einmal mein Geschenk überreichen.«

»Nein, Mary«, antwortete Marie Louise entschieden. »Ich muss nach Pardubitz zurückfahren.« Sie holte hörbar Luft. »Und selbst wenn dem nicht so wäre, kann ich dir und Rudolf weder jetzt noch in Zukunft nochmals behilflich sein. Die heutige Szene hat mir das überaus deutlich gezeigt. Stell dir doch nur einmal vor, wie es mir ergehen würde, wenn Stephanie Kaiserin Sisi alles erzählt.«

»Die zwei können sich doch gar nicht ausstehen!«, konterte Mary. »Selbst wenn dieses Weib meinen Rudolf verpetzen würde, würde seine Mutter ihm gar nicht glauben.«

Obwohl Mary recht hatte, blieb Marie Louise bei ihrem Nein. Die Sache wurde ihr einerseits zu brenzlig, andererseits sprang offensichtlich nicht einmal mehr etwas für sie dabei heraus.

Der Rest der Fahrt verlief in ungemütlichem Schweigen. Je näher sie dem Palais Vetsera kamen, desto entschlossener wurde Mary.

*Dann finde ich eben ganz allein einen Weg, um ihn wiederzusehen. Ich weiß zwar noch nicht, wie. Aber mir wird schon etwas einfallen!*

## Kapitel 15

### Palais Vetsera in der Salesianergasse

***Dienstag, 11. Dezember 1888***

»Mary, spute dich doch! Wir werden noch zu spät in die Oper kommen!«

Hanna riss die Tür zum Zimmer ihrer Schwester auf, ohne eine Antwort auf ihr hastiges Klopfen abzuwarten. Als sie Mary erblickte, verharrte sie mitten im Schritt. »Das ist doch einfach nicht zu fassen!«, stöhnte sie.

Dann drehte sie sich auf dem Absatz um. »Mama!«, hörten Mary und Agnes sie im Flur des zweiten Stocks, in dem die Schlafzimmer lagen, rufen. »Mama! Komm doch bitte einmal her!«

»Ich hab's Ihnen g'sagt«, nuschelte Agnes. »Jetz gibt's mächtig Ärger!«

»Ach was!«, wehrte Mary ab. »Tu du mir nur den Gefallen und sprich gutes Deutsch, wenn Mama gleich hereinkommt.«

Nur wenig später hörten die jungen Frauen Absätze über das Parkett klappern. Dann erschien die Baronin in der Tür.

Sie war bereits fertig angezogen und frisiert. Da die Trauerzeit um ihren verstorbenen Mann im November abgelaufen war, trug Helene Vetsera ein hellgraues schimmerndes Seidenkleid mit kostbaren Applikationen aus schwarzer Brüsseler Spitze. Ihre dunklen Haare waren zu einer komplizierten Frisur aufgesteckt, in der zwei perlgraue Straußenfedern wippten.

Hinter ihr lugte Hanna durch die Tür, ebenfalls bereits festlich in ihre neue Abendrobe aus sonnengelbem Crêpe de Chine gekleidet, die rings um das Dekolleté und den Rückenausschnitt mit taubenblauen Rüschen besetzt war.

»Sieh sie dir an, Mama! Sie sitzt noch im Morgenmantel mit einem Handtuch um den Kopf, als wären ihre Haare nass. Dabei beginnt die Vorstellung schon in einer Dreiviertelstunde!«

»Aber Kind!« In Helene Vetseras Stimme kämpfte Tadel mit Amüsement. »Was ist denn das für eine Posse!«

»Es tut mir unendlich leid, Mama!« Mary hoffte, dass sie weidlich zerknirscht klang. »Aber ich dachte, meine Haare würden noch rechtzeitig trocknen!«

»Wann hast du sie dir denn waschen lassen?« Anders als Mary wurde deren Zofe Agnes Jahoda von einem strafenden Blick der Baronin getroffen.

»Ich habe sie selbst gewaschen, Mama, während Agnes Hanna herrichtete.«

Ihre Schwester lachte spöttisch auf. »Das war vor einer halben Stunde, Mary. Deine Haare reichen dir bis zur Hüfte! Wie konntest du da nur glauben, dass sie noch rechtzeitig für unsere Abendveranstaltung trocknen würden?«

Mary gab sich alle Mühe, reuig zu wirken. »Es ist doch so warm hier im Zimmer! Ich dachte, wenn ich hier vor dem Ofen sitze …«

»Papperlapapp«, fiel ihr Hanna ins Wort. »Du hast keine Lust, dir eine Oper von Wagner anzuhören! Mama und ich wissen doch, dass du seine Musik nicht zu schätzen weißt.«

Jetzt trat ein trotziger Ausdruck in Marys Augen. »Und wenn es so wäre, Hanna? Diese Opern aus dem *Ring der Nibelungen* nehmen kein Ende, habe ich mir sagen lassen. Und Wagners Musik langweilt mich tatsächlich zu Tode.«

»Es sind Kunstwerke von epochaler Bedeutung. Heute wird man *Das Rheingold* spielen, den Beginn der großartigen Nibelungensage!«, ereiferte sich Hanna. Ihre Mutter hob beschwichtigend die Hand.

»Lass es gut sein, Hanna! Um Mary jetzt noch mitnehmen zu können, ist es zu spät. Und ich selbst möchte keinen Ton von Wagners fantastischen Werken versäumen. Dann fahren wir eben ohne sie. Sicherlich hat Jahoda unsere Equipage bereits vorgefahren.«

»Sie hat gar keine Vorstellung davon, was sie versäumt!«, beschwerte sich Hanna trotzdem bei ihrer Mutter. »Die Opern werden in den kommenden Wochen das Stadtgespräch in Wien sein! Und etwas mehr Bildung täte Mary wahrhaftig gut! Worüber soll sie denn mit Miguel von Braganza oder anderen Courmachern Konversation betreiben, wenn sie demnächst in die Gesellschaft eingeführt wird?«

»Ich würde in der Loge sowieso wieder einschlafen! Wie in der letzten Saison bei diesem *Fliegenden Holländer*!«, schnappte Mary. »Dann könnte ich auch keine *Konversation«,* sie äffte Hanna spöttisch nach, »über die Opern *betreiben.*«

Helene Vetsera warf einen Blick auf die kleine silberne Standuhr auf Marys Kommode. »Ach Gott! Es ist ja schon fast halb sieben! Wenn die Straßen verstopft sind, werden wir jetzt schon nicht mehr pünktlich kommen! Wir müssen sofort los!«

Sie bedachte Mary zum Abschied mit einem strengen Blick. »Deine Posse soll dir allerdings keinen Vorteil bringen! Du bleibst den ganzen Abend auf deinem Zimmer! Am besten gehst du zur Strafe gleich zu Bett!«

»Sind sie fort, Agnes?«

Die Zofe, die die Abfahrt der Equipage beobachtet hatte, nickte. »Ja, aber mein Papa hat's Tor von außen zug'sperrt!«

»Du weißt doch, wo er den Ersatzschlüssel aufbewahrt?«, drängte Mary.

Agnes atmete schwer. »Des weiß i scho, Komtess! Aber wohl is mir ned dabei.«

»Das haben wir doch schon besprochen, Agnes«, wischte Mary die Bedenken ihrer Zofe beiseite. »Besorg nun den

Schlüssel und dann hilf mir beim Ankleiden. Der Fiaker wartet um Punkt sieben Uhr in der Marokkanergasse auf mich.«

»Und was is mit dem nasse Haar?«

»Sprich endlich richtiges Deutsch!«, fuhr Mary Agnes an. »Wie oft soll ich dir das denn noch sagen? Und kümmer dich nicht um meine Haare. Ich zieh die Kapuze von meinem Umhang drüber.« Sie merkte gar nicht, dass sie jetzt ebenfalls ein wenig in die Umgangssprache verfiel. »Rudolf wird sich jedenfalls nicht dran stören!«

*Vielleicht schätzt er es sogar, mich einmal mit aufgelöstem Haar zu sehen!*, ging es ihr durch den Kopf. *Und wer weiß? Womöglich findet er mich damit so anziehend, dass er mich endlich küsst. Nicht nur auf die Wange! Sondern richtig, wie eine Frau, die er begehrt!*

So ähnlich stand es zumindest in dem schwülstigen Liebesroman, den sie heute Nachmittag heimlich aus der Bibliothek entwendet und mit dem sie sich die Zeit bis zum frühen Abend vertrieben hatte. Ihre Mutter hatte ihr diese Lektüre nicht erlaubt. »Das ist nichts für keusche junge Damen!«, hatte sie Mary erklärt, als diese sie vor einigen Tagen darum bat.

»Nun lauf endlich und spute dich!«, befahl Mary Agnes, die immer noch unschlüssig neben der Tür stand.

Nur wenig später schlichen sich die beiden jungen Frauen zum Eingangstor des Palais. Sie hatten das Haus durch den überdachten Ausgang verlassen, der direkt von der Portiersloge aus, in der Agnes' Vater alle Schlüssel verwahrte, zu dem jetzt leeren Seitentrakt führte, in dem die beiden Kutschpferde und die Equipage untergebracht waren.

Den schmalen Pfad zwischen der Hauswand und den winterkahlen Blumenrabatten, die das Haupthaus und die beiden Seitentrakte säumten, liefen sie rasch und mit gesenkten Köpfen entlang. Es war zwar unwahrscheinlich, dass jemand von der Dienerschaft sie bemerken würde. Denn die Baronin hatte ihrem Gesinde freigegeben, wie sie es immer tat, wenn sie abends mit ihren Töchtern ausging. Wer im Palais blieb, verbrachte, wie der alte Diener Christian, seine freie Zeit auf seinem Zimmer oder bei einem gemütlichen Schwatz in der Leutestube im Souterrain.

Auch Agnes' Vater würde erst ins Palais zurückkehren, nachdem er die Herrschaften von der Oper abgeholt hätte. In der Zwischenzeit vergnügte er sich in seiner Stammwirtschaft bei Kartenspiel und Bier.

Die Idee, die vier Vorstellungen des *Rings der Nibelungen* zu eigenmächtigen Treffen mit Rudolf zu nutzen, war Mary gekommen, als sie verzweifelt darüber nachgedacht hatte, wie sie sich vor den bevorstehenden langweiligen Opernabenden drücken könnte. Ein kurzes Briefchen an den Kronprinzen, welches Agnes wie üblich über einen Dienstmann an den Kammerdiener Loschek sandte, brachte ihr rasch die ersehnte Klarheit: Auch Rudolf würde den Wageropern fernbleiben.

Dass dies mit der antisemitischen Einstellung des mittlerweile verstorbenen Komponisten zu tun hatte, interessierte Mary dabei wenig. Seit Rudolfs Antwort sann sie darüber nach, wie sie die bevorstehende häufige Abwesenheit von Mutter und Schwester zu Besuchen in der Hofburg nutzen könnte.

Und als der Plan erst einmal Gestalt anzunehmen begann, erwies sich seine Umsetzung sogar als recht einfach. Mary musste sich nur noch Agnes' Hilfe beim Beschaffen des Schlüssels zum Eisentor, das aus dem Hof des Palais auf die Salesianergasse führte, versichern und das Mädchen davon überzeugen, ihr Verschwinden zu decken und sie nach ihrem Besuch in der Hofburg wieder ins Palais einzulassen.

Die fünf Gulden, die sie Agnes jeweils für ihre Komplizenschaft versprach, waren der ausschlaggebende Grund dafür, dass sich die Zofe trotz anfänglichen Zögerns schließlich bereit erklärte, Mary zu unterstützen. Fünf Gulden entsprachen ungefähr ihrem Monatslohn, den ihr Vater zudem zum größten Teil einzubehalten pflegte.

Außerdem kam es Mary zupass, dass die Wagneropern bis

zu vier Stunden lang dauerten. »Sie werden erst kurz vor Mitternacht wieder nach Hause kommen. Bis dahin bin ich längst zurück. Bratfisch wird mich um Punkt neun Uhr in der Marokkanergasse absetzen.« Das war die Straße, in der das Palais Werdenfels lag.

»Wenn Mama und Hanna zurückkommen, liege ich also längst im Bett«, überzeugte sie Agnes davon, dass sie als Helfershelferin keinerlei Risiko einging, enttarnt zu werden.

»Und Sie wollen auf dem Hin- und Rückweg wirklich ganz allein durch die nächtlichen Gassen laufen?«, brachte Agnes einen letzten Einwand vor.

»Das sind doch nur fünf Minuten Wegstrecke«, beschwichtigte Mary sie. »Was soll mir denn da schon passieren?«

Mary und Agnes erreichten das Ende des Trakts, in dem die Stallungen lagen. Jetzt begann der gefährlichste Teil. Im Licht der Gaslampen zu beiden Seiten der Einfahrt war Agnes, die jetzt beherzt zum Tor huschte und es aufschloss, deutlich zu sehen. Ein Blick zur Vorderfront des Palais zeigte Mary, dass dort alles dunkel blieb.

Sämtliche Dienstbotenzimmer lagen auf der Rückseite des Gebäudes. Selbst die Kammer von Fräulein Mohr, der einzigen Angestellten, deren Zimmer, wie die Schlafzimmer der Familie, im zweiten Stock lag, ging zum Hintergarten hinaus. Dort würde die ältliche Gesellschafterin nun, wie an jedem freien Abend, lesen oder häkeln. Mary schauderte es innerlich beim flüchtigen Gedanken an das eintönige Leben der Promeneuse.

Nun zog Agnes das Eisentor einen Spalt weit auf. Da Mary dem Kutscher befohlen hatte, es zu ölen, da sie das Quietschen nicht ertragen könne, gab es keinen Laut von sich. Mary lächelte zufrieden. Sie hatte wirklich an alles gedacht.

Ein letzter Blick über ihre Schulter, dann huschte sie die wenigen Meter zum Tor und schlüpfte durch den Spalt.

Vor ihr lagen zwei herrliche Stunden mit Rudolf.

## Türkisches Zimmer in der Wiener Hofburg

### *Samstag, 15. Dezember 1888*

Johann Loschek hustete zum Gotterbarmen, als er Richard durch die zugigen Gänge der Hofburg zu Rudolfs Arbeitszimmer führte. Hätte Richard an den geröteten Augen und der triefenden Nase des Kammerdieners nicht erkannt, dass er tatsächlich schwer erkältet war, hätte er sicher geglaubt, dessen Husten sei eine Folge des nahezu undurchdringlichen Qualms, der ihm aus dem Türkischen Zimmer entgegenschlug, kaum dass Loschek die Tür geöffnet hatte. Unmittelbar nach seinem Eintritt begannen denn auch Richards Augen zu tränen.

»Lieber Rudolf«, ging er gleich nach der Begrüßung in die Offensive. »Ich folge gerne deinem Ruf, die Ergebnisse deiner heutigen Audienz mit dem Kaiser über das neue Exerzierreglement der Infanterie zu besprechen. Obwohl es an einem Samstagabend vergnüglichere Beschäftigungen geben mag. Aber ich bestehe darauf, dass du hier etwas frische Luft hereinlässt. Sonst falle ich binnen fünf Minuten in Ohnmacht wie eine alte Jungfer.«

Rudolf grinste, trat zu einem der breiten Fenster und riss beide Flügel auf. Draußen herrschte dichter Nebel. Man sah kaum die Hand vor Augen.

»Ob die Wiener Luft heute deiner Gesundheit zuträglicher ist als der Duft meiner erstklassigen türkischen Zigaretten, bleibt dahingestellt. Aber dein Wunsch sei mir Befehl. Möchtest du ein Glas Tee?«

Als Richard bejahte, wies Rudolf seinen Diener, der diensteifrig herbeieilte, an: »Loschek, gehen Sie auf Ihr Zimmer und ruhen Sie sich ein wenig aus! Ich komme schon einmal ohne Sie zurecht.«

Er ließ sich mit der Zubereitung des Tees am zischenden Samowar Zeit. Währenddessen versuchte Richard, am offenen

Fenster so viel frische Luft wie möglich einzuatmen. Denn von draußen drang tatsächlich eine ungemütliche, feuchte Kälte in den Raum, weshalb er befürchtete, dass der Kronprinz das Fenster bald wieder schließen würde.

Rudolf stellte jedoch zunächst die gefüllten Teegläser auf dem Tisch mit den gedrechselten Beinen unter dem bunten Baldachin ab. Dann winkte er Richard. »Nimm Platz!«

Mit Schwung ließ der sich in die weichen Kissen des Sofas fallen, um schon im nächsten Moment mit einem Schmerzensschrei wieder aufzuspringen. »Autsch! Was hat mich denn da gestochen?«

Er tastete auf dem Platz herum, an dem er sich soeben niedergelassen hatte, und zog schließlich eine verbogene, mit zwei unechten rosa Perlen besetzte Haarnadel hervor. »Aha! Hier haben wir den Übeltäter!« Er stutzte kurz, als ihm die Bedeutung seines Funds klar wurde. »Hattest du etwa hier in deinem Allerheiligsten Damenbesuch?«

Sofort dachte er an Mary Vetsera. Aber wie sollte sie in die Hofburg gekommen sein? Das Wiener *Fremden-Blatt*, das er seit seiner Unterredung mit Sophie im Café Prinzess täglich studierte, weil darin die Ankunft und Abreise aller prominenten Persönlichkeiten vermeldet wurde, hatte nichts davon berichtet, dass die Gräfin Larisch erneut in Wien eingetroffen sei.

Rudolf feixte. »Das, lieber Freund, bleibt mein Geheimnis.«

Dann wandelte sich sein Grinsen zu einem melancholischen Lächeln. »Obwohl es sonst eigentlich kaum etwas zu besprechen gibt.«

»Wie das? Ist deine Audienz heute etwa abgesagt worden?«

Rudolf schüttelte den Kopf. »Das nicht. Aber sie hat wie üblich kein einziges konkretes Ergebnis erbracht. Nicht nur Loschek, auch mein ehrenwerter Großonkel, Erzherzog Albrecht, ist erkältet. Daher hat er seinen Bericht nicht fertiggestellt, in dem er die Empfehlungen für die Reform abgeben wollte. Und ohne diesen Bericht äußerte sich mein Vater gar nicht erst zu diesem Thema, als ich ihm meine Vorstellungen vortrug. Getreu dem Motto des Kaisers: Der Rudolf ist ja nicht ernst zu nehmen, ›*er plauscht wieder*‹«, zitierte der Kronprinz einen auch Richard bekannten Satz seines Vaters.

»Letztlich haben wir uns also fast nur über Belanglosigkeiten unterhalten«, fügte er bitter hinzu.

Richard schwieg betreten. Er konnte sich noch gut an Rudolfs Kränkung erinnern, als ihm dessen Cousin Franz Ferdinand diese Aussage des Kaisers zugetragen hatte. Franz Joseph hatte damit Rudolfs liberale politische Ideen vor Zeugen aus dem Erzherzogskreis lächerlich gemacht.

Bereits am nächsten Tag war der Kronprinz zu einer Inspektionsreise durch das ganze Kaiserreich aufgebrochen, ohne irgendjemanden am Hof darüber zu informieren, geschweige denn, sich für seine fehlende Teilnahme an einigen bereits anberaumten militärischen Sitzungen zu entschuldigen.

*Wie lange ist das jetzt her? Fünf Jahre? Oder erst vier?* Vor dem Hintergrund der vielen fruchtlosen Auseinandersetzungen zwischen dem Kronprinzen und dem Kaiser, die sich zu einer endlosen Kette reihten, konnte Richard sich nicht mehr genau erinnern.

Rudolf riss ihn aus seinen Gedanken. »Wenn du dich dennoch fragst, warum ich unser heutiges Treffen nicht abgesagt habe, ist die Antwort, dass ich dir zumindest ein Thema unseres Plauschs nicht vorenthalten wollte.«

Er trat an seinen Schreibtisch und reichte Richard einen Degen mit einem goldenen und mit kostbaren Edelsteinen besetzten Griff. Richard drehte ihn hin und her, umfasste ihn schließlich, um den kühlen Golddraht des Hefts in seiner Hand zu spüren, und machte einige spielerische Fechtbewegungen.

Rudolf beobachtete ihn lächelnd. »Diese Stichwaffe ist jetzt über zweihundert Jahre alt. Aber sie liegt noch immer wie angegossen in der Rechten und funktioniert tadellos. Errätst du, wem sie einst gehört hat?«

Richard legte den Degen vorsichtig auf dem Sofa unter dem Baldachin ab. »Es muss eine sehr berühmte Persönlichkeit sein, wenn du so stolz darauf bist, den Degen für die Sammlung des Heeresmuseums erworben zu haben. Denn dafür ist er doch bestimmt?«, mutmaßte er und traf damit ins Schwarze.

Rudolf bejahte. »Es ist der Degen des Feldherrn Eugen von Savoyen, dem wir es maßgeblich zu verdanken haben, dass wir heute nur in einem türkisch eingerichteten Zimmer sitzen und nicht ein Teil des Osmanischen Reiches sind. Prinz Eugen führte die Waffe persönlich in der siegreichen Entscheidungsschlacht gegen die Türken im Jahr 1697.«

»Das hat meinen Vater weit mehr interessiert als meine Pläne zur Novellierung des Exerzierreglements meiner Infanterie«, fügte er lakonisch hinzu.

Er ging zum Fenster, um es zu schließen. »Doch jetzt möchte ich dir nicht länger die Zeit stehlen, zumal dein Tee inzwischen kalt geworden sein dürfte. Außerdem gelüstet es mich wieder nach meinen Zigaretten.« Er reichte Richard die Hand zum Abschied.

Der überlegte verzweifelt, wie er die Sprache auf Mary Vetsera bringen könnte. Doch ihm fiel nichts ein. Resigniert erwiderte er Rudolfs Händedruck. Dass er den Thronfolger heute ohne greifbares Ergebnis verlassen musste, bedeutete auch, dass er Sophie von Werdenfels vorläufig nicht unter vier Augen wiedersehen würde.

*Nicht einmal die Haarnadel habe ich eingesteckt,* verfluchte er stumm sein Missgeschick. *Obwohl sie ja gar nicht von der Vetsera stammen kann,* tröstete er sich dann.

Rudolf läutete nach Johann Loschek. Zu Richards Erstaunen trat der Diener, dick eingemummt in Mantel, Schal und Mütze, in den Raum.

»Wo wollen Sie denn mit Ihrer Erkältung noch heute Abend hin?«, fragte er den Mann, der ihn zum Ausgang begleitete.

Der Kammerdiener zog mit seiner behandschuhten Hand

einen Brief aus der Manteltasche. »Das ist ein Schreiben an mein Liebchen«, sagte er mit beschämt gesenktem Kopf. »Ich möchte es ihr noch heute Abend durch einen Dienstmann überbringen lassen, damit sie mich morgen an ihrem freien Nachmittag nicht vergeblich erwartet.«

Richards Puls beschleunigte sich. Sollte das etwa ...?

Er streckte die Hand aus. »Das kann ich doch für Sie besorgen, guter Mann. Sie sollten sich mit einem Becher heißen Rum und einer Wärmpfanne zu Bett legen.«

Einen Augenblick lang zögerte Loschek. Dann siegte seine Erschöpfung über seine Dienstbereitschaft.

»Ich danke Ihnen recht schön, Herr von Löwenstein. Doch der Brief muss noch heute Abend bestellt werden.«

Richard nickte. »Das verspreche ich Ihnen.«

## Café Prinzess am Graben

### *Dienstag, 18.Dezember 1888*

Die Luft in der Backstube wurde mit jedem Blech voller Weihnachtsgebäck, das in die beiden großen Öfen hineingeschoben oder herausgeholt wurde, immer stickiger. Sophie wischte sich mit einem Sacktuch, das sie in ihrer Kittelschürze trug, verstohlen den Schweiß von der Stirn. Dann schlug sie das Eiklar in ihrer Schüssel noch einmal aus Leibeskräften mit dem Rührbesen. Es musste sehr steif werden.

Eigentlich liebte sie die vorweihnachtlichen Aktivitäten im Café Prinzess über alles. Insofern hätte es sie zu anderen Zeiten sehr gefreut, dass ihr Onkel sie vorgestern beim sonntäglichen Mittagessen im Palais Werdenfels, zu dem er von Henriette eingeladen worden war, darum bat, in den nächsten Tagen doch wieder im Café und in der Backstube auszuhelfen.

»Es ist gerade Hochsaison, Phiefi, wie du ja weißt. Jedermann kauft dieser Tage Plätzchen, Konfekt und unseren famosen Weihnachtsgugelhupf für die Bescherung an Heiligabend und die darauffolgenden Festessen. Doch gleichzeitig geht ein böser Katarrh in Wien um. Zwei unserer Backfrauen, die sonst immer in der Woche vor dem Christtag aushelfen, mussten mir absagen. Und nun weiß ich vor Arbeit kaum mehr ein noch aus.«

Sophies Mutter runzelte die Stirn. »Phiefi kann höchstens bis zum Mittwoch aushelfen, Stephan. Ihr Stiefvater hat angekündigt, im Laufe des Donnerstags in Wien einzutreffen. Arthur wäre außer sich, wenn er erführe, dass Phiefi im Kaffeehaus mitarbeitet.«

»Das ist besser als nichts«, erklärte Onkel Stephan. Sophie rutschte angesichts der Mitteilung ihrer Mutter das Herz in die Hose. Also würde sie Richard von Löwenstein nach dem letzten Jour fixe des Jahres, der übermorgen stattfinden würde, bis zum Ende des Urlaubs ihres Stiefvaters nicht mehr treffen können, um ihm ihre neuesten beunruhigenden Beobachtungen mitzuteilen. Es sei denn … Sie runzelte die Stirn. Ihr war gerade eine Idee gekommen, die nun Form anzunehmen begann.

»Du siehst ja so finster aus, Phiefi«, sprach Danzer sie an. »Ist dir mein Anliegen dieses Jahr eine Last? Sonst bist du doch immer so gerne in der Adventszeit ins Café gekommen.«

»Nein, nein, ich freue mich und helfe selbstverständlich«, beeilte sich Sophie, ihm zu versichern.

Sie dachte noch einen Moment lang über ihren Einfall nach und fasste dann einen Entschluss. *Ich werde Marys Methode benutzen und Richard über einen Dienstmann ein Briefchen in die Hofburg senden. Hoffentlich kann er mich irgendwann in den nächsten drei Tagen im Café Prinzess aufsuchen.*

Schon in der nächsten Stunde setzte sie ihren Plan um und bat ihre Zofe gegen ein kleines Trinkgeld, den Brief während ihres freien Nachmittags zu bestellen.

Pünktlich um zehn Uhr am Montagvormittag erschien Sophie im Café Prinzess und half, wie auch heute, zunächst in der Backstube aus. Als sie am frühen Nachmittag dann hinter die Verkaufstheke wechselte, wartete sie nervös auf Richard und wurde zunehmend unruhiger.

Zu ihrer übergroßen Erleichterung erschien er endlich gegen vier Uhr unter dem Vorwand, Gebäck und Konfekt für seine Familie einkaufen zu wollen. Sophie bediente ihn selbst und stellte die Waren zusammen.

»Was empfehlen Sie mir denn für die Damen?«, fragte Richard, um ihr dann leise zuzuraunen: »Heute kann ich leider nicht bleiben, da ich am Abend in die Oper muss.«

Sophie wies auf eins der Tabletts in der Auslage. »Nicht nur beim Demel, auch bei uns sind die Vanillekipferl sehr begehrt. Die Kokoskuppeln kann ich Ihnen ebenfalls sehr ans Herz legen. Sie sind allerdings eine Novität und daher etwas teurer.«

»Kokoskuppeln?«, wunderte sich Richard. »Davon habe ich wirklich noch nie etwas gehört. Was ist denn das Besondere daran?« »Sie bestehen aus getrockneter und geraspelter Kokosnuss, die mit steif geschlagenem Eiklar, Zimt und feinem Zucker gemischt wird. Nach dem Backen werden sie noch in Schokolade getaucht. Darf ich Ihnen eine zum Kosten anbieten?«

Sie beugte sich über die Theke und stellte ihrerseits eine Frage. »Können Sie ...« Dann fiel ihr ein, dass sie einander ja seit dem letzten Mal duzten. »Könntest du denn morgen Nachmittag kommen? Morgens bin ich wieder in der Backstube, da geht es nicht. Aber ungefähr um zwei Uhr würde es passen. Danach beginnt hier an der Theke der Hochbetrieb.«

»Es ist sehr wichtig«, fügte sie drängend hinzu.

Richard nahm das Plätzchen und steckte es in den Mund. »Fürwahr, ganz außerordentlich köstlich. Ich möchte jeweils ein halbes Pfund von den Kipferln und den Kokoskuppeln.«

Sophie wog die Plätzchen ab und ordnete sie in einer mit goldenen Sternen verzierten Schachtel an.

»Und was empfehlen Sie mir für die Herren?«, fragte Richard. Als beide wieder die Köpfe über der Theke zusammensteckten, flüsterte er: »Das kann ich ermöglichen. Aber diesmal brauchen wir ein Separee. Auch ich habe dir etwas Wichtiges zu zeigen!«

»Hm«, überlegte Sophie demonstrativ laut. »Die Herren mögen in der Regel diese herzhaften Weinbeißer. Auch die Ischler Lebkuchen sind recht beliebt. Sie schmecken etwas kräftiger und nicht so süß.«

»Dann nehme ich auch von diesen Sorten je ein halbes Pfund.«

Sophie bückte sich nach einer anderen Schachtel. »Ich muss Ihnen dieses Gebäck extra verpacken, werter Herr. Die Aromen übertragen sich sonst auf die zarteren Plätzchen für die Damen. Sagt Ihnen diese Schachtel zu?« Sie beugte sich wieder über die Theke. »Ich will sehen, was ich tun kann«, wisperte sie. »Also morgen um zwei Uhr.«

»Und packen Sie mir bitte noch zwei Weihnachtsgugelhupfe ein, Fräulein.« Richard zeigte auf die mit Sukkade und Rosinen hergestellte Spezialität des Cafés Prinzess.

Sophie schüttelte bedauernd den Kopf. »Die Gugelhupfe müssten Sie vorbestellen, werter Herr. Diese hier sind alle schon reserviert.«

»Gut, dann komme ich morgen Nachmittag wieder«, sagte Richard jetzt sehr laut. Die Kuchen boten ihm tatsächlich einen vorzüglichen Vorwand für seinen morgigen Besuch.

Auch Sophie stieg nun auf seinen professionellen Ton ein. »Was ich Ihnen außerdem noch für morgen empfehlen darf, ist unser Goldkonfekt.« Sie wies auf einige wenige mit Blattgold verzierte Trüffel auf einem weiteren Silbertablett. »Auch diese Ware ist heute nahezu ausverkauft. Aber frische Pralinés stehen bereits in der Kühlkammer.«

»Gut, dann reservieren Sie mir ebenfalls zwanzig Deka für morgen! Ich werde sie pünktlich um zwei Uhr abholen.«

Damit hatte sich Richard zum Gehen gewandt.

Jetzt, fast einen Tag später, sah Sophie auf die Wanduhr in der Backstube. Die Zeiger standen auf Viertel nach eins. Gerade noch ausreichend Zeit, um sich frisch zu machen und umzuziehen.

»Fräulein Phiefi! Wo bleibt's Eiklar? Haben S' schon steif genug g'schlagen?«

Sophie zeigte auf ihre Schüssel. »Am besten überzeugen Sie sich selbst, Herr Schleiderer!«

Der Zuckerbäckermeister kam näher und griff nach einem Messer, mit dem er durch die Schüssel fuhr. »Sehr gut«, lobte er dann. »'s muss ein Messerschnitt sichtbar sein. Dann passt 's. Die Leut reißen uns die Kokoskuppeln aus de Händ!«

Sophie griff nach dem Band ihrer Kittelschürze und knüpfte es auf. »Leider muss ich jetzt gehen und mich für die Verkaufstheke umziehen.« Schon am Fuß der Treppe fiel ihr noch etwas ein. »Und schicken Sie mir bitte die beiden Gugelhupfe für Graf Richard von Löwenstein hinauf!«

Auf dem Weg in die kleine Umkleidekammer, in der sie ihr schwarzes Aufseherinnen-Kleid aufbewahrte, sah sie aus den Augenwinkeln befriedigt, dass eins der Separees tatsächlich mit einer roten Kordel abgesperrt war, um es ihr und Richard frei zu halten. Zwar war Onkel Stephan heute Morgen nicht begeistert von ihrer Bitte gewesen, hatte aber letztlich zugestimmt, als sie ihm ihre Gründe vortrug.

»Richard von Löwenstein will mir einen Brief von Mary zeigen, den Miguel von Braganza ihm gegeben hat. Dafür braucht es keine neugierigen Zeugen in der Gaststube.« Die erneute Lüge tat ihr leid. Aber sie wusste sich keinen anderen Rat. Zu beunruhigend waren ihre Beobachtungen, die sie nun schon an zwei Abenden innerhalb der letzten Woche gemacht hatte. Sie musste unbedingt mit Richard sprechen, angesichts der Personen, um die es ging, aber möglichst unauffällig.

»Aber danach muss Schluss sein mit diesen konspirativen Zusammenkünften!«, forderte Onkel Stephan. Sophie nickte resigniert. Solange ihr Stiefvater in Wien weilte, würde es ja ohnehin keine weitere Möglichkeit geben, Richard zu treffen.

Es war zehn Minuten vor zwei Uhr, als Richard das Café Prinzess betrat. Er war zu Fuß von seiner Wohnung in der Hofburg hergekommen und in seiner Ungeduld, sich endlich mit Sophie auszutauschen, viel zu früh aufgebrochen.

Der Caféraum war weihnachtlich geschmückt. An den Wänden hingen geschmackvolle Buketts aus Tannen- und Stechpalmenzweigen, die mit roten und goldenen Schleifen verziert waren. Kleine Gestecke aus den gleichen Materialien standen passend zu den umhäkelten Deckchen mit den eingestickten Sternen und Tannenzweigen auf jedem der Tische. Auch das zarte Porzellan wies handgemalte weihnachtliche Szenen auf. Es duftete nach Zitrone und den verschiedensten Gewürzen.

»Sehr geschmackvoll«, murmelte Richard gerade vor sich hin, als Sophies Onkel auch schon auf ihn zutrat. Er verbeugte sich knapp.

»Grüß Gott, gnädiger Herr Graf von Löwenstein. Darf ich Sie zu Ihrem Platz führen? Meine Nichte wird jeden Moment kommen.«

Vor dem Eingang zum Separee, dessen Topfpalmen zu beiden Seiten ebenfalls mit roten und goldenen Schleifen geschmückt waren, trat Danzer zur Seite, um Richard einzulassen.

Der fasste sich ein Herz, wohl wissend, dass er auch, was zukünftige Zusammentreffen mit Sophie an diesem Ort betraf, auf die Gunst ihres Onkels angewiesen war. »Sie haben Ihr Café für das bevorstehende Christfest außerordentlich geschmackvoll dekoriert, Herr Danzer. Da kommt selbst das Demel nicht mit.«

Sein ehrlich gemeintes Kompliment wirkte. Danzer strahlte über sein ganzes rundes Gesicht. »Das hört man gern, werter Herr!« Er verbeugte sich noch einmal, diesmal tiefer als bei der Begrüßung. »Was darf ich Ihnen denn bringen lassen? Meine Nichte bevorzugt trotz ihrer sonstigen Vorliebe für die Mandelmelange unsere heiße Weihnachtsschokolade. Sie ist mit Zimt und Vanille gewürzt.«

»Recht herzlichen Dank! Aber süße Getränke sind nichts für mich!«, wehrte Richard ab. »Für mich bitte wieder einen Großen Schwarzen!«

Danzer hatte sich kaum entfernt, als Sophie im Eingang des Separees erschien. Richard klopfte auf den Platz an seiner Seite, als sie Anstalten machte, sich ihm gegenüberzusetzen. »Ich habe die Abschrift eines Briefes von Rudolf an Mary dabei«, flüsterte er verschwörerisch. »Niemand sollte das Schreiben sehen!«

»Dann reich es mir unter dem Tisch hindurch«, flüsterte Sophie. »Sonst kommt Onkel Stephan doch noch auf falsche Gedanken.«

*Falsche Gedanken?* Plötzlich zog sich Richards Brust vor Wehmut zusammen. Auch in ihrer strengen schwarzen Tracht sah Sophie zauberhaft aus. Trotz der verschiedenen adventlichen Gerüche glaubte er den blumigen Duft wahrzunehmen, den sie verströmte. *Sie ist wunderschön! Ach, wäre ich doch nur ein freier Mann!*

Sophie errötete unter seinem intensiven Blick, was sie noch reizender aussehen ließ. Befangen wandte sie den Kopf zum Eingang des Separees.

»Da kommt Dora mit unseren Getränken!« Sie machte große Augen. »Hast du das ganze Gebäck dazubestellt?«

Richard verneinte. Das Serviermädchen stellte außer den gefüllten Tassen und den obligaten Gläsern mit frischem Wasser eine dreistöckige Etagere zwischen sie, die mit den verschiedensten Plätzchen bestückt war. Sie dufteten verlockend.

Spontan griff Richard nach einem Kipferl und biss davon ab. »Pass auf! Oh, nun ist es zu spät«, lachte Sophie. »Deine Jacke ist voller Staubzucker.«

Sie zog ein Taschentuch hervor, um den weißen Puder abzutupfen. Auch Richard begann zu reiben. Einen Lidschlag lang berührten sich dabei ihre Hände. Beide zogen sie sofort zurück, als hätten sie sich verbrannt.

»Das Zeug ist hartnäckig.« Sophies Stimme klang ein wenig belegt. »Du musst nachher noch den Erfrischungsraum aufsuchen, um dein Jackett auszubürsten. So kannst du nicht auf die Straße gehen.«

Einen Augenblick lang schwiegen sie beide. »Nun lass uns rasch zur Sache kommen!« Sophie warf einen Blick in den Caféraum. Vor der Theke mit dem Weihnachtsgebäck hatte sich bereits eine kleine Schlange gebildet. »Spätestens in zwanzig Minuten muss ich wieder aushelfen.«

Richard griff in eine Tasche seiner Uniformjacke, deren Rand er dabei ebenfalls mit Staubzucker beschmierte. Er zog einen zerknitterten Zettel hervor und reichte ihn Sophie unter dem Tisch hindurch. Dessen Decke reichte zum Glück ein gutes Stück über den Rand, sodass die anderen Gäste an ihren Tischen außerhalb des Separees nichts von dem Austausch bemerken konnten.

»Das ist die Abschrift eines Briefes von Rudolf an Mary.« Kurz erwähnte er, wie er in den Besitz des Originals gekommen war. »Lies, was darin steht!«

Sophie bewegte beim Lesen lautlos die Lippen. Da Richard Rudolfs Worte mittlerweile auswendig kannte, erriet er leicht, bei welchem Satz sie gerade angelangt war. Ihre grünen Augen wurden größer und größer.

*Lieber Engel,*

*ich kann nicht mehr ohne Dich leben! Sei nur vorsichtig, damit wir nicht entdeckt werden! Denn wenn ich Dich nicht mehr sehen dürfte, würde ich wahnsinnig. Komm also bald wieder zu mir! Bratfisch wird Dich in der vereinbarten Gasse erwarten. Dein Dich innig liebender R.*

Betroffen blickte Sophie auf. »Glaubst du, er meint das wirklich ernst?«

Über diese Frage hatte Richard in den letzten Tagen stundenlang nachgedacht. »Nein!«, sagte er klar. »Das glaube ich nicht. Nach allem, was ich weiß, gehört Rudolfs Herz nur seiner Geliebten Mizzi Caspar. Niemandem sonst!«

Kurz setzte er Sophie über Rudolfs Verhältnis zu Mizzi ins Bild.

Sophie war erschüttert. »Aber Mary wird glauben, was er ihr schreibt!«

Richard nickte sorgenvoll. »Es wird ihre Schwärmerei für Rudolf zweifelsohne verstärken.«

»Ihre Schwärmerei?« Sophie stieß einen resignierten Laut aus. »Sie ist bis zur Raserei in Rudolf verliebt. Ich befürchte sogar, sie könnte sich etwas antun, wenn der Kronprinz nur mit ihren Gefühlen spielt.«

Richard erschrak. »Wie kommst du darauf?«

»Hanna kam mit ihrer Mutter am letzten Donnerstag, als die meisten Gäste schon weg waren, noch spät zum Jour fixe meiner Mutter. Sie erzählte mir, dass Mary ihren Hauslehrer nach der Wirkungsweise verschiedener Gifte gefragt hat. Zum Beispiel nach Arsen und Strychnin.«

»Könnte sie sich denn solche Gifte beschaffen, Phiefi?«

Sophie hob die Schultern. »Ich weiß es nicht, Richie!« Sie stockte kurz, bevor sie fortfuhr. »Hast du nicht mit Rudolf über Mary sprechen können?«

»Nein! Er wehrte schon meine erste Frage ab, ob er Damenbesuch empfangen hätte. Danach wusste ich nicht, wie ich die Sprache noch gezielt auf Mary hätte bringen sollen. Hätte ich diesen Brief nicht an mich gebracht, wäre ich sogar nach wie vor völlig im Ungewissen, was ihn angeht.«

»Wie bist du denn überhaupt an das Schreiben gekommen?«

Richard berichtete von der List, die er gegenüber dem Kammerdiener Loschek angewandt hatte.

»Und dann hast du einfach das Siegel erbrochen und den Brief abgeschrieben? Hattest du keine Sorge, dass Mary es merkt?«

Nun huschte ein flüchtiges Lächeln um Richards Mund. »Es war kein richtiges Siegel. Schon gar nicht das des Kronprinzen! Der Brief war nur mit einem Tropfen Siegellack verschlossen. Ich habe den Lack über einer Kerzenflamme geschmolzen und hernach mit etwas neuem wieder verschlossen. Mary hat das Schreiben noch am selben Abend erhalten.«

Sophie nahm geistesabwesend einen Schluck Schokolade. »Wenn ich doch nur wüsste, wie sie es bewerkstelligt hat, Rudolf zu treffen. Und gleich zweimal – wenn nicht sogar öfter! Dabei ist die Larisch doch gar nicht in der Stadt.« Auch Sophie hatte sich darüber im *Fremden-Blatt* informiert.

»Was meinst du denn, wie das Ganze vonstattenging?«

Sophie holte tief Luft. »Bratfisch hat Mary schon mindestens zweimal heimlich in der Marokkanergasse in der Nähe unseres Palais abgeholt. Jeweils um Punkt sieben Uhr abends. Beim ersten Mal, das war am vergangenen Freitag, habe ich das ganz zufällig beobachtet. Danach habe ich an jedem weiteren Abend um diese Uhrzeit Posten an meinem Zimmerfenster bezogen, das auf die Marokkanergasse hinausgeht. Gestern Abend hat Bratfisch Mary dort wieder abgeholt. Diesmal fiel der Schein einer Straßenlampe einen Moment lang auf ihr Gesicht, als sie gerade ihren Schleier ein wenig lüftete. Sie war es zweifelsohne.«

»Du meinst, sie verlässt ohne das Wissen ihrer Mutter um diese Abendstunde das Palais? Aber wie ist das möglich?« Noch während Richard die letzten Worte aussprach, schob sich auf einmal ein Bild vor sein inneres Auge. »Die Oper!«

Sophie blickte ihn verständnislos an.

»Der *Ring der Nibelungen*!«, erklärte er mit einer Spur Ungeduld. »Er besteht aus vier Opern, die alle vor Weihnachten aufgeführt werden. Drei Vorstellungen, die auch ich besucht habe, sind schon vorbei! Und jedes Mal war die Baronin mit ihrer ältesten Tochter Hanna in ihrer Loge allein. Mary war nie dabei!«

»Und war auch Rudolf nicht in der Oper?«

»Nein. Er mag Wagners Werke nicht. Der Komponist war ein Antisemit.«

Eine Weile schwiegen beide und ließen diese erschütternde Erkenntnis auf sich wirken.

»Also sind die zwei abends womöglich stundenlang allein in der Hofburg«, zog Richard schließlich das erschreckende Resümee. Innerlich wurde ihm heiß und kalt bei dem Gedanken, dass die beiden vielleicht trotz Rudolfs Syphilis schon miteinander geschlafen hatten.

»Glaubst du …?« Sophie ließ den Satz unvollendet. Doch ihre Wangen färbten sich blutrot.

Richard verstand. Sophie teilte offensichtlich seine Besorgnis, was Marys Jungfräulichkeit anging. »Das gilt es unbedingt herauszufinden, Phiefi. Kannst du das bewerkstelligen?«

Sie nickte. »Gleich morgen suche ich Mary im Palais Vetsera auf. So früh, dass sie noch nicht ausgegangen sein kann.«

»Können wir uns danach wieder hier treffen?«

Sophie schüttelte trübsinnig den Kopf. »Das wird mein Onkel mir nicht erlauben. Und übermorgen trifft mein Stiefvater im Laufe des Vormittags aus Kairo ein. Er möchte unbedingt den letzten Jour fixe des Jahres in unserem Palais miterleben. Und wird mich dabei scharf im Auge behalten. Auch da können wir uns nicht vertraulich besprechen. Geschweige denn, über ein so heikles Thema.«

Ihr kam eine Idee. »Aber ich könnte dir wieder schreiben! Ich werde Ida, unsere Mamsell, bitten, den Brief für mich zu besorgen. Sie wird mich nicht verraten.«

»Gut! Dann schreib mir, ob du noch etwas herausfinden konntest. Und ich versuche, vor Weihnachten noch einmal mit Rudolf zu sprechen. Das Rosensorbet!«, fiel ihm plötzlich ein. »Ich habe doch deinem Onkel versprochen, Rudolf das Rosensorbet zu empfehlen. Das gibt mir den Vorwand, ihn irgendwann in den nächsten Tagen auch jenseits unserer Stabsbesprechungen aufzusuchen. Vielleicht finde ich ja dabei noch etwas heraus.«

Auch Sophie hatte noch einen Einfall. »Wann ist denn die letzte Aufführung der Wagneropern? Du sagtest doch, es seien insgesamt vier!«

»In drei Tagen, am 21. Dezember!«

»Gut«, sagte Sophie entschlossen. »Wenn Mary abstreitet, sich heimlich mit Rudolf zu treffen, passe ich sie diesmal um sieben Uhr in der Marokkanergasse ab! Und drohe ihr damit, ihrer Mutter alles zu beichten, wenn sie nicht von ihrem Tun ablässt.«

»Eine ausgezeichnete Idee«, stimmte Richard zu.

»Doch nun muss ich gehen.« Sophie fasste sich an ihre Haare. »Sitzt meine Frisur noch, oder muss ich etwas daran richten?«

Richard war drauf und dran, sich an die Stirn zu schlagen. »Etwas habe ich noch vergessen, Phiefi! Besitzt Mary Haarnadeln mit kleinen unechten rosa Perlen?«

Sophie blickte Richard neugierig an. »Woher weißt du denn das? Genau solche habe ich ihr zu ihrem letzten Geburtstag geschenkt.«

»Als ich am vergangenen Samstag in der Hofburg war, habe ich eine davon auf Rudolfs Sofa im Türkischen Zimmer gefunden.«

*Gebe Gott, dass dies nicht ein Zeichen dafür ist, dass es bereits zu spät ist,* fügte er in Gedanken hinzu.

## Richards Wohnung in der Wiener Hofburg

### *Freitag, 21. Dezember 1888*

*Lieber Richard,*

*ich hoffe, dass dieser Brief Dich noch heute Morgen erreicht. Wie ich gehofft habe, hat Ida, die ich schon von Kindesbeinen an kenne, ihn, ohne allzu viele Fragen zu stellen, heute in aller Frühe besorgt, als sie zum Markt ging.*

*Leider traf ich Mary erst gestern am späten Vormittag an, da sie davor ihren Gesangsunterricht hatte. Zum Mittagsmahl kam dann mein Stiefvater aus Kairo an, und nachmittags war unser letzter, zum Glück wieder recht gut besuchter Jour fixe in diesem Jahr. Daher kam ich erst abends dazu, diesen Brief zu verfassen. Obwohl Eile geboten ist, da wir in vielem, was wir vermutet haben, recht hatten.*

*Tatsächlich hat Mary einen Weg gefunden, Rudolf auch ohne Hilfe der Larisch heimlich zu treffen, und zwar, wie wir es uns schon gedacht haben, an den Abenden, an denen ihre Mutter und Schwester die Wagneropern besuchen. Ihre Zofe Agnes hilft ihr dabei, das Palais heimlich zu verlassen, und lässt sie hernach auch wieder ein. Bratfisch erwartet Mary immer um sieben Uhr in der Marokkanergasse. Das wird auch heute Abend wieder so sein. Um neun Uhr bringt er sie dann zurück.*

*Mary gab alles zu, ohne dass ich sie arg dazu drängen musste. Sie hofft tatsächlich, dass Rudolf sie heiraten will, sobald er von seiner Gemahlin Stephanie geschieden ist. Von seiner Geliebten Mizzi Caspar weiß sie offenbar nichts.*

*Als Beweis für Rudolfs* »ehrliche Absichten«, *wie sie das nennt, hat sie mir einen eisernen Ring gezeigt, den er ihr angeblich als eine Art Ehering geschenkt hat. Auf der Innenseite gibt es sogar eine Gravur, die aber weder Mary noch ich verstehen. Es sind die Großbuchstaben I.L.V.B.I.D.T. Kannst Du Dir einen Reim darauf machen?*

Richard überlegte einen Moment lang. Aber auch ihm fiel nicht ein, was die Buchstaben bedeuten mochten.

*Außerdem hat ihr Rudolf ein Medaillon geschenkt, das inwendig einen Blutstropfen von ihm auf einem Stück Leintuch enthält. Mary legt es weder bei Tag noch bei Nacht ab.*

*Diese Geschenke hat sie bei ihrem letzten Besuch in der Hofburg am vergangenen Montag (das war der 17. Dezember) von ihm erhalten. Auch Mary hat Rudolf ein Weihnachtsgeschenk gemacht. Es ist ein Brieföffner mit der Gravur:* Pense à moi. *Das ist Französisch und bedeutet:* Denk an mich!

An dieser Stelle konnte sich Richard ein Lächeln nicht verkneifen. Als Angehöriger des Hochadels sprach er fließend Französisch.

*Nun kommt die einzige gute Nachricht. Mary hat mir bei der Jungfrau Maria geschworen, dass Rudolf sie bislang nur geküsst hat und sie* »noch Mädchen sei«, *wie sie es ausdrückt. Ich habe sie meinerseits schwören lassen, dass dies auch so bleiben wird.*

Erleichtert atmete Richard auf.

*Ich fragte sie noch, worüber sie denn die ganze Zeit mit Rudolf spräche. Sie erklärte mir, sie unterhielten sich über den Pferdesport, Rudolfs Leidenschaft für die Vogelkunde oder über den Orient, insbesondere die Stadt Kairo. Mary kennt die Stadt ja aus eigener Anschauung, da dort ihr Vater begraben ist.*

*Das klingt auf den ersten Blick alles recht harmlos. Dennoch mache ich mir die größten Sorgen um Mary. Sie ist fest dazu entschlossen, sich das Leben zu nehmen, wenn ich sie verrate oder die Affäre auf andere Weise ans Licht kommt. Sie beschwor mich regelrecht, Stillschweigen zu bewahren, und sagte wörtlich zu mir, sie könne und wolle nicht glauben, dass ich eine so schlechte Freundin sei, dass ich ihr beider Glück zerstören wolle.*

*Denn wenn es so käme, würden sie sich beide* – Richard bemerkte sehr wohl, dass Sophie dieses Wort unterstrichen hatte – *an einem Orte, von dem niemand weiß, nach einigen glücklichen Stunden den Tod geben. Aber Rudolf müsse doch leben für sein Volk.*

*Also kann ich ihrer Mutter nichts sagen. Zumindest so lange nicht, bis Du mit Rudolf in aller Offenheit über Mary gesprochen hast. Denn am Ende möchte ich nicht schuldig an ihrer beider Tod sein. Oder hältst Du Marys Reden für dummes Geschwätz? Ich weiß es nicht und glaube in einer Stunde, dass alles wahr ist, was sie sagt, und in der nächsten, dass sie sich das alles nur zurechtfantasiert.*

*Eine letzte beunruhigende Beobachtung möchte ich Dir nicht vorenthalten. Gegen Ende unseres Gesprächs kam Marys ältere Schwester Hanna ins Zimmer und lud mich zu einem zweiten Frühstück ein. Als wir alle gemeinsam am Tisch saßen, Marys Mutter Helene war auch dabei, kam die Rede wieder einmal auf diesen verblendeten Franzosen, namens Henri Chambige. Mary hat auch früher schon von dieser Affäre gesprochen. Der Mensch hat seine verheiratete Geliebte erschossen und sich dann angeblich selbst verfehlt, als er sich ebenfalls mit dem Revolver entleiben wollte. Mary behauptet nun, mit einem Jäger darüber gesprochen zu haben. Der habe ihr versichert, man könne seine Schläfe gar nicht verfehlen, wenn man beim Selbstmordschuss einen Spiegel zu Hilfe nähme.*

*Könnte Rudolf dieser Jäger gewesen sein, von dem Mary gesprochen hat? Oder ist es vielleicht Miguel von Braganza gewesen, der ja auch gern und oft auf die Jagd geht? Könntest Du das in Erfahrung bringen?*

*Leider ist das alles, was ich selbst bis zum neuen Jahr zur Aufklärung und Auflösung dieser Sache beitragen kann. Mein Stiefvater lässt sich alle Post vorlegen, die in unser Palais gesandt wird. Also kannst Du mir nicht antworten, bis er nach Dreikönig wieder nach Kairo zurückkehrt.*

*Ins Kaffeehaus lässt er mich derweil erst recht nicht gehen. Er hat mir den Besuch dort schon vor Jahren verboten und würde fuchsteufelswild, wenn er erführe, dass ich dort sogar ausgeholfen habe.*

*Also müssen wir zuwarten, wie sich alles weiter entwickelt, und das Beste hoffen.*

*Mit den allerbesten Wünschen für ein gesegnetes Christfest und ein gutes neues Jahr grüßt Dich von Herzen*

*Deine Sophie von Werdenfels*

*PS: Etwas habe ich noch zu erwähnen vergessen, lieber Richard. Bevor Hanna dazu kam, erzählte mir Mary, sie wolle noch vor Weihnachten ihr Testament machen, und fragte mich, an welchem ihrer Schmuckstücke ich Interesse hätte. Ich habe sie ausgelacht, denn Testamente zu machen ist so eine neue Mode. Viele junge Mädchen tun das gerade. Selbst meine kleine Schwester Milli hat sich schon an einem Testament versucht. Mary hat es auch später ganz freimütig beim Frühstück erwähnt. Ihre Mutter und Hanna haben sie ebenfalls ausgelacht.*

*Jetzt grübele ich jedoch darüber nach, ob es nicht doch etwas Ernsteres zu bedeuten hat. Denn ich weiß wahrlich nicht, was ich von alledem halten soll.*

*Nochmals ganz herzliche Grüße*

*Deine verwirrte und etwas ratlose Sophie*

# Kapitel 16

## Wiener Hofburg

### *Heiligabend 1888*

»Und dies ist mein Geschenk zum Christfest für dich, liebste Mama!« Rudolf reichte seiner Mutter eine Kassette aus Rosenholz, deren Deckel mit einem Motiv aus Elfenbein versehen war.

Sisi nahm sie mit einem flüchtigen Lächeln entgegen. »Ich danke dir, Rudolf«, sagte sie förmlich. Dennoch begann sein Herz, schneller zu schlagen, als seine Mutter vor dem Öffnen die Einlegearbeit betrachtete.

»Was für eine interessante Darstellung! Eine halb nackte Jungfrau mit wallendem Haar. Hältst du dies für ein passendes Symbol, um meine Pretiosen darin unterzubringen?«

Rudolf entging ihr missbilligender Unterton nicht. Aber noch hatte er Hoffnung, sie mit seinem Geschenk wirklich zu überraschen.

»Erkennst du diese Jungfrau denn nicht?«, fragte er.

Als Sisi ihn nur ratlos anblickte, fügte er lächelnd hinzu: »Du wolltest doch sogar eine große Summe für ein ähnliches Denkmal spenden!«

»Ach, es stellt Heinrich Heines Loreley dar«, wurde der Kaiserin jetzt klar. Ohne die Kassette zu öffnen, schenkte sie Rudolf ein weiteres flüchtiges Lächeln.

»Nochmals recht herzlichen Dank. Eine wirklich ausgefallene Idee.« Sie wollte das Kästchen schon zu den übrigen Geschenken auf den Gabentisch neben dem Christbaum, einer mannshohen, mit Glaskugeln, bunten Bändern und allerlei Naschwerk geschmückten Tanne, legen. Deshalb blieb Rudolf nichts anderes übrig, als auf dessen Inhalt hinzuweisen.

»Mach die Kassette einmal auf, liebste Mutter! Darin findest du mein eigentliches Geschenk. Das Kästchen ist nur die äußere Hülle.«

Sisi drückte auf den Verschluss. Dann betrachtete sie mit gerunzelter Stirn die etwas vergilbten Dokumente auf dem roten Samt, mit dem die Kassette ausgeschlagen war. »Was ist denn das?« Sie griff nach dem zuoberst liegenden.

»Obacht, Mama! Die Papiere sind schon etwas älter. Sie könnten leicht Schaden nehmen!«

»Ja, ich sehe, dass es alte Dokumente sind. Worum handelt es sich denn?«

Rudolf spürte, wie sich ein Kloß in seiner Kehle zu bilden begann. »Es sind elf handgeschriebene Briefe von Heinrich Heine, deinem Lieblingsdichter.«

Er hörte, wie blechern seine Stimme klang, und spürte das spöttische Lächeln seiner Frau Stephanie mehr, als dass er es sah.

Ein drittes Mal huschte das flüchtige Lächeln über das Gesicht seiner Mutter. »Fürwahr eine ausgefallene Idee, Rudolf. Nochmals ganz herzlichen Dank!«

Dann wandte sich Sisi einem in Goldpapier eingeschlagenen Päckchen zu. Es war das Weihnachtsgeschenk von Marie Valerie, ihrer jüngsten Tochter.

Mit dem erwartungsvollen Gesichtsausdruck, den sich Rudolf auch für sein eigenes Geschenk gewünscht hätte, schlug seine Mutter das Goldpapier auseinander. »Oh!« Sie klatschte entzückt in die Hände. »Ein Seidenschal!« Sie faltete den feinen hellgrauen Stoff auseinander und drehte ihn nach allen Seiten. »Und mit welch einer zarten Stickerei!« Sie strahlte Marie Valerie an. »Hast du den Schal etwa selbst gefertigt?«

Rudolfs Schwester erwiderte ihr Lächeln. »Eigenhändig für dich bestickt und gesäumt!«

Sisi stand auf und schloss Marie Valerie fest in die Arme. »Ich bin dir unendlich dankbar, meine Einzige! Für all die Mühe, die du dir damit gemacht hast! Als Zeichen deiner innigen Liebe zu mir!«

Plötzlich wurden ihre dunklen Augen feucht. »Ich werde dieses Stück ganz besonders in Ehren halten. Als dein letztes Weihnachtsgeschenk für mich, bevor du mich für immer verlassen wirst. Wenn ich den Schal trage, werde ich daran denken, dass jeder Stich ein Ausdruck deiner kindlichen Liebe ist!«

Rudolf beobachtete die Szene mit einem gefrorenen Lächeln auf den Lippen. Innerlich fühlte er sich wie erstarrt. Vor Enttäuschung und Eifersucht konnte er keinen klaren Gedanken fassen. Deshalb überraschte es ihn, als Sisi ihn plötzlich ebenfalls ansprach.

Sie streckte die Hände nach ihren beiden Kindern aus. »Ihr habt mich heute Abend so reich beschenkt!« Sie ergriff Rudolfs Hand mit der Linken, die Marie Valeries mit der Rechten.

»Doch nun habe ich noch einen Weihnachtswunsch an dich, lieber Rudolf!«

Überrascht merkte er auf. »Dies hier ist mein Augenstern, wie du weißt, mein Sohn!« Sie hob ihre rechte Hand, mit der sie Marie Valeries umschlossen hielt, leicht an. »Nun wird deine Schwester bald von mir fortgehen, um zu heiraten. Schon im Jänner wird sie sich mit Erzherzog Franz Salvator verloben, wie du ja weißt!«

Sie ließ die Hand ihrer Tochter los und ergriff nun auch Rudolfs zweite. »Meine Weihnachtsbitte an dich, mein Sohn«, sie sah ihm intensiv in die Augen, »ist, dass du immer deine schützende Hand über Marie Valerie hältst, wenn du einst Kaiser sein wirst und ich nicht mehr bin. Willst du mir das versprechen?«

In Rudolfs Brust tobten widerstreitende Gefühle. Einerseits konnte er sich nicht daran erinnern, wann seine Mutter ihn zuletzt um etwas gebeten hatte.

Andererseits war er seit ihrer Geburt eifersüchtig auf seine jüngste Schwester. Marie Valerie war die Frucht einer vorübergehenden Versöhnung seiner Eltern gewesen, das »Ungarnkind«, wie man sie hinter dem Rücken ihrer Mutter bei Hofe zu nennen pflegte. Im Jahr 1867 hatte Franz Joseph dem Bestreben des ungarischen Adels, allen voran dessen Führer, dem Grafen Gyula Andrassy, nachgegeben und aus dem ehemals vereinigten Kaiserreich eine zweiteilige kaiserlich-königliche Monarchie gebildet.

Ungarn, dem transleithanischen Teil des Reiches – so genannt nach dem Fluss Leitha, welcher die teilweise ungenaue geografische Trennlinie bildete – wurden damit die gleichen Rechte verliehen wie dem restlichen cisleithanisch genannten Reichsteil Österreich. Kaiserin Sisi hatte die ungarische Sache mit Nachdruck vertreten und sogar die ungarische Sprache perfekt erlernt. Das war ihr einziges politisches Engagement in all den Jahren ihrer Regentschaft gewesen.

Nach den Feierlichkeiten, bei denen sie und Franz Joseph im Juni 1867 zum ungarischen Königspaar gekrönt wurden, war dann Marie Valerie, das Nesthäkchen der Kaiserfamilie, geboren worden. Rudolf war damals neun Jahre alt gewesen. Die meiste Zeit seines jungen Lebens hatte er sich vergeblich nach der Liebe und Anerkennung seiner Mutter verzehrt, die Marie Valerie in einem weit größeren Ausmaß zuteilwurde, als er und seine ältere Schwester Gisela es jemals erfahren hatten.

Infolgedessen war sein Verhältnis zu seiner jüngsten Schwester kühl geblieben, was wiederum zu einer weiteren Entfremdung zwischen ihm und Sisi geführt hatte. Die Kaiserin schien unfähig zu erkennen, dass sie selbst die Ursache für Rudolfs Feindseligkeit gegenüber Marie Valerie war. Stattdessen verdächtigte sie Rudolf, ihre »Einzige« aus reiner Schikane grundlos abzulehnen.

Das Verhältnis zwischen Mutter und Sohn hatte sich zusätzlich noch dadurch verschlechtert, dass Rudolf politisch nie mit der Zweiteilung der Monarchie einverstanden gewesen war.

Denn diese führte einerseits zu verstärkten nationalen Bestrebungen in anderen Teilen des Kaiserreichs, allen voran in Böhmen.

Andererseits kam es auch in Ungarn immer wieder zu Unruhen, da dessen Bestreben nach noch mehr Autonomie in Rudolfs Augen nach wie vor in einer unmäßigen Weise fortbestand. Gerade dieser Tage ging es zum wiederholten Mal um die Rechte der Ungarn in der gemeinsamen Armee. Sie war die einzige Institution, die noch das ehemalige vereinigte Kaiserreich symbolisierte. Ungarische Kräfte forderten nun, Deutsch als Kommandosprache in den ungarischen Teilen des Heeres durch Ungarisch zu ersetzen. Die Wellen schlugen hoch, in Budapest drohten erneut Unruhen.

All dies schoss Rudolf kaleidoskopartig durch den Kopf, als er den bittenden Blick seiner Mutter sah. Sisi spürte sein Zögern und legte nach.

»Du bist mein einziger Sohn und wirst deinem Vater dereinst auf den Thron folgen. Bitte nimm dich deiner jüngeren Schwester an!«

Unter dem Eindruck des Flehens in ihrer Stimme drangen die Worte wie von selbst über seine Lippen. »Ich gelobe es dir, geliebte Mama!«

Sisis Augen leuchteten vor Freude und Erleichterung auf. Spontan schloss sie Rudolf in ihre Arme. Verblüfft und völlig überrumpelt von dieser Geste verlor er die Fassung. Wie lange hatte er sich doch nach einer solchen Umarmung gesehnt! Und nun – Ironie des Schicksals – erfolgte sie zu einem Zeitpunkt, an dem es viel zu spät war, um noch etwas ausrichten zu können. *Denn Kaiser werde ich niemals sein, und du, geliebte Mama, wirst mich um viele Jahre überleben.*

Ohne seiner inneren Erschütterung etwas entgegensetzen zu können, brach Rudolf zu seinem eigenen Entsetzen in Tränen aus. Er spürte sofort, dass sich seine Mutter versteifte, obwohl sie ihn nicht losließ. Rudolf schluchzte hilflos im verzweifelten Bemühen, seiner Gefühle wieder Herr zu werden, an ihrer Schulter.

Zwar konnte er ihre Gesichter nicht sehen, aber er spürte den missbilligenden Blick seines Vaters und den verächtlichen seiner Frau Stephanie wie Pfeile in seinem Rücken. Seine kleine fünfjährige Tochter Erzsi führte schließlich ohne ihr Wissen das Ende der peinlichen Szene herbei.

»Warum weint der Papa denn so?«, hörte Rudolf ihr dünnes ratloses Stimmchen.

»Er ist erschöpft und übermüdet von der vielen Arbeit«, beschwichtigte Stephanie die Kleine und griff dann nach der Klingel. »Doch es ist bereits sehr spät, Erzsi. Zeit für dich, dein Abendmahl einzunehmen und zu Bett zu gehen.«

Sie läutete. Bevor der Diener eintrat und den Befehl erhielt, die Kinderfrau zu rufen, riss sich Rudolf zusammen. Mit einem letzten Aufschluchzen löste er sich aus den Armen seiner Mutter, die sofort erleichtert zwei Schritte zurückwich.

»Verzeih mir, Mama! Die Rührung über deine Bitte hat mich überwältigt.«

Sisi nickte nur. Als Rudolf sich umdrehte, mieden sein Vater und Stephanie seinen Blick. Nur Marie Valerie betrachtete ihn besorgt, was Rudolf jedoch entging.

Er atmete tief durch und schaute auf die große Standuhr. »Wann werden wir zum Diner gerufen?«, fragte er überflüssigerweise.

»Um sieben Uhr, wie an jedem Heiligabend«, antwortete Franz Joseph, immer noch mit abgewandtem Blick. »Das solltest du doch wissen, Rudolf. Als mein Nachfolger trägst du später auch einmal die Verantwortung für das Wohlergehen unserer Dienerschaft. Auch sie sollte an diesem hochheiligen Abend ein wenig freie Zeit für sich selbst haben.«

Rudolf zwang sich zu einem Lächeln. »Ich werde es berücksichtigen, Papa.« Dann wandte er sich wieder an seine Mutter. »Auf dich wartet noch eine weitere kleine Überraschung.«

»Das ist ein Rosensorbet aus dem Café Prinzess!«, erklärte Rudolf erwartungsvoll, als das Dessert aufgetragen worden war. »Es wird dort erst seit wenigen Monaten angeboten und gilt in ganz Wien als kleine kulinarische Sensation. Ich weiß doch, wie sehr Mama Eis zum Nachtisch schätzt. Da dachte ich, es könnte doch eine wunderbare Bereicherung unserer Weihnachtstafel sein.«

Marie Valerie kostete als Erste. »Das Sorbet schmeckt sehr fein, lieber Rudolf«, lobte sie ihn. Auch Stephanie nickte beifällig.

»Ich ziehe einen guten Vanillepudding vor«, erklärte Franz Joseph erwartungsgemäß. Er mochte Eis nicht besonders. Dennoch löffelte er weiter.

Nur Sisi stocherte in dem rosafarbenen Halbgefrorenem auf ihrem goldumrandeten Teller herum. Dann nahm sie ein winziges bisschen davon in den Mund und verzog sofort das Gesicht.

Sie schob ihren Teller von sich. »Viel zu süß! Kein Vergleich mit Demels Veilchensorbet«, erklärte sie ohne jedes Gespür dafür, dass sie Rudolf erneut vor den Kopf stieß.

Schlagartig verging auch ihm der Appetit. Einen Augenblick lang überlegte er, ob er seine Mutter darauf hinweisen sollte, dass er beabsichtigt hatte, ihr eine Freude zu machen, unterließ es dann aber. Es hatte ja doch keinen Zweck!

Der Rest der Mahlzeit verlief in ungemütlichem Schweigen.

### Palais Thurnau in der Herrengasse

***Donnerstag, 27. Dezember 1888, am späten Vormittag***

»Also, der Ablauf am Silvestertag ist dir klar, Richard?« Adalbert von Thurnau musterte seinen zukünftigen Schwiegersohn kritisch durch sein Lorgnon.

Richard nickte schicksalsergeben. »Ja, ich habe verstanden.

Am Vormittag haben wir einen Termin im Atelier von Adèle, um bereits Verlobungsfotos machen zu lassen. Diese werden so frühzeitig benötigt, um die Verlobungsanzeigen drucken zu können, die gleich nach dem Ball am 5. Jänner fertig sein sollen. Hast du eigentlich keine Sorge, dass man Anstoß an diesem Datum nehmen könnte? Schließlich enden die Weihnachtsfeiertage doch erst einen Tag später mit Dreikönig.«

Adalbert winkte ab. »Im Gegenteil. Ich denke, die dreihundert geladenen Gäste werden sogar äußerst neugierig sein, warum ich ausgerechnet an diesem Tag einen Ball in meinem Palais veranstalte. Es ist ja schließlich kein Faschingsball. Die Gäste wurden ausdrücklich um angemessene Festkleidung gebeten. Außerdem ist der 5. Jänner ein Samstag. Als Wochentag für ein solches Ereignis viel besser geeignet als jeder andere Tag.«

»Wenn du meinst! Du musst es ja wissen«, antwortete Richard resigniert.

»Besonders glücklich wirkst du noch immer nicht, mein Sohn!«, merkte Adalbert an. »Was ich kaum verstehen kann! Ami ist der aufgehende Stern der diesjährigen Wintersaison. Sie hat bereits mehrere Anträge erhalten, wie du ja weißt. Das *Wiener Salonblatt* erwähnt sie beinahe wöchentlich und lobt vor allem ihre exquisite Garderobe. Halb Wien wird dich um ihre Hand beneiden.«

Als Richard stumm blieb, hieb Adalbert erneut in die übliche Kerbe. »Zumal deine Familie so gut wie mittellos ist. Man wird mich sogar für einen Trottel halten, weil ich einer reinen Liebesheirat zustimme, anstatt Geld mit Geld zu vereinen.«

Richard antwortete noch immer nichts. »Also gut«, seufzte von Thurnau. »Da du offensichtlich dein Glück immer noch nicht zu schätzen weißt, wiederhole *ich* noch einmal den Ablauf des Silvesterabends. Am Festessen wird die gesamte Verwandtschaft teilnehmen, auch die entfernteren Zweige der Familie, die jetzt zu Weihnachten noch nicht geladen waren. Du wirst Amis

Tischherr sein. Ab zehn Uhr wird uns Johann Strauß persönlich mit seinen wunderbaren Weisen beglücken. Allein ihn und eine ihm genehme Begleitkapelle für diesen Abend zu engagieren kostet mich ein Vermögen, wie du dir sicherlich vorstellen kannst.«

»Das habe *ich* aber nicht verlangt«, warf Richard trotzig ein.

Adalbert schnaubte. »Natürlich nicht. Wo kämen wir denn hin, wenn ich auf deine Wünsche Rücksicht nähme! Zumal ich es an Wohltaten gegenüber deinen Verwandten wahrlich nicht fehlen lasse! Bewohnt deine Familie jetzt nicht sogar den Gästetrakt, anstatt wie bislang in den Kammern unter dem Dach in den ausrangierten Möbeln des Fideikomiss zu logieren? Und habe ich deinen Schwestern nicht eine anständige Mitgift ausgelobt, sobald eure Hochzeit stattgefunden hat? Dein Onkel Max, der Majoratsherr der von Löwensteins, kann sich vor Freude jedenfalls kaum fassen, seit ich seinen beiden Söhnen mit meinem Geld eine Laufbahn bei den Dragonern ermöglicht habe. Deine Verbindung mit meiner Tochter hebt das Ansehen der ganzen Familie von Löwenstein. Selbst die Garderobe deiner Mutter und Schwestern habe ich finanziert, damit sie bei den bevorstehenden Festlichkeiten nicht wie Landpomeranzen daherkommen. Und …«

»Ja, ja, lass es gut sein, Onkel Adalbert«, unterbrach Richard die Tirade. »Ich weiß zur Genüge, was wir dir zu verdanken haben.«

»Dann gib dies ein wenig deutlicher zu erkennen, Richard!«

»Ich werde mir alle Mühe geben.« Die Worte kamen nur widerwillig über seine Lippen.

»Das hoffe ich«, schnappte Adalbert. »Sonst bist nicht nur du selbst für alle Zeit ruiniert!«

Richard betrachtete angesichts dieser Worte die Spitzen seiner blank polierten Stiefel. Eine weitere Demutsgeste hielt er nicht für erforderlich.

Adalbert seufzte vernehmlich. »So höre weiter zu, was ich

mir vorstelle! Ungefähr eine halbe Stunde vor Mitternacht verlässt du mit Ami den Festsaal, so auffällig, dass es die Mehrzahl der Gäste bemerkt. Ich folge euch unauffällig ein paar Minuten später. Kurz vor Mitternacht kehren wir alle zurück, um mit Champagner auf das neue Jahr anzustoßen. Noch bevor die Böller knallen und sich alle auf die Dachterrasse begeben, verkünde ich der Festgesellschaft die frohe Botschaft, als hätte ich sie soeben erst selbst erhalten!«

Richard nickte.

»Die *frohe* Botschaft!«, betonte von Thurnau. »Das sollte man dir auch ansehen! Keinesfalls dulde ich eine solche Grimasse, wie du sie jetzt gerade zu ziehen beliebst! Eine Verlobung mit einer der reichsten Erbinnen der Monarchie ist kein Fass Essig, aus dem du gerade getrunken hast.«

»Ich habe doch gesagt, ich werde mir alle Mühe geben!« *Gute Miene zum bösen Spiel zu machen.* Diesen Teil des Satzes auszusprechen verkniff sich Richard.

»Nun gut! Dann hör mir weiter zu!«

Ergeben ließ Richard die weiteren Beschreibungen des Festablaufs über sich ergehen und bemühte sich, dabei konzentriert zu wirken.

»Nun möchte ich dir noch ein Letztes sagen!« Plötzlich veränderte sich der Tonfall seines zukünftigen Schwiegervaters. Irritiert musterte Richard sein Gesicht.

Adalbert von Thurnau strich über seinen ausladenden, mit Pomade zu zwei grotesken Halbkreisen geformten Schnurrbart, der ihm fast bis zu den Ohren reichte. In seine stahlgrauen Augen trat ein Ausdruck von Unsicherheit.

Er lockerte seinen blütenweißen Binder und zog etwas hervor, das er offenbar unter seinem Hemd auf der nackten Haut trug. Es war ein Ring an einer goldenen Kette.

Jetzt wich Adalbert Richards Blick aus, als er weitersprach. »Dies ist der Ehering meiner viel zu früh verstorbenen Gattin Eleonore.« Er räusperte sich. »Als es dem Herrgott gefiel, mir meine einzige Tochter nur um den Preis des Todes ihrer Mutter zu schenken, war ich am Boden zerstört. Ich liebte meine Lori über alles.«

Er räusperte sich erneut. Richard bemerkte erstaunt, dass Thurnaus Augen feucht waren.

»Bevor ich sie beerdigen musste, nahm ich ihr diesen Ehering vom Finger, den ich seither Tag und Nacht um den Hals trage. Ich habe mir einst geschworen, dass ich ihn Amalie überlassen werde, wenn sie einmal heiratet. Als Talisman sozusagen, damit sie mit ihrem Ehemann das gleiche Glück erlebt, das mir einmal vergönnt war, wenn auch nur für so kurze Zeit.«

Seine Stimme schwankte. Er schwieg und suchte nach einem Taschentuch, in das er sich kräftig schnäuzte.

Das gab Richard Zeit, sein Erstaunen zu äußern. »Aber wird sich Amalie denn nicht grämen, wenn ich ihr keinen eigenen Trauring anfertigen lasse?«

Adalbert nickte. »So ist es, mein Sohn. Sie wird diese Geste, die ich am Totenbett ihrer Mutter beschlossen habe, nicht verstehen. Deshalb soll sie es auch nicht erfahren.«

Er hob den Kopf und blickte Richard nun wieder direkt in die Augen. »Daher möchte ich dich um etwas bitten, Richie. Lass bei dem k.u.k. Juwelier Köchert, oder wo immer du die Ringe bestellen willst, Amis Ring aus diesem Golde schmieden. Füge meinethalben einen Brillanten hinzu, aber bitte den Juwelier, das Gold des Eherings ihrer Mutter zu verwenden.«

Richard streckte die Hand nach dem Ring aus, den Adalbert mittlerweile von der Kette gelöst hatte. Er versuchte, die Inschrift zu entziffern, die auf der Innenseite des schlichten Goldreifs eingraviert war.

Plötzlich stockte ihm der Atem. Neben dem Datum des Hochzeitstages las er die sieben Großbuchstaben, die auch in den eisernen Ring eingraviert waren, den Rudolf Mary geschenkt hatte.

Adalbert deutete sein Zögern falsch. »Ich trage selbstverständlich die Kosten für die Herstellung eurer Ringe.« Seine Stimme klang eine Spur verächtlich.

Richard schüttelte ungeduldig den Kopf. »So arm bin ich nun auch wieder nicht, werter Schwiegervater! Ich überlege nur gerade, was diese Inschrift auf der Innenseite des Rings bedeuten mag.«

»I.L.V.B.I.D.T.«, zitierte Adalbert. »Solltest du Ami doch noch zu lieben beginnen, bevor ihr euch beide das Jawort gebt, könntest du sie ebenfalls verwenden.«

»Was bedeutet die Gravur denn?«, fragte Richard ungeduldig.

Von Thurnau holte tief Luft.

»In Liebe vereint bis in den Tod.«

## Palais Werdenfels in der Marokkanergasse

***Donnerstag, 27. Dezember 1888, am Nachmittag***

»Allergnädigster Herr Graf, meine Herrin unterhält heute kein offenes Haus und ist daher möglicherweise auf Gäste nicht eingestellt.«

Richard dauerte der Diener, der ihm die Tür zum Palais Werdenfels geöffnet hatte. Offensichtlich hatte sein Begehren den älteren Mann vollständig verwirrt.

Er zog eine Visitenkarte heraus. »Melden Sie mich der gnädigen Frau trotzdem!«

Der Diener verneigte sich und trat zurück, um Richard eintreten zu lassen. »Jawohl, gnädiger Herr!«

Richard entging nicht, dass der Mann zu Recht den Kopf schüttelte, während er die breite Wendeltreppe zum ersten Stockwerk hinaufstieg. Denn natürlich wusste er, Richard, genauso gut wie jedermann in Wien, dass alle Jours fixes während der Weihnachtsfeiertage ausgesetzt waren. Da die Familie zwischen dem Heiligen Abend und dem Dreikönigstag im Mittelpunkt stand, waren auch spontane Besuche ohne gesonderte Einladung verpönt. Doch Richard war keine andere Möglichkeit eingefallen, wollte er zumindest den Versuch unternehmen, Sophie so rasch wie möglich zu sprechen.

Seit ihm sein Schwiegervater die Bedeutung der sieben ominösen Buchstaben offengelegt hatte, verspürte Richard eine ständig zunehmende Unruhe. Zu gut fügten sich die vorher noch losen Teile zu einem furchteinflößenden Gesamtbild zusammen:

Da waren Rudolfs beständige Bemerkungen über seinen frühen Tod und nicht zuletzt seine unheilbare Krankheit. Da war Marys Tollkühnheit, sich gegen jede Konvention hinweg heimlich mit dem Kronprinzen zu treffen und dabei nicht nur ihren eigenen Ruf, sondern auch die Reputation ihrer ganzen Familie aufs Spiel zu setzen, wenn die Sache herauskam. Da waren ihre beständigen Selbstmorddrohungen, würden ihre Vertrauten die Affäre verraten.

Die Szene nach der Jubiläumsausstellung im Wiener Künstlerhaus fiel ihm wieder ein, wo sich Mary so verständnisvoll über das schaurige Bild *Die Lebensmüden* geäußert hatte, das ein Paar zeigte, welches lieber den Tod wählte, als seine Trennung zu akzeptieren. Und da war zuvorderst Mizzis Geständnis, dass Rudolf sie schon im September zu einem gemeinsamen Selbstmord hatte überreden wollen.

Sollte Rudolf jetzt Mary Vetsera als seine Gefährtin in den Tod erwählt haben? Eine unschuldige, in ihrer Liebe zu ihm völlig verblendete Komtess mit sich in sein elendes Schicksal reißen wollen? War es denkbar, dass der Mann, den Richard trotz all seiner Charakterschwächen noch immer bewunderte und als Freund aufrichtig schätzte, wirklich so verantwortungslos handeln könnte?

Richard wollte es nicht glauben. Doch Gewissheit verschaffen konnte man sich nur über ein Gespräch mit einem der

Beteiligten. Aber da sowohl Mary als auch Rudolf wegen der Feiertage für ihn selbst unerreichbar waren, gab es nur die Möglichkeit, dass Sophie ihre Freundin mit diesem furchtbaren Verdacht konfrontierte.

Nun stand er mit klopfendem Herzen in der Halle des Palais Werdenfels und hoffte, dass man ihn vorlassen würde.

»Richard von Löwenstein meldet sich unerwartet zu einem Besuch an? Mitten in der Weihnachtszeit?« Stirnrunzelnd betrachtete Arthur von Freiberg die Visitenkarte, die ihm der Diener auf einem silbernen Tablett überreicht hatte.

»Kennen Sie den Mann, Henriette?«, fragte er dann seine Frau, die mit ihm und ihren Töchtern gerade den Nachmittagstee einnahm.

Henriette nickte. »Ja, er hat uns an einigen meiner Jours fixes die Ehre gegeben.« Ein wenig Stolz, diese anfangs unerfüllbar erscheinende Forderung ihres Gatten so gut gemeistert zu haben, schwang in ihrer Stimme mit. Seit einigen Monaten war ihr Salon an den Donnerstagen recht gut besucht, wovon ihr Gatte sich vor einer Woche selbst hatte überzeugen können. An diesem Tag war Richard von Löwenstein allerdings nicht erschienen.

Auch Henriette war mittlerweile in etlichen Häusern ein gern gesehener Gast.

»Soso!«, murmelte Arthur nun mit gerunzelter Stirn. »Und ein solch vornehmer Herr weiß nicht, was sich schickt?«

Der Diener räusperte sich. »Der Herr Graf erwartete, zum üblichen Jour fixe zu kommen.«

»Zwischen Weihnachten und Neujahr? Das hat er Ihnen gesagt?«

Der Diener verneigte sich. »So ist es, gnädiger Herr.«

Arthurs Blick fiel auf Sophie, der der Bissen des köstlichen Weihnachtsgugelhupfes aus dem Café Prinzess gerade im Hals stecken zu bleiben drohte. Rasch nahm sie einen Schluck Tee.

Richards Besuch an einem so ungewöhnlichen Tag konnte nichts Gutes bedeuten. Verzweifelt überlegte sie, wie sie es bewerkstelligen könnte, ihn zumindest kurz zu sprechen. Die Gedanken rasten durch ihren Kopf. Nur wollte ihr nichts Rechtes einfallen.

Doch dann geschah das vollkommen Unerwartete. »Wenn Richard von Löwenstein denn nun schon einmal vorgesprochen hat, solltet ihr Damen ihn auch empfangen«, schlug ihr Stiefvater zu ihrer allergrößten Überraschung vor.

»Aber … aber«, stammelte Henriette. »Es ist doch gar nichts vorbereitet, was wir ihm anbieten könnten.«

»Wenn ich Ihnen einen Vorschlag unterbreiten dürfte, liebe Mama?« Sophie hasste die förmliche Anrede, zu der sie sich seit der Ankunft ihres Stiefvaters wieder genötigt fühlte. Doch nun durfte ihr kein Fehler unterlaufen.

An Henriettes Stelle antwortete Arthur. »So sprich, Sophia!«

»Wir haben doch noch eine ganze Menge des wunderbaren Weihnachtsgebäcks, das uns Onkel Stephan aus dem Café Prinzess geschickt hat. Das wäre im Nu angerichtet. Und wenn unser Gast dazu eine Tasse Tee oder Kaffee wünscht, kann die Küche dies rasch bereitstellen. Ebenso wie ein Glas Wein oder Sherry.«

Von Freiberg nickte zustimmend. »Dann führen Sie Herrn von Löwenstein in den Salon, Gruber!«, wies er den Diener an. »Und teilen Sie ihm mit, dass die Damen alsbald erscheinen werden.«

»Möchten Sie selbst denn nicht teilnehmen?«, fragte Henriette erstaunt.

»Ein Jour fixe ist eine Veranstaltung der Dame des Hauses, wenn ich recht unterrichtet bin«, wies Arthur sie kühl zurecht, obwohl er am letzten Donnerstag die meiste Zeit dabei gewesen war.

»Sophia, du eilst sofort in die Küche, um die notwendigen Anweisungen zu geben. Danach findest du dich in etwa zehn Minuten im Salon ein.«

Als Sophie den Raum verlassen hatte, wandte sich Arthur noch einmal an seine Frau. »In ungefähr einer halben Stunde werde ich Sie zu mir rufen lassen, Henriette. Sie finden mich in der Bibliothek.«

Henriette starrte ihren Gatten verständnislos an.

»Alles Weitere werden Sie zur rechten Zeit erfahren, Henriette.«

»Sie, Gruber, richten mir derweil eine Zigarre und einen Cognac im Rauchsalon! Und bringen Sie mir den Gotha dorthin!«

»Richard von Löwenstein stammt aus uraltem Adel. Sein Stammbaum lässt sich über vierzehn Generationen bis ins fünfzehnte Jahrhundert zurückverfolgen. Die Familie wird aus diesem Grunde auch bei Hofe empfangen«, unterrichtete Arthur seine Frau Henriette, als diese folgsam zur angewiesenen Uhrzeit in der Bibliothek erschien.

»Das weiß ich, lieber Arthur. Allerdings ist die Familie völlig verarmt.«

Zu ihrem fortgesetzten Erstaunen quittierte ihr Gatte diesen Hinweis mit einem berechnenden Lächeln. »Eine gute Partie wäre der junge Adelsspross dennoch allemal für unsere Sophia. Sie brächte das Geld mit in die Ehe, er den Titel.«

»Oder glaubst du, meine Teuerste, dass es irgendeinen anderen Grund als deine Tochter Sophia gibt, warum Richard von Löwenstein an einem solchen Tag unter einem solch durchsichtigen Vorwand heute bei uns vorspricht?«

»Dieser Gedanke ist mir in der Tat noch nicht gekommen«, gab Henriette zu.

Ihr Gatte bedachte sie mit einem spöttischen Lächeln. »Dass sich ein schneidiger unverheirateter Offizier deinetwegen bei deinen Jours fixes einstellt, dürfte dagegen unwahrscheinlich sein.« Er duzte seine Frau nur, wenn sie allein waren.

Angesichts seines verächtlichen Tonfalls errötete Henriette.

Dennoch unterwarf sie sich wie üblich. »Da hast du wohl recht, Arthur.«

»Doch mir würde eine Verbindung mit einem so hochherrschaftlichen Haus sicher endlich den Weg zur Freiherrnwürde ebnen. Mit ein wenig Glück kann ich schon morgen bei meinem Termin im Ministerium des Äußeren mit einer entsprechenden Andeutung aufwarten.«

Er wies auf den Sessel neben sich. »Also nimm Platz, meine Liebe! Lassen wir die Turteltäubchen eine Weile allein!«

Sophies höfliches Lächeln wich einer sehr beunruhigten Miene, sobald der Diener die Tür zum Salon hinter ihrer Mutter geschlossen hatte.

»Weshalb bist du gekommen, Richie? Sag es mir rasch! Denn lange kann die Angelegenheit nicht dauern, die meinen Stiefvater veranlasst hat, Mama zu sich zu bestellen. Sie wird jeden Augenblick zurückkehren.«

»Ich habe herausgefunden, was die Inschrift auf dem Ring bedeutet, den Rudolf Mary geschickt hat. Und mir danach so meine Gedanken gemacht.« In dürren Worten teilte Richard Sophie seine Erkenntnisse mit und erzählte ihr erstmals auch von Rudolfs Ansinnen an Mizzi Caspar im vergangenen September.

Vor Entsetzen griff sie spontan nach seiner Hand. »Du glaubst also wirklich, dass die Gefahr besteht, dass sich beide zusammen das Leben nehmen? Auch ohne, dass ihre Affäre vorher bekannt wird?« Ihre grünen Augen weiteten sich vor Schreck, ihre Wangen röteten sich.

Richards Puls begann, sich zu beschleunigen. Sophies Berührung brannte wie Feuer auf seiner Haut. Er atmete tief durch.

»Ja, das glaube ich«, bekräftigte er seine Ausführungen. »Und bin deshalb gekommen, um dich zu bitten, noch einmal mit Mary zu sprechen. Sobald es dir trotz der Feiertage möglich ist.«

»Ich will sehen, was ich tun kann«, versprach Sophie. Auch ihr Herz begann, schneller zu schlagen. Da lag etwas in Richards Blick, das ihr ein flaues Gefühl im Magen verursachte. Hastig zog sie ihre Hand zurück.

»Doch ich kann dir nichts versprechen, Richie. Ich muss meinen Stiefvater um die Erlaubnis bitten, das Palais verlassen zu dürfen.«

Jetzt griff Richard nach Sophies Hand. »Du musst mir auch nichts versprechen, Phiefi. Tu, was du kannst! Bis Dreikönig wird ohnehin nichts weiter geschehen. Meines Wissens verbringt Rudolf mit seiner Familie einige Tage in Abbazia und will danach noch mit seinem Vater auf die Jagd gehen.«

»Ich wäre daher heute auch gar nicht gekommen, wenn mir noch etwas anderes eingefallen wäre, als den Einfaltspinsel zu spielen, der zwischen Weihnachten und Neujahr zu einem Jour fixe kommen will. Zumal ich dir ja auch nicht schreiben darf, solange dein Stiefvater hier ist.«

Sophie lächelte. »Also wusstest du sehr wohl, dass Mama heute kein offenes Haus hat.«

Jetzt errötete auch Richard leicht. »Natürlich wusste ich das!« Die nächsten Worte traten ihm wie von selbst über die Lippen. »Doch ich wäre wahrscheinlich auch gekommen, wenn es diesen beunruhigenden Anlass nicht gegeben hätte. Ich wollte dich unbedingt wiedersehen, Phiefi!«

Obwohl er zuvor jeden Gedanken an eine Beziehung mit Sophie verdrängt hatte, erschien ihm diese nun das Natürlichste auf der Welt zu sein. Seine bevorstehende Verlobung blendete er aus. Es war diese Frau, die er haben wollte, die er liebte und aus tiefstem Herzen begehrte, wurde ihm in aller Deutlichkeit bewusst. Und die er jetzt in den Armen halten wollte!

Unter Richards intensivem Blick spürte Sophie ihr Gesicht heiß werden. Das Herz schlug ihr nun bis zum Hals.

Bevor sie begriff, wie ihr geschah, stand Richard auf und zog sie mit sich. Dann fand sie sich in seinen Armen wieder. Er beugte ihren Kopf zurück und hauchte einen zarten Kuss auf ihre Lippen.

»Nicht! Das dürfen wir nicht!«, zuckte sie zurück. »Meine Mutter kann jeden Augenblick zurückkommen.«

Ihre Stimme zitterte. Ihr Mund war leicht geöffnet, ihre Augen glänzten. Wie ein Magnet zogen ihre vollen Lippen ihn an. Wieder versanken die beiden in einen diesmal innigen Kuss. Nun schlang auch sie ihm die Arme um den Hals. Ihre Lippen öffneten sich, sodass er mit der Zunge sanft ihren Mund erforschen konnte.

Unter Richards Zärtlichkeiten erzitterte Sophie am ganzen Leib. Ihre Knie fühlten sich so weich wie Pudding an. Hätte Richard sie nicht gehalten, wäre sie auf den Teppich des Salons gesunken.

*Ist das die Liebe? Ist es das, was Mary und Rudolf füreinander empfinden? Und wenn ja, welches Recht habe ich dann, Mary zur Vernunft zu mahnen? Ich möchte doch selbst nicht, dass das hier jemals aufhört.*

Sie öffnete die Lippen noch weiter und ließ nicht nur zu, dass Richard sie weiterhin mit seiner Zunge liebkoste, sondern tat ihrerseits das Gleiche. Er drückte sich mit seinem Oberkörper noch fester an sie, wich aber mit dem Unterkörper leicht zurück, als sie sich ganz an ihn pressen wollte.

Einen zeitlosen Moment lang, Sophie hätte nicht sagen können, ob es eine Minute oder eine Stunde war, genossen sie ihre Umarmung. Der Viertelstundenschlag der Uhr ließ sie auseinanderfahren.

Richard umfasste Sophies Gesicht mit beiden Händen. »Ich liebe dich, Phiefi!«, flüsterte er.

Sie hob ihre Hand zu seiner linken Wange und streichelte sanft über die weißliche Narbe. Bei einem früheren Jour fixe hatte Richard ihr einmal erzählt, dass er sich diese bei einer Fechtübung in seiner Kadettenzeit zugezogen hatte.

»Ich liebe dich auch!«, hauchte sie.

## Palais Werdenfels in der Marokkanergasse

### *Sonntag, 30. Dezember 1888*

Die Gelegenheit, mit Mary zu sprechen, ergab sich rascher, als Sophie erwartet hatte – und verlief noch dazu völlig anders.

»Phiefi, mich dünkt, du träumst schon wieder mit offenen Augen!«

Henriette, die nach der sonntäglichen Frühmesse und dem Frühstück gemeinsam mit Sophie bei einer Stickarbeit im Salon saß, musterte ihre Tochter mit einer Mischung aus Amüsement und Besorgnis.

Sophie bekam zunächst gar nicht mit, dass ihre Mutter sie ansprach. Seit dem vergangenen Donnerstag dachte sie fast ununterbrochen an die Zeit mit Richard im Salon und versank dabei jedes Mal in einen tranceähnlichen Zustand. Immer wieder spürte sie seine zarten Berührungen auf ihrer Haut, seinen Mund auf dem ihren, seine Stimme an ihrem Ohr.

»Ich liebe dich«, hatte er wieder und wieder gesagt, als sie sich, wie durch einen Zauber voneinander angezogen, immer aufs Neue küssten, da Henriette sie aus Sophie zu diesem Zeitpunkt noch unerfindlichen Gründen fast eine ganze Stunde lang allein ließ.

Als sie endlich in den Salon zurückkehrte, hatte sie sich von Gruber, dem Diener, geleiten lassen, der natürlich laut und vernehmlich klopfte, bevor er Henriette mit einer Verbeugung die Tür öffnete. Da saßen Sophie und Richard, zwar etwas zerzaust, aber in keuschem Abstand voneinander, längst wieder in ihren Sesseln.

Nach einer weiteren halben Stunde etwas gezwungener Konversation hatte sich Richard schließlich verabschiedet. Sophie begleitete ihn die Treppe hinab in die Halle. Als der Diener seinen Umhang holte, ergriff er ein letztes Mal ihre beiden Hände und sah ihr tief in die Augen.

*Jetzt,* ihr Pulsschlag dröhnte in ihren Ohren, *jetzt wird er mich fragen, ob ich ihn heiraten will.*

Doch zu Sophies gelinder und der später weit größeren Enttäuschung ihres Stiefvaters hatte er nichts dergleichen getan. Im Gegenteil, über seine letzten Worte, die Sophie nicht zu deuten wusste, grübelte sie noch immer nach.

»Ich werde einen Weg finden, meine Liebste«, hatte er geraunt. »Bis dahin denke nicht allzu schlecht von mir! Was auch immer geschehen mag.«

»Es gibt also nichts, was du deiner Mutter und mir zu sagen hättest, Sophia?«, fragte dagegen Arthur von Freiberg beim gemeinsamen Abendessen.

Sophie errötete unwillkürlich. »Ich verstehe Ihre Frage nicht, Vater«, versuchte sie auszuweichen.

»Nun, da deine Mutter in einer dringenden Haushaltsangelegenheit beschäftigt war, warst du ja fast eine Stunde mit Richard von Löwenstein allein. Und da gäbe es wirklich nichts, was wir wissen sollten? Worüber habt ihr euch denn unterhalten?«

Sophie spürte zu ihrem Ärger, dass ihr Gesicht noch heißer wurde. »Oh, über lauter Belanglosigkeiten«, schwindelte sie. »Die kommenden Bälle und Feste der Faschingssaison und dergleichen.«

Ihr Stiefvater grunzte unzufrieden. »Nichts weiter?«, insistierte er.

Sophie verneinte.

»Wie schade!«, erklärten die nächsten Worte ihres Stiefvaters, warum er Richard nicht nur an diesem für einen Besuch so ungehörigen Tag empfangen hatte, sondern auch, aus welchen Gründen ihre Mutter so lange unabkömmlich gewesen war. »Richard von Löwenstein ist nicht verheiratet, und du bist aufgrund deiner stattlichen Mitgift eine gute Partie. Es wäre nicht die erste Verbindung zwischen Hochadel und Geld.«

Anfangs war Sophie völlig verblüfft. Sie realisierte zum ersten Mal, dass ihr verstorbener Vater Nikolaus offensichtlich gut für sie gesorgt hatte. Ein vertrauliches Gespräch mit ihrer Mutter am nächsten Tag bestätigte ihre Vermutung.

»Ja, Sophie. Deine Mitgift wird sogar noch um einiges größer sein als die ursprüngliche Summe von einhunderttausend Gulden. Dein Vater hat das Geld gut für dich angelegt, sodass noch Zinsen und Zinseszinsen hinzukommen.«

»Einhunderttausend Gulden?«, flüsterte Sophie ungläubig. »Plus Zinsen und Zinseszinsen? Und Arthur …?«

Sie stockte verlegen.

»Dein Stiefvater hat keinen Zugriff auf dieses Geld. Niemand hat Zugriff darauf. Dafür sorgt das Testament deines Vaters. Er machte deinen Onkel Matthias, zu dem der Kontakt leider abgebrochen ist, wie du weißt, zum Treuhänder für sein Vermögen. Mein Anteil ging nach meiner Heirat natürlich in Arthurs Verfügungsgewalt über. Als Treuhänder für deine Mitgift bat Matthias die Rothschild-Bank, die Summe an seiner statt zu verwalten. Dir oder besser gesagt deinem Ehemann wird das Geld am Tag nach deiner Hochzeit ausgezahlt werden.«

»Und was ist mit Milli?«

»Für Milli wurde auf die gleiche Weise gesorgt.«

»Und was hat sich mein Stiefvater von meiner Begegnung mit Richie versprochen?«

Ein flüchtiges Lächeln huschte über Henriettes Gesicht. »Dass er bei seinem heutigen Termin bereits mit deiner Verlobung aufwarten kann. Es hätte sicherlich Eindruck im Ministerium des Äußeren gemacht, wenn er eine Verbindung seiner Familie mit dem Hochadel avisiert hätte. Den Freiherrntitel hätte man ihm dann wohl kaum weiterhin vorenthalten können, schon um den Majoratsherrn der von Löwensteins nicht zu brüskieren. Schließlich würde dein Richie, wie du ihn nennst, im Fall einer Ehe mit dir sehr weit unter seinem Stand heiraten.«

*Aber er hat mich eben nicht gefragt, ob ich ihn heiraten möchte,* grübelte Sophie seit dem Gespräch mit ihrer Mutter immer wieder. *Obwohl ich glaube, dass seine Gefühle für mich echt sind.*

»Sophie! Ja, hörst du mich denn gar nicht?« Die Stimme ihrer Mutter klang nun gereizt.

Sophie schreckte aus ihren Gedanken auf. »Entschuldige bitte, Mama. Was hast du gesagt?«

Henriette seufzte. Doch bevor sie antworten konnte, klopfte es an die Tür. Der Diener Gruber vermeldete, dass die Baroness Mary Vetsera ihre Zofe geschickt habe. Die lasse fragen, ob das gnädige Fräulein Sophie ihre Herrin nicht umgehend besuchen könne? Es sei sehr dringlich.

»Bitte, Mama! Lässt du mich gehen?« Diese unverhoffte Möglichkeit, mit Mary zu sprechen, wollte sich Sophie nicht entgehen lassen.

Ihre Mutter überlegte einen Moment lang. »Eigentlich müsstest du deinen Stiefvater um Erlaubnis bitten. Doch Arthur hat ausdrücklich darum gebeten, nicht gestört zu werden. Er überarbeitet noch einmal seinen neuen Antrag auf die Erhebung in den Freiherrnstand, bevor er ihn morgen erneut einreichen will. Aus unerfindlichen Gründen ist sein voriger Antrag nicht mehr auffindbar.«

Sie seufzte und runzelte die Stirn. »Allerdings ist mit seiner Laune kein Staat zu machen, zumal er jetzt wieder von vorn beginnen muss und keine bevorstehende Verlobung mit einem Mitglied des Hochadels ins Haus steht. Also geh in Gottes Namen und schau, was Mary für ein Anliegen hat. Ich behaupte, sie hätte dich gebeten, die heilige Messe in der Salesianerkirche mit ihr zu besuchen, die gleich um elf Uhr beginnt. Doch sei in spätestens einer Stunde zurück!«

## Palais Vetsera in der Salesianergasse

### *Sonntag, 30. Dezember 1888, wenig später*

»Ich danke dir, dass du gekommen bist! Du bist mir eine wahre Freundin!«

Mit vom Weinen rot geschwollenen Augen sah Mary von ihrem zerwühlten Bett auf, auf dem sie bäuchlings gelegen hatte, als Sophie und die Zofe Agnes Jahoda in ihr Zimmer kamen.

»Um Himmels willen! Was ist denn geschehen, Mary?«

Auf dem kurzen Weg zwischen den beiden Palais hatte Agnes Sophie keine genaue Auskunft über Mary geben wollen. »Sie ist gänzlich am Boden zerstört. Doch den Grund soll sie Ihnen selbst sagen!«

»Wobei ich glaub, es wär des Best, jetz ein Schlussstrich zu ziehn«, murmelte die Zofe kryptisch vor sich hin, wobei sie unbewusst wieder in ihren Wiener Dialekt fiel.

Jetzt wies Mary mit tragischer Miene auf eine völlig zerknüllte Gazette, die auf dem weichen weißen Plüschteppich lag. »Da schau selbst!«

»Lies unter ›Aus Abbazia‹ nach, Phiefi!«, fügte sie ungeduldig hinzu, als Sophie nicht gleich verstand, was sie wollte.

Sophie bückte sich nach dem Magazin, glättete es und erkannte die neueste Ausgabe des *Wiener Salonblatts,* die erst heute Morgen erschienen war. Sie blätterte bis zur genannten Rubrik, die mit dem 28. Dezember datiert war.

»Punkt zehn Uhr kamen Kronprinz Rudolf und Kronprinzessin Stephanie in Abbazia an«, las sie halb laut vor. Dahinter standen weitere Namen, von denen sie nur den des Grafen Bombelles kannte, der seinerzeit den Skandal im Café Prinzess verursacht hatte. »Und wurden von allen Kurgästen auf das Ehrerbietigste mit lauten Hochs empfangen, worüber die hohen Herrschaften sichtlich erfreut waren.«

Befremdet ließ sie die Zeitung sinken. Selbst sie wusste von

Richard, dass der Kronprinz vorgehabt hatte, nach Weihnachten zu verreisen. Mary etwa nicht?

»Die hohe Frau sah blühend aus«, zitierte diese mit gehässiger Stimme den nächsten Satz. Dann schluchzte sie und verbarg den Kopf erneut in ihrer zerwühlten Tagesdecke.

»Mary grämt sich darüber, dass das Kronprinzenpaar in einen gemeinsamen Weihnachtsurlaub gefahren ist«, erklärte Agnes Sophie überflüssigerweise.

Mary hob den Kopf. »Mir hat er ewige Liebe geschworen und dass er sich von Stephanie scheiden lassen will. Stattdessen turtelt er am Mittelmeer mit ihr herum.« Die Tränen strömten ihr gleich einem Wasserfall aus den Augen.

»Also hat er es dir verschwiegen?«

Mary schluchzte auf. »Er hat behauptet, bis nach Dreikönig zu beschäftigt zu sein, um mich wieder treffen zu können«, jammerte sie.

»Aber genau das ist doch der Fall«, versetzte Sophie.

Mary starrte sie fassungslos an und vergaß sogar einen Moment lang das Weinen. »Er ist mit dieser schrecklichen Frau zusammen!«

»Mit der er leider verheiratet ist.« Sophie wusste, dass Mary sie nicht gebeten hatte zu kommen, um sich Vorhaltungen anzuhören. Aber plötzlich hatte sie es satt. Die ganze Situation kam ihr völlig absurd vor.

Da weinte ihre beste Freundin, eine unverheiratete Komtess von siebzehn Jahren, in ihrem mit weiß lackierten Möbeln ausgestatteten Jungmädchenzimmer darüber, dass der mit einer belgischen Königstochter verheiratete Kronprinz, der zukünftige Kaiser Österreichs, mit seiner ihm vor Gott und aller Welt angetrauten Gemahlin ein paar Tage in einem Kurort in Istrien verbrachte.

Sie holte tief Luft. »Mary, wenn du es nicht ertragen kannst, dass Kronprinz Rudolf seiner Familie gegenüber Verpflichtungen hat, solltest du spätestens jetzt daran denken, die Beziehung zu ihm zu beenden. Noch bist du nicht kompromittiert! Aber wenn herauskommt, dass du spätabends allein in die Hofburg gefahren bist …«

»Es war erst sieben Uhr!«, fiel ihr Mary ins Wort.

Sophie winkte ungeduldig ab. »Mach der Sache ein Ende, Mary! Noch ist es nicht zu spät! Du siehst doch, dass sich Rudolf niemals offen zu dir bekennen kann.«

»Ich wär auch dafür!«, schloss sich Agnes Sophies Bitte an. »Es tut ned gut, was Sie da machen, gnä's Fräulein.. Es gibt mächtig Ärger, wenn das Gschpusi irgendwann auffliegt!«

Mary sprang von ihrem Bett auf. »Aber ich liebe ihn! Ohne ihn kann ich nicht leben!«, rief sie erneut mit tragischer Miene.

»Er offenbar schon«, entgegnete Sophie brutal.

»Du bist gemein!«, jammerte Mary auf. Sie drehte den beiden anderen den Rücken zu und begann, Perlen von den Schnüren zu zupfen, die anstatt einer Gardine vor ihrem Fenster hingen. Sophie bemerkte, dass einige Schnüre bereits völlig abgepflückt waren.

»Und du bist töricht!« Sophie ließ sich nicht einschüchtern. »Der beste Beweis dafür, dass Rudolf dich gar nicht ernst nimmt, ist der, dass er dir verschwiegen hat, womit er über die Feiertage beschäftigt ist. Willst du dich wirklich mit diesem heimlichen Gschpusi, wie Agnes es ausdrückt, zufriedengeben, Mary?«, fuhr Sophie fort. »Dafür wäre ich mir zu schade.«

»Ich mir auch!«, ergriff Agnes erneut Sophies Partei.

Mary schwieg und zupfte als einzige Reaktion weitere Perlen von den Schnüren.

»Im *Salonblatt* nannte man dich neulich die ›gefeierte Ringstraßenschönheit‹«, erinnerte Sophie Mary an die huldigende Bezeichnung, über die sich diese sehr gefreut hatte. »Du kannst eine ganz glänzende Partie machen, selbst wenn du den Braganza nicht nimmst. Aber nicht, wenn du eines Tages nur noch das abgelegte Liebchen eines verheirateten Mannes bist. Zumal das des Kronprinzen von Österreich-Ungarn.«

»Rudolf hat mir Liebe und Treue geschworen!« Mary drehte sich noch immer nicht um. Sie schniefte und rupfte einige weitere Perlen ab. »Und mir gesagt, dass er ohne mich nicht leben kann.«

»Nun, da wirst du ja wohl gerade eines Besseren belehrt.« Sophie wusste, dass ihre Worte herzlos klangen, aber ihre Absichten waren die allerbesten. *Der Zweck heiligt die Mittel,* schoss es ihr kurz durch den Kopf. »Glaubst du, das *Salonblatt* würde auch nur noch ein einziges gutes Wort an dich verschwenden, wenn deine Affäre mit Rudolf aufflöge? Man würde dich im Gegenteil der widerwärtigsten Dinge verdächtigen. Zumindest nähme dir niemand ab, dass du noch unberührt bist.«

Als Mary erneut trotzig schwieg, fuhr Sophie der Schreck in alle Glieder. »Oder stimmt das etwa nicht mehr? Hast du mich neulich belogen?«

Jetzt endlich drehte Mary sich um und schüttelte zu Sophies großer Erleichterung den Kopf.

»Dann kehr um und lass von deinem Irrweg ab, solange du noch die Gelegenheit dazu hast!«, wiederholte sie ihren Appell.

»Aber ich liebe ihn über alles! Du weißt gar nicht, was du da von mir verlangst, Phiefi!«

Sophie verlor die Geduld. »Auf jeden Fall weiß ich nicht, warum du mich heute überhaupt gebeten hast, zu dir zu kommen, wenn dein Entschluss schon feststeht, diese Narretei fortzusetzen!« Sie sah Agnes an, die ebenfalls ratlos mit den Schultern zuckte. »Ich gehe jetzt wieder nach Hause, sonst bekomme ich am Ende noch Ärger mit meinem Stiefvater, der nicht weiß, dass ich hier bei dir bin.«

Mary schluchzte noch einmal auf. »Also, was rätst du mir?«

»Sprich mit ihm, wenn du ihn das nächste Mal siehst, und beende diese Affäre! Wenn Rudolf auch nur einen Funken Ehrgefühl im Leibe hat, lässt er dich gehen«, insistierte Sophie. Agnes nickte nachdrücklich Beifall zu ihren Worten.

Mary senkte den Kopf und überlegte. Erst als Sophie Agnes

aufforderte, sie jetzt nach Hause zu begleiten, blickte sie auf. Ihre Augen blitzten entschlossen.

»Ihr beide habt recht, und ich danke euch für eure Empfehlungen! Ich werde mit Rudolf reden und hören, was er zu seiner Verteidigung zu sagen hat. Wenn es mich nicht zufriedenstellt, mache ich Schluss mit ihm!«

Sophie und Agnes wechselten einen skeptischen Blick. Ganz überzeugt waren beide nicht von Marys Worten. Aber immerhin hatte sie nicht wieder davon gesprochen, sich umbringen zu wollen, schon gar nicht gemeinsam mit Rudolf. Der sein höfisches Leben offensichtlich auch ohne Mary fortsetzte.

Das war zumindest ein Anfang.

### Palais Thurnau in der Herrengasse

### *1. Januar 1889, kurz nach Mitternacht*

Rot, grün und golden erstrahlte das Feuerwerk am Himmel, mit dem Wien das neue Jahr begrüßte.

Richard stand wie alle Silvestergäste der von Thurnaus auf der mit Statuen geschmückten Dachterrasse des Palais und beobachtete das Schauspiel, ohne wirklich etwas zu sehen. Neben ihm presste sich Amalie dicht an ihn. Er roch ihr süßliches Parfüm. Sie zitterte, ob vor Kälte in dieser eisigen Nacht oder vor Aufregung über die vergangene Stunde, vermochte er nicht zu sagen.

Einzelne Bilder und Szenen zogen an seinem inneren Auge vorüber: Adalbert von Thurnau, der der Verwandtschaft mit stolz geschwellter Brust verkündete, Richard habe Amalie einen Antrag gemacht, den sie angenommen habe und den er gutheiße. Die knallenden Champagnerkorken, der donnernde Applaus, die Gratulationen der vielen lächelnden Gesichter rings um ihn herum. Seine Mutter Aglae, die Amalie mit Tränen in den Augen

»ihre dritte Tochter« nannte, bevor sie sie umarmte. Sein Vater Eduard und Onkel Max, die so taten, als wären sie über die Maßen angenehm überrascht, obwohl sie die ganze Sache doch eingefädelt hatten.

Auch Richard selbst hatte seine Rolle glänzend gespielt. *An mir ist ein veritabler Komödiant verloren gegangen,* dachte er zynisch, nachdem er der Festgesellschaft gestanden hatte, heute Abend der glücklichste Mann in Wien zu sein. Oder besser gesagt im ganzen Kaiserreich, hatte er hinzugefügt, bevor er Amalie vor aller Augen küsste. Sie hatte ihre Lippen weit geöffnet, was ihn abstieß, sodass er seinen Mund nur mechanisch auf den ihren presste.

Trotzdem schmeckte er sie und verglich den Kuss mit der keuschen Leidenschaft, die Sophie ihm erst vor wenigen Tagen entgegengebracht und die ihn unendlich mehr erregt hatte. Dann verdrängte er ihr Bild gewaltsam aus seinen Gedanken.

»Willst du mich nicht ein wenig wärmen, Richie?«, flüsterte Amalie ihm durch den Lärm der Silvesterraketen kokett ins Ohr. »Ich friere so sehr in meinem dünnen Abendkleid.«

Tatsächlich trug sie über ihrer gelben, über und über silberbestickten Robe mit dem tief ausgeschnittenen Brust- und Rückendekolleté nur eine dünne Spitzenstola.

Richard legte den Arm um sie und spürte, dass sie sich noch dichter an ihn drängte. Weder ihre schlanke, zarte Gestalt noch ihr feucht schimmernder Blick, der den seinen suchte, lösten auch nur das Geringste in ihm aus.

*In der Hochzeitsnacht werde ich mir etwas einfallen lassen müssen,* kam ihm ein unerfreulicher Gedanke. *Vielleicht weiß Mizzi Caspar ja guten Rat.*

Zum Glück blieben ihm bis zum geplanten Hochzeitstermin im Mai noch einige Monate Zeit.

Gerade zerplatzte eine besonders prächtige Rakete in einem Goldregen, der sich am klaren Nachthimmel fast genau über ihnen ergoss.

»Oh! Wie überaus prächtig!«, jubelte Amalie. »Das muss eine von Papa sein!« Natürlich schossen auch Diener aus dem Garten des Palais Thurnau buntes Feuerwerk in den Himmel.

Dann hauchte sie Richard einen Kuss auf sein linkes Ohr. »Ein wunderbares Omen für ein wundervolles neues Jahr!«

# Teil 4

## *Tragödie*

# Kapitel 17

**Café Prinzess am Graben**

*Mittwoch, 9. Januar 1889*

Nervös strich sich Sophie eine Strähne ihres blonden Haars aus dem Gesicht und befestigte sie mit einer Haarnadel in ihrem Dutt. Dann strich sie das Oberteil ihres schwarzen Wollkleides noch einmal glatt und band sich die spitzenverbrämte blütenweiße Halbschürze um. Schließlich kniff sie sich noch in die Wangen, um ihrem Gesicht etwas Farbe zu verleihen.

Das kleine Ankleidezimmer, in dem sie sich gerade umgezogen hatte, hatte seinerzeit noch Danzers verstorbene Frau Annerl eingerichtet, um dort ihre Dienstkleidung aufbewahren und sich schnell frisch machen zu können, ohne dafür eigens ihre in den oberen Stockwerken des Hauses liegende Wohnung aufsuchen zu müssen.

Auch Sophie fand den Raum, der vom Flur abging, welcher das Café mit dem herkömmlichen Kaffeehaus verband, überaus praktisch, um ihre Straßenkleidung gegen die Tracht der Aufseherin zu tauschen. Seit sie diese Rolle zum ersten Mal eingenommen hatte, bestand ihr Onkel darauf, dass sie sie beibehielt, wenn sie im Kaffeehaus aushalf. »Sonst büßt du Ansehen bei der Belegschaft ein«, hatte er diesen Wunsch begründet.

Heute wäre Sophies Anwesenheit im Café Prinzess allerdings nicht vonnöten gewesen. Sie hatte im Palais Werdenfels lediglich vorgeschützt, dort gebraucht zu werden. Gestern Morgen in aller Frühe war ihr Stiefvater Arthur endlich wieder nach Kairo abgereist. Die letzten Tage mit ihm waren Sophie immer unerträglicher geworden. Deshalb sehnte sie sich nach einem Tapetenwechsel.

Nachdem von Freiberg erfahren hatte, dass man sein eingereichtes Gesuch erst wieder ganz von Neuem prüfen wolle, bevor man die Entscheidung traf, ob man ihn dem Kaiser als zukünftigen Freiherrn vorschlug, hatte er seine schlechte Laune dauernd an seiner Frau und den Stieftöchtern ausgelassen. Vor allem Sophie war die beständige Zielscheibe seiner Sticheleien gewesen. Zu groß war seine Enttäuschung darüber, dass sein Schachzug im alten Jahr nicht zu einem Heiratsantrag Richard von Löwensteins geführt hatte. Im Gegenteil, bis zu seiner Abreise hatte dieser kein weiteres Mal im Palais Werdenfels vorgesprochen.

Als Arthur zu jedermanns Erleichterung endlich in der Mietdroschke saß, die ihn zum Bahnhof bringen sollte, beschloss Sophie spontan, heute das Café Prinzess aufzusuchen. Mit der Arbeit wollte sie sich auch von ihrer zunehmenden Nervosität ablenken, ob und wann sich Richard wieder blicken lassen würde.

Mit Idas Hilfe hatte sie ihm gleich nach Neujahr einen Brief in seine Wohnung in der Hofburg gesandt und ihm von Marys Absicht berichtet, die Affäre mit Rudolf womöglich zu beenden. Dabei hatte sie ihm auch das Abreisedatum ihres Stiefvaters mitgeteilt und war weidlich enttäuscht darüber, weder gestern noch heute Morgen eine Antwort von ihm erhalten zu haben.

*Sicherlich kommt er morgen zum ersten offiziellen Jour fixe im neuen Jahr wieder ins Palais,* versuchte sie, sich erneut zu beruhigen. Um die Zeit bis dahin zu überbrücken, erschien ihr nichts geeigneter, als im Café Prinzess auszuhelfen, anstatt diese zu Hause mit Handarbeiten und Lesen totzuschlagen.

»Ich kann außerdem gleich die Bestellung für morgen aufgeben«, verband sie das Angenehme mit dem Nützlichen. Obwohl Henriette sich darüber wunderte, dass ihr Bruder sie nicht wie sonst um ihr Einverständnis für Sophies Hilfseinsatz bat, hatte sie ihre Tochter schließlich ziehen lassen.

»Ich habe es zu Hause einfach nicht mehr ausgehalten«, gestand Sophie ihrem Onkel den Schwindel gleich nach ihrem Eintreffen. »Die Decke fiel mir dort auf den Kopf.«

Zwar hieß Danzer ihr Vorgehen nicht gut, schickte sie aber auch nicht wieder weg. »Dann hilf meinethalben ein paar Stunden hinter der Theke beim Konfektverkauf aus. Die Liesl kann sich derweil im Servieren vervollkommnen.«

Jetzt betrachtete Sophie ihr Konterfei noch ein letztes Mal kritisch im fleckigen Spiegel der kleinen verschrammten Kommode des Ankleidezimmers. So großzügig Annerl das Café Prinzess auch ausgestattet hatte, so bescheiden waren ihre eigenen Ansprüche gewesen. Das Möbel war sicher schon jahrzehntelang in Gebrauch und hatte einmal bessere Tage gesehen. Darauf wiesen zumindest die Schnitzereien hin, die den Rahmen des Spiegels und die Kommodenschubladen zierten.

Als Sophie einen Pickel an ihrem Haaransatz zu entdecken glaubte, beugte sie sich tiefer zum Spiegel hinunter und stützte sich dabei mit gespreizten Fingern schwer auf die Kommodenoberfläche. Plötzlich ertönte ein leises Klicken. Zu Sophies Erstaunen öffnete sich der Spiegel an seiner rechten Seite. Ein etwa fünf Zentimeter breiter Spalt tat sich zwischen ihm und der hölzernen Rückwand des Rahmens auf.

»Ein Geheimfach«, murmelte Sophie erstaunt. Neugierig fühlte sie hinein, aber das Fach war leer. Nur die beiden Federn, die den Spiegel linker Hand in seiner Verankerung hielten, konnte Sophie ertasten.

Das Klicken ertönte erneut, als Sophie den Spiegel sanft zurückschob, bis er sich wieder im Rahmen befand und dort einrastete. Gespannt inspizierte sie die Kommodenplatte, in der sich irgendwo der verborgene Mechanismus befinden musste, mit dem sich das Geheimfach öffnen ließ. Mit den Augen konnte Sophie nichts erkennen.

Erst als sie die Platte Zentimeter für Zentimeter abtastete, fand sie dicht vor der rechten kleinen Schublade neben dem Spiegel, die für die Aufbewahrung von Haarklammern oder kleinen Toilettenartikeln gedacht war, eine kaum spürbare winzige Mulde. Sie drückte mit dem Zeigefinger darauf, und wieder löste sich der Spiegel rechter Hand aus dem Rahmen.

*Ob Onkel Stephan wohl von diesem Geheimfach weiß?,* fragte sich Sophie, als sie den kleinen Raum verließ, um ihren Dienst anzutreten. Sie konnte ihn im Caféraum allerdings nirgends entdecken und erfuhr, dass er sich gerade mit einem Lieferanten in sein Kontor zurückgezogen hatte.

Noch saßen nur wenige Gäste an den kleinen Marmortischen. Dennoch registrierte Sophie mit gerunzelter Stirn, dass sich zwei der Serviermädchen, anstatt zu bedienen, in einem schlecht einsehbaren Winkel neben der Kuchentheke gemeinsam mit der Aufseherin Hedwig über eins der Magazine beugten, die im Café Prinzess auslagen. Missbilligend trat sie näher. Wie aufgescheuchte Hühner stoben die Frauen auseinander, als Sophie zu ihnen trat.

»Was gibt es denn so Besonderes?«, fragte sie, leicht amüsiert darüber, wie groß ihre Autorität als Nichte des Kaffeehausbesitzers offensichtlich bereits war.

»Schon wieder eine Verlobung im *Wiener Salonblatt*«, antwortete Hedwig, die füllige Aufseherin, die den jungen Serviererinnen eigentlich ein Vorbild an guter Arbeitsmoral sein sollte. In der letzten Ausgabe des Klatschblatts hatte man Marie Valerie und den Erzherzog Franz Salvator auf dem Titelblatt abgebildet.

»Diesmal ist's ein Paar, das hier schon öfter zu Gast war«, beeilte sich Hedwig hinzuzufügen. »Zumindest den Herrn werden Sie ebenfalls kennen!« Sie hielt Sophie die Gazette entgegen.

Wie gelähmt vor Schock starrte sie auf das Titelblatt. In einer barock umrahmten Fotografie lächelten ihr Amalie von Thurnau und Richard von Löwenstein als zukünftiges Ehepaar entgegen.

## Palais Vetsera in der Salesianergasse

### *Sonntagabend, 13. Januar 1889*

Trübsinnig starrte Agnes Jahoda auf den noch nahezu unberührten Flickkorb, der neben ihr auf dem durchgesessenen Sofa in der Wohnküche der Portierswohnung stand, die sie sich mit ihrem Vater Joseph teilte.

Bevor Jahoda die Baronin Vetsera und ihre Tochter Hanna zum ersten Mal im neuen Jahr in die Hofoper gefahren hatte, wieder zu einer Wagner-Oper, diesmal dem *Tannhäuser*, hatte er Agnes eingeschärft, endlich die seit Wochen liegen gebliebene Flickarbeit zu erledigen. Doch Agnes konnte sich einfach nicht konzentrieren. Seit Mary vor einer Stunde das Palais erneut heimlich verlassen hatte, um in die Hofburg zu fahren, stopfte sie an ein und demselben Wollstrumpf und hatte sich bereits dreimal in die Finger gestochen.

*Des kann ned gut gehn auf die Dauer. Irgendwann wird's rauskommen, und dann bin ned nur i mei Stellung los. Wahrscheinlich wird die Baronin den Vater gleich mit rausschmeiß'n. Und dann stehn mir auf der Gass'n.*

Seit Tagen wurden ihre Gedanken nur noch von diesen Ängsten bestimmt. Genauer gesagt, seit ihre kurz vor Neujahr gefasste Hoffnung, Mary würde sich von Kronprinz Rudolf lösen, vor einigen Tagen wie eine Seifenblase zerplatzt war.

*Vielleicht hat des Luder, diese Larisch, ja ihre dreckigen Finger wieder im Spiel.* Agnes ballte vor Wut die Hände zu Fäusten und stach sich dabei erneut mit der Stopfnadel. »Autsch!«, heulte sie leise auf und begann, als ob durch den leichten Schmerz ein Damm in ihr gebrochen wäre, heftig zu weinen.

*Was soll i nur mach'n?* In ihrer Verzweiflung rang Agnes die Hände, diesmal nachdem sie das Flickzeug beiseitegelegt hatte.

Nach Dreikönig war Marie Louise Larisch aus Pardubitz wieder nach Wien gekommen, vorgeblich, um sich für eine bevorstehende Reise an die Riviera einzukleiden. Doch Agnes wusste es besser.

Sie hatte ein Gespräch zwischen der Gräfin und Mary belauscht, in dem es erneut darum ging, dass die Larisch Geld brauchte. Und Mary das Versprechen abnahm, sich diesbezüglich wieder für sie bei Kronprinz Rudolf zu verwenden. Im Gegenzug vermittelte die ihrer jungen Herrin die erste Begegnung mit Rudolf im neuen Jahr. Und die verlief fatal: Mary, die doch versprochen hatte, sich von Rudolf zu trennen, kam von diesem Treffen stattdessen mehr denn je davon überzeugt zurück, dass Rudolf sie über alles liebte. Das gestand sie Agnes mit Freudentränen in den Augen gleich nach ihrer Heimkehr.

Nur kurz währte Agnes' Hoffnung, dass es dennoch vorerst zu keinen weiteren Begegnungen in der Hofburg kommen könne, da die Larisch wieder abgereist war. Deshalb hatte sich Agnes anfangs auch entsetzt geweigert, als Mary sie heute am späten Nachmittag darum bat, sie abends wieder heimlich aus dem Palais hinaus- und vor der Rückkehr ihrer Mutter wieder hineinzulassen.

»Des kann i ned mach'n, gnä's Fräulein. Wenn's die Frau Baronin erfährt, wirft's mi raus!«

»Sprich gefälligst anständiges Deutsch!«, fuhr Mary sie an. »Und wenn du nicht tust, was ich dir sage, bist du deine Stellung auf jeden Fall los! Dann entlasse *ich* dich nämlich aus meinen Diensten!« Dabei schlug sie dauernd die Absätze ihrer Schuhe klappernd gegeneinander, eine nervöse Angewohnheit, die in jüngster Zeit, ebenso wie das Perlenabzupfen an den Schnüren vor ihrem Fenster, immer häufiger wurde.

Als Agnes angesichts ihrer Drohung erschrocken nachgab, verwandelte sich Marys Miene wie von Zauberhand. Sie lächelte Agnes strahlend an. »Du bist eine meiner wahren Freundinnen!« Beim Abschied hatte sie ihre Zofe sogar auf die Wangen geküsst.

Seither fühlte sich Agnes wie zwischen zwei Mühlsteinen zerrieben. Sie mochte sich gar nicht vorstellen, was ihr Vater mit ihr machen würde, sollte er je davon erfahren, dass sie Marys Treiben als deren Komplizin tatkräftig unterstützt hatte. Schon jetzt riskierte sie eine mächtige Watschn, wenn sie nicht endlich mit ihrer Flickarbeit vorankäme.

Doch es schien keinen Ausweg zu geben. In ihrer Enttäuschung hatte Agnes sogar gleich nach Marys Rückkehr von ihrer ersten Begegnung mit Rudolf im Palais Werdenfels vorgesprochen, um Sophie vom Fehlschlag ihrer gemeinsamen Bemühungen zu berichten. Doch dort hieß es, die Komtess sei unpässlich. Sie läge zu Bett und könne niemanden empfangen.

Mutlos griff Agnes wieder nach dem Strumpf und erwog wohl zum hundertsten Mal ihre Möglichkeiten. Sollte sie der Baronin alles gestehen, um noch Schlimmeres zu verhindern? Eine Tracht Prügel von ihrem Vater wäre ihr dann gewiss! Aber würde Marys Mutter Gnade vor Recht ergehen lassen und in diesem Fall auf ihre Entlassung verzichten? Oder müssten sie und ihr Vater dennoch am gleichen Tag das Palais Vetsera verlassen?

Die Möglichkeit, mit Mary zu reden, um sie zur Vernunft zu bringen, zog Agnes erst gar nicht in Betracht. Die Baroness war nicht nur verblendet, sondern von ihrer Liebe zu Rudolf geradezu besessen.

Es blieb also nur die Möglichkeit, es noch einmal bei Sophie von Werdenfels zu versuchen. Vielleicht war die Komtess ja wieder gesund und wusste Rat. Oder vielleicht hörte Mary auf Sophie, wenn diese drohte, der Baronin alles zu verraten.

Andererseits konnte aber auch Sophie der Baronin nicht aufdecken, wie Mary sie seit Monaten hinterging, ohne ihre, Agnes' Mittäterschaft dabei unerwähnt zu lassen.

Wieder ballte die Zofe die Hände zu Fäusten, wieder stach sie sich mit der Nadel. Doch bevor sie erneut in Tränen ausbrechen konnte, hörte sie ein leises, aber deutliches Pochen an der Tür der Portierswohnung.

## Türkisches Zimmer in der Wiener Hofburg

### *Sonntagabend, 13. Januar 1889, etwa eine Stunde früher*

»Mein Geliebter!« Mary schmiegte sich in Rudolfs Arme, die sie fest umfangen hielten. »Du hast mir so unendlich gefehlt! Ich bin vor Sehnsucht schier wahnsinnig geworden.«

Gerührt betrachtete Rudolf Marys hingebungsvollen Gesichtsausdruck. *Das Madl hat wirklich sein ganzes Herz an mich verloren.* Er seufzte leise. *Ach, könnt ich ihre Gefühle nur genauso leidenschaftlich erwidern. Sie hätte es verdient.*

»Du hast mir auch gefehlt, mein Schatz!«, murmelte er mechanisch.

Sie zog seinen Kopf zu sich herunter und presste ihren leicht geöffneten Mund auf seine Lippen. Ihre Zungen begegneten sich und setzten das Spiel fort, das sie schon vor Weihnachten begonnen hatten. Doch diesmal war Mary kühner als sonst. Sie ergriff seine Hand und legte sie auf ihre schwellende junge Brust.

»Findest du mich schön?«, hauchte sie. Dabei öffnete sie ihre dunkelblauen Augen und musterte mit einer Mischung aus Furcht und Begehren sein Gesicht.

»Ja, mein Lieb! Du bist wunderschön! Schöner als ein Engel!«

Rudolf begann, ihre Brust sanft zu streicheln. Dabei fiel ihm auf, dass Mary kein Korsett trug. Weich und verführerisch lag ihr Busen unter dem zarten Stoff ihres Kleides in seiner Hand. Aus ihren leicht geöffneten roten Lippen drang ein leises Stöhnen.

*Was für ein bezauberndes Kind,* dachte er noch einmal, im Gegensatz zu Marys völliger Hingabe jedoch merkwürdig distanziert. Dennoch spürte er das erste Ziehen in seinen Lenden. Mary war völlig unerfahren, ein unschuldiges Mädchen im Vergleich zu Mizzi, die es mit wenigen Handgriffen bewerkstelligen konnte, dass er vor Lust schrie.

Mary bemerkte seine Erektion und presste instinktiv ihr Becken fester gegen seinen Unterleib.

*Sie will es! Sie legt es darauf an, mich zu verführen. Soll ich es wirklich tun? Danach gibt es kein Zurück mehr.*

Einen Augenblick lang erschien Mizzis erst belustigtes, dann empörtes und schließlich zutiefst erschrockenes Gesicht vor seinem inneren Auge, als sie es abgelehnt hatte, seine Gefährtin nicht nur im Leben, sondern auch im Tod zu sein.

*Dabei wird Mizzi über kurz oder lang ebenfalls elendiglich an der Franzosenkrankheit zugrunde gehen. Aber dieses Madl hier hat noch sein ganzes Leben vor sich.*

Das schlechte Gewissen, das ihn plötzlich packte, ließ seinen Penis wieder erschlaffen. Mary bemerkte es und öffnete die Augen. Er las Verwirrung und Enttäuschung darin.

»Bin ich nicht schön genug?«, wisperte sie. »Begehrst du mich nicht, wie ich dich begehre?«

Seine Erektion kehrte zurück, diesmal kräftiger als zuvor.

»Doch, mein Engel! Ich begehre dich über alles!« Er stockte kurz. »Aber der Schritt, den wir jetzt im Begriff sind zu tun, ist unwiderruflich. Weißt du das?«

Sie nickte, jetzt wieder mit geschlossenen Augen.

»Und willst du das?«

»Ich will es!«, hauchte sie.

Ein letztes Mal mahnte ihn die Vernunft. Mary wusste nicht um die Doppeldeutigkeit seiner Frage. Wenn er ihr heute die Jungfernschaft nahm, raubte er ihr nicht nur ihren Ruf und ihre Ehre. Er riss sie im Fall einer Ansteckung auch unwiderruflich mit sich hinab in den Abgrund. Ihm würde keine andere Wahl mehr bleiben, als sie und sich zu töten, bevor sein furchtbares Vermächtnis offenbar werden konnte.

Wieder ließ seine Erektion nach, wieder öffnete sie verwirrt und enttäuscht die Augen. Er stellte ihr eine letzte Frage.

»Würdest du mir überallhin folgen, mein Engel? Selbst bis ans Ende der Welt? Ist deine Liebe zu mir so stark?«

Sie umfasste sein Gesicht mit beiden Händen. »Ich würde dir überallhin folgen, mein Geliebter. Sogar bis in den Tod!«

Damit war der Würfel gefallen. Sie hatte ihr eigenes Urteil gesprochen. Zwar war der Zeitpunkt noch unsicher, aber die Richtung, in die sie beide ab jetzt gehen würden, war klar.

»So soll es geschehen!«, flüsterte er. Dann schob er ihre Röcke nach oben.

## Palais Vetsera in der Salesianergasse

### *Sonntagabend, 13. Januar 1889, kurz nach halb neun Uhr*

»Gnä's Fräulein! Wieso sind S' denn scho wieder da? I hab dacht, Se wär'n ned vor neun z'ruck.«

Mary betrat die Portierswohnung mit einem Gesichtsausdruck, den Agnes nicht zu deuten wusste und der ihr Furcht einflößte.

Ihre junge Herrin gab einen leisen schnalzenden Laut mit der Zunge von sich. »Geh das Tor wieder zusperren, Agnes! Dann erzähl ich dir alles.«

Agnes beeilte sich, so rasch sie konnte, das große Eisentor der Einfahrt zum Hof zu verschließen und den Schlüssel ordentlich an seinem Platz aufzuhängen. Als sie außer Atem zurückkam, starrte Mary ins Leere.

»Ach, Agnes! Es wäre vielleicht besser gewesen, wenn ich heute Abend nicht ausgegangen wäre«, erklärte sie zum grenzenlosen Erstaunen ihrer Zofe.

»Was is denn passiert? War der Prinz ned freundlich zu Ihna?«

»Doch, das war er! Sehr sogar!« Das Lächeln, das nun über Marys Gesicht huschte, wirkte auf Agnes beinahe wie das einer Irrsinnigen. »Und daher muss ich dem Schicksal sogar dankbar sein!«

Ein furchtbarer Verdacht stieg in Agnes auf. Sie wagte nicht, ihn in Worte zu fassen, obwohl er sich schon zur Gewissheit verstärkte, als Mary auf dem durchgesessenen Sofa herumrutschte und sich dabei einen Moment lang vor Schmerz auf die Lippen biss.

»Du wirst das Blut ja ohnehin gleich bemerken, wenn du mir beim Auskleiden hilfst. Nun gehöre ich nicht mehr mir selbst, sondern ihm ganz allein! Ab jetzt muss ich alles tun, was er von mir verlangt!«

## Palais Vetsera in der Salesianergasse

### *Montag, 14. Januar 1889, einen Tag später*

»Und du bist dir wirklich völlig sicher, dass Mary ihre Unschuld an Rudolf verloren hat?«

Keuchend vom raschen Laufen hielt Sophie Agnes am Arm zurück, als sie den Dienstboteneingang des Palais Vetsera erreicht hatten.

Agnes nickte. »I hab doch gestern Abend ihr'n blutigen Schlüpfer ausg'waschen. Und sie hat's mir ja außerdem offen eing'standn.«

Sophie fühlte sich flau im Magen, als sie mit Agnes über die Hintertreppe bis zum Schlafzimmertrakt im zweiten Stockwerk des Palais huschte. Es war früher Nachmittag. Die Baronin und Hanna waren zum Jour fixe der Fürstin Nora Fugger aufgebrochen, mit der sie befreundet waren. Auch Mary wollte in Begleitung der Promeneuse später noch einmal ausgehen, hatte ihr Agnes erzählt.

Vor der Tür zu Hannas Zimmer, durch das die beiden hindurchgehen mussten, um zu Mary zu gelangen, blieb Sophie kurz stehen, um Atem zu schöpfen und zu warten, bis das Seitenstechen vom schnellen Gehen etwas nachließ. Dann reichte sie Agnes Umhang und Haube und versuchte, sich für die nun folgende Szene zu wappnen.

Gleichzeitig wünschte sie sich meilenweit weg. Anfangs hatte sie ihrer eigenen Zofe, die ihr Agnes' Wunsch überbrachte, ins Palais Vetsera mitzukommen, aufgetragen, diesen erneut abschlägig zu bescheiden. Noch immer wollte sie außer ihren engsten Familienangehörigen niemanden sehen und vergrub sich in ihrem Zimmer. Zu tief saß ihr Schmerz über Richards Verrat, von dem sie aus dem *Wiener Salonblatt* erfahren hatte.

Doch diesmal hatte Agnes vorgesorgt und Sophie einen Brief geschrieben, den ihr die Zofe nun überreichte. »Die Agnes hat darum gebeten, dass das gnädige Fräulein dieses Billett lesen soll.«

Ungeduldig faltete Sophie den fleckigen Zettel auseinander. *Bitte komen Sie rasch! Die M. hat diesmal was ganz Schlimes gemacht. Ich weis mir kein Rat mehr!,* stand da in mangelhafter Orthografie geschrieben.

Da sie schon ahnte, auf was Agnes anspielte, war Sophie das Herz in die Hose gerutscht. *Was soll ich denn jetzt noch tun?,* war ihr erster Gedanke. *Ich kann ja nicht einmal mehr mit Richard darüber sprechen.* Die Bitterkeit stieg ihr erneut wie Säure in die Kehle und verengte ihr die Brust. Doch gewaltsam drängte sie ihre Gefühle zurück. Sie musste jetzt zumindest versuchen, Mary daran zu hindern, weiterhin blindlings in ihr Unglück zu rennen.

Nun holte sie tief Luft, durchschritt mit energischen Schritten Hannas Zimmer, um Mary ihre Ankunft anzukündigen, und klopfte vernehmlich an deren Tür. Ohne eine Antwort abzuwarten, trat sie ein.

Mary saß auf ihrem Bett und sah auf, als Sophie eintrat. Um sie herum lagen Dutzende von Fotografien verstreut, die zum größten Teil aus Zeitungen ausgeschnitten waren. Alle zeigten Rudolfs Konterfei. Eins der Fotos hatte Mary noch in der Hand.

Ihr seliges Lächeln gefror, als sie Sophies Miene gewahrte. »Du bist jetzt sicher gekommen, um mich zu schelten«, sagte sie anstatt einer Begrüßung.

»Also ist es wahr?« Sophie wurden die Knie weich.

Sie war zwar nicht wirklich überrascht. Dennoch schockierte Marys Bestätigung dessen, was geschehen war, sie noch einmal zutiefst. Der Verlust der Jungfräulichkeit an einen verheirateten Mann, zudem einvernehmlich, war das Schlimmste, was einer Komtess zustoßen konnte.

*Sie hat ihre ganze Zukunft ruiniert.* Ihre Knie gaben nach, kraftlos sank Sophie neben Mary auf das Bett. Agnes blieb derweil an der Tür stehen, die sie geschlossen hatte.

Mary griff nach Sophies Hand. »Ich weiß, dass du sehr böse auf mich sein musst, weil ich mein Versprechen gebrochen habe. Aber wir haben gestern Abend beide den Kopf verloren. Jetzt gehören wir einander mit Leib und Seele an.«

»Und so soll es auch sein, Phiefi«, fügte sie angesichts Sophies Sprachlosigkeit hinzu.

»Wie … wieso soll es so sein?«, stammelte die, als sie endlich wieder Worte fand. »Du wolltest dich vor Neujahr doch sogar von Rudolf trennen!«

Marys Gesicht verzog sich schmerzlich. »Ja, so verblendet bin ich damals gewesen. Blind für Rudolfs edle Gesinnung und seine aufrichtige Liebe zu mir. Wie konnte ich ihn nur so verkennen!«

Sie hob die Hand, als Sophie etwas einwenden wollte.

»Seine Familie hat ihn dazu gezwungen, nach Weihnachten mit Stephanie nach Abbazia zu fahren. Er ist noch vor dem Silvestertag wieder abgereist, weil er es nicht länger mit ihr ausgehalten hat. Sie macht ihm das Leben zur Hölle. Er hat mir sein Herz ausgeschüttet und mir ganz offen von seinen Sorgen und der schrecklichen Lage erzählt, in der er sich befindet. Ich kann ihn doch jetzt nicht verlassen, wo er so dringend eine Stütze braucht!«

»Das alles hat er dir erzählt?« Sophies Stimme klang genauso schwach, wie sie sich fühlte. »Und deshalb hast du … das zugelassen?« Ihr Mund weigerte sich, das Unsägliche auszusprechen.

Mary nickte trotzig. »Ich werde niemals jemand anders angehören als ihm allein! Er ist mein Leben, mein ganzes Sein!«

»Und …« Wieder rang Sophie nach Worten. »Und wenn dies unerwünschte Folgen zeitigen sollte?«

Mary begann zu strahlen. »Du meinst, wenn mir Rudolf gestern ein Kindlein geschenkt hat?« Instinktiv legte sie eine Hand auf ihren flachen Bauch. »Dann sind wir beide die glücklichsten Menschen auf der Welt. Du weißt doch, dass Stephanie unfruchtbar ist wie die Wüste Goli.«

»Gobi«, korrigierte Sophie sie automatisch. »Und wie soll es jetzt weitergehen?«

»Am Samstag geht Mama wieder mit Hanna aus. Dann eile ich zu ihm. Es ist schon so ausgemacht!«

Aus den Augenwinkeln heraus sah Sophie, dass Agnes zusammenzuckte.

Mary zuckte ihrerseits mit den Achseln. »Haltet beide davon, was ihr wollt. An meinem Entschluss wird sich nichts ändern.« Sie stand auf. »Doch jetzt musst du mir helfen, mich stadtfertig zu machen, Agnes. Du weißt ja, dass ich noch eine wichtige Kommission zu tätigen habe.«

Sophie betrachtete sich zu Recht als entlassen und stand ebenfalls auf. »Tu du, was du tun musst! Ich tue, was ich tun muss.«

Ihr Entschluss stand fest. Sobald wie möglich würde sie Marys Mutter alles enthüllen. Nur sie konnte dem Wahnwitz ihrer jüngsten Tochter noch etwas entgegensetzen und damit vielleicht noch Schlimmeres verhindern.

Mary ahnte, was sie vorhatte. »Merke dir eins, Phiefi!« Ihre Stimme klang eiskalt und ruhig. »Wenn du Mama oder Hanna auch nur ein Sterbenswörtchen erzählst, gebe ich mir den Tod! Auch wenn man mich noch so sehr überwacht, es wird mir gelingen.« In ihren Augen flackerte ein Anflug von Wahnsinn. »Das versichere ich dir!«

## Palais Werdenfels in der Marokkanergasse

***Montag, 14. Januar 1889***

Kaum hatte Sophie die kurze Strecke von der Salesianer- zur Marokkanergasse zurückgelegt, erwartete sie zu Hause eine weitere unangenehme Überraschung. Dabei hatte sie gehofft, sich auf dem Rückweg ein wenig sammeln zu können, und deshalb sogar auf die Begleitung eines Dienstboten der Vetseras verzichtet, um allein zu sein.

Der Diener Gruber öffnete ihr das Eingangsportal und verneigte sich. »Der erlauchte Graf von Löwenstein hat vorgesprochen. Die gnädige Frau Baronin bat mich, ihn in den Salon zu führen. Sie warten dort beide auf die Rückkehr des gnädigen Fräuleins.«

Sophie spürte einen schmerzhaften Stich in der Brust. Seit sie von Richards Verlobung erfahren hatte, war es ihr erfolgreich gelungen, ihm aus dem Weg zu gehen.

An diesem furchtbaren Mittwoch hatte sie das Kaffeehaus noch zur selben Stunde verlassen, in der sie den Artikel im *Salonblatt* gelesen hatte. Als Grund gab sie ihre monatliche Unpässlichkeit an, die sie unerwartet überfallen habe. Mit der gleichen Begründung legte sie sich zu Hause ins Bett und stand auch nicht auf, als ihre Mutter Henriette am nächsten Tag den ersten Jour fixe des Jahres veranstaltete.

Obgleich sie gar nicht damit gerechnet hatte, erschien Richard von Löwenstein tatsächlich donnerstags als erster Gast gleich zu Beginn um zwei Uhr nachmittags im Palais, verabschiedete sich jedoch schon nach einer halben Stunde, bevor weitere Gäste eintrafen.

Danach hatte er bis zum heutigen Montag noch zweimal vergeblich im Palais Werdenfels vorgesprochen. Jedes Mal ließ sich Sophie entschuldigen. Doch jetzt erwischte er sie ausgerechnet in einem Moment, in dem sie ihm nicht ausweichen konnte.

Zum Glück war ihre Mutter noch da. Da sie das *Salonblatt* nicht bezog, wusste Henriette noch nichts von Richards Verlobung. Diese war an ihrem nur mäßig besuchten Jour fixe am vergangenen Donnerstag auch kein allgemeines Thema gewesen, wie Sophie am Abend zu ihrer Erleichterung feststellte. Ihr eigener Bekanntenkreis und der der Thurnaus und von Löwensteins wiesen kaum Überschneidungen auf.

Unwillig sah Sophie an sich hinunter. Da sie heute nicht beabsichtigt hatte, auszugehen oder jemanden zu empfangen, trug sie ein altes anthrazitgraues Hauskleid, das noch aus den Zeiten stammte, in denen ihr Stiefvater mit dem Budget für ihre Garderobe geknausert hatte. Es war aus einem an den Ellenbogen bereits etwas abgetragenen Wolltuch gefertigt und besaß als einzigen Schmuck je eine Reihe von Zierknöpfen aus weißem Perlmutt zu beiden Seiten des Bustiers. Wenigstens hatte sie dazu einen elfenbeinfarbenen, selbst gehäkelten Kragen umgelegt.

Das Kleid war dennoch kein Vergleich mit der Robe, die Amalie von Thurnau auf ihrem Verlobungsfoto trug. In höchsten Tönen hatte das *Salonblatt* von deren Kostüm aus »schwerer zartblauer Atlasseide« geschwärmt, »garniert mit Applikationen aus feinster Brüsseler Spitze«. Gar nicht zu reden von Amalies Verlobungstoilette auf dem großen Ball am 5. Jänner, die ebenfalls ausführlich beschrieben worden war.

Doch genug Zeit, um sich noch umzukleiden, blieb Sophie nicht mehr. Sie wusste, dass ihre Mutter bald zum Jour fixe der Fürstin Nora Fugger aufbrechen wollte. *Zum Glück wird sich dann auch Richard wohl oder übel genötigt sehen, wieder zu gehen,* versuchte sie, sich zu beruhigen.

Doch zu ihrem Entsetzen war das Gegenteil der Fall. Sobald Sophie im Salon erschien, erhob sich ihre Mutter, die bereits ihre Nachmittagstoilette samt dem dazu passenden Hut trug, sofort von ihrem Sitz. »Wie schön, dass du da bist, Phiefi!«

Auch Henriettes Blick glitt missbilligend über Sophies einfache Aufmachung. Doch sie verlor darüber kein Wort. »Herr von Löwenstein hat etwas Wichtiges mit dir zu besprechen, Liebes, wie er mir anvertraut hat. Ich mache mich dann auf zu meinem Besuch, zumal ich bei der Fürstin Nora auch mit den Damen Vetsera verabredet bin.«

Sophies Brust verengte sich, sodass ihr das Atmen Mühe bereitete. Die Hoffnung ihres Stiefvaters, Richard würde ihr einen Antrag machen, fiel ihr ein. Offensichtlich ging ihre Mutter davon aus, dass Richard dies heute nachholen wollte, und ließ sie deshalb mit Absicht allein.

Sie straffte ihren Rücken, als sich die Tür des Salons hinter ihrer Mutter schloss. »Was verschafft mir die unerwartete Ehre Ihres Besuchs, Herr von Löwenstein?«, fragte sie steif. Bewusst wählte sie wieder die förmliche Anrede. Nie wieder wollte sie Richard duzen oder gar mit seinem Kurznamen ansprechen.

Richards Gesicht nahm einen schmerzlichen Ausdruck an. »Ich weiß, dass es unverzeihlich ist, Phiefi, dir nichts von meiner bevorstehenden Verlobung erzählt zu haben.« Er blieb beim vertrauten Du.

Sie schürzte verächtlich die Lippen. »Sie sind mir keine Rechenschaft schuldig, Herr von Löwenstein.«

»Phiefi!« Jetzt klang seine Stimme geradezu flehentlich. »Ich wollte im neuen Jahr mit dir sprechen. Aber das *Salonblatt* kam mir zuvor. Ich wusste nicht, dass unsere Verlobung schon am Tag nach der Verkündung veröffentlicht werden würde. Das haben Amalie und ihr Vater so ausgeheckt.«

»Ich sagte doch schon, Herr von Löwenstein, dass Sie mir keine Rechenschaft schuldig sind«, wiederholte Sophie.

Dann brach ihre mühsam aufrechterhaltene Fassade zusammen. Tränen schossen ihr in die Augen. »Sie hätten mich im alten Jahr nicht küssen dürfen, Richard!«, warf sie ihm vor.

Seine Antwort überraschte sie. »Das weiß ich, Phiefi. Und bereue es dennoch nicht!« Er sah ihr offen in die Augen. Sophie las Schmerz und Traurigkeit darin.

Nun liefen ihr die Tränen die Wangen hinunter. »Und warum hast du es mir nicht gesagt?« Unwillkürlich warf sie ihre Vorsätze, nur noch förmlich mit Richard zu sprechen, wieder über Bord.

Doch als er nicht gleich die rechten Worte fand, um ihr zu antworten, gewann ihre Erbitterung wieder die Oberhand. »Eine solche Verlobung wird von langer Hand geplant, Herr von Löwenstein. Sie wussten also seit Monaten davon und waren zu feige, es mir zu gestehen.«

Wieder reagierte Richard überraschend. »Da hast du recht, Phiefi. Ich war zu feige. Im Kampf nennt man mich aufgrund meiner Tollkühnheit sogar ›Löwenherz‹. Doch bei dieser Angelegenheit meines Herzens habe ich kläglich versagt.«

Sophies Tränen versiegten. Sie musterte sein Gesicht und konnte darin nichts anderes als die reine Wahrheit erkennen. »Und was möchtest du heute von mir?«, fragte sie nun in versöhnlicherem Tonfall.

»Dir die ganze Wahrheit sagen, Phiefi. Und mich hernach deinem Urteil unterwerfen.«

»Nun gut!« Sophie wies auf den Lehnsessel, aus dem sich Richard erhoben hatte, um ihre Mutter zu verabschieden. Bislang hatte sie ihm den Platz nicht mehr angeboten. Sie setzte sich ihm gegenüber in die Ecke des Sofas, so weit entfernt, wie es nur möglich war.

Richard holte tief Luft. Dann gestand er ihr schonungslos die ganze Misere, die zu seiner Verlobung mit Amalie geführt hatte. Er verschwieg weder seine besessene Leidenschaft für die Tänzerin Olga, die er mit wahrer Liebe verwechselt hatte, noch deren schamlose Versuche, an sein Geld zu kommen, denen er immer wieder aufgesessen war.

»Wie die Sache geendet hat, weißt du ja. Du gehörst zu meiner Schande sogar zu den Zeuginnen des Vorfalls im Café deines Onkels.«

Sophie nickte. Nur zu gut verstand sie jetzt dessen Vorbehalte gegenüber Richard, die sie in dieser Art eher von ihrem Stiefvater erwartet hätte.

»Jedenfalls war ich nach dieser Affäre bis über die Ohren verschuldet«, setzte Richard sein Geständnis fort. »Und machte durch meine vergeblichen Versuche, das fehlende Geld am Spieltisch zu gewinnen, alles nur noch schlimmer. Zum Schluss blieb mir kein anderer Ausweg mehr, als mich meinem Vater und meinem Onkel Max, dem Majoratsherrn der Löwensteins, anzuvertrauen oder mich selbst zu richten.«

»Doch zu Letzterem war ich ebenfalls zu feige«, fügte er bitter hinzu.

»Zum Glück!«, entfuhr es Sophie unwillkürlich. Richard lächelte zum ersten Mal an diesem Tag. Sein zärtlicher Blick schnitt ihr ins Herz. Ihr eigener blieb an seiner Narbe hängen, die sich weißlich von seinem leicht geröteten Gesicht abhob. Dann drängte sie ihre aufwallenden Gefühle für ihn gewaltsam zurück.

»Und wie kam es dann zu deiner Verlobung?«, fragte sie betont barsch. »Amalie ist wunderschön. Ihr Vater ist sagenhaft reich. Warum ist der Ausweg aus deinen Schulden ausgerechnet der, dich mit ihr zu vermählen? Zumal du sie offensichtlich gar nicht liebst und sie eine weit bessere Partie machen könnte.« Als sie ihre Taktlosigkeit bemerkte, errötete sie. »Ich … ich meine, geht eure Familiensolidarität tatsächlich so weit, dass dies die einzige Lösung war?«

Richard schüttelte den Kopf. »Im Gegenteil, Phiefi. Man vermählt zwei schwarze Schafe miteinander in der Hoffnung, dass dann der Rest der Herde weiß bleibt«, begann er kryptisch. Danach berichtete er ihr mit der gleichen schonungslosen Offenheit, mit der er seine eigenen Fehler eingestanden hatte, von Amalies Liebschaft mit dem Hausdiener und deren Folgen.

»Und nun hat mein Onkel Adalbert von Thurnau die gesamte Familie Löwenstein in der Hand. Wenn ich nicht spure, wird er nicht nur mich ruinieren, sondern auch meine Eltern und meinen Onkel. Uns allen hat er seit dem schmählichen Handel, den Max und mein Vater mit ihm abgeschlossen haben, großzügig mit Geld unter die Arme gegriffen. Fordert er das nun zurück, gehen wir am Bettelstab. Und damit wäre auch die Hoffähigkeit der von Löwensteins dahin. Dann bliebe mir wirklich nichts anderes mehr übrig, als mich zu erschießen.«

»Zumal Adalbert mich sicher auch für den Verlust von Amalies Jungfräulichkeit und ihre Unfruchtbarkeit durch die Fehlgeburt verantwortlich machen wird, wenn ich die Verlobung lösen und sie sich anderweitig verheiraten würde«, ergänzte er frustriert. »Zwar wäre dann auch ihr Leben ruiniert, wenn ihr Ehemann öffentlich Anstoß an ihrer Versehrtheit nähme und die Scheidung begehren würde! Aber Onkel Adalbert behielte seine Hoffähigkeit und ginge vergleichsweise unbeschadet aus all dem hervor. Die Schande bliebe an mir und dem Geschlecht Löwenstein hängen.«

Sophie ließ die erschütternden Informationen eine Weile schweigend auf sich wirken. Dann seufzte sie tief.

»Ich danke dir für deine Aufrichtigkeit, Richie.« Sie stand auf und reichte ihm die Hand. »Dann wollen wir versuchen, Freunde zu bleiben, und vergessen, was vor Neujahr zwischen uns geschehen ist.«

Auch Richard sprang nun auf und umklammerte ihre Rechte mit beiden Händen. »Aber das kann ich nicht, Phiefi! Du bist die Frau, die ich liebe. Ich bin nicht gekommen, um unsere Verbindung zu lösen, sondern um einen Ausweg zu suchen.«

Sophie war völlig verwirrt. Richard blickte sie so flehend und so voller Liebe mit seinen dunklen Augen an, dass ihr Herz heftig zu pochen begann.

»Aber was soll es denn für einen Ausweg geben?« Ihre Stimme brach. »Du hast mir doch soeben schonungslos auseinandergesetzt, dass dir gar keine andere Wahl bleibt, als Amalie zu heiraten.« Wieder schossen ihr die Tränen in die Augen.

Richard hob ihr Kinn mit dem Zeigefinger an und zwang sie, ihn anzublicken. Mit der anderen Hand hielt er ihre Rechte noch immer umklammert.

»Ich liebe dich von ganzem Herzen, Sophie! Sag mir die Wahrheit! Liebst du mich auch?«

Sophie fühlte ihre Knie weich werden. Als sie unwillkürlich ein wenig zusammensackte, umfasste er sie mit beiden Armen. Schon bog er ihren Kopf zurück, um sie wieder zu küssen. Schon war sie bereit, sich dem willenlos hinzugeben, als Marys Bild vor ihrem inneren Auge auftauchte und sie plötzlich zurückschreckte.

Sie hielt ihn mit beiden Händen von sich fern. »Richie«, flüsterte sie mit aller Kraft, die sie aufbringen konnte. »Wenn unsere Liebe keine Zukunft hat, sollten wir ihr auch keinen weiteren Raum mehr geben!«

Er zog sie wieder an sich. »Aber unsere Liebe hat eine Zukunft, wenn wir beide es wollen, Phiefi.«

Seinen nächsten, leidenschaftlich in ihr Ohr geflüsterten Worten lauschte sie anfangs ungläubig, dann mit zunehmendem Entsetzen. »Viele Männer im Kaiserreich müssen eine Frau heiraten, die sie nicht selbst gewählt haben. Um nicht zu verdorren wie eine Blume ohne Wasser, finden sie Mittel und Wege, sich mit der Frau zu vereinigen, der wirklich ihr Herz gehört. Auch ich wüsste einen solchen Weg.«

Sophie versteifte sich in seinen Armen. »Und welcher Weg soll das sein?«

»Werde meine Geliebte, Phiefi! Lass unsere Liebe im Verborgenen blühen! Wenn ich Amalies Mitgift zur Verfügung habe, bin ich sehr reich. Ich kann dir ein Schlösschen irgendwo auf dem Lande kaufen. Wenn du volljährig bist, kannst du auch gegen den Wunsch deiner Eltern dorthin ziehen. Ich setze dir eine Apanage aus, die dir ein sorgloses Leben ermöglicht! Viele Männer behelfen sich auf diese Weise!«

Sophies Entsetzen wich der Fassungslosigkeit. »Du willst mich zu deiner Hure machen?«

Er presste sich noch enger an sie. »Nicht zu meiner Hure!«, flüsterte er. »Zu meiner Geliebten, und das im vollen Sinn des Wortes! Zu meiner wahren und einzigen Gattin des Herzens!«

Als Sophie die ganze Bedeutung von Richards Anliegen aufging, war sie einen Augenblick lang vor Schock wie gelähmt. Sie verharrte regungslos in seinen Armen.

Richard nutzte den Moment, um ihren Kopf zurückzubeugen, und versuchte erneut, sie zu küssen. Aber wieder tauchte Marys Gesicht vor Sophies innerem Auge auf.

In plötzlich aufwallender Wut stieß sie Richard mit aller Kraft von sich los und versetzte ihm eine schallende Ohrfeige.

Dann standen sie einander gegenüber, wie erstarrt von diesem plötzlichen Ausbruch. Richard fasste sich als Erster. Er betastete seine Wange, auf der sich alle fünf Finger Sophies abzeichneten, und trat zwei Schritte von ihr zurück.

»Diese Antwort war deutlich«, murmelte er. »Schade, ich glaubte dich zugänglicher für meine Pläne«, fügte er zu Sophies Empörung hinzu.

Die nächsten Worte brachen unwillkürlich aus ihr heraus. »Du möchtest mir also das gleiche Schicksal angedeihen lassen wie dein sauberer Freund Rudolf der armen Mary Vetsera. Er hat ihr die Unschuld geraubt, und nun ist sie ihm völlig verfallen! Verblendet von dem, was sie für Liebe hält, rennt sie nunmehr in ihr Unglück! Und wird bis zur letzten Minute nicht erkennen, dass sie für Rudolf nur ein wertloses Spielzeug war! Bis er sie wegwirft, weil er ihrer überdrüssig ist.«

In ihrer Verachtung war sie einen Moment lang sogar versucht, vor Richard auszuspucken. »Nein, danke! Ehe ich mich zur Hure eines verheirateten Mannes machen lasse, werde ich lieber eine alte Jungfer!«, sagte sie stattdessen. »Und nun gehen Sie, Herr von Löwenstein, und treten Sie mir nie wieder unter die Augen!« Mit ausgestrecktem Arm wies sie zur Tür.

Doch anstatt ihrer Aufforderung Folge zu leisten, ergriff Richard ihren Arm. Schon wollte sie sich losreißen, um nach dem Diener zu läuten, als sie sein bleiches Gesicht sah, aus dem alles Blut gewichen war. Es war weiß wie eine frisch gekalkte Wand.

»Was sagst du da?«, stieß er heiser hervor. »Rudolf hat mit Mary geschlafen? Wie und wann ist das geschehen?«

»Bitte, du musst es mir sagen, Phiefi!«, drängte er Sophie, die sich schon entrüstet abwenden wollte. »Es geht um Leben und Tod!«

Sophie erschrak. »Wie meinst du das?«

Richard schüttelte den Kopf. »Das darf ich dir nicht sagen! Aber ich flehe dich an, mir zu vertrauen. Nur so kann ich noch Schlimmeres verhindern.«

Stockend begann Sophie, die jüngsten Ereignisse zu berichten. Richard hörte ihr mit unbewegter Miene zu.

»Du sagst, es ist bislang nur einmal geschehen?«, fragte er nach. »Ist das sicher?«

Sophie zuckte mit den Achseln. »Nichts ist bei dieser Affäre sicher. Außer dass unser zukünftiger Monarch ein verantwortungsloser Schurke ist. Die Unschuld unverheirateter Komtessen ist selbst für einen noch so verworfenen Lebemann ein Tabu!«

Richard nickte und seufzte, ohne Sophies Vorwurf zu kommentieren.

»Mary hat mir gesagt, dass sie sich in wenigen Tagen wiedersehen wollen, wenn ihre Mutter und Schwester außer Haus sind. Und deshalb spreche ich noch heute Abend mit Marys Mutter. Auch wenn mich Mary für den Rest ihres Lebens dafür hassen sollte!«

In Richard begann es zu arbeiten. »Deine Absicht, Mary vor sich selbst zu schützen, ehrt dich, Phiefi«, sagte er schließlich. »Doch wenn du ihrer Mutter alles enthüllst, ist dennoch ein Teil des Schadens schon unwiderruflich geschehen. Denk an Amalies Schicksal! Auch sie *muss* mich jetzt heiraten so wie ich sie, weil ihre Schande zumindest innerhalb der Familie offenbar wurde.«

Er holte tief Luft. »Deshalb werde ich noch einmal mit Rudolf sprechen! Und dieses Mal wird er auf mich hören!«

»Vertrau mir, Phiefi!«, bat er angesichts ihrer zweifelnden Miene. »Ich weiß etwas über Rudolf, das ich dir nicht mitteilen darf. Aber zu Marys Wohl werde ich es jetzt gegen ihn verwenden!«

## Wiener Hofburg

### *Donnerstag, 17. Januar 1889*

»Dieses Schreiben der Gräfin Larisch ist soeben per Eilkurier eingetroffen, Eure Hoheit.« Mit einer Verbeugung überreichte der Kammerdiener Carl Nehammer Rudolf ein Billett auf einem silbernen Tablett.

Der Kronprinz war mithilfe seines anderen Kammerdieners Johann Loschek gerade dabei, sich für eine weitere Sitzung bei dem stadtbekannten Maler Tadeusz Ajdukiewicz umzukleiden. Er hatte bei ihm ein Reiterporträt in der Uniform eines Dragoneroffiziers in Auftrag gegeben.

Ungeduldig erbrach er das Siegel des Schreibens, dessen Inhalt er bereits ahnte.

*Lieber Cousin Rudolf,* las er denn auch wie erwartet,

*nun harre ich bereits seit über einer Woche auf Deine Antwort auf meine Bitte, mir mit der für Dich doch ganz lächerlichen Summe von sechstausend Gulden vorübergehend unter die Arme zu greifen. Mary hat mir bei unserer letzten Begegnung am 9. Jänner versprochen, Dir meine Bitte zu übermitteln, und dies bestimmt auch getan.*

*Sie ist nur zu froh, dass ich es Euch immer wieder ermögliche, Eure heimliche Liebe zu leben.*

*Jetzt habe ich ihr sogar trotz meiner sehr beengten finanziellen*

*Lage einhundertachzig Gulden für ein Geschenk geliehen, das sie Dir machen möchte. Daher hoffe ich sehr auf Deine Großzügigkeit!*

*In Erwartung Deiner entgegenkommenden Antwort bin ich Deine Dir ergebene Cousine*

*Marie Louise, Gräfin von Larisch*

Rudolf unterdrückte einen Fluch. Marie Louise würde ihn immer wieder um Geld angehen, wenn er dem jetzt keinen Riegel vorschöbe. Am besten würde es sein, gar nicht auf ihren Brief zu reagieren.

Achtlos stopfte er das Schreiben in die Jacke der Dragoneruniform, die ihm Loschek reichte, und hatte den Brief im nächsten Augenblick schon wieder vergessen.

# Kapitel 18

## Palais Vetsera in der Salesianergasse

***Samstag, 19. Januar 1889, am Vormittag***

»Du willst uns heute Abend schon wieder nicht in die Hofoper begleiten, Mary? Das kann ja wohl nicht dein Ernst sein!«

Hanna blickte ihre jüngere Schwester empört an. Die Vetseras saßen gerade beim Frühstück.

Mary schürzte trotzig die Lippen. »Mich interessiert dieses oberflächliche Ballett eben nicht. Die Geschichte dahinter ist einfach lächerlich!«

»Aha! Wagners Werke sind dir zu schwerblütig, und das Ballett *La Fille mal gardée* ist dir zu seicht. Dir kann man es offensichtlich nicht recht machen. Dabei meidest du diese Geschichte vielleicht nur deshalb, weil du selbst ein ›schlecht behütetes Mädchen‹ bist.« Hanna ließ nicht locker. »Wer weiß schon, was du treibst, wenn Mama und ich außer Haus sind!«

Zu ihrer Genugtuung bemerkte sie, dass Mary blass wurde. Doch diese war nicht auf den Mund gefallen.

»Willst du tatsächlich wissen, was ich heute Abend *treibe*, wie du es ausdrückst?«, schnappte sie. »Ich übe mein Graduale für meinen Soloauftritt in der Augustinerkirche. Schließlich findet die Aufführung bereits in zwei Wochen statt. Und wer weiß? Vielleicht nimmt ja auch die kaiserliche Familie daran teil!«

»Und dann hoffst du natürlich, deinen Kronprinzen damit beeindrucken zu können!«, höhnte Hanna.

Mary warf ihre Serviette auf den Tisch und sprang auf. »Du

bist ein furchtbares Biest«, fuhr sie ihre Schwester an. »Mit dir an einem Tisch zu sitzen ist unerträglich! Mir ist der Appetit jedenfalls vergangen!« Mit diesen Worten stürmte sie aus dem Zimmer und warf die Tür hinter sich ins Schloss.

Helene Vetsera, die die Szene bislang mit missbilligendem Schweigen verfolgt hatte, seufzte vernehmlich. »Müsst ihr beiden euch denn immer wieder streiten?«

Hannas Zorn richtete sich nun gegen ihre Mutter. »Mary ist seit Wochen unausstehlich, Mama! Und du lässt es ihr völlig ungestraft durchgehen! Warum sprichst du nicht endlich einmal ein Machtwort?«

Helene legte ihrer Ältesten beruhigend die Hand auf den Arm. »Mary ist viel ungestümer als du, meine Liebe! Du bist die Ältere und Vernünftigere von euch beiden. Das schätze ich sehr. Aber Mary erinnert mich an mich selbst in meinen jungen Jahren.« Sie lächelte nachsichtig. »Und ich versuche, all meinen Kindern gerecht zu werden.«

Ihr Lächeln wurde traurig. »Auch Laszi und Feri glichen sich nicht. Von den beiden war Laszi der Wildere. Feri ist bis heute ein eher ruhiger Junge.«

Hanna rührte unzufrieden in ihrer Kaffeetasse. »Dennoch finde ich, dass du zumindest Marys Schwärmerei für unseren Kronprinzen endlich einen Riegel vorschieben solltest, Mama! Sie macht sich damit schon lange lächerlich!«

Helene Vetsera seufzte wieder. »Eine Backfischschwärmerei, wie sie Tausende von jungen Mädchen für unseren stattlichen Thronfolger hegen. Das geht vorüber, wenn Mary älter wird. Du nimmst die Sache zu ernst!«

»Und du zu leicht!«, konterte Hanna.

Helene runzelte die Stirn. »Lass uns diese Diskussion nun beenden, Hanna. Sie ist unerfreulich und führt zu nichts!«

Zu Hannas Empörung fuhr sie fort: »Und außerdem hat Mary ja nicht einmal unrecht. Die Geschichte hinter dem Ballett ist in der Tat trivial. Wir besuchen die Hofoper, weil wir uns für die Musik des Komponisten Ferdinand Hérold und den Tanz erwärmen. Wäre es nur ein Schauspiel, in dem eine unachtsame Mutter nicht bemerkt, dass ihre Tochter auf Abwege gerät und damit eine vorteilhafte Heirat gefährdet, würde ich mich auch nicht dafür interessieren. Solche Geschichten gibt es nur im Theater. Im wirklichen Leben kommt so etwas nicht vor! Zumindest nicht in unseren Kreisen.«

## Kontor des Kronprinzen in der Franz-Joseph-Kaserne in Wien

### *Samstag, 19. Januar 1889, am Nachmittag*

»Was gibt es denn so Dringliches, dass es auf keinen Fall länger warten kann, Richard?« Kronprinz Rudolf betrachtete seinen Freund mit ärgerlich zusammengezogenen Augenbrauen.

»Ich warte schon seit einigen Tagen darauf, einen Termin für ein Gespräch mit dir zu bekommen, Rudolf. Was gibt es denn so Dringliches, dass ich mittlerweile bei dir um eine Audienz nachsuchen muss wie bei deinem Vater?«, antwortete Richard in gleicher Tonart.

Rudolf merkte auf. Diesen Tonfall war er von Richard nicht gewohnt. Äußerlich blieb er ruhig und setzte ein gewinnendes Lächeln auf.

»Ich glaubte dich eigentlich mit angenehmeren Dingen beschäftigt, Richie. Nicht umsonst habe ich dir anlässlich deiner Verlobung Urlaub gewährt. Was führt dich also hierher?«

»Deine Beziehung zu Mary Vetsera«, fiel Richard mit der Tür ins Haus. »Auch wenn du sie bislang zu verheimlichen suchst, weiß ich schon seit längerer Zeit davon.«

Rudolfs Pulsschlag beschleunigte sich. »Und was ficht dich diesbezüglich an?« Er ballte unwillkürlich die Hände zu Fäusten. Was genau wusste Richard darüber und vor allem woher?

»Das Mädchen ist siebzehn Jahre alt, Rudolf. Ich habe gehört, dass du mit ihr geschlafen hast. Allein das wäre schon völlig unverantwortlich und würde die Zukunft dieser jungen Komtess bereits unwiderruflich zerstören. Aber vor dem Hintergrund, dass du zusätzlich noch an der Syphilis leidest, fehlt mir jedes Verständnis dafür.«

Rudolf spürte sein Gesicht heiß werden. Richards Kenntnisse übertrafen seine schlimmsten Befürchtungen. Um Zeit zu gewinnen, stand er auf und trat ans Fenster. Den Blick fest auf die Einmündung der Wien in den Donaukanal gerichtet fragte er, so ruhig es ihm möglich war: »Wer behauptet denn so etwas Absurdes?«

Hinter sich hörte er Richard erleichtert aufatmen. »So ist es also nicht wahr?«

Die vielen Jahre bei Hofe hatten Rudolf gelehrt, in entscheidenden Momenten gut zu schauspielern. Er fuhr herum.

»Natürlich ist das nicht wahr, Richie. Und es enttäuscht mich über alle Maßen, dass du derartig schlecht über mich denkst! Zumal ich dir bei dem für mich nicht nur heiklen, sondern überaus belastenden Thema meiner Gesundheit als einem von ganz wenigen Menschen mein Vertrauen geschenkt habe!«

Zu seiner Genugtuung und Erleichterung errötete nun auch Richard. Verlegen verschränkte er seine Hände hinter dem Rücken. »Wenn ich dir unrecht getan habe, Rudolf, bitte ich dich aufrichtig um Verzeihung.«

Rudolf nickte grimmig. Er setzte sich, griff nach einer Zigarette und inhalierte tief, um sich zu beruhigen und einen kühlen Kopf zu bewahren.

»Ob ich sie dir gewähren kann, Richie, wird die Zeit zeigen. Dieser Vertrauensbruch ist eigentlich unverzeihlich. Zumindest werde ich nach diesem Gespräch erst einmal Abstand von dir brauchen.«

Instinktiv stellte er damit die Weichen, um Richard in der nächsten Zeit aus dem Weg zu haben. *Ich weiß noch nicht, wann es so weit sein wird. Aber ich spüre, dass es nicht mehr lange dauern kann.*

Richard nickte betroffen. »Das verstehe ich, Rudolf, und bitte dich nochmals um Verzeihung.«

»Nun gut.« Rudolfs Tonfall war bewusst barsch. »Aber bevor du gehst, muss ich wissen, wer solche unsäglichen Gerüchte über mich verbreitet.«

Als Richard stumm blieb, setzte er nach. »Ist es etwa das Mädchen selbst?«

Richards fortdauerndes Schweigen war ihm Antwort genug. Er seufzte bewusst theatralisch.

»Ich hätte es wissen müssen, anstatt mich im Licht ihrer Verehrung zu sonnen, die ich für völlig unschuldig hielt.« Er inhalierte noch einmal tief.

»Aber wenn du nun schon von dieser ›Beziehung‹, wie du es nennst, weißt, solltest du auch die Wahrheit darüber kennen. Ja, ich habe mich ein paarmal mit der Kleinen getroffen. Das Madl hat mich amüsiert. Es ist ein Wildfang und lebendiger als all die lebenden Leichen bei Hofe, von denen ich täglich umgeben bin.« Wieder zog Rudolf an seiner Zigarette.

»Doch dass Mary in ihrem zarten Alter nicht nur solch unkeusche Gedanken hegt, sondern daraus sogar Behauptungen oder gar Fantasien ableitet, wäre mir nicht im Traum eingefallen. Das wirkt gelinde gesagt höchst merkwürdig auf mich.«

Richard wich Rudolfs Blick aus. Er war tödlich verlegen. »Vielleicht ist Mary ja tatsächlich geistig verwirrt und hat sich in all das nur hineingesteigert«, murmelte er vor sich hin.

Ihm fiel ein Thema ein, das man kürzlich im Rauchsalon des Palais Thurnau diskutiert hatte. »Es soll in Wien sogar einen Nervenarzt geben, einen gewissen Professor Sigmund Freud, der solche Zustände bei jungen Frauen beschrieben hat und sie ›hysterisch‹ nennt.«

Rudolf hatte davon zwar noch nie gehört, nickte aber bedächtig. »Um der Wahrheit die Ehre zu geben, auch mir schien die junge Vetsera bei unserer letzten Begegnung ein wenig überspannt zu sein, wie ich als medizinischer Laie ihren Zustand bezeichnet hätte.« Er fixierte Richard aufmerksam. »Hat sie noch etwas Ungewöhnliches behauptet?«

Richard wand sich vor Verlegenheit, was Rudolf nicht entging. »Also ja! Heraus damit! Was ist es?«

»Sie hat angeblich einen Ring von dir erhalten, mit den Initialen I.L.V.B.I.D.T. Das bedeutet ...«

»... In Liebe vereint bis in den Tod!«, fiel ihm Rudolf ins Wort. »Eine Gravur, die auf jedem zweiten Ehering zu finden sein dürfte. Ja, ich habe Mary einen solchen Ring zu Weihnachten geschenkt, weil sie mich so sehr darum bat«, kam er Richards nächster Frage zuvor. »Ein wertloses Ding aus Eisen, das mir selbst von einer meiner zahllosen unbekannten Verehrerinnen geschenkt wurde.«

Er seufzte noch einmal tief. »Ich hätte wissen müssen, dass dies zu nichts Gutem führen kann.«

Richard nickte. »Und deshalb wäre es besser ...«

»... dieses Gschpusi zu beenden«, vollendete Rudolf erneut seinen Satz. »Sei versichert, genau das werde ich heute Abend tun. Bisher hat mich Mary amüsiert, wie ich dir schon sagte, aber jetzt beginnt sie, mir lästig zu werden. Bratfisch bringt sie mir gegen sieben Uhr wieder in die Hofburg. Das wird dann das letzte Mal sein.«

Wieder atmete Richard hörbar auf.

»Aber sag mir noch eins, mein Freund.« Rudolf bemerkte ärgerlich, dass seine Stimme leicht zitterte. »Wem hat sich Mary denn alles anvertraut? Hoffentlich nicht ihrer Schwester oder gar ihrer Mutter? Ein Skandal ist das Allerletzte, was ich jetzt brauchen kann.«

Richard schüttelte zu seiner Erleichterung den Kopf. »Sie hat es nur einer Freundin, deren Namen ich nicht nennen möchte, und ihrer Zofe erzählt. Ich werde dafür Sorge tragen, dass beide erfahren, dass sich Mary das alles nur ausgedacht hat.«

»Soso, einer Freundin«, echote Rudolf. »Die sich dann wiederum dir anvertraut hat. Oder unterhältst du etwa ein Gschpusi mit dieser Zofe?« Zu seiner erneuten Genugtuung errötete Richard wieder. Voll innerer Häme legte Rudolf den Finger in die ihm bekannte Wunde. »Verdenken könnt ich es dir ja nicht, da du deine Zukünftige eigentlich gar nicht ehelichen willst. Obwohl sie immerhin um einiges ansehnlicher ist als mein Trampeltier, wie meine Mutter meine werte Gattin zu nennen pflegt.«

Richards Gesicht verfärbte sich dunkelrot. Aber er antwortete nicht.

*Touché! Nun muss ich ihn nur noch auf eine geschickte Weise loswerden,* überlegte Rudolf.

»Ich sehe, dass dir die ganze Sache mittlerweile überaus peinlich ist. Deshalb lass uns dieses unerfreuliche Thema nun für alle Zeiten beenden, mein Freund«, sagte er bestimmt. »Und sieh es mir nach, wenn ich für einige Zeit deine Gesellschaft meide.« Er hob die Hand, um Richard am Sprechen zu hindern.

»Es liegt allerdings keineswegs nur an dir. Ich habe gerade unendlich viel zu tun. Ich möchte demnächst wieder bei meinem Vater vorsprechen, um ihm endlich das neue Exerzierreglement für unsere Infanterie vorzustellen, welches ich jetzt mehrmals überarbeitet habe. Außerdem schreibe ich an diversen Artikeln. Sie drehen sich hauptsächlich um meinen Standpunkt zu den ungarischen Begehrlichkeiten, Deutsch als allumfassende Kommandosprache in ihren Heeresteilen durch Ungarisch zu ersetzen. Wo kämen wir denn hin, wenn jede Nation in der Habsburgermonarchie verlangen würde, nur noch in ihrer Muttersprache befehligt zu werden? Die Zustände würden noch schlimmer sein als beim Turmbau zu Babel.«

Er stand auf. Auch Richard erhob sich, da er sich entlassen glaubte. Doch Rudolf hielt ihn zurück.

»Bleib noch einen Moment, Richie! Ich möchte dir wenigstens zeigen, wobei du mich heute gestört hast. Schau einmal her!« Er reichte Richard ein handgeschriebenes Dokument.

»Die zehn Gebote des Österreichers«, las Richard halb laut vor sich hin. »1. Gebot: Du sollst keinen anderen politischen Glauben haben als den Glauben an das alte, einige und ungeteilte Österreich.« Er überflog das Dokument. »4. Gebot: Du sollst keinen Götzendienst betreiben, weder mit Preußen noch mit dem von Preußen beherrschten Deutschen Kaiserreich.«

Verblüfft sah er auf. »Wozu schreibst du das?«

»Für die Wochenzeitung *Schwarzgelb*. Sie ist absolut kaisertreu, wie du schon am Titel und den Farben erkennen kannst, und richtet sich gegen die Deutschnationalen.« Schwarz und Gelb waren die Farben der Habsburgermonarchie.

»Aber nun bitte ich dich, mich zu entschuldigen, Richie. Wie ich schon sagte, habe ich noch viel zu tun.«

Rudolfs jovial-überhebliche Miene, die er während eines Großteils des Gesprächs mit Richard aufgesetzt hatte, verschwand, sobald sich die Tür hinter diesem geschlossen hatte. Er trat zum Fenster, öffnete es und atmete einige Male tief ein und aus, um dadurch die Beklemmung in seiner Brust zu vertreiben. Dann zündete er sich eine neue Zigarette an.

Schon während dieses Gesprächs mit einem seiner besten Freunde war ihm klar geworden, dass er einen weiteren unwiderruflichen Schritt in Richtung des Abgrunds getan hatte, in den er sich zu stürzen beabsichtigte. Umso wichtiger war es jetzt, dass er Mary noch fester an sich band.

*Ich muss ihr heute Abend einschärfen, mit niemandem mehr über unsere Beziehung zu sprechen.* Missvergnügt presste er die Lippen zusammen. *Und mich wohl oder übel wieder der Dienste meiner Cousine Marie Louise bedienen, um Mary weiterhin treffen zu können. Auch wenn mich das ein kleines Vermögen kosten wird.*

*Andererseits,* er verzog seine Lippen zu einem melancholischen Lächeln. *Dort, wo ich mit Mary hingehen will, spielen Geld oder Gold sowieso keine Rolle mehr.*

## Palais Thurnau in der Herrengasse

### *Samstag, 19. Januar 1889, am späteren Nachmittag*

*Liebe Phiefi,*

Richard stockte, zerriss das schwere Büttenpapier des Palais Thurnau, in dem er seit der Bekanntgabe der Verlobung eine eigene Suite bewohnte, und begann von Neuem.

*Liebe Sophie,*

die förmliche Anrede erinnerte ihn schmerzlich an die Distanz, die zwischen ihr und ihm entstanden war. Aber noch weigerte er sich, sie zu siezen.

*ich schreibe Dir kurz, um Dich über mein Gespräch mit R. vor zwei Stunden zu informieren. Es hat leider mehrere Tage gedauert, bis er mich überhaupt empfing, ein Umstand, den ich aus früheren Zeiten nicht kenne und der darauf hinweisen mag, dass etwas Ungewöhnliches im Gange ist.*

*Der Kronprinz sah sehr schlecht aus, er leidet offensichtlich wieder an einer Augenentzündung und ist magerer denn je. Doch ich ließ mich davon nicht rühren und sprach ihn ganz direkt auf die Sache an, die uns beide beschäftigt.*

Genauer wollte Richard nicht werden, auch wenn er hoffte, dass außer Sophie niemand den Brief lesen würde.

*Er stritt empört ab, dass das Fatale geschehen sei, und wirkte dabei so glaubhaft, dass ich sofort den Rückzug antrat, als er behauptete, M. habe sich das alles nur ausgedacht. Immerhin räumte er mehrere heimliche Treffen mit ihr ein.*

*Erst als ich mich verabschiedet hatte, kamen mir Zweifel, ob R. mir die Wahrheit gesagt hat. Ich kann sie nicht begründen, ich fühlte und fühle nur noch immer, dass er mich getäuscht haben könnte. Das rührt hauptsächlich daher, dass er sich weigerte, in der nächsten Zeit mit mir in Kontakt zu treten, da ich ihn mit meinem falschen Verdacht so sehr gekränkt hätte. Das passt nicht zu dem Freund, wie ich ihn bisher gekannt habe.*

*Doch nun sind mir die Hände gebunden, und Du bist auf Dich allein gestellt, um die Sache weiter zu beobachten. Angeblich will er M. heute Abend treffen und die Sache beenden, da sie ihm lästig geworden sei. Vielleicht findest du ja heraus, ob R. diese Absicht wirklich in die Tat umsetzt.*

*Da ich jetzt im Palais Thurnau lebe, halte ich es nicht für opportun, wenn Du mir schreibst, sofern es etwas zu berichten gibt. Der Brief könnte hier allzu leicht in die falschen Hände geraten. Deshalb werde ich mich ab der nächsten Woche an jedem Mittwoch und Samstag um vier Uhr nachmittags im Café Prinzess einfinden. Möglicherweise bin ich dabei nicht immer allein, aber es böte Dir in jedem Fall die Gelegenheit, mir ein Zeichen zu geben, wenn es notwendig ist.*

*Ich überlasse es Dir, ob Du auf dieses Angebot zurückgreifen möchtest.*

*In der Hoffnung, dass unsere nächste Begegnung nicht nur dieser Malaise wegen erfolgen wird, verbleibe ich*

*Dein*

Richard hatte schon die Feder angesetzt, um »Dich liebender Richard« zu schreiben, als er es sich anders überlegte. Sophie hatte ihn abgewiesen, und der Schmerz darüber saß tief. So beendete er den Brief mit den Worten:

*Dein Dir ergebener*

*Richard von Löwenstein*

Er überlas das Geschriebene noch einmal, dann faltete und versiegelte er das Dokument und machte sich auf die Suche nach einem vertrauenswürdigen Dienstmann, dem er den Auftrag geben wollte, das Schreiben nur der Adressatin persönlich auszuhändigen.

## Türkisches Zimmer in der Wiener Hofburg

### *Samstag, 19. Januar 1889, am Abend*

»Diesmal entfliehe ich dir nicht gleich wieder so wie beim ersten Mal, mein Geliebter!« Mary räkelte sich auf dem mit weichen Decken belegten Sofa unter dem Baldachin. Sie reckte die Arme, um Rudolf, der sich aufgesetzt hatte und eine Zigarette rauchte, verführerisch ihre üppigen Brüste zu präsentieren.

Er schenkte ihr ein zärtliches Lächeln. »Also hat es dir heute keine Pein mehr bereitet, mein Schatz?«

»Es war die reinste Wonne für mich«, log Mary und versuchte, den brennenden Schmerz zwischen ihren Schenkeln zu ignorieren. »Denn ich liebe dich mehr als mein Leben!«

Sie setzte sich ihrerseits auf und umfasste Rudolfs Gesicht mit beiden Händen. »Doch du siehst heute aus, als wäre dir nicht ganz wohl!« Sie betrachtete besorgt seine rot geränderten Augen, die tief in ihren Höhlen lagen, und sein eingefallenes, hageres Gesicht. »Ich hoffe, du bist nicht krank!«

»Ach wo«, wehrte Rudolf ab. »Ich habe nur einige Nächte vor lauter Arbeit kaum geschlafen!«

Mary seufzte. »Du musst besser auf dich achten, mein Liebster. So wichtig deine Arbeit auch sein mag, sie darf dir nicht die Lebenskraft rauben. Denn du musst leben, für uns und unsere Liebe!«

Rudolf sah sie mit einer Miene an, die Mary nicht zu deuten wusste. Ihr wurde etwas unbehaglich zumute.

»Schau, ich habe dir etwas mitgebracht, das dich erfreuen wird!« Sie streckte sich nach ihrer Tasche, die unter dem Tisch vor dem Sofa lag, um das unangenehme Gefühl zu vertreiben. Dann reichte sie Rudolf ein in Silberpapier eingewickeltes Päckchen.

Gespannt beobachtete sie, wie er es öffnete. Sie hatte all ihr Geld, das sie zum Christfest erhalten hatte, dafür ausgegeben und sich darüber hinaus noch etwas von Marie Louise Larisch geliehen.

Rudolf drehte die goldene Zigarettendose in seinen Händen und las die eingravierte Inschrift auf dem Deckel: »13. Jänner! Dank dem Schicksal!«

Zu Marys Enttäuschung lächelte er nicht, sondern hielt die Dose einen Moment lang wie erstarrt in seiner Hand.

»Gefällt sie dir nicht?« Mary spürte, dass ihre Augen feucht wurden.

Er beugte sich zu ihr hinab und gab ihr einen Kuss auf die Stirn. »Die Dose ist wunderschön, mein Herz. Doch sag mir, wer hat sie angefertigt?«

»Der Galanteriewarenhändler Rodeck am Kohlmarkt«, beeilte sich Mary zu versichern. »Er gehört zu den Hoflieferanten!«

Zu ihrer Enttäuschung lächelte Rudolf noch immer nicht. »Und wer weiß von diesem Geschenk?«, fragte er stattdessen.

»Ich habe es bei einem Ausgang mit unserer langweiligen Promeneuse Fräulein Mohr bestellt. Doch sie glaubt, es sei für einen meiner Onkel.«

»Kennt sie auch diese Inschrift?« Langsam fühlte sich Mary unter diesen Fragen Rudolfs wie bei einem Verhör.

»Das glaube ich nicht. Ich hatte ihr befohlen, sich im Hintergrund zu halten, als ich die Bestellung aufgab.«

»Weiß sonst noch jemand von der Zigarettendose?«

Jetzt löste sich die erste Träne aus Marys langen Wimpern. »Nur noch meine Zofe Agnes. Sie hat die Dose am nächsten Abend bei Rodeck abgeholt.« Sie schniefte. »Ich wollte dir damit eine Freude bereiten«, beteuerte sie noch einmal.

Jetzt endlich lächelte Rudolf. Er wischte ihr sanft die Tränen vom Gesicht. Dann küsste er sie auf die Nasenspitze.

»Die Freude ist dir auch gelungen, mein Augenstern. Aber ich habe dir diese vielen Fragen gestellt, weil niemand außer der Gräfin Larisch von uns wissen sollte. Nur Marie Louise ist mir absolut treu ergeben und daher verschwiegen wie ein Grab.«

Er seufzte. »Doch nun befürchte ich, sie ist längst nicht mehr die Einzige, die über uns Bescheid weiß.«

»Dass mir meine Zofe Agnes das Tor öffnet, damit ich auch zu dir kommen kann, wenn Marie Louise nicht in der Stadt ist, habe ich dir aber erzählt.« Mary schürzte trotzig die Lippen. »Sie ist absolut vertrauenswürdig und wird mich schon deshalb nicht verraten, weil sie und ihr Vater sonst ihre Stellung verlieren.«

Rudolf drückte seine Zigarette aus, richtete sich auf und sah Mary gerade in die Augen. »Heute war ein alter Freund bei mir. Er heißt Richard von Löwenstein und hat mir geradewegs auf den Kopf zugesagt, dass du meine Geliebte seist. Kannst du dir das erklären?«

Mary spürte ihr Gesicht heiß werden. Ihre Kehle verengte sich. »Dann muss Phiefi es ihm verraten haben«, murmelte sie tödlich verlegen mit abgewandtem Blick.

»Und wer ist Phiefi?«, insistierte Rudolf.

»Meine beste Freundin Sophie von Werdenfels«, räumte Mary ein.

Rudolfs Gesicht wurde streng. »Erzähl mir alles darüber! Lass nicht die kleinste Einzelheit aus!«

Stockend begann Mary zu berichten. Rudolf hörte ihr mit unbewegter Miene zu.

Endlich kam Mary zum Ende. »Also weiß deine Freundin von Anbeginn an von uns?«, fasste Rudolf schließlich zusammen.

Mary nickte bedrückt. Zu ihrer Erleichterung huschte nun ein Lächeln über Rudolfs Gesicht.

»Ich verstehe ja, dass du jemandem dein übervolles Herz ausschütten musstest, mein Lieb.« Er küsste sie noch einmal auf die Nase. Dann wurde seine Miene wieder streng.

»Doch ab sofort muss dies ein Ende haben. Außer Marie Louise Larisch darf niemand von uns wissen. Gegenüber Richard von Löwenstein habe ich heute alles abgestritten. Und so musst auch du es in Zukunft halten.«

Er holte tief Luft und fasste Mary unters Kinn. »Sieh mich an, mein Herz! Denn wenn jemand, der von uns weiß, es offenbart, müssen wir uns unwiderruflich trennen. Ist dir das klar?«

Mary erschrak bis ins Mark. Ihre Hände wurden feucht.

»Also wirst du dich nie zu mir bekennen können?« Sie war plötzlich völlig verzagt.

Rudolf schüttelte den Kopf. »Nein, das wird niemals möglich sein. Du bist die Liebe meines Lebens. Aber es gibt nur einen Weg für uns, immer zusammen zu sein.«

»Wenn du dich von Stephanie scheiden lassen kannst?« Trotz Rudolfs Antwort auf ihre vorige Frage kam ein Hoffnungsfunke in Mary auf.

Doch Rudolf schüttelte wieder den Kopf. »Das würde nichts ändern, was uns angeht. Eine Scheidung von Stephanie bedeutet nur einen Stachel weniger in meinem Fleisch. Wenn überhaupt. Man würde alsbald eine neue Heirat von mir verlangen, mit einer Frau von königlichem Geblüt, die mir den ersehnten Thronfolger gebären kann.«

»Also hat unsere Liebe gar keine Zukunft?« Mary fühlte sich plötzlich wie ausgebrannt.

»Das hängt davon ab, was du unter Zukunft verstehst, mein Lieb!«, antwortete Rudolf kryptisch.

»Dann erkläre es mir!«

Rudolf betrachtete sie eindringlich. Dann begann er, Mary seinen Plan mit vorsichtigen Worten zu erläutern. Anfangs war sie erschrocken. Doch dann breitete sich eine große Gelassenheit in ihr aus.

»Und das versprichst du mir?«, versicherte sie sich noch einmal, als Rudolf geendet hatte.

Rudolf hob die rechte Hand wie zum Schwur. »Das verspreche ich dir, mein Augenstern. Doch sag mir jetzt, hier und heute: Ist dir unsere Liebe dieses Opfer wert, das ich von dir verlange?«

Mary nickte, ohne zu zögern. »Das ist es, mein Geliebter. Ich sehne mich sogar schon jetzt danach!«

Doch Rudolf war noch nicht zufrieden. »Überlege es dir gut, Mary. Du bist noch sehr jung. Dein ganzes Leben liegt noch vor dir.«

»Ohne unsere Liebe ist es mir nichts wert«, beteuerte Mary noch einmal. »Doch sag an, Herzallerliebster! Wann ist es so weit?«

Rudolf hob die Schultern. »Das weiß ich noch nicht, mein Schatz. Es kann nächste Woche so weit sein oder erst in einem Monat oder in einem Jahr. Solange ich noch etwas Gutes für die Zukunft unserer Monarchie bewirken kann, will ich abwarten.«

Mary spürte einen kleinen Stich der Enttäuschung. »Und bis dahin kann ich dich nur wiedersehen, wenn Marie Louise Larisch in der Stadt ist?«

Rudolf nickte mit sehr ernster Miene. »So ist es, Mary.« Sein Ton klang fest. »Wenn ich noch einmal höre, dass ein Außenstehender Verdacht geschöpft hat, muss ich dich auf der Stelle verlassen.«

Eine goldene Standuhr auf dem Schreibtisch schlug zweimal mit feinem Klang.

»Aber nun musst du dich anziehen, Mary.« Rudolf stand auf und wickelte sich ein bereitliegendes Handtuch um die nackten Hüften. »Bratfisch erwartet dich in einer Viertelstunde an der Augustinerrampe, um dich nach Hause zu bringen.«

Marys Kehle schnürte sich zusammen. »Aber ich möchte noch nicht gehen, Rudolf«, bat sie. Sie ließ sich auf das Sofa zurücksinken und bot ihm aufs Neue verführerisch ihre Brüste dar. »Vor elf Uhr werden Mama und Hanna nicht aus der Oper zurück sein. Und wer weiß, wann ich dich das nächste Mal treffen kann, wenn Agnes mir nicht mehr helfen darf.«

Rudolf schüttelte bestimmt den Kopf. »Schon nächste Woche wird Marie Louise Larisch wieder nach Wien kommen. Das hat sie mir heute geschrieben. Dann werden sich weitere Treffen ermöglichen lassen.«

Als Mary erkannte, dass ihre Bitte, noch bleiben zu dürfen,

aussichtslos war, stand sie widerstrebend auf und griff nach ihrer Unterwäsche. Nur sehr langsam kleidete sie sich an, um den Augenblick des Abschieds so weit wie möglich hinauszuzögern. Nur im Unterbewusstsein nahm sie wahr, dass Rudolf immer wieder ungeduldig auf die Uhr sah.

»Mir blutet das Herz, dass wir uns trennen müssen«, sagte sie ihm nach einem letzten Kuss. »Ich bete darum, dass unsere Vereinigung nicht mehr allzu lange auf sich warten lässt.«

Rudolf griff ein letztes Mal nach ihrer Hand und hielt sie fest. »Aber zu niemandem mehr ein Wort! Versprichst du mir das?«

»Ich verspreche es«, hauchte Mary mit leuchtenden Augen.

Kaum hatte Johann Loschek Mary hinausgeführt, hastete Rudolf zu einem Waschkabinett, das neben dem Türkischen Zimmer lag. Wie er es Loschek befohlen hatte, stand eine Schüssel mit warmem Wasser nebst duftender Seife und frischen Handtüchern bereit. Sorgfältig wusch sich Rudolf den Geruch der Liebe mit Mary vom Leib.

Mizzi Caspar, die ihn um zehn Uhr in der Heumühlgasse erwartete, hatte eine feine Nase. Um keinen Preis wollte Rudolf sie merken lassen, dass er heute Abend bereits auf verbotenen Pfaden gewandelt war.

## Café Prinzess am Graben

### *Freitag, 25. Januar 1889*

Sophie stand gerade hinter der Kuchentheke, um ein Stück Mokkaprinzentorte abzuschneiden, als Mary Vetsera mit ihrer Promeneuse, dem ältlichen Fräulein Mohr, das Café Prinzess betrat. Mary blickte sich suchend um. Als sie Sophie entdeckte, winkte sie ihr zu. Sie war sehr blass und wirkte aufgeregt.

Sophie winkte zurück und bedeutete Mary, dass sie gerade

noch beschäftigt sei. Sie wunderte sich über die Uhrzeit von Marys Besuch. Es war bereits ein Viertel nach fünf. Draußen wurde es schon dämmrig. Sophie wusste, dass Mary normalerweise bei nachmittäglichen Ausgängen gegen halb sechs Uhr im Palais Vetsera zurückerwartet wurde.

Sie schnitt ein weiteres Stück Torte ab, diesmal von einer Blaubeersahne, und wandte sich dann zu einer Bediensteten um, die gerade die Milch für die Mandelmelange erhitzte. »Spute dich, Minni!«, wies sie die junge Frau an. »Es ist eigentlich fast schon zu spät für den Nachmittagskaffee. Deshalb sollten wir den Herrn Baron und seine Gattin möglichst nicht allzu lange warten lassen.«

Minni nickte schüchtern und begann, die heiße Milch mit einem Quirl aufzuschlagen. Sophie wunderte sich ein wenig über sich selbst. In die Rolle der Aufseherin, die sie auf Bitten ihres Onkels erneut für einige Zeit übernommen hatte, wuchs sie trotz ihrer Jugend von Tag zu Tag souveräner hinein. Schon jetzt tat es ihr leid, sie wieder aufgeben zu müssen, sobald ihr Onkel einen Ersatz für die fristlos entlassene Hedwig gefunden hatte.

»Hedwig hat ihre Vertrauensstellung ausgenutzt und sich mehrere Male aus der Kasse bedient«, erklärte Onkel Stephan ihr und ihrer Mutter Henriette, als er am letzten Sonntag überraschend zu Besuch gekommen war. »Ich hatte sie schon seit der Weihnachtszeit im Verdacht und habe sie nun auf frischer Tat ertappt. Es blieb mir nichts anderes übrig, als ihr sofort die Tür zu weisen. Um die Sache möglichst diskret zu halten und nicht auch noch meine Serviermädchen mit hineinzuziehen, die man sicherlich als Zeuginnen befragt hätte, habe ich auf eine polizeiliche Anzeige verzichtet.«

»Das war überaus großzügig von dir, Stephan«, kommentierte Henriette von Freiberg das Geschehen. »Wie lange wird es denn dauern, bis du einen Ersatz gefunden hast?«

Stephan Danzer zuckte mit den Schultern. »Zwei bis drei

Wochen sicherlich, Yetta. Ich kann ja nicht die Erstbeste nehmen, die sich bei mir vorstellt. Schließlich hat das Café Prinzess einen Ruf zu verlieren. Es wäre schon schlimm genug, wenn die Öffentlichkeit von Hedwigs Diebstählen erführe.«

»Doch du denkst hoffentlich nicht daran, dass Phiefi solange als Aufseherin aushilft.«

»Aber warum denn nicht, Mama?«

»Eigentlich habe ich genau darauf gehofft!« Sophie und Danzer hatten gleichzeitig geredet.

Henriette seufzte. »Wir sind am nächsten Sonntag, wie alle Familienangehörigen von Diplomaten, zum Empfang des deutschen Botschafters anlässlich des dreißigsten Geburtstages des deutschen Kaisers eingeladen. Arthur wäre außer sich, wenn er erführe, dass Phiefi vorher im Café Prinzess ausgeholfen hat. Es sollen über sechshundert Gäste geladen sein. Da wird mehr als einer dabei sein, der Phiefi zuvor im Kaffeehaus gesehen hat, als wäre sie eine gewöhnliche Angestellte.«

»Ich bin aber keine gewöhnliche Angestellte, sondern die Nichte des wohlhabenden Besitzers, die das Regiment im Gastraum innehat«, wandte Sophie ein. Ihr Tonfall klang schärfer, als sie es beabsichtigt hatte. Sie wusste sehr wohl, worauf ihre Mutter hinauswollte.

»Wenn mein Stiefvater befürchtet, dass ich seinem Ruf schade, dann doch nur, weil er ihn überschätzt, wie du ja inzwischen weißt«, fuhr sie in etwas gemäßigterem Ton fort.

Henriette antwortete nichts darauf, wirkte aber bedrückt. Natürlich hatte auch sie mittlerweile von der Verlobung Richards mit Amalie von Thurnau erfahren und realisiert, dass ihre Hoffnung, Sophie mit einem Angehörigen des Hochadels verheiraten zu können, ein reines Luftschloss gewesen war.

Danzer blickte ratlos von seiner Schwester zu seiner Nichte. »Also, wenn es euch denn gar so ungelegen kommt …«, wollte er seine Bitte bereits zurückziehen, als Sophie ihn unterbrach.

»Mir käme es sogar sehr gelegen, Onkel Stephan. Es gibt

keinen Bewerber um meine Hand, der daran Anstoß nehmen könnte, dass ich eine ehrliche und angesehene Arbeit verrichte«, erklärte sie demonstrativ. »Und den Antrag eines Mannes, dem dies nicht genehm wäre, würde ich ohnehin zurückweisen.«

Nach einigem weiteren Hin und Her hatte Henriette, wie üblich in solchen Situationen, nachgegeben. Gleich am nächsten Montag hatte Sophie daher die Rolle der Aufseherin im Café Prinzess wieder eingenommen. Die Arbeit lenkte sie nachhaltig von ihrer Sorge um Mary und ihrer Enttäuschung über Richard ab.

Der war zwar tatsächlich am vergangenen Mittwoch im Café Prinzess erschienen. Doch Sophie hatte ihm nur aus der Entfernung zugenickt und seine Bedienung einem Serviermädchen überlassen. Schließlich hatte sie ihm ja auch nichts Neues zu berichten. Ihre Aufgabe hinderte sie daran, erneut den Kontakt zu ihrer Freundin zu suchen, und das war Sophie nur recht. Sie war der ganzen Angelegenheit mit Mary und dem Kronprinzen mittlerweile leidlich überdrüssig. Schon nach einer halben Stunde war Richard wieder gegangen.

Mary heute gleichermaßen zu ignorieren war ihr jedoch nicht möglich. Allerdings drohte auch hier neues Ungemach. Als sich Sophie ihrer Freundin und der Gesellschafterin näherte, schnappte sie gerade noch die letzten Worte des ältlichen Fräuleins auf. »... gewünscht, dass Sie sich gegen halb sechs Uhr ...«

»Behandeln Sie mich gefälligst nicht immer wie ein dummes Kind!«, zischte Mary die Promeneuse an. »Ich entscheide ganz allein, was ich tue und was ich lasse. Merken Sie sich das endlich!«

»Und nun gehen Sie mir aus den Augen!«, fügte sie noch hinzu, als sie Sophie herankommen sah. »Ich habe Vertrauliches mit meiner Freundin zu bereden. Gibt es hier einen Ort, wo wir ungestört sind?«, wandte sie sich denn auch unmittelbar an Sophie.

Fräulein Mohrs Gesicht verfärbte sich dunkelrot, als sie bemerkte, dass Sophie die rüde Zurechtweisung mitbekommen hatte. Der tat die Frau leid.

Da bereits das Ende der Geschäftszeit nahte – das Café schloss abends um sieben Uhr –, waren beide Separees unbesetzt. »Wir können uns hier hineinsetzen, Mary.« Sophie wies auf den Eingang des nächstgelegenen Separees. »Und Sie, liebes Fräulein Mohr, könnten dort drüben Platz nehmen. Vielleicht haben Sie ja Appetit auf ein Stück Torte oder ein paar Kanapees. Bestellen Sie einfach, wonach Ihnen der Sinn steht. Auf Kosten des Hauses natürlich.«

»Das wäre nicht nötig gewesen«, merkte Mary an, als sie Sophie gegenüber Platz genommen hatte.

»Du solltest das Fräulein nicht immer so schlecht behandeln, Mary«, wies Sophie die Freundin sanft zurecht. »Wenn deine Mama ihm befohlen hat, dich um halb sechs nach Hause zu bringen, befolgt es doch nur deren Anweisung.«

»Ach was«, widersprach Mary. »Die alte Vettel hat einfach Spaß daran, mich zu schikanieren und am Gängelband zu führen. Die hat nichts Besseres verdient.«

Sophie sah das zwar anders, widersprach Mary aber nicht. Sie wusste, dass dies deren Gereiztheit nur noch verstärken würde.

»Also, was wolltest du mir denn Vertrauliches mitteilen?«, lenkte sie stattdessen auf den Grund von Marys Besuch ab.

»Ich habe gehofft, dich hier anzutreffen«, begann Mary umständlich. »Denn zu Hause hätte ich dich heute nicht mehr aufsuchen können. Ich war nach dem Eislaufen noch bei einer Wahrsagerin«, kam sie dann sofort zur Sache.

»Bei einer Wahrsagerin?« Sophie war verblüfft. »Was wolltest du denn da?«

»Mir die Zukunft vorhersagen lassen, natürlich. Was denn sonst?«, antwortete Mary schnippisch.

Sophie atmete tief durch, um ihren aufkommenden Ärger zu bezwingen. »Über deine Zukunft mit jenem besagten Herrn?«, fragte sie provokativ.

Marys Blick begann zu flackern. »Da gibt es keine Zukunft«, stieß sie zu Sophies Überraschung hervor. »Und deshalb möchte ich darüber auch kein weiteres Wort mehr verlieren.«

Sophie hatte das deutliche Gefühl, dass Mary log und ihr auswich. Sie schwieg daher und wartete ab, was noch kommen würde.

Mary atmete schwer. »Ich fühle mich wie im Fieber über das, was mir die Alte gesagt hat. Heute Nacht werde ich kein Auge schließen können. Sie hat ein großes Unglück vorhergesehen. Jemand aus meinem nächsten Umfeld wird sich in Kürze das Leben nehmen.«

Sophie erschrak. »Aber du meinst damit doch sicher nicht Rudolf?« Sie senkte unwillkürlich die Stimme.

»Nein, das sagte ich dir doch bereits!«, erwiderte Mary gereizt. »Lass ihn bitte ganz aus dem Spiel! Es muss jemand aus meiner Familie gemeint sein.«

»Aber wer könnte das denn sein?«

»Das konnte oder wollte mir die alte Hexe nicht sagen. Ebenso wenig, wie lange ich selbst noch zu leben habe. Einer so jungen Frau wie mir könne sie das nicht persönlich mitteilen, hat sie erklärt. Nur einer neutralen dritten Person.«

»Aber du befürchtest etwas Schlimmes?«

Mary zuckte mit den Achseln. »Anfangs war mir ganz unheimlich zumute, sodass ich froh war, nicht mehr erfahren zu haben. Aber jetzt will ich es doch wissen!« Sie hob die rechte Hand und zeigte auf die kurvenförmige Linie, die vom Daumengrundgelenk in Richtung des Zeigefingers verlief. »Sieh dir einmal meine Lebenslinie an! Sie ist tatsächlich sehr kurz!«

Sophie konnte nicht beurteilen, ob dem tatsächlich so war, und schüttelte unwillig den Kopf. »Ich halte das alles für Aberglauben«, erklärte sie, »und sogenannte Wahrsagungen für Humbug, wenn ich ehrlich bin. Darüber solltest du dir wahrlich nicht den Kopf zerbrechen und deswegen den Zorn deiner Mutter über dein zu spätes Heimkommen auf dich ziehen.«

Mary starrte sie mit einem unergründlichen Ausdruck in ihren Augen an. »Vielleicht hast du recht, Phiefi. Vielleicht aber auch nicht. Ich werde Agnes morgen zu der Wahrsagerin schicken. Sie soll die Alte nach meiner verbleibenden Lebenszeit fragen.«

Dann sprang sie unvermittelt auf. »Aber nun muss ich gehen. Danke, dass du mir zugehört hast.«

Kopfschüttelnd sah Sophie Mary nach, als die mit ihrer Promeneuse im Schlepptau das Café verließ.

In der Mietdroschke saßen sich die beiden Frauen schweigend gegenüber. Beide mieden den Blick der jeweils anderen.

*Alte Vettel hat sie mich genannt,* brütete Fräulein Mohr vor sich hin, da sie Marys respektlose Worte über sie noch gehört hatte. *Dabei hat sie meine Gutmütigkeit schon zum zweiten Mal ausgenutzt. Wenn sie etwas von mir will, umschmeichelt sie mich wie eine Katze. Aber sobald sie es hat, zückt sie die Krallen. Und ich bin die Dumme, wenn es herauskommt. Den Besuch bei der Wahrsagerin hätte ihr die Baronin niemals erlaubt. Und zu Recht. Schließlich war Mary danach vollkommen durcheinander. Und ob ihre Mutter die andere Sache gutheißen würde, über die mich dieses undankbare Geschöpf zum Stillschweigen genötigt hat, wage ich inzwischen auch zu bezweifeln.*

Sie ballte die Hände zu Fäusten. *Aber heute hat sie den Bogen überspannt. Mich wird diese unverschämte Komtess nicht länger in ihre Machenschaften hineinziehen. Gleich morgen bitte ich die Baronin um ein Gespräch.*

# Kapitel 19

## Wiener Hofburg

***Samstag, 26. Januar 1889, um acht Uhr morgens***

»Guten Morgen, Vater!«

Um Punkt acht Uhr hatte der diensthabende Adjutant Kaiser Franz Josephs den Kronprinzen zur anberaumten Audienz bei seinem Vater im Vorzimmer abgeholt.

Trotz der noch recht frühen Tageszeit war der Kaiser bereits seit mehr als drei Stunden am Arbeiten, wie Rudolf wusste. Franz Joseph stand jeden Morgen um halb vier Uhr auf und setzte sich nach seiner Morgentoilette, dem Frühgebet und einem frugalen Frühstück, das ihm am Schreibtisch serviert wurde, spätestens um halb fünf Uhr an seine Akten.

Rudolf hatte, wie jeder andere innerhalb und außerhalb seiner Familie, um diese Audienz nachsuchen müssen. Nur seine Mutter Sisi konnte jederzeit bei seinem Vater vorsprechen, machte von diesem Privileg aber selten Gebrauch. Sonst schätzte der Kaiser unangemeldete Besuche gar nicht, auch nicht von seinen engsten Angehörigen.

Rudolf spürte sein Herz klopfen, wie immer, wenn ihn ein wichtiges Anliegen zu seinem Vater führte. Heute wollte er mit ihm über die jüngsten Unruhen in der ungarischen Hauptstadt Budapest aufgrund der geplanten Wehrgesetznovelle sprechen. Er hoffte außerdem, endlich dessen Zustimmung zu seinen Plänen für das neue Exerzierreglement der Infanterie zu erhalten.

Zu seiner Überraschung sah Franz Joseph jedoch nicht einmal von dem Aktenstück auf, das er gerade las, sondern bedeutete seinem Sohn nur mit einer knappen Handbewegung, sich zu setzen. Während er das Dokument weiterhin studierte, hatte Rudolf Zeit, ihn zu betrachten.

*Er ist alt geworden,* dachte er. Der Kaiser war erst Ende fünfzig, sah mit seiner ausgeprägten Stirnglatze und dem schlohweißen Backen- und Schnauzbart jedoch älter aus. Mehr als vierzig Jahre Regentschaft hatten ihren Tribut gefordert. Seine Haltung war jedoch trotz seines unermüdlichen Einsatzes und Arbeitspensums, das ihn einschließlich der Verpflichtungen des Hofes jeden Tag sechzehn Stunden lang beschäftigte, nach wie vor tadellos.

Die Zeiger der großen barocken Standuhr waren bereits auf ein Viertel nach acht Uhr gerückt, als der Kaiser die Akte endlich zuklappte. Mittlerweile war Rudolfs Mut bereits beträchtlich gesunken. Von der halben Stunde, mit der er gerechnet hatte, war bereits die Hälfte vergangen. Und die nächste Audienz würde pünktlich beginnen, da duldete der Kaiser keine Minute Verzug.

Rudolf öffnete schon den Mund, um zumindest über die ungarischen Unruhen zu sprechen, als ihm sein Vater zuvorkam. »Es ist gut, dass wir uns heute treffen, Rudolf.« Franz Josephs Stimme klang grimmig, seine Augenbrauen waren drohend zusammengezogen.

Er hielt Rudolf ein Dokument entgegen, ohne es ihm auszuhändigen. »Erkennst du das Siegel?« Zu seiner Bestürzung erkannte Rudolf das Wappen des Vatikans.

»Der Heilige Vater hat mir die Ehre dieses persönlichen Schreibens erwiesen.« Franz Josephs blassblaue Augen schossen Blitze. »Leider ist der Anlass überaus unerfreulich.«

Er legte das Dokument vor sich auf den Schreibtisch und hob eine Hand, um Rudolf am Sprechen zu hindern. »Papst Leo XIII. zeigt sich außerordentlich bestürzt darüber, dass du ihn ersucht hast, einer Auflösung deiner christlichen Ehe mit deiner Gattin Stephanie zuzustimmen. Er hat mich und damit auch dich hiermit wissen lassen«, der Kaiser klopfte mit dem Finger auf das Papier, »dass er deiner Bitte nicht willfahren kann, da ihm kein Grund ersichtlich ist, der einen solch drastischen Schritt rechtfertigen würde.«

Rudolf hielt es nicht mehr auf seinem Stuhl. »Kein Grund ersichtlich? Stephanie ist unfruchtbar! Sie kann mir keinen Thronfolger gebären!«, fuhr er auf.

»Setz dich wieder!«, herrschte sein Vater ihn an. »Und höre mir weiter zu! Der Heilige Vater hat mich ersucht, den ehelichen Frieden zwischen euch wieder herbeizuführen. Und genau das beabsichtige ich nun zu tun!«

Rudolf war zumute, als würde ihm der Boden unter den Füßen weggezogen werden. Schon im September, also vor fast einem halben Jahr, hatte er den Papst um seine Zustimmung zur Scheidung gebeten. Beinahe wöchentlich hatte er den päpstlichen Nuntius in Wien, dem er das Schreiben anvertraut hatte, nach dem Stand der Dinge gefragt, war aber jedes Mal mit nichtssagenden Floskeln vertröstet worden.

Und nun hatte sich Papst Leo XIII. an seinen Vater gewandt, als wäre er, Rudolf, ein unmündiger Schulbub, den man zur Ordnung rufen müsse. Auf einmal war ihm alles zu viel und nicht länger erträglich. Seine Wut riss alle Grenzen der Achtung und Ehrerbietung, die seinem Vater wie auch dem Kaiser gegenüber geboten waren, gleichermaßen nieder.

»Meine Ehe mit Stephanie geht dich nicht das Geringste an!«, fauchte er. »Sie ist unrettbar zerrüttet, und ich werde sie lösen, mit oder ohne deine Zustimmung!«

»Dann bist du nicht würdig, mein Nachfolger zu werden!«, donnerte Franz Joseph. »Ich werde in diesem Fall persönlich dafür sorgen, dass du vom Hofe verbannt wirst!«

Rudolf blieb die Erwiderung im Halse stecken. Plötzlich fühlte er sich wie gelähmt vor Schock. Obwohl er selbst unzählige Male daran gedacht und sogar mit einigen Freunden wie Richard von Löwenstein über seine Zweifel gesprochen hatte, ob er jemals den Habsburgerthron besteigen würde, war es eine Sache, dies als unmittelbar Betroffener zu denken. Eine völlig andere jedoch, wenn sein Vater solche Überlegungen anstellte. Das ließ seine schlimmsten Befürchtungen grausame Realität werden.

*Weder mein Vater noch meine Mutter haben mich jemals geliebt.* Der Gedanke begann, zwanghaft in seinem Kopf zu kreisen. Sein Vater deutete sein entsetztes Schweigen als Betroffenheit und fuhr in milderem Ton fort.

»Doch ich hoffe, dass ich nicht zu solch drastischen Maßnahmen greifen muss, mein Sohn! Mit etwas Mühe, die ihr euch beide geben solltet, dürfte eure Ehe durchaus noch in günstige Bahnen zu lenken sein. Stephanie liebt dich jedenfalls zärtlich, wie sie mir erst vor einigen Tagen versichert hat.«

»Waas? Stephanie hat mit dir über mich gesprochen?« Rudolf hatte gedacht, bereits das Schlimmste erfahren zu haben. Doch dies schien nicht der Fall zu sein.

Sein Vater nickte nachdrücklich. »Sie war kürzlich bei mir, voller Sorge um dich. Sie glaubt sogar, du seist gemütskrank. Doch ich habe sie beruhigt und ihr versprochen, mit dir zu sprechen. So hat dieses peinliche Schreiben des Heiligen Vaters also sogar etwas Gutes gezeitigt. Denn bislang wusste ich nicht, wie ich dir gegenüber das Thema Ehe zur Sprache bringen sollte.«

Rudolf fehlten die Worte, um etwas zu entgegnen. Sein Kopf fühlte sich so schwer wie Blei an. Er konnte keinen klaren Gedanken mehr fassen.

»Doch du solltest das Deinige dazu beitragen, dass eure Ehe wieder im christlichen Sinne zu einer wahren Gemeinschaft wird«, mahnte der Kaiser. »Überprüfe einmal deinen Lebenswandel, mein Sohn! Man sagt dir eine unzüchtige Liaison mit einer stadtbekannten Kurtisane nach, wie ich gehört habe. Das muss deine edle Gattin ja zutiefst demütigen und kränken.«

Rudolfs Entsetzen schlug plötzlich in Ekel um. Da salbaderte dieser Greis, der sein Vater war, etwas von »christlicher Ehe«

und duldete selbst seit Jahren, dass seine eigene Gattin Sisi regelmäßig durch ganz Europa vor ihm und dem ihr verhassten Leben am Hofe floh! Zudem wusste ganz Wien vom Verhältnis Franz Josephs zur ehemaligen Burgschauspielerin Katharina Schratt. Dieser Beziehung hatte die Kaiserin angeblich sogar ihren persönlichen Segen gegeben, um von den ihr widerwärtigen ehelichen Pflichten entbunden zu sein! Und sein scheinheiliges Eheweib Stephanie hatte Besorgnis über sein Befinden vorgeschützt, um ihn in Wahrheit bei seinem Vater anzuschwärzen. Dabei hatte sie natürlich keine Silbe über ihre eigene außereheliche Affäre mit diesem polnischen Grafen verloren.

Rudolf fühlte, dass ihm vor Abscheu sogar übel wurde. Dennoch trat ihm kein einziger der Gedanken, die ihm gerade durch den Kopf rasten, als entsprechende Erwiderung über die Lippen. Es hatte ja ohnehin keinen Zweck. Dieser alte bigotte Mann, der sich Kaiser nannte und sich zwanghaft um jede Nichtigkeit kümmerte, die man ihm vortrug, war *ihm* nie ein wirklicher Vater gewesen. Völlig vergeblich hatte sich Rudolf über Jahrzehnte hinweg bemüht, seine Anerkennung zu erringen, ganz zu schweigen von seiner Liebe.

Wieder deutete Franz Joseph Rudolfs Schweigen falsch. »Ich sehe, dass dich meine Worte berührt haben, mein Sohn. So geh und bewege sie in deinem Herzen und ändere dich! Du wirst sehen, dass sich dann alles zum Guten wenden wird.«

Rudolf nahm all seine Kraft zusammen, um sich von dem unbequemen Barockstuhl, auf dem er die letzte halbe Stunde gesessen hatte, zu erheben. Er verbeugte sich steif vor seinem Vater. »Ich danke dir für deine Zeit und wünsche dir einen guten Tag!« Dann bewegte er sich demonstrativ rückwärts zur Tür, wie ein gewöhnlicher Untertan, der dem Kaiser nicht den Rücken zukehren durfte.

Er hatte den Türknauf schon in der Hand, als ihn Franz Joseph noch einmal anrief. »Und denke daran, beim morgigen Empfang des deutschen Botschafters zu Ehren des dreißigsten

Geburtstags Kaiser Wilhelms die Uniform des Ehrenobersten der Brandenburgischen Ulanen anzuziehen. Um zu zeigen, dass du diese Würde, die dir Wilhelm verliehen hat, schätzt.«

Ein letzter Rest Widerstand flammte in Rudolf auf. »Ich beabsichtige nicht, der Einladung des Prinzen Reuß nachzukommen. Kaiser Wilhelms dreißigster Geburtstag ist kein Grund zum Feiern für mich!«

Franz Josephs Augenbrauen zogen sich erneut drohend zusammen. »Das ist ein Befehl, Rudolf, den ich nicht mit dir diskutieren werde. Der deutsche Kaiser ist unser wichtigster Verbündeter. Du wirst ihm deine Referenz nicht verweigern.«

Als Rudolf ihm trotzig schweigend in die Augen starrte, setzte Franz Joseph noch einmal nach: »Zumal du dir ein Beispiel an deinem deutschen Vetter nehmen könntest. Wilhelm ist trotz seiner noch jungen Jahre ein überaus erfolgreicher Regent und darüber hinaus ein tadelloser Ehemann und Vater!«

Rudolf würgte es plötzlich in der Kehle. Saure Galle sammelte sich in seinem Mund.

Er salutierte übertrieben devot. »Jawohl, Herr Vater, ich werde Ihrem Befehl Folge leisten!«

Er schaffte es gerade noch, die Tür leise hinter sich zu schließen, anstatt sie mit Wucht laut zuzuschlagen, wonach ihm eigentlich zumute war. Dann hielt er sich die Hand vor den Mund und stürzte an dem verblüfften General, der bereits darauf wartete, vorgelassen zu werden, und an dem Adjutanten vorbei aus dem Vorzimmer.

Mit letzter Kraft erreichte er den nächsten Abtritt, auf dem er sich wieder und wieder erbrach.

## Palais Vetsera in der Salesianergasse

### *Samstag, 26. Januar 1889, gegen zehn Uhr vormittags*

Mary hatte gerade ihre eiserne Kassette geöffnet, in der sie alle Geschenke und Fotografien Rudolfs verwahrte, als sie laute Stimmen im Treppenhaus hörte. Schon wurde die Tür zu Hannas Zimmer aufgerissen. Hastig warf Mary die Kassette zu und schob sie mit dem Fuß unter ihr Bett. Keinen Augenblick zu früh. Schon stürmte ihre Mutter Helene, ohne anzuklopfen, mit Hanna herein. Beide sahen empört und wütend aus.

»Wo ist die goldene Zigarettendose, die du bei Rodeck bestellt hast?«, herrschte Helene ihre jüngste Tochter an, ohne sich weiter zu erklären. Sie streckte fordernd die Hand aus.

Mary fuhr der Schreck in alle Glieder. Sie sprang von ihrem Schemel vor der Frisierkommode auf und mimte spontan die Ahnungslose. »Was meinst du denn, liebe Mama?«

Einen Moment lang sah es so aus, als wolle Helene Mary ohrfeigen. Aber Hanna fiel ihr in den Arm. »Nicht, Mama!«, mahnte sie. »Bestrafen kannst du Mary immer noch. Aber so kommen wir im Moment nicht weiter.«

Schwer atmend hielt Helene inne und überließ Hanna vorübergehend das Steuer. Auch die funkelte Mary wütend an, riss sich aber sichtlich zusammen, bevor sie sprach.

»Fräulein Mohr hat Mama alles gebeichtet und das Ganze dann noch einmal in meiner Gegenwart wiederholt. Du hast am 14. Jänner während eines Ausgangs mit ihr beim Galanteriewarenhändler Rodeck am Kohlmarkt eine goldene Tabatiere bestellt. Du hast Fräulein Mohr zwar befohlen, vor der Tür zu warten. Sie hat aber durch die Schaufensterscheibe beobachtet, dass du eine große Summe Geldes, sie glaubt, es seien mehrere Hundert Gulden, dafür bezahlt hast.«

In ihrer Hast verschluckte sich Hanna und musste husten. Helene Vetsera setzte die Anklage fort.

»Als Fräulein Mohr dich fragte, für wen die Dose bestimmt sei, hast du behauptet, sie sei ein Geschenk zum Geburtstag deines Onkels Alexander. Du wolltest noch eine persönliche Widmung eingravieren lassen und hast sie gebeten zu schweigen, da es eine Überraschung werden sollte. Nun, dein Onkel Alexander hat erst im Spätsommer Geburtstag.«

Helene holte tief Luft und streckte noch einmal fordernd die Hand aus. »Also, wo ist die Dose? Zeige sie uns und gib sie heraus!«

Mary war mittlerweile flammend rot im Gesicht geworden. Die Gedanken rasten durch ihren Kopf. Keiner ließ sich festhalten. Panik drohte, sie zu überwältigen. So griff sie zum Einzigen, was ihr einfiel, nämlich die Gesellschafterin zu verunglimpfen.

»Dass die Mohr eine hinterhältige Ziege ist, wusste ich immer schon.« Ihre Stimme klang schrill. »Nun hat sie mich also bei euch angeschwärzt. Offensichtlich, um Zwietracht zu säen.«

»Nun, es ist ihr gelung…«, wollte sie schon fortfahren, als ihre Mutter erneut die Hand hob.

Wieder ging Hanna dazwischen und hielt Helene davon ab, Mary zu schlagen. Den nächsten Worten ihrer Schwester hätte Mary eine Ohrfeige allerdings vorgezogen.

»Hör auf, die arme Promeneuse schlechtzumachen!« Hanna war immer noch zornig. Aber nun klang ihre Stimme eiskalt. »Mama war bereits versucht, sie fristlos zu entlassen, weil sie ihre Aufsichtspflichten verletzt hat. Dabei war Fräulein Mohr nur in großer Sorge um dich. Gestern sollst du sie nach dem Eislaufen genötigt haben, dich zu einer Wahrsagerin zu begleiten. Als du deren Kabinett wieder verlassen hast, seist du ganz außer dir gewesen, hat uns das Fräulein erzählt.«

Sie machte eine kleine Pause und hob abwehrend die Hand, als Mary etwas einwenden wollte. »Nein! Lass mich ausreden! Auch Fräulein Mohr ist aufgefallen, dass du dich in den letzten Monaten immer merkwürdiger verhältst. Du bist nervös und unkonzentriert, deine Stimmung schwankt zwischen

›himmelhoch jauchzend‹ und ›zu Tode betrübt‹, wie sie sich ausdrückte. Und das binnen wenigen Minuten. Nun trägst du dein Geld auch noch zu Gauklern und Scharlatanen, die dich mit ihren Weissagungen noch mehr durcheinanderbringen. Es ist die reine Sorge, die Fräulein Mohr bewogen hat, sich Mama und mir zu erklären!«

Hanna fixierte Mary intensiv. »Eine Sorge, die wir beide, besonders ich selbst, seit langer Zeit teilen!«

Mary klopfte das Herz bis zum Hals. Um ihre immer größer werdende Angst zu kaschieren, wich sie Hannas Blick trotzig aus.

»Also, wo ist die Dose?« Helene Vetsera streckte erneut die Hand aus. Ihre Stimme klang nun eher resigniert als wütend.

Als Mary nicht antwortete, fuhr sie fort. »Gib uns die Kassette, in der du schon als kleines Mädchen deine Schätze verwahrt hast. Wenn die Dose noch darin zu finden ist, will ich noch einmal Gnade vor Recht ergehen lassen.«

»Aber Mama«, wollte Hanna schon widersprechen, als Mary sich rasch für das kleinere Übel entschied.

»Ich habe die Dose nicht mehr.« Auf keinen Fall durften ihre Mutter und Hanna den Inhalt der Kassette sehen.

»Und wo ist sie jetzt?«, fragte Helene mühsam beherrscht.

Während Mary noch verzweifelt nach einer geeigneten Lüge suchte, nahm Hanna ihr die Antwort ab.

»Du hast sie dem Kronprinzen als Geschenk geschickt«, sagte sie ihr auf den Kopf zu. »Und seinen Namen oder etwas Ähnliches darin eingravieren lassen!«

Eine kurze Weile, die allen wie eine Ewigkeit vorkam, hing diese Behauptung wie ein Damoklesschwert über den drei Frauen. Mary begann zu frösteln.

Hanna beobachtete sie scharf. »Jetzt wirst du weiß wie die Wand! Also habe ich recht!«

Mary begann zu begreifen, dass sie zumindest ein Stück weit mit der Wahrheit herausrücken musste, um noch Schlimmeres zu verhindern. Auf keinen Fall sollten Hanna und ihre Mutter sie dazu zwingen, die Kassette zu öffnen.

Sie nickte zögernd. »Aber ich habe das Geschenk anonym in die Hofburg gesandt.« Sie sprach so leise, dass sie den Satz wiederholen musste.

Als hätte sie plötzlich alle Kraft verlassen, sank Helene Vetsera auf Marys Bett. Dabei stieß sie mit der Ferse an die Kassette, ohne dies jedoch zunächst zu beachten.

»Du, eine unverheiratete Komtess, die sogar morgen im Rahmen des Empfangs beim deutschen Botschafter offiziell bei Hofe vorgestellt werden soll, hast unserem Kronprinzen ein teures Geschenk gemacht! Und dich ihm damit angedient wie eine Kurtisane! Keine anständige Frau versendet teure Geschenke an einen Mann. Erst recht nicht an einen verheirateten Mann und schon gar nicht an unseren allerhöchsten Thronfolger! Oh Gott, was wird Alexander nur dazu sagen!« Sie rang die Hände.

Alexander Baltazzi war Helenes ältester Bruder und der Vormund ihrer noch unmündigen Kinder.

»Ihr müsst es ihm doch nicht erzählen«, wandte Mary mit schwacher Stimme ein.

»Natürlich müssen wir das!«, fuhr Hanna sie an. »Du hast nicht nur deinen eigenen Ruf gefährdet, sondern die Reputation unserer ganzen Familie. Jahrelang haben unsere Eltern und unsere Onkel daran gearbeitet, in den Hochadel aufzusteigen. Das könnte nun alles vergeblich gewesen sein. Also gib uns nun deine Kassette! Wer weiß, ob diese nicht noch zusätzlich Kompromittierendes enthält.«

Mary fühlte sich wie gelähmt. Sie war zu keiner Reaktion fähig. Entschlossen durchsuchte Hanna Marys Frisierkommode und ihren Schrank, während Helene Vetsera weiterhin bewegungslos auf Marys Bett verharrte.

Schließlich fuhr Hanna Mary erneut an. »Wo ist die Kassette? Wenn du sie nicht freiwillig herausgibst, lassen wir das ganze Haus danach durchsuchen. Dann weiß bald auch die gesamte

Dienerschaft darüber Bescheid, was du für eine bist. Irgendwo wird sie schon sein.«

Wieder rasten die Gedanken durch Marys Kopf. Plötzlich erinnerte sie sich an Rudolfs Weisung. *Halte dich immer an Marie Louise Larisch! Sie ist mir treu ergeben!*

Ihr kam eine Idee. Heute wurde die Gräfin wieder in Wien erwartet, hatte ihr Rudolf in seinem letzten Brief, der wie üblich an ihre Zofe Agnes gerichtet war, mitgeteilt.

Doch bevor sie selbst das Versteck der Kassette verraten konnte, kam ihr diesmal ihre Mutter zuvor. Helene bückte sich, hob die weiße Tagesdecke auf Marys Bett etwas an und zog das metallene Kästchen darunter hervor. Da Mary es nicht mehr hatte abschließen können, bevor ihre Mutter und Hanna in ihr Zimmer gestürmt waren, sprang es sofort auf, als Helene den Schließmechanismus betätigte.

Entgeistert zog diese nun den ersten Gegenstand hervor. »Eine eiserne Zigarettendose!«, keuchte sie fassungslos. »Mit dem eingravierten Namen unseres Kronprinzen.« Rudolf hatte Mary diese Dose auf ihre Bitten hin bereits im November geschenkt.

»Woher hast du diese Dose?« Wieder sprühten Helenes blaugraue Augen Funken.

»Marie Louise von Larisch hat sie mir geschenkt«, log Mary zum ersten Mal. »Sie selbst hat sie von Rudolf erhalten, der ja ihr Cousin ist. Ich habe so lange gebettelt, bis mir Marie Louise die Dose überlassen hat. Sie ist aus Eisen und daher nicht wirklich wertvoll.«

Helene und Hanna musterten Mary prüfend. Diesmal hielt sie mit all der ihr verbliebenen Kraft deren kritischen Blicken stand.

»Ich werde Marie Louise natürlich danach fragen«, kündigte Helene an.

Obwohl Mary mit dieser Reaktion hatte rechnen müssen, erschrak sie zutiefst. Denn noch hatte sie keine Idee, wie sie Marie

Louise beibringen konnte, dass sie für sie lügen sollte. Und vor allen Dingen wusste sie nicht, *wann* sie das bewerkstelligen könnte, und zwar bevor ihre Mutter mit ihr sprach.

Helene griff nach dem nächsten Gegenstand in der Kassette. Es war der eiserne Ehering. Ihre Mutter kniff die Augen zusammen, um die eingravierte Inschrift zu entziffern.

»I.L.V.B.I.D.T.«, buchstabierte sie langsam. »Was bedeutet das?«

Mary verstellte sich wieder und spielte die Unwissende, obwohl ihr Rudolf die Bedeutung der sieben Buchstaben schon vor Weihnachten erklärt hatte und sie deren tieferen Sinn mittlerweile sehr wohl verstand. »Ich weiß es nicht. Auch diesen Ring hat mir Marie Louise geschenkt, die ihn irgendwann von Rudolf erhalten hat. Auch der Ring ist aus Eisen und gar nichts wert.«

»Weißt du, was diese Buchstaben bedeuten, Hanna?«

Zu Marys Erleichterung schüttelte auch ihre Schwester den Kopf.

*Zum Glück kennt außer Agnes niemand die wahre Inschrift auf der goldenen Zigarettendose,* durchfuhr es sie. Denn dafür hätte es keine unverfängliche Erklärung gegeben.

»Und was ist das?« Helene hielt Mary ein Dokument entgegen. Es war das Testament, das sie nach ihrer schicksalhaften letzten Begegnung mit Rudolf vor einer Woche noch einmal neu verfasst hatte. Natürlich war der Kronprinz nicht darin erwähnt, was ja auch keinen Sinn ergeben hätte.

»Meine Diamantohrstecker vermache ich meiner besten Freundin Sophie von Werdenfels«, las Helene laut vor. Unvermittelt lachte sie auf. Mary starrte ihre Mutter verwundert, Hanna hingegen missbilligend an.

»Dich kann man doch nur auslachen, da du einen solchen Unsinn zusammenschreibst!«, sagte Helene zu Mary.

Dann wandte sie sich an Hanna. »Vielleicht machen wir ja aus einer Mücke einen Elefanten. Mary ist einfach ein unreifer

Backfisch. Sie ist noch keine achtzehn Jahre alt und verteilt bereits ihren Nachlass.«

»Dass sie ihr Testament machen will, hat sie uns sogar schon einmal erzählt«, fiel Helene dann ein. »Das ist einfach zu lächerlich.«

Hanna schnaufte, enthielt sich aber zunächst jeden Kommentars.

Der Rest der Kassette war rasch durchsucht. Sie enthielt nur noch die Fotografien des Kronprinzen, die Mary seit Jahren sammelte.

Die hegte bereits die Hoffnung, dass die ganze Sache doch noch glimpflich für sie ausgehen könnte, als ihr Hanna einen Strich durch die Rechnung machte.

»Wer weiß außer Fräulein Mohr und uns noch alles von der goldenen Dose, die du Rudolf gesandt hast? Hast du etwa Sophie von Werdenfels eingeweiht?«

Mary verneinte. »Niemand sonst weiß von der Dose«, beteuerte sie.

»Und wer hat sie bei Rodeck abgeholt, nachdem die Gravur fertig war? Fräulein Mohr vermutet, es könnte Agnes gewesen sein.«

Erneut durchfuhr Mary ein abgrundtiefer Schrecken. Diesmal nahm sie Zuflucht zu einer Halbwahrheit. »Ja, ich habe Agnes geschickt, um die Dose abzuholen. Aber sie weiß nicht, was ich damit gemacht habe.«

»Wir sollten die Zofe trotzdem noch einmal befragen«, insistierte Hanna. »Am besten im Beisein von Onkel Alexander.«

»Mutter, du musst endlich durchgreifen«, mahnte sie, als sie Helenes Zögern bemerkte. »Wenn du Onkel Alexander nicht informieren willst, werde ich es tun.«

## Grand Hotel am Kärtner Ring in Wien

### *Samstag, 26. Januar 1889, gegen sechs Uhr abends*

Es pochte stürmisch an die Tür der Suite von Marie Louise von Larisch. Unwillig merkte sie auf. Wer konnte das denn sein?

»Ich will nicht gestört werden«, wies sie ihre Zofe an, bevor diese zur Tür eilte. »Wimmle jedermann ab, wer auch immer es sein mag!«

Noch heute Abend wurde sie von ihrer Tante, der Kaiserin, erwartet. Und die verbleibende Zeit hatte sie nutzen wollen, um einen weiteren Brief an Rudolf zu schreiben.

Seit sie in Pardubitz seine Nachricht erhalten hatte, dass er all seine zukünftigen Kontakte zu Mary nur noch mit ihrer Hilfe bewerkstelligen wolle, und sie zu diesem Zweck umgehend nach Wien gebeten hatte, dachte sie darüber nach, welcher Preis für diese Dienstleistung angemessen wäre.

Dass Rudolf nicht einmal auf ihre Bitte reagiert hatte, ihr die lächerlichen sechstausend Gulden zu geben, um die sie ihn Mitte Jänner gebeten hatte, wurmte sie ungemein. Trotz seiner jetzigen, wahrhaft ungeheuerlichen Forderung, die sie in größte Schwierigkeiten bringen konnte, hatte er sich auch diesmal sehr vage ausgedrückt. *Du wirst dabei ebenfalls auf Deine Kosten kommen,* schrieb er, ohne dies näher zu konkretisieren.

Dabei riskierte Marie Louise alles, wenn Rudolfs Eltern von seiner Affäre mit der noch minderjährigen Mary Vetsera und ihrer eigenen Kupplerinnenrolle erführen. Man würde sie umgehend vom Hof verbannen.

Nun saß sie an dem kleinen Sekretär im Schlafzimmer ihrer Hotelsuite. »Fürs Erste krümme ich in dieser Sache keinen Finger mehr, wenn ich nicht mindestens weitere fünfundzwanzigtausend Gulden bekomme«, murmelte sie halb laut vor sich hin, während sie die Feder ins Tintenfass tauchte.

Ärgerlich hielt sie inne, als ihre Zofe erneut in der Tür stand.

»Was gibt es denn? Ich hatte doch ausdrücklich darum gebeten …«

Die Worte blieben ihr im Halse stecken, als eine kreidebleiche Mary sich an der Zofe vorbeidrängte. Noch bevor Marie Louise aufspringen konnte, fiel das Mädchen ohnmächtig zu Boden.

»Um Himmels willen! Was ist denn geschehen, Mary? Was ficht dich an, allein zu mir ins Hotel zu kommen? Das schickt sich nicht für eine junge Komtess. Sicher weiß deine Mutter nichts davon!«

Mithilfe ihrer Zofe hatte Marie Louise Mary auf ihr eigenes Bett gehoben und ihre Lebensgeister mit Riechsalz wiedererweckt. Allerdings war Mary nach wie vor totenblass und wirkte so verschreckt, als wäre sie einem leibhaftigen Gespenst begegnet.

»Mein Onkel will mich ins Kloster stecken!«, murmelte sie zusammenhangslos.

Marie Louise erschrak. »Was sagst du da?« Sie stand auf und schloss die Tür zum Salon. Für ein solches Vorhaben konnte es nur einen Grund geben. »Hat man deine Beziehung zu Rudolf entdeckt?«

»Ja und nein«, antwortete Mary rätselhaft.

»Was heißt das?«

Stockend begann Mary zu berichten. In ihrer Seelenqual entging ihr völlig, dass sich Marie Louises anfänglicher Schrecken zunehmend in Frohlocken verwandelte, das sie jedoch sorgfältig zu verbergen verstand. Jetzt konnte sie noch eine weit größere Summe von Rudolf fordern. Sie hatte den Kronprinzen völlig in der Hand.

Aufmerksam hörte sie sich Marys Geschichte an und stellte nur ab und zu eine Verständnisfrage.

»Also lass mich das Wesentliche jetzt noch einmal zusammenfassen«, sagte sie, als Mary erschöpft zu Ende gekommen war. »Niemand außer Agnes weiß von der wahren Inschrift auf der goldenen Dose, und deine Zofe hat dichtgehalten. Rudolfs Geschenke hast du alle als Präsente ausgegeben, die ich dir überlassen habe. Das war sehr klug von dir!«, lobte sie mit einem falschen Lächeln.

»Was für ein Glück außerdem, dass ich die meisten Briefe, die Rudolf dir geschrieben hat, in Verwahrung genommen habe«, ergänzte sie. »Und wenn ich dich richtig verstanden habe, hast du die letzten während meiner Abwesenheit eingetroffenen alle vernichtet.«

Mary nickte. »Ich habe sowieso nur ein einziges kurzes Schreiben von ihm erhalten, in dem er mir deine heutige Ankunft in Wien angekündigt hat. Es war noch nicht einmal mit seiner Unterschrift versehen. Ich habe es trotzdem im Ofen meines Zimmers verbrannt.«

Marie Louise nickte zustimmend. »Und du hast gut daran getan, mich heute sogleich aufzusuchen, Mary. Obwohl deine Abwesenheit sicherlich bereits bemerkt worden ist und ich dich sofort ins Palais Vetsera zurückbringen muss.«

»Das siehst du doch hoffentlich ein?«, fügte sie hinzu, als Mary leise wimmerte. »Wir dürfen auf keinen Fall weiteren Verdacht erregen. Zumal Hanna den Braten bereits zu riechen beginnt. Jedenfalls weit mehr als deine Mutter. Dem müssen wir unbedingt einen Riegel vorschieben.«

Mary stieß einen weiteren Jammerlaut aus, stimmte dann aber zu.

»Nun brauchen wir nur noch eine Lösung für die goldene Dose«, sagte Marie Louise. »Doch da habe ich schon eine Idee.«

## Palais Vetsera in der Salesianergasse

### *Samstag, 26. Januar 1889, gegen halb acht Uhr abends*

»Hanna und ich haben Mary sofort ins Bett gesteckt, als wir ankamen, Helene. Sie zitterte, als litte sie an einem Nervenfieber, und wäre uns sonst sicherlich wieder zusammengebrochen.«

Helene Vetsera war ihrerseits vor der Ankunft von Mary und der Gräfin im Palais schon zum Grand Hotel aufgebrochen, wo sie Mary vermutete, nachdem sie deren Abwesenheit bemerkt und dort angekommen Marie Louises für sie hinterlassene Nachricht gefunden hatte. Nun nippte Helene an dem Glas Sherry, das sie sich eingeschenkt hatte, um ihre Nerven zu beruhigen.

»Ich danke dir von Herzen, Marie Louise. Was würden wir in dieser kompromittierenden Situation nur ohne dich tun! Selbst Alexander wird sich gewiss wieder beruhigen, wenn er von deinem Vorhaben erfährt.«

»Ihr hättet alle nicht so streng mit Mary sein sollen.« Marie Louise zog die Stirn in vorgetäuschter Missbilligung kraus. »Sie ist jung und ungebärdig, das ist wahr! Aber ihr wegen einer jugendlichen Dummheit gleich mit dem Kloster zu drohen halte ich für überzogen.«

Helene wirkte betroffen. »Ich habe mich vor allem von Hanna hinreißen lassen«, gestand sie. »Sie ärgert sich schon seit Monaten über Marys Schwärmerei für den Kronprinzen.«

»Könnte es sein, dass dahinter nichts als schwesterliche Eifersucht steckt? Hanna ist die Ältere. Aber sie stand in der Gunst der Gesellschaft und nicht zuletzt in der des *Wiener Salonblatts* schon immer weit hinter Mary zurück.«

Helene erwiderte nichts auf den geäußerten Verdacht der Gräfin. Stattdessen lenkte sie vom Thema ab. »Und du glaubst, dein Plan mit der Dose von Rodeck geht auf?«, fragte sie.

Marie Louise verkniff sich ein triumphierendes Lächeln. *Meine Pläne gehen immer auf.*

Laut antwortete sie: »Meine liebe Helene! Was glaubst du, wie viele Präsente den Kronprinzen täglich erreichen? Wahrscheinlich hat er die goldene Zigarettendose nicht einmal erhalten! Seine Post wird in der Regel von den Bediensteten seines Obersthofmeisters vorsortiert. Ist der Absender bei Hofe unbekannt oder, wie in diesem Fall, nicht einmal genannt, landen die Schreiben in der Regel, ungelesen von Rudolf, in seinem Archiv.«

»Auch so wertvolle Präsente?«

Marie Louise nickte. »Für Mary war es eine erkleckliche Summe, die ganzen dreihundert Gulden, die ihr dein Bruder Alexander zu Weihnachten geschenkt hat, beim Galanteriewarenhändler Rodeck für das Geschenk auszugeben.« Dass sie selbst noch weitere einhundertachtzig Gulden beigesteuert hatte, verschwieg sie wohlweislich. »Aber für Rudolf ist eine solche vergoldete Dose nichts als billiger Tand. Glaub mir!«

»Und nun vertrau mir! Ich werde auf jeden Fall in Erfahrung bringen, ob er überhaupt von der Dose weiß«, versprach Marie Louise angesichts der immer noch zweifelnden Miene der Baronin. »Doch selbst wenn er die Tabatiere erhalten hat, wird er nie auf Mary als Absenderin kommen. Wie sollte er auch? Außer ein paar schmachtenden Blicken, die seiner männlichen Eitelkeit geschmeichelt haben, wird er sie kaum jemals wahrgenommen haben. Wenn überhaupt. Und schmachtende Blicke ist er genauso gewohnt wie ständig eintreffende Präsente. Schließlich schwärmt die Hälfte seiner weiblichen Untertanen für ihn.«

»Aber du wirst die Quittung bei Rodeck trotzdem auf dich umschreiben lassen?«, insistierte Helene.

Marie Louise hätte am liebsten mit den Augen gerollt. Aber sie beherrschte sich.

*Siebzigtausend Gulden! Für all diese Possenspiele werde ich siebzigtausend Gulden verlangen,* frohlockte sie innerlich. *Damit kann ich meine sämtlichen Gläubiger auszahlen, und es bleibt noch genug für meine Rivierareisen und meine komplette Garderobe übrig.*

Sie lächelte gespielt herzlich. »Ich halte diese Vorsichtsmaßnahme zwar für überflüssig, Helene, da Mary die Quittung ja gar nicht unterzeichnet hat. Aber ich tue natürlich, was du wünschst. Gleich übermorgen früh, wenn Rodeck wieder geöffnet hat, fahre ich mit Mary dorthin und lasse mir die Quittung auf meinen Namen ausstellen.«

»Rodeck ist als langjähriger Hoflieferant viel zu erfahren, um unangenehme Fragen zu stellen«, kam sie intuitiv einem weiteren Einwand Helenes zuvor.

»Also gut«, seufzte die Baronin schließlich und schenkte sich noch einmal Sherry aus der Karaffe nach.

»Aber ganz umsonst tue ich es nicht.« Marie Louise genoss den verstörten Ausdruck, der daraufhin auf Helenes Gesicht trat.

»Was verlangst du denn dafür, meine Liebe?« Plötzlich lächelte sie gequält. »Ich werde dich natürlich großzügig entlohnen. An Geld mangelt es mir nicht.«

Marie Louise setzte eine beleidigte Miene auf. »Aber wo denkst du denn hin, meine Liebe! Ich erwarte doch kein Geld für diesen Freundschaftsdienst. Auch keine sonstige Gegenleistung zu *meinen* Gunsten.«

Sie machte eine Kunstpause, um Helene weiter auf die Folter zu spannen.

»Ich bitte dich nur, Mary nicht weiter zu bestrafen, sondern die ganze Sache als das zu nehmen, was sie ist: als jugendliche Leichtfertigkeit, und sie zu vergessen.«

Helene stimmte erleichtert zu. »Damit bin ich einverstanden.«

»Dann möchte ich gleich morgen Nachmittag mit Mary eine Fahrt in den Prater unternehmen. Es hat leicht geschneit. Die Winterlandschaft ist zauberhaft. Das Mädchen sollte unbedingt auf andere Gedanken kommen.«

## Türkisches Zimmer in der Wiener Hofburg

### *Samstag, 26. Januar 1889, am späten Abend*

»Dieses Schreiben der Gräfin Larisch ist gerade von einem Dienstmann trotz der späten Stunde gebracht worden, Eure Hoheit.« Rudolfs Kammerdiener Johann Loschek verbeugte sich und reichte Rudolf das versiegelte Dokument auf einem silbernen Tablett. »Der Dienstmann wurde beauftragt, auf Antwort zu warten.«

Rudolf sah auf die kleine goldene Standuhr auf seinem Schreibtisch. Die Zeiger standen auf Viertel nach zehn.

»So spät am Abend?«

Loschek zuckte mit den Schultern. Rudolf schalt sich selbst einen Narren. Denn was hätte sein Diener auch auf diese Frage antworten sollen?

Immerhin sparte er sich dadurch seinen eigenen Brief. Er hatte ihn noch an diesem Abend verfassen und gleich morgen früh ins Grand Hotel überstellen wollen. Marie Louise zu antworten war sicher einfacher.

»Warten Sie draußen, bis ich nach Ihnen klingele!«, beschied er Loschek. »Und sorgen Sie dafür, dass es der Dienstmann warm und trocken hat! Am besten servieren Sie dem Mann einen heißen Rum. Draußen friert es Stein und Bein. Bei so einem Wetter jagt man normalerweise nicht einmal einen Hund vor die Tür.«

Sobald Loschek sich entfernt hatte, riss Rudolf das Schreiben seiner Cousine auf. Die ersten Zeilen überflog er noch ungläubig. Dann empfand er zunehmend Empörung, als er Marie Louises minutiöse Beschreibung der jüngsten Ereignisse las. Was bildete sich diese hochnäsige Schmarotzerin überhaupt ein? Siebzigtausend Gulden verlangte sie für ein paar läppische Lügen und ihre weitere Mithilfe, zukünftige Treffen mit Mary zu arrangieren.

Er zog heftig an seiner Zigarette. Andererseits, was machte

das schon noch aus? Den lieben langen Tag hatte er über seine Pläne gegrübelt. Wurde die ganze Sache durch Marie Louise Geldgier nicht sogar um einiges einfacher? Sie hatte ja bereits angeboten, ihm schon morgen ein Treffen mit Mary im Prater zu ermöglichen. Da konnte er das Mädchen gleich in seine jüngsten Absichten einweihen.

Und am Montagmorgen würde sie Mary erneut im Palais Vetsera abholen, um sie, mit dem Einverständnis ihrer Mutter Helene, mit zu Rodeck zu nehmen. Auch das kam ihm, auf den zweiten Blick gesehen, doch hervorragend zupass.

*Ich habe den Brief an Baron Hirsch ja ohnehin fertig, in dem ich ihn um die dreißigtausend Gulden für Mizzi bitte. Ob ich die dreißigtausend zusätzlich um die siebzig für dieses gierige Weibsstück noch einmal auf hunderttausend Gulden aufstocke, spielt doch überhaupt keine Rolle mehr. Hirsch wird mir die Summe nicht verweigern. Das Geld für Mizzi hinterlasse ich hier in meinem Schreibtisch, zusammen mit meinem Brief an sie und dem Schreiben für Stephanie. Das ist ja schon seit dem letzten September fertig.*

*Ihr Geld erhält Marie Louise am Montagmorgen, wenn sie Mary zu mir in die Hofburg bringt. Diese Gelegenheit wird sie sich nicht entgehen lassen.*

*Und selbst wenn sich hernach niemand bemüßigt fühlt, meine Schuld bei Baron Hirsch zu begleichen, ist der Mann reich genug, um eine solche Summe zu verkraften,* beschwichtigte er seine aufkommenden Bedenken. *Aber ich bin sicher, dass mein Vater ihn auszahlen wird. Das verlangt schon sein altmodischer Ehrbegriff von ihm.*

Rudolf zündete sich eine weitere Zigarette an und nahm einen großen Schluck des mit Champagner gemischten Cognacs. Dann goss er etliche Morphiumtropfen in das Getränk. Seit der morgendlichen Szene mit seinem Vater Franz Joseph plagten ihn die syphilitischen Schmerzen in seinen Gelenken ärger denn je.

*Es wird höchste Zeit für mich,* dachte er. *Auch für Mary. Selbst wenn sich Marie Louise noch so viel Mühe gibt und sich noch so teuer für ihre Dienste bezahlen lässt, im Palais Vetsera hat man bereits Verdacht geschöpft. Der nächste unglückliche Zufall oder Marys nächste Unvorsichtigkeit kann dazu führen, dass ihr Onkel sie am Ende tatsächlich in ein Kloster sperrt. Dann wäre mein Vorhaben erneut zunichte, und das könnte ich nicht noch einmal ertragen.*

*Heute weisen alle Zeichen in die gleiche Richtung. Jetzt ist der Augenblick gekommen!*, zog er ein letztes Fazit.

Er setzte sich an seinen Schreibtisch und begann, den Brief an seine Cousine zu verfassen. Er war schon fast fertig, als ihm noch etwas einfiel. Noch einmal tauchte er die Feder ins Tintenfass.

*Morgen gegen zehn Uhr werde ich dich im Grand Hotel aufsuchen, liebe Cousine, um alles noch einmal mündlich zu erörtern und meine Briefe an Mary von Dir in Empfang zu nehmen. Undenkbar, was geschehen würde, wenn diese in die falschen Hände gerieten, etwa in diejenigen eines der Geheimagenten, die mir auf Schritt und Tritt folgen.*

*Obwohl ich ihnen auch an einem Sonntagmorgen nicht entgehen werde, will ich die Hintertreppe benutzen. Zumindest das illustre Publikum des Grand Hotels soll mich nicht erkennen.*

Rudolf überlas das Geschriebene noch einmal, ohne etwas zu verändern. Dann verschloss er es mit Wachs, in das er seinen Siegelring drückte.

Schließlich läutete er dem Kammerdiener. Als Loschek erschien, bereits in seinen wollenen Mantel gehüllt, um den Dienstmann durch die im Winter eiskalten Gänge der Hofburg nach draußen zu geleiten, gab er ihm noch einen letzten Befehl.

»Ich habe meine Pläne für den nächsten Montag geändert und werde zur Jagd nach Schloss Mayerling fahren. Sorgen Sie dafür, dass dort alles bereit gemacht wird.«

# Kapitel 20

## Palais Vetsera in der Salesianergasse

***Sonntag, 27. Januar 1889, gegen halb neun Uhr abends***

Prüfend warf Mary Vetsera einen letzten Blick in den hohen Wandspiegel in ihrem Zimmer. Dann lächelte sie sich selbst zu. Sie war mit ihrer Erscheinung überaus zufrieden.

Das brandneue Abendkleid aus hellblauer Seide, dessen Rock raffiniert drapiert und üppig mit zartgelben Rüschen besetzt war, kleidete sie ganz vorzüglich. Noch einmal beglückwünschte sie sich dazu, ihre Mutter schon vor einigen Wochen davon überzeugt zu haben, für ihren heutigen Auftritt nicht das langweilige Weiß zu wählen, in dem die Wiener Debütantinnen normalerweise bei Hofe eingeführt wurden.

Zumal es ja auch gar keine reguläre Einführung war, wie sie in anderen Jahren stattfand. Die beiden Hofbälle, die normalerweise in der Faschingszeit abgehalten wurden, fielen dieses Jahr aus. Denn noch war die Kaiserfamilie offiziell wegen des Todes von Sisis Vater, Herzog Max in Bayern, im vergangenen November in Trauer.

Zu Marys Glück. Denn bei Hofe wäre sie nie empfangen worden. Die Familie Vetsera gehörte ja nur zum erst kürzlich in den Freiherrnstand erhobenen Beamtenadel. Vonseiten ihrer Eltern wies sie daher keine der erforderlichen acht Generationen auf, die bereits so lange dem Hochadel angehörten.

Kaiserin Sisi würde den üblichen Cercle, bei dem sie die Debütantinnen mit ein paar nichtssagenden Worten in der Gesellschaft willkommen hieß, allerdings nicht abhalten. Sie nahm an diesem Empfang in der deutschen Botschaft gar nicht teil.

Stattdessen würde ihre Schwiegertochter Stephanie diese Rolle übernehmen. Mary grinste hämisch. Eine bessere Gelegenheit, ihre Rivalin spüren zu lassen, wie wenig sie ihrem Ehemann Rudolf bedeutete, würde es für sie nicht mehr geben. Was für ein wunderbares zeitliches Zusammentreffen!

Überhaupt stand Mary dem heutigen Abend ganz anders gegenüber als Rudolf, der ihr bei ihrem kurzen Treffen im Prater am Nachmittag ausführlich sein Leid über diese ihm bevorstehende Tortur geklagt hatte.

»Ich muss zu Ehren des mir verhassten Kaisers Wilhelm sogar in einer deutschen Uniform bei diesem Empfang erscheinen. Zum Glück ist es die letzte Veranstaltung dieser Art, zu der mein Vater mich zwingen kann.«

Er lächelte Mary im Halbdunkel des geschlossenen Landauers, in dem sie sich getroffen hatten, gequält an. Sie streichelte seine Wange.

»Nun gräm dich doch nicht so, mein Geliebter! Bald sind wir beide endlich vereint!« Im Gegensatz zu Rudolf fühlte sich Mary geradezu übersprudelnd vor Glück. Dazu trug auch die bevorstehende Begegnung mit Stephanie bei, was sie Rudolf jedoch wohlweislich verschwieg.

Hanna riss Mary aus ihren Gedanken. Sie streckte den Kopf zur Tür herein. »Bist du fertig, Mary?«

Ohne deren Antwort abzuwarten, übte sie gleich erneut Kritik an ihr. »Du bist ja aufgedonnert wie ein Zirkuspferd! Hat Mama dir erlaubt, selbst am heutigen Abend all diesen Schmuck anzulegen? Noch sind wir unverheiratete Komtessen, für die sich das nicht schickt, wie du sehr wohl weißt.«

Mary schürzte verächtlich die Lippen. »Geh du nur in deinem schlichten Weiß mit der Perlenkette als einzigem Schmuck!«, erwiderte sie. »Niemand wird dich bemerken. Ich dagegen möchte heute Abend auffallen.«

Sie prüfte noch einmal den Sitz des diamantenen Halbmonds, den Agnes erneut in ihren kunstvoll aufgesteckten Haaren befestigt hatte. Dabei hob sie den Arm, an dem sich Rudolfs Saphirarmband befand, das er ihr schon im November geschenkt und das sie bereits damals als Gabe ihrer Cousine Marie Louise Larisch ausgegeben hatte. Zum Schluss rückte sie die Diamantschleife zurecht, die genau unter dem Ansatz ihrer Brüste befestigt war, den das großzügige Dekolleté zeigte.

»Bei Hofe hätte man dich in diesem Aufzug gar nicht vorgelassen!« Hanna gab noch nicht auf.

»Wir sind aber nicht bei Hofe!«, erwiderte Mary schnippisch. »Sondern nur beim deutschen Botschafter, dem Prinzen Reuß. Und der wird mich nicht zurückweisen, nur weil ich ein paar Juwelen trage.«

»Aber die Kronprinzessin könnte Anstoß an dir nehmen!« Hiermit wählte Hanna ohne ihr Wissen das am wenigsten geeignete Argument, um Mary zu überzeugen.

»Pah!«, versetzte die denn auch. »Auch die Kronprinzessin muss sich heute Abend an die Regeln des Hausherrn und Gastgebers halten. Prinz Reuß hat ausdrücklich alle jetzigen und ehemaligen österreichischen Diplomaten und deren Familien zu diesem Empfang geladen. Als ihm der Vorschlag unterbreitet wurde, die Soiree zur Einführung der diesjährigen Debütantinnen zu nutzen, bestand er darauf, dass dies auch für alle neuadligen Fräulein gelten müsse. Er wolle keinen seiner Gäste verprellen.«

»Selbst Sophie von Werdenfels wird der Kronprinzessin vorgestellt werden, obwohl ihr Stiefvater nur ein einfacher Ritter ist«, fügte sie hinzu.

»Kinder! Die Kusche wartet! Seid ihr endlich fertig?« Helene Vetsera betrat Marys Zimmer. Auch sie war überaus elegant in eine Abendrobe aus schwarzem schimmerndem Samt gekleidet, zu der sie ein kostbares Diamanthalsband in Form von Efeublättern trug. Eine weiße Reiherfeder war mit Brillantnadeln in ihrem dunklen Haar befestigt.

»Ihr wisst doch, dass alle Gäste gebeten wurden, mindestens eine halbe Stunde vor der kaiserlichen Familie einzutreffen, die um Punkt zehn Uhr erwartet wird. Aber es sind sechshundert Gäste geladen. Es wird dauern, diese Schar zu begrüßen. Also sollten wir mindestens eine Stunde vorher in der Botschaft sein.«

»Mary trägt viel zu viel Schmuck«, wandte Hanna ein.

Helene musterte ihre jüngste Tochter kurz und zuckte dann mit den Schultern. »Es ist ja kein Empfang bei Hofe, wo sich alle an diese altmodischen Regeln halten müssen«, blies sie dann in das gleiche Horn wie Mary. »Und die Wiener Gesellschaft darf gerne noch einmal daran erinnert werden, dass die Vetseras überaus wohlhabende Leute sind.«

**Palais der deutschen Botschaft in Wien**

***Sonntag, 27. Januar 1889, kurz vor neun Uhr abends***

Sophie wischte sich nervös ihre bereits feuchten Hände mit einem Taschentüchlein trocken, als die Mietdroschke in die Metternichgasse einbog, in der sich das Palais der deutschen Botschaft befand. Als sich ihr Blick mit dem ihrer Mutter traf, bemerkte sie an deren Miene, dass auch Henriette sich unbehaglich fühlte.

Die Gründe für das Unbehagen von Mutter und Tochter waren allerdings unterschiedliche. Henriette hatte strenge Anweisungen von ihrem Gatten erhalten, sobald er von der Einladung des Prinzen Reuß erfuhr. Fast wäre Arthur von Freiberg sogar persönlich aus Kairo angereist, um an diesem Empfang teilzunehmen, wurde aber von dringenden Amtsgeschäften vor Ort daran gehindert.

»Benehmt euch tadellos und bemüht euch gleichzeitig, aufzufallen und einen bleibenden Eindruck zu hinterlassen!«, hatte er Frau und Stieftochter angewiesen, allerdings ohne sich näher darüber auszulassen, wie dies zu bewerkstelligen sei. Immerhin hatte er die immens hohe Rechnung des Ateliers Spitzer für die Anfertigung der Abendroben ohne jegliches Murren beglichen.

Als Sophie erfahren hatte, dass auch sie trotz ihres niedrigen Adelsstandes der Kronprinzessin als Debütantin vorgestellt werden sollte, riet Madame Spitzer ihr zu einem nur mäßig ausgeschnittenen Kleid aus weißem Crêpe de Chine. Dafür wies es zum Ausgleich für die keusche Farbe einen überaus eleganten Schnitt auf.

Die Seide umgab Sophies schlanken Oberkörper wie eine zweite Haut, um dann in einem üppig mit Volants aus echter Brüsseler Spitze besetzten schwingenden Rock mit einer angedeuteten Schleppe auszulaufen. Bis über die Ellenbogen reichende Handschuhe aus feinster weißer Seide sowie eine ganz aus Brüsseler Spitze gefertigte Stola vervollständigten die dezente und dennoch erlesene Garderobe.

Schmuck trug Sophie dazu gemäß der herrschenden Sitte kaum. Neben kleinen goldenen Ohrsteckern hatte sie nur ihr goldenes Erstkommunionskreuz, das an einer filigranen Kette hing, angelegt.

Den Reichtum der Familie zeigte dagegen Henriette, die ihren kostbarsten Diamantschmuck trug. Ihre elegant frisierten blonden Haare wurden von einem kleinen Diadem gehalten. Um den Hals ihrer tief ausgeschnittenen violetten Robe aus Atlasseide trug sie die dazu passende dreireihige Kette. Ohrstecker, ein über den langen weißen Handschuhen getragenes doppelreihiges Armband sowie ein Ring mit dem größten der Diamanten in einer filigranen Fassung vervollständigten das Ensemble.

Sophie konnte sich nicht daran erinnern, wann Henriette diese Schmuckgarnitur zuletzt getragen hatte. Sie war das Hochzeitsgeschenk ihres verstorbenen Vaters gewesen.

Fürchtete ihre Mutter also, die Erwartungen ihres Gatten bei diesem wichtigen Empfang nicht zu erfüllen, fürchtete Sophie dagegen die Begegnung mit Richard von Löwenstein und seiner Verlobten Amalie. Selbstverständlich war Richard als Stabsoffizier des Kronprinzen mit seiner ganzen Familie zum Empfang geladen worden. Auch Rudolf wurde, ebenso wie der Kaiser und alle in Wien weilenden Erzherzöge und Erzherzoginnen, zu der Soiree erwartet. Nur die Kaiserin würde heute Abend wieder einmal fehlen. Sie hatte sich wegen Unpässlichkeit entschuldigen lassen.

Angesichts der sechshundert geladenen Gäste hatte Sophie zunächst gehofft, Richard und Amalie aus dem Wege gehen zu können. Doch seitdem sie wusste, dass alle noch nicht in die Gesellschaft eingeführten Debütantinnen der Kronprinzessin vorgestellt wurden, war ihr klar, dass sie Amalie und Richard zumindest bei dieser Gelegenheit begegnen würde.

Natürlich würde Amalie, die dem Hochadel entstammte, mit ihrer beachtlichen Ahnenreihe weit vor ihr selbst vorgestellt werden. Doch zuvor saßen alle Debütantinnen bis zu ihrem Auftritt auf Bänken zur Rechten und Linken der Kronprinzessin, stolz und zugleich nervös beobachtet von ihren engsten Verwandten.

Sicherlich würde Richard spätestens dann der Form Genüge tun und sie zumindest begrüßen. Genauso wie er getreulich auch am Mittwoch und dem gestrigen Samstag um vier Uhr im Café Prinzess erschienen war.

Gestern hatte Sophie ihm selbst einen Großen Schwarzen gebracht und ihm dabei ganz kurz von Marys Aussage berichtet, die Sache mit Rudolf »habe keine Zukunft«. Von der Wahrsagerin erzählte sie ihm nichts, um Mary nicht bloßzustellen.

Schon gestern hatte Sophie erneut gespürt, wie schmerzhaft die Begegnungen mit Richard für sie waren. Sie überschatteten sogar ihre Freude an der Arbeit im Kaffeehaus. Vor seiner Ankunft konnte sie sich zunächst noch mit den vielfältigen Aufgaben ablenken, die sie als Aufseherin übernahm, obwohl sie zunehmend nervöser wurde, je näher es auf vier Uhr nachmittags zuging. Nach seinem Besuch war sie nur noch zutiefst traurig.

Außerdem litt danach ihre Konzentration. So hatte sie gleich mehrere Stück Torte verschnitten oder so ungeschickt auf den Tellern platziert, dass sie umgefallen und damit unansehnlich waren. Die Serviermädchen hatten sich über die Köstlichkeiten gefreut, die sie völlig unerwartet aufessen durften. Sophie dagegen hatte ihr Ungeschick nur noch mehr deprimiert.

Und heute würde es noch viel schwerer für sie werden, Richard zu begegnen. Denn entgegen seiner Ankündigung war er bislang allein im Kaffeehaus erschienen. Heute würde er jedoch in Begleitung seiner Verlobten sein.

Beunruhigt war Sophie außerdem über einige neugierige Fragen ihrer Mutter, die gestern Nachmittag einen Jour fixe der Gräfin Wilczek besucht hatte. Dort sei, wenn auch hinter vorgehaltener Hand, über eine mögliche Affäre Marys mit dem Kronprinzen getratscht worden. Ob Sophie etwas darüber wisse.

Selbstverständlich hatte sie dies verneint, wenn wegen ihrer Lüge auch mit schlechtem Gewissen. Doch Mary hatte ihr einfach zu oft mit Selbstmord gedroht, wenn die Affäre herauskäme. Henriette hätte dagegen aus Loyalität zu ihrer Freundin Helene, der sie viel zu verdanken hatte, die Baronin wahrscheinlich umgehend eingeweiht. Das wollte Sophie nicht riskieren. Seither grübelte sie darüber nach, wer die undichte Stelle sein könnte, die die Quelle der Gerüchte war.

Allerdings hatte sie seinerzeit ja selbst Marys auffälliges Verhalten bei der Eröffnung des Hofburgtheaters im Oktober in Gegenwart des Kronprinzen miterlebt. Und bei der notorischen Klatschsüchtigkeit der Wiener Gesellschaft war eigentlich davon auszugehen, dass man die beiden danach sehr scharf beobachtet hatte.

Da sie noch immer nicht einschätzen konnte, was Mary mit ihrer Aussage, keine Zukunft mit Rudolf zu haben, wirklich gemeint hatte, hoffte Sophie schon aus diesem Grund, dass es heute nicht zu einem weiteren Eklat käme. Sollte der Kronprinz sich nämlich tatsächlich gegen ihren Willen von Mary getrennt haben, hielt sie ihre Freundin durchaus für fähig, genau an diesem, für das Kaiserreich so bedeutsamen Abend einen Skandal zu verursachen.

Nun hatte die Mietdroschke die Unterführung passiert, die zum Eingang des Botschaftspalais führte. Der Kutscher half zuerst ihrer Mutter, dann ihr selbst aus dem Wagen. Ängstlich darauf bedacht, ihr kostbares Kleid nicht zu beschmutzen oder mit dem schwingenden Rock irgendwo hängen zu bleiben, schritt Sophie durch das prächtige Treppenhaus in die Repräsentationsräume im ersten Stock.

Sie waren im Barockstil gehalten. Überall strahlten vergoldete Lüster mit Tausenden von Kerzen. Mannshohe, mit verschnörkelten Rahmen versehene Spiegel reflektierten das Licht so intensiv, dass Sophie sogar für einen Moment lang geblendet die Augen schloss.

Nach der Begrüßung durch den Botschafter betrat sie an der Seite ihrer Mutter den großen Empfangssaal, der bereits voller festlich gekleideter Menschen war. Vor allem die Männer standen debattierend in Gruppen zusammen. Die Damen hatten zum Teil an kleinen, an den Wänden entlang aufgestellten Tischen Platz genommen.

Eine Musikkapelle spielte Weisen von Johann Strauß. Scharen von Dienern in Galalivree eilten mit Tabletts voller gefüllter Gläser und Tellerchen mit Kanapees durch den Saal und versorgten die Gäste. Nach dem Eintreffen des Kaisers und seines Gefolges würde im Nebenraum ein riesiges Buffet eröffnet werden, zu dem auch das Café Prinzess seinen Anteil beigetragen hatte. Schon jetzt, lange bevor alle Gäste eingetroffen waren, übertönte das Stimmengewirr fröhlicher Menschen beinahe die Musik.

Henriette von Freiberg sah sich suchend um und eilte dann erleichtert auf einen Tisch zu, an dem die Gräfin Wilczek bereits mit ihrer nach wie vor ledigen Tochter Annelie Platz genommen hatte. Sophie wusste, dass es kaum im Sinne ihres

Stiefvaters gewesen wäre, dass sich ihre Mutter sofort an den Tisch einer Witwe in Begleitung ihrer altjüngferlich wirkenden Tochter zurückzog, anstatt wie die gerade eingetroffene, prächtig aufgeputzte Baronin Helene Vetsera von Gruppe zu Gruppe durch den Saal zu wandeln, um ihre zahlreichen Bekannten und Freunde zu begrüßen.

Doch Sophie verstand ihre Mutter nur zu gut, zumal in diesem Moment auch Richard von Löwenstein mit Amalie von Thurnau am Arm den großen Festsaal betrat. Unwillkürlich verbarg sich Sophie halb hinter der korpulenten Annelie, um nicht von ihm gesehen zu werden. Und überlegte ein weiteres Mal, was Richard eigentlich an seiner Verlobten auszusetzen hatte.

Amalie war in cremefarbene Seide gekleidet. Die Farbe war wohl ihrer Debütantinnenrolle zuzuschreiben, nicht aber der Schnitt ihrer Abendrobe. Er glich entfernt dem von Sophies Kleid, da er sich eng um Amalies Oberkörper schmiegte und ebenfalls in einem schwingenden Rock auslief. Dieser bestand jedoch fast ausschließlich aus feinster Spitze, die in vier, in Falten und Raffungen mit Volants gelegten Stoffbahnen über einem darunter hervorblitzenden goldbestickten vorderseitigen Unterstoff bis zu den Füßen fiel.

Eine dunkelblaue Schärpe betonte Amalies schlanke Taille. Das im Vergleich zum prächtigen Rock eher schlicht gehaltene Oberteil war an Brust und Rücken tief ausgeschnitten. Es hätte nahezu schon unanständig gewirkt, wäre das Dekolleté nicht fast vollständig von einem mit Diamanten umrahmten Saphirschmuck ausgefüllt worden, wie Sophie ihn in dieser Üppigkeit und Pracht noch nie gesehen hatte.

Auch in den blonden, elegant aufgesteckten Haaren und über den elfenbeinfarbenen Handschuhen trug Amalie weiteren Saphirschmuck. Dazu hatte sie ihr süßestes Lächeln aufgesetzt und genoss sichtlich die bewundernden Blicke der Männer und die neidischen der Frauen, an denen sie vorbeischritt.

Im Vergleich zu Amalie kam sich Sophie trotz ihrer ebenfalls teuren und exquisiten Toilette wie ein Bauerntrampel vor. *Natürlich kann sie sich heute so aufdonnern und diesen opulenten Schmuck tragen.* Eine plötzliche Bitterkeit füllte ihre Kehle mit Galle. *Im Gegensatz zu mir ist sie ja bereits offiziell verlobt.*

Richard von Löwenstein trug die Galauniform seines Dragonerregiments, dem er offiziell trotz seiner Stabsfunktion noch immer angehörte. Sie stand ihm gut zu Gesicht. Wäre seine ernste Miene nicht gewesen, hätte er fesch gewirkt, wie die Wiener dies ausdrückten.

»Sind diese beiden nicht das schönste Paar des Abends?«, raunte die Gräfin Wilczek Sophie und Henriette in diesem Moment zu. Beide nickten mit einem gequälten Lächeln.

Jetzt hatte Richard Sophie entdeckt und neigte grüßend den Kopf. Seine Miene hellte sich sichtlich auf.

Schon flüsterte er Amalie etwas ins Ohr und machte Anstalten, sie zu ihrem Vater zu führen, womöglich, um Sophie auch persönlich zu begrüßen, als ihm Mary Vetsera zuvorkam.

Wie aus dem Nichts stand sie plötzlich vor Sophies Tisch. Ihre Augen glänzten wie im Fieber, ihre Wangen waren sanft gerötet. In der Hand hielt sie eine bereits geleerte Champagnerflöte.

Wie Amalie war auch Mary an diesem Abend strahlend schön, konstatierte Sophie bei sich. Und wie Amalie trug sie viel zu viel kostbaren Schmuck, um als keusche Komtess durchzugehen. Was sie offensichtlich auch nicht beabsichtigte, wie Sophie aus den herausfordernden Blicken schloss, die Mary nach allen Seiten warf, nachdem sie die Damen Wilczek und Henriette begrüßt hatte.

»Ich komme, um Ihnen Sophie zu entführen«, erklärte sie mit rauer Stimme, als wäre sie leicht heiser. »Ich habe mein Graduale heute zu oft gesungen«, erklärte sie ohne weitere Aufforderung angesichts der verwunderten Blicke am Tisch. »Ich probe unermüdlich für meinen Soloauftritt in der Augustinerkirche am nächsten Samstag.«

»Doch nun komm mit, liebe Sophie! Ich würde dich gerne ein paar schmucken Offizieren vorstellen, die ich vom Eislaufen kenne.« Ehe sie sichs versah, hatte Mary sie zum Aufstehen genötigt und zog sie mit sich durch die Menge.

»Rudolf ist noch nicht da«, flüsterte sie Sophie ins Ohr. »Solange muss ich mich notgedrungen anderweitig amüsieren.«

»Was meinst du denn damit?«, erschrak Sophie. Sollten sich ihre Befürchtungen, dass Mary auch heute wieder einen Skandal verursachen könnte, am Ende bewahrheiten?

»Nun, man muss Flagge zeigen, wenn man auffallen will.« Genau in diesem Moment kam ihnen Richard mit Amalie am Arm entgegen. Sophie spürte, dass sie errötete. Doch Amalie beachtete sie gar nicht. Stattdessen musterte sie Mary mit leicht verächtlich herabgezogenen Mundwinkeln.

»Guten Abend, die Dame«, erwiderte Mary herausfordernd Amalies Blick, nachdem sie Richard kurz zugenickt hatte. »Schmerzt Ihnen der Nacken nicht von dem schweren Gestein, das Sie um Ihren Hals tragen?«

Amalie zog scharf die Luft ein. Schockiert von diesem Frontalangriff fehlten ihr offensichtlich die Worte für eine scharfzüngige Erwiderung. Auch Richard verharrte mitten im Schritt, den er schon auf Mary und Sophie zu machen wollte, um sie formvollendet zu begrüßen.

Mary warf Amalie ein triumphierendes Lächeln zu, bevor sie Sophie ohne ein weiteres Wort mit sich zog.

»So muss man es machen!«, erklärte sie mit jenem Brennen in den dunkelblauen Augen, das Sophie schon zuvor bemerkt hatte. Sie tauschte ihr leeres Glas gegen eine gefüllte Champagnerflöte auf dem Tablett eines vorbeieilenden Dieners.

»Lass dich doch nicht von dieser Amalie einschüchtern, Sophie, nur weil sie jetzt mit Richard verlobt ist«, fuhr sie fort. »Man muss kämpfen um das, was man liebt. Nimm dir ein Beispiel an mir!«

## Auf dem Weg zum Palais der Deutschen Botschaft in Wien

### *Sonntag, 27. Januar 1889, kurz vor zehn Uhr*

»Pass doch auf, du zerknitterst ja meinen Rock!«

»Entschuldige bitte,«, murmelte Rudolf aus reiner Gewohnheit und zog seine Füße in den blank polierten Stiefeln dichter an seinen Körper. Er war mit seiner ungeliebten Gemahlin auf dem Weg zum Empfang des deutschen Botschafters, dem letzten repräsentativen Auftritt, den er als Kronprinz absolvieren würde.

Eine Zeile seines schon vor Monaten verfassten Abschiedsbriefes an Stephanie ging ihm durch den Sinn: *Bald bist du von meiner Gegenwart und Plage befreit.*

*Und ich von der deinigen,* fügte er in Gedanken hinzu.

Trotz ihrer prächtigen grauen Robe und dem starken Parfüm glaubte er, wieder Stephanies säuerlichen Geruch wahrzunehmen. Doch als er das Fenster der Hofkalesche ein wenig öffnen wollte, fuhr sie ihn an: »Draußen friert es! Willst du, dass ich mir eine Lungenentzündung hole?«

*Hätte ich noch ein wenig mehr Lebenszeit, käme mir das sehr gelegen,* schoss es ihm durch den Kopf. Dann entschuldigte er sich und ließ den Fenstergriff wieder los.

Sofort schien sich der säuerliche Geruch zu verstärken. Rudolf bemühte sich unauffällig, nur flach durch den Mund zu atmen. Als er den Kopf an die gepolsterte Rückwand lehnte, um so viel Abstand wie möglich zu der ihm gegenübersitzenden Stephanie zu halten, drückten ihn die schweren silbernen Achselklappen der deutschen Ulanenuniform, die er auf Befehl seines Vaters angelegt hatte, schmerzhaft in die Schultern. Unruhig rutschte er auf seiner Bank hin und her, um eine bessere Sitzposition zu finden, was ihm das nächste empörte Zischen seiner Gemahlin eintrug.

*Gleich sind wir da,* versuchte er, sich zu beruhigen. *Es kann nur noch ein paar Gassen weit sein.*

Um sich abzulenken, ließ er noch einmal den Tag Revue passieren und überprüfte die Vollständigkeit seiner Vorbereitungen.

Wie er es Marie Louise Larisch angekündigt hatte, war Rudolf gleich morgens um zehn Uhr im Grand Hotel erschienen. Da er die Hintertreppe benutzt hatte, hoffte er, dass ihn außer den allgegenwärtigen Geheimagenten niemand bemerkt hatte.

Sein Gespräch mit Marie Louise war kurz und kühl gewesen. Er versprach ihr als Gegenleistung für ihre kürzlich erwiesenen und noch zu leistenden Dienste die von ihr begehrten siebzigtausend Gulden.

»Und wann erhalte ich das Geld?«, hatte die Gräfin gefragt und sich dabei vergeblich bemüht, das gierige Glitzern in ihren Augen zu verbergen.

»Wenn du Mary am Montagmorgen in die Hofburg gebracht hast. Vorher verfüge ich nicht über diese Summe.«

Obwohl dies die reine Wahrheit war, da ihm Baron Hirsch die Auszahlung der einhunderttausend Gulden erst für den frühen Montagmorgen zugesagt hatte, stutzte die Gräfin. »Und wer garantiert mir, dass du dein Wort hältst? Ist Mary erst einmal bei dir, kann ich nichts mehr tun.«

»Ich gebe dir mein Ehrenwort«, versicherte Rudolf. Marie Louise schürzte skeptisch die Lippen.

»Ich brauche ein Unterpfand«, verlangte sie. »Ohne dieses Geld befinde ich mich in den allergrößten Schwierigkeiten.«

»Es wird dir nichts anderes übrig bleiben, als meinem Wort zu vertrauen«, hatte Rudolf ihr barsch geantwortet. »Hast du meine Briefe an Mary mitgebracht, wie ich es dir nach Pardubitz telegrafiert habe?«

Marie Louise nickte langsam. Offensichtlich dachte sie über etwas nach.

»Dann gib sie heraus!« Rudolf streckte die Hand aus.

»Quid pro quo«, antwortete Marie Louise zu seiner Empörung daraufhin. »Ich bringe dir Mary heute Nachmittag in den

Prater und, wie du es angeordnet hast, am Montagmorgen im Fiaker des Kutschers Franz Weber, der uns schon einmal behilflich war, zu dir in die Hofburg.«

Weber war in seinem Fiaker Anfang Dezember Zeuge der Szene geworden, die Stephanie Mary im Prater gemacht hatte. Schon einmal hatte sich Rudolf sein Schweigen erkauft.

Marie Louise holte tief Luft. »Damit füge ich den unzähligen Malen, die ich schon für dich und Mary gelogen habe, noch zwei weitere Male hinzu. Doch deine Briefe an Mary übergebe ich dir erst im Gegenzug für das Geld.«

»Und wenn ich mich weigere?« Noch nie hatte ihm Marie Louise derart getrotzt. Rudolf war fassungslos.

»Dann rühre ich keinen Finger mehr«, erklärte die Gräfin kühl.

Also war Rudolf nichts anderes übrig geblieben, als nachzugeben. Im Geiste fasste er jetzt noch einmal alle getroffenen Vorbereitungsmaßnahmen zusammen. Dabei bewegte er lautlos die Lippen.

*Mary ist in meine Pläne eingeweiht und damit einverstanden. Sie wird mich nach Mayerling begleiten. Philipp von Coburg und Graf Josef Hoyos habe ich zum Schein als Jagdgäste eingeladen. Loschek hat veranlasst, dass sich das Personal am Montag in aller Frühe mit dem Küchenwagen nach Mayerling aufmacht. Bratfisch ist benachrichtigt, dass er in der Nähe der Augustinerrampe ab halb elf Uhr unauffällig auf Mary wartet, um sie nach Mayerling zu bringen. Marie Louise heuert den Fiaker Franz Weber an, der sie zum Palais Vetsera fährt, um Mary dort gegen zehn Uhr abzuholen, angeblich, um zu Rodeck zu fahren. Ich muss noch daran denken, die fünfhundert Gulden bereitzuhalten, mit denen ich Weber bestechen will.*

Im Geiste machte sich Rudolf eine Notiz.

*Meine Abschiedsbriefe für Stephanie, meine Schwester Marie Valerie, Baron Hirsch und Mizzi Caspar liegen in meinem Schreibtisch. Ich habe verfügt, dass von Szögyényi allein befugt ist, das Schloss zu erbrechen und meinen Nachlass zu verwalten.*

Von Szögyényi war ein ungarischer Adliger, dem Rudolf völlig vertraute.

*Er soll Mizzi auch die dreißigtausend Gulden überbringen, die ich in den mit ihrem Namen gekennzeichneten Umschlag stecken werde.*

Mizzi! Zum ersten Mal in den letzten Stunden und Tagen wurde Rudolf das Herz schwer. Heute Nacht würde er die Geliebte zum letzten Mal in den Armen halten. Um ihn selbst und auch um die blutjunge Mary war es ihm nicht leid. Aber Mizzi würde um ihn trauern, vielleicht sogar als Einzige aller ihm nahestehenden Menschen. Ihr Schmerz zu bereiten tat ihm weh.

Er atmete tief ein, um die aufkommenden Tränen zurückzudrängen. Stephanies strenger Geruch und ihr missbilligender Blick brachten ihn sofort in die Gegenwart zurück.

»Was murmelst du denn die ganze Zeit lautlos vor dich hin?«, fragte sie verächtlich. »Man könnte meinen, du seist nicht recht bei Verstand.«

»Eine wichtige Sitzung im Heeresmuseum morgen Mittag«, wich er aus, ohne ihr dabei in die Augen zu sehen. »Ich bin schon einmal die zu erörternden Punkte durchgegangen.«

*Ach ja, für die Sitzung muss ich mich noch entschuldigen lassen.* Im Geiste machte sich Rudolf eine weitere Notiz.

Endlich rumpelte die Hofkalesche durch die Unterführung, die zum Eingang des Botschaftspalais führte. Rudolf atmete erleichtert auf und bezahlte dies sofort mit Übelkeit, da er zu tief Luft geholt und dabei auch Stephanies Ausdünstungen inhaliert hatte. Er riss selbst den Schlag auf und sprang hinaus. Dann reichte er Stephanie die Hand, um ihr aus der Kutsche zu helfen.

Aus der vor ihnen haltenden Hofkalesche war gerade sein Vater Franz Joseph gestiegen. Ihm folgte seine Schwester Marie Valerie mit ihrem Verlobten Franz Salvator. Morgen Abend sollte ihre Verbindung bei einem festlichen Diner im Kreise der Familie gefeiert werden. Für jedes Familienmitglied bestand Teilnahmezwang. Rudolf grinste unauffällig in sich hinein. *Dem ich mich zu entziehen gedenke.*

Prinz Reuß, der deutsche Botschafter, wartete schon am Fuß der Treppe, gefolgt von seinen wichtigsten Beamten. Er eilte auf den Kaiser zu und begrüßte ihn mit einer tiefen Verbeugung. »Eure Majestät, es ist mir eine unendliche Ehre. Ich begrüße Eure Hoheit im Namen des deutschen Kaisers Wilhelm herzlich.«

Franz Joseph, der zu Ehren Wilhelms die Generalsuniform seines preußischen Garderegiments trug, lächelte jovial, erwiderte den Gruß und nickte auch den anderen deutschen Diplomaten zu. Dann schob er seine Tochter Marie Valerie und ihren Verlobten nach vorn, die ebenfalls begrüßt wurden.

Schließlich drehte er sich um, streckte Stephanie seine Hand entgegen und zog sie an seine Seite. »Meine Schwiegertochter Stephanie von Belgien.«

Rudolf wartete geduldig hinter seinem Vater, bis er als Letzter an die Reihe käme. Doch der Kaiser machte keine Anstalten, sich zu ihm umzudrehen.

»Dann wollen wir uns jetzt hineinbegeben«, sagte er zu dem zunächst wegen Rudolfs Brüskierung verblüfften, dann offensichtlich schockierten Botschafter. Dem verlegenen Prinzen blieb nichts anderes übrig, als der Aufforderung seines ranghöchsten Gastes Folge zu leisten.

Rudolf spürte, wie ihm alles Blut aus dem Gesicht wich. Sein Vater hatte ihn vor dem deutschen Botschafter und dessen ganzer Suite ignoriert. Prinz Reuß würde am morgigen Tag nichts Eiligeres zu tun haben, als Wilhelm und dem deutschen Kanzler Otto von Bismarck von dieser ungeheuerlichen Demütigung des Kronprinzen durch seinen eigenen Vater zu berichten. Rudolf sah Wilhelms feixendes Gesicht bereits vor sich, wenn er diese Nachricht erhielt.

Einen kurzen Moment lang überlegte er, auf dem Absatz kehrtzumachen und sich sofort zu Mizzi Caspar fahren zu lassen. Aber damit würde er erst recht den Zorn seines Vaters auf sich ziehen und am nächsten Tag unter allerhöchster Beobachtung stehen. Und das war das Letzte, was morgen passieren durfte.

Mit fest zusammengebissenen Zähnen stieg Rudolf daher die Treppe zu den Festsälen empor. Erst als ihn Marys vor Glück strahlende Augen begrüßten, wurde ihm wieder ein wenig leichter ums Herz.

*Nur noch wenige Tage! Dann ist alles vorbei.*

## Palais der deutschen Botschaft in Wien

### *Sonntag, 27. Januar 1889, im weiteren Verlauf des Abends*

Wie ein Schoßhündchen folgte Sophie der immer aufgekratzter wirkenden Mary. Obwohl sich Rudolf und ihre Freundin nach einer kurzen Begrüßung und dem Austausch nichtssagender Floskeln nicht mehr miteinander unterhalten hatten, bemerkte sie immer wieder die glühenden Blicke, die sich die beiden zuwarfen, und dass sie einander zulächelten, wenn sie glaubten, es fiele niemandem auf.

*Das wirkt nicht so auf mich, als wäre die Affäre beendet,* überlegte sie besorgt.

Da Rudolf auch Sophie galant begrüßt hatte, erkannte sie sofort, wie entsetzlich schlecht der Kronprinz aussah. Seine Wangen waren totenbleich, seine Augen lagen tief in den dunkel umschatteten Höhlen. Als er ein Glas Champagner vom Tablett eines Dieners nahm, zitterten seine Hände so stark, dass er einen Teil des Getränks über seine steife Galauniform goss.

Marys brennende und Sophies besorgte Blicke folgten Rudolf, als er auf Richard von Löwenstein und seine Verlobte Amalie zutrat. Amalie versank in einen so tiefen Hofknicks, dass sie beim Aufstehen mit dem Absatz ihres Seidenschuhs in einem der Spitzenvolants ihres Rocks hängen blieb. Sie strauchelte, und ein Teil des Volants riss ab. Während sie tiefrot vor Scham in der Garderobe verschwand, in der geschickte Näherinnen bei jedem großen Fest warteten, um solche Malheurs wieder in Ordnung zu bringen, unterhielt sich Rudolf weiter mit Richard.

Mary sah sofort die nächste Gelegenheit zu einem Wortwechsel mit Rudolf. »Geh, Sophie, und sprich Richard an!«, drängte sie. Als Sophie den Kopf schüttelte, schubste sie sie sogar ein wenig in Richards Richtung. Da sich Rudolf allerdings genau in diesem Moment entfernte, um weitere Gäste zu begrüßen, ließ sie wieder von Sophie ab und wandte sich stattdessen an den erstbesten Herrn. Es war der Erste Botschaftssekretär des Fürsten Reuß, ein Graf Monts, wie Sophie am Rande mitbekam.

Mit einem höflichen Lächeln lauschte sie Marys langweiliger Konversation mit dem Grafen, den diese, wie schon andere Männer vor ihm, an diesem Abend ganz offensichtlich in ihren Bann zog. Mary wollte jedes Detail über den Unterschied zwischen Rudolfs deutscher Ulanenuniform und der Dragoneruniform des Grafen Monts wissen. Aus den Augenwinkeln sah Sophie, dass sich Richard ihr wieder zu nähern versuchte. Doch Amalies Vater verwickelte ihn in ein Gespräch, bis seine Tochter nach zehn Minuten wieder zurückkam und Richard erneut mit Beschlag belegte.

Nach allen Seiten grüßend schritt das Paar durch die Menge und nahm offensichtlich immer wieder persönliche Glückwünsche zu seiner Verlobung entgegen, wie Sophie aus den Gesten seiner Gesprächspartner schloss. Sie selbst fühlte sich zunehmend unwohl. Doch immer wenn sie Anstalten machte, sich an den Tisch zurückzuziehen, an dem Henriette noch immer neben der Gräfin Wilczek saß, hielt sie Mary mit einem neuen Vorwand zurück.

»Achtung, da kommt Miguel von Braganza!«, flüsterte sie jetzt. »Lass uns rasch in den Erfrischungsraum flüchten. Ich möchte vermeiden, dass Miguel mich anspricht.«

Sophie folgte ihr widerwillig. Denn sie hatte noch die enttäuschte Miene des portugiesischen Herzogs gesehen und ihm flüchtig zugewinkt, bevor sie Mary wohl oder übel folgte. Allein hätte sie sich in der Menge der Gäste allzu verloren gefühlt, zumal sie gerade zwei Säle vom Tisch ihrer Mutter entfernt war.

»Warum behandelst du Miguel so schlecht?«, fragte sie Mary, die vor einem der Spiegel im Waschraum ihre Nase mit Reispulver puderte.

Mary machte eine wegwerfende Handbewegung. »Miguel hat mich noch nie interessiert. Je rascher er das begreift, desto besser für ihn. Es war immer die Idee meiner Mutter, dass wir ein Paar werden sollten. Niemals die meine. Ich gehe ihm aus dem Weg, wo immer ich kann.«

»Hast du eigentlich gar keinen Hunger?«, lenkte sie dann ab. »Das Buffet wurde gerade eröffnet. Lass uns einmal schauen, welche Köstlichkeiten es bereithält. Ich habe nichts zu Abend gegessen und sterbe vor Hunger.«

An der langen Reihe der Gäste, die darauf warteten, an die Reihe zu kommen, schlängelte sich Mary mit einem dreisten Lächeln und der Bemerkung vorbei, schnell noch etwas zu sich nehmen zu wollen, bevor Kronprinzessin Stephanie mit dem Cercle begann. Dabei zog sie Sophie erneut mit sich.

Auch die ließ sich ein paar Häppchen auf ihren Teller legen, stellte ihn jedoch gleich wieder ab. Sie brachte keinen Bissen hinunter, die Kehle war ihr wie zugeschnürt. Mary dagegen aß mit gutem Appetit.

»Was gibt es denn zum Dessert?«, fragte sie anschließend. Sophie, die gerade wieder Richard von Löwenstein am Ende der Warteschlange ausgemacht hatte, ergriff die Gelegenheit beim Schopf, sich zu entfernen.

»Wahrscheinlich viele Leckereien«, antwortete sie Mary. »Einige davon stammen aus dem Café meines Onkels.« Diesmal war sie diejenige, die Mary am Arm mit sich zog. »Komm mit! Das Nachtischbuffet befindet sich dort in dem kleinen Nebensaal.«

Tatsächlich war dieser Raum bis auf die bedienenden Lakaien

noch nahezu leer. Mary musterte die appetitlich angerichteten Delikatessen. »Was kannst du mir denn empfehlen, Sophie?«

»Wie wäre es mit dem Rosensorbet? Hast du es schon einmal gegessen?« Mary schüttelte den Kopf.

»Dann koste es doch! Mein Onkel hat mir erzählt, dass der Kronprinz es sogar für die kaiserliche Weihnachtstafel bestellt hat.«

»Tatsächlich?« Wieder trat der gefährliche Glanz in Marys Augen. »Dann nehme ich natürlich davon.«

Sie ließ sich eine große Portion vorlegen und verzog nach dem ersten Löffel verzückt die Lippen. »Wahrlich, ungemein köstlich!«, bestätigte sie. »Viel besser als das Veilchensorbet vom Demel!«

Ihre nächsten Worte bereute Sophie angesichts Marys Reaktion sofort. »Leider hat es der Kaiserin nicht gemundet. Aber die Kronprinzessin hat sich das Rosensorbet schon mehrmals in die Hofburg liefern lassen.«

»Oh!« Mary stellte ihre Dessertschale auf einem der kleinen Stehtische ab. »Nach dem zweiten Löffel ist es mir doch viel zu süß«, erklärte sie der verdutzten Sophie. Dann wandte sie sich zum Gehen.

Zögernd folgte ihr Sophie zurück in den Festsaal. Ihr ungutes Gefühl verstärkte sich. Es lag etwas in der Luft, das spürte sie immer deutlicher, ohne es näher umreißen oder gar benennen zu können. Etwas, das nichts mit ihren Spannungen mit Richard zu tun hatte.

Während sich Mary bereits wieder mit dem nächsten Mann unterhielt, diesmal einem Grafen Hoyos, der den Kronprinzen offenbar morgen zu einer Jagdpartie in den Wienerwald begleiten sollte, ließ Sophie ihre Blicke durch den Saal schweifen. Sie versuchte, sich damit von ihrem zunehmend quälender werdenden Unbehagen abzulenken. Was ihr dabei auffiel, war allerdings nicht dazu angetan, sie zu beruhigen.

Da tuschelte Louise von Coburg, die Schwester der Kronprinzessin, eifrig mit der Fürstin Nora Fugger. Beide schauten immer wieder in Marys Richtung und grinsten hämisch. Da drehte Rudolf sich auf dem Absatz um, als er seiner Ehefrau Stephanie zu begegnen drohte. Dann schritt Kaiser Franz Joseph an seinem Sohn vorbei, ohne ihn eines Blickes zu würdigen.

Hier brodelte es entschieden unter der scheinbar glänzenden Oberfläche. Sophies Gefühl wurde stärker und stärker. Am liebsten hätte sie den Empfang vorzeitig verlassen. Doch sie wusste nur zu gut, dass ihr Stiefvater es ihr nie verzeihen würde, wenn sie die Gelegenheit ausließe, der Kronprinzessin vorgestellt zu werden. Und nicht nur sie, sondern vor allem ihre Mutter Henriette würde dies später zu büßen haben.

Mittlerweile war es halb elf. »Ich möchte mich schnell noch einmal frisch machen!«, flüsterte Sophie, die immer nervöser wurde, Mary zu. »Kommst du mit?«

Doch die schüttelte den Kopf. »Geh nur allein, ich fühle mich frisch. Wir treffen uns dann gleich im kleinen Festsaal.« In diesem Raum sollte der Cercle der Kronprinzessin stattfinden.

Im Erfrischungsraum der Damen herrschte jetzt Hochbetrieb. Endlich fand Sophie einen Platz vor einem der Spiegel über den Porzellanwaschbecken, ließ etwas kaltes Wasser über ihre Handgelenke laufen und spritzte sich einige Tropfen in ihr erhitztes Gesicht. Zum Glück hatte sich ihre Frisur nicht gelöst. Trotzdem fand sie sich altbacken und unattraktiv.

Dass genau das Gegenteil der Fall war und Sophie mit ihren vor Aufregung geweiteten dunkelgrünen Augen sogar sehr hübsch aussah, hätten ihr ihre Mutter oder eine wohlmeinende Freundin sicherlich gesagt, wenn sie sie jetzt gesehen hätten. Stattdessen betrat Amalie mit einer Komtess aus der Familie Kinsky den Raum.

Sie warf Sophie einen geringschätzigen Blick zu und flüsterte ihrer Begleiterin etwas ins Ohr, von dem Sophie nur die Worte »Vetsera-Schatten« verstand. Daraufhin begannen die beiden jungen Damen, ausgiebig zu kichern. Mit geröteten Wangen, die sie noch anziehender machten, flüchtete Sophie aus dem Raum.

Am Eingang des kleinen Saales empfing sie die gestrenge Obersthofmeisterin der Kronprinzessin. Alle Debütantinnen wurden von dieser höchsten Dame des jeweiligen Hofstaates vorgestellt. Stephanie hatte zu diesem Zweck natürlich nicht Sisis, sondern ihre eigene Obersthofmeisterin, die Gräfin Sitta von Nostitz-Rieneck, mitgebracht. Sie würde der Kronprinzessin die jungen Damen zuführen und ihr namentlich vorstellen.

»Wie heißen Sie?«, fragte Gräfin Sitta denn nun auch Sophie und machte sich eine Notiz in ein kleines, in Leder eingebundenes Büchlein, als Sophie ihren Namen und Adelsstand genannt hatte. Dann wies sie ihr einen Platz ganz hinten auf der linken Bank von Stephanies Sitzplatz aus gesehen zu. Aufgrund ihres niederen Status und dem Buchstaben »W« in ihrem Namen würde sie als allerletzte Debütantin vorgestellt werden. Gleich nach Mary Vetsera, wie sich herausstellte, als auch diese mit fünf Minuten Verspätung den ihr zugewiesenen Platz einnahm. Hanna, die bereits vor der Zeit zur Stelle gewesen war, warf Mary einen vernichtenden Blick zu.

Um Punkt elf Uhr erschien die Kronprinzessin mit hocherhobenem Kopf und einem unechten Lächeln auf ihrem wenig attraktiven, entfernt an ein Pferd erinnernden Gesicht. Alle Debütantinnen standen auf, senkten die Köpfe und deuteten wegen der Enge, in der sie nebeneinanderstanden, den obligatorischen Hofknicks lediglich an. Stephanies Röcke aus schwerer Seide raschelten, als sie in dem ihr vorbehaltenen breiten Lehnsessel Platz nahm, der erhöht auf einem kleinen Podest stand, sodass jedermann sie während des Cercles beständig sehen konnte. Ihre Hofdamen nahmen zu beiden Seiten neben ihr Aufstellung, während sich die jungen Frauen wieder auf die lehnenlosen, unbequemen Bänke quetschten, ängstlich darauf bedacht, ihre Röcke nicht zu zerknittern.

Nach Stephanies Gefolge drängten sich die Verwandten der

Debütantinnen in den kleinen Saal. Auch hier galt eine strenge Rangfolge. Hinter den hochadligen Herrschaften konnte Sophie weder ihre Mutter Henriette noch die Baronin Vetsera ausmachen. Sie mussten wahrscheinlich mit einem Platz vor der Saaltür vorliebnehmen und konnten nur hoffen, dass man sie vorlassen würde, sobald ihre eigenen Töchter an die Reihe kämen.

Die Obersthofmeisterin winkte der ersten Debütantin, die vortrat und jetzt, wo sie genug Platz dazu hatte, in einen tiefen Hofknicks versank. Dann wurde ihr Name genannt. Es war eine Komtess von Auersperg, wie Sophie nur undeutlich wegen des ihrer Aufregung geschuldeten Rauschens in ihren Ohren wahrnahm.

Stephanie wechselte einige belanglose Worte mit der Komtess. Dann war diese entlassen und nahm wieder auf ihrer Bank Platz. Die ganze Zeremonie hatte kaum zwei Minuten gedauert.

Befriedigt beobachtete Sophie, dass auch Amalie von Thurnau keine besondere Behandlung erfuhr, sondern genauso kurz wie die übrigen jungen Damen abgefertigt wurde.

Dennoch gingen die Zeiger der Uhr schon gen Mitternacht, als nach ihrer Schwester Hanna, die Stephanie kaum eines Blickes würdigte, endlich die Reihe an Mary Vetsera kam.

Als die Obersthofmeisterin ihr winkte, stand sie mit hocherhobenem Kopf auf und trat kerzengerade vor die Kronprinzessin. Mary senkte den Kopf auch nicht, als sie vor Stephanie stand. Sophie hatte den Eindruck, dass sie der Kronprinzessin geradewegs ins Gesicht sah. Auf Stephanies Wangen erschienen hässliche rote Flecke.

»Der Hofknicks!«, hörte Sophie die Obersthofmeisterin zischen. Doch Mary veränderte ihre Haltung nicht einmal um einen Zehntel Zoll. »Sie müssen Ihrer Königlichen Hoheit Ihre Referenz erweisen!« Jetzt klang die Gräfin von Nostitz-Rieneck sogar hilflos. Gebannt verfolgten die Anwesenden die Szene. Marys Verhalten stellte eine noch nie da gewesene Provokation dar.

Auch Sophies Puls beschleunigte sich. Sie hegte nicht den geringsten Zweifel daran, dass Mary sich mit voller Absicht so verhielt.

»Die Baroness Mary von Vetsera«, stellte die Obersthofmeisterin Mary schließlich in ihrer Verlegenheit vor. Für eine solche Situation gab es keine Anweisung im Hofprotokoll.

»Ich weiß, wer diese hier ist«, antwortete Stephanie schneidend.

Mary blieb nach wie vor unverändert stehen und sah Stephanie weiterhin herausfordernd ins Gesicht. »Wenn Sie wissen, wer ich bin, wissen Sie sicherlich auch um meine Bedeutung«, antwortete Mary zu Sophies Entsetzen mit klarer Stimme.

Die Zuschauer schnappten nach Luft. Einen Lidschlag lang verharrten alle Anwesenden bewegungslos. Dann sprang Stephanie abrupt von ihrem Sessel auf und rauschte ohne ein weiteres Wort aus dem Saal. Die Obersthofmeisterin und ihre Hofdamen folgten ihr auf dem Fuße.

Noch immer wie gelähmt vor Schock starrte Sophie Mary an, als diese auf ihren Platz zurückkehrte. »Wie konntest du nur!«, flüsterte sie. Ihre Kehle fühlte sich rau und trocken an.

Marys Antwort, die zumindest die in der Nähe Sitzenden hören konnten, machte die Katastrophe komplett. »Es tut mir leid für dich, dass du nun um deine Vorstellung bei Hofe gekommen bist. Aber glaub mir, das hätte sich ohnehin nicht gelohnt. Die ist die Mühe nicht wert.«

Auch die nächste halbe Stunde kam Sophie später vor wie ein böser Traum. Als sich Hanna wieder gefasst und ihre Mutter Helene, die die Szene wegen ihrer eingeschränkten Sicht nur zum Teil mitbekommen hatte, mit kurzen Worten ins Bild gesetzt hatte, brachen die drei Frauen auf der Stelle auf. Helene zog die widerstrebende Mary dabei so fest am Arm, dass ein Saphir aus der Fassung ihres Armbands brach und über das glänzende Parkett rollte. Keine der Vetsera-Damen bemerkte es, und auch

Sophie war noch zu schockiert, um nach dem Stein zu suchen, den sie rasch aus den Augen verlor.

»Lass uns ebenfalls aufbrechen!«, flüsterte sie ihrer Mutter zu. Henriette war sofort einverstanden. Die Frauen standen in der Garderobe, um sich ihre Mäntel aushändigen zu lassen, als sie durch die offene Tür zum Treppenhaus die letzte peinliche Szene dieses denkwürdigen Abends miterlebten.

»Ich lasse mich von deinen Mätressen nicht öffentlich demütigen!«, hörten sie die unverkennbare schrille Stimme der Kronprinzessin.

»Ich weiß nicht, wovon du sprichst!«, lautete eindeutig die Antwort des Kronprinzen.

»Oh ja, das weißt du sehr wohl!«, höhnte Stephanie. »Tu nicht so unschuldig wie ein neugeborenes Lamm!«

»Ich bitte dich ausdrücklich um Contenance! Behalte deine Narreteien für dich!«

Die Garderobiere und die anwesenden Damen warfen sich verlegene Blicke zu. Sophie wäre am liebsten klaftertief in der Erde versunken.

Zum Glück entfernten sich die Stimmen nun und wurden leiser, obwohl man, ohne die Worte zu verstehen, noch länger Stephanies keifenden Tonfall hörte. Schließlich fiel eine Tür ins Schloss. Wenig später ratterten die Räder einer Kutsche über den gepflasterten Hof.

Erst jetzt wagten die Frauen in der Garderobe, sich wieder zu rühren. »Was für ein denkwürdiger Abend!«, raunte die Gräfin Wilczek. Sie hatte angeboten, Henriette und Sophie in ihrer Kutsche nach Hause zu bringen. »Den werden wir alle so schnell nicht vergessen.«

Sie konnte nicht ahnen, wie recht sie damit behalten sollte.

# Kapitel 21

### Palais Vetsera in der Salesianergasse

### *Montag, 28. Januar 1889, zehn Uhr morgens*

»Aber ohne Mary wird Rodeck die Quittung sicher nicht umschreiben, Helene! Das musst du doch einsehen! Sonst könnte ja jedermann daherkommen und das einfordern.«

Marie Louise Larisch versuchte verzweifelt, die Ruhe zu bewahren. Wenn sie Mary heute nicht zu Rudolf in die Hofburg brachte, würde sie das Geld nicht erhalten. Und sie brauchte es dringend. Hatte sie sich doch sogar schon im Salon der Madame Spitzer angemeldet, um neue Sommerroben zu bestellen.

Helene Vetsera starrte verbissen vor sich hin. »Spätestens heute Abend wird ganz Wien von dem Skandal erfahren haben, den Mary gestern verursacht hat. Sie werden uns wie Aussätzige meiden!« Ihre Stimme brach. Sie begann zu weinen und hielt Marie Louise das verknitterte Billett hin, welches sie zuvor aus der Rocktasche gezogen hatte.

»Schau her! Das kam schon um acht Uhr früh! Es ist von der Fürstin Montenuovo. Sie bedauert, uns heute Abend nicht in ihrer Loge im Hofburgtheater empfangen zu können. Es hätten sich überraschend auswärtige Gäste angesagt, für die sie die Plätze brauche! Noch nie ist so etwas vorgekommen! Die Fürstin war mir seit Jahren eine liebe Freundin.«

Marie Louise suchte nach den richtigen Worten. Da sie weder ein ständiges Mitglied des Wiener Hochadels war noch ihr Mann zum Kreis der österreichischen Diplomaten gehörte, war sie am gestrigen Abend auch nicht zum Empfang geladen worden und hatte erst von Helene erfahren, was passiert war. Sie bewunderte Mary für ihren Mut und ärgerte sich gleichzeitig über sie.

Einerseits gönnte Marie Louise Stephanie die Demütigung von Herzen, da auch sie selbst als Frucht einer morganatischen Ehe immer nur hochfahrend und verächtlich von der Kronprinzessin behandelt worden war. Andererseits verfluchte sie Marys Temperament, da nun ihre eigenen Pläne dadurch in Gefahr waren.

Sie setzte eine mitfühlende Miene auf. »Es tut mir sehr leid, dass dir deine eigene Tochter solch einen Kummer gemacht hat.«

Nun verlor Helene völlig die Fassung und begann haltlos zu schluchzen. Marie Louise verstand nur noch ein paar abgerissene Satzfetzen und wusste nicht, wie sie Helene wieder zur Besinnung bringen sollte.

»... Schande gemacht ... ruiniert ... alles dahin ...«

»Nun reiß dich doch endlich zusammen, Mama!«, kam Hanna Marie Louise überraschend zu Hilfe. Auch sie sah bleich und übernächtigt aus. »Hättest du Mary nicht so verzogen und ihr jeden Unfug durchgehen lassen, wäre das alles gar nicht passiert! Nun müssen wir wenigstens den immensen Schaden begrenzen, den Mary unserer Familie zugefügt hat.«

Noch nie hatte Marie Louise Hanna in einem solchen Ton mit ihrer Mutter sprechen hören. Doch die respektlosen Worte zeigten tatsächlich Wirkung. Helene hörte zu schluchzen auf.

»Wenn Onkel Alexander heute Nachmittag eintrifft, sollten wir ihm wenigstens berichten können, dass die Sache mit der goldenen Tabatiere aus der Welt geschafft ist«, mahnte Hanna. »Stell dir doch nur vor, was erst los sein wird, wenn herauskommt, dass Mary zu ihrem schändlichen Verhalten von gestern auch noch Geschenke an den Kronprinzen geschickt hat. Wir werden uns in Wien nirgendwo mehr blicken lassen können.«

Helene schluchzte ein letztes Mal auf und schnäuzte sich dann hörbar die Nase. »Nun gut! Das sehe ich ein!«

Sie wandte sich Marie Louise Larisch zu. »Zum Glück bist du da und uns treu ergeben, meine Liebe! Heute würde ich Mary mit niemand anders aus dem Haus gehen lassen als mit dir. Aber du musst mir versprechen, sie sofort zurückzubringen, wenn die Sache bei Rodeck erledigt ist.«

## Im Mietfiaker des Franz Weber

### *Montag, 28. Januar 1889, wenig später*

»Was hast du dir nur dabei gedacht, Mary?« Marie Louise wusste immer noch nicht, ob sie lachen oder ärgerlich sein sollte. »Natürlich ist Stephanie ein furchtbares Trampeltier und dazu über alle Maßen hoffärtig. Aber sie ist unsere Kronprinzessin. Du kannst ihr doch nicht in aller Öffentlichkeit vor der ganzen Wiener Gesellschaft derart den Respekt verweigern!«

»Sie hat nichts Besseres verdient«, erwiderte Mary trotzig. »Und es war die einzige Gelegenheit, ihr einmal tüchtig eins auszuwischen.«

Marie Louise seufzte. »Aber dir ist klar, dass es deshalb sein kann, dass du Rudolf deswegen heute zum letzten Mal triffst? Wahrscheinlich wird dein Onkel Alexander jetzt wirklich anordnen, dass du Wien verlassen musst.«

Zu ihrer Verwunderung wirkte Mary überhaupt nicht betroffen. »Ich weiß, dass ich Rudolf zum letzten Mal sehen werde«, bestätigte sie.

Marie Louise wurde beim besten Willen nicht aus ihr schlau. Dieser ganze Skandal und das Damoklesschwert, das nun über ihrem Haupt hing, schienen Mary nicht das Geringste auszumachen.

*Aber eigentlich muss mich das nicht anfechten, sobald ich das Geld habe,* überlegte sie. *Die siebzigtausend Gulden werden erst einmal eine Zeit lang reichen. Und da Stephanie dermaßen unbe-*

*liebt ist, dass sich viele über den gestrigen Affront heimlich ins Fäustchen lachen, ist vielleicht in einem Jahr Gras über die ganze Sache gewachsen. Und dann sehen wir weiter.*

*Sofern Rudolf dann überhaupt noch Interesse an Mary hat, was ich bezweifle,* sinnierte sie darüber hinaus. *Es hat mich ohnehin schon sehr gewundert, dass er ihrer nicht schon nach den paar Wochen, die sie sich kennen, überdrüssig geworden ist.*

»Müssen wir dem Kutscher nicht langsam sagen, wo er wirklich hinfahren soll?«, riss Mary Marie Louise aus ihren Grübeleien.

Die Gräfin schreckte hoch und zog den kleinen Vorhang des Kutschfensters beiseite. Tatsächlich war der Fiaker bereits auf den Rennweg eingebogen. Sie klopfte an die Wand zum Kutschbock. Sofort hielt Weber an. Die Gräfin streckte den Kopf aus dem Fenster.

»Fahren Sie uns zuerst zur Augustinerbastei! Erst danach geht es in die Stadt.«

Weber hob zum Zeichen, dass er verstanden hatte, die Hand. Vor dem Eingang des Palais Vetsera hatte Marie Louise noch deutlich »Zu Rodeck am Kohlmarkt!« gerufen, damit Hanna, die sie zur Kutsche begleitet hatte, keinen Verdacht schöpfte. Zum Glück waren weder sie noch ihre Mutter auf die Idee gekommen, ihren eigenen Kutscher Joseph Jahoda mit der Fahrt zu dem Galanteriewarenhändler zu betrauen.

Den Rest des kurzen Weges schwiegen die beiden Frauen. Marie Louise fiel auf, dass Mary ununterbrochen an ihren Handschuhen zupfte.

»Das Saphirarmband habe ich dir vermacht!«, sagte sie unvermittelt. »Gestern Abend habe ich einen der Steine verloren, als Mama mich so heftig aus dem Saal zerrte. Sie hat aber heute Morgen einen Diener ins Botschaftspalais gesandt, um danach forschen zu lassen. Wenn man ihn findet, soll man ihn neu fassen lassen, bevor du das Armband erhältst.«

Marie Louise runzelte die Stirn. »Was redest du denn so

merkwürdig daher, Mary? Du wirkst auf mich in jüngster Zeit ein wenig überspannt.«

Mary zog einen Schmollmund. »Ich dachte, ich würde dir damit eine Freude machen. Zumal Mama ja glaubt, du hättest mir den Schmuck geschenkt.«

Bevor Marie Louise nachfragen konnte, hatte der Fiaker die Augustinerbastei erreicht. Sobald er vor der kleinen schwarzen Eisentür, die in die Hofburg führte, anhielt, öffnete diese sich auch schon. Rudolfs zweiter Kammerdiener Carl Nehammer winkte die Frauen herein.

Marie Louise instruierte den Fiaker Franz Weber, in einer abgelegenen Nische auf sie zu warten. Dann folgte sie Mary hinein.

Rudolf erwartete sie schon in seinem Türkischen Zimmer. Auch er wirkte bleich und übernächtigt.

»Lass mich zuerst ein paar Worte allein mit Mary sprechen und warte hier solange!«, forderte er Marie Louise auf. »Nehammer soll dir einen Tee servieren.«

»Das wird nicht nötig sein!«, winkte Marie Louise ab. »Da ich ein paar wichtige Kommissionen zu besorgen habe, würde ich die Hofburg jetzt gerne so schnell wie möglich verlassen. Die Baronin wird ohnehin ärgerlich sein, wenn ich Mary erst am frühen Nachmittag zurückbringe!«

»Es ist leider unerlässlich, dass du noch ein wenig wartest, liebe Cousine!«, insistierte Rudolf. Mary betrat inzwischen unaufgefordert das Nebenzimmer.

»Soll sie etwa mitbekommen, dass ich dich für deine Dienste bezahle?«, zischte Rudolf Marie Louise zu. »Also bleib bitte hier, bis ich mit Mary gesprochen habe. Dann wird sie keinen Verdacht schöpfen, wenn ich allein zu dir zurückkomme.«

»Also hast du das Geld?«, zischte Marie Luise zurück.

»Selbstverständlich!« Damit verschwand Rudolf im Nebenzimmer und zog demonstrativ die Tür hinter sich zu.

Marie Louise blieb daher nichts anderes übrig, als zu warten.

Den angebotenen Tee lehnte sie ein weiteres Mal ab, woraufhin sich auch der Kammerdiener zurückzog.

Die Minuten schlichen quälend langsam dahin, während sie auf dem Sofa unter dem Baldachin saß. Doch Rudolf hielt sein Versprechen. Nach genau zehn Minuten kehrte er ins Türkische Zimmer zurück. In der Hand hielt er einen großen braunen Umschlag.

»Dies sind siebzigtausend Gulden in Scheinen zu fünfzig Gulden. Nimm sie und höre, was ich dir nun zu sagen habe.«

Das Geld auf ihrem Schoß schien Marie Louise schwerer als Blei zu werden, während sie Rudolf zunehmend fassungslos zuhörte.

»Du willst Mary mit nach Mayerling nehmen?«, fragte sie schließlich, immer noch ungläubig, als Rudolf zu Ende gekommen war. Vor Aufregung begann sie zu schwitzen. »Und was soll ich ihrer Mutter sagen, wenn ich Mary nicht zurückbringe?«

Rudolf betrachtete sie kühl. »Das habe ich dir doch soeben ausführlich erläutert, liebe Cousine.« Er griff noch einmal in die Brusttasche seines Jagdgewandes, das er bereits trug, und zog einen weiteren kleineren Umschlag hervor.

»Hier sind fünfhundert Gulden Schweigegeld für den Fiaker, damit er deine Aussage bestätigt.«

Mit zitternden Fingern griff Marie Louise nach dem Geld und verstaute beide Umschläge in ihrer Tasche. »Wie lange willst du denn mit Mary in Mayerling bleiben?« Auch ihre Stimme zitterte.

»Mindestens die nächsten zwei Tage. Vielleicht auch noch länger. Meine Jagdfreunde werden es nicht mitbekommen, und die Geschichte, die ich mir ausgedacht habe, wird verhindern, dass du in diese Sache mit hineingezogen wirst.«

»Doch wenn Mary nach Hause zurückkehrt, wird ihre Mutter wissen, dass sie deine Geliebte ist«, versuchte die Gräfin mit schwacher Stimme einen letzten Einwand.

Rudolf lächelte zynisch. »Und wen schert das? Nach der

Szene, die sie meinem geliebten Trampeltier gestern Abend gemacht hat, weiß doch ohnehin bald ganz Wien, dass sie meine Mätresse ist. Außerdem ist es für ihre Mutter schon jetzt zu spät, etwas zu verhindern, das längst geschehen ist. Mary ist keine Jungfrau mehr, wie du ja weißt. Solange wir nach ihrer Rückkehr nach außen hin alle den Schein wahren, wird mir niemand in die Parade fahren. Schließlich bin ich noch immer der Kronprinz.«

»Aber … aber«, stammelte Marie Louise. »Helene Vetsera wird Fragen stellen und sehr bald meine Rolle in dieser ganzen Sache herausbekommen. Zumindest Hanna wird mich verdächtigen, bei eurer Affäre die Hand im Spiel gehabt zu haben. Selbst wenn du mich heute heraushältst.«

Wieder lächelte Rudolf zynisch. »Ich habe dich fürstlich für deine Dienste bezahlt, Marie Louise.« Er streckte die Hand aus. »Aber wenn du nicht einverstanden bist, gib mir das Geld zurück. Dann finde ich andere Wege.«

Einen kurzen Moment lang war Marie Louise tatsächlich versucht, das Geld zurückzugeben. Dann obsiegte ihre Gier, und sie verdrängte ihre Bedenken.

Rudolf hatte recht. Marys Jungfräulichkeit war unwiderruflich dahin, wie ihr das Mädchen selbst eingestanden hatte. Aber das war nicht ihre, Marie Louises, Schuld, da es in ihrer Abwesenheit und ohne ihr Zutun geschehen war.

Und schließlich hatte auch Hanna recht, wenn sie ihrer Mutter vorwarf, Mary zu wenig Grenzen gesetzt zu haben. Wäre Helene nicht so nachlässig gewesen, hätte das alles gar nicht geschehen können.

*Daher sollen sie sehen, wie sie wieder aus dieser Grube herauskommen, die sie sich selbst gegraben haben. Ich wasche meine Hände in Unschuld.*

## Galanteriewarenhändler Rodeck am Kohlmarkt

### *Montag, 28. Januar 1889, gegen elf Uhr*

»Grüß Gott, Herr Rodeck. Ich bin gekommen, um Sie um die Quittung für eine goldene Zigarettendose zu bitten, die meine Verwandte, die Baroness Mary von Vetsera, am 14. Jänner bei Ihnen bestellt hat. Ich möchte sie auf meinen Namen umschreiben lassen.«

Der Galanteriewarenhändler, ein Mann in den Fünfzigern mit einer Leibesfülle, die ebenso beachtlich war wie sein ausladender Schnurrbart, verbeugte sich höflich. An seiner Miene konnte Marie Louise Larisch jedoch ablesen, dass er ihr sogleich die von ihr erwartete Antwort geben würde. Und sie behielt recht.

»Gnädige Frau, ich bedauere außerordentlich, dass ich Ihrem Wunsche nicht nachkommen kann. Aber ohne die Zustimmung des gnädigen Fräuleins sind mir die Hände gebunden. Ich darf die Quittung nicht herausgeben.«

Marie Luise seufzte theatralisch. »Die Baroness wartet draußen im Wagen.« Sie wies durch das Glas der Eingangstür auf Franz Webers Fiaker. »Ist es denn wirklich nötig, dass sich meine Cousine hereinbegibt? Ich versichere Ihnen, dass ich auf ihre eigene Bitte hin handele.«

»Ich bedauere, gnädige Frau.« Rodeck verbeugte sich noch einmal. »Aber …«

»Schon gut, schon gut!«, fiel ihm die Gräfin mit gespieltem Ärger ins Wort. Sie gab einem Angestellten einen Wink. »Bitten Sie das gnädige Fräulein hereinzukommen!«

*Hoffentlich spielt Weber seine Rolle überzeugend.* Marie Louise spielte nervös mit ihren Händen, während der Angestellte hinauseilte. Sie hatte den Kutscher ein weiteres Mal ausführlich instruiert und ihm die Hälfte der fünfhundert Gulden als Vorschuss gegeben.

Jetzt beobachtete sie, wie der Verkäufer mit Weber sprach,

der sich kopfschüttelnd von seinem Kutschbock zu ihm hinabbeugte. Nur eine Minute später kam der Angestellte in das Geschäft zurück.

»Ich bedauere sehr, gnädige Frau, Herr Rodeck«, sagte er aufgeregt. »Doch der Fiaker behauptet, die hochwohlgeborene Baroness sei aus seinem Fiaker in eine andere Kutsche umgestiegen und davongefahren, sobald sich die Ladentür hinter der gnädigen Frau schloss.«

»Was sagen Sie da?« Unwillkürlich klang Marie Louises Stimme tatsächlich so, als wäre sie völlig überrascht. »Das kann doch gar nicht sein!«

Sie ging mit so schnellen Schritten zur Tür, dass der Angestellte sie ihr nicht mehr rechtzeitig aufhalten konnte, und riss sie selbst auf. Dann gestikulierte sie wild mit den Armen, während sie Weber in Wirklichkeit für seine gute Vorstellung lobte.

»Fahren Sie mich sofort ins Palais Vetsera!«, fügte sie vernehmlich hinzu, als sie Rodeck im Eingang seines Geschäfts stehen sah. »Vielleicht ist Mary ja nach Hause gefahren. Schließlich fühlte sie sich unpässlich.«

Erst im Innern der Kutsche atmete Marie Louise tief durch und versuchte, ihr wild pochendes Herz zu beruhigen. Doch sobald sich der Fiaker in Bewegung setzte, überfiel sie mit Macht der Gedanke, was sie Helene und Hanna Vetsera nur sagen sollte, wenn sie nun gleich ohne Mary in die Salesianergasse zurückkehrte.

*Die beiden werden sich die allergrößten Sorgen machen,* wurde ihr klar. Wieder brach ihr der Schweiß aus. *Haben sie am Ende sogar einen berechtigten Grund dafür?* Ihre Kehle verengte sich. Sie schnappte nach Luft.

Wie eine Glocke hallten nun einige der Sätze in ihren Ohren nach, die Mary auf der Fahrt zur Hofburg gesagt hatte.

»Ich weiß, dass ich Rudolf zum letzten Mal sehen werde.«

»Ich habe dir mein Saphirarmband vermacht.«

»Wenn man den verlorenen Stein findet, soll man ihn neu fassen lassen, bevor du das Armband erhältst.«

»Es war die einzige Gelegenheit, Stephanie einmal tüchtig eins auszuwischen!«

»Und ihre seltsame Gelassenheit angesichts der häuslichen Katastrophe, die ihr droht«, murmelte Marie Louise vor sich hin. Dann fiel ihr noch etwas ein. Sie schlug sich an die Stirn.

»Sie hat eins ihrer elegantesten Kleider angezogen. Das olivgrüne mit den schwarzen Tressen, in dem sie im *Wiener Salonblatt* abgebildet war. Dazu den Hut mit den schwarzen Straußenfedern. Aber alles stammt aus der vorletzten Saison. Wollte sie Rudolf wirklich in einem so betagten Kleid zu ihrem ersten längeren Rendezvous begleiten? Oder weiß sie, dass sie nie mehr nach Hause zurückkehren wird, und wollte keins ihrer neueren Kleider opfern? Muss man ihr andauerndes Gefasel über Selbstmord etwa doch ernst nehmen?«

Marie Louise riss sich einen Handschuh ab und begann, an der Nagelhaut zu knabbern. »Vielleicht wollte sie zu Hause nur kein Aufsehen erregen«, versuchte sie, sich zu beruhigen. »Schließlich sollte sie nach kaum einer Stunde wieder zurück sein. Wozu also dafür eine große Garderobe? Denn zweifellos war sie in Rudolfs Pläne eingeweiht. Er muss sie ihr gestern im Prater verraten haben.«

Doch ihr Puls wollte nicht aufhören zu rasen. Sie rief sich ihre Begegnung mit Rudolf in Erinnerung. Hatte auch er nicht irgendwie merkwürdig gewirkt? *Nein, eigentlich nicht. Er sah zwar sehr schlecht aus, doch nicht schlechter als schon die ganze letzte Zeit über.*

Andererseits hatte er ihr die ungeheure Summe von siebzigtausend Gulden gegeben, ohne auch nur den *Versuch* zu machen, mit ihr zu feilschen. *Siebzigtausend Gulden für eine Liaison ohne Zukunft mit einem verliebten Backfisch?*

*Oder etwa …* Das Herz schlug ihr bis zum Hals. Sie wagte kaum, den Gedanken zu Ende zu denken. *Oder weil auch er weiß, dass es keine Zukunft für die beiden geben wird, und ihm das Geld daher ganz egal ist? Hat er nicht, genauso wie Mary, dauernd vom Tod gesprochen?*

Einen Moment lang wurde es Marie Louise schwarz vor Augen. Dann riss sie sich zusammen und fasste einen Entschluss.

*Ich werde Helene kein Sterbenswörtchen von Marys Affäre mit Rudolf verraten. Aber ich werde ihr vorschlagen, dass ich persönlich Baron Krauß, den Polizeipräsidenten, aufsuche und eine Vermisstenanzeige erstatte. Dann soll er die Verantwortung für Rudolfs Versteckspiel übernehmen.*

## Jagdschloss Mayerling im Wienerwald

### *Montag, 28. Januar 1889, nach Einbruch der Dunkelheit*

»Ist es noch weit bis zum Tor, Bratfisch?«

Trotz ihres warmen Mantels zitterte Mary in der eisigen Kälte des Jännerabends. Jetzt begann es auch wieder, leicht zu schneien. Sie rutschte in ihren hochhackigen Stiefelchen auf einer Eisplatte aus und wäre gefallen, hätte der stämmige Fiaker sie nicht im letzten Moment am Arm festgehalten.

Jetzt fasste er Mary energisch unter. »Nix für ungut, gnä's Fräulein. Aba i halt Ihna lieber fest, bevor S'Ihna no die Hax'n brech'n.«

Erst dann beantwortete er Marys Frage. »Na, weit is es nimmer. Höchstens zehn Minut'n.«

Mary seufzte. Mittlerweile fühlte sie sich rechtschaffen müde. Und war des ganzen Versteckspiels, das sie anfangs noch so aufregend gefunden hatte, überdrüssig.

Sofort, nachdem sie am Vormittag aus der Hofburg geschlüpft war, hatte Rudolfs privater Leibfiaker Josef Bratfisch Mary nach Breitenfurt ins Gasthaus »Zum Roten Stadl« gefahren. Das war ein beliebtes Ausflugsziel südlich von Wien. Vor Jahren war Mary mit ihrer Familie einmal dort eingekehrt und hatte dort, ebenso wie heute, ein einfaches Mittagsmahl eingenommen.

Rudolf selbst war trotz der Kälte in Begleitung seines Hoffiakers im offenen Einspänner nachgekommen. Nachdem er den Hofkutscher mit dem Einspänner nach Wien zurückgeschickt hatte, ging er zu Fuß zum vereinbarten Treffpunkt und stieg zu Mary in Bratfischs Fiaker.

Die Fahrt nach Mayerling hatte sich Mary allerdings romantischer vorgestellt. Um nicht gesehen zu werden, befahl Rudolf Bratfisch, einen Umweg über eine schlechte Straße mit starkem Gefälle zu nehmen. Von der Schaukelei in der Kutsche und Rudolfs Zigarettenqualm wurde Mary schließlich so übel, dass sie anhalten lassen und aussteigen musste, um sich in der frischen, aber eiskalten Luft ein wenig zu erholen.

»Verzeih mir, mein Liebling«, flüsterte ihr Rudolf, der sie bei ihrem kurzen Spaziergang begleitete, ins Ohr. »Ich werde nicht mehr rauchen, bis wir angekommen sind.«

Mary hatte ihm nicht widersprochen. Doch die mühselige Fahrt war noch lange nicht zu Ende gewesen. Es war stockdunkel, als endlich das kleine Jagdschloss aus dem Nebel auftauchte.

Zu ihrem Entsetzen hielt Bratfisch den Fiaker weit vor den Toren des Schlösschens an, um Mary ungesehen zum Südtor zu bringen. Niemand außer ihm und Rudolfs Kammerdiener Loschek sollte etwas von ihrer Anwesenheit in Mayerling erfahren.

Erst wenn Loschek sie sicher im Schloss empfangen und in Rudolfs privates Schlafgemach gebracht hätte, würde Bratfisch auch ihn zum Haupteingang von Mayerling bringen.

Endlich erreichten Bratfisch und Mary das Südtor. Loschek öffnete es sofort auf das vereinbarte Klopfzeichen hin und nahm die völlig durchgefrorene Mary in Empfang.

»Seine Hoheit hat mich angewiesen, Ihnen ein heißes Bad zu bereiten«, kündigte er auf dem Weg zu Rudolfs Gemächern an. Marys Lebensgeister erwachten sofort wieder.

Endlich erreichten sie ihr Ziel. Mit einer Verbeugung öffnete Loschek ihr die Tür. Er half Mary aus ihrem Mantel und auf ihre Bitte hin nach kurzem Zögern auch aus den vor Kälte steifen Lederstiefelchen. Am liebsten hätte Mary ihn gebeten, ihr die Füße zu massieren. Doch das wäre nicht schicklich gewesen.

Stattdessen kuschelte sie sich in eine weiche Decke, die ihr Loschek trotz der Wärme, die der große Eisenofen ausstrahlte, gebracht hatte. Während der Kammerdiener Wasser auf dem Ofen erhitzte und Eimer um Eimer in das nebenan liegende Badezimmer trug, um eine große Zinkwanne zu füllen, sah sich Mary neugierig in dem Raum um.

»Hier also wird sich mein Schicksal erfüllen«, sinnierte sie halb laut. Ein wenig enttäuscht war sie schon über den nüchternen, spärlich möblierten Raum im Vergleich zur üppigen Pracht des Türkischen Zimmers in der Hofburg. Sie saß in einem der beiden mächtigen Lederfauteuils, die mit einigen weiteren Sesseln und Schemeln auf einem rot gemusterten Perserteppich im Zentrum des Raums um einen niedrigen Tisch gruppiert waren.

An der Wand standen zwei Schreibtische über Eck, einer davon war beladen mit Akten, die Rudolf Loschek selbst jetzt noch mit auf den Weg gegeben hatte. Der andere Schreibtisch war leer. Dort würde sie morgen ihre Abschiedsbriefe an die Familie schreiben. Rudolf hatte ihr auf der Hinfahrt gesagt, dass er seine bereits in Wien verfasst und in der Hofburg zurückgelassen hatte.

»Aber du solltest wirklich nur an deine engsten Verwandten schreiben!«, ermahnte er Mary. »Mein Vater wird alles tun, um unseren Selbstmord nicht publik werden zu lassen. Doch deiner Mutter und deinen Geschwistern wird er deine letzten Worte nicht vorenthalten. Er mag zwar ein sturer, kleinlicher Herrscher sein, aber er hat keinen Hang zur Grausamkeit.«

»Ich wollte zumindest auch noch meiner Freundin Sophie schreiben«, wandte Mary ein.

Rudolf schüttelte den Kopf. »Das halte ich für keine gute

Idee. Der Brief würde ihr nie übergeben werden. Aber der Kaiser wüsste dann, dass sie in die Sache verwickelt war. Das würde ihr und ihrer Familie womöglich auf Lebenszeit schaden.« Mary war betroffen, sah aber ein, dass Rudolf recht hatte.

Dann kam ihr ein neuer Gedanke, und sie erschrak. »Aber wird man denn dann unseren letzten Wunsch erfüllen und uns gemeinsam auf dem Friedhof in Alland beerdigen?« Alland war der Mayerling am nächsten gelegene Ort.

Rudolf tätschelte ihr beruhigend die Hand. »Meine Eltern werden meinen letzten Willen respektieren«, versprach er ihr. »Vielleicht erhältst du keinen eigenen Grabstein. Doch wir werden Seite an Seite ruhen.«

Loschek kam ein weiteres Mal in den Raum und stellte einen gefüllten eisernen Eimer auf den Ofen. »Ihr Bad ist gleich fertig, gnädiges Fräulein«, kündigte er ihr an. »Leider kann Ihnen niemand behilflich sein.«

Mary machte eine wegwerfende Handbewegung. »Ich komme schon zurecht. Schließlich ist es meine …« *erste Liebesnacht,* hätte sie fast gesagt, bevor sie sich erschrocken auf die Lippen biss. Loschek lächelte trotzdem wissend, als ob sie die Worte ausgesprochen hätte.

Erst als er sich wieder im Nebenraum zu schaffen machte, warf Mary einen scheuen Blick auf das schmale Bett an der Wand gegenüber dem Schreibtisch. Es war offensichtlich nur für eine Person gedacht. Doch das erfüllte sie eher mit Freude.

*Wir werden uns eng aneinanderkuscheln müssen. Ich werde ihn die ganze Nacht spüren.*

Als sie endlich im warmen, mit duftendem Rosenöl versetzten Wasser der Wanne lag, war Mary wieder völlig mit sich im Reinen. Vor ihr lag eine wundervolle Nacht.

## In der Wohnung des Polizeipräsidenten von Wien

*Montag, 28. Januar 1889, am späten Abend*

Mit zitternden Fingern suchte Sophie in ihrem Beutel nach einem Taschentuch, um sich die Schweißperlen von der Stirn zu wischen. Es war unerträglich heiß im Empfangssalon der Privatwohnung des Polizeipräsidenten Baron Franz von Krauß. Vielleicht kam es ihr aber auch nur so vor.

Auch ihre Hutnadeln ziepten unangenehm. Zwar hatte sie wie ihre Begleiter, Gräfin Marie Louise Larisch und Marys Vormund Baron Alexander Baltazzi, Mantel und Handschuhe abgelegt, den Hut aber anbehalten, da es sich ja um keinen privaten Besuch handelte.

Im Gegenteil hatten die drei die Privatwohnung des Barons von Krauß nur deshalb aufgesucht, weil er das Präsidium natürlich längst verlassen hatte, als sie gegen acht Uhr abends dort eingetroffen waren. Einem subalternen Beamten wollten sie nichts von der überaus heiklen Angelegenheit anvertrauen, die sie heute hierherführte. Kopfschüttelnd hatte der Mann ihnen Krauß' private Adresse genannt.

Jetzt warteten die drei hier schon seit mehr als zwei Stunden. Sophie fühlte sich noch viel unwohler als am Vorabend in der deutschen Botschaft. Ihr war, als wäre sie in einem nicht enden wollenden Albtraum gefangen. Er hatte für sie bereits gegen fünf Uhr nachmittags begonnen, als ihre Zofe an ihre Zimmertür klopfte und ihr das unangemeldete Eintreffen einer völlig aufgelösten Baroness Hanna Vetsera meldete, die im Salon auf sie warte.

Zu deren Glück hatte sich Sophie heute im Café Prinzess wegen des gestrigen Empfangs, der ohne Marys Eklat erst spät in der Nacht hätte enden sollen, freigenommen.

Hanna sprang von ihrem Sessel auf, als Sophie den Salon betrat. »Weißt du, wo Mary ist?«, kam sie nach einer kurzen Begrüßung sofort zur Sache.

Sophie durchfuhr es siedend heiß. Konnte Mary tatsächlich mit dem Kronprinzen durchgebrannt sein? Nach der Szene, die sie seiner Gattin Stephanie gestern Abend gemacht hatte, wunderte sie nichts mehr.

»Nein! Ich weiß es nicht«, beteuerte sie, eingeschüchtert von Hannas wild funkelnden Augen.

»Weißt du denn sonst etwas, das Mama und ich nicht wissen?«, insistierte Hanna. »Hat Mary etwa ein Verhältnis mit unserem Kronprinzen?«, kam sie dann ohne weitere Umschweife auf den entscheidenden Punkt.

Sophie spürte, wie ihr das Blut ins Gesicht schoss. Dies war Hanna Antwort genug. »Also ist es wahr!«, stöhnte sie mit erstickter Stimme und ließ sich kraftlos wieder in ihren Sessel sinken.

»Bitte!« Hanna rang die Hände. »Bitte sag mir alles, was du weißt! Mary ist seit heute Morgen verschwunden. Mama ist bereits völlig verzweifelt, und mein Onkel Alexander tobt vor Wut.«

Mit stockender Stimme begann Sophie zu berichten. Dabei mied sie Hannas Blick, um keine zu Recht bestehenden Vorwürfe darin zu lesen. Ab und zu hörte sie Hanna erneut aufstöhnen, doch sie unterbrach Sophie nicht.

»Ich schwöre dir, dass ich immer wieder versucht habe, Mary zum Abbruch der Affäre zu bewegen«, kam Sophie zum Ende ihres Berichts. »Einmal um die Jahreswende herum hatte sie mir sogar versprochen, mit Rudolf zu brechen. Doch dann hat sie es sich wieder anders überlegt.«

»Du hättest uns von Anfang an darüber in Kenntnis setzen müssen!«, hielt Hanna Sophie erwartungsgemäß vor, als sie geendet hatte.

Der schossen die Tränen in die Augen. Doch sie nahm sich zusammen. »Ich war hundertmal fest dazu entschlossen. Doch Mary hat mir und Agnes Jahoda immer wieder mit Selbstmord gedroht, wenn wir sie verraten würden. Und sie wirkte dabei ungemein entschlossen!«

Hanna zog scharf die Luft ein. »Also ist auch Marys Zofe eingeweiht?«

Sophie nickte. »Ich glaube, sie hat Mary sogar geholfen, den Kronprinzen zu treffen, während ihr, deine Mutter und du, in der Oper wart.«

Hanna knirschte vor Wut mit den Zähnen. »Dann wird das ein sehr böses Nachspiel für das Miststück haben! Mama wird sie und ihren Vater auf der Stelle entlassen, wenn sie von Agnes' Mittäterschaft erfährt. Zumal wir das Luder heute Nachmittag bereits intensiv befragt haben, und sie abgestritten hat, etwas zu wissen.«

Sophies Schuldgefühle verstärkten sich noch. »Aber das eigentliche Miststück ist die Gräfin Larisch. Ich habe dir doch erzählt, dass sie als Kupplerin agiert und Mary und Rudolf im November überhaupt erst zusammengebracht hat. Und dafür viel Geld von Rudolf kassiert hat, soviel ich weiß.«

Hanna ballte die Hände zu Fäusten. »Auch Marie Louise hat abgestritten, mehr zu wissen als das, was heute geschehen ist.« Sie stockte, als ihr die Ungeheuerlichkeit von Sophies Behauptung erst in ihrer vollen Dimension aufging. »Aber das bedeutet ja, dass sie Mama andauernd belogen und deren Freundschaft und Gutgläubigkeit ausgenutzt hat, um Marys Treffen mit dem Kronprinzen zu decken.«

»So ist es! Auch vor der Larisch haben Agnes und ich Mary immer wieder gewarnt. Aber sie wollte partout nicht auf uns hören.«

Hanna holte tief Luft und öffnete die Hände wieder. »Ich kann nach wie vor nicht gutheißen, dass du Marys Wahnwitz gedeckt hast, Sophie. Aber nun müssen wir klug vorgehen. Dass Marie Louise Larisch so tief in die ganze Sache verwickelt ist, dürfen wir vorerst weder Mama noch Onkel Alexander verraten. Mein Onkel hat Marie Luise gerade noch im Grand Hotel abgepasst, wo sie bereits mit Sack und Pack nach Pardubitz abreisen wollte. Er hat ihr das Versprechen abgenommen, ihn ein weiteres Mal zu Baron Krauß zu begleiten. Denn ohne ihr Zeugnis, was heute angeblich geschehen ist, haben wir nicht die geringste Chance, rasch nach Mary suchen zu lassen. Aber ich traue der Larisch zu, sich zu weigern und alles abzustreiten, wenn wir sie zu früh mit ihrer wahren Rolle konfrontieren.«

»Damit hast du sicherlich recht«, bekräftigte Sophie. »Aber was schlägst du nun vor?«

Hanna fixierte sie mit ihren dunklen Augen. »Du bist diejenige, die Mama und Onkel Alexander eingestehen muss, was du weißt, Sophie – und natürlich musst du danach auch die Konsequenzen dafür in Kauf nehmen. Auch wenn du es gut gemeint und Mary aus verständlicher Furcht, sie könnte sich dann etwas antun, nicht verraten hast.«

Sophie nickte erschüttert, aber ohne Zögern. »Das werde ich tun.«

»Die Larisch lassen wir erst einmal außen vor. Um das Schandweib kümmern wir uns, wenn wir Mary gefunden haben.«

Wieder stimmte Sophie zu.

»Ich danke dir für deine Hilfe und den Mut, dein eigenes Verhalten einzugestehen«, sagte Hanna plötzlich mit milderer Stimme und legte Sophie eine Hand auf den Arm. Die konnte die Tränen nun nicht mehr zurückhalten und begann zu schluchzen. »Vielleicht wird alles ja gar nicht so schlimm für dich, wenn Mary zurück ist«, tröstete Hanna sie. »Mamas Zorn verraucht allzu schnell, wenn eine Sache ausgestanden ist. Das ist ja auch der Hauptgrund für diese Malaise«, fügte sie grimmig hinzu.

»Und wenn Mary erst gefunden ist, wird Onkel Alexander kein Pardon mit ihr kennen. Er wird sie in eine abgelegene Klosterschule stecken, wo sie uns und sich selbst nicht mehr schaden kann.«

Auf dem Weg ins Palais Vetsera stellte Hanna in der Kutsche weitere Fragen.

»Weißt du, ob es schon vorher zum Äußersten gekommen ist?«

Sophie hob die Schultern. »Mary selbst hat behauptet, dass es so sei. Aber der Kronprinz hat alles abgestritten.«

»Woher willst du das wissen?«

Wohl oder übel bekannte Sophie nun, dass auch Richard von Löwenstein in die Affäre eingeweiht war. »Aber auch er hat getan, was er konnte, um Einfluss auf Rudolf zu nehmen«, beteuerte sie.

Hanna überlegte kurz. »Auch den erwähnen wir vorerst nicht. Onkel Alexander ist gut mit ihm bekannt. Sie sind beide Mitglieder des Jockey-Clubs. Alexander würde Richard sofort zur Rede stellen. Und das brächte nur weiteren Unfrieden infolge dieser schrecklichen Geschichte.«

»Und um Marys Jungfräulichkeit ist es höchstwahrscheinlich jetzt ohnehin geschehen. Da spielt der genaue Zeitpunkt, wann sie sich Rudolf zum ersten Mal hingegeben hat, auch keine Rolle mehr«, fügte sie resigniert hinzu.

Mehr als fünf furchtbare Stunden später saßen sie jetzt im Salon des Barons und warteten auf dessen Rückkehr von einer Diner-Einladung. In der Zwischenzeit hatten sie weitere Hürden nehmen müssen.

Tatsächlich hatte sich Marie Louise Larisch anfangs geweigert, sich noch einmal zum Polizeipräsidenten zu begeben. »Ich habe es bereits heute Nachmittag vergeblich versucht«, argumentierte sie. »Als der Baron hörte, dass der Kronprinz mit Marys Verschwinden zu tun haben könnte, gab er mir zu verstehen, dass ihm die ganze Sache viel zu heikel sei, um sich einzumischen. Auch nach Mary wollte er vorerst nicht suchen lassen, da sie wahrscheinlich in einigen Tagen von sich aus wiederauftauchen würde.«

»Aber dank Sophie wissen wir nun sicher, dass Mary mit dem Kronprinzen durchgebrannt ist«, flehte Helene ihre Freundin an. Tatsächlich hatten bislang weder sie noch Alexander Baltazzi ein Wort der Kritik an Sophie verloren. Sie waren viel zu erleichtert, jetzt wenigstens eine konkrete Spur zu haben.

Nach einigem Hin und Her hatte sich die Gräfin schließlich bereit erklärt, ihre Aussage vom Nachmittag noch einmal zu wiederholen. »Aber morgen in aller Frühe muss ich endlich nach Pardubitz abreisen«, betonte sie vorsorglich. »Sonst macht mir Georg, der mich schon heute zurückerwartet hat, die Hölle heiß. Schließlich wollen wir morgen Abend an die Riviera aufbrechen. Das Schlafabteil im Nachtzug nach Nizza haben wir schon gebucht.«

Dies war zwar allen Beteiligten neu. Sie verkniffen sich aber klugerweise jede Nachfrage. Instinktiv spürten auch die Uneingeweihten, dass es besser war, die Gräfin nicht zu reizen.

Nun saß Marie Louise, sichtlich nervös, auf der Kante ihres Sessels vor dem Kamin. Da sie ebenfalls ihre Handschuhe abgelegt hatte, konnte Sophie sehen, dass die Nagelhaut ihrer sonst makellos gepflegten Hände ganz blutig war. Trotzdem zupfte die Gräfin ununterbrochen daran herum.

Die nächste Hürde war gewesen, den ersten Diener des Barons Krauß davon zu überzeugen, sie in dessen Privatwohnung auf seine Rückkehr warten zu lassen. Erst ein Fünfzig-Gulden-Schein, den Baltazzi dem Mann in die Hand drückte, hatte seinen Widerstand gebrochen.

Die geringsten Schwierigkeiten hatte noch Sophies Mutter gemacht, als Hanna sie bat, Sophie wegen einer häuslichen Krise im Palais Vetsera bis auf Weiteres mit ihr gehen zu lassen. Aber da Hanna Henriettes besorgtes Hilfsangebot abgelehnt hatte, würde auch ihre Mutter Sophie nach deren Rückkehr unangenehme Fragen stellen, zumal sie erst mitten in der Nacht wieder zu Hause sein würde.

Endlich hörten sie Stimmen im Flur. Der Polizeipräsident Krauß war eingetroffen.

»Also, Sie vermuten die Komtess Vetsera in Begleitung seiner Hoheit im Jagdschlösschen Mayerling?«

Alexander Baltazzi, der bislang das Wort geführt hatte, nickte und zeigte auf Sophie. »Die Komtess von Werdenfels war gestern Abend Zeugin, dass Mary mit Graf Josef Hoyos über eine geplante Jagdpartie im Wienerwald sprach. Dort besitzt der Kronprinz, unserer Kenntnis nach, dieses Jagdschloss.«

Baron Krauß strich sich nachdenklich über den dunklen Vollbart.

»Ich bedauere. Mayerling gehört nicht zum Einzugsbereich der Wiener Polizei. Ich habe dort keinerlei Vollmachten. Ich kann nur Folgendes für Sie tun: Wenn Sie eine amtliche Vermisstenanzeige aufgeben wollen, kann ich ab morgen früh öffentlich nach Ihrer Nichte forschen lassen. Ich weise Sie aber daraufhin, dass dies nicht ohne größeres Aufsehen abgehen wird. Die Wiener Presse wird sich eine solch delikate Angelegenheit nicht entgehen lassen. Besser wäre es daher, erst einmal abzuwarten, ob das Fräulein nicht von selbst wieder nach Hause kommt. Zumal es absolut ausgeschlossen ist, den Namen des Kronprinzen in diese Sache hineinzuziehen.«

Trotz seiner Konzilianz blieb der Polizeipräsident unnachgiebig. Schließlich zogen die drei wie begossene Pudel unverrichteter Dinge wieder ab.

# Kapitel 22

## Jagdschloss Mayerling im Wienerwald

*Dienstag, 29. Januar 1889, am Nachmittag*

Unschlüssig, womit sie sich nun beschäftigen sollte, scharrte Mary im Privatgemach Rudolfs mit den Füßen. Der hatte sie soeben verlassen, um seinen Jagdfreund Philipp von Coburg zu verabschieden.

Dieser war heute mit dem Grafen Hoyos allein auf die Jagd gegangen. Rudolf hatte sich am Morgen bei seinen Jagdgästen entschuldigt. Er habe sich durch die Fahrt im offenen Einspänner am gestrigen Tage verkühlt.

Mit der gleichen Begründung wollte Rudolf jetzt den Coburger bitten, ihn für das am Abend angesetzte Verlobungsdiner seiner Schwester Marie Valerie zu entschuldigen. Philipp würde gleich mit dem Zug wieder vom nahe gelegenen Baden nach Wien zurückfahren, während Graf Hoyos im Gästehaus blieb. Es würde natürlich beträchtliches Aufsehen in der Familie erregen, wenn Rudolf zu so einer wichtigen Feier nicht erschien.

»Aber wir wissen ja beide, dass uns das nicht anfechten muss«, hatte er vor dem Verlassen des Zimmers zu Mary gesagt und ihr dabei tief in die Augen geblickt. Und wie immer war sie der Magie des Kronprinzen verfallen, zumal er ihr noch einen leidenschaftlichen Abschiedskuss gab.

An Leidenschaft hatte es bisher in den gemeinsamen Stunden in Mayerling allerdings eher gemangelt. Kurz und flüchtig war Rudolfs Umarmung in der gestrigen Nacht gewesen. Er hatte sich nicht bemüht, auch Mary Lust zu bereiten. Immerhin war sie in seinen Armen eingeschlafen, was sie zunächst tröstete.

Als sie jedoch mitten in der Nacht aufwachte, fand sie sich allein im Bett wieder. Rudolf bearbeitete seine Akten, die er nach Mayerling mitgebracht hatte. Nicht einmal zu einem gemeinsamen Frühstück konnte er bleiben, da seine Jagdfreunde Philipp von Coburg und Graf Josef Hoyos schon um acht Uhr morgens, aus Wien kommend, zur Jagdpartie eintrafen und er das Frühstück mit ihnen gemeinsam einnehmen musste. Entsprechend lustlos stocherte Mary in den Speisen, die ihr der Kammerdiener Loschek serviert hatte.

Auch nach seiner Rückkehr bearbeitete Rudolf den ganzen Vormittag über weitere Akten und sprach kaum mit ihr. Immerhin gab es ein gemeinsames Mittagessen, dem die inzwischen hungrige Mary kräftiger zusprach als dem Frühstück. Doch nun war sie wieder allein.

»Überprüfe doch noch einmal deine Abschiedsbriefe, mein Lieb«, empfahl ihr Rudolf, bevor er ging.

Nun zog Mary die drei Dokumente, die sie am Vormittag verfasst hatte, zu sich heran. Sie begann mit dem Brief an ihre Mutter.

*Liebe Mutter,* las sie,

*verzeih mir, was ich getan. Ich konnte der Liebe nicht widerstehen. In Übereinstimmung mit ihm will ich neben ihm im Friedhof von Alland begraben sein.*

*Ich bin glücklicher im Tod als im Leben.*

*Deine Mary*

Dem war ihrer Ansicht nach nichts hinzuzufügen. Ihre Mutter hatte schon immer eine romantische Ader gehabt. Sie würde zwar sehr um sie trauern, sie aber am Ende verstehen.

Auch der Brief an ihren jüngeren Bruder Feri stellte sie zufrieden.

*Mein lieber Feri,*

*leider konnte ich Dich nicht mehr sehen. Leb wohl, ich werde von der anderen Welt über Dich wachen, weil ich Dich sehr lieb habe.*

*Deine treue Schwester*

*Mary*

Erst als sie ihren Brief an Hanna überflog, fiel ihr noch etwas ein. Im Augenblick lautete er:

*Meine liebe Hanna,*

*wenige Stunden vor meinem Tod will ich Dir Adieu sagen. Wir gehen beide selig in das ungewisse Jenseits. Denk hie und da an mich. Sei glücklich und heirate nur aus Liebe.*

*Ich konnte es nicht tun, und da ich der Liebe nicht widerstehen konnte, so gehe ich mit ihm.*

*Deine Mary*

Jetzt kam Mary eine ganze Anzahl weiterer Personen in den Sinn, denen sie noch etwas ausrichten wollte. Ihnen schreiben konnte sie ja nicht, wie ihr Rudolf gestern erklärt hatte. Aber Hanna, die nüchterne, praktisch veranlagte Hanna, würde ohnehin nicht im Schmerz versinken. Also verfasste Mary ein Postskriptum, das immer länger wurde.

Sie ließ ihren Hauslehrer und ihre Freundin Sophie grüßen und bat Hanna, sie beim Kapellmeister Eder zu entschuldigen, da sie ihr Graduale am nächsten Samstag nun nicht mehr singen könne. Dann legte sie noch ein gutes Wort für Agnes ein und bat darum, die Zofe nicht wegen ihrer Taten zu strafen, die sie, Mary, ausschließlich selbst zu verantworten habe.

Schließlich bat sie ihre Schwester noch, jedes Jahr am 13. Jänner und an ihrem Todestag eine Gardenie auf ihr Grab zu legen, und betonte noch einmal, dass sie fidel hinüberginge.

Erst als sie alles noch einmal überlas, kam ihr eine neue Idee. Rudolf hatte ihr angekündigt, dass er den Fiaker Josef Bratfisch, der ja auch ein ausgezeichneter Heurigensänger und Kunstpfeifer war, am Abend gebeten habe, für sie beide allein eine private Vorstellung zu geben. Das sollte der Ausgleich dafür sein, dass er nicht mit ihr zu Abend essen könne, da Graf Hoyos über Nacht in Mayerling blieb.

*Vielleicht kann ich Bratfisch ja einen Brief an Sophie mitgeben,* überlegte sie. *Er fährt schon am nächsten Morgen in aller Frühe zurück, bevor Loschek uns wecken will und dabei unsere Leichen entdecken wird.*

*Und wenn sich keine Gelegenheit dazu ergibt, verbrenne ich den Brief ganz einfach im Ofen.*

Mit vor Eifer geröteten Wangen und der Zungenspitze zwischen den Lippen begann Mary zu schreiben.

*Meine liebste Sophie,*
*ich hoffe sehr, dass Dich dieser, mein letzter Abschiedsgruß erreicht, denn Du warst mir in der kurzen Zeit meiner Liebe zu Rudolf stets eine treue Freundin.*

*Nun gehe ich heute Nacht gemeinsam mit ihm in die Ewigkeit, wo wir hoffentlich endlich unbeschwert miteinander glücklich sein können. Rudolf hat mir versichert, dass wir Seite an Seite auf dem Friedhof in Alland begraben werden. Wie wird sich dieses Scheusal Stephanie, das Rudolf stets nur Kummer und Leid zugefügt hat, darüber ärgern!*

*Lange haben wir über die Art diskutiert, wie wir aus dem Leben scheiden wollen. Du erinnerst Dich doch sicher an das Gemälde* Die Lebensmüden, *das wir auf der Jubiläumsausstellung im Künstlerhaus gesehen haben. Brrr, nein, auf diese Weise wollte ich nicht sterben. Ertrinken muss wahrlich ein furchtbarer Tod sein, da hatte Miguel von Braganza damals schon recht, und noch dazu in so eisigem Wasser!*

*Also haben wir überlegt, Gift einzunehmen. Strychnin wäre eine sichere Möglichkeit, aber es soll furchtbare Krämpfe vor dem Hinscheiden verursachen. Und andere Gifte wirken nicht so rasch, und was wäre, wenn uns vor unserem Ende jemand fände? Also haben wir auch diese Möglichkeit verworfen.*

*Es bleibt der Revolver übrig. Rudolf ist ein sicherer Schütze, er wird einen Spiegel zu Hilfe nehmen und nicht an sich vorbeischießen wie dieser Franzose. Erinnerst Du Dich an die Ge-*

*schichte? Das war der Mensch, der zuerst seine Geliebte erschoss und sich danach selbst verfehlte. Was für ein Versager!*

*Der einzige Wermutstropfen ist, dass wir nicht gleichzeitig sterben können. Rudolf wird zuerst mir in die Schläfe schießen, da ist man sofort und absolut schmerzlos tot, hat er mir versichert. Unmittelbar danach wird er sich selbst den Tod geben. So sind es nur wenige Sekunden, die wir voneinander getrennt sein werden.*

*Denke manchmal an mich, meine Liebe, und heirate niemals gegen Dein Gefühl. Ohne Liebe zu leben ist schlimmer als der Tod.*

*Ich umarme Dich ein letztes Mal in Gedanken*
*Deine treue Freundin*
*Mary*

Zufrieden faltete Mary das Schreiben und versiegelte den Umschlag, nachdem sie es noch einmal gelesen hatte. Nun war ihr Gewissen auch gegenüber Sophie beruhigt.

### Palais Thurnau in der Herrengasse

### *Dienstag, 29. Januar 1889, am Nachmittag*

Sophie holte tief Luft, bevor sie energisch den Bronzeklopfer in Form eines Löwenkopfs am prächtig verzierten Eingangsportal des Palais Thurnau in der Herrengasse betätigte. Nicht lange danach öffnete ihr ein in einen steifen schwarzen Anzug gekleideter Diener.

Er musterte sie einen Moment zu lange, ehe er sich leicht verneigte. »Sie wünschen, gnädiges Fräulein?«

*An meiner Kleidung hat er immerhin erkannt, dass ich keine Besucherin für den Dienstboteneingang bin,* registrierte Sophie erleichtert.

Auch sie neigte den Kopf. »Mein Name ist Sophie von Werdenfels. Ich möchte Herrn von Löwenstein sprechen.«

Nun musterte der Diener sie noch intensiver. Er bat sie zwar in die pompöse Eingangshalle, in der eine breite geschwungene Wendeltreppe mit reich geschnitztem Geländer in die oberen Stockwerke führte, bot ihr jedoch keinen Platz an.

»Ihre Karte, bitte!« Er streckte ihr ein silbernes Tablett entgegen, das er von einer mit Einlegearbeiten versehenen Lackkommode genommen hatte.

Sophie errötete. Sie verfügte über keine Visitenkarten. Bislang hatte sie sie nicht benötigt. Womöglich hätte ihr geiziger Stiefvater ihr auch keine bewilligt.

Zum Schein kramte sie in ihrem Samtbeutel und sah dann auf. »Ich bitte um Verzeihung. Ich habe leider keine Karte bei mir. Melden Sie bitte Komtess Sophie von Werdenfels!«

Der Diener schürzte verächtlich die Lippen, sagte aber nichts. Stattdessen wies er Sophie einen unbequem aussehenden schmiedeeisernen Stuhl an, der in einer Nische der Halle stand, ohne ihr zuvor Mantel und Muff abzunehmen. Sophie spürte deutlich sein Misstrauen ihr gegenüber, da sie ohne Einladung oder Ankündigung und vor allem ohne Begleitung im Palais Thurnau vorsprach und ausgerechnet den jungen, attraktiven Herrn sprechen wollte.

Obwohl Sophie sich über die Arroganz des Dieners ärgerte, verstand sie ihn gleichzeitig. Aber die Situation im Hause Vetsera hatte sich im Laufe des Tages derartig zugespitzt, dass sie sich keinen anderen Rat mehr gewusst hatte, als bereits heute den Versuch zu unternehmen, Richard zu sprechen. Er war der Einzige, der jetzt vielleicht noch helfen konnte. Sie wollte nicht bis zu seinem morgigen Besuch im Café Prinzess warten.

Da es sich auch in Begleitung keineswegs geschickt hätte, als ledige Komtess einen verlobten jungen Mann aufzusuchen, hatte sie nach kurzem Zögern entschieden, allein zu Richard zu fahren, um nicht die Neugierde der notorisch klatschsüchtigen

Dienerschaft zu wecken. Zudem wollte sie in diese überaus prekäre Lage niemanden zusätzlich mit hineinziehen. Das war auch der Grund, warum sie die Begleitung ihrer Mutter abgelehnt hatte, die mittlerweile von ihrer am Boden zerstörten Freundin Helene von Marys Verschwinden erfahren hatte, ohne dass der Kronprinz dabei erwähnt worden war.

Es war schon schlimm genug, dass Marys Flucht jetzt in ganz Wien bekannt werden würde, nachdem Helene Vetsera heute in aller Frühe die offizielle Vermisstenanzeige aufgegeben hatte. Doch aufgrund der Verwicklung des Kronprinzen in die Sache würden von Taaffes Geheimagenten über kurz oder lang jedermann ins Visier nehmen, der Mitwisser dieser unappetitlichen, gegen alle gesellschaftlichen Konventionen verstoßenden Affäre zu sein schien. Das wollte Sophie ihrer sensiblen Mutter ersparen.

Denn mittlerweile zog Marys Flucht Kreise bis in die höchsten politischen Ebenen. Unmittelbar nachdem Helene Vetsera diesmal selbst im Präsidium beim Polizeipräsidenten Krauß vorgesprochen hatte, wandte sich dieser an seinen direkten Vorgesetzten, den Ministerpräsidenten Eduard von Taaffe.

Als Krauß der verzweifelten Baronin, die auf Auskunft wartete, mitteilte, dass der Ministerpräsident sich geweigert habe, den Aufenthaltsort des Kronprinzen auszuforschen oder gar den Kaiser zu informieren, war Helene in ihrer Herzensangst einige Zeit später selbst in von Taaffes Kontor gestürzt und hatte immerhin erreicht, vorgelassen zu werden.

Damit hatte der Erfolg aber bereits ein Ende. Anstatt die Baronin zu trösten, sprach der Ministerpräsident über Mary nicht besser als über eine Kurtisane, die sehr wohl »auch mit anderen Männern Umgang pflegen könnte«, wie sich von Taaffe ausdrückte. Dann vertröstete er Helene Vetsera auf das für heute Abend geplante Verlobungsdiner der Schwester Rudolfs, zu der alle Familienmitglieder zwingend erwartet wurden.

»Dort wird sich auch der Kronprinz einfinden. Damit wäre

dann auch bewiesen, dass er nicht mit Ihrer Tochter in Mayerling sein kann.«

Von Taaffes merkwürdige Argumentation war alles andere als dazu angetan, die vor Angst geradezu hysterische Baronin zu beruhigen. Was sollte den Kronprinzen denn daran hindern, nach dem schon für sechs Uhr abends angesetzten Diner wieder nach Mayerling zurückzukehren?

So war Helene Vetsera schließlich in Hannas Begleitung im Palais Werdenfels erschienen, um Sophie zu bitten, sich an Richard von Löwenstein zu wenden. Und genau aus diesem Grund saß sie nun hier in der protzigen, aber zugigen Eingangshalle des Palais Thurnau. Sie wollte Richard als engen Freund Rudolfs bitten, sofort nach Mayerling zu fahren und sich vor Ort über die Lage zu informieren.

Leichte Schritte rissen Sophie aus ihren düsteren Grübeleien. Doch zu ihrer Enttäuschung kam nicht Richard, sondern seine Verlobte Amalie die Treppe herunter. Sie trug ein elegantes ockergelbes Nachmittagskleid aus Samt und einen überaus hochmütigen Ausdruck in ihrem hübschen Gesicht.

»Sie wünschen, Fräulein?«, fragte sie von oben herab, ohne jede Beachtung der Höflichkeitskonventionen oder gar ein Zeichen, dass sie Sophie, über die sie erst vorgestern Abend im Waschraum des Botschaftspalais gelästert hatte, erkannte.

Sophie stand auf und ertappte sich dabei, dass sie beinahe geknickst hätte. »Ich möchte Ihren Verlobten Richard von Löwenstein sprechen, Komtess von Thurnau. Es ist eine sehr dringliche Angelegenheit!«

»Um was geht es?«

Sophie spürte ihr Gesicht heiß werden. »Das kann ich dem gnädigen Herrn nur persönlich mitteilen.«

Ohne ein weiteres Wort wandte sich Amalie zu dem im Hintergrund wartenden Diener um. »Begleiten Sie diese *Dame*«, sie betonte das Wort verächtlich, »bitte umgehend hinaus!«

Nur wenige Sekunden später befand sich Sophie wieder auf

der eiskalten Herrengasse. Es blieb ihr nur die inständige Hoffnung, dass Richard am morgigen Mittwoch, wie versprochen, wieder ins Café Prinzess kommen würde.

Und dass es dann, für was auch immer, nicht schon zu spät wäre.

## Jagdschloss Mayerling im Wienerwald

***Dienstag, 29. Januar 1889, kurz vor Mitternacht***

»Hat dir unser letzter Abend gefallen, mein Augenstern?«

Zärtlich streichelte Rudolf Mary über ihre mittlerweile bleichen Wangen. Vergeblich versuchte sie, ihre aufsteigende Panik zu unterdrücken. Nun blieb ihnen nur noch kurze Zeit zu leben.

Sie zwang sich zu einem Lächeln. »Bratfisch hat ganz wunderbar gesungen und gepfiffen. Als hätte er gewusst, dass es das letzte Mal sein würde, dass er vor uns aufgetreten ist.«

Rudolf merkte auf. »Du hast ihm doch hoffentlich nichts gesagt? Oder auch nur angedeutet?«

Mary schüttelte etwas zu rasch den Kopf. Tatsächlich hatte sie Bratfisch in einem unbeobachteten Moment den Brief an Sophie übergeben mit der Auflage, der Freundin das Schreiben nur persönlich auszuhändigen und niemandem davon zu erzählen.

Zum Dank hatte sie Bratfisch ihre kleine brillantbesetzte Uhr geschenkt. Sie musste sie dem treuen Fiaker geradezu aufdrängen und hatte dabei die Worte benutzt: »Es ist ohnehin das letzte Mal.« Konnte Bratfisch, der jetzt im Gästehaus schlief und morgen noch vor Tagesanbruch nach Wien zurückkehren sollte, dadurch Verdacht geschöpft haben?

*Und wenn schon. Was könnte der treue Alte denn schon tun?* Mary drängte den Gedanken beiseite. Sie legte Rudolf die Arme um den Hals und öffnete die Lippen. »Liebe mich noch ein letztes Mal, Gefährte meines Herzens!«

Zu ihrer Überraschung und Enttäuschung drückte Rudolf sie sanft von sich weg. »Das würde sich nicht schicken, Liebste. Heute Morgen hat Loschek die Laken mit den Spuren unserer Leidenschaft noch auswechseln können. Morgen ist ihm das nicht mehr möglich. Und unser Totenbett sollte keine unreinen Flecken haben.«

Er sah auf die Uhr. »Es sind nur noch zehn Minuten bis Mitternacht. Dann soll sich unser Schicksal vollenden! Geh dich noch einmal waschen und lege ein reines Nachthemd an!«

Mary ließ sich mehr Zeit als nötig mit den notwendigen Verrichtungen. Das Herz schlug ihr bis zum Hals, als sie um fünf Minuten nach Mitternacht wieder ins Schlafgemach zurückkehrte. Nun drohte die Panik, sie zu überwältigen.

»Gibt es denn wirklich keine andere Lösung für uns, mein Geliebter?«

Rudolf sah sie mit einem merkwürdigen Ausdruck in seinen Augen an und schüttelte den Kopf. »Nein, mein Herz. Das ist die einzige Lösung, wenn wir für immer zusammen sein wollen.«

»Warum können wir nicht irgendwohin fliehen? Dahin, wo uns niemand kennt?«, versuchte Mary es noch einmal. Als Rudolf nicht gleich antwortete, fuhr sie fort. »Ich lebe mit dir auch in der kleinsten Hütte, wenn es sein muss. Ich …«

Er legte ihr leicht den Finger auf die Lippen. »Nein, es geht nicht, mein Schatz.« Sanft drückte er sie auf das Bett. »Nun schließ die Augen und denke an etwas Schönes. Ich verspreche dir, du wirst nichts spüren.«

Zitternd legte sich Mary hin. Doch anstatt sich zu entspannen, presste sie die Augen, so fest sie konnte, zusammen und umklammerte ihr Taschentuch mit der linken Hand. Sie hörte, wie Rudolf den Hahn entsicherte, und spürte den kalten Lauf an ihrer linken Schläfe.

Dann explodierte alles in ihrem Kopf.

## Jagdschloss Mayerling im Wienerwald

### *Mittwoch, 30. Januar 1889, gegen sechs Uhr morgens*

Rudolf schreckte aus einem unruhigen Schlummer auf, als die kleine Wanduhr mit silbernem Klang die sechste Stunde schlug. »Oh mein Gott! Ist es denn schon so spät?«, stöhnte er leise. In einer Stunde würde sein Kammerdiener ihn wecken kommen, denn um acht Uhr früh wurden die Jagdgäste wieder zum Frühstück erwartet. Er musste es endlich vollbringen.

Nachdem er Mary erschossen hatte, hatte sich Rudolf immer wieder den Revolver an die Schläfe gehalten und immer einen neuen Grund gefunden, ihn wieder abzusetzen.

Da lagen Marys Briefe an ihre Familie. Rudolf legte sie gemeinsam in einen größeren Umschlag, den er an die Baronin Vetsera adressierte. In das Siegelwachs drückte er seinen eigenen Ring. Dann schrieb er letzte Dankesworte an seinen Kammerdiener Johann Loschek und bat ihn, persönlich dafür zu sorgen, dass der Umschlag Marys Mutter übergeben werden würde.

Wieder setzte er den Revolver an seine Schläfe, wieder ließ er die Hand schließlich sinken. Seine Mutter! Plötzlich packte ihn das starke Verlangen, zumindest seiner Mutter ebenfalls einen Abschiedsbrief zu schreiben.

Anfangs hatte er seine Eltern durch das Fehlen letzter Worte für seine lieblose Kindheit und ihre fortwährende Missachtung bestrafen wollen. Aber war seine Mutter nicht auch ein Opfer seines sturköpfigen, erzkonservativen Vaters? Hatte sie nicht ebenso unter ihm gelitten wie er? Und hatte sie ihn als kleinen Jungen nicht aus der Hand seines sadistischen Erziehers Gondrecourt gerettet?

Außerdem hatte sie mehr Herz als sein Vater. Sie würde dafür sorgen, dass er neben Mary bestattet werden konnte.

So setzte er dreimal ein Schreiben an seine Mutter Sisi auf, bis er mit der letzten Version endlich zufrieden war. Die ersten Entwürfe verbrannte er im Ofen.

Er bat Sisi um Verzeihung für den Schmerz, den er ihr heute zufügen müsse, und um Nachsicht für den »reinen sühnenden Engel«, der ihn in den Tod begleitet hätte. Er sprach ihr von seinen Enttäuschungen durch seinen Vater und schließlich von seiner Ehre als Offizier. Und schloss mit den Worten: »Doch nun habe ich kein Recht mehr zu leben, denn ich habe getötet.«

Es war schon gegen drei Uhr morgens. Doch noch immer fand er nicht den Mut, sich selbst zu richten. Anfangs versuchte er, sich mit mehreren Gläsern Cognac zu beruhigen. Doch diesmal zeigte der Alkohol nicht die gewünschte Wirkung.

In seiner Verzweiflung küsste er schließlich sogar Marys inzwischen kalte Lippen, ekelte sich dann aber vor dem schon gestockten Blut, das ihr aus einem Mundwinkel floss. Schließlich zitterten seine Hände trotz einer weiteren großen Portion Cognac so sehr, dass er weder den Handspiegel noch den Revolver ruhig halten konnte.

*Am Ende schieße ich noch vorbei wie dieser Dummkopf in Algerien,* schoss es ihm durch den Kopf. *Ich muss zehn Minuten ruhen, dann wird es besser gehen.*

Stattdessen war er erst jetzt, über zwei Stunden später, aus seinem unruhigen Schlaf in dem unbequemen Lehnsessel aufgeschreckt.

Wieder setzte er die Pistole an seine Schläfe, wieder ließ er die Hand sinken, als ihn die Panik überwältigte. Mittlerweile war Mary schon mehr als sechs Stunden tot. Schließlich beschloss er, sich selbst ein Ultimatum zu setzen.

Leise zog er seinen Morgenanzug an und verließ dann das Zimmer, um an Loscheks Kammertür zu klopfen, die gleich neben dem Eingang zu seinem Appartement lag. Er musste es mehrmals versuchen, bis Loschek ihm schließlich öffnete. Offensichtlich hatte er sich gerade rasiert. Ums Kinn waren noch Flecken von Rasierschaum zu sehen. Es war halb sieben Uhr.

»Ich habe nur wenig geschlafen«, beschied Rudolf dem verwirrten Kammerdiener. »Wecken Sie mich erst um halb acht! Und sorgen Sie derweil dafür, dass die Küche um Punkt acht Uhr ein reichhaltiges Frühstück vorhält.«

Da er ein leichtes Zittern in seiner Stimme nicht unterdrücken konnte, wandte er sich dann, bewusst laut pfeifend, ab und betrat wieder sein Schlafgemach mit der toten Mary. Sorgfältig versperrte er die Tür.

Dann setzte er sich neben die Tote auf das Bett und beobachtete bewegungslos, wie sich die Zeiger der kleinen Wanduhr unaufhörlich gegen halb acht Uhr bewegten. Erst um zwanzig nach sieben griff er erneut nach dem Revolver. Er prüfte noch einmal die Munition und entsicherte ihn. Dann nahm er den kleinen Spiegel in die linke Hand. Schließlich setzte er sich die Pistole an die rechte Schläfe.

Endlich drückte er ab. Es war fünf Minuten vor halb acht.

# Teil 5

## *Requiem*

# Kapitel 23

## Café Prinzess am Graben

### *Mittwoch, 30. Januar 1889, am Nachmittag*

Sophie ertappte sich wohl zum hundertsten Mal dabei, wie sie unruhig auf die Zeiger einer der beiden vergoldeten Barockuhren blickte, die im Café Prinzess zwischen den weißen Stuckornamenten hingen. Doch die Zeiger wollten sich partout nicht gen vier Uhr nachmittags bewegen, wie es ihr schien. *Immer noch eine halbe Stunde, bis Richard kommt,* stöhnte sie innerlich.

Sie war schon seit heute Morgen um zehn Uhr im Café, um Mina, eine junge Frau, die ihr Onkel gerne als Aufseherin einstellen wollte, einzuweisen. Von Sophies Urteil sollte es abhängen, ob Mina den vielfältigen Aufgaben, die in diesem Fall auf sie zukommen würden, wirklich gewachsen war.

Zunächst hatte Sophie diese verantwortungsvolle Tätigkeit immer wieder von ihrer quälenden Sorge um Mary und die Vorgänge in Mayerling abgelenkt, die sie sich inzwischen in immer düsterer werdenden Farben ausmalte. Im Laufe des Tages kam noch die Traurigkeit dazu, bald nicht mehr im Café Prinzess gebraucht zu werden. Denn Mina, die mögliche Nachfolgerin der diebischen Hedwig, erwies sich von Anfang an als sehr anstellig.

Gegen zwei Uhr gönnten sich die beiden Frauen bei einer Mandelmelange eine Pause in einem der zu dieser Zeit noch unbesetzten Separees. Eigentlich sollte sie dazu dienen, dass Mina Sophie noch offene Fragen stellen konnte. Stattdessen war es genau umgekehrt: Mina beantwortete Sophies Fragen, die sich brennend dafür interessierte, woher Mina bereits so viel über die Führung eines Kaffeehauses wusste.

In diesem Zusammenhang erfuhr sie etwas von Minas trauriger Vorgeschichte. Diese stammte aus der Familie eines Kleinkrämers und hatte sich immer gewünscht, in einem Wiener Kaffeehaus zu arbeiten. Zunächst war ihr Werdegang auch ganz nach ihren Wünschen verlaufen. Sie wurde als Serviererin im renommierten Café Demel eingestellt und war vor zwei Jahren aufgrund ihrer Tüchtigkeit bereits für eine anspruchsvollere Tätigkeit vorgesehen gewesen.

»Man wollte mir die Führung der oberen Etage des Cafés anvertrauen«, erzählte sie Sophie freimütig. Das Demel hatte, anders als das Café Prinzess, zwei Stockwerke, in denen serviert wurde.

»Doch dann verfiel ich dem Charme eines ungarischen Grafen und glaubte seinen Versprechungen, dass er mich mit in seine Heimat nehmen und später einmal sogar heiraten wolle«, fuhr Mina fort. »Das erschien mir damals tatsächlich möglich, zumal ich Gerüchte gehört hatte, dass ein Graf die Gouvernante seiner Kinder, ein anderer sogar seine Köchin geheiratet hätte.«

»Was war ich nur für ein törichtes Ding, obwohl ich damals schon fünfundzwanzig Jahre zählte.« Mina lächelte schmerzlich und schlug sich mit der Hand an die Stirn. »Doch ich hatte wohl einmal zu oft gehört, dass ich auf Männer nicht ganz ohne Reiz bin, und bildete mir leider zu viel darauf ein.«

Tatsächlich war Mina auch jetzt noch, obschon in der zweiten Hälfte ihrer Zwanziger, mit ihrer üppigen Figur, den ausdrucksvollen braunen Augen und den sinnlich vollen Lippen eine durchaus attraktive Frau, wie Sophie neidlos zugeben musste.

Sie ahnte das Ende der Geschichte schon, bevor es Mina selbst mit dürren Worten erzählte. »Als ich jedoch in andere Umstände kam, verließ mich Istvan ohne ein weiteres Wort. Ich verlor zuerst meine Stelle und später das Kind. Was vielleicht ein Glück für das arme Würmchen gewesen ist.« Dennoch füllten sich ihre Augen bei ihrem letzten Satz mit Tränen. »Hätten meine Eltern nicht trotz meiner Schande ganz unerschütterlich zu mir gehalten, wäre ich damals ins Wasser gegangen.«

Instinktiv griff Sophie nach Minas Hand, was diese zunächst geschehen ließ. *Schon wieder hat ein schlechter Mann die Unschuld einer jungen Frau schamlos ausgenutzt, um sie ins Unglück zu stürzen,* zog sie innerlich die Parallele zu Rudolf und Mary.

Dann straffte Mina die Schultern, zog ihre Hand zurück und blickte Sophie gerade in die Augen. »Mein Vater hat sich auch bei Ihrem Herrn Onkel für mich verwendet, als er dessen Annonce in der *Wiener Zeitung* gelesen hat. Die beiden kennen sich noch aus ihrer Jugend. Ich habe Ihrem Herrn Onkel die ganze Wahrheit über mich erzählt, als ich mich in der letzten Woche bei ihm vorstellte. Doch nun bitte ich Sie, gnädiges Fräulein von Werdenfels, um Ihr ganz ehrliches Urteil über mich. Herr Danzer hat mir mitgeteilt, dass er mich trotz seines Mitgefühls für meine Situation nur einstellen kann, wenn ich auch die entsprechende Eignung für die Position einer Aufseherin mitbringe. Trotz der alten Bekanntschaft zu meinem Vater wollte er das von Ihrem Urteil abhängig machen.«

Sophie fühlte sich gleichzeitig geschmeichelt und beunruhigt. Bislang hatte sie einen sehr positiven Eindruck von Mina gewonnen. Aber würden die wenigen Stunden, die sie miteinander verbracht hatten, wirklich ausreichen, um Mina für diese Position zu empfehlen?

Sie beschloss spontan, die junge Frau auf die Probe zu stellen. »Was haben Sie denn bislang für Eindrücke von unserem Café Prinzess gewonnen? Was finden Sie gut? Und was könnten wir noch verbessern?«

Insbesondere von den Antworten auf die letzte Frage wollte Sophie ihr Urteil abhängig machen. Eine Aufseherin, die ihr nur nach dem Munde redete, um die begehrenswerte Stellung zu erhalten, konnte Onkel Stephan sicherlich nicht brauchen.

Mina lächelte leicht, als ob sie insbesondere den Grund für die letzte Frage erahnen würde.

»Ich habe sehr viele positive Eindrücke gewonnen«, begann sie. »Mich spricht die Einrichtung des Cafés sehr an. Der Raum ist heller und einladender als die Räume des Demel, aber genauso prächtig ausgestattet. Auch die Dekoration der Theken mit den Torten, den Mehlspeisen, den Kanapees und dem Konfekt finde ich sehr gelungen und ansprechend. Die Speisen regen sofort den Appetit an. Die Serviermädchen sind geschickt und sehr freundlich und dienstbereit gegenüber den Gästen. Denen alle Speisen und Getränke bestens zu munden scheinen, sofern ich es bereits beobachten konnte.«

Mina stockte und holte tief Luft. »Dennoch hätte ich auch einige Anregungen«, begann sie vorsichtig.

»Sprechen Sie freiheraus!«, forderte Sophie sie auf.

»Ich würde die Serviermädchen bitten, noch besser auf ihre Reinlichkeit zu achten«, fuhr Mina zu Sophies Verblüffung fort. Damit hatte sie nun gar nicht gerechnet.

»Sind Ihnen Flecken an der Kleidung der Mädchen aufgefallen?«, unterbrach sie Mina aufgeregt. »Es gab schon vor meiner Zeit die strikte Anordnung, eine Schürze oder ein Häubchen sofort zu wechseln, wenn …« Sie stockte, als Mina die Hand hob.

»Nein, nein, gnädiges Fräulein, die Kleidung der Serviermädchen und Verkäuferinnen ist tadellos. Aber mir ist aufgefallen, dass sich die junge Frau, die vor zwei Stunden die Sauberkeit des Erfrischungsraums überprüfte und dabei auch einige Malheurs beseitigte, wie ich mitbekam, zwar eine Kittelschürze über ihre Kleidung anzog, sich aber hernach nicht die Hände wusch. Obwohl sie nach ihrer Rückkehr Tortenstücke schnitt und Konfekt verpackte.«

Sophie spürte, wie sie errötete. Ihr selbst war das noch nie aufgefallen. Es gehörte zu den Aufgaben der weiblichen Angestellten, die Toiletten und Waschbecken im Erfrischungsraum der Damen regelmäßig zu prüfen und bei Bedarf auch zu reinigen, obwohl jeden Abend selbstverständlich noch zwei Zugehfrauen das ganze Café gründlich durchputzten.

»Das Gleiche gilt für die Eimer und Lappen, mit denen die Tische abgewischt werden. Ich weiß ja nicht, ob das vielleicht nur ein heutiges Versehen ist, aber das Wasser wurde bis jetzt nicht gewechselt und war zuletzt schon recht trübe. Und die Lappen sind, mit Verlaub gesagt, recht zerschlissen.«

»Die Damen, die hier zu Gast sind, werden so etwas gar nicht bemerken«, versuchte Mina, Sophie angesichts deren schockierten Schweigens zu beruhigen, »doch ...« Sie stockte wieder.

Sophie holte tief Luft. »Sie haben vollkommen recht, Mina. Diese Missstände müssen sogar ganz dringlich beseitigt werden. Ich werde meinem Onkel noch heute darüber berichten und es anregen. Ist Ihnen denn noch etwas dergleichen aufgefallen?«

Jetzt errötete auch Mina. »Nur eine Kleinigkeit, gnädiges Fräulein. An einigen unauffälligen Stellen liegt Staub.«

»Staub?« Sophie traute ihren Ohren kaum. Das wurde ja immer schlimmer.

»Auch das wird kaum eine Dame bemerken«, beruhigte sie Mina aufs Neue. »Zumal die Mehrzahl Ihrer Gäste ja keine Hausfrauen sind. Doch man sollte auch die Stuckornamente an den Wänden ab und zu reinigen. Ebenso sind die Blätter der Topfpalmen vor dem Eingang der Separees etwas staubig.«

Spontan stand Sophie auf und verließ das Separee. Mit dem Zeigefinger strich sie über die Blätter einer Palme. Ein leichter hellgrauer Film blieb daran hängen.

»Sie haben in allem recht, Mina«, räumte sie offen ein und traf eine vorzeitige Entscheidung. »Ich bin sehr beeindruckt von Ihrer Beobachtungsgabe und werde meinem Onkel Ihre Einstellung gerne empfehlen.«

Minas Augen begannen zu strahlen. Doch sie war mit ihren Vorschlägen noch nicht zu Ende. »Darf ich noch eine letzte Empfehlung aussprechen?«

»Nur zu!«

»Mir ist aufgefallen, dass sich zwei Mädchen beim Kassieren abwechseln.«

»Das ist richtig, Mina. Denn leider kam es bereits zu Diebstählen aus der Kasse. Und mit dieser Maßnahme will mein Onkel verhindern, dass das noch einmal vorkommt und wiederum nicht sofort auffällt. Deshalb wechseln sich jetzt zwei der älteren Serviererinnen beim Kassieren ab und prüfen so zweimal am Tag den richtigen Stand der Kasse. Den Betrag schreiben sie jeweils auf.«

Mina nickte lächelnd. »Das ist eine sehr gute Idee, gnädiges Fräulein. Doch auch den Kassiererinnen würde ich empfehlen, sich die Hände zu waschen, bevor sie wieder zu bedienen oder an der Gebäck- und Konfekttheke zu arbeiten beginnen.«

Sophie betrachtete Mina staunend. Hinter ihrem ansprechenden Äußeren verbarg sich offensichtlich ein scharfer Verstand.

»Wie kommen Sie nur auf all diese Ideen?«

Minas Lippen verzogen sich schmerzlich. »Ich hatte in den letzten Monaten genug Zeit. Im Haushalt und Geschäft meiner Eltern gab es für mich nicht viel zu tun. Also las ich ein paar sehr interessante Zeitschriftenartikel von gelehrten Ärzten. Obwohl ich beileibe nicht alles verstand, wurde mir klar, dass man einen Zusammenhang zwischen Krankheiten und mangelnder Reinlichkeit vermutet. Und Münzen fassen ja viele Menschen an, und niemand weiß so recht, woher sie stammen.«

Das leuchtete Sophie ein. Über dem spannenden Austausch mit Mina hatte sie tatsächlich ihre Sorgen einen Moment lang vergessen. Doch als Mina nach dem gemeinsamen Gespräch mit Danzer ihre Arbeit für heute zunächst beendet hatte, holten sie diese mit Macht wieder ein.

Zusammen mit der Traurigkeit, dass ihre Zeit im Café Prinzess bald zu Ende sein würde. *Dafür ist Mina zu tüchtig,* dachte sie. *Was wären wir beide doch für ein wunderbares Gespann, wenn wir hier gemeinsam arbeiten könnten.*

In diesem Moment betrat Richard das Café, sogar eine Viertelstunde vor der Zeit. Er war allein. Sophie atmete erleichtert auf.

»Habe die Ehre, verehrter Graf von Löwenstein! Ich freue mich sehr, dass ich Sie heute endlich wieder einmal bei einem Besuch in meinem Hause persönlich treffe und begrüßen darf. Seien Sie herzlich willkommen!«

Noch bevor Sophie sich Richard widmen konnte, war bereits ihr Onkel auf ihn zugeeilt. Freudestrahlend nahm er nach einer Verbeugung Richards ausgestreckte Hand. »Ich habe Ihnen aus ganzem Herzen für die Empfehlung meines Rosensorbets bei Hofe zu danken. Erst vorgestern habe ich eine weitere Bestellung erhalten. Es hieß sogar, dass das Eis als Nachtisch beim Verlobungsdiner der Erzherzogin Marie Valerie serviert werden solle.«

»Ich habe Sie gerne bei Hofe empfohlen«, bestätigte Richard. »Auch wenn das Sorbet der Kaiserin leider nicht so gut schmeckt wie das Veilchensorbet des Demel.«

Einen kurzen Moment lang umwölkte sich Danzers Stirn. Dann lächelte er erneut herzlich. »Die Hauptsache ist doch, dass es anderen Damen bei Hofe mundet. Und regelmäßig nachbestellt wird.«

»Was darf ich Ihnen denn bringen lassen?«, fragte Danzer und wandte sich dann zu Sophie um, die mittlerweile zu ihnen getreten war.

»Wie immer einen Großen Schwarzen.« Richards Augen schweiften suchend durch den Raum.

»Möchten Sie dort drüben Platz nehmen?« Danzer wies auf einen kleinen Marmortisch in einer Nische.

Jetzt ergriff Sophie die Initiative. »Ich würde gerne etwas Vertrauliches mit Herrn von Löwenstein besprechen.« Sie senkte die Stimme. »Es geht um Mary Vetsera. Sie ist durchgebrannt. Ich möchte Herrn von Löwenstein bitten, nach ihr zu suchen.«

»Helfgott!« Danzer fehlten vor Verblüffung die Worte.

Sophie legte ihren Zeigefinger an die Lippen. »Kein Wort zu irgendjemandem davon, lieber Onkel. Wir möchten jeden Skandal, soweit es noch möglich ist, vermeiden.«

»Gut, gut«, beeilte sich Danzer zu versichern und wies auf

das noch unbesetzte Separee. »Es ist zwar für vier Uhr reserviert, doch ich werde mir schon zu behelfen wissen.«

Sophie warf über ihre Schulter hinweg einen Blick auf die Uhr. Es war jetzt zehn Minuten vor vier.

»Um vier ist unsere Unterredung ohnehin schon beendet«, versicherte sie.

»Um Himmels willen, was ist denn geschehen?« Richard war vor lauter Schreck bleich geworden.

Sophie blickte ein weiteres Mal durch den Eingang des Separees in den Caféraum. Weder ein Gast noch eine Servierkraft waren in Hörweite.

»Es ist schon am Montagvormittag passiert.« Kurz setzte sie Richard ins Bild. »Man vermutet, dass der besagte Herr sie zu seinem Jagdschloss in den Wienerwald mitgenommen hat.«

»Nach Mayerling?«, entfuhr es Richard unwillkürlich.

»Pscht!«, zischte Sophie.

Richard dämpfte seine Stimme sofort. »Und sie ist schon seit Montagvormittag fort? Natürlich kann die Polizei in einer solch delikaten Angelegenheit nicht helfen. Aber warum hast du mich nicht sofort benachrichtigt? Heute ist doch schon Mittwoch!«

Sophie schnaubte. »Ich habe sehr wohl gestern Nachmittag im Palais Thurnau vorgesprochen, nachdem Marys Mutter eine offizielle Vermisstenanzeige aufgegeben hat. Doch deine Verlobte hat mich hinausweisen lassen.«

»Amalie hat dich hinausgeworfen?« Richard fasste es nicht. »Obwohl du darum gebeten hast, mich sprechen zu dürfen?«

»So ist es«, bestätigte Sophie und ergänzte mit kurzen Worten, wie Amalie sie behandelt hatte.

Richard knirschte vor Wut mit den Zähnen. »Das wird das Schandweib mir büßen!«, kündigte er an.

»Das hat Zeit!«, drängte Sophie. »Nun eile, so rasch du kannst, zum Palais Vetsera und biete der Baronin deine Hilfe an. Du bist ein persönlicher Freund des besagten Herrn und kennst auch das Jagdschloss. Vielleicht kannst du ja vor Ort etwas ausrichten und das Schlimmste noch verhindern!«

### Palais Vetsera in der Salesianergasse

*Mittwoch, 30. Januar 1889, wenig später*

Nur eine Viertelstunde später pochte Richard heftig an das Portal des Palais Vetsera. Er war völlig außer Atem. Da er auf die Schnelle keine Mietdroschke hatte finden können und zu Fuß ins Café Prinzess gekommen war, war er fast den ganzen Weg vom Graben in die Salesianergasse gerannt.

Zu seinem Erstaunen musste er nahezu weitere fünf Minuten warten, bevor ihm der alte Diener Christian endlich öffnete. Seine Augen waren gerötet, als hätte er kürzlich geweint.

»Sie wünschen, mein Herr?«, begann er, um sich gleich danach zu verbessern. »Ich bedauere unendlich, doch die Damen Vetsera empfangen heute keinen Besuch.«

»Ich komme, um den Damen in einer sehr delikaten Angelegenheit meine Hilfe anzubieten.«

Als der Diener dennoch keine Anstalten machte, Richard hereinzubitten, entschloss er sich zur Flucht nach vorn. »Die Komtess von Werdenfels schickt mich. Es geht um ihre Freundin, die Komtess Mary.«

Der Alte sah Richard mit einem merkwürdigen Gesichtsausdruck an, ließ ihn alsdann jedoch in die Halle eintreten. Anstatt ihm den Umhang abzunehmen, kündigte er allerdings an: »Die Damen sind unpässlich und haben sich zu Bett begeben. Aber ich will einmal nachforschen, ob der gnädige Herr Sie empfangen möchte.«

Richard spürte, wie sich in seinem Magen ein dicker Kloß bildete. *Komme ich etwa zu spät? Ist bereits etwas Unwiderrufliches geschehen?*

Er blieb nicht lange mit seinen Zweifeln allein. Schon nach wenigen Minuten kehrte der Diener zurück und führte ihn die Treppe hinauf, immer noch, ohne ihm den Umhang abzunehmen. »Der gnädige Herr erwartet Sie in der Bibliothek.«

Der »gnädige Herr« erwies sich als Marys Onkel und Vormund Alexander Baltazzi, mit dem Richard aus dem Wiener Jockey-Club gut bekannt und per Du war.

Noch bevor sich die Männer die Hände geschüttelt hatten, platzte Richard heraus. »Ich komme, um euch meine Hilfe anzubieten, Alex. Ich weiß, dass Mary mit Kronprinz Rudolf in Mayerling sein könnte. Wenn du möchtest, breche ich sofort dorthin auf und forsche nach ihr.«

Ein tiefer Seufzer entrang sich Alexander Baltazzis Kehle. Kraftlos sank er auf das mächtige Lederfauteuil zurück, von dem er bei Richards Ankunft aufgesprungen war.

»Dafür ist es leider zu spät, Richie«, antwortete er, ohne sich für Richards Angebot zu bedanken. »Mary und Rudolf sind tot. Sie hat ihn und sich selbst vergiftet. Mit Strychnin.«

Jetzt wurden auch Richard die Knie weich. Er setzte sich Alexander Baltazzi gegenüber.

»Aber … aber das kann doch nicht sein«, stammelte er, da sich sein Verstand schlichtweg weigerte, das Unfassbare zu begreifen. »Woher … woher wollt ihr das denn wissen?«

Alexander sog tief die Luft ein. »Die Kaiserin hat es meiner Schwester Helene heute Mittag persönlich gesagt. Beide sind tot. Von Mary darf niemand etwas erfahren. Rudolf ist offiziell an einem Herzschlag gestorben.«

## Café Prinzess am Graben

### *Donnerstag, 31. Januar 1889, gegen halb sechs Uhr abends*

Wie in Trance bewegte sich Sophie durch das Café Prinzess und seine angrenzenden Räume und verrichtete mechanisch, so gut es ging, die anfallenden Arbeiten.

Gestern hatte sie sich nach Richards Besuch zuerst noch sehr gefreut, als Mina sie darum bat, ihr noch einige Tage als Ansprechpartnerin zur Seite zu stehen, bis sie als Aufseherin völlig eingearbeitet sei. Sophie hoffte, die Arbeit im Café würde sie von der quälenden Sorge um Mary und vor allem von ihren immer stärker werdenden Schuldgefühlen, zu lange geschwiegen zu haben, ablenken.

Doch nur wenig später waren die ersten Gerüchte über den Tod des Kronprinzen im Café Prinzess eingetroffen, gefolgt von den ersten Extrablättern, die einen Herzschlag als Todesursache auswiesen. Vor allem im klassischen, ausschließlich von Männern frequentierten Kaffeehaus verbreitete sich allerdings gleichzeitig wie ein Lauffeuer die Nachricht, dass der Kronprinz erschossen worden sei. Man munkelte, bei einem Jagdunfall, wie die Kellner Stephan Danzer berichteten.

Instinktiv vermied es Sophie, gegenüber ihrem Onkel oder irgendjemandem sonst Mary Vetsera zu erwähnen. Deshalb ahnte im Prinzess niemand, dass deren Verschwinden mit dem Kronprinzen zu tun haben könnte.

Kurz vor der Schließung des Cafés am Abend war dann mit kreidebleichem Gesicht Richard noch einmal erschienen und hatte Sophie im Flüsterton auch von Marys Tod unterrichtet. Als sie daraufhin weinend zusammenbrach, brachten Mina und Stephan Danzer sie in seine Wohnung über dem Kaffeehaus, wo sie stundenlang haltlos vor sich hin schluchzte.

Ihr Zusammenbruch war allerdings angesichts der übermächtigen Trauer des Volkes über den Tod des Kronprinzen niemandem als etwas Besonderes aufgefallen. Überall in Wien fielen vor allem Frauen und Mädchen in Ohnmacht und Weinkrämpfe, nachdem sie die Todesnachricht erhalten hatten.

Da nicht daran zu denken war, Sophie in diesem Zustand allein nach Hause fahren zu lassen, und er selbst in dieser Ausnahmesituation im noch geöffneten alten Kaffeehaus unabkömmlich war, hatte ihr Stephan Danzer angeboten, in seiner Wohnung zu nächtigen, und einen Boten mit der entsprechenden Nachricht ins Palais Werdenfels gesandt.

Doch als ihr Onkel am späten Abend das unbezwingbare Verlangen verspürte, das Eintreffen des toten Kronprinzen aus Mayerling mitzuerleben, wollte auch Sophie nicht allein in der Wohnung bleiben. In der eisigen Jännernacht beobachteten die beiden inmitten einer riesigen Menschenmenge, die die Straßen vom Bahnhof bis hin zur Hofburg säumte, wie Rudolfs Sarg in einem geschlossenen Lastfuhrwerk um zwei Uhr nachts in die Hofburg gebracht wurde.

Danach hatte sich Sophie trotz einer Wärmpfanne und eines heißen Glühweins schlotternd vor Kälte im Bett hin und her gewälzt und kein Auge zugetan.

Früher als gedacht bewährte sich Mina als Aufseherin schon am darauffolgenden Tag. Sie sorgte dafür, dass jeder bunte Schmuck, der zum Teil schon zur Faschingsdekoration gehörte, durch Trauerflor ersetzt wurde. Selbst die Vitrinen waren mit schwarzem Stoff verhängt worden, um jeden Blick auf die appetitlichen Inhalte zu verhindern.

Von Mina stammte auch der Vorschlag, die Blumenbuketts und Sträußchen auf den Tischen durch gelbe Nelken zu ersetzen, die mit schwarzen Bändern umwunden waren. Damit zeigte das Café Prinzess gleichermaßen seine Trauer über den unersetzlichen Verlust des Thronfolgers wie seine Treue zum Kaiserhaus. Schwarz und gelb waren die Farben der Habsburger Monarchie.

Da ganz Wien auch an diesem Tag in Aufruhr und daher auf

den Beinen war, herrschte sowohl im Café als auch im Kaffeehaus andauernder Hochbetrieb. Weiterhin überschlugen sich die Gerüchte. Niemand glaubte der offiziell angegebenen Todesursache »Herzschlag«, zumal diese wenig später durch »Schlaganfall« ersetzt worden war.

Augenzeugen berichteten, dass Zeitungen, die von einer unnatürlichen Todesursache Rudolfs ausgingen, sei es nun Mord oder Selbstmord, sofort konfisziert worden seien. Man spekulierte, dass die Verwicklung des Kronprinzen in eine Verschwörung gegen den Kaiser seinen Tod zur Folge gehabt hätte. Andere Stimmen behaupteten, ungarische Rebellen steckten hinter dem Mord an Rudolf, um das ihnen ungeliebte neue Wehrgesetz zu verhindern.

Doch keine einzige Silbe wurde über Mary Vetsera verloren. Von ihrem Tod nahm niemand Notiz. Und der quälende Zwang, gegenüber jedermann darüber schweigen zu müssen, belastete Sophie genauso stark wie der frühe sinnlose Tod der Freundin, die ihre Drohung wahrgemacht hatte, lieber mit ihrem Geliebten gemeinsam zu sterben, als ohne ihn leben zu müssen.

Wäre es an jenem furchtbaren letzten Jännertag um die Frage gegangen, ob *Sophie* eine geeignete Aufseherin sei, wäre sie wohl hoffnungslos durchgefallen. Drei zerbrochene Kaffeegedecke, unzählige verschnittene Tortenstücke sowie fehlerhafte Angaben über die servierten Bestellungen an die Kassiererinnen gehörten zu den Fehlern und Missgeschicken, die ihr unablässig passierten.

Doch sowohl Onkel Stephans Angebote, sich wieder in seiner Wohnung niederzulegen, als auch sie nach Hause ins Palais Werdenfels bringen zu lassen, erfüllten sie mit der Panik, dann mit ihrer Qual ganz allein zu sein. Oder schlimmer noch, dort mit der Trauer von Helene und Hanna Vetsera konfrontiert zu werden, sollten sich diese, Trost suchend, zu ihrer Mutter Henriette geflüchtet haben. Beides glaubte sie, heute noch nicht ertragen zu können.

Zum Glück nahmen weder ihr Onkel noch die Gäste Sophie ihre zahlreichen Malheurs an diesem für alle besonderen Tag übel. Und Mina erwies sich auch diesbezüglich als unerschütterliche Stütze und eilte Sophie bei jedem ihrer Missgeschicke zu Hilfe.

Doch nun brach draußen bereits die Dämmerung herein. Heute Abend würde Sophie ins Palais Werdenfels zurückkehren müssen, daran hatte Onkel Stephan keinen Zweifel gelassen. So war sie nicht überrascht, als ihr Mina gegen halb sechs das Eintreffen einer Mietdroschke meldete, die sie, wie üblich, nach Hause bringen sollte. Mit dem wenig benutzten Landauer ihres Onkels, der in einiger Entfernung in einem Mietschuppen stand, wäre das zu umständlich gewesen, zumal Danzer auch keinen eigenen Kutscher beschäftigte.

Da Sophie zu müde war, um sich umzuziehen, und ihr Aufseherinnenkleid darüber hinaus verschwitzt und befleckt war und dringend der Reinigung bedurfte, warf sie sich ihren Mantel nur über die Schultern und setzte den Hut auf. Dann schlurfte sie gleich einer alten Frau durch den Flur zum Eingang des Kaffeehauses, vor dem die Droschke in der Dorotheergasse auf sie wartete.

»Grüß Gott, gnädiges Fräulein«, begrüßte sie der Fiaker, sobald sie die Straße betreten hatte. Der Mann kam ihr bekannt vor. Aber sie konnte sein Gesicht nicht sofort zuordnen.

»Mein Name ist Bratfisch.« Jetzt zog der Kutscher seinen Zylinder, und Sophie erkannte Rudolfs Leibfiaker, der Mary so häufig zu den heimlichen Stelldicheins mit dem Kronprinzen gebracht hatte.

*Was für ein merkwürdiger Zufall,* schoss es ihr noch durch den Kopf, als der Mann ihr auch schon den Schlag der Kutsche aufhielt, um ihr hineinzuhelfen. Zu Sophies Verblüffung beugte er sich dann mit seinem ganzen massigen Oberkörper zu ihr hinein, nachdem sie Platz genommen hatte.

Er zog etwas Weißes aus der Innentasche seiner wollenen

Kutscherjacke. »Des da soll i Ihna geben, gnä's Fräulein«, wisperte er so leise, dass Sophie ihn kaum verstand. Sein Atem roch nach Zwiebeln, sodass sie unwillkürlich zurückwich.

Bratfisch griff nach ihrer behandschuhten Hand und drückte ihr den Brief, den sie erst jetzt als solchen erkannte, hinein. »Lesen S', was Ihna des arme Fräulein g'schrieben hat! I hab's ihr in die Hand versprochen, dass i Ihna den Brief bring. Aba, wenn S' mein Rat hör'n woll'n, verbrennen S' ihn danach im Ofen.«

Damit zog sich Bratfisch zurück und bestieg seinen Kutschbock. Sophie schlug das Herz bis zum Hals, das Blut rauschte ihr in den Ohren. Instinktiv verbarg sie das Schreiben im Dunkel der Kutsche unter ihren Röcken und steckte es in ihr Strumpfband.

Erst Tage später erfuhr Sophie, dass ihr Onkel an jenem schrecklichen Abend, an dem sie das Kaffeehaus verließ, noch gar keine Mietdroschke für sie bestellt hatte.

## Auf dem Weg von Mayerling zur Abtei Heiligenkreuz

***In der Nacht vom 31. Januar auf den 1. Februar 1889***

Wie gelähmt vor Entsetzen saß Richard neben der starren Leiche der Mary Vetsera in der Kutsche, die sie zum Friedhof nach Heiligenkreuz bringen sollte. Waren ihm die vergangenen Tage bereits wie ein nicht enden wollender Albtraum vorgekommen, erreichte der Horror nun seinen Höhepunkt und übertraf an Schrecken alle menschliche Vorstellungskraft.

Da der Hof von Anbeginn an ein absolutes Schweigegebot über die Anwesenheit Marys in Mayerling verhängt hatte, war es deren gebrochener Mutter Helene nicht möglich, ihrer Tochter zumindest ein würdiges Begräbnis zu bereiten. Stattdessen hatten die verantwortlichen hohen Hofbeamten eine Notlösung ausgetüftelt, die Marys Vormund Alexander Baltazzi mit der Hilfe Richards nun umsetzen sollte.

»Da du ohnehin schon alles über das tragische Ende meiner Nichte weißt, bitte ich dich von Herzen, mich dabei zu unterstützen, ihr zumindest ein Grab in geweihter Erde zu verschaffen.« Das waren Baltazzis Worte gewesen, als er Richard am späten Nachmittag des 31. Jänner im Palais Thurnau aufgesucht hatte. Richard erklärte sich natürlich sofort dazu bereit, Alexander nach Mayerling zu begleiten.

Während sie in tiefer Dunkelheit über Stock und Stein auf unwegsamen Nebenstraßen gen Mayerling fuhren, hatte sich Richard noch mit der Erinnerung an die Szene abgelenkt, die er seiner Verlobten Amalie am Vormittag gemacht hatte.

»Wie konntest du es wagen, eine Dame, die mich zu sprechen wünschte, einfach aus dem Haus zu weisen?«, fuhr er die zunächst erschrockene Amalie an.

Doch die hatte sich allzu rasch wieder gefasst. »Und wie konntest du es wagen, dein Liebchen hierher in mein Elternhaus kommen zu lassen?«

»Sophie ist nicht mein Liebchen, du unverschämtes Frauenzimmer!« Fast hätte Richard die Beherrschung verloren und Amalie geschlagen. In letzter Minute ließ er die bereits erhobene Hand wieder sinken. »Doch ich wünschte, es wäre so, wie du sagst«, knirschte er mit zusammengebissenen Zähnen. »Hundert-, nein tausendmal wäre mir Sophie lieber als du!«

Sobald die Worte heraus waren, bereute er sie auch schon. Denn in Amalies hellgrauen Augen blitzte erst Eifersucht auf, dann unverkennbare Tücke.

Er atmete tief durch, um sich zu beruhigen. »Die Komtess von Werdenfels kam, um mir eine wichtige Nachricht zu überbringen.« Beinahe hätte er hinzugefügt, dass es dabei um Leben und Tod gegangen sei, verkniff es sich aber in letzter Sekunde. Wer wusste schon, was die geschwätzige, aber nicht dumme Ami aus dieser Aussage herausgelesen hätte.

Richard holte noch einmal tief Luft. »Als meine zukünftige Frau schuldest du mir unbedingten Gehorsam, Amalie. Und hast dich aus meinen Angelegenheiten völlig herauszuhalten.«

Um seinen nächsten Worten mehr Gewicht zu verleihen, trat er drohend auf sie zu und genoss die Furcht, die ihr Gesicht einen Moment lang zu einer Fratze verzerrte. »Glaube mir, Ami!« Nun klang er ganz ruhig. »Ich prügele dich mit diesem Gürtel hier windelweich«, er zeigte auf seinen Hosenbund unter der geöffneten Uniformjacke, »wenn du dir noch einmal etwas Ähnliches zuschulden kommen lässt.«

»Daran wird mich auch dein Vater nicht hindern«, kam er Amalies Einwand zuvor. »Spätestens mit der Hochzeit übergibt er dich in meine uneingeschränkte Gewalt. Und ich werde davon Gebrauch machen!« Damit drehte er sich auf dem Absatz um und ließ seine Verlobte stehen.

Die rasende Wut auf die ungeliebte Frau, die man ihm aufgezwungen, und das Unglück, das sie mit verursacht hatte, beherrschten seine Gedanken, bis die Mauern von Mayerling aus dem Nebel vor ihnen auftauchten. Seitdem er wusste, dass es am Dienstag, als Sophie ihn im Palais Thurnau aufsuchen wollte, noch nicht zu spät gewesen wäre, um die Tragödie im Jagdschloss zu verhindern, verursachte allein der Gedanke an Amalie ihm körperliche Übelkeit.

Doch die nun folgenden Ereignisse löschten selbst diese starken Gefühle aus. Zunächst hatte es keinerlei Reaktion gegeben, als Alexander und er an das fest verschlossene Hoftor von Mayerling trommelten. Das Schloss lag in völliger Dunkelheit vor ihnen. Fast waren sie schon versucht, wieder umzukehren, als sie die Räder einer Kutsche durch die Dunkelheit heranrasseln hörten. Ihr entstiegen ein vom Hof bestallter Arzt und ein Sekretär des Obersthofmarschallamts, der zuständigen Behörde für alle Rechtsangelegenheiten des Kaiserhofes. Dieser stellte sich als Dr. Heinrich von Slatin vor und forderte den Schlosswart auf, sie einzulassen.

»Der Mann hat strikte Anweisung, nur ihm bekannten Personen zu öffnen«, erklärte der Hofbeamte lakonisch, als sich Baltazzi über die Wartezeit beschwerte. Er und Richard folgten Slatin und dem Arzt in das kleine Zimmer des Kammerdieners Loschek, das neben Rudolfs Appartement lag. Und hier auf dem Bett, begraben unter Wäschebergen und alten Decken, kam Marys Leiche zum Vorschein, nur bekleidet mit einem hauchdünnen Nachtgewand, das die Formen ihres üppigen Körpers mehr zum Vorschein brachte als verdeckte.

Doch es war nicht die fast völlige Nacktheit der Leiche, die Richard und Alexander Baltazzi sofort ins Auge fiel. »Sie hat sich ja gar nicht vergiftet! Sie ist erschossen worden!«, riefen die beiden fast wie aus einem Munde.

Slatin setzte eine betrübte Miene auf. »Bedauerlicherweise hat sich die junge Komtess mit einem Revolver selbst entleibt.«

»Was reden Sie denn da für einen Unsinn!« Richard kam Alexander zuvor. »Mary war Rechtshänderin! Sie hätte sich nie in die linke Schläfe schießen können! Zumal sie mit der linken Hand noch etwas umklammert hält, wie Sie sehen!«

Es war das Taschentuch, an dem Mary sich mehr oder minder festgehalten hatte, bevor der tödliche Schuss fiel. Ihre Hand war so starr, dass Alexander es nicht herausziehen konnte. »Dieser Bastard! Dieser Hurensohn hat sie umgebracht!«, presste er dabei zwischen den Zähnen hervor.

»Aber mein Herr!«, mischte sich Slatin wieder ein. »Ich muss doch sehr bitten! Sie sprechen von unserem verschiedenen Thronfolger!«

»Der meine Nichte vor seinem eigenen Tod zweifelsohne ermordet hat!« Baltazzi ließ sich zunächst nicht beirren.

Slatin musterte ihn kühl. Offensichtlich hatte er von höchster Stelle genaue Instruktionen erhalten, was seine nächsten Worte auch bewiesen.

»Nun, mein Herr! Ich kann Ihre Aufregung verstehen!« Der berechnende Tonfall strafte seine mitfühlenden Worte Lügen.

»Doch meinen obersten Dienstherren, sowohl dem Ministerpräsidenten von Taaffe als auch dem Generaladjutanten Seiner Majestät, Graf Eduard von Paar, ist gleichermaßen daran gelegen, das unendliche Leid der kaiserlichen Familie nicht auch noch durch einen Skandal zu vermehren. Aus diesem Grund wurde ich beauftragt, Ihnen einen Handel vorzuschlagen.«

Baltazzi wollte schon auffahren, als Richard ihn zurückhielt. »Was für ein Handel soll das sein?«

»Es steht zweifelsfrei fest, dass das junge Fräulein unseren Kronprinzen freiwillig in den Tod begleitet hat. Doch de jure hat Prinz Rudolf sie erschossen, bevor er sich selbst entleibte. Dies würde, streng genommen, die Untersuchung des Falls durch eine Mordkommission erfordern. Was es wiederum unter allen Umständen zu verhindern gilt.«

»Natürlich!«, höhnte Baltazzi. »Es soll alles vertuscht werden!«

»Was schlagen Sie uns also vor?«, fragte Richard, ungeachtet Baltazzis Einwurf.

»Wir stellen einen Totenschein für Mary Vetsera aus, der auf ›Selbstmord‹ lautet.«

»Aber dann wird sie ja wie ein Hund auf dem Schindanger verscharrt!«, heulte Baltazzi auf. Auch Richard stockte der Atem. Jeder Friedhof im Land hatte einen Winkel ungeweihter Erde, in dem man Selbstmörder, ungetaufte Neugeborene oder Kindsmörderinnen nach ihrer Hinrichtung ohne jedes Begräbnisritual beerdigte. Kein Kreuz, kein Grabstein, nicht einmal eine Blume fand sich auf diesen von Unkraut überwucherten Orten.

»Eben nicht, meine Herren!« Slatin hob begütigend beide Hände. »Wir haben bereits mit dem Abt des Klosters Heiligenkreuz gesprochen. Dort können wir die Verstorbene morgen in aller Frühe nach christlichem Ritual in geweihter Erde begraben. Und da niemand ihren Tod mit dem unseres Kronprinzen in Verbindung bringen wird, kann die Familie ihr nach angemessener Zeit eine Gruft erbauen und einen Gedenkstein errichten lassen.«

»Und wenn wir uns weigern, der Todesursache ›Selbstmord‹ zuzustimmen?«

Slatin fixierte Richard, der die Frage gestellt hatte, mit einem Blick kälter als Eis. »Der Totenschein ist bereits ausgestellt, mein Herr. Wenn Komtess Vetseras Vormund ihn nicht unterschreibt, werde ich ihn trotzdem beglaubigen. In diesem Fall würde die junge Dame allerdings tatsächlich wie ein Hund auf dem Schindanger verscharrt werden«, wiederholte er grausam Baltazzis Worte. »Und niemals mehr würde ein Hahn nach ihr krähen«, fügte er brutal hinzu.

Plötzlich spürte Richard, wie ihn alle Kraft zu verlassen drohte. Nur um Alexander Baltazzis willen, der sich kaum noch aufrecht halten konnte, riss er sich zusammen.

»So soll es denn sein!«, traf er anstelle des vor Schock wie Gelähmten die Entscheidung. »Damit die Familie zumindest einen Ort hat, an dem sie um Mary trauern kann. Geben Sie den Wisch her!«

Slatin zog das Dokument aus einer Innentasche seines Umhangs. Alexanders Hand zitterte so stark, dass seine Unterschrift kaum leserlich war.

Doch die Schrecken dieser Nacht waren noch längst nicht vorbei. Während der Arzt die Leiche wusch und ihr hernach mit Slatins Hilfe das olivgrüne Kleid überstreifte, in dem sie einst auf der Titelseite des *Wiener Salonblatts* abgebildet worden war, rechneten Richard und Alexander Baltazzi noch damit, dass Mary, wie Rudolf in der Nacht zuvor, in einem Sarg nach Heiligenkreuz gebracht werden würde. Doch weit gefehlt.

»Sie müssen die Tote sitzend zwischen sich nehmen«, erklärte Slatin den entsetzten Männern. »Und zuvor unter den Armen packen und aufrecht wie eine Lebende in den Fiaker bringen. Setzen Sie ihr den Hut auf!« Er hielt die inzwischen ramponierte Kopfbedeckung mit den zum Teil abgeknickten schwarzen Straußenfedern in die Höhe. Der Hut hatte wie Mary selbst und ihre Kleidung mehr als sechsunddreißig Stunden lang unter dem Wäscheberg auf Loscheks Bett gelegen. »Überall lauert eine sensationslüsterne Kanaille von Reportern. Es muss daher so aussehen, als ob drei lebendige Menschen Mayerling in der Kutsche verlassen würden.«

Erst jetzt verstand Richard, warum man durchaus nicht in der Vetsera-Equipage nach Mayerling hatte fahren dürfen, sondern eine fremde Kutsche mit einem fremden Fiaker sie in der Salesianergasse abgeholt hatte.

Schaudernd brachte er Marys Leiche gemeinsam mit Baltazzi in den Hof und hievte sie auf die Kutschbank, mit dem leblosen Blick nach vorn gerichtet. Es war aufgrund der Totenstarre nicht möglich gewesen, Marys Augen zu schließen, deren dunkles Blau bereits zu verblassen begann. Doch der entseelte Körper fiel immer wieder nach vorn.

Schließlich brachte Slatin einen kräftigen Holzstab herbei. »Stecken Sie ihr den hinten am Rücken unter das Kleid und binden Sie das oberste Ende an der Bank fest!«, befahl er. »Dann wird sie aufrecht sitzen bleiben.«

Und so ratterten die Männer neben ihrer unheimlichen Begleiterin jetzt schon nahezu eine Stunde lang durch die Nacht.

### Palais Werdenfels in der Marokkanergasse

***In der Nacht vom 31. Januar auf den 1. Februar 1889***

Ohne etwas von den Vorgängen in Mayerling zu ahnen, lag Sophie zur gleichen Zeit in ihrem Bett und starrte mit offenen Augen in die Dunkelheit.

Körperlich fühlte sie sich aufgrund ihrer zweiten schlaflosen Nacht zu Tode erschöpft, geistig war sie hellwach. Unablässig gingen ihr die verschiedensten Gedanken durch den Kopf, begleitet von den heftigsten Gefühlen, seit sie Marys Brief gelesen hatte.

Tatsächlich war sie durch die Art und Weise, wie Mary wirklich zu Tode gekommen war, noch weit mehr verstört als durch die erste Version, nach der sie Rudolf und sich selbst vergiftet haben sollte.

*Das hätte zumindest zu ihrer völlig überspannten Art gepasst, mit der sie immer wieder damit gedroht hat, sich lieber das Leben nehmen zu wollen, als auf ihre Liebe zu Rudolf zu verzichten. Sie hätte ihn keiner anderen Frau gegönnt, so viel steht fest.*

Doch dass Rudolf, als dreizehn Jahre älterer, erwachsener Mann, im Gegensatz zur naiven Mary hochgebildet und politisch engagiert, ihre Verliebtheit ausgenutzt hatte, um sie mit ihrem Einverständnis zu töten, erfüllte Sophie abwechselnd mit Wut, Entsetzen und abgrundtiefer Traurigkeit.

*Denn zweifelsohne hat er das von Anfang an so geplant,* war ihr klar. Richard hatte Sophie ja schon nach Weihnachten von seinem Verdacht erzählt, Mary solle möglicherweise in dieser Hinsicht als Ersatz für Mizzi Caspar herhalten. Wie hatte sie diesen furchtbaren Aspekt nur aus den Augen verlieren können? Warum hatte sie Helene Vetsera trotz dieser Gefahr nicht eingeweiht?

*Weil ich gehofft habe, Mary würde sich im neuen Jahr von Rudolf trennen!*

*Weil ich Helene Vetsera nicht davon erzählen durfte, dass Rudolf schon Mizzi Caspar dazu aufgefordert hat, ihm in den Tod zu folgen! Denn das hat mir Richard ja nur unter dem Siegel der strengsten Verschwiegenheit anvertraut.*

*Weil Mary sich dann womöglich wirklich selbst das Leben genommen hätte!*

*Weil … weil … ich eigentlich nie geglaubt habe, dass dies passieren könnte,* gestand sie sich schließlich ein. *Rudolf war unser Thronfolger, der zukünftige Monarch, der Befehlshaber der ganzen Infanterie. Und Mary doch nur ein verblendetes junges Mädchen!*

Immer wieder brach Sophie der kalte Schweiß aus. Sie hatte schon zweimal das Nachthemd gewechselt, ihre Laken waren mittlerweile klatschnass. Ihr Herz raste ununterbrochen.

Erst als das Palais am frühen Morgen erwachte, realisierte Sophie, dass sie womöglich den einzigen Beweis in Händen hielt, mit dem sich dieses ungeheuerliche Verbrechen rächen oder zumindest aufdecken ließ. Zweifellos würde Rudolf mit allen Ehren in der Kapuzinergruft bestattet werden. Bis jetzt war ja noch nicht einmal bekannt, dass er an einer sich selbst beigebrachten Schusswunde gestorben – geschweige denn, dass von Mary und ihrem schrecklichen Tod auch nur mit einer einzigen Silbe die Rede gewesen war.

*Ich werde den Brief an die Presse geben,* fasste sie schließlich einen Entschluss. *Dort soll er veröffentlicht werden, damit jedermann die wahre Geschichte kennt. Doch zuvor werde ich Richard das Schreiben zeigen. Er wird mir sagen können, welche Zeitung den Mut aufbringen wird, es abzudrucken.*

Doch wie sollte sie Richard erreichen, um ihn ins Café Prinzess zu bestellen? Zwar war er weiß vor Wut geworden, als sie ihm davon erzählt hatte, wie Amalie sie vor einigen Tagen im Palais Thurnau abgefertigt hatte. Doch noch einmal persönlich dort vorzusprechen wagte sie nicht.

Es würde ihr also nichts anderes übrig bleiben, als ihn brieflich zu bitten, so rasch wie möglich ins Café Prinzess zu kommen.

*Am besten schon morgen. So lange verstecke ich Marys Brief im Geheimfach der kleinen Frisierkommode im Ankleidezimmer. Dort werden wir uns sowieso treffen müssen, um vertraulich zu sprechen. Denn diesmal ist selbst eins der Separees ein viel zu unsicherer Ort.*

Plötzlich fiel ihr noch etwas ein. *Mary hat mir ja nach der ersten Begegnung mit Rudolf ein Foto des Ateliers Adèle geschenkt.* Sie kramte es aus ihrem Nachttisch.

Tatsächlich war auch die Widmung Marys auf der Rückseite ein weiteres Indiz für ihr Verhältnis mit Rudolf, auch wenn sie seinen Namen nicht genannt hatte. *Zum Angedenken an den 5. November 1888! Da war ich das erste Mal bei ihm!*, hieß es da.

Sophie beschloss, die Fotografie zusammen mit dem Brief zu verstecken. Dann stand sie mit bleiernen Gliedern auf und versuchte, sich für einen weiteren schweren Tag zu rüsten.

## Friedhof in der Abtei Heiligenkreuz

### *Freitag, 1. Februar 1889, sechs Uhr morgens*

Das heftige Pochen an den Schlag der Kutsche ließ Richard und Alexander Baltazzi aus ihrem unruhigen Schlummer auffahren. Sie waren in der Kutsche vor Erschöpfung eingenickt, nachdem feststand, dass Marys Grab wegen der gefrorenen Erde noch nicht fertig ausgehoben war und man sie erst am frühen Morgen bestatten könnte.

Obwohl Dr. Slatin dafür gesorgt hatte, dass die beiden Männer einige Decken bekommen hatten, klapperten Richard vor Kälte die Zähne. Sein Körper fühlte sich durch die unbequeme Stellung auf den schmalen Bänken der Kutsche zudem völlig verkrampft und wie zerschlagen an. Mühsam kletterte er aus dem Gefährt, gefolgt von Marys Onkel, der ebenfalls aufstöhnte, als er die schmerzenden Glieder reckte.

Draußen stand der Hofsekretär Slatin und winkte sie in die ebenfalls eiskalte Friedhofskapelle, in der Marys Leiche in einem rasch zusammengezimmerten Sarg die restlichen Stunden der Nacht gelegen hatte.

»Der ehrwürdige Herr Abt wird gleich eintreffen. Beeilen Sie sich! Spätestens um sieben Uhr müssen Sie Heiligenkreuz wieder verlassen haben.«

Richard und Baltazzi traten mit gefalteten Händen an den Sarg. Während Richard mechanisch ein Vaterunser murmelte, betrachtete er noch einmal die tote Mary.

*Was für eine furchtbare Vergeudung von Leben*! Plötzlich erfüllte ihn eine unendliche Traurigkeit und löste den Grimm ab, den er bis dahin empfunden hatte. Da lag diese ehemals blühende Siebzehnjährige, die ihr Leben noch fast zur Gänze vor sich gehabt hätte! Ein Leben in großem Reichtum und Sorglosigkeit zudem! *Sie hätte Kinder haben können und einen Mann, der sie aufrichtig liebt und begehrt.* Kurz erschien das Gesicht Miguel von Braganzas vor Richards innerem Auge.

Stattdessen lag das Mädchen hier steif und starr, gespenstisch anzusehen mit den verdrehten, halb geöffneten Augen. Der Arzt hatte ihr das Blut aus dem Gesicht gewaschen. Nun wirkten ihre bleichen Züge wie eine Totenmaske. Die Wangen waren eingefallen, die Lippen blass und ein wenig geschrumpft. Nur das wunderschöne dunkle Haar, das ihren Kopf umfloss, erinnerte an Marys vergangene Schönheit.

Die Ärmlichkeit des aus groben Brettern gezimmerten Holzsargs schnitt Richard ins Herz. Marys Körper lag nicht etwa auf einer samtenen Decke, sondern auf Sägespänen. Nur ihren Hut hatte ihr Onkel gestern Nacht gefaltet und ihr als Polster unter den Kopf gelegt.

Nun beugte sich Alexander Baltazzi zu der Leiche nieder und drückte ihr, so gut es ging, ein kleines goldenes Kruzifix in die starren Hände, die man ihr nahezu gewaltsam über dem Leib gefaltet hatte. Mit der Linken hielt Mary noch immer das Taschentuch umklammert. Ein Zipfel setzte sich weiß vom olivgrünen Stoff ihres Kleides ab.

»Hast du ein Messer oder eine Schere bei dir?«, fragte Alexander jetzt Richard mit rauer Stimme.

Instinktiv griff Richard in die Tasche seiner Uniformjacke, in der er ein kleines Klappmesser aufbewahrte. Im ersten Moment begriff er nicht, was Alexander damit zu tun beabsichtigte, bis der sich zu dem toten Körper hinabbeugte und eine Strähne von Marys immer noch schimmerndem dunklem Haar abschnitt.

»Ein letztes Andenken für ihre Mutter!«, krächzte er.

Jetzt öffnete sich die Tür der eiskalten Kapelle. Der Abt des Zisterzienserklosters Heiligenkreuz trat ein. Über seiner Kutte trug er nur eine violette Stola, kein Messgewand. Es würde ja auch keine Totenmesse für Mary geben. Der Abt schlug lediglich ein Kreuz über dem Sarg und murmelte ein unverständliches lateinisches Gebet.

Danach winkte Slatin bereits ungeduldig und zeigte zur Tür. Einer der beiden Totengräber trat herein, schloss Marys Sarg und nagelte den Deckel mit einigen Hammerschlägen zu. Dann kam der zweite Mann und lehnte seine mit Erdklumpen verschmierte Schaufel an die Wand.

»Sie müssen beide mithelfen, den Sarg zu tragen«, wies Slatin Richard und Baltazzi an. »Und auch dabei, ihn in die Erde hinunterzulassen. Der Boden draußen ist eisig glatt.«

Zu resigniert, um Einspruch zu erheben, befolgten die beiden Slatins Anweisung. Als der Sarg in der Erde versenkt war, sprach der Abt ein weiteres Vaterunser, in das Richard und Baltazzi einstimmten. Sie hatten kaum das letzte Amen gesprochen, als Slatin sie zum Aufbruch drängte.

»Kommen Sie jetzt! Sie dürfen auf keinen Fall gesehen werden! Bei Tagesanbruch wird es in der ganzen Gegend von Neugierigen nur so wimmeln! Niemand darf heute schon wissen, dass der Körper des Mädchens hier begraben liegt.«

Den ganzen Rückweg nach Wien wechselten Richard und Alexander kein einziges Wort miteinander. Sie waren zu erschöpft und erschüttert. Erst als die Kutsche auf den Rennweg einbog und sich dem Palais Vetsera näherte, fiel Richard noch eine wichtige Frage ein. »Wer hat die Leichen in Mayerling eigentlich entdeckt?«

»Der Kammerdiener Loschek und Rudolfs Jagdfreunde Philipp von Coburg und Josef Graf Hoyos«, antwortete Baltazzi müde. »Hoyos hat sogar den Fernzug aus Triest in Baden anhalten lassen, um schneller nach Wien zu kommen. Er hat der Kaiserfamilie die Todesbotschaft überbracht.«

*Graf Hoyos! Joschi!* Richard erinnerte sich an die vielen Jagdpartien, die er gemeinsam mit dem Grafen und anderen Jagdgästen Rudolfs erlebt hatte. *Joschi trug schon immer das Herz auf der Zunge. Wer weiß? Vielleicht kann ich ihm ja etwas über die Geschehnisse an diesem tragischen Morgen entlocken.*

### Palais Thurnau in der Herrengasse

### *Freitag, 1. Februar 1889, gegen zehn Uhr vormittags*

»Dieses Schreiben ist soeben von einem Dienstmann für Herrn von Löwenstein abgegeben worden, gnädiges Fräulein. Sie gaben mir ja den Auftrag, Sie sofort über derartige Post zu unterrichten.«

Der erste Diener des Thurnau'schen Haushalts verbeugte sich und reichte Amalie, die sich allein bei einem verspäteten Frühstück im kleinen Esszimmer des Palais befand, ein Billett auf einem Silbertablett. Es trug keinen Absender.

Amalie betrachtete es von allen Seiten. »Lassen Sie mich jetzt allein!«, befahl sie dem Diener, der sie ungläubig anstarrte.

»Ja, ja!«, fiel Amalie der Grund dafür ein. »Sie bekommen Ihre zehn Gulden dafür, wie versprochen. Doch gerade habe ich kein Geld bei mir.«

Kaum hatte der Diener den Raum verlassen, eilte Amalie in ihr Schlafzimmer. Dort zündete sie eine Kerze an und weichte vorsichtig das wappenlose Siegelwachs auf, mit dem das zweifach gefaltete Blatt verschlossen war. Dann überflog sie die Nachricht.

Ein gemeines Grinsen verzerrte ihr Gesicht, als sie ihr eigenes Siegelwachs benutzte, um das Billett wieder zu verschließen. Zufrieden betrachtete sie ihr Werk. Niemand würde bemerken, dass der Brief bereits einmal geöffnet worden war.

Dann läutete sie und befahl ihrer Zofe, den ersten Diener in den kleinen Salon zu bestellen. Als der Mann erschien, fischte Amalie einige Münzen aus ihrer Börse und überreichte sie ihm zusammen mit dem Schreiben.

»Sorgen Sie dafür, dass mein Verlobter den Brief gleich nach seiner Ankunft erhält. Er hat anlässlich des Todes unseres hochverehrten Kronprinzen sein Dragonerregiment in Wiener Neustadt besucht und wird spätestens zum Mittagsmahl eintreffen.«

Das war die Begründung, die Richard im Palais Thurnau für seine nächtliche Abwesenheit genannt hatte.

*Immerhin scheint er die Nacht nicht mit dieser Dirne verbracht zu haben,* dachte sie grimmig. *Und sollte sein heutiger Besuch im Café Prinzess als Auftakt zu einem Schäferstündchen gedacht sein, werde ich ihm die Suppe gründlich versalzen.*

# Kapitel 24

### Kaffeehaus Prinzess in der Dorotheergasse

***Samstag, 2. Februar 1889, am späten Vormittag***

Suchend blickte Richard sich um, als er den alten Teil des Kaffeehauses Prinzess betrat, das neben dem luxuriösen Konditorei-Café Prinzess weiterhin bestand.

Der Haupteingang des Kaffeehauses lag, wie eh und je, in der Dorotheergasse, während man das prunkvolle Café Prinzess vom eleganten Graben aus betrat. Da die Lokalität nur von Männern aufgesucht wurde, schlug Richard neben dem Duft des kräftigen Arabica-Kaffees vor allem dichter Zigarren- und Zigarettenqualm entgegen.

Während der Hochbetrieb im Café erst am Nachmittag beginnen würde, war das Kaffeehaus bereits zu dieser Vormittagsstunde gut besucht. Kellner in schwarzen Anzügen, gestärkten weißen Hemden und schwarzen Bindern brachten den Gästen das Gewünschte. Sie servierten neben den bei den Herren besonders beliebten Kleinen und Großen Schwarzen die dazugehörigen Gläser mit frischem Wasser. Auch ein zweites Frühstück oder ein frühes Mittagsmahl in Form von Würsteln oder faschierten Laibchen mit Erdäpfelsalat sowie verschiedene Strudelsorten waren begehrt.

Die Einrichtung war im klassischen Stil rustikal gehalten, mit Holzvertäfelungen an den Wänden und verschrammten Tischen mit hochlehnigen ledergepolsterten Stühlen im Raum oder Bänken in einer der zahlreichen Nischen. Fenster und Kronleuchter waren viel kleiner als im Café Prinzess. Daher herrschte auch jetzt am Vormittag schon ein eher diffuses Licht.

Es war die ideale Umgebung für ein vertrauliches Gespräch unter Männern, die im Café Prinzess sofort aufgefallen und von der überwiegend weiblichen Kundschaft neugierig beäugt worden wären.

Als Richard gestern nach Marys Beerdigung ins Palais Thurnau zurückgekehrt war, hatte ihn Sophies Schreiben mit der dringlichen Bitte um ein Gespräch erwartet. Richard war jedoch so müde gewesen, dass er einen Boten mit einem kurzen Antwortbrief ins Café Prinzess geschickt hatte, in dem er Sophie mitteilte, dass er erst heute dort hinkommen könne.

Er hoffte dabei auf ihr Verständnis. Natürlich wollte sie sich mit ihm über die schrecklichen Ereignisse der letzten Tage austauschen. Aber da es ohnehin nichts zu besprechen gab, was noch etwas an den Tatsachen hätte ändern können, wäre er ihr morgen sicher ein besserer Gesprächspartner. Denn zudem fühlte sich Richard in seinem erschöpften Zustand nicht in der Lage, die noch ahnungslose Sophie über die furchtbaren Umstände von Marys Tod und Begräbnis ins Bild zu setzen, ohne dabei selbst die Contenance zu verlieren.

Danach hatte er wie ein Stein geschlafen und war erst kurz vor dem Diner wieder aufgewacht. Bevor er sich dafür ankleidete, sandte er allerdings noch ein Billett an den Grafen Hoyos mit der Bitte, ihn heute im Kaffeehaus Prinzess zu treffen und dem wartenden Dienstmann seine Antwort mitzugeben. Hoyos hatte noch in derselben Stunde zugesagt und halb zwölf als Uhrzeit für das Treffen vorgeschlagen.

Das war Richard nur recht, denn so könnte er Sophie zudem gleich noch berichten, was er von Hoyos über die Auffindung der Leichen erfahren hatte.

Jetzt entdeckte er den Grafen, der ihm aus einer Nische des Kaffeehauses zuwinkte. Wie er selbst war Hoyos in einen unauffälligen Straßenanzug gekleidet.

»Servus, Joschi!« Die Männer schüttelten sich die Hände. »Wer hätte bei der letzten lustigen Jagd gedacht, dass wir uns unter so traurigen Umständen wiedersehen würden.«

Hoyos nickte. Wie Richard sah auch er bleich und angestrengt aus. Viel geschlafen hatte er wohl ebenfalls nicht, wie die dunklen Schatten unter seinen Augen verrieten.

Die Männer bestellten ihre Großen Schwarzen und unterhielten sich über unverfängliche Themen, bis der Ober die Getränke gebracht hatte.

Dann holte Richard tief Luft. »Es heißt, dass Philipp und du die Leiche Rudolfs gefunden habt. Ist das so?«

Hoyos nickte schweigend mit misstrauisch gerunzelter Stirn. Richard erkannte, dass er es anders anfangen musste.

»Ich habe vorletzte Nacht Alexander Baltazzi, dem Onkel der unglücklichen Mary Vetsera geholfen, seine Nichte heimlich zu Grabe zu tragen. Wusstest du, dass Rudolf das Mädchen bei sich hatte, als er starb?«

Hoyos' Gesichtszüge entgleisten. Er wirkte fassungslos. »Du weißt es also auch?«, flüsterte er mit heiserer Stimme.

»Ich weiß inzwischen, dass Mary den Prinzen und sich selbst nicht vergiftet hat, wie es unsere ehrwürdige Kaiserin der verzweifelten Baronin Vetsera am Tag nach dem Tod ihrer Tochter weismachen wollte. Alex glaubte das selbst auf der Fahrt nach Mayerling noch. Bis er …«

»Weil Sisi es anfangs nicht besser wusste!«, fiel ihm Hoyos ins Wort. Er strich sich nervös über seine ausgeprägten Geheimratsecken.

Richard ergriff die Gelegenheit beim Schopf. »Woher stammt denn diese falsche Information?«

»Der Kammerdiener Johann Loschek hat es uns so berichtet.« Hoyos zupfte an den Spitzen seines nach oben gezwirbelten kräftigen Schnurrbarts. »Er war als Einziger drinnen im Schlafgemach und hat die beiden dort auf dem Bett gesehen.«

Er stockte. Richard wartete.

Hoyos glättete seinen Vollbart, obwohl kein einziges Härchen abstand. »Loschek hat das Blut, das dem Madl aus dem Mund floss, für einen Blutsturz gehalten, wie er nach einer Strychninvergiftung auftreten kann.«

»Und habt ihr, Philipp und du, euch nicht selbst vom Zustand der Leichen überzeugt?«, fragte Richard ungläubig.

Hoyos wand sich auf seiner Bank wie ein Aal.

»Wir wussten doch beide gar nicht, dass Rudolf in Gesellschaft war. Das hat uns Loschek erst erzählt, als er den Kronprinzen zu der ihm befohlenen Zeit nicht zu wecken vermochte.«

Richard verstand den Ablauf jetzt gar nicht mehr. Er hob die Hand. »Joschi, erzähl's mir der Reihe nach! Sonst kann ich dir nicht folgen.«

Mit immer wieder stockender Stimme begann Hoyos zu berichten. Er habe sich gerade im Gästehaus fertig gemacht, um pünktlich um acht Uhr zum Frühstück zu kommen, als ihn der Schlosswart abgeholt und zu Loschek gebracht habe. Der Kammerdiener habe ihm voller Sorge berichtet, dass sich Rudolf trotz heftigen Klopfens nicht wecken ließe und, völlig anders als sonst, seine Zimmertür von innen abgeschlossen habe.

»*Noch am gestrigen Abend hat mir Seine Hoheit befohlen, niemanden in sein Appartement zu lassen, und sei es der Kaiser selbst*«, zitierte Hoyos den Kammerdiener. »Aber morgens um halb sieben Uhr hat Rudolf Loschek angewiesen, ihn um Punkt halb acht zu wecken. Das versuchte der Ärmste nun schon seit geschlagenen dreißig Minuten vergeblich, als ich dazukam.«

»Und wie ging es dann weiter?«

»Ich habe selbst an die Tür getrommelt, um Rudolf zu wecken, war aber genauso erfolglos. Schließlich traf Philipp von Coburg vom Badener Bahnhof ein. Er war ja am Vorabend beim Verlobungsdiner der jüngsten Kaisertochter gewesen. Da wir in großer Sorge um Rudolf waren, schlug ich vor, die Tür einzuschlagen. Erst da gestand uns Loschek, dass Rudolf die Nacht nicht allein verbracht hätte.«

Richard schnaubte, unterbrach den Grafen aber nicht.

»Nun war guter Rat teuer«, fuhr Hoyos fort. »Philipp und ich kamen schließlich darin überein, dass wir draußen warten wollten, während Loschek sich gewaltsam Zutritt verschaffte. So hätten wir ruhigen Gewissens behaupten können, nichts von der peinlichen Situation zu wissen, wenn Rudolf und das Mädchen nur berauscht gewesen wären und uns deshalb nicht gehört hätten.«

Loschek habe die Türfüllung daraufhin mit einer Axt eingeschlagen. »Er hat sofort erkannt, dass die beiden tot sind. Mary lag auf dem Bett, Rudolf saß zusammengesunken auf der anderen Seite des Betts mit dem Rücken zu ihr.«

»Und auch da seid ihr immer noch nicht hineingegangen?« Richard wollte es nicht glauben.

Hoyos errötete und senkte den Kopf. »Loschek war drinnen und hat sich davon überzeugt, dass die beiden mausetot sind.«

Er holte tief Luft. »Wir wussten sofort, dass der Hof die Anwesenheit Marys vertuschen würde. Da erschien es uns besser, so zu tun, als wüssten auch wir nichts Genaues.«

Richard sah Hoyos gerade ins Gesicht. »Sieh mich an, Joschi!« Folgsam hob der den Kopf. »Ich habe die Leiche des Mädchens in der vorletzten Nacht gesehen. Rudolf hat sie mit einem Schuss in die linke Schläfe getötet, bevor er sich selbst erschossen hat.«

Nun färbten sich Hoyos Wangen so tiefrot, dass die Haut sogar durch den dichten Vollbart hindurch rötlich schimmerte.

»Dann weißt du ja schon alles.« Er sprach so leise, dass Richard ihn im Lärm des Kaffeehauses kaum verstand.

»Seit es die *Wiener Zeitung* heute Morgen veröffentlicht hat, pfeifen es die Spatzen von allen Dächern, dass sich Rudolf laut dem Obduktionsbericht der gelehrten, vom Kaiserhof damit betrauten Ärzte in *einem Anfall geistiger Umnachtung*«, Richard betonte die Worte verächtlich, »erschossen hat.«

»Wobei dies auf den zweiten Blick nicht einmal so falsch ist«, fügte er grimmig hinzu. »Er muss völlig verrückt geworden sein, das unschuldige junge Ding mit sich in den Tod zu reißen.«

Hoyos nickte betroffen. »Deshalb wollten wir seinen Eltern die ganze grausame Wahrheit ja auch zunächst ersparen.« Er schien seine Worte sofort zu bereuen, denn er biss sich auf die Lippen.

Doch es war zu spät. Richard war alarmiert. »Was soll das denn heißen?«

»Nun ja, Loschek hatte … er hatte die Idee mit dem Strychnin. Dass … dass das Mädchen an allem schuld sei …«, stammelte Hoyos.

Richard fehlten die Worte.

»Wir waren eben auch völlig durcheinander und konnten nicht mehr klar denken«, verteidigte sich der Graf. »Es war, im Nachhinein gesehen, eine saudumme Idee, dass ich die Giftgeschichte bei Hof berichtet habe. Wir hätten uns denken können, dass der Kaiser sofort den Widerhofer nach Mayerling schickt. Und von dem erfuhr er dann auch am nächsten Morgen, dass der Kronprinz sich in Wahrheit erschossen hat. Das machte alles noch schlimmer für ihn als Vater, zumal der Leibarzt davon ausging, dass der Kaiser schon völlig im Bilde war.«

»Wie hat sich das genau zugetragen?«

Joschi stöhnte schuldbewusst auf. »Widerhofer hat mir selbst erzählt, dass er Franz Joseph eigentlich nur beruhigen wollte. Er hat ihm deshalb als Erstes versichert, dass Rudolf durch den Schuss in die Schläfe sofort tot gewesen sei und nicht gelitten habe. Erst an der entsetzten Reaktion des Kaisers merkte er, dass der den wahren Hergang des Geschehens noch gar nicht kannte.«

»Aber ihr habt sofort gewusst, woran der Kronprinz und Mary Vetsera starben? Also Stunden vor dem kaiserlichen Leibarzt?«, hakte Richard nach.

»Natürlich haben wir das. Wir sind seit Jahrzehnten geübte Jäger!«, bestätigte Hoyos mit unangebrachtem Stolz.

»Ihr wart also doch im Schlafzimmer, um die Leichen anzusehen?«, schlussfolgerte Richard grimmig triumphierend.

Hoyos sank wieder in sich zusammen und mied Richards Blick. »Ich habe mich sogar auf dem Badener Bahnhof verquatscht«, gestand er. »Als der Bahnhofsvorsteher den Eilzug aus Triest partout nicht anhalten wollte, ist mir herausgerutscht, dass sich der Kronprinz erschossen hat.«

Richard ging ein Licht auf. »Daher stammt also das Gerücht, das schon in der Nacht nach Rudolfs Tod in Wien kursierte. Ich hörte es Leute in der Menge murmeln, obwohl ich da selbst noch an die Vergiftungsversion glaubte.«

Hoyos nickte betreten. »Ich vermute, der Bahnhofsvorsteher hat es sofort seinem obersten Dienstherrn, dem Baron Rothschild, berichtet. Der ist der Besitzer der Südbahn.«

Hoyos senkte die Stimme verschwörerisch zu einem fast unhörbaren Wispern. »Doch außer Philipp, der Kaiserfamilie, Marys Verwandten und uns beiden kennt sonst niemand die ganze Wahrheit! Und das muss auch so bleiben. Sonst erleidet das Habsburgerreich einen nie wiedergutzumachenden Schaden.«

Obwohl Richard wusste, dass Hoyos recht hatte, widerstrebte ihm die Geheimnistuerei aus ganzer Seele. Am liebsten hätte er die Wahrheit über die Tragödie auf dem nächsten Marktplatz herausgeschrien. Gequält signalisierte er mit einem Nicken des Kopfes Zustimmung.

Ein sensationslüsternes Glitzern trat in Hoyos' Augen. »Quid pro quo, Richie. Nun bist du an der Reihe. Wie und wo habt ihr die kleine Vetsera denn begraben?«

Erst nachdem Richard sich wieder etwas beruhigt hatte, der nach Hoyos' und seinem eigenen nachfolgenden Bericht anfangs wie von Sinnen im Sturmschritt durch die Wiener Straßen gerannt war, fiel ihm eine weitere Ungereimtheit in dem ihm bislang geschilderten Geschehen auf. Er stoppte mitten im Schritt, genau vor der Pestsäule im Graben.

Wie eine Posaune hörte er die Stimme des Arztes, der Marys Leiche in der Nacht untersucht und gewaschen hatte, in seinem inneren Ohr tönen. »Das Mädchen ist schon mindestens zwei Tage tot.« Das war am 31. Jänner gegen Mitternacht gewesen.

Wie ein Schulbub rechnete Richard mit den Fingern nach. »Dann muss er Mary spätestens gegen Mitternacht am 29. Jänner erschossen haben«, murmelte er. »Aber Loschek sagt aus, er habe den Kronprinzen noch um halb sieben in der Frühe gesehen. Da war Mary ja schon stundenlang tot!«

## Café Prinzess am Graben

### *Samstag, 2. Februar 1889, gegen halb drei Uhr*

An der Seite ihrer zukünftigen Schwiegermutter Aglae von Löwenstein betrat Amalie von Thurnau mit hocherhobenem Kopf das Café Prinzess. Ihr hochmütiger Blick strafte ihre schwarze Trauerkleidung, die sie in diesen Tagen wie fast alle Frauen Wiens trug, Lügen.

Ein Serviermädchen trat auf die Damen zu und wollte sie zu einem kleinen Tisch mit zwei Stühlen führen. Mina bemerkte, dass Amalie barsch den Kopf schüttelte und sich demonstrativ an einen größeren Tisch setzte, der eigentlich für fünf Personen gedacht war.

Mina seufzte unhörbar. Dieses *Dämchen*, wie sie verächtlich dachte, kannte sie schon aus ihren Zeiten im Demel. Amalie war ihr trotz ihrer Jugend schon damals unangenehm aufgefallen. Allerdings rechnete sie nicht damit, dass Amalie sie selbst wiedererkennen würde. Doch sie irrte sich.

»Was darf ich Ihnen denn bringen lassen, werte Damen?« Da sie wusste, dass Amalie ein einfaches Serviermädchen nicht als Bedienung akzeptiert hätte, trat sie selbst an deren Tisch.

Amalie musterte sie von oben bis unten. Dann verzerrte ein

verächtliches Lächeln ihren Mund. »Sind Sie nicht die Judenschickse, die einst im Café Demel gearbeitet hat?«

Mina erstarrte. Denn »Schickse« war ein jüdisches Schimpfwort für eine leichtlebige Frau. Woher kannte das Weib dieses Wort?

Einen Moment lang überlegte sie, sich zu verleugnen. Dann entschied sie sich dagegen und straffte den Rücken. »Ich war dort fünf Jahre lang als Serviererin tätig und bin seit Kurzem Aufseherin hier im Café Prinzess.«

»Und weiß Ihr neuer Dienstherr von Ihrer unrühmlichen Vergangenheit?«

Mina glaubte, ihren Ohren nicht zu trauen. Sie bemerkte nicht, dass Amalies verstört aussehende ältere Begleiterin der Jüngeren ein Zeichen gab, um ihr Einhalt zu gebieten.

»Was geht Sie das an?«, entfuhr es ihr stattdessen in ihrem Ärger. Dann erschrak sie über sich selbst.

Contenance gegenüber jedem Gast zu bewahren war oberstes Gebot in ihrer neuen Rolle. »Bitte entschuldigen Sie meine ungehörige Frage!« Mina hoffte, dass sie demütig genug klang.

»Ich würde gern eine Mandelmelange bestel…«, setzte Amalies Begleiterin bereits an, als ihr diese ins Wort fiel.

»Ich lasse mich nicht von diesem jüdischen Frauenzimmer bedienen. Weißt du nicht, dass ihr Istvan von Jesenský einen Bastard gemacht hat und sie in Schimpf und Schande davongejagt wurde. So ist es doch?« Sie grinste Mina hämisch an.

»Amalie!«, sagte die ältere Dame schockiert. »Was nimmst du denn für Worte in den Mund? Das schickt sich nicht für eine wohlerzogene Komtess!«

Die Zurechtweisung vor Minas Ohren reizte Amalie erst recht. »Gibt es hier keine anständige Frau, die uns bedienen kann?«

Jetzt war es um Minas Fassung geschehen, zumal die Gäste an den Nachbartischen bereits auf die Auseinandersetzung aufmerksam wurden. »Sehr wohl«, brachte sie noch über die Lippen. Dann drehte sie sich auf dem Absatz um.

Stephan Danzer und Sophie unterhielten sich gerade hinter der Kuchentheke. Mit mühsam zurückgehaltenen Tränen steuerte Mina auf die beiden zu. »Die junge Dame dort an dem großen Tisch, die mit dem spitzen Hut, möchte sich nicht von mir bedienen lassen.« Ihre Stimme zitterte.

Sophie sah auf und erkannte Amalie von Thurnau. Spontan schoss Zorn in ihr hoch, obwohl sie den Grund von Richards Verlobter, Mina abzulehnen, nicht kannte. »Dann gehe ich!« Sie übersah Danzers Geste, mit der er sie zurückhalten wollte.

*Mary Vetseras Schatten.* Sophie erinnerte sich noch gut an Amalies Spott über sie auf dem Empfang in der deutschen Botschaft. *Mein Gott, ist das wirklich noch keine Woche her?* Es kam Sophie vor wie eine Ewigkeit. Doch noch schlimmer brannte die Demütigung in ihr, als Amalie sie vor wenigen Tagen aus dem Palais Thurnau weisen ließ.

Ohne ein Lächeln trat Sophie daher an den Tisch. »Was möchten die Damen bestellen?«, fragte sie so knapp, dass es fast schon an Unhöflichkeit grenzte.

»Eine Mandelmelange für mich bitte und ein Stück Ihrer Mokkaprinzentorte«, antwortete die ältere Dame, dessen ungeachtet, freundlich. Sie beugte sich mit beschwörendem Blick zu Amalie. »Was möchtest du, meine Liebe?«

»Oh, welch eine unerwartete Ehre!«, höhnte diese, anstatt auf die Frage ihrer Begleiterin zu antworten. »Wir werden von einer echten Komtess bedient. Zwar nur von einer der niedrigsten Klasse, aber immerhin. Aber wer weiß, warum sie es nötig hat, hier zu arbeiten. Vielleicht ist sie ja ebenfalls bereits in anderen Umständen.«

Sophie war vor Entsetzen zu keiner Bewegung fähig und stand wie erstarrt.

»Amalie!«, zischte Aglae von Löwenstein schockiert. Dann wandte sie sich an Sophie. »Ich muss mich für meine Nichte entschuldigen, Fräulein. Wir sind nach dem schrecklichen Tod unseres Kronprinzen alle ein wenig durcheinander!«

»Rede nicht solch einen Unsinn, Tante!«, fuhr Amalie Aglae respektlos an. »Hier steht das Liebchen deines sauberen Sohnes. Sie hat sich nicht einmal gescheut, ihn zu einem Stelldichein in unserem eigenen Palais aufzusuchen!« Amalie sprach jetzt so laut, dass ihre Worte an allen Nachbartischen zu hören waren.

Natürlich erwähnte sie wohlweislich mit keiner Silbe, dass sie Sophies Schreiben an Richard heimlich gelesen und, da er gestern im Palais geblieben war, daraus den Schluss gezogen hatte, dass er heute zur gleichen Zeit im Café Prinzess auftauchen würde. Und zwar in weniger als einer halben Stunde, wie sie vermutete. Diese Zeit galt es zu überbrücken, um Richard daran zu hindern, sich Sophie zu nähern, und gleichzeitig als seine offizielle Verlobte über sie zu triumphieren. Mit allen Gästen des Cafés als Zeugen.

Doch zu ihrem Pech hatte auch Stephan Danzer, der die ganze Szene scharf beobachtet hatte, die Beschimpfung Sophies mitbekommen und trat nun herzu. Er verbeugte sich knapp.

»Ich darf Sie um Mäßigung bitten, gnädiges Fräulein …?« Danzer tat bewusst so, als würde er Amalie nicht kennen, und hob fragend die Stimme.

»Das ist Amalie von Thurnau mit ihrer zukünftigen Schwiegermutter, Frau von Löwenstein«, sagte Sophie, die sich wieder ein wenig gefasst hatte, zu ihrem Onkel. Sie hatte Richards Mutter zwar auf den Rennen im vorigen Jahr nur aus der Ferne gesehen, nun aus Amalies vorangehenden Worten aber den Schluss gezogen, wer die Dame in Amalies Begleitung war.

»Ich bin Aglae von Löwenstein«, bestätigte diese Sophies Vermutung sofort. »Und möchte mich auch Ihnen gegenüber für das Verhalten meiner Nichte …«

»Du musst dich doch nicht wegen der Wahrheit entschuldigen«, fiel ihr Amalie ins Wort. »Das liederliche Flittchen hier verkehrt mit meinem Verlobten. Überhaupt«, sie schnaubte verächtlich, »gleicht die Belegschaft hier der eines zweifelhaften Etablissements. Stell dir nur vor, diese unzüchtige Jüdin und das Gschpusi meines Verlobten sind Aufseherinnen in diesem Café! Da mag wohl die Frage erlaubt sein, woher die einfachen Serviermädchen stammen. Stehen sie etwa des Nachts im Prater und warten auf Kundschaft?«

Ringsum an den Tischen begann man zu tuscheln. Aglae von Löwenstein war jetzt bleich wie eine Wand. Sie fuchtelte hilflos mit den Armen und suchte offensichtlich nach Worten.

Danzer kam ihr jedoch zuvor. Sein Ärger zeigte sich deutlich in seinem Gesicht, das so rot wie eine Kirsche geworden war. Aber seine Stimme klang beherrscht, als er nun sprach.

Er wandte sich dabei an Richards Mutter. »Ich bedauere außerordentlich, werte Frau von Löwenstein, dass ich die Damen bitten muss, mein Café auf der Stelle zu verlassen. Ich kann nicht dulden, dass Ihre junge Nichte meine Belegschaft in einer solchen Weise beleidigt. Offensichtlich mangelt es ihr trotz ihrer hohen Geburt an Manieren.«

Amalie schnaubte empört. Aglae von Löwenstein erhob sich dagegen sofort.

»Lass uns gehen!«, forderte sie ihre Nichte auf.

Amalie verschränkte trotzig die Arme vor der Brust und blieb sitzen. »Ich denke nicht daran! Ich bin hier Gast wie jeder andere und habe ein Recht darauf, bedient zu werden.«

Hilflos wandte sich Aglae an Danzer. »Bitte haben Sie Nachsicht mit ihr! Der Tod des Kronprinzen, Sie verstehen …«, nahm sie noch einmal Zuflucht zu dieser fadenscheinigen Ausrede für Amalies Unverschämtheiten.

»Ich kann zwei meiner Ober aus dem Kaffeehaus bitten, der jungen Dame beim Verlassen meines Hauses behilflich zu sein.« Trotz seiner konzilianten Worte schwang eine unverkennbare Drohung in Danzers Worten mit.

Amalie blieb immer noch sitzen. Erst als Danzer sich zum Gehen wandte, sprang sie auf. Ohne ein weiteres Wort verließ sie, wieder mit hocherhobenem Kopf, an der Seite ihrer Tante das Café.

»Ich muss mich bei Ihnen allen sehr für diese unerfreuliche Szene entschuldigen.« Mit immer noch hochrotem Kopf wandte sich Danzer an die Gäste der umliegenden Tische. Es waren ausschließlich ältere Damen.

»Es ist doch nicht Ihnen anzulasten, wenn die junge Generation heutzutage keinen Anstand mehr kennt«, ergriff eine resolute Matrone um die fünfzig das Wort. Mehrere andere Frauen nickten zustimmend.

»Darf ich Ihnen noch etwas bringen lassen? Auf Kosten des Hauses natürlich!« Danzer klang erleichtert.

Ohne eine Antwort abzuwarten, wandte er sich an Sophie und winkte auch Mina, die alles von der Theke aus beobachtet hatte, herbei.

»Bitte nehmen Sie die Wünsche der Damen auf!«

Dann verbeugte er sich noch einmal vor den Zeuginnen dieser peinlichen Szene. »Ich danke Ihnen von Herzen für Ihre Nachsicht.«

## Café Prinzess am Graben

### *Samstag, 2. Februar 1889, eine halbe Stunde später*

Sophie war noch so erschüttert von der Szene, die Amalie von Thurnau Mina und ihr in aller Öffentlichkeit gemacht hatte, dass sie das Eintreffen Richards zunächst gar nicht bemerkte.

Erst Mina machte sie auf seine Anwesenheit aufmerksam. »Der Herr dort drüben in der Nische hat mich gebeten, Ihnen Grüße auszurichten.«

Mina hatte sich inzwischen wieder gefasst. Die erlittene Kränkung war ihr, anders als Sophie, nicht mehr anzumerken.

Dazu hatte wahrscheinlich auch Sophies Antwort auf ihre bange Frage beigetragen, ob es ihr etwas ausmache, dass sie jüdischer Abstammung sei. Die Frauen hatten sich einen kurzen

Moment lang in den Waschraum für das weibliche Personal im Souterain zurückgezogen, um sich nach der emotional aufwühlenden Szene etwas frisch zu machen.

»Natürlich nicht«, antwortet Sophie überzeugt. »Ich wundere mich nur …« Sie biss sich auf die Lippen. Diese Bemerkung wäre taktlos gewesen.

»Dass meine jüdischen Eltern mich nicht verstoßen haben, als ich schwanger wurde?«

Sophie nickte betreten.

»Mein Vater ist ein überzeugter Sozialist und daher auch nicht gläubig. Nur auf Wunsch meiner Mutter besuchen wir die Synagoge zumindest an den höchsten jüdischen Feiertagen.«

Nach dem kurzen Gespräch kehrten die Frauen ins Café zurück und nahmen ihre Arbeit, so gut es ihnen möglich war, wieder auf.

»Danke!«, murmelte Sophie auf Minas Hinweis jetzt mechanisch. Erst dann hob sie den Kopf und erkannte Richard. Trotz ihrer schlechten Verfassung hatte sie einen Geistesblitz. Zumal sie auf jeden Fall verhindern wollte, dass Mina in Richard den Mann erkannte, als dessen Liebchen Amalie Sophie bezeichnet hatte.

»Was hat der Herr denn bestellt?«

»Einen Großen Schwarzen und eine Auswahl von Kanapees«, erklärte Mina verwundert. »Ich habe Franzi schon gebeten …«

»Nein, nein«, unterbrach Sophie sie. »Das ist ein sehr wichtiger Gast, den ich immer persönlich bediene.«

Jetzt konnte sie es kaum abwarten, bis der Kaffee aufgebrüht und die Kanapees aus der Vitrine appetitlich auf einem Teller angerichtet waren. Da ihre Hände zitterten, schwappte der Kaffee über, während sie das Tablett zu Richards Tisch trug. Doch das Missgeschick gab ihr einen unerwarteten Vorwand, sich tief zu ihm hinabzubeugen.

»Verzeihen Sie, mein Herr! Ich habe leider etwas verschüttet.

Lassen Sie mich das Malheur beseitigen, damit Sie Ihren Anzug nicht beflecken! Ich bringe Ihnen dann sofort eine frische Serviette.«

Damit ergriff Sophie das Tuch und presste es auf die Untertasse. »Iss und trink rasch und verlasse das Café danach! Danach komm durch den Eingang des Kaffeehauses wieder zurück!«, flüsterte sie. Sie warf einen verstohlenen Blick auf eine der Wanduhren. »Sagen wir, in fünfzehn Minuten. Ich erwarte dich dann im Flur!«

Nach genau weiteren zehn Minuten verursachte Sophie absichtlich ein weiteres Missgeschick. Sie ließ eine ganze Schale Rosensorbet auf ihre blütenweiße Halbschürze fallen.

»Oh weh!«, stöhnte sie vernehmlich und wandte sich dann an Mina. »Ich muss Sie schon wieder bitten, die Aufsicht allein zu übernehmen. Ich will mich rasch umziehen gehen.«

Mina machte es ihr allerdings unerwartet leicht. Mitfühlend sah sie Sophie an.

»Legen Sie sich doch gleich noch ein wenig auf die Chaiselongue in Ihrem Ankleidezimmer und ruhen Sie sich ein wenig aus! Ich komme schon eine Weile allein zurecht.«

Einen kurzen Moment lang durchfuhr Sophie ein Stich bei dem Gedanken, dass Mina sie nach all den Missgeschicken, die ihr in den vergangenen drei Tagen absichtlich und vor allem unabsichtlich passiert waren, wohl für einen rechten Trampel halten musste.

*Doch der* Zweck *heiligt die Mittel,* dachte sie resigniert, als sie in den Flur trat, der das Café und das Kaffeehaus miteinander verband. Von ihm gingen sowohl die Türen zu den Erfrischungsräumen der Damen und Herren ab als auch auf der anderen Seite die Türen zu Danzers Kontor und Annerls ehemaligem Ankleidezimmer, in das sie nun hineinhuschte.

Rasch betätigte sie den Mechanismus des Geheimfachs der Kommode und holte Marys Brief heraus. Dann öffnete sie die Tür einen Spalt weit und lugte vorsichtig auf den Gang.

Das Glück war ihr hold. Niemand befand sich im Flur, als Richard ihn betrat. Rasch winkte sie ihn ins Zimmer und schloss hinter ihm ab.

»Oha!«, reagierte Richard mit einem verunglückten Scherz. »Wie darf ich denn das verstehen?«

Sophie runzelte unwillig die Stirn. »Mir ist nicht nach Poussieren zumute, Richie. Dafür ist die Lage zu ernst.«

Sie hielt ihm Marys Schreiben entgegen. »Lies das!«

Gespannt beobachtete sie Richards Mienenspiel, als er ihrer Aufforderung Folge leistete. Es wechselte von anfänglicher Ungläubigkeit über heftigen Grimm bis hin zu tiefer Besorgnis.

»Woher hast du das?«, fragte er schließlich mit belegter Stimme.

Sophie streckte die Hand aus und antwortete erst, als ihr Richard das Schreiben, sichtlich widerstrebend, zurückgegeben hatte. »Rudolfs Leibfiaker Josef Bratfisch hat es mir vorgestern Abend gebracht. Dem Datum nach hat Mary den Brief am Vortag ihres Todes geschrieben.«

»Und was hat Bratfisch dazu gesagt?«

Sophie zuckte mit den Schultern. »Gar nichts. Außer dass er Mary in die Hand versprochen hätte, mir den Brief zu bestellen. Und dass ich ihn verbrennen soll, wenn ich ihn gelesen habe.«

»Er hat ihn mir heimlich gebracht«, fügte sie hinzu. »Er hat so getan, als wäre er der Kutscher der Mietdroschke, die mein Onkel bestellt habe, um mich nach Hause bringen zu lassen. In Wahrheit war mein Onkel noch gar nicht dazu gekommen, sich um eine Droschke zu kümmern. Zum Glück ist er nicht misstrauisch geworden. Es gibt viele Fiaker in Wien, die behaupten, man habe sie bestellt, obwohl dem gar nicht so ist, und dadurch hoffen, an Kundschaft zu kommen.«

Richard zog die Stirn kraus, während er laut überlegte. »Nach allem, was wir wissen, war es Bratfisch, der Mary nach Mayerling gebracht hat. Niemand außer ihm und Loschek war bekannt, dass sie sich dort aufhielt. Als sich dann die Nachricht von Rudolfs Tod in Wien verbreitete, wird Bratfisch zwei und zwei zusammengezählt und geschlossen haben, dass Mary ebenfalls tot ist.«

Sophie nickte und versuchte, die aufsteigenden Tränen zurückzuhalten.

Richard atmete hörbar ein. »Dir ist klar, dass dieses Schreiben gefährlicher ist als ein Artilleriegeschoss mit glühender Lunte? Es kann die Reputation der gesamten Monarchie in Mitleidenschaft ziehen!«

Wieder nickte Sophie, diesmal entschlossen. »Es steht kein Wort über Mary in den Gazetten, obwohl Rudolf sie offensichtlich erschossen hat, bevor er sich selbst entleibte. Zudem beließ man Marys Familie zunächst in dem grausamen Glauben, sie habe sich und Rudolf vergiftet. Daher werde ich diese Waffe benutzen, um ihren Tod zu rächen.«

Richard war alarmiert. »Das könnte dich in höchstem Maße gefährden, Sophie! Regierung und Hof tun alles, um Marys Tod zu vertuschen. Das weiß ich leider aus eigener Anschauung.«

Dann berichtete er Sophie von Marys würdelosem Begräbnis. Dabei erlebte auch sie ein Wechselbad der Gefühle von Fassungslosigkeit über tiefe Trauer bis hin zu Abscheu.

»Und ihre arme Mutter kann ihr nicht einmal einen Kranz aufs Grab legen«, sagte sie, bis ins Mark erschüttert, nachdem Richard geendet hatte. Mittlerweile liefen ihr die Tränen über die Wangen. Dann schluchzte sie auf und hob, erneut entschlossen, den Kopf.

»Umso wichtiger ist es doch, dass die Wahrheit ans Licht kommt. Ich will diesen Brief einer vertrauenswürdigen Gazette in Wien übergeben, damit er der Öffentlichkeit bekannt gemacht wird. Du kennst dich mit der Presse viel besser aus als ich. Welche Zeitung würdest du mir empfehlen?«

Richard zog zischend die Luft durch die Zähne.

»Gar keine, Phiefi!« Als er die Hand nach dem Brief ausstreckte, wich Sophie instinktiv einen Schritt zurück. »Jede Zeitung, die dies veröffentlicht, würde sofort konfisziert werden. Nicht nur die aktuelle Ausgabe, wahrscheinlich würde man sogar die ganze Gazette verbieten. Die dort beschäftigten Menschen verlören ihre Arbeit. Vielleicht käme der verantwortliche Redakteur außerdem wegen Verleumdung ins Gefängnis.«

Sophie erschrak. Daran, dass die Veröffentlichung des Briefes solche Folgen zeitigen könnte, hatte sie bislang nicht gedacht.

Aber Richard war noch nicht fertig. »Denn den Brief würde man mit Sicherheit als Fälschung bezeichnen! Dem Kaiserhaus und der Regierung bliebe auch gar nichts anderes übrig. Denn als Mörder und Selbstmörder stünde Rudolf nicht einmal ein christliches Begräbnis zu.«

»Aber so soll er bald mit allen Ehren in der Kapuzinergruft beerdigt werden, derweil Mary heimlich verscharrt wurde«, widersprach Sophie trotzig.

Richard nickte mit zusammengepressten Lippen. »Das erfordert der Ruf der Monarchie wie auch der des ganzen Reiches. Politisch hätte es undenkbare Folgen für Österreich-Ungarn, wenn sich der Kronprinz als ein solch charakterschwacher, ja sogar verabscheuungswürdiger Mensch entpuppen würde. Das gesamte Habsburgerreich würde dadurch geschwächt.«

Sophie schwieg weiterhin trotzig und umklammerte den Brief.

»Hast du die heutige Ausgabe der *Wiener Zeitung* gelesen?«, versuchte es Richard auf andere Weise.

»Nein!«, gab Sophie zu.

»Ich habe es schon beim Frühstück getan. Dort wurde ein offizieller Obduktionsbericht veröffentlicht. Zwei sehr bekannte Wiener Ärzte, beide Professoren an der Universität, haben Rudolfs Gehirn untersucht. Angeblich hat man abnorme Strukturen gefunden, die auf eine Geisteskrankheit hinweisen. Damit gesteht der Hof nicht mehr und nicht weniger ein, als dass Rudolf verrückt war und sich deshalb erschossen hat. Ist das nicht schon Schande genug?«

»Und warum hat man die wahre Todesursache erst so spät zugegeben? Man muss doch kein hochgelehrter Arzt sein, um eine Schusswunde im Kopf zu erkennen.«

Richard ballte die Hände zu Fäusten. Die ganze Situation kam ihm immer unwirklicher vor. Natürlich hatte Sophie mit allem recht, was sie vorbrachte. Er dachte ja selbst nicht anders über Rudolfs Verbrechen. Auch ihm war die Vertuschung von Marys Tod zuwider.

Doch anders als Sophie erkannte er die Folgen, die die ganze Wahrheit gehabt hätte, würde sie der Öffentlichkeit und vor allen Dingen dem Ausland bekannt werden.

»Das hat einen einfachen Grund«, beantwortete er Sophies Frage offen. »Man wollte anfangs den Selbstmord nicht einräumen. Aber Rudolfs Schädel war zu entstellt. Das ließ sich nicht verbergen, da zu viele Menschen die Binde um seinen Kopf nach der Ankunft der Leiche in der Hofburg gesehen haben. Deshalb wäre früher oder später sowieso durchgesickert, dass Rudolf weder an einem Herzschlag noch an einem Schlaganfall gestorben ist. Zumal das Volk ohnehin nie an eine solche Todesursache glaubte.«

»Also, was spricht dann gegen die Wahrheit?« Sophie gab noch nicht auf.

Richard stöhnte. »Dass man Rudolf nicht einmal christlich beerdigen könnte, wenn alles herauskäme! Das habe ich dir doch eben gesagt! Auch jetzt schon ist es eine Gratwanderung für die Monarchie, den Selbstmord des designierten Thronfolgers infolge Geistesverwirrung zuzugeben. Aber das ist die einzige Art Selbstmord, die die Kirche akzeptiert, um ihn nach katholischem Ritus zu Grabe zu tragen.«

»Und was ist mit Mary?«

Richard verzweifelte beinahe an Sophies Hartnäckigkeit. »Auch sie wurde christlich begraben.« Plötzlich fiel ihm ein Argument ein, das Sophie womöglich umstimmen könnte. »Sobald etwas Gras über die Sache gewachsen ist, kann Helene

Vetsera Mary in einen anständigen Sarg legen und ihr einen Grabstein setzen lassen. Das wird ganz sicher nicht mehr möglich sein, wenn dieser Brief bekannt wird. Denn aus ihm geht ja nicht nur eindeutig hervor, dass Rudolf Mary erschossen hat. Sondern auch, dass sie damit einverstanden war. Was einem Selbstmord gleichkommt. Und dann wird ihre Leiche womöglich wieder ausgegraben und wirklich würdelos im Arme-Sünder-Winkel verscharrt. Willst du das?«

Sophie würgte es in der Kehle. »Natürlich nicht«, flüsterte sie.

»Und denk auch einmal an *deine* Familie, Sophie! Wenn herauskäme, dass du den Brief an die Zeitungen gegeben hast, würdet ihr alle ruiniert sein. Jede Adelsfamilie in Wien würde euch schneiden, allein schon deshalb, um den Zorn des Kaisers nicht auf sich selbst zu ziehen. Dein Stiefvater müsste den diplomatischen Dienst quittieren.«

Er holte tief Luft und machte eine ausladende Handbewegung. »Und das Lebenswerk deines Onkels, das Café Prinzess, wäre gleichfalls dahin. Man würde Mittel und Wege finden, um ihn vollständig zugrunde zu richten. Dessen sei gewiss!«

Erst jetzt ließ sich Sophie kraftlos auf die Chaiselongue sinken. Richard streckte noch einmal die Hand aus.

»Gib mir den Brief, Phiefi!«

»Und was willst du damit tun?«

»Ihn vernichten, natürlich! So wie man einen Blindgänger nach einer Schlacht entschärfen muss, damit er nicht explodiert und unschuldige Menschen in den Tod reißt. Auch Bratfisch hat dir dazu geraten.«

Sophie schüttelte entschieden den Kopf und steckte den Brief in die Tasche ihres Rocks.

»Nein! Mary hat ihn mir anvertraut, und ich behalte ihn! Auch wenn ich vorläufig keinen Gebrauch von ihm machen werde.«

»Hab keine Sorge!«, reagierte sie auf Richards bestürzte

Miene. »Ich verstecke ihn an einem sicheren Ort, wo ihn keiner findet.«

»Und was ist mit deinem Bedürfnis, Marys Tod zu rächen?«, fragte Richard skeptisch.

Zu seiner Bestürzung begann Sophie, heftig zu weinen. Spontan schloss Richard sie in die Arme.

## Auf dem Rückweg ins Palais Thurnau in der Herrengasse

***Samstag, 2. Februar 1889, eine halbe Stunde zuvor***

Mit verbissener Miene steuerte Aglae von Löwenstein auf den Stand der Mietfiaker zu und ließ sich, ohne sich nach Amalie umzusehen, in die vorderste Kutsche helfen.

»Palais Thurnau in der Herrengasse«, beschied sie dem Mietdroschker kurz und ignorierte dessen enttäuschte Miene. Vom Graben in die Herrengasse war es nur eine kurze Fahrtstrecke, für die der Mann nun nach langer Wartezeit seinen Stellplatz aufgeben musste. Nach seiner Rückkehr würde er sich ganz ans Ende der Schlange einreihen müssen.

»Ich werde sowohl deinen Vater als auch Richard von deinem Benehmen unterrichten, Amalie«, kündigte Aglae an, als die Kutsche anfuhr.

Zu ihrer Genugtuung bemerkte sie, dass Amalie erschrak. »Bitte tu das nicht, Tante Aglae!«, bat sie. »Ich weiß selbst nicht, was eben in mich gefahren ist. Du hast recht! Der Tod des Kronprinzen geht mir sehr nahe!«

»Unfug!« Richards Mutter war gewöhnlich eine eher sanfte Frau. Doch diesmal scheute sie die Konfrontation ausnahmsweise einmal nicht. »In meinem ganzen Leben bin ich noch nie so gedemütigt worden!«, fauchte sie. »Der Wirt hat uns in aller Öffentlichkeit aus seinem Café gewiesen!«

Amalie schürzte trotzig die Lippen. »Das werden ihm die

Damen, die unser Gespräch gehört haben, sicherlich übel nehmen. Schließlich bin ich eine von Thurnau und in Wien sehr bekannt!«

Aglae stieß empört die Luft aus. »Das macht es noch mehr erforderlich, alles deinem Vater und Richard mitzuteilen. Du hast die Ehre deines Hauses und auch die meines Sohnes vor vielen Zeuginnen besudelt. Gar nicht zu reden von deiner eigenen Blamage!«

»Bitte, Tante!« Amalie erschrak noch mehr. Damit hatte sie nicht gerechnet. Sie versuchte, nach Aglaes Hand zu greifen, die diese ihr aber sogleich entzog. »Lass uns noch ein wenig herumfahren! Ich kann dir erklären, warum ich so zornig geworden bin«, bat sie mit der ihr nun geboten erscheinenden Demut.

Aglae seufzte. Dann klopfte sie dem Kutscher und befahl ihm, einen Abstecher in die Ringstraße zu machen. Diesmal wirkte der Mann hocherfreut.

»Also sprich, wenn du etwas zu deiner Verteidigung zu sagen hast!«

Im Zwielicht der Kutsche entging Aglae der berechnende Ausdruck in Amalies Augen. »Richard liebt mich nicht wirklich«, begann sie zu klagen. »Ich glaube, er heiratet mich nur aus Kalkül.«

»Er heiratet dich, weil sein und dein Vater es mit dem Segen von Onkel Max, dem Majoratsherrn der Löwensteins, so beschlossen haben«, antwortete Aglae kühl. »Dein Vater bezahlte Richards Schulden, mein Sohn akzeptiert, dass du deine Jungfräulichkeit schon eingebüßt hast. So lautet der Handel.«

»Was dir übrigens auch in keiner Weise das moralische Recht gibt, dich über die Jüdin zu mokieren, die du soeben geschmäht hast. Schließlich bist du keinen Deut besser!«, fiel Aglae noch ein.

Zu ihrem Erstaunen und rasch einsetzendem schlechtem Gewissen begann Amalie, jetzt zu weinen. Sie schluchzte herzzerreißend in ihr Taschentuch und schien sich gar nicht mehr beruhigen zu wollen.

»Ach Gott!«, lenkte Aglae sofort ein. »Nun nimm dir das doch nicht so zu Herzen! In unseren Kreisen werden die meisten Ehen nicht aus Liebe, sondern aus Kalkül geschlossen. Liebe ist etwas für Stubenmadl.«

Amalie schluchzte weiter. Ihre nächsten Worte hörte Aglae nur undeutlich.

»Ja, mir ging es auch so«, beantwortete sie die Frage ihrer Nichte, deren Inhalt sie mehr erraten als verstanden hatte. Nun griff sie nach Amalies Hand, die diese ihr nicht entzog.

»Hör auf zu weinen, Ami, und sieh mich an!«

Sie wartete, bis Amalie den Kopf hob, und fuhr fort: »Du bist noch sehr jung, Kind. Und sehr verwöhnt. Daher nimm folgende, gut gemeinte Ratschläge von mir an. Willst du das tun?«

Wieder wartete Aglae, bis Amalie nickte.

»Dann merke dir zweierlei, Ami! Zum ersten hat eine Frau unserer Gesellschaftsschicht die heilige Pflicht, sich in jeder Situation tadellos zu verhalten. Niemals und schon gar nicht in der Weise, wie du es soeben getan hast, verliert eine Dame die Contenance. Selbstbeherrschung muss eine deiner höchsten Tugenden werden. Noch ein bis zwei Szenen wie die heutige im Café Prinzess, und dein Ruf ist unweigerlich dahin! Keine Adlige, die etwas auf sich hält, wird dich mehr empfangen wollen. Dann hilft dir auch das viele Geld deines Vaters nicht mehr.«

Aglaes Worte zeigten Wirkung. Amalie blickte verstört drein.

»Aber … aber«, stammelte sie. »Muss ich mir denn auch gefallen lassen, dass Richard mich schon vor der Ehe betrügt?«

Aglae lächelte schmerzlich. »Das ist das Zweite, das du dir merken musst, Ami. Ich weiß nicht, ob dein Verdacht gerechtfertigt ist. Ich weiß nur, dass es keine Seltenheit wäre, wenn sich Richard auch schon während eurer Verlobungszeit eine Geliebte hält. In der Regel ist das zwar keine Komtess, sondern ein loses Ding aus dem Ballett. Aber die meisten Männer verhalten sich so.«

»Und eine wahre Dame sieht auch darüber vollständig hinweg!«, kam Aglae Amalies Protest zuvor. »Sie wahrt stattdessen die Harmonie in ihrer Ehe, indem sie so tut, als wäre ihr nichts dergleichen bekannt. So wie eine echte Dame einen Mann auch nie kritisiert, sei es der eigene Vater, der Bruder oder der Ehemann. Nicht einmal den eigenen erwachsenen Sohn.«

»So wirst du Richard also nicht zur Rede stellen, Tante Aglae?«, fragte Amalie zaghaft. Neben der Absicht, ihre Rivalin in aller Öffentlichkeit zu demütigen, hatte sie vor allem darauf gehofft und ihre zukünftige Schwiegermutter deshalb um den gemeinsamen Besuch im Café Prinzess gebeten.

»Meine Liebe, wenn das die Absicht war, die sich hinter deinem ungehörigen Verhalten verbarg, muss ich dich ganz und gar abschlägig bescheiden. Keine Silbe wird diesbezüglich über meine Lippen kommen.«

»Doch ich will noch einmal Gnade vor Recht ergehen lassen, was dein heutiges Verhalten angeht«, sagte sie in nunmehr versöhnlichem Ton. »Auch wenn wir uns lange Zeit nicht mehr im Café Prinzess werden sehen lassen können, obwohl ich die Mokkaprinzentorte so schätze«, sie seufzte hörbar, »bleibt das, was geschehen ist, unter uns. Sofern du mir hoch und heilig versprichst, dich in Zukunft einwandfrei zu benehmen.«

Amalie lächelte erleichtert und wischte sich die letzten Tränen aus dem Gesicht. »Das verspreche ich dir, liebe Tante. Und bedanke mich aufs Herzlichste für deine Nachsicht und Güte.«

Auf dem Rückweg zum Palais Thurnau schwiegen die beiden. Aglae entging, dass Amalie angestrengt grübelte. *Das war heute die falsche Methode*, erkannte sie, *und hätte schlecht für mich ausgehen können. Dann muss ich eben andere Mittel und Wege finden, um mich Richards erst einmal vollkommen zu versichern.*

## Ankleidezimmer im Café Prinzess

### *Samstag, 2. Februar 1889, zur gleichen Zeit*

Sophie weinte und weinte, während Richard sie wie ein kleines Kind in seinen Armen wiegte. Sanft drückte er sie auf die Chaiselongue, bis sie sich schließlich niederlegte. Ohne sie loszulassen, kniete sich Richard auf den Boden an ihre Seite.

Schließlich begann sie, undeutliche Worte zu schluchzen. »Ich … ich … schuld … dass … geschehen ist«, verstand er mit einiger Anstrengung.

»Nein!«, flüsterte er ihr ins Ohr. »Du hast überhaupt keine Mitschuld. Rudolf war am Ende seines Lebens zutiefst verzweifelt und Mary bis zum Irrsinn verblendet.«

»Aber … aber …«

Richard hob seinen Kopf ein wenig und blickte Sophie in die Augen, aus der die Tränen wie kleine Sturzbäche strömten.

»Rudolf hätte seinem Leben so oder so ein Ende gemacht. Er litt an einer furchtbaren Krankheit und hätte niemals zugelassen, als dahinsiechender Kretin zu enden.«

Sophie versteifte sich in seinen Armen und hörte zu schluchzen auf. Fassungslos sah sie ihn an. Ihre Tränen versiegten, ihre Augen schimmerten wie Smaragde.

»Und auch Mary hätte ihrem Leben wahrscheinlich ein Ende bereitet. Stell dir vor, ihr Onkel hätte sie tatsächlich in ein Kloster gesperrt! Auch da gibt es spitze Scheren oder Nägel, mit denen sie sich die Handgelenke hätte aufschlitzen können!«

Er küsste Sophie zart auf die Lippen. »Dich und auch mich, der ich Rudolf ebenfalls keinen Einhalt gebieten konnte, trifft keine Schuld! Wir haben beide getan, was wir konnten, und blieben doch machtlos. Rudolf hat mich sogar belogen und gemieden, nachdem ich ihn damit konfrontiert habe, mit Mary trotz der Ansteckungsgefahr geschlafen zu haben.«

Unter dem Eindruck von Richards eindringlichen Worten

entspannte sich Sophie langsam und schloss wieder die Augen. »Ich werde für Mary beten und jeden Sonntag eine Kerze für sie anzünden«, murmelte sie.

Einen Augenblick lang befürchtete Richard, sie würde ihn nun auffordern, sie loszulassen. Doch stattdessen legte auch sie ihm die Arme um den Hals. »Halt mich fest!«, flüsterte sie. »Es tut so gut, gehalten zu werden!«

Jähe Freude kam in ihm auf. Ermutigt durch ihre Worte umfasste er sie enger und küsste sie schließlich erneut auf ihre vollen Lippen. Sie ließ es zu und öffnete sie sogar ein wenig.

»Mein Liebling! Mein Herz! Mein Augenstern!« Sanft begann Richard, sie zu liebkosen. Sein Mund glitt ihre Kehle über dem hochgeschlossenen Kleid bis zu ihrem Ohrläppchen hinauf. Er sog ihren süßen Duft tief ein. In die blumige Note ihres Parfüms mischten sich Töne von Vanille und Arabica-Kaffee aus dem Café Prinzess.

Langsam ließ er seine Hände über ihrem Kleid nach unten wandern. Er umfasste ihre schlanke Taille, spürte das steife Mieder darunter und strich ihr schließlich seitlich über den Rock. Marys Schreiben in ihrer Tasche knisterte.

Bei diesem Geräusch schreckte Sophie plötzlich auf. Sofort schob sie seine Hände fort, drückte ihn weg und richtete sich in eine sitzende Stellung auf, als er sie erschrocken losließ.

»Habe ich dir wehgetan?«, flüsterte er verwirrt.

Sie schüttelte heftig den Kopf. »Im Gegenteil! Fast hätte ich mich in deinen Armen vergessen!« Sie wich, so weit es ging, vor ihm zurück, sodass sich ihre Körper nicht mehr berührten.

»Aber schon allein Marys Vermächtnis verpflichtet mich dazu, ihrem wahnwitzigen Beispiel nicht zu folgen.«

Es war ihm, als striche ein kühler Wind durch den Raum. Trotz des kleinen Ofens, in dem ein lustiges Feuerchen brannte, fröstelte er.

Obwohl er die Antwort ahnte, fragte er: »Was haben diese Worte zu bedeuten?«

Sie presste einen Moment lang die Lippen aufeinander. »Das weißt du, Richard. Ich habe es dir schon einmal gesagt.«

»Phiefi, ich liebe dich! Von ganzem Herzen! Mehr als mein Leben!«, flehte er.

Sie blickte ihm forschend in die Augen. »Dann löse deine Verlobung und bekenne dich offen zu mir! Meinem Stiefvater wärst du als Schwiegersohn sogar sehr willkommen!«

Richard stockte der Atem. Einen Moment lang war er versucht, ihr zu versprechen, was sie begehrte. Doch dann rief er sich die Unmöglichkeit dieses Unterfangens ins Gedächtnis.

Traurig schüttelte er den Kopf. »Es tut mir aus ganzem Herzen leid, Sophie. Aber das geht nicht. Es würde meine Familie und mich selbst ruinieren. Und damit auch dich und unser Glück!«

Der Schmerz, der Sophie bei Richards ablehnenden Worten überkam, war noch stärker als ihre Trauer über Marys Tod.

»Und warum umarmst und küsst du mich dann, als würdest du mich lieben?« Zorn flammte in ihr auf und ließ ihre Worte harscher klingen, als ihr zumute war.

Er zuckte zusammen und sah sie an wie ein geprügelter Hund. Die Narbe auf seiner linken Wange hob sich weißlich von seiner leicht geröteten Gesichtshaut ab. »Weil es die reine Wahrheit ist, Phiefi! Ich habe dir den einzigen Weg genannt, wie wir zusammen sein können, der mir offensteht!«

»Mich zu deiner Kurtisane zu machen? Mir ein Schattendasein an deiner Seite zuzumuten, während du mit deiner wie ein Pfau aufgeputzten Amalie am Arm durch die Wiener Gesellschaft stolzierst?«

Sie ignorierte die Qual in seinem Gesicht und setzte in ihrer Enttäuschung noch einmal nach.

»Natürlich! Mit mir, der Komtess aus der niedersten Adelsklasse«, sie wiederholte bewusst Amalies verächtliche Worte, obwohl Richard diese gar nicht kannte, »ist keine Ehre bei Hofe oder in den Salons mächtiger Fürsten einzulegen! Mit einer Frau, die sich nicht zu schade für ehrliche Arbeit ist, deren Stiefvater nur ein einfacher Ritter ist, die auf keine drei- oder vierhundert Jahre alte adlige Ahnengalerie zurückblicken kann …«

»Bitte!« In Richards Ton lag ein solcher Schmerz, dass Sophie innehielt. Um ihm nicht in die Augen sehen zu müssen, richtete sie ihren Blick beharrlich auf die Narbe auf seiner Wange.

»Bitte, Phiefi! Das alles spielt doch gar keine Rolle für mich. Aber ich habe dir doch bereits erklärt, dass Amalies Vater uns völlig in seiner Hand hat. Mich selbst, meinen Vater, meinen Onkel Max! Wir würden am Bettelstab gehen! Ich könnte dir nicht einmal das einfachste Leben bieten. Sogar meinen Dienst bei den Dragonern müsste ich quittieren, wenn Adalbert von Thurnau meine Schande offenlegt! Ich hätte dann nicht einmal mehr meinen Sold, der schon für mich allein vorn und hinten nicht reicht!«

Einen winzigen Augenblick lang war Sophie versucht, Richard von ihrer reichen Mitgift zu erzählen, unterließ es dann aber. Um keinen Preis wollte sie, dass sich Richard nur deshalb für sie entschied.

Doch sein offensichtliches Elend rührte sie. Deshalb sprach sie nun unwillkürlich in einem sanfteren Ton zu ihm als zuvor.

»Dann kann es nun einmal nicht sein, Richard, obwohl ich dich ebenfalls aus ganzem Herzen liebe.« Sie legte ihm sogar die Hand auf die vernarbte Wange, zog sie aber sofort zurück, als er sie mit der seinen umfasste.

»Dann müssen wir beide eben vernünftig sein und unser Los, so wie es ist, akzeptieren!«, fuhr sie fort. »Wenn Marys sinnloser Tod überhaupt zu irgendetwas nutze ist, dann, um mich davor zu schützen, ihren Wahnsinn auf andere Weise zu wiederholen.«

Sie holte tief Luft und sagte mit aller Entschiedenheit, die sie aufbringen konnte: »Ich kann nicht als deine Hure im Verborgenen leben, weil du es nicht wagst, dich offen zu mir und unserer Liebe zu bekennen!«

Richard wich vor ihr zurück, als hätte sie ihn geschlagen. Seine Züge verhärteten sich. »Dazu erniedrigst du meine Liebe zu dir? Als ob du für mich nur ein käufliches Weib wärst wie irgendein Freudenmädchen in einem Bordell?«

Vor Sophies innerem Auge erschien Amalies hämisches Gesicht. »Selbst wenn *du* nicht so denken und fühlen würdest, täten es doch alle anderen. Jedermann würde sich das Maul über mich zerreißen. Denn es sind nicht die Männer, denen man die Schuld für solch unzüchtige Beziehungen gibt! Sondern die Frauen, die man dafür mit Schimpf und Schande überhäuft. Hast du mir nicht selbst erzählt, wie verächtlich man Marys Leiche traktiert hat? Obwohl sie Rudolf liebte, während er sie nur benutzte! Trotzdem wird ihm ein Begräbnis mit allen höfischen Ehren bereitet.«

Sie redete sich zunehmend in Rage. »Du denkst nur an die Reputation deiner eigenen Familie und willst ihr einen Bruch mit Amalie nicht zumuten! Aber was ist mit der meinigen? Die Schande würde meine Mutter töten, zumal mein Stiefvater sie jede Minute für meine Unehrenhaftigkeit büßen lassen würde. Auch meinen Onkel, der mir zeit seines Lebens nur Gutes getan hat, würde ich damit aufs Tiefste verletzen! Gar nicht zu reden davon, dass jedermann, wie du es nennst, auch sie alle schneiden und aus der Gemeinschaft ausstoßen würde, wenn herauskäme, dass ich deine Mätresse bin!«

»Und es würde herauskommen!«, kam sie Richards Einwand mit erhobener Hand zuvor. »Deine Verlobte hat schon jetzt Verdacht geschöpft, wie du sehr wohl weißt, obwohl wir bislang nur ein paar Küsse getauscht haben!«

Von der Wucht ihrer Argumente fühlte Richard sich wie erschlagen. Er spürte ein zweites Mal an diesem schicksalhaften Tag, dass Sophie mit allem recht hatte, was sie sagte, und konnte doch den Gedanken nicht ertragen, sie zu verlieren.

»Ich liebe dich, Phiefi!«, wiederholte er. Es waren die einzigen Worte, die ihm einfielen.

Sie zeigten Wirkung. Sophie lächelte traurig. »Dann lass uns diese Liebe in unserem Herzen wie eine schöne Erinnerung bewahren! Damit sie rein bleibt und nicht in dem gleichen Schmutz und Elend versinkt wie die von Mary und Rudolf!«

Obwohl sie jetzt wieder mit gewohnt sanfter Stimme sprach, lag in ihren Worten eine Endgültigkeit, der er nichts mehr entgegenzusetzen hatte.

Er richtete sich aus seiner knienden Stellung auf, in der er verharrt hatte, und spürte jeden Knochen in seinem Leib, so sehr hatte er sich verkrampft.

»Und du willst es dir nicht noch einmal überlegen?«, machte er trotzdem einen letzten Versuch.

Sophies schüttelte den Kopf. »Nein, Richard!«, antwortete sie entschieden. »Von nun an bist du für mich wie ein Fremder, den ich nur flüchtig kenne.«

Da sie spürte, dass sie der Versuchung vorbeugen musste, seinem Werben um sie doch wieder zu erliegen, fügte sie brutal hinzu: »Darum widme dich deiner Verlobten Amalie und vergiss mich! Ich jedenfalls werde dies in Bezug auf dich tun! Zumindest das bin ich Marys Andenken schuldig!«

# Kapitel 25

### Wiener Hofburg

### *Sonntag, 3. Februar 1889*

Graf Carl Bombelles, der Obersthofmeister des verstorbenen Kronprinzen, runzelte die Stirn, als es an die Tür seines privaten Schreibzimmers klopfte. Er war gerade dabei, einen Teil der zahlreichen Trauerkorrespondenz zu beantworten, die aus ganz Europa anlässlich des Todes Rudolfs eintraf, und hatte ausdrücklich darum gebeten, nicht gestört zu werden.

»Ja, was gibt es denn?«, rief er barsch. Die Tür öffnete sich. Sein Kammerdiener lugte vorsichtig herein. Er war wohlvertraut mit den Wutanfällen des Grafen, der ausgesprochen jähzornig werden konnte.

»Es tut mir sehr leid, Durchlaucht stören zu müssen. Doch draußen steht Carl Nehammer, der zweite Kammerdiener unseres hochverehrten verstorbenen Kronprinzen, und will sich durchaus nicht abweisen lassen. Er sagt, er habe Ihnen eine Nachricht von äußerster Wichtigkeit mitzuteilen.«

Bombelles schnaubte. In der Regel schätzte er die »Wichtigkeit« solcher Nachrichten wesentlich geringer ein als subalterne Dienstboten. »Worum handelt es sich denn?«

Sein Kammerdiener hob die Schultern. »Das weiß ich nicht, Durchlaucht. Nehammer wollte es mir partout nicht sagen.«

Bombelles seufzte vernehmlich. Der nächste Satz seines Kammerdieners ließ ihn allerdings aufhorchen.

»Nehammer hat gesagt, er müsse sich sonst an den Obersthofmeister des Kaisers wenden, wenn Durchlaucht ihn nicht empfangen wolle.«

*Das würde mir gerade noch fehlen,* durchfuhr Bombelles ein unangenehmer Gedanke. *Zumal, wenn es am Ende doch eine wichtige Nachricht ist.*

Wieder seufzte er schwer. »Dann schicken Sie mir den Mann herein. Aber ich habe nur eine Minute Zeit für ihn.«

Wenig später trat Carl Nehammer ein. Der Mann wirkte um Jahre gealtert, seit Bombelles ihn zuletzt gesehen hatte. Sicher wusste er inoffiziell die ganze Wahrheit über Rudolfs Tod. Schließlich hatte sein Kollege, der erste Kammerdiener Loschek, dessen Leiche ja gefunden.

»Also, was gibt es?«, fragte Bombelles nichtsdestoweniger kurz angebunden, ohne aufzustehen oder den Mann auf andere Weise zu begrüßen.

Nehammer verbeugte sich. »Es geht um das Reitergemälde, das unser dahingeschiedener Thronfolger, Gott hab ihn selig«, die Stimme des Alten zitterte, »bei dem Maler Tadeusz Ajdukiewicz bestellt hat. Der Maler hat es mittlerweile fertiggestellt und …«

Bombelles musste an sich halten, um die Augen nicht zur Decke zu erheben. »Und nun hat der Mann Sorge um seinen Lohn«, unterbrach er Rudolfs Kammerdiener. »Ja, ja! Er wird sein Geld schon erhalten!«

Er wedelte Nehammer hinaus und griff bereits wieder zur Feder, als er zu seiner Verblüffung merkte, dass sich der Alte nicht von der Stelle rührte.

»Darum geht es dem Maler nicht, Durchlaucht. Unser seliger Kronprinz hat seine Uniformjacke bei ihm zurückgelassen, damit der Maler sie als Vorlage für das Bild zur Verfügung hat. Herr Ajdukiewicz hat das Kleidungsstück gestern zurückgebracht.«

Bombelles verlor langsam die Geduld. »Und was hat es damit auf sich?«

Nehammer wirkte nun etwas ängstlich. Er verbeugte sich

noch einmal. »Leider habe ich es versäumt, die Jacke sofort auszubürsten, da ich das nicht für dringlich hielt. Mein Herr braucht sie ja ohnehin nicht mehr.« Wieder zitterte seine Stimme. »Außerdem ist es eine Dragoneruniformjacke. Ich war damit beschäftigt, die Paradeuniform des Feldmarschallleutnants zu reinigen, in der unsere selige Hoheit in der Hofkapelle aufgebahrt werden soll.«

Jetzt platzte Bombelles der Kragen. »Nun kommen Sie doch endlich auf den Punkt, Mann! Sie wollen mich doch wohl nicht um Rat angehen, wie man eine Uniform ausbürstet!«

Nehammer wich mit gekränkter Miene einen Schritt zurück. »Ich habe ein Schreiben in der Jacke der Dragoneruniform gefunden.« Der Kammerdiener zog ein Papier aus der Tasche seiner eigenen schwarzen Jacke und hielt es Bombelles entgegen. »Es ist von der Gräfin Larisch an unsere selige Hoheit und bezieht sich auf jene delikate Angelegenheit mit der Komtess Vetsera.«

Jetzt war Bombelles' Neugier geweckt. »Geben Sie her!« Er riss Nehammer den Brief fast aus der Hand.

Dann überflog er die Zeilen. Sein Herz begann, heftig zu pochen. Er holte tief Luft, um sich zu beruhigen.

Dann steckte er den Brief in eine Lade seines Schreibtischs und setzte ein freundliches Lächeln auf.

»Sie haben gut daran getan, sich gleich damit bei mir zu melden, Nehammer!«, versuchte er, seine vorige Barschheit wiedergutzumachen. »Doch sagen Sie mir! Haben Sie den Brief irgendjemand anders gezeigt?«

Nehammer schüttelte den Kopf. »Nein, Durchlaucht!«

Bombelles atmete erleichtert auf. »Das ist gut! Ich werde mich persönlich dafür einsetzen, dass Sie hier bei Hofe eine neue Stelle erhalten oder sogar stattdessen eine gute Pension, mit der Sie einen ruhigen Lebensabend verbringen können. Doch auch weiterhin zu niemandem ein Wort über dieses Dokument!«

»Ich gelobe es, Erlaucht!«

»Da Sie den Inhalt des Briefes kennen, wissen Sie ja, dass er dem Kaiserpaar, insbesondere unserer hochverehrten Kaiserin, weiteren Kummer bereiten wird. Ich werde ihn den Majestäten daher erst nach den Beerdigungsfeierlichkeiten übergeben!«

Nehammers Miene verzog sich schmerzlich. »Ich wollte den Kummer der Majestäten nicht noch vergrößern, Durchlaucht! Doch ich hielt es für meine Pflicht …«

Bombelles' Ungeduld gewann wieder die Oberhand.

»Ja, ja! Sie haben alles richtig gemacht, Nehammer! Doch nun muss ich Sie entlassen.«

Er machte eine ausholende Handbewegung über seinen mit Briefen und Karten überladenen Schreibtisch. »Wie Sie unschwer erkennen können, habe ich noch sehr viel zu tun!«

## Wiener Hofburgkapelle

### *Montag, 4. Februar 1889, am frühen Nachmittag*

Sophies Füße begannen bereits unerträglich zu schmerzen, als sie mit ihrer Familie endlich das Innere der Hofburgkapelle betreten konnte. Seit über zwei Stunden standen sie nun schon trotz Schneegestöbers in der Schlange der unzähligen Wiener an, die ihrem geliebten Kronprinzen Rudolf die letzte Ehre erweisen wollten.

Sophie verwünschte sich innerlich, weil sie auf die Bitte ihrer Mutter Henriette hin ihre hochhackigen Stiefelchen angezogen hatte, anstatt die flachen bequemen Schuhe, die sie im Café Prinzess trug. Ihre Füße in dem nicht gefütterten Schuhwerk fühlten sich wie Eisklumpen an. Trotz ihres warmen Pelzmantels und Muffs war sie auch sonst völlig durchgefroren.

Sobald sie die Kapelle betraten, schlug ihnen warme, abgestandene Luft entgegen, geschwängert von den Ausdünstungen der vielen Menschen, die seit der Öffnung der Kapelle um acht Uhr morgens am Sarg des Kronprinzen vorbeidefilierten. Der

Duft der vielen Blumen und Kränze, die zum Teil schon welk zu werden begannen, mischte sich mit dem des Weihrauchs von der Einsegnung des Sarges.

Sophie fühlte ein leichtes Würgen in der Kehle. Die schlechte Luft verursachte ihr Brechreiz. Nicht zum ersten Mal in den letzten Tagen wünschte sie sich weit fort.

Am liebsten wäre sie gar nicht mit ihrer Mutter, ihrer jüngeren Schwester Milli und Onkel Stephan, der sich den Damen als männliche Begleitung angeboten hatte, in die Hofburgkapelle gegangen. Doch Henriette, aufgeschreckt durch ein wütendes Telegramm ihres Gatten Arthur, war in dieser Hinsicht unerbittlich geblieben.

Sophies Stiefvater saß im süditalienischen Brindisi fest. Sobald die Nachricht von Rudolfs Tod auch nach Kairo gedrungen war, hatte sich Arthur von Freiberg aufgemacht, um an den Beerdigungsfeierlichkeiten teilnehmen zu können. Doch das Schiff, das ihn von Brindisi nach Triest bringen sollte, erwies sich wegen eines Schadens am Großmast als seeuntauglich. Eine Weiterreise würde nicht vor dem 6. Februar möglich sein. Es gab auch keine schnellere Bahnverbindung nach Wien.

Schäumend vor Wut hatte Arthur daher seine Familie telegrafisch angewiesen, Rudolf vollzählig die letzte Ehre zu erweisen und sich in die ausliegende Kondolenzliste einzutragen. So blieb auch Sophie nichts anderes übrig, als seiner Anweisung Folge zu leisten und mitzugehen.

Während sie sich innerlich dafür wappnete, Marys totem Mörder gegenüberzutreten, erlebte ihre fast vierzehnjährige Schwester Milli das ganze Geschehen mit glänzenden Augen wie ein großes Abenteuer. Es war ihr erster Auftritt in einer größeren Öffentlichkeit seit den Pferderennen im vergangenen Jahr. Deshalb hatte sie die endlose Warterei ertragen, ohne auch nur ein einziges Mal zu murren.

Nun näherten sich die vier langsam dem Sarg, in dem Rudolfs Leiche aufgebahrt war. Er stand auf einem ringsum mit unzähligen Wachskerzen beleuchteten Trauergerüst, das mit schwarzem Tuch bedeckt und mit einem gleichfarbigen Baldachin überdacht war. Unter dem Sarg hatte man goldfarbenen Stoff ausgebreitet.

Mit klopfendem Herzen näherte sich Sophie Rudolfs Leiche und erwartete halb und halb, dass man seinen toten Zügen die an Mary begangene Untat ansehen müsste. Das erwies sich natürlich als weit gefehlt.

Die Maskenbildner hatten ganze Arbeit geleistet. Rudolf lag friedlich mit geschlossenen Augen auf der weißen Seide, mit der der Sarg ausgeschlagen war, und sah aus, als würde er schlafen. Hätte Sophie nicht gewusst, dass er eine schwere Schädelverletzung hatte, hätte sie die Wachsmodellage gar nicht bemerkt, mit der die Wunde kaschiert worden war.

Der Kronprinz war in eine weiße Galauniform gekleidet, die mit dem Stephansorden geschmückt war, dem höchsten zivilen Orden der k.u.k. Monarchie. Rund um den Toten lagen weitere Insignien seiner früheren Macht. Onkel Stephan erklärte Milli deren Bedeutung. Da gab es die kaiserliche Prinzenkrone und Rudolfs Erzherzogshut neben seinem Generalshut samt Säbel. Auch alle weiteren Orden des Verblichenen wurden auf schwarzen Samtpolstern zur Schau gestellt.

Da die Schlange hinter Sophie und ihrer Familie nachdrängte, blieb nicht einmal Zeit für ein Vaterunser am Sarg des Kronprinzen. Henriette bekreuzigte sich nur, ihr Bruder und ihre Töchter taten es ihr gleich. Dann gingen sie weiter.

Vor der hinteren Wand der Hofburgkapelle lag bereits ein riesiges Blumenmeer. Sophie, Henriette und Milli legten ihre Sträuße dazu. Es waren gelbe Rosen, umwunden mit schwarzem Trauerflor. Sophie hatte Minas Idee, die Farben der Habsburgermonarchie als Zeichen der Solidarität mit dem Kaiserhaus im Café Prinzess zu verwenden, auch für die Sträuße aufgegriffen.

»Schau mal, Phiefi!«, flüsterte Milli aufgeregt. »Dort ist der Kranz der Kaiserin Sisi!«

Tatsächlich stand ein Blumengebinde aus Maiglöckchen, weißen Rosen und weißem Flieder auf einem Gestell über den Blumenspenden der Wiener. Trotz der bis auf die Rosen zu dieser Jahreszeit sehr seltenen und daher teuren Frühlingsblüher wirkte der Kranz eher schlicht. Eine ebenfalls weiße Schleife trug die Aufschrift »Meinem innig geliebten Sohn! Deine Mama«.

Auch das Gebinde auf der anderen Seite des Blumenmeers fiel Milli ins Auge. »Das ist der Kranz der Kronprinzessin!«, flüsterte sie, nachdem sie die Aufschrift »Von deiner Stephanie« auf der Schleife gelesen hatte. »Was sind denn das für kleine hellblaue Blümchen?«

Sophie trat näher, soweit es das Blumenmeer vor den Kränzen zuließ. »Vergissmeinnicht«, sagte sie mit plötzlich aufkommender Bitterkeit.

Es war erst gestern vor einer Woche gewesen, als sie in der deutschen Botschaft Zeugin der erbitterten Auseinandersetzung zwischen Rudolf und Stephanie geworden war. Ausgerechnet eine solche Blume, die man gemeinhin als Liebesgruß sandte, in den Kranz für den toten Gatten binden zu lassen erschien ihr daher als pure Heuchelei!

*Denn hätten sich die beiden aufrichtig geliebt oder doch zumindest geschätzt, wäre Mary heute noch am Leben.*

Onkel Stephan räusperte sich in ihrem Rücken. »Kommt nun, ihr beiden! Wir können hier nicht länger verweilen. Die ersten Leute werfen uns schon böse Blicke zu, weil noch so viele andere Menschen Abschied von Kronprinz Rudolf nehmen möchten.

»Die Liste!«, fiel Henriette plötzlich ein. Vor Aufregung rötete sich ihr Gesicht. »Wir haben uns nicht in die Kondolenzliste eingetragen!« Sie wollte sich schon umdrehen und zurück durch die Menge drängen, als ihr Bruder sie zurückhielt.

»Dafür ist es jetzt zu spät, Yetta«, raunte er. Da er ihr Zögern richtig deutete, fügte er hinzu: »Wenn eins so sicher ist wie der Tod unseres hochverehrten Thronfolgers, dann, dass dein Mann nicht jede der Kondolenzlisten durchsehen wird, die dieser Tage ausliegen. Es dürfte Dutzende davon geben. Er wird also nicht merken, dass unsere Namen darauf fehlen.«

Die Rückfahrt zum Palais Werdenfels in Danzers Landauer verlief in bedrücktem Schweigen, nachdem Onkel Stephan bereits am Graben ausgestiegen war, um nach seiner stundenlangen Abwesenheit im Kaffeehaus nach dem Rechten zu sehen. Milli war inzwischen von der ganzen Anstrengung müde und sogar etwas eingenickt. Henriette und Sophie hingen ihren unerfreulichen Gedanken nach.

Irgendwann in den nächsten Tagen würde Arthur von Freiberg unweigerlich nach Hause kommen. Dann würde ihrer aller Leben wieder schwer und trübsinnig werden, zumal Sophie auch keinen Fuß mehr ins Café Prinzess setzen könnte. Da ihr die Tränen mittlerweile in den Augen brannten, sehnte sie sich nach der Ruhe ihres Zimmers, um sich hinlegen und ausweinen zu können.

Doch kaum hatte ihnen Gruber, der erste Diener, geöffnet, erwartete Sophie eine unangenehme Überraschung.

»Seine Exzellenz, Graf Eduard von Paar, erwartet das gnädige Fräulein in der Bibliothek. Seine Exzellenz möchte es sofort nach seiner Rückkehr sprechen. Allerdings vertraulich, nur unter vier Augen!«

### Palais Werdenfels in der Marokkanergasse

### *Montag, 4. Februar 1889, vier Uhr nachmittags*

Als Sophie mit klopfendem Herzen die Bibliothek betrat, sprang ein ihr völlig unbekannter Mann in der grünen, mit zahlreichen Orden geschmückten Uniform eines Stabsoffiziers eilends von dem Lederfauteuil auf, in dem er gesessen hatte. Im ganzen Raum roch es durchdringend nach Zigarrenqualm.

»Habe die Ehre, Komtess von Werdenfels!« Der Mann, den Sophie auf ungefähr fünfzig Jahre schätzte, verbeugte sich knapp. »Mein Name ist Graf Eduard von Paar. Ich bin der Generaladjutant Seiner Majestät, des Kaisers.«

Damit beantwortete der unbekannte Gast die Frage, die Sophie seit der Ankündigung Grubers auf der Seele lag. Denn auch ihre Mutter kannte den Grafen nicht, sondern hatte nur seinen Namen schon einmal gehört.

»Guten Tag!«, antwortete Sophie steif. »Was verschafft mir die Ehre Ihres Besuchs?«

Nach den letzten Worten begann sie zu ihrem eigenen Ärger zu hüsteln. Der Rauch im Raum war sehr stark.

Der Graf verzog bedauernd den Mund. »Ich muss Sie sehr um Verzeihung bitten, werte Komtess. Doch ich bat darum, Ihre Rückkehr in einem Zimmer Ihres Palais, in dem das Rauchen gestattet ist, abwarten zu dürfen, da mir Ihr Diener nicht sagen konnte, wann Sie zurückkehren würden.«

Sophie forderte den Grafen mit einer Handbewegung auf, wieder Platz zu nehmen. Doch der stellte stattdessen eine weitere Frage. »Gibt es vielleicht einen anderen Raum, in dem wir ungestört sprechen können?«

»Nein, nein«, wehrte Sophie ab. »Es reicht mir, wenn wir die Fenster ein wenig öffnen, um frische Luft hereinzulassen.«

Zu ihrem Erstaunen schüttelte von Paar den Kopf. »Ich bedauere außerordentlich, Komtess. Doch das ist nicht möglich. Mein Anliegen ist sehr delikat und erfordert allerhöchste Diskretion.«

Sophie erschrak und spürte, wie ihr das Blut aus dem Gesicht wich. Fröstelnd setzte sie sich kerzengerade auf die äußerste Kante des Sessels, der dem von Paars gegenüberstand.

»So teilen Sie mir Ihr Anliegen mit!«, forderte sie den Unbekannten mit schwacher Stimme auf.

Von Paar nahm ebenfalls wieder Platz und griff schon instinktiv nach einer weiteren Zigarre aus der Dose, die neben dem Aschenbecher auf einem Beistelltisch lag, als er innehielt.

»Verzeihen Sie, Komtess! Ich werde unser Gespräch auch ohne Rauchwaren führen können. Doch die Angelegenheit, die mich zu Ihnen führt, ist wirklich außerordentlich heikel.« Er räusperte sich.

»Kennen Sie einen Wiener Fiaker namens Josef Bratfisch?«

Sophies Puls begann sich zu beschleunigen. Kurz überlegte sie, ob sie das abstreiten sollte, entschloss sich dann aber, so lange wie möglich bei der Wahrheit zu bleiben. »Ja. Der Mann ist mir bekannt.«

»Woher, wenn ich höflichst fragen darf?«

Sophie suchte verzweifelt nach Worten. »Ich habe einmal gehört, dass er unseren verstorbenen Kronprinzen öfter gefahren haben soll.«

»Wissen Sie das von Ihrer Freundin, der Komtess Mary Vetsera?«, ließ von Paar nun die Maske fallen, wahrscheinlich, um weiteren Zeitverlust durch Sophies ausweichende Antworten zu vermeiden.

Die ballte ihre Hände zu Fäusten und versuchte, sich zu beruhigen. »Ja!«, bestätigte sie von Paars Vermutung dann mit diesem einzigen Wort.

»So ist Ihnen auch bekannt, dass der verblichene Thronfolger sich in Begleitung der Komtess Vetsera befand, als er starb?«

Sophies Furcht schlug plötzlich in Wut um. »Das ist mir bekannt«, gab sie schroff zu.

»Und Sie wissen auch, dass die Komtess Vetsera ebenfalls tot ist?«

»Ja, das weiß ich. Warum fragen Sie mich das alles?«, schnappte Sophie.

Von Paar ließ sich nicht beeindrucken. »Wissen Sie denn auch, wie die junge Dame zu Tode kam?«

*Jawohl. Unser hochverehrter Kronprinz hat sie erschossen,* lag es Sophie schon auf der Zunge zu sagen. Doch sie bezwang sich im letzten Moment.

Um ihre wahren Gefühle nicht zu verraten, senkte sie den

Kopf und betrachtete angelegentlich ihren schwarzen Rock. »Woher sollte ich davon Kenntnis haben?«

»Vielleicht aus dem Brief der Komtess Vetsera, den Ihnen der Fiaker Josef Bratfisch nach den furchtbaren Ereignissen in Mayerling überbracht hat?«

Jetzt brach Sophie der Schweiß aus. Die Gedanken rasten durch ihren Kopf. Woher wusste der Graf von diesem Brief?

Von Paar beantwortete ihre stumme Frage. »Bratfisch selbst hat uns davon berichtet, als wir ihn befragt haben.«

Sophie reagierte spontan. »Ich weiß nichts von einem solchen Brief«, log sie. Auf keinen Fall durfte dieses einzige Beweisstück in die Hände der Polizei oder der Hofentourage fallen, die alles tun würden, um Rudolfs Untat in Mayerling zu vertuschen.

Von Paar fixierte sie mit zusammengezogenen Augenbrauen. »Aus welchem Grund sollte uns der Fiaker in dieser Sache belogen haben?«

»Das müssen Sie den Mann selbst fragen!« Sophies Antwort klang weitaus kaltblütiger, als ihr zumute war.

Sie stand auf. »Doch jetzt bitte ich Sie, mich zu entschuldigen, Exzellenz. Ich habe stundenlang vor der Hofburgkapelle gewartet, um Abschied von unserem verstorbenen Kronprinzen nehmen zu können, und fühle mich völlig erschöpft. Ich möchte mich ein wenig ausruhen.«

Doch der Graf gab noch nicht auf und blieb sitzen. Seine Miene nahm einen väterlichen Ausdruck an oder zumindest das, was er dafür hielt.

»Ich verstehe, dass Sie das Vermächtnis Ihrer verstorbenen Freundin schützen möchten. Doch damit ist niemandem gedient. Wir haben keinen Grund, an der Aussage Bratfischs zu zweifeln. Der Mann wurde von der Komtess Vetsera ebenfalls gebeten, niemandem von ihrem Brief zu erzählen. Doch nach dem, was dann in Mayerling geschehen ist und worüber Sie die Familie Vetsera, mit der Sie ja befreundet sind, zweifelsohne unterrichtet hat«, schoss er ins Blaue, »hat sich der Kutscher entschlossen, von diesem Schweigegelöbnis Abstand zu nehmen. Das Gleiche wäre nun auch sehr ratsam für Sie, wertes Fräulein.«

Sophie blieb störrisch. »Ich weiß nicht, wovon Sie sprechen, mein Herr.«

Der Graf seufzte vernehmlich. »Nun, es soll Ihr Schaden nicht sein. Man ist bereit, Ihnen eine erkleckliche Summe für die Herausgabe dieses Briefes zu zahlen. Die Rede ist von fünfzigtausend Gulden.«

Sophie stockte der Atem. Doch von Paar war noch nicht fertig.

»Man hat mich außerdem davon unterrichtet, dass sich Ihr Stiefvater für die Erhebung in den Freiherrnstand beworben hat. Dies und seinem weiteren Aufstieg im diplomatischen Dienst stünde dann nichts mehr im Wege.«

Trotz der freundlich klingenden Worte hörte Sophie die versteckte Drohung heraus.

Später wusste sie selbst nicht mehr zu sagen, woher sie den Mut genommen hatte, so zu handeln, wie sie es getan hatte.

»Ich habe Ihnen dazu nichts weiter zu sagen.« Sie ging zum Klingelzug neben der Tür und läutete nach dem Diener.

Unmittelbar darauf öffnete Gruber mit einer Verbeugung die Tür. Offensichtlich hatte er davor gewartet.

»Begleiten Sie Seine Exzellenz bitte hinaus, Gruber!«

Graf von Paar erhob sich erst jetzt von seinem Fauteuil. Er musterte Sophie mit einer Mischung aus Missbilligung und Respekt.

»Sie haben Courage, wertes Fräulein! Doch leider nicht in der richtigen Sache.«

Er griff in seine Brusttasche und zog eine Visitenkarte heraus, die er Sophie überreichte. »Sollte Ihnen noch etwas zu dieser Angelegenheit einfallen, zögern Sie nicht, mich zu kontaktieren, Komtess von Werdenfels.«

Dann ließ sich Eduard von Paar hinausführen.

Erst als sie allein in ihrem Schlafzimmer war, forderte Sophies Anspannung ihren Tribut. Weinend brach sie auf ihrem Bett zusammen und konnte sich lange Zeit nicht beruhigen. Zweifel und Angst quälten sie.

*Ist Marys Brief als Beweisstück zu behalten das ganze Risiko wirklich wert? Oder reißt sie mich und meine Familie dadurch am Ende noch mit sich in den Abgrund?*

Eine abschließende Antwort auf diese Frage hatte sie nicht.

## Auf den Straßen von Wien

### *Dienstag, 5. Februar 1889, vier Uhr nachmittags*

Mühsam bahnte sich der pechschwarze, von sechs Schimmeln gezogene Leichenwagen seinen Weg durch die Menge. Zehntausende von Wienern säumten Kopf an Kopf die Straßen. Die Männer hatten die Häupter entblößt, viele Frauen schluchzten zum Gotterbarmen. Immer wieder mussten Gendarmen die Menschen vor dem Gefährt mit Rudolfs Sarg auseinandertreiben.

Der Leichenwagen war eins der Prunkstücke im Marstall der Hofburg und erst im letzten Jahrzehnt in Auftrag gegeben worden. Auf der Mitte des geschwungenen Dachs thronte die Kaiserkrone, rundherum breiteten Adler ihre Schwingen wie zum Fluge aus. Überall war die Kutsche mit aufwendigen Schnitzereien verziert. Selbst die Räder waren damit geschmückt.

Eigentlich war dieser Leichenwagen nur für die großen Staatsbegräbnisse von Kaiser oder Kaiserin vorgesehen. Doch der Hof hatte diesmal auch für den Kronprinzen die sogenannte große Trauer ausgerufen. Schwarz zu tragen war nun das Gebot der Stunde. Anstatt der Farbe Rot, die für die »kleine Trauer« um ungekrönte kaiserliche Familienmitglieder eigentlich vorgesehen war.

Jedes noch so kleine Teil der Kleidung der Trauergäste musste schwarz sein, selbst Knöpfe oder Degengriffe mussten mit schwarzem Tuch überzogen werden. Die Damen waren von Kopf bis Fuß in Clochen gehüllt, wie man die bodenlangen Schleier nannte, die die ganze Gestalt verhüllen mussten.

Zwar hatte Kaiser Franz Joseph schon einmal eine Ausnahme gemacht und seinen Vater im Jahr 1878 mit dem schwarzen Leichenwagen in die Familiengruft unter der Kapuzinerkirche bringen lassen. *Doch dieser Mann hat sich zumindest nichts zuschulden kommen lassen,* dachte Richard von Löwenstein ingrimmig, der dem Wagen hoch zu Ross in gebührendem Abstand folgte. Als Mitglied von Rudolfs Stab nahm er eine bevorzugte Stellung unter den anwesenden Militärs ein und würde sowohl an der Messe in der Kapuzinerkirche als auch an der Beerdigung in der Kapuzinergruft teilnehmen dürfen. Dort sogar als einer von nur drei ausgewählten Offizieren.

Die letztere Ehre verdankte er wieder einmal der Börse seines zukünftigen Schwiegervaters Adalbert von Thurnau, weshalb Richard sie durchaus auch als zweifelhaft empfand. Zwar galt der Obersthofmeister des Kaisers, Fürst Konstantin zu Hohenlohe-Schillingsfürst, der mit seinem eigenen Galawagen dem Leichenwagen vorausfuhr, als nicht bestechlich. Doch seine subalternen Hofchargen, die mit der Planung der Begräbnisfeier beauftragt waren, zeigten sich nach einer großzügigen Spende dem Anliegen von Thurnaus durchaus gewogen. Zumal bei Hofe bekannt war, dass Richard ein persönlicher Freund Rudolfs gewesen war.

Jetzt spürte er einen dumpfen Kopfschmerz, der sich vom Nacken bis zu seiner Stirn zog. Er war eine Folge des Katers, mit dem er heute Morgen mit brummendem Schädel aufgewacht war. Der Kräutertee, den ihm die Köchin der Thurnaus auf seinen Wunsch hin zum Frühstück gekocht hatte, schmeckte zwar abscheulich, half aber leider überhaupt nichts.

Das lag auch daran, dass sich Richard bereits die zweite Nacht nahezu sinnlos betrunken hatte, um seinen Kummer über die Ereignisse von Mayerling und vor allem über Sophies Zurückweisung im Alkohol zu ertränken. Immer wieder plagte ihn die fixe Idee, dass dies seine Strafe für die gebrochenen Herzen der zahllosen jungen Frauen war, mit denen er vor seiner Liebschaft mit Olga getändelt hatte.

Als die Kopfschmerzen gegen Mittag immer noch nicht abgeklungen waren, hatte er sich mit ein paar Tropfen Laudanum aus der Hausapotheke beholfen, deren Wirkung nun offenbar nachließ. *Hätte ich Idiot das Fläschchen doch nur eingesteckt,* verfluchte er sich.

Denn dieser Tag würde noch sehr lang werden. Quälend langsam nahm der Leichenzug seinen Weg von der Hofburg über den Michaelerplatz durch die Augustinerstraße, bis er endlich den Neuen Markt erreichte. Hier lag die Gruft, in der die Habsburger seit Generationen begraben wurden und die nach der dazugehörigen Kirche als »Kapuzinergruft« bekannt war.

Sechs Mönche in den braunen Kutten dieses Bettelordens hievten den schlichten Sarg vom Leichenwagen und trugen ihn zunächst ins Innere der Kirche. Der Prunksarg aus Bronze, in den Rudolfs Körper später gebettet werden sollte, würde erst in einigen Monaten fertig sein.

Die Kirche war bereits mit den geladenen Trauergästen nahezu voll besetzt. Außer den zahlreichen Verwandten der kaiserlichen Familie waren alle Mitglieder des Hochadels aus der ganzen Monarchie vertreten, zudem hochrangige ausländische Gäste.

Auch hier hatte Adalbert von Thurnau mit seinem unermesslichen Vermögen nachgeholfen. Das Obersthofmeisteramt hatte nur die bedeutendsten Grafen, seien es wichtige Politiker oder Hofbeamte, in die Kapuzinerkirche geladen, da diese sonst viel zu voll geworden wäre. Doch in einer Bank in der hintersten Reihe erblickte Richard auch seinen zukünftigen Schwiegervater mit der ebenfalls in den obligatorischen Schleier gehüllten Amalie an seiner Seite.

Ein Kirchendiener wies Richard seinen Platz in einer der Bänke an, die für das Militär reserviert waren. Als er sich gesetzt hatte, erblickte er zu seiner Überraschung Erzherzog Albrecht, der genau vor ihm saß. Obwohl er ein Großonkel des Kronprinzen war, hatte er es offenbar vorgezogen, nicht bei der Familie, sondern bei Seinesgleichen aus der Armee zu sitzen.

Der Erzbischof von Wien trat vor und begann mit der Messe. Richards Gedanken schweiften ab. Zum ersten Mal seit Rudolfs Tod fühlte er Trauer über den Verlust seines Freundes. Bislang war diese von Entsetzen und Zorn überdeckt gewesen. Bilder aus guten Zeiten, von fröhlichen Jagdpartien und geselligen Zusammentreffen zu zweit oder in Rudolfs ehemals großem Freundeskreis kamen ihm in den Sinn. Ebenso wie Erinnerungen an Gespräche über Gott und die Welt, von politischen Erörterungen bis hin zu Betrachtungen über das Wesen der Frauen. Richards Augen begannen zu brennen.

*Später! Später werde ich einmal um Rudolf weinen,* drängte er seine Gefühle zurück. Um sich abzulenken, richtete er seinen Blick auf die kleine Empore, auf der Rudolfs engste Verwandte saßen. In der vordersten Reihe hatte Kaiser Franz Joseph Platz genommen, neben ihm seine Gattin Sisi, deren Gesicht tief verschleiert war. Obwohl Richard ihre Miene nicht erkennen konnte, wirkte die leicht nach rechts gewandte, starre Haltung der Kaiserin, als ob sie bewusst Abstand zu Rudolfs Gattin Stephanie halten wollte, die links, mit der kleinen Tochter Erzsi, neben ihr saß.

Dahinter saßen Rudolfs Schwestern Gisela mit ihrem Gatten und Marie Valerie mit ihrem Verlobten. Da auch ihre Gesichter verschleiert waren, erkannte Richard die Frauen nur an ihren männlichen Begleitern. Plötzlich stockte ihm der Atem. Ganz hinten auf der Empore, wie es sich für die niedrige Stellung seiner Gattin in der Kaiserfamilie gehörte, erblickte Richard den Grafen Georg Larisch. Die Frau an seiner Seite trug ebenfalls einen Schleier. Aber es konnte niemand anders sein als Marie Louise!

Richard spürte, dass sich sein Pulsschlag beschleunigte. Auch dieses Luder, das mit seiner Geldgier und Falschheit die ganze Misere maßgeblich mit verschuldet hatte, würde also ungeschoren davonkommen. Er knirschte vor Wut mit den Zähnen.

Dadurch abgelenkt bemerkte er das Getuschel in der Reihe vor ihm zunächst gar nicht. Während der Chor der Hofmusikkapelle einen Choral anstimmte, flüsterten die beiden Männer vor ihm etwas lauter. »Aber es ist doch wahr!«, hörte Richard den Erzherzog Albrecht mit kaum unterdrückter Erregung sagen. »Er war nicht besser als der erbärmlichste Deserteur! Nur dass er sich für seine Feigheit am Ende selbst gerichtet hat! Sich allen Verpflichtungen auf diese Art zu entziehen ist absolut unverzeihlich!«

Einen Moment lang kam Richard der absurde Gedanke, Albrecht beziehe sich auf die letzte Kuratoriumssitzung im Heeresmuseum, der Rudolf, wie er von irgendwem beiläufig erfahren hatte, am Tag seiner Fahrt nach Mayerling unentschuldigt ferngeblieben war. Worüber der Erzherzog sehr verärgert gewesen sein musste. *Hat Joschi Hoyos mir das nicht neulich im Kaffeehaus Prinzess erzählt?*

Wegen seines zunehmend schmerzenden Schädels verzögert begriff Richard die volle Bedeutung von Albrechts Worten erst im zweiten Anlauf. Erzherzog Albrecht war nicht nur Rudolfs Großonkel gewesen, sondern als Oberbefehlshaber des Heeres auch sein unmittelbarer Vorgesetzter. In Rudolfs Jugend hatte Albrecht den jungen Prinzen gefördert, sich aber aufgrund seiner liberalen Ideen von dem erwachsener werdenden Rudolf mehr und mehr distanziert.

Am Ende hatten die beiden nahezu ununterbrochen Kämpfe miteinander ausgefochten, die Albrecht aufgrund der Rückendeckung durch Kaiser Franz Joseph in der Regel gewann. Was Rudolf in seinen letzten Lebensjahren mehr erbittert und enttäuscht hatte als alles andere.

*Und dennoch hat der Alte recht. Rudolf hat sich wie ein Deserteur aus seiner Verantwortung gestohlen und das nicht einmal mutig und allein. Stundenlang muss er neben der toten Mary gesessen haben, bis er sich endlich selbst gerichtet hat.*

*Weil ihm danach auch gar nichts anderes mehr übrig blieb,* durchzuckte Richard ein neuer furchtbarer Verdacht. *Er hat Mary getötet, weil er dadurch gezwungen war, ebenfalls aus dem Leben zu scheiden.*

Wie weggeblasen war Richards Anflug von Trauer um Rudolf, die ihn soeben noch berührt hatte. An ihre Stelle trat wieder der Zorn, brennender als je zuvor.

## Vor dem Eingang zur Kapuzinergruft am Neuen Markt

***Dienstag, 5. Februar 1889, am späten Nachmittag***

Wie es der Tradition entsprach, war das eiserne Tor zur Kapuzinergruft fest verschlossen, als sich die sechs Mönche, die Rudolfs Sarg trugen, näherten. Während die Männer den Sarg abstellten, versammelte sich dahinter die Trauergemeinde. Sie bestand jetzt nur noch aus den engsten Familienangehörigen und einigen ausgewählten Würdenträgern sowie den drei Offizieren, zu denen auch Richard gehörte.

Einer der drei, dem die ganz besondere Ehre zuteilgeworden war, die Rolle des Herolds zu übernehmen, trat nun vor und klopfte dreimal laut an die Tür. Von drinnen ertönte eine Stimme: »Wer begehrt Einlass?«

»Es ist der Leichnam von Rudolf Franz Carl Joseph, Kronprinz und Thronfolger des Kaisertums Österreich und des Königtums Ungarn, Prinz von Böhmen, Dalmatien, Kroatien, Slawonien, Galizien, Lodomerien und Illyrien. Erzherzog von Österreich, Generalinspekteur der Infanterie Seiner Majestät Franz Josephs kaiserlich-königlichen Armee, Ritter des Goldenen Vlieses …« Es folgte noch eine weitere, unendlich lang erscheinende Aufzählung von Rudolfs Titeln und Orden, die ihm zu seinen Lebzeiten verliehen worden waren.

Richard war zwar zum ersten Mal Zeuge dieses habsburgischen Begräbnisrituals, kannte aber wie jeder Wiener den Ablauf. Deshalb überraschte es ihn auch nicht, als die Antwort auf das Einlassbegehren, die hinter der geschlossenen Tür deutlich zu vernehmen war, trotz der Aufzählung Rudolfs zahlreicher Würden schlichtweg lautete: »Wir kennen ihn nicht!«

Wieder klopfte der Offizier dreimal, wieder ertönte die Frage: »Wer begehrt Einlass?«

Diesmal fasste der Herold sich kürzer und nannte nur Rudolfs wichtigste Titel: »Es ist der Leichnam von Rudolf Franz Carl Joseph, Kronprinz und Thronfolger des Kaisertums Österreich und des Königtums Ungarn.«

Wieder war die Ablehnung hinter der geschlossenen Tür laut und deutlich zu hören. »Wir kennen ihn nicht.«

Ein drittes Mal klopfte der Herold und beantwortete die Frage, wer Einlass begehre, nun anders: »Rudolf, ein sterblicher und sündiger Mensch.«

Erst jetzt öffnete sich quietschend das schwere Tor. Trotz des Lärms vernahm Richard erneut die Stimme des Erzherzogs Albrecht, der mit der Königin von Belgien, Stephanies Mutter, in seiner Nähe stand. Es war, als würde sich der Erzherzog auch nicht die geringste Mühe geben, sie zu dämpfen.

»Wenn es die Kaiserin Maria Theresia wäre, die man um Einlass für Rudolfs Leichnam gebeten hätte, wäre die Antwort wohl anders ausgefallen. Könnte sie sich aus ihrem Sarg erheben, würde sie antworten: *Nein, du kommst hier nicht herein.*«

Während die Mehrzahl der Trauergäste um Albrecht herum bei dessen Worten zusammenzuckte, spürte Richard eine Mischung aus Genugtuung und Scham. Wenigstens einer hatte den Schneid, das heuchlerische Brimborium um Rudolfs Beisetzung zu entlarven. Und es war mit Erzherzog Albrecht zudem jemand, dessen Wort viel Gewicht hatte.

In der düsteren stickigen Gruft reifte in Richard ein Entschluss. Auch er würde zumindest gegenüber dem Erzherzog die Maske der Trauer und Betroffenheit lüften. Da er während der kurzen Abschlusszeremonie am Sarg in der hintersten Reihe stand, musste er sich nur an die Seite stellen und warten, bis Albrecht an ihm vorbeikäme.

Als sich der Erzherzog näherte, holte er tief Luft und trat ihm beherzt in den Weg. Er salutierte und sagte dann ebenfalls laut und vernehmlich: »Sosehr ich den Tod unseres Kronprinzen bedauere, so sehr muss ich Ihnen beipflichten, Exzellenz. Zumal sein Dahinscheiden mehr als ein Leben forderte.«

Albrecht verharrte mitten im Schritt. Er musterte Richard scharf aus seinen eisblauen Augen unter den buschigen Brauen.

»Ich kenne Sie! Sie gehörten zu Rudolfs Stab!«, sagte er ihm auf den Kopf zu.

Richard salutierte noch einmal. »So ist es, Exzellenz!«

»Und wissen offenbar mehr, als Sie sollten!«

Obwohl Richard erschrak, hielt er Albrechts scharfem Blick stand. »So ist es, Exzellenz!«

»Ihr Name ist …?«

»Richard von Löwenstein, Exzellenz. Hauptmann des 2. Dragonerregiments und Stabsoffizier Kronprinz Rudolfs seit fünf Jahren.«

»Soso! Sie hören von mir.« Während Richard ein letztes Mal salutierte, wandte Albrecht sich grußlos von ihm ab.

# Kapitel 26

## Palais Werdenfels in der Marokkanergasse

***Dienstag, 5. Februar 1889, am späten Nachmittag***

Als der Landauer ihres Onkels vor dem Palais Werdenfels hielt, sank Sophies Stimmung unter den Nullpunkt. Eigentlich liebte sie ihr Zuhause, zumal es mit vielen schönen Erinnerungen an ihren verstorbenen Vater verbunden war.

Doch nun würde es für die nächsten Wochen wieder zu ihrem Gefängnis werden. Morgen oder spätestens übermorgen würde Arthur von Freiberg in Wien ankommen, nachdem sein Schiff gestern in Brindisi abgelegt hatte. Mit seiner Laune würde kein Staat zu machen sein, nachdem er alle Beerdigungsfeierlichkeiten für den toten Rudolf verpasst hatte. Selbstverständlich befürchtete er deswegen negative Auswirkungen auf seine Bewerbung für den Freiherrnstand, obwohl in Wien wahrscheinlich niemand bemerkt hatte, dass von Freiberg nicht da gewesen war.

*Was ihn nur noch wütender machen wird, sollte einer versuchen, ihn mit diesem Argument zu beruhigen,* dachte Sophie resigniert. *Schließlich hält er sich für den Nabel der Welt.*

Am schlimmsten traf es Sophie, dass sie nun auch nicht mehr ins Café Prinzess entfliehen konnte. Ihre Arbeit dort hätte sie wenigstens von Marys Tod und dem Bruch mit Richard abgelenkt. Aber selbst wenn Stephan Danzer ihr weiter erlauben würde, trotz Minas Tüchtigkeit als zweite Aufseherin zu arbeiten, ihr Stiefvater würde es sogleich unterbinden. Und sowohl

Sophie selbst als auch ihre Mutter Henriette für dieses Ansinnen hart bestrafen.

Deshalb sprach Sophie ihren Onkel erst gar nicht auf eine weitere Mitarbeit im Café an, als er sie, ihre Mutter und Milli nach dem Leichenwagenzug noch ins leere Kaffeehaus einlud. Sowohl das Café Prinzess als auch das alte Kaffeehaus waren heute geschlossen. Onkel Stephan hatte seinem Personal freigegeben, damit es an den Feierlichkeiten teilnehmen konnte. Was allerdings für die meisten Wiener nichts anderes bedeutete, als am völlig überfüllten Rand einer der Straßen, die der Trauerzug passierte, im Gedränge zu stehen und mit einigem Glück einen Blick auf das Prunkgefährt mit dem Sarg werfen zu können.

Doch Henriette und Milli hätten auch dann den Feierlichkeiten beigewohnt, wenn Arthur es nicht von ihnen gefordert hätte. Nur Sophie hätte sich lieber in ihrem Zimmer im leeren Palais Werdenfels verkrochen. Henriette hatte ihrem Hauspersonal ebenfalls freigegeben. Fast jeder wollte dem Prinzen die letzte Ehre erweisen, so gut es eben ging.

Wehmütig schaute sich Sophie ein vorerst letztes Mal im Café Prinzess um, um sich das Bild zumindest als Erinnerung einzuprägen. Auch wenn sie heute die einzigen Gäste waren und die Zeichen der Trauer um Rudolf im Gastraum dominierten, fühlte Sophie deutlicher denn je, wie sehr ihr das Kaffeehaus zur zweiten Heimat geworden war.

Ihr Versuch, das Stück Mokkaprinzentorte und die Mandelmelange, ihr bevorzugtes Gedeck, noch einmal zu genießen, schlug gründlich fehl. Die Kehle war ihr wie zugeschnürt, alles schmeckte irgendwie fade.

Als ihre Mutter Henriette dann noch erwähnte, dass Helene und Hanna Vetsera nach Venedig abgereist seien und Wien vorläufig meiden würden, war Sophies Stimmung endgültig dahin. Zumal ihre Mutter, die ja mittlerweile von Marys Tod, aber nichts von den tragischen Ereignissen während ihres Aufenthaltes in Mayerling erfahren hatte, erneut in sie drang. Denn sie ahnte, dass Sophie mehr darüber wusste, als sie preisgeben wollte.

Schließlich hielt Sophie die innere Spannung nicht mehr aus und floh in den Erfrischungsraum. Von dort machte sie einen heimlichen Abstecher in Annerls Ankleidezimmer. Wie unter Zwang öffnete sie das Geheimfach der Kommode und überzeugte sich davon, dass Marys Brief und die Fotografie aus dem Atelier noch an Ort und Stelle waren.

Die vorübergehende Erleichterung darüber wich allerdings schon auf dem Rückweg zum Palais Werdenfels einer tiefen Melancholie, weil sie den Brief ja auf keinen Fall benutzen durfte und die Untat an Mary deshalb ungesühnt bleiben würde.

Da die Dienerschaft noch nicht ins Palais zurückgekehrt war, schloss Henriette selbst das Eingangsportal auf, nachdem der gemietete Kutscher den drei Damen aus dem Landauer geholfen hatte. Milli warf ihren Umhang achtlos auf einen Stuhl und eilte als Erste die Treppe zu den Schlafzimmern hinauf. Plötzlich ertönte von oben ihr lauter Schrei.

Fassungslos und zu Tode erschrocken blickte sich Sophie wenig später in ihrem völlig verwüsteten Zimmer um. Alle Schubladen und Schränke waren aufgerissen, ihr Inhalt im ganzen Zimmer verstreut. Kleider, Toilettenaccessoires und Nippes lagen in Haufen auf dem Teppich, bedeckt von den Daunen ihres aufgeschlitzten Federbetts.

In Henriettes und Millis Zimmern sah es nicht besser aus. Selbst die Kammern der Dienstboten unter dem Dach waren durchwühlt worden.

Eigenartigerweise fehlte jedoch nichts. »Mein Schmuck ist vollzählig vorhanden.« Henriette von Werdenfels war gleichzeitig erleichtert und verblüfft. »Schau, Sophie! Selbst von meiner wertvollen Diamantgarnitur fehlt kein einziges Stück.«

Auch in der Bibliothek waren die Einbrecher gewesen. Überall lagen Bücher aufgeschlagen herum, einige Einbände waren eingerissen. Wahrscheinlich hatte jemand die Bücher ausgeschüttelt, um auf diese Weise etwas zu finden, was darin verborgen sein könnte.

»Was mögen die Räuber denn nur gewollt haben?«, wunderte sich Henriette, als sie schließlich bei einer Tasse Tee, den die mittlerweile ebenfalls zurückgekehrte Mamsell Ida aufgebrüht hatte, im Speisezimmer saßen.

Auch in diesem Raum, wie in allen anderen Repräsentationsräumen der Beletage, hatten sich die Räuber umgetan. Dort war allerdings nichts zerstört worden.

»Offensichtlich wollten die Einbrecher zunächst unbemerkt bleiben«, erklärte ihnen diesen Umstand am frühen Abend der herbeigerufene Polizeiinspektor. »Deshalb haben Sie in diesen Räumen auch nur an verschobenen Gegenständen und einigen offenen Schranktüren gemerkt, dass sich überhaupt jemand in Ihrer Abwesenheit hier zu schaffen gemacht hat.«

»Und warum sind unsere Schlafzimmer dann so verwüstet worden?«, fragte Henriette.

Der Polizeiinspektor zuckte mit den Achseln. »Das kann ich nur vermuten, gnädige Frau. Wahrscheinlich haben die Räuber diese Zimmer zuerst durchsucht, anfangs womöglich ebenso diskret wie die Empfangs- und Wohnräume. Als sie dann nicht gefunden haben, wonach sie suchten, sind sie möglicherweise dorthin zurückgekehrt und haben erst beim zweiten Mal gewütet wie die Vandalen. Es blieb ihnen wohl keine Zeit mehr, vorsichtiger vorzugehen.«

»Aber was können sie denn nur gesucht haben?« Henriette war noch immer ratlos.

Wieder zuckte der Polizist mit den Achseln. »Das ist auch mir ein Rätsel, gnädige Frau. Vielleicht haben Sie aber noch keinen Überblick darüber, welche Gegenstände womöglich vermisst werden. Wenn Ihnen etwas dergleichen auffällt, melden Sie sich!« Er zog seine Taschenuhr und warf einen Blick darauf. »Leider muss ich mich jetzt zum nächsten Tatort begeben.

Da alle Gazetten einen genauen Zeitplan für die Beerdigungsfeierlichkeiten unseres edlen verstorbenen Thronfolgers veröffentlicht haben, ist dies beileibe nicht der einzige Einbruch in der fraglichen Zeit.«

Er stieß verächtlich die Luft aus. »Leider ist solchen Subjekten gar nichts heilig! Nicht einmal die Verehrung der Wiener Bevölkerung für unseren teuren Dahingeschiedenen!« Mit diesen Worten verabschiedete er sich.

Sophie war dem ganzen Geschehen, innerlich wie zu Eis erstarrt, gefolgt. Sie ahnte, was die Einbrecher gesucht hatten. Es konnte sich nur um Marys Brief handeln.

### Palais Thurnau in der Herrengasse

***In der Nacht vom 5. auf den 6. Februar 1889***

»Gemach, gemach, Clemens!«, lallte Richard, als ihn sein Bursche unter Aufbietung all seiner Kräfte die Treppe zum Appartement, das Richard im Palais Thurnau bewohnte, hinaufzuschleppen versuchte. Richards Beine versagten ihm immer wieder den Dienst und knickten ein, sodass der Bursche trotz seiner großen Körperkraft ins Straucheln geriet und mit Richard, den er unter den Armen gefasst hielt, die Stufen hinabzufallen drohte.

Wenigstens war Richard, bevor er nach Rudolfs Beerdigung beschlossen hatte, sich ein weiteres Mal zu betrinken, zuvor noch so geistesgegenwärtig gewesen, seinem Burschen zu befehlen, ihn um Mitternacht im Gasthaus »Goldener Stern« abzuholen, sollte er um diese Zeit noch nicht zu Hause sein. Und wohl wissend, dass er des Reitens nicht mehr mächtig sein würde, hatte er auch sein Pferd im Stall des Palais gelassen und war gleich nach der Beerdigung zu Fuß ins Gasthaus gegangen. Das gab seinem Burschen die Möglichkeit, ihn mit einer Mietdroschke heimzubringen.

»Herr! Bitte halten Sie sich am Geländer fest! Ich kann Sie kaum mehr halten! Versuchen Sie, ein wenig mitzuhelfen! Wir sind gleich oben! Es sind nur noch wenige Stufen!«, flehte Clemens.

Sein verzweifelter Tonfall drang auch in Richards benebeltes Hirn. Er nahm sich mit aller ihm verbliebenen Kraft zusammen, sodass die beiden schließlich sein Schlafzimmer erreichten. Dort ließ sich Richard auf sein Bett fallen. Er bekam noch mit, dass ihm Clemens Stiefel und Uniform auszog. Dann fiel er in einen bleiernen Schlaf.

Er bemerkte nicht, dass sich seine Schlafzimmertür leise öffnete und eine Gestalt in einem dünnen durchsichtigen Nachthemd verstohlen hereinhuschte.

Er träumte von Sophie. Sie wies ihn nicht länger zurück, sondern umarmte ihn voller Liebe und Zärtlichkeit. Sie flüsterte ihm Koseworte ins Ohr und machte sich schließlich sogar an seiner Wäsche zu schaffen. Ihre Hand schob sich durch den Schlitz seiner Unterhose und begann sanft, seinen Penis zu massieren. Er stöhnte vor Lust auf.

»Sophie! Mein Liebling! Mein Augenstern! Ich begehre dich so«, wisperte er mit geschlossenen Augen.

Einen kurzen Moment lang hielt ihre Hand mitten in der Bewegung inne, um ihn danach nur noch fester zu umfassen. Schließlich streifte sie ihm die Unterhose herunter und schwang sich mit ihren weichen Schenkeln über ihn. Behutsam führte sie sein Glied in ihre feuchte Scheide ein.

Dann ritt sie auf ihm wie auf einem Ross. Erst sanft, dann immer schneller und schneller. Er hörte sie vor Lust seufzen und schließlich sogar stöhnen. Mit einem spitzen Schrei kam sie schließlich zum Höhepunkt. Wenig später ergoss auch er sich in sie.

»Mein Geliebter!« Sophies Stimme klang ein wenig anders als sonst. Heller und ein wenig heiser. »Habe ich dir Lust bereitet?«, wollte sie wissen.

»Oh ja!«, raunte er ihr leise ins Ohr. Auch ihr Parfüm roch anders. Nicht so blumig und leicht, wie er es kannte und mochte. Eher süßlich und schwer. Es war ihm egal. »Ich liebe dich!«, wiederholte er noch einmal.

»Ich liebe dich auch!«, antwortete ihm Sophies etwas fremdartige Stimme. Dann fiel er wieder in einen traumlosen Schlummer.

Als er am nächsten Morgen noch vor der Dämmerung erwachte, fand er die schlafende Amalie an seiner Seite vor.

## Wiener Hofburg

### *Samstag, 9. Februar 1889*

Sophie klopfte das Herz bis zum Hals, als sie hinter der schwarz gekleideten Dame eine steile Treppe hinaufstieg. Sie wurde »Adlerstiege« genannt, wie sie später erfuhr, und führte zu den Räumen der Kaiserin in der Hofburg. Ihre Führerin hatte sich ihr als »Gräfin Ida Ferenczy« vorgestellt, als sie Sophie am Eingang zu den Kaiserappartements in der Hofburg abholte. Vom gelegentlichen Stöbern im *Wiener Salonblatt* kannte Sophie den Namen und wusste, dass es sich um eine Vertraute der Kaiserin Sisi handelte.

»Was kann unsere allerhöchste Majestät denn nur von dir wollen, Sophia?« Wieder und wieder hatte ihr Stiefvater Arthur von Freiberg sie das gestern Abend gefragt. Die Einladung der Kaiserin, die Sophie eher wie eine Vorladung empfand, war am späten Nachmittag im Palais Werdenfels abgegeben und wie alle an Sophie gerichtete Post zuerst von ihrem Stiefvater gelesen worden.

»Ich weiß es nicht«, beteuerte sie jedes Mal und hoffte, dass ihr Gesichtsausdruck nicht verriet, dass sie zumindest eine Ahnung davon hatte, was Ihre Majestät höchstpersönlich mit ihr besprechen wollte. Zumal auch Stephan Danzers Wohnung inzwischen am helllichten Tag, während er sich im Kaffeehaus aufhielt, durchsucht worden war. Es gab zwar keine Verwüstungen. Aber die Spuren waren Danzer mit einiger Verzögerung dann doch aufgefallen, obwohl auch bei ihm nichts gestohlen worden war.

Ihr Onkel, der ja vom Einbruch ins Palais Werdenfels wusste, wenn er auch das Motiv dafür nicht einmal annähernd ahnte, hatte daraufhin sofort einige Männer engagiert, die das Haus zwischen Graben und Dorotheergasse nun rund um die Uhr bewachten.

Allzu gern hätte sich Sophie mit Richard über ihre Vermutungen ausgetauscht. Doch diese Möglichkeit hatte sie sich für immer versagt. Deshalb versuchte sie, sich zumindest vorzustellen, was er zu den Vorgängen gesagt hätte.

»Das sind alles Aktionen der Geheimpolizei, Phiefi«, hörte sie seine Stimme in ihren Gedanken sagen. »Sie müssen sich notgedrungen im Verborgenen abspielen. Während Rudolfs Begräbnis konnten sich die Agenten noch als gewöhnliche Einbrecher tarnen, wie sie leider überall in Wien an diesem Nachmittag ihr Unwesen trieben, als jedermann auf den Straßen war.

Beim Einbruch in Danzers Wohnung mussten sie schon vorsichtiger vorgehen. Deshalb hat ihn dein Onkel zunächst auch nicht bemerkt. Erst als er sah, dass einige seiner Bücher nicht mehr an ihrem richtigen Platz standen und etlicher Nippes verschoben oder versetzt worden war, hat er auf einen Einbruch geschlossen und Wachmänner engagiert.

Die müsste die Geheimpolizei nun erst überwältigen, um auch noch das ganze Kaffeehaus durchsuchen zu können. Aber das wagen die Agenten nicht, weil sie ja um keinen Preis Aufsehen erregen wollen.«

So oder zumindest ähnlich stellte sich Sophie nunmehr den Hintergrund der Ereignisse seit dem Besuch des Grafen von Paar im Palais Werdenfels vor.

Als Arthur von Freiberg gestern Abend nichts weiter aus Sophie herausbekommen konnte, gab er zu guter Letzt auf und begnügte sich mit der Forderung: »Du wirst mir jedes Wort berichten, das du mit der Kaiserin gewechselt hast, Sophia. Und keine einzige Silbe vergessen!« Damit war sie endlich entlassen gewesen.

In der folgenden Nacht lag sie, wie so häufig in der jüngsten Zeit, wach und grübelte. Als der Morgen graute, hatte sie einen Plan. *Es muss mir gelingen, meine Familie vor weiteren Übergriffen zu schützen und den Brief dennoch zu behalten. Gebe Gott, dass ich das schaffe!*

Jetzt waren Sophies Hände schweißfeucht, als sie Ida Ferenczy ins Appartement der Kaiserin folgte.

Am Ende der Treppe erreichten die beiden Damen den Eingang in das mit imposanten Wandgemälden ausgestattete und rundherum mit goldverzierten Stuckelementen geschmückte Vorzimmer. Dahinter lag der Kleine Salon, in dem Sisi ihre wenigen Audienzen abhielt. Sobald der livrierte Türsteher ihnen geöffnet hatte, sprang eine ebenfalls ganz in Schwarz gekleidete Dame von einer der zwar kostbar, aber unbequem aussehenden Bänke auf, die ringsum an den Wänden standen.

Sophie erkannte die Frau sofort. Es war Marie Louise von Larisch.

»Gräfin Ferenczy!« Es war Sophie nur recht, dass Marie Louise sie vollständig ignorierte. »Ich warte nun schon den zweiten Tag darauf, unsere verehrte Majestät, meine Tante, sprechen zu dürfen. Heute habe ich bereits drei Stunden vergeblich in diesem Vorzimmer verbracht. Wann wird Ihre Majestät eine Minute für mich erübrigen können?«

Ida Ferenczy musterte Marie Louise kühl. »Das kann ich Ihnen leider nicht sagen, werte Gräfin Larisch«, wich sie aus. »Doch ich werde es Sie sofort wissen lassen, wenn Ihre Majestät Sie empfangen möchte.«

Mit diesen Worten klopfte sie laut an die nächste Tür und öffnete sie auf ein bejahendes Zeichen von innen. Ida Ferenczy ließ Sophie an sich vorbei eintreten, sodass Marie Louise, die ihr bis dicht vor die Tür gefolgt war, keinen Blick auf die Kaiserin werfen konnte. Dann schloss sie energisch die Tür hinter ihr. Sophie war mit der Kaiserin allein.

»Guten Tag, Kaiserliche Majestät.« Sophie versank in einen tiefen Hofknicks. Auch sie trug wie die Kaiserin zum Zeichen der Trauer um Rudolf Schwarz.

»Erheben Sie sich und nehmen Sie Platz!« Sisi wies auf einen der Stühle, die rund um einen Tisch mit geschnitzten vergoldeten Beinen standen. Die Stühle waren mit dem gleichen roten eingewebten floralen Seidenstoff überzogen wie die Wände des Raums.

Sophie nahm auf der äußersten Kante des Stuhls Platz. Ihr Blick fiel auf ein Porträt des damals noch jungen Kaisers Franz Joseph an der Wand gegenüber ihrem Sitz.

Auf dem Tisch stand ein goldenes Teeservice. »Möchten Sie eine Tasse Tee?«, fragte Sisi.

»Ich danke Ihnen sehr, Majestät. Doch ich möchte nichts.« Nicht nur die Kehle war Sophie wie zugeschnürt. Sicherlich hätte sie auch die Hälfte des Tees verschüttet, wenn sie versucht hätte, die Tasse mit ihren zitternden Händen zum Mund zu führen. Sie legte ihre Hände im Schoß zusammen, damit die Kaiserin ihre übergroße Nervosität nicht bemerkte.

Sisi setzte sich Sophie gegenüber auf die Bank, gleich unter das Porträt ihres Gatten, und goss sich selbst eine Tasse Tee ein, bevor sie Sophie erneut ansprach.

»Warum, glauben Sie, habe ich Sie heute kommen lassen?«

Einen kurzen Moment lang war Sophie versucht, Unwissenheit vorzutäuschen. Doch das entsprach nicht ihrem Plan, den sie in der Nacht geschmiedet hatte.

Entschlossen hob sie den Kopf und blickte die Kaiserin zum

ersten Mal an. Sisi wirkte weit älter als auf den Gemälden und Fotografien, die in der Öffentlichkeit bekannt waren und in zahlreichen Kopien überall in Wien aushingen.

Sophie hatte Gerüchte gehört, dass sich die Kaiserin seit vielen Jahren nicht mehr malen oder fotografieren ließ. Jetzt hatte sie die fünfzig bereits überschritten. Das sah man ihrem Gesicht auch an, wozu die Ereignisse der letzten Tage sicherlich ihren Teil beigetragen hatten. Sisis Figur war dagegen gertenschlank wie eh und je.

»Ich denke, es geht um den Brief, den mir Mary Vetsera vor ihrem Tod in Mayerling geschrieben hat«, trat Sophie als Antwort auf die Frage der Kaiserin die Flucht nach vorn an, wie sie es sich in der Nacht vorgenommen hatte.

Sisi lächelte unfroh mit geschlossenen Lippen. Auch diese Eigenheit war in Wien bekannt. Die Kaiserin hatte angeblich schlechte Zähne und lächelte daher nie mit geöffnetem Mund.

»Soso«, sagte sie nun. »Jetzt geben Sie also doch zu, diesen Brief in Ihrem Besitz zu haben. Gegenüber dem Grafen von Paar haben Sie das noch abgestritten.«

Sophie schüttelte den Kopf und hoffte, dass die Bewegung nicht allzu heftig ausfiel. »Ich *hatte* den Brief in meinem Besitz, Majestät«, betonte sie. »Doch Mary bat mich auch, niemandem davon zu erzählen und ihn sofort zu verbrennen, nachdem ich ihn gelesen habe. Daran habe ich mich gehalten.«

Sisis Lächeln wich einem Ausdruck der Verärgerung. Sie fixierte Sophie mit ihren dunklen Augen. Die verkrampfte die Hände im Schoß, hielt dem eindringlichen Blick jedoch stand.

»Dem haben Sie nichts hinzuzufügen?«, fragte die Kaiserin streng.

»Nein, Ihre Majestät!«

»Und was war der Inhalt des Schreibens?«

Sophie holte tief Luft. Später fragte sie sich oft, warum sie an dieser Stelle des Gesprächs nicht einfach gelogen hatte. Es hätte alles so viel leichter gemacht.

Aber in diesem Augenblick drängte ihre Erbitterung die Wahrheit über ihre Lippen.

»Mary hat sich von mir verabschiedet. Sie schrieb mir, sie würde noch in derselben Nacht mit Ihrem Sohn Rudolf in den Tod gehen. Der Plan sei, dass er zuerst sie erschösse und unmittelbar danach sich selbst.«

Plötzlich schossen ihr die Tränen in die Augen. »Sie schrieb mir außerdem, dass ihr Rudolf versprochen habe, Seite an Seite mit ihr auf dem Friedhof von Alland begraben zu werden.«

Jetzt übermannte Sophie der Zorn. »Doch davon kann ja nun keine Rede mehr sein. Mary hat ihr Leben völlig umsonst geopfert, für einen sinnlosen, törichten Traum.«

Die Kaiserin presste die Lippen zusammen, bevor sie antwortete. »Sie sagen es in der Tat, Komtess von Werdenfels. Ihre Freundin Mary war töricht. Keine junge Dame von Stand sollte sich auf ein solches Abenteuer einlassen!«

»Und Ihr Sohn trägt keine Schuld an den Geschehnissen?« Sophies Erbitterung wuchs.

»Mein armer Sohn war krank. Krank an Leib und Seele!« Jetzt zeigten auch die Augen der Kaiserin einen feuchten Schimmer. Ihre Stimme zitterte leicht. »Die Ärzte haben herausgefunden, dass Rudolf dem Wahnsinn verfallen war.«

»Das furchtbare Erbe der Wittelsbacher!«, murmelte sie so leise, dass Sophie ihre letzten Worte kaum verstand.

Doch sie begriff deren Bedeutung. Die Kaiserin gab sich die Schuld daran, ihrem Sohn die Geisteskrankheit vererbt zu haben. In der Tat war ihr Cousin, König Ludwig II. von Bayern, vor einigen Jahren seines Amtes enthoben worden, weil er als nicht zurechnungs- und damit auch als regierungsunfähig galt. Kurze Zeit später war er auf mysteriöse Weise im Starnberger See ums Leben gekommen.

Auch die Hände der Kaiserin zitterten, als sie jetzt einen Schluck Tee nehmen wollte. Die Flüssigkeit schwappte auf die Untertasse. Dennoch brachte Sophie kein Mitgefühl für sie auf.

Von Richard wusste sie, dass Sisi ihren Sohn von dessen Geburt an vernachlässigt und ihr zu seinen Lebzeiten nicht allzu viel an ihm gelegen hatte.

Eine kurze Weile schwiegen die Frauen. Sophie hätte auch nicht gewusst, was sie sagen sollte. Sie hatte sich ohnehin bereits gefährlich weit aus der Deckung gewagt, wie sie nun, über ihre Tollkühnheit erschrocken, innerlich konstatierte.

Schließlich verschränkte Sisi die Hände im Schoß und fixierte Sophie erneut, wieder mit fest zusammengepressten Lippen.

»Sie sind Mitwisserin eines gefährlichen Geheimnisses«, fasste sie die bisherigen Gesprächsergebnisse zusammen. »Eines Geheimnisses, das nicht nur die Reputation meiner Familie, sondern die der ganzen Monarchie beschädigen könnte«, argumentierte die Kaiserin genauso, wie es Richard vorhergesagt hatte. Ihre Stimme hatte einen drohenden Unterton.

Sophie war sofort eingeschüchtert. »Ich werde über die Geschehnisse in Mayerling schweigen«, beteuerte sie.

Sisi sah ihr weiterhin starr in die Augen.

»Und was ist mit Ihrem Zorn über den Tod Ihrer Freundin?«, traf sie scharfsinnig ins Schwarze. »Sie haben ihn soeben recht deutlich zum Ausdruck gebracht.«

Zu ihrem Entsetzen spürte Sophie, dass sie errötete. »Er wird … er wird mit der Zeit abnehmen.« Unter dem harten Blick der Kaiserin erstarb ihre Stimme.

»Darauf möchte ich nicht bauen, Komtess von Werdenfels. Also werde ich eine andere Methode finden müssen, um mich Ihres Schweigens zu versichern!«

Sie stand auf und griff nach einem Klingelzug. Sofort öffnete sich die Tür. Ida Ferenczy trat ein.

»Begleiten Sie die Komtess hinaus, Ida!«

Zu Sophie, die zwar ebenfalls aufgestanden war, aber wie erstarrt vor ihr stand, sagte sie nur noch:

»Sie werden von mir hören, sobald ich eine Entscheidung getroffen habe! Adieu!«

Ohne den obligatorischen Hofknicks zum Abschied folgte Sophie der Hofdame Ida ins große Vorzimmer. Innerlich war sie wie gelähmt vor Furcht darüber, was nun auf sie zukommen würde. Nur schemenhaft bekam sie mit, dass Marie Louise Larisch erneut von ihrer Bank aufsprang.

»Wann geruht Ihre Majestät denn nun, mich zu empfangen?«

»Heute nicht mehr«, antwortete ihr Ida kurz angebunden.

»Und morgen?«

»Das weiß ich nicht!«

Dann führte sie Sophie wieder zur Adlerstiege und übergab sie am Ausgang zum Burghof einem Lakaien, der sie zu den Mietdroschken am Michaelerplatz begleitete.

Den ganzen Heimweg über beherrschte Sophie nur ein einziger Gedanke. Was mochten die letzten Worte der Kaiserin für eine Bedeutung haben?

## Palais Thurnau in der Herrengasse

### *Dienstag, 12. Februar 1889*

»Ich möchte ein sehr ernstes Wort über dich und Ami mit dir sprechen!« Adalbert von Thurnau blickte Richard mit finsterer Miene an.

Der wappnete sich gegen die Vorhaltungen, die ihm Adalbert sicher machen wollte. Natürlich würde es um die, aus seiner Sicht unfreiwillige, Liebesnacht gehen, die er mit Amalie verbracht hatte.

Sobald er an jenem Morgen vor knapp einer Woche erwacht war, hatte er auch Amalie unsanft wach gerüttelt und mit groben Worten aus seinem Schlafzimmer gewiesen. Zunächst hatte sie allerdings nicht gehen wollen.

»Du hast mich gebeten, heute Nacht zu dir zu kommen!«, log sie ihm frech ins Gesicht.

»Wann soll das denn gewesen sein?«

»Als du vorletzte Nacht von der Beerdigung des Kronprinzen nach Hause gekommen bist. Warst du da auch zu betrunken, um dich heute daran zu erinnern?«

Richard konnte sich zwar beim besten Willen nicht vorstellen, eine solche Bitte geäußert zu haben. Aber er war in der Tat ebenfalls schwer betrunken gewesen, als er vorgestern Nacht, noch ohne die Hilfe seines Burschen, ins Palais zurückgetaumelt war.

Dennoch stritt er Amalies Behauptung zornig ab. Vage glaubte er, sich zu erinnern, dass er einen leidenschaftlichen, erotischen Traum von Sophie gehabt hatte. Doch auch da war er sich nicht mehr sicher. In jedem Fall hatte Amalie seinen hilflosen Zustand schamlos ausgenutzt. Dass er sich ihr allerdings ebenso hingegeben hatte wie sie sich ihm, davon zeugten die verräterischen Flecken auf den Laken.

Die ganze folgende Woche hatte er sie geschnitten, wo er nur konnte. Ihre Versuche, mit ihm zu sprechen, blockierte er rüde ab. So war es nur eine Frage der Zeit gewesen, bis sie sich an ihren Vater um Hilfe wenden würde, wurde ihm klar, nachdem ihn Adalbert nach dem heutigen Frühstück zu dieser »Unterredung unter Männern« zitiert hatte, wie er sich ausdrückte.

»Ami hat mir alles gestanden!«, fuhr von Thurnau jetzt fort und fixierte Richard zornig. »Du hast ihre Unschuld und Naivität ausgenutzt, um sie zu verführen!«

Richard hätte am liebsten laut aufgelacht. »Nicht ich habe Ami verführt, sondern sie mich!«, entgegnete er, mühsam beherrscht. »Sie hat sich heimlich in mein Schlafzimmer geschlichen.«

Adalbert schnaubte verächtlich. »Auf deinen eigenen Wunsch hin, wie sie sagt! Denn aus welchem anderen Grund hätte sie so etwas tun sollen?«

*Weil sie eine Veranlagung zur Hure hat,* lag es Richard schon auf der Zunge, bevor er sich diese Antwort klugerweise verkniff.

Denn selbst wenn es so war, konnte er nicht abstreiten, dass er beim Liebesspiel mit ihr ebenfalls zum Höhepunkt gekommen war. Obwohl ihm dabei nicht bewusst gewesen war, dass es sich bei der Frau um Amalie handelte.

Und so biss er sich nun auf die Zunge und zuckte statt einer Antwort mit den Achseln.

»Offenbar fehlen dir die weiteren Worte zu deiner Verteidigung«, konstatierte Adalbert. »Dann höre, was Ami glaubt und warum sie deinem Wunsch entsprochen hat.«

Er machte eine Pause, bis Richard ihn ansah. Obwohl er Amalies Dreistigkeit kannte, war er doch nicht auf das gefasst, was nun kam.

»Ami glaubt, dass du sie noch immer nicht wirklich liebst, obwohl sie sich alle Mühe gibt, dein Herz zu gewinnen. Doch sie hat Beweise, dass du ein Verhältnis mit einer Komtess von Werdenfels unterhältst, die dich vor einiger Zeit sogar hier im Palais aufsuchen wollte. *Diese Komtess*«, betonte Adalbert verächtlich, »entblödet sich nicht, in einem Kaffeehaus zu arbeiten, das ihrem bürgerlichen Onkel gehört. Dort soll es sogar zu Schmusereien von euch in einem der Separees gekommen sein.«

Richard stockte der Atem. Er öffnete schon den Mund, um seinem Schwiegervater in spe Kontra zu geben, als der herrisch die Hand hob.

»Höre mir weiter zu, Richard! Ich habe dir die Erlaubnis gegeben, deine männlichen Bedürfnisse bis zu deiner Heirat mit Ami in den Wiener Freudenhäusern zu befriedigen. Dass du vor eurer Hochzeitsnacht mit ihr schläfst, zog ich nie in Betracht. Denn ich hielt dich in dieser Hinsicht für einen Ehrenmann. Doch nun nutzt du Amis Furcht, dich zu verlieren, weil du dir eine Kurtisane hältst, dazu aus, dich mit ihr zu vergnügen, um sie danach tagelang links liegen zu lassen. Das dulde ich nicht.«

»Aha!« Richard blieb zunächst trotzig und voller Wut. »Und was willst du nun tun?«, fragte er provokativ.

»Nun, wie du dir ja leicht denken kannst, habe ich Erkundigungen über diese zweifelhafte Komtess eingezogen. Dabei habe ich erfahren, dass ihr Stiefvater, ein Diplomat namens Arthur von Freiberg, sich anlässlich der Trauerfeierlichkeiten um unseren verstorbenen Kronprinzen gerade in Wien aufhält.«

Richard erschrak bis ins Mark. Er konnte sich denken, was nun folgen würde, und behielt recht.

»Ich werde mit jenem Herrn in Kontakt treten und ihn über dein unzüchtiges Verhältnis mit seiner Stieftochter ins Bild setzen. Auch ist *diese Komtess* noch nicht einmal volljährig und steht daher höchstwahrscheinlich unter seiner Vormundschaft. Und wenn nicht ...«

»Halt ein!«, unterbrach Richard Adalbert. »Sophie von Werdenfels ist zwar eine Freundin, aber sie ist und war nie meine Geliebte. Wenn Ami diese Freundschaft so sehr kränkt, werde ich sie sofort beenden.«

Dieses »Zugeständnis« fiel ihm nicht schwer, da es ja ohnehin den, allerdings von Sophie geschaffenen Tatsachen entsprach. Doch gerade weil er sie nur zu gern vor einigen Tagen in ihrem Ankleidezimmer im Café Prinzess verführt hätte, wie er sich nun schuldbewusst eingestand, musste er sie vor den Folgen von Amalies Verleumdungen schützen. Wer weiß, was ihr Stiefvater ihr sonst antun würde.

Adalbert fixierte ihn scharf. »Gelobst du, jeden Kontakt mit dieser Person in Zukunft zu meiden, Richard?«

Der hob in seiner Angst um Sophie sogar die rechte Hand zum Schwur. »Ich gelobe es!«

»Und wirst du Ami in Zukunft mit liebevollem Respekt behandeln?«

Richard würgte es in der Kehle. »Auch das gelobe ich!«, presste er heraus.

Adalbert musterte ihn noch einmal scharf. Mit all seiner Willenskraft hielt Richard seinem Blick stand. Endlich erschien ein Lächeln auf Adalberts vorher strengen Zügen.

»So will ich dir glauben, Richie. Auch ich war einmal jung

und ungestüm, bevor ich meine geliebte Lori traf. Und weil ich mich daran noch gut erinnern kann, mache ich Ami und dir sogar ein Angebot.«

Er wartete, bis Richard nachfragte.

»Eure Hochzeit müssen wir leider verschieben. Im Mai ist der Hof noch in Trauer, sodass wir kaum Gäste aus hochadligen Kreisen einladen könnten. Wir müssen also mit eurer Eheschließung mindestens bis zum Herbst warten, vielleicht sogar bis zur Wintersaison im nächsten Jahr.«

Jetzt begann Richard zu ahnen, worauf von Thurnau hinauswollte.

»Da ihr beide jung und leidenschaftlich seid und euer Liebesspiel auch Ami gefallen hat, wie sie mir verschämt eingestand, erlaube ich euch, auch vorehelich weiter miteinander zu verkehren. Solange ihr es nur von Zeit zu Zeit und so diskret tut, dass der übrige Haushalt nichts merkt. Dass Ami schwanger wird, ist ja leider unwahrscheinlich, wie du weißt. Doch ich denke, damit ist euch beiden am besten gedient.«

Richard fehlten die Worte. Das Angebot abzulehnen erschien ihm nicht opportun, zumal ihm auch keine plausible Begründung dafür einfallen wollte. Schließlich konnte er angesichts der jüngsten Ereignisse kaum den keuschen Verlobten mimen. So rang er sich nur ein gequältes Nicken ab.

»Dann geh jetzt zu Ami und entschuldige dich für dein Verhalten in den letzten Tagen. Ich bin sicher, sie wird dir verzeihen.«

Mit einem Herzen, das ihm so schwer wie ein Wackerstein in der Brust lag, machte sich Richard auf den Weg, um dieser Aufforderung Folge zu leisten.

## Palais Werdenfels in der Marokkanergasse

### *Freitag, 15. Februar 1889*

»Sophie! Sophie!«

Sie hörte die Stimme ihrer Mutter Henriette schon auf dem Flur vor ihrem Zimmer, in dem sie seit Tagen eingeschlossen war. Mit dieser Strafmaßnahme hoffte ihr Stiefvater Arthur von Freiberg, sie doch noch dazu zu bringen, ihm über ihr Gespräch mit der Kaiserin Auskunft zu erteilen, über das Sophie bislang beharrlich geschwiegen hatte.

Jetzt hob sie verblüfft den Kopf. Ihre Mutter klang fröhlich, sogar geradezu euphorisch. Was konnte das nur zu bedeuten haben?

Bislang hatten Henriettes Fürbitten bei ihrem Gatten Sophie nicht das Geringste genutzt. Er hatte ihr weder Bücher noch Schreibpapier und Feder zugestanden, um sich beschäftigen zu können, ja, nicht einmal eine Handarbeit.

Tatenlos lag sie daher stundenlang auf ihrem Bett. Ihr öder Tagesablauf wurde nur von den Mahlzeiten unterbrochen, die sie auf ihrem Zimmer einnehmen musste, oder von den Dienstmädchen, die ihr morgens eiskaltes Waschwasser brachten und dreimal am Tag ihre Leibschüssel leerten. Es war ihnen bei strengster Strafe verboten, mit Sophie zu sprechen, wie ihr ein verängstigtes Mädchen schon am ersten Tag ihrer Gefangenschaft eingestanden hatte.

Lediglich Ida, ihre alte Freundin aus dem Kaffeehaus und jetzige Mamsell im Haushalt des Palais, hatte für ein paar Lichtblicke gesorgt. Sie schmuggelte heimlich ein paar Nougatpralinen und andere Leckereien aus dem Café Prinzess zu Sophies kargen Mahlzeiten in ihr Zimmer, die morgens und abends nur aus Wasser und Butterbrot und mittags aus Erdäpfeln und Gemüse bestanden.

Was konnte ihre Mutter ihr also nun so Erfreuliches mitzuteilen haben? Die Abreise ihres Vaters nach Kairo konnte es nicht sein. Von Freiberg hatte Urlaub bis zu den Ostertagen eingereicht.

Nun drehte sich der Schlüssel im Schloss. Strahlend vor Freude kam Henriette herein und schloss Sophie in die Arme.

»Was für eine wunderbare Überraschung, mein Kind!« Sie küsste ihre Tochter auf beide Wangen. »Ich bin ja so stolz auf dich! Aber du hättest uns doch über dieses Angebot unterrichten können! Hattest du solche Sorge, deinen Vater zu enttäuschen, wenn es doch nicht geklappt hätte, dass du dem sogar diesen tagelangen Arrest vorgezogen hast?«

Sophie schob ihre Mutter ein Stück von sich weg und starrte sie verständnislos an. »Dein Gatte ist nicht mein Vater«, betonte sie trotzig. »Und ich weiß beim besten Willen nicht, wovon du überhaupt sprichst!«

Henriettes Strahlen erlosch. Sie wirkte verstört.

»Dein Vater«, sie blieb bei dieser Bezeichnung, »erwartet dich in zehn Minuten in der Bibliothek. Bitte mach dich ein wenig frisch!«

Sie trat noch einen Schritt zurück und musterte Sophie kritisch. »Und zieh ein hübscheres Kleid an! Dieses ist ja völlig zerknittert!«

»Gretl!« Erst jetzt bemerkte Sophie das Dienstmädchen, das hinter ihrer Mutter wartete. »Hilf ihr, sich herzurichten!«

»Worum geht es denn überhaupt?«, rief Sophie ihrer davoneilenden Mutter nach.

»Das wird dir dein Vater mitteilen«, antwortete ihr Henriette, schon wieder auf dem Weg nach unten, über die Schulter hinweg.

Zehn Minuten später schritt auch Sophie die Treppe von den Schlafzimmern im zweiten Stock zur Beletage hinunter, in der sich auch die Bibliothek, der Lieblingsraum ihres Stiefvaters befand. Kurz hatte sie tatsächlich erwogen, sich auch dieser Aufforderung Arthurs zu widersetzen.

Aber zum einen wollte sie seinen Zorn nicht noch mehr herausfordern, zumal ihre Mutter und Schwester es mit zu büßen haben würden. Zum anderen war sie nun auch neugierig geworden.

Vor der Tür zur Bibliothek atmete sie noch einmal tief durch. Dann trat sie, hoch aufgerichtet, ein. Ihre Mutter und ihr Stiefvater erwarteten sie bereits.

Arthur legte sofort seine Zigarre in den Aschenbecher, stand auf und kam auf Sophie zu. Zu ihrer grenzenlosen Verblüffung legte er ihr die Hände auf die Oberarme und küsste sie auf beide Wangen.

»Was bist du nur für ein seltsames Mädchen, Sophia!«, sprach auch er nun in Rätseln. »Wolltest du mich und deine Mutter mit dieser wunderbaren Neuigkeit überraschen?«

»Ich weiß durchaus nicht, wovon Sie sprechen, Vater«, antwortete Sophie steif.

Arthur musterte sie verdutzt. Dann wies er auf einen Sessel anstatt des harten Schemels, auf dem seine Töchter in der Regel zu sitzen hatten, wenn er sie hier in der Bibliothek zu sprechen wünschte.

Zögernd nahm Sophie Platz, wie beim Gespräch mit Graf Eduard von Paar auf der äußersten Kante des Sitzmöbels.

»Nun, man hat mich endlich in den Freiherrnstand erhoben«, teilte Arthur seiner Stieftochter freudig mit.

»Das freut mich sehr für Sie«, reagierte Sophie distanziert, ohne zu lächeln.

»Und man hat mir die Leitung der Abteilung im Ministerium des Äußeren anvertraut, die sich um die Staatsschulden der Länder kümmert, deren Gläubiger die k.u.k. Monarchie ist. Ich kann nun in Wien bleiben und muss nicht mehr als subalternes Mitglied dieser Abteilung nach Kairo zurück.«

Diesmal fiel Sophie die Gratulation noch bedeutend schwerer. Dass ihr Stiefvater sich nun wieder dauerhaft in Wien aufhalten würde, würde weder ihr noch das Leben ihrer Mutter und Schwester einfacher machen.

»Das alles führe ich in erster Linie auf meine eigenen Verdienste zurück!« Arthur warf sich stolz in die Brust. »Dass man diese allerdings so über alle Maßen schätzt, hätte ich nicht erwartet. Daher war ich keineswegs auf die große Überraschung gefasst, die mich heute in der Hofburg erwartete.«

Sophie merkte auf. Ihr Herz begann, schneller zu schlagen.

»Gestern traf eine Einladung der Gräfin Maria von Goëss ein. Sie ist die Obersthofmeisterin Ihrer Majestät, unserer allerhöchsten Kaiserin Elisabeth, und steht deren ganzem Hofstaat vor. Ich habe heute der Einladung natürlich Folge geleistet.«

Er machte eine Pause, offensichtlich, um die Spannung zu steigern. Doch als Sophie nicht reagierte, fragte er nach:

»Und worum ging es dabei, liebe Sophia?«

»Ich weiß es nicht, Vater!« Ihre Nervosität stieg.

Arthur sah ihr prüfend ins Gesicht. Dann wandte er sich an seine Frau. »Sie weiß es wirklich nicht, Henriette!«

»Dann lassen Sie mich es ihr sagen, Arthur!« Ohne auf seine Erlaubnis zu warten, trat Henriette auf Sophie zu und schloss sie erneut herzlich in die Arme. Dann schob sie Sophie ein Stück von sich weg, um ihr ins Gesicht sehen zu können.

»Gräfin Maria von Goëss hat deinem Stiefvater mitgeteilt, dass die Kaiserin dich zu ihrer Hofdame ernannt hat. Ist das nicht großartig?«

# Epilog

### Café Prinzess am Graben

***Montag, 18. Februar 1889***

Weinend riss Sophie die Tür zum Erfrischungsraum für Damen im Café Prinzess auf. Um diese frühe Uhrzeit war er in der Regel noch nicht frequentiert. Es war kurz nach zehn Uhr. Das Café hatte erst wenige Minuten zuvor geöffnet.

Obwohl sich niemand im Vorraum mit den Waschbecken und den großen Spiegeln aufhielt, flüchtete Sophie sich in eine der Toilettenkabinen. Dort setzte sie sich auf einen der Deckel aus Mahagoniholz und schluchzte ihr ganzes Elend heraus.

Heute Abend würde sie definitiv ins Palais Werdenfels zurückkehren müssen. Daran hatte ihr Onkel soeben beim Frühstück in seiner Wohnung keinen Zweifel gelassen.

»Phiefi, ich habe das deinem Stiefvater und vor allem deiner Mutter versprochen. Du weißt, wie außer sich Arthur war, als er deine Flucht aus dem Palais bemerkte und sofort vermutete, dass du hier zu mir ins Kaffeehaus durchgebrannt bist. Yetta und ich konnten ihn nur mühsam davon abhalten, dich mithilfe von Gendarmen wieder nach Hause schleppen zu lassen. Er hat dir drei Tage zugestanden, um zur Vernunft zu kommen, wie er das nennt. Und die sind heute Abend vorbei.«

»Aber warum kann ich denn nicht bei dir wohnen bleiben, Onkel Stephan?«, flehte Sophie. »Ich gehorche dir aufs Wort und arbeite jeden Tag ohne einen Kreuzer Lohn im Café. Nur schick mich bitte, bitte nicht nach Hause zurück!«

Danzer seufzte schwer. »Das geht nicht, Phiefi! Und das weißt du. Arthur von Freiberg ist nun einmal dein Vormund! Er hat bis zu deiner Volljährigkeit die volle Verfügungsgewalt über dich! Und außerdem …« Er biss sich auf die Lippen, fuhr dann aber fort:

»Und außerdem habe ich dir ebenfalls schon ein paarmal gesagt, dass selbst ich nicht verstehen kann, was du so schlimm daran findest, zur Hofdame der Kaiserin bestallt zu werden. Du bist nur die Tochter eines Freiherrn und die Stieftochter eines erst vor Kurzem in diesen Stand erhobenen Ritters. Deine ganze Familie stammt aus dem Bürgertum. Ich selbst gehöre ihm noch immer an. Viele Grafentöchter würden fünf Jahre ihres Lebens für diese Ehre geben! Und du verhältst dich so, als wollte man dich geradewegs in die Hölle verbannen. Warum nur, Phiefi, warum?«

Wie schon zuvor war Sophie in diesem Moment versucht, ihrem Onkel den wahren Grund zu verraten, den sie hinter ihrer Berufung an den Kaiserhof vermutete. Man wollte sie auf diese Weise zum Schweigen über die Mayerling-Affäre bringen. Denn jedes Mitglied des Hofstaats, von den höchsten Würdenträgern bis zum geringsten Lampenputzer, war dazu verpflichtet, über interne Angelegenheiten strengstes Stillschweigen zu bewahren. Sonst drohten drakonische Strafen.

Wieder hielt sich Sophie im letzten Moment zurück und blieb ihrem Onkel die Antwort erneut schuldig. Sie konnte und wollte ihn nicht in diese Sache mit hineinziehen. Zumindest nicht noch mehr, als sie es durch ihre Flucht schon getan hatte.

Die war nur möglich gewesen, weil sie zunächst Erstaunen und dann sogar Freude über die Mitteilung ihrer Eltern geheuchelt hatte. Kurz nach dem Abendessen vor drei Tagen, an dem sie wieder teilnehmen durfte, war sie dann aber mit den nötigsten Habseligkeiten in einem kleinen Koffer über den Dienstboteneingang entwischt und zu Fuß zu Danzers Wohnung gelaufen.

Umso wütender war ihr Stiefvater über »diese bodenlose Undankbarkeit und Unbotmäßigkeit« gewesen, wie er sich ausdrückte, als er noch am gleichen Abend mit ihrer Mutter bei Onkel Stephan erschien.

Nach dem heutigen Frühstück hätte Sophie eigentlich bis zu ihrer Heimkehr wieder in der Backstube helfen sollen. Eine Tätigkeit in der Öffentlichkeit des Cafés hielt Danzer aufgrund ihrer Berufung an den Hof nicht mehr für angezeigt. Doch als Sophie die Treppe von der Wohnung Danzers zum Café hinabstieg, übermannte sie die Verzweiflung beim Anblick der geliebten Räumlichkeiten, die sie heute, vielleicht für viele Jahre, zum letzten Mal sehen würde. Der daraus resultierende Weinkrampf hatte sie dann in die Toilettenkabine getrieben.

Plötzlich hörte Sophie ein Geräusch. Jemand betrat die Kabine neben der ihren und verließ sie bald darauf wieder. Die Frau wusch sich sorgsam die Hände. Danach ging die Tür zum Flur auf. Sophie, die sich nun wieder allein glaubte, gab sich erneut ihrem Schmerz hin.

Ein leises Pochen an der Tür ihrer Kabine ließ sie wenig später auffahren. »Kann ich Ihnen helfen? Geht es Ihnen nicht gut?« Die Stimme kam ihr vage bekannt vor. Sie konnte sie allerdings nicht zuordnen.

»Nein, nein!«, wehrte sie erschrocken ab. »Es ist nichts. Mir geht es gut!«

»So klingen Sie aber nicht. Eher, als ob Sie in großer Not wären.«

Sophie beschloss, nicht zu antworten. Das würde die lästige Fragerin sicherlich bald vertreiben.

Doch die erwies sich als hartnäckig. »Bitte kommen Sie heraus! Sonst muss ich die Aufseherin zu Hilfe rufen!«

Jetzt erschrak Sophie bis ins Mark. Auf keinen Fall sollte Mina sie in diesem Zustand sehen. Sie schob den Riegel zurück und stieß die Kabinentür auf.

Zwar hatte sie die Stimme der Unbekannten nicht gleich identifizieren können, aber ihr Gesicht erkannte Sophie sofort. Es war Frau von Sterenberg, oder vielmehr Frau Gerban, wie sie genannt werden wollte, deren Rock sie vor einiger Zeit hier in diesem Raum gereinigt hatte, nachdem ein ungeschicktes Serviermädchen Mandelmelange darüber gegossen hatte.

»Gnä… gnädige Frau«, stammelte sie. »Sie … Sie sind es?«

Irene Gerban musterte Sophie mit ihren dunkelblauen Augen, die denen Marys glichen. »Ja, ich bin es. Und ich erkenne Sie auch wieder. Sie arbeiten doch hier im Café!« Sie hob die Hand, um Sophie am Sprechen zu hindern.

»Machen Sie mir jetzt nur nicht weis, dass es Ihnen gut ginge. Sie sehen aus wie Ihr eigener Schatten.«

Als Sophie erneut die Tränen kamen, legte sie ihr eine Hand auf den Arm. »Möchten Sie mir anvertrauen, was Sie so sehr bedrückt?«, fragte sie sanft. Sie blickte sich um. »Vielleicht in einem anderen Raum, in dem wir wirklich ungestört sind?«

Sophie fiel nichts anderes ein, als die Frau in Annerls Ankleidezimmer zu führen. Verzweifelt überlegte sie, wie sie sie wieder loswerden könnte. Sie einfach erneut abzuweisen wagte sie nicht. Am Ende riefe die Dame tatsächlich Mina oder sogar ihren Onkel herbei. Der wäre wohl kaum erfreut darüber, dass Sophie nun schon bei seinen adligen Gästen Aufmerksamkeit erregte.

Langsam, um Zeit zu gewinnen, schloss sie die Tür. Frau Gerban hatte sich bereits auf den Stuhl vor der Kommode gesetzt und wies auf die Chaiselongue.

Dann ergriff sie das Wort. »Was auch immer Sie bedrückt, Fräulein! Ich möchte Ihnen versichern, dass es für alle Malaisen, und seien sie noch so schlimm, eine Lösung gibt.« Forschend sah sie Sophie erneut in die Augen. »Wie heißen Sie denn?«

»Mein Name ist Sophie von Werdenfels«, antwortete Sophie mit schwacher Stimme.

»Oh, Sie sind eine Komtess?«, wunderte sich die Dame. »Habe ich Sie nicht als Angestellte in diesem Kaffeehaus gesehen?«

Sophie nickte. »Das ist richtig, gnädige Frau. Mein Onkel

heißt Danzer und ist der Besitzer. Ich habe manchmal ausgeholfen, wenn das Personal knapp war.«

Frau Gerban reagierte völlig gegenteilig, als es Sophie erwartet hatte. Anstatt verächtlich die Nase zu rümpfen, lächelte sie herzlich. »Dann sind Sie sich als Adlige also nicht zu schade, um sich mit ehrlicher Arbeit die Hände schmutzig zu machen?«

Sophie schüttelte verwundert den Kopf. »Nein. Die Tätigkeit hier hat mir immer sehr große Freude gemacht.« Sie wies auf die weiße Kittelschürze, die sie heute Morgen übergestreift hatte. »Eigentlich sollte ich jetzt wieder in der Backstube sein.«

»Und warum weinen Sie stattdessen in einer Toilettenkabine?«, insistierte die Dame, jetzt wieder mit ernster Miene.

Die Worte drangen Sophie ganz unwillkürlich über die Lippen. »Die Kaiserin hat mich zur Hofdame berufen!«

Einen Moment lang starrte Frau Gerban Sophie verblüfft an. Dann begann sie, herzlich zu lachen. Sophie war empört.

»Bin ich so lächerlich?«, fauchte sie.

Die Dame hielt sich sofort die Hand vor den Mund. »Entschuldigen Sie, Komtess! Aber ich bin so erleichtert. Normalerweise bin ich es gewohnt, dass junge Frauen ganz andere Gründe für solch eine Verzweiflung haben.«

»Und die wären?«, fragte Sophie herausfordernd.

»Nun. Häufig sind sie in anderen Umständen. Und weder der Mann noch die Eltern wollen noch etwas mit den Unglücklichen zu tun haben.« Nun klang die Stimme der Dame sehr ernst. »Viel zu viele gehen noch immer ins Wasser«, fügte sie hinzu. »Oder hängen sich auf.«

Jetzt war Sophie verblüfft. »Und Sie helfen diesen Unglücklichen?«

Die Dame nickte. »Ich setze mich für die Rechte der Wiener Frauen ein«, erwiderte sie zu Sophies Erstaunen. »Wir haben ein Haus gemietet, in dem diese Frauen leben können, bis sie entbunden haben. Danach helfen wir ihnen dabei, eine Arbeit zu finden.«

»Sie, eine Adlige, setzen sich für gefallene Mädchen ein?« Sophie konnte es kaum glauben. Gleichzeitig erinnerte sie sich an das, was ihr Mina erst kürzlich erzählt hatte. Dass auch sie sich sicher ertränkt hätte, wenn ihre Eltern nicht zu ihr gehalten hätten, als sie schwanger wurde.

Die Dame lächelte ein wenig schmerzlich. »Ich bin von Geburt her keine Adlige. Zuvor war ich ein Dienstmädchen. Als ich selbst unverheiratet schwanger wurde, arbeitete ich in einer Tuchfabrik, um meinen Sohn und mich durchzubringen.«

Jetzt war Sophie endgültig sprachlos.

Das Lächeln der Dame wurde herzlich. »Ich erzähle Ihnen gern etwas über mein eigenes Schicksal. Aber nur unter einer Bedingung!«

Sophie starrte sie nur fragend an.

»Sie hören auf, mich gnädige Frau zu nennen, und sagen stattdessen Irene und Du zu mir. Und ich nenne Sie oder dich Sophie?«

»Wenn Sie möchten«, antwortete die aus Gewohnheit.

»Sophie ist ein sehr schöner Name. Auch meine Mutter hieß Sophia. Und meine kleine verstorbene Tochter.« Irenes Augen wurden feucht. Unwillig wischte sie mit dem Handrücken darüber.

»Nun erzähle ich dir ein wenig von mir.«

Staunend hörte Sophie Irenes Lebensgeschichte, die ihr fast so unglaublich erschien wie ein Märchen.

»Und nun sag mir, warum es so fürchterlich für dich ist, zur Hofdame berufen worden zu sein. Viele junge Mädchen würden sich für eine solche Chance die rechte Hand abhacken lassen«, argumentierte Irene ähnlich wie Sophies Onkel.

Die war nach wie vor entschlossen, den Hauptgrund für ihre Abneigung gegen dieses Amt zu verschweigen, um niemanden zu gefährden. Doch plötzlich wurde ihr klar, dass es noch andere Gründe für ihre Ablehnung gab.

»Ich bin nur eine einfache Komtess aus dem niederen Adel.

Die anderen Hofdamen kommen aus Grafen- oder sogar Fürstenfamilien. Sie werden verächtlich auf mich herabsehen.« Amalie von Thurnau kam Sophie in den Sinn. »So ist es mir auch schon ergangen«, fügte sie hinzu.

»Gibt es noch andere Gründe?« Wieder sah Irene Sophie forschend an.

»Ich kann nie wieder im Café Prinzess arbeiten!« Sophie begann wieder zu weinen. »Vielleicht darf ich nicht einmal mehr hier zu Gast sein. Ich werde auch meine Mutter und meine kleine Schwester nicht mehr sehen können.«

»Das sind gewichtige Gründe gegen den Antritt dieser Stelle«, konstatierte Irene. »Doch eine Frage bleibt für mich offen. Wenn dir dieses Amt so sehr widerstrebt, was bewegt denn die Kaiserin dazu, es dir aufzuzwingen?«

Sophie hörte zu schluchzen auf. »Darüber kann und darf ich nicht sprechen«, war die einzige Antwort, die ihr einfiel.

Irene nickte. »Das respektiere ich, Sophie«, sagte sie zu deren großer Erleichterung. »Aber wenn es so gewichtige Gründe für deine Berufung gibt, dass sie sogar geheim bleiben müssen, wäre es außerordentlich unklug von dir, dich dem Willen der Kaiserin zu widersetzen.«

Sophie sah Irene an. »Und was rätst du mir?«

»Renne nicht mit dem Kopf gegen die Wand, wie ich es tat, als mein Mann in den Adelsstand erhoben werden sollte. Ich hätte fast meine Ehe durch meinen Widerstand ruiniert, da ich dachte, ich würde dann von Zwängen und Konventionen eingeengt werden und könnte nicht mehr als Frauenrechtlerin tätig sein. Doch das Gegenteil ist der Fall! Ich habe dir von dem Haus für die schwangeren Mädchen erzählt. Mein Schwiegervater, der Graf von Sterenberg, gibt uns das Geld dafür. Er ist ein herzensguter Mann! Doch fast hätte ich das in meinem früheren Starrsinn nicht erkannt.«

»Also soll ich mich fügen? Ist das dein Rat?« Wieder kamen Sophie die Tränen.

Irene nahm ihre Hand. »Lass mich dir ein paar Fragen stellen, Sophie!«, bat sie.

Als die nickte, begann sie. »Wie alt bist du?«

»Ich werde im Juni neunzehn Jahre alt.«

Irene nickte nachdenklich. »Das dachte ich mir schon. Also wirst du erst in ungefähr zweieinhalb Jahren volljährig sein. Wer ist dein Vormund?«

»Mein Stiefvater!«

»Und der möchte natürlich, dass du Hofdame wirst.«

Sophie bejahte.

»Was wird er tun, wenn du dich weigerst?«

»Er will mich in einem Kloster einsperren!« Tatsächlich hatte Arthur von Freiberg Sophie mit der gleichen Zwangsmaßnahme gedroht wie Alexander Baltazzi weiland seiner Nichte Mary.

»Oh!«, sagte Irene und schüttelte den Kopf. »Das scheint mir aber nicht die beste Alternative für ein glanzvolles Leben bei Hofe zu sein.«

Sophie stockte. Aus dieser Warte hatte sie die ganze Sache noch nie betrachtet.

»Wie verstehst du dich denn ansonsten mit deinem Stiefvater?«

Sophie schüttelte sich. »Er ist ein furchtbares Ekel!«

»Also bist du auch nicht gerne zu Hause?«

Wieder musste Sophie Irene zustimmen.

»Kennt dein Stiefvater die Gründe für deine Bestallung zur Hofdame?«

Sophie schüttelte den Kopf. »Nein! Er glaubt, sie ginge auf seine Verdienste im diplomatischen Dienst zurück«, antwortete sie sarkastisch.

»Oha!«, sagte Irene. »Das kann also nur bedeuten, dass es lauter Verlierer gibt, wenn du dich weigerst und der höchsten Dame im Staate die Stirn bietest. Dir selbst erginge es schlecht. Aber wahrscheinlich hätte es auch deine ganze Familie zu büßen.«

Widerwillig empfand Sophie Bewunderung für Irene von Sterenbergs Scharfsinn.

»Du bist eine kluge Frau!«, gestand sie ein. »Du bringst die Dinge genau auf den Punkt.«

Irene lächelte wieder schmerzlich.

»Klug bin *ich* vor allem aus Schaden geworden, Sophie. Und dieser Weg ist steiniger als der andere, nämlich aus Einsicht klug zu werden. Ich musste fast vierzig Jahre alt werden, um das zu erkennen. Du kannst es in der Hälfte der Zeit erlernen!«

Sophies Tränen versiegten. Sie war beindruckt.

»Lass mich dir noch einen letzten Grund nennen, der für deine Stellung als Hofdame spricht, Sophie! Hofdame ist der einzige, mir bekannte Beruf für adlige Frauen, für den sie sogar ein Gehalt beziehen. Stelle deinem Stiefvater die Bedingung, dass du über dieses Geld selbst verfügen kannst! Ich bin sicher, er wird so erleichtert sein, wenn du nachgibst, dass er dem gerne zustimmen wird.«

Das leuchtete Sophie ein.

»Und dann sieh zu, was es in den wenigen Jahren, bis du volljährig wirst und selbst über dein Schicksal entscheiden kannst, dort am Hof für dein weiteres Leben zu lernen gibt. Eine Hofdame kann ihren Dienst auch quittieren. Und ich vermute, über die Gründe der Kaiserin, dich jetzt zu bestallen, wird in ein paar Jahren Gras gewachsen sein?«

Sophie überlegte. Sisi wusste nicht, dass sie Marys Brief noch in ihrem Besitz hatte. Daher war es tatsächlich nicht ausgeschlossen, dass man sie wieder gehen lassen würde, wenn nicht mehr alle Welt neugierig darauf wäre, was in dem Jagdschloss tatsächlich geschehen war, und sie außerdem versprach, weiterhin eisern darüber zu schweigen. Zudem sie ja eine hohe Strafe riskierte, wenn sie Hofgeheimnisse verriet.

Irene beobachtete Sophies Mienenspiel. Dann lächelte sie wieder herzlich.

»Und noch ein Trost fällt mir ein. Die Kaiserin beruft dich ja aus Not zu ihrer Hofdame. Damit du über irgendetwas schweigst, was der Monarchie sehr unangenehm ist«, traf sie ins Schwarze.

Sophie zuckte zusammen. Ob Irene es bemerkt hatte, war ihren nächsten Worten nicht zu entnehmen. »Du weißt doch, wie oft die Kaiserin auf Reisen ist. Sie wird sicherlich nicht erpicht darauf sein, gerade dich mitzunehmen. Man sagt ohnehin, dass sie ihre ungarischen Hofdamen in allem bevorzugt. Also kannst du in Sisis Abwesenheit sowohl deine Familie besuchen als auch hier ins Café Prinzess kommen. Zwar nicht zur Arbeit, aber doch wenigstens als Gast.«

Irene lächelte verschmitzt.

»Denn die famose Mokkaprinzentorte deines Onkels wird dir sicherlich auch als Hofdame munden.«

# Wahrheit und Fiktion

Wenn ich meine Arbeit an diesem Buch über das tragische Schicksal der Mary Vetsera reflektiere, das ich womöglich mit noch mehr Herzblut und Leidenschaft geschrieben habe als meine sieben vorigen Romane, kommt mir als Erstes das Wechselbad der Gefühle während meiner umfangreichen Recherchen in den Sinn.

Die mir vorliegenden Quellen waren nicht nur so umfangreich und detailliert wie bei keinem anderen meiner Bücher, sondern lasen sich zum größten Teil so spannend wie ein guter Kriminalroman. Daraus eine Handlung zu entwickeln erschien mir anfangs kinderleicht. Zumal die neuesten Erkenntnisse über die Beziehung des Kronprinzen Rudolf zu Mary Vetsera alles andere als die kitschige, bittersüße Romanze mit traurigem Ende nahelegten, wie sie in den einschlägigen Romanen und Verfilmungen bislang dominierte.

Meine anfängliche Euphorie wich allerdings einer gewissen Ernüchterung, je tiefer ich in die Materie eindrang. Selbst als »gesichert« dargestellte Fakten erwiesen sich beim zweiten Hinsehen oft als »Fake News«, um es modern auszudrücken. Dies betrifft vor allen Dingen die Ereignisse unmittelbar vor und nach dem erweiterten Selbstmord des Kronprinzen Rudolf in Mayerling. Gar nicht zu reden von all den psychologischen Ungereimtheiten, die Laien natürlich selten infrage stellen.

Also entwickelte ich mich stellenweise während meiner Recherchen zu einer Art »Ermittlerin« in diesem »Kriminalfall« Mayerling im Versuch, die plausibelste und gleichzeitig historisch wahrscheinlichste Variante des Geschehens herauszufinden. Dazu musste ich zunächst die Gründe für die Ungereimtheiten, Widersprüche und zum Teil sogar eklatanten Fehler in den Quellen analysieren.

Diese haben nach meinen Erkenntnissen drei Ursprünge, die ich im Folgenden skizzieren möchte, um dann anhand einiger Beispiele zu erklären, wie ich im Roman damit umgegangen bin:

Hier ist an erster Stelle der Versuch des Kaiserhofs zu nennen, die Ereignisse von Mayerling in ihrer ganzen Tragweite zu vertuschen. Dokumente, wie zum Beispiel die Denkschrift, die Marys Mutter Helene über die Ereignisse verfasste, wurden sofort konfisziert. Ebenso ganze Zeitungsauflagen, wenn sie nicht genehme Informationen veröffentlichten.

Dahinter steckte das erstaunlich dilettantisch angegangene Bestreben, Rudolfs Ehre gegenüber der Öffentlichkeit der Habsburgermonarchie und Europas bewahren und ihm ein katholisches Begräbnis ermöglichen zu können. Von Irrungen und Wirrungen begleitet waren vor allem die Versuche, seine wahre Todesursache zu verschleiern. Zwar ging das Kaiserpaar anfangs gar nicht von einem Selbstmord Rudolfs aus, sondern dachte tatsächlich, Mary habe ihn und sich vergiftet. Aber auch diese Ursache für den Tod des Thronfolgers hätte der Reputation des Hofes und der ganzen Monarchie schwer geschadet.

Also wechselten die veröffentlichten Todesursachen binnen wenigen Tagen von »Herzschlag« über »Schlaganfall« bis zum Eingeständnis eines »Selbstmords aufgrund von Geistesverwirrung« mithilfe eines gefälschten Obduktionsberichts. Mary Vetsera blieb dabei stets unerwähnt, ihre Leiche wurde zunächst, wie im Roman geschildert, lieblos auf dem Friedhof der Abtei Heiligenkreuz verscharrt.

Diese widersprüchlichen Mitteilungen des Hofes fielen der wegen der Beliebtheit des Thronfolgers aufs Äußerste sensibilisierten Öffentlichkeit natürlich auf. Also verbreiteten sich von Anfang an auch die haltlosesten Gerüchte über die wahren Hintergründe seines Todes. Sie reichten von der kruden Verschwörungstheorie einer gescheiterten Rebellion Rudolfs gegen seinen Vater über die These, der Kronprinz sei von einem eifersüchtigen Ehemann erschossen worden, bis zu der im 20. Jahrhundert bekanntesten Variante, Mary und Rudolf seien wegen der Aussichtslosigkeit ihrer Liebe zueinander gemeinsam aus dem Leben geschieden. Da der Wiener Hof Marys Anwesenheit in Mayerling jahrzehntelang hartnäckig leugnete, konnte sich die zuletzt genannte Version allerdings erst ab 1918 nach dem Ende der Habsburgermonarchie verbreiten.

Nun, die »Wahrheit«, wie sie sich aus dem komplizierten Puzzle all der zum Teil widersprüchlichen Informationen ergibt, scheint sehr viel profaner zu sein. Rudolf liebte Mary offenbar gar nicht. Sie war lediglich Mittel zum Zweck für den Lebensmüden, um seine Angst vor einem einsamen Tod zu bezwingen, nachdem die wahre Dame seines Herzens, die Kurtisane Mizzi Caspar, einen gemeinsamen Selbstmord abgelehnt hatte. Mit Mizzi verbrachte Rudolf die letzte Nacht vor der Fahrt nach Mayerling.

Ich habe daher die Entwicklung der Beziehung zwischen Mary und Rudolf nach bestem Wissen und Gewissen so dargestellt, wie sie mir in Übereinklang mit den seriösesten Quellen und neuesten Forschungsergebnissen am plausibelsten erschien. Dabei möchte ich keineswegs den Anspruch erheben, dass alles genauso gewesen ist, wie ich es geschildert habe, sondern mit den Worten einer renommierten Rezensentin betonen, *dass es vielleicht so gewesen sein könnte.*

Kommen wir zurück auf den zweiten Grund für so viele fehlerhafte oder widersprüchliche Quellen: Meiner persönlichen Ansicht nach haben sich die meisten Beteiligten an dieser Tragödie danach mehr oder weniger reinzuwaschen versucht, um von ihrem eigenen Versagen oder sogar ihrer eigenen Schuld abzulenken, und daher Fakten und Abläufe mit Fleiß weggelassen, verkürzt oder sogar verfälscht.

Hier ist an erster Stelle die Gräfin Marie Louise Larisch zu nennen. Diese hat schon 1913, also vor dem Ende der Habsburgermonarchie, die erste von mehreren nachfolgenden Autobiografien veröffentlicht, die ihre fatale Rolle in der ganzen Affäre in ein weit positiveres Licht rücken sollten, als es wahrscheinlich der Wahrheit entspricht. Zwar war die Gräfin der designierte »Sündenbock« von Mayerling und wurde nach dem Bekanntwerden ihrer Rolle als Kupplerin nie mehr bei Hofe empfangen und in Wien gesellschaftlich geächtet.

Dennoch hat man ihr wohl kaum das große Unrecht angetan, über das sie sich beklagt. Ihre Versuche, sich reinzuwaschen, bleiben sehr durchsichtig und sind in wesentlichen Punkten völlig unplausibel. Von ihr stammt zum Beispiel die Behauptung, Rudolf habe sie noch wenige Tage vor Mayerling beschworen, Mary, die ihm mittlerweile lästig falle, mit an die Riviera zu nehmen, um sie aus dem Weg zu haben. Warum er dann aber nur kurze Zeit später das Komplott rund um den Besuch des Galanteriewarenhändlers Rodeck geschmiedet haben soll, um Mary auf diese Weise nach Mayerling zu schaffen, erschließt sich mir nicht.

Auch andere Aussagen von Zeitzeugen widersprechen sich eklatant oder weisen zumindest große Unstimmigkeiten auf. So hat Rudolfs Kammerdiener Johann Loschek angeblich den Grafen Josef Hoyos und Philipp von Sachsen-Coburg berichtet, Mary und Rudolf seien an einer Strychnin-Vergiftung gestorben, und gleich noch hinzugefügt, Mary habe den Kronprinzen vergiftet. Weder Hoyos noch Coburg wollen das Sterbezimmer betreten haben, was schon psychologisch äußerst unglaubwürdig ist.

Aber selbst wenn dies der Fall gewesen sein sollte, hätte auch Loschek bemerken müssen, dass die Schädel beider Leichen Schusswunden aufwiesen. Die von Rudolf war sogar so beträchtlich, dass man sie mit einer Wachsmodellage kaschieren musste, damit man ihn überhaupt in der Hofburgkapelle aufbahren und der Öffentlichkeit zeigen konnte.

Dass Rudolfs »Vergiftung durch Mary« dem Kaiserpaar jedoch tatsächlich als erste Todesursache mitgeteilt wurde, wird durch zwei historisch einwandfrei belegte Fakten bewiesen: Da ist zum einen die Behauptung der Kaiserin Sisi gegenüber der am Boden zerstörten Helene Vetsera, die nicht nur den Tod ihrer Tochter verkraften musste, sondern zunächst auch im Glauben war, Mary habe furchtbare Schuld auf sich geladen.

Und da ist zum anderen der wortwörtlich erhaltene Dialog des kaiserlichen Leibarztes Dr. Hermann Widerhofer mit Franz Joseph am Tag nach dem Selbstmord. Widerhofer hatte die Leichen untersucht und ging wie selbstverständlich davon aus, der Kaiser sei über die wahre Todesursache im Bilde. Erst seine Trostworte, Rudolf habe nicht gelitten, sondern sei nach einem solchen Schuss gleich tot gewesen, klärte den entsetzten Kaiser auf, der somit erst vierundzwanzig Stunden nach Rudolfs Tod erfuhr, woran sein Sohn wirklich gestorben war.

Zurück zum Kammerdiener Loschek: Der behauptet dreißig Jahre später in seinen Memoiren, er habe den Kronprinzen noch um 6.30 Uhr am Morgen seines Todes gesprochen und kurze Zeit später *zwei* Schüsse gehört. Wovon er den von ihm selbst herbeigerufenen Jagdgästen Hoyos und Coburg jedoch kein Wort erzählte, wenn man deren Berichten in dieser Hinsicht Glauben schenken darf.

In meiner praktischen Zeit als Psychologin habe ich eine Zeit lang auch sogenannte Glaubwürdigkeitsgutachten für Strafgerichte verfasst. Dabei habe ich gelernt, dass man Lügen schnell vergisst, da sie kein Pendant im tatsächlichen Erleben haben. Bestimmte Details eines echten Geschehens prägen sich dagegen unauslöschlich ins Gedächtnis ein und bleiben oft sogar lebenslang präsent. Dass die Geschehnisse von Mayerling zu solchen Erlebnissen gehören, steht für mich außer Frage.

Warum widersprechen sich Loscheks Aussagen also über die Jahre hinweg so eklatant? Möglicherweise, aber das ist eine reine Hypothese, wollte er von seiner unglücklichen Rolle, die wahre

Todesursache Rudolfs und Marys erst einmal zu vertuschen, ablenken.

Denn aus mir unerfindlichen Gründen (und ich könnte noch zahlreiche Beispiele von Widersprüchlichkeiten und Ungereimtheiten in den Berichten von Zeitzeugen nennen) log auch Graf Hoyos zunächst über die wahre Todesursache. Noch während er in der Hofburg die »Vergiftungsversion« verbreitete, erfuhr der deutsche Botschafter Prinz Reuß bereits, Rudolf habe sich erschossen oder sei erschossen worden.

Wie kam es dazu? Als Hoyos in Baden einen Schnellzug anhalten lassen wollte, um rascher nach Wien zu kommen, widersetzte sich der Bahnhofsvorsteher zunächst. Bis Hoyos diesem zur Erklärung, warum er schnellstmöglich nach Wien gelangen müsse, genau diesen Grund nannte.

Der Bahnhofsvorsteher hatte natürlich nichts Eiligeres zu tun, als diese sensationelle Nachricht an seinen obersten Dienstherrn und Besitzer der Eisenbahnlinie, einen Baron aus der Familie Rothschild, weiterzugeben. Der wiederum unterrichtete Reuß, sodass man in Berlin früher über Rudolfs wahre Todesursache Bescheid wusste als in der Hofburg.

Diese Beispiele zeigen stellvertretend auf, dass viele unmittelbar und mittelbar Beteiligte angesichts der Tragweite der Mayerling-Affäre zunächst versagten und sich sogar irrational verhielten. Im Nachhinein versuchten sie dann, sich zu rechtfertigen oder sogar reinzuwaschen. Über Hoyos' Versagen habe ich meine eigene Version in den Roman aufgenommen.

Verzerrungen dieser Art gibt es auch bei den Mitgliedern späterer Generationen der Familien Vetsera-Baltazzi, die natürlich geneigt sind, Marys Rolle in einem positiveren Licht darzustellen, als sie es verdient. Denn obwohl ich persönlich Rudolf als erwachsenen, gebildeten Mann für den Hauptverantwortlichen der Tragödie erachte, war Marys blinder Fanatismus eine wesentliche Triebfeder für das Geschehen.

Letztlich hat sogar ihre Mutter Helene, bei allem Mitgefühl

für sie, ihren Anteil an der tragischen Entwicklung. Denn sie war zweifellos viel zu nachsichtig gegenüber Mary, zumal vor dem Hintergrund der damals geltenden Konventionen für unverheiratete adlige Mädchen. Nur ein Beispiel: Hätte sie ihre Tochter nicht bereits am 27. Januar, also einen Tag nach dem Auffinden der Indizien für deren Beziehung zu Rudolf, wieder allein mit der Gräfin Larisch ausfahren lassen, hätte sich Mayerling zumindest nicht unmittelbar danach abspielen können.

Deshalb gehört Helenes anfänglicher Widerstand, Mary am 28. Januar 1889 mit der Larisch zum Galanteriewarenhändler Rodeck zu schicken, auch zu den fiktiven Szenen in meinem Roman. Tatsächlich fand ich nichts darüber heraus, warum Helene Mary trotz ihres Zorns auf sie wegen des Geschenks an Rudolf so rasch wieder alle Freiheiten zugestand.

Zumal sich Mary am Abend des 27. Januar auf dem Empfang des Prinzen Reuß in der deutschen Botschaft tatsächlich auffällig und anmaßend verhalten haben muss, was zahlreiche Zeitzeugen belegen. Ob sie der Kronprinzessin allerdings in der von mir geschilderten Weise die Stirn bot und ihr den Hofknicks verweigerte, ist nicht gesichert. Das behauptet nur die Gräfin Larisch, deren Berichte weder zuverlässig noch belastbar sind, wie bereits oben ausgeführt. Da dies jedoch ein so spannendes dramaturgisches Element war, habe ich mir erlaubt, es in den Roman aufzunehmen. Gesichert ist wiederum der zornige Wortwechsel zwischen Stephanie und Rudolf beim Verlassen des Empfangs, den mehrere Zeugen mitbekamen.

Nun komme ich zum dritten Grund, der für so viele fehlerhafte, unvollständige oder tendenziöse Berichte über die Affäre verantwortlich ist. Dies ist die Voreingenommenheit der Biografen, die zumindest zum Teil dazu neigen, das (kritisch zu sehende) Verhalten ihrer Protagonisten zu verharmlosen oder in ein positiveres Licht zu rücken, als es meiner Ansicht nach gerechtfertigt ist. Dies gilt sowohl für Marys Biografen Hermann Swistun als auch für die Biografin der Gräfin Larisch, Brigitte Sokop.

So verteidigt Sokop das zweifelhafte Agieren der Larisch zum Beispiel immer wieder damit, dass die Gräfin die Tragweite ihrer Handlungen nicht habe überblicken können und außerdem beständig in Sorge gewesen sei, ihren mächtigen Cousin Rudolf zu verärgern. Dass die Gräfin die Tragödie von Mayerling nicht vorhersehen konnte, mag ich noch glauben. Entgegen Sokop aber nicht, dass die erheblichen Geldsummen, die Larisch für ihre Kuppeldienste und die damit verbundenen zahlreichen Lügen erhielt, für diese nur eine untergeordnete Rolle spielten. Daher habe ich das in Übereinstimmung mit anderen Quellen im Roman auch ganz anders dargestellt.

Selbst die immer wieder als sehr seriös gepriesene Biografie der Brigitte Hamann über Kronprinz Rudolf weist Interpretationen zu seinen Gunsten auf. Sie behauptet zum Beispiel, dass es keine Beweise dafür gäbe, dass Rudolf Mary etliche Stunden vor seinem eigenen Selbstmord getötet habe. Doch es gibt zumindest ein Indiz dafür, dass Rudolf erst nach Marys Tod den Abschiedsbrief an seine Mutter Sisi schrieb. Denn in diesem betont er die Notwendigkeit, jetzt selbst aus dem Leben scheiden zu müssen, da er bereits zum Mörder geworden sei.

Leider ist dieser Abschiedsbrief an Sisi, von dem vor allem ihre Tochter Marie Valerie in ihren Memoiren berichtet, nicht mehr auffindbar. Er wurde wahrscheinlich nach Sisis Tod vernichtet und erlitt damit das gleiche Schicksal wie viele andere Dokumente, die Licht ins Dunkel von Mayerling hätten bringen können. Dazu gehören auch die Berichte, die der kaiserliche Leibarzt Widerhofer verfasste, der Rudolfs und Marys Leichen als Erster untersuchte.

Geradezu abstrus ist Hamanns Behauptung, dass letztlich Mary den plötzlich zögerlichen Rudolf zum erweiterten Selbstmord getrieben habe aus Angst, er würde sie sonst wieder nach Hause schicken. In diesem Fall wäre der Kronprinz ja noch viel charakterschwächer gewesen, als er im Nachhinein ohnehin erscheint.

Angesichts dieser verschiedenen Versionen, was sich in Mayerling abgespielt haben soll, die ich hier nur sehr unvollständig wiedergegeben habe, musste ich mich entscheiden, welche Version des erweiterten Suizids ich für den Roman auswähle. Da ich den Aussagen des Kammerdieners Loschek, er habe zwei Schüsse kurz hintereinander gehört, aus den oben bereits ausgeführten Gründen nicht glaube, habe ich mich – nicht nur aus dramaturgischen Gründen, sondern auch, weil es mir die psychologisch plausibelste Variante erschien – für den im Roman geschilderten Ablauf entschieden.

Rudolf sprach beständig von seinem Tod, fand aber offensichtlich lange Zeit nicht den Mut für einen Suizid. Sich durch Marys Tötung letztendlich dazu zu zwingen passt für mich am besten zu allen Informationen, die ich aus meinen Recherchen zusammengetragen habe.

Eine letzte Quelle von Fehlern ist, dass etliche Autoren (und nicht nur die Biografen) voneinander abgeschrieben haben. Dies geschah ebenfalls ab und zu tendenziös, wie ich amüsiert feststellte. Was ins eigene Bild passte, wurde übernommen, was nicht, missachtet oder kritisiert. Selbst historisch belegte Fakten blieben dabei manchmal auf der Strecke.

Und es gab außerdem viele Flüchtigkeitsfehler, selbst die Namen von Personen werden teilweise unterschiedlich geschrieben. Auch da musste ich mich manchmal für eine Version entscheiden. Ein Beispiel: Da mir die Abkürzung »Laszi« für den Namen Ladislaus, Marys beim Ringtheaterbrand ums Leben gekommenen älteren Bruder, zuerst begegnete, blieb ich im Roman dabei, weil sie mir besser gefiel als »Lazi«, die andere Version der Abkürzung seines Namens.

Last, aber tatsächlich not least, hat ein unglaublicher Fund erst im Jahr 2015 dazu geführt, dass heute zumindest viele Legenden um die Mayerling-Affäre ins Reich der Fantasie verwiesen werden können: Im Schließfach einer Wiener Bank wurden die Originalabschiedsbriefe der Mary Vetsera an ihre Familienmitglieder gefunden. Sie beweisen einwandfrei Marys Verblendung und ihre Bereitschaft, freiwillig mit Rudolf in den Tod zu gehen. Diese Briefe sind im Roman wortwörtlich wiedergegeben.

Interessanterweise schließt sich damit ein Kreis. Denn die schon im Todesjahr 1889 verfasste, bereits erwähnte Denkschrift von Marys Mutter Helene kam der Wahrheit bereits damals am nächsten. Dies mag auch daher rühren, dass die Abschiedsbriefe den Familienmitgliedern zwar gezeigt, danach aber vom Hof einbehalten wurden. Mehr zu den Folgen von Mayerling für die Familie Vetsera erzähle ich dann im zweiten Band des Kaffeehauses.

Die jüngsten Erkenntnisse von 2015 sind in die meisten der für den Roman verwendeten, früher geschriebenen Quellen natürlich noch nicht eingegangen. Ich könnte daher noch zahlreiche weitere Beispiele für historische Ungenauigkeiten anführen, möchte es aber hiermit bewenden lassen.

Es darf jedoch nicht übersehen werden, dass es auch eine Fülle gesicherter historischer Fakten gibt, die ich, zum Teil bis in die kleinsten Details, für den Roman verwendet habe. In einer noch nie da gewesenen Fülle und Vielfalt, die mich als Autorin manches Mal auch an meine Grenzen brachte.

Dazu gehören Originalzitate aus Marys Briefen an ihre Freundin Hermine, die ich im Buch durch die fiktive Sophie ersetzt habe, ebenso wie Datum und sogar Uhrzeit verschiedener Ereignisse oder die Theaterstücke und Opern, die an den im Roman genannten Tagen aufgeführt wurden. Selbst die Garderobe, die die Vetseras oder die Kronprinzessin zu den verschiedenen gesellschaftlichen Anlässen trugen, konnte ich dank der digitalen Version des im Buch oft zitierten *Wiener Salonblatts* oft originalgetreu beschreiben.

Dennoch bleiben auch jenseits der bereits zitierten Widersprüche Grauzonen und Vakua, die ich nach bestem Wissen und Gewissen ausgefüllt habe. Dies betrifft vor allem die ersten Teile des Romans, in denen ich die Entwicklung von Marys Besessenheit schildere. Hier habe ich mir in geringem Maß auch erlaubt, Daten realer Ereignisse zu verändern. So fand zum Beispiel das Reitkarussell in der Spanischen Hofreitschule in Wahrheit ein paar Jahre früher statt als in meinem Buch, hat sich im Wesentlichen aber so abgespielt wie beschrieben.

Ab den Frühjahrsrennen im Jahr 1888 halte ich mich allerdings bei den nicht fiktiven Szenen weitestgehend an die realen Daten. Denn es ist relativ gesichert, dass Rudolf während dieser Rennen erstmals auf Mary aufmerksam wurde. Wie sich das aber genau abgespielt haben könnte, blieb wiederum meiner Fantasie überlassen.

Die größte Abweichung von der Historie in dieser Hinsicht ist, dass weder Kaiserin Sisi noch ihre jüngste Tochter Marie Valerie an Rudolfs Beerdigung teilnahmen. Auf diesen erstaunlichen Fakt stieß ich per Zufall erst, als ich das entsprechende Kapitel schon geschrieben hatte, entschloss mich dann aber dazu, es so zu belassen und diesen Hinweis ins Nachwort einzufügen. Mit Sisis Charakter und Persönlichkeit werde ich mich ebenfalls im zweiten Band des Kaffeehauses intensiv beschäftigen.

Nun möchte ich noch auf meine fiktiven Protagonisten eingehen. Wie schon erwähnt, sind viele Handlungen von Marys fiktiver Freundin Sophie denen von Marys echter Freundin Hermine Tobis nachgestellt, die daher im Buch auch nicht vorkommt. Mary unterhielt mit ihrer ehemaligen Klavierlehrerin, die damals schon in Frankfurt am Main lebte, einen lebhaften, im Original erhaltenen Briefwechsel. Hermine warnte Mary immer wieder vor der Affäre, wie es auch Sophie in meinem Roman tut, ließ sich aber auch immer wieder durch Marys Selbstmorddrohungen zum Schweigen verpflichten. Bis es zu spät war. Erst dann gestand sie der unglücklichen Mutter Helene alles.

Sophie ist natürlich auch meine Leitfigur bei der Entwicklung des Kaffeehauses, die sich als Motiv ja durch alle drei Bände ziehen wird.

Sogar dass Kaiserin Sisi Sophie am Ende dieses Buches zur

Hofdame macht, ist nicht völlig aus der Luft gegriffen. Sisi war dafür bekannt, dass sie die konventionelle Hofgesellschaft hasste und so manche »unpassende Kandidatin«, allen voran ihre ungarischen Hofdamen, in wichtige Ämter berief, um die etablierten Adligen damit vor den Kopf zu stoßen.

Marys Zofe Agnes Jahoda ist dagegen eine historisch belegte Figur und spielte bei deren Affäre mit Rudolf genau die Rolle, wie sie hier im Roman geschildert wird.

Richard von Löwenstein ist, anders als Sophie, keiner realen Person nachgestellt. Ihn habe ich zum Freund Rudolfs gemacht, um dessen zweifellos immer wieder vorhandenen Seelenkämpfe, die in vielen ihrer Gespräche zum Ausdruck kommen, auf einfache Weise verdeutlichen zu können. Das ersparte mir, noch mehr historisch verbürgte Personen in den Roman einzuführen, als ich es ohnehin schon tun musste.

Auch konnte ich Richard an einigen nur sehr vage überlieferten Ereignissen teilhaben lassen und diese dadurch dramaturgisch verwerten. Dazu gehört zum Beispiel der Beginn seiner Freundschaft in Prag mit dem um das jüdische Mädchen trauernden Rudolf.

Auch der Sprung des späteren Thronfolgers Franz Ferdinand über den Sarg gehörte zunächst zu den Szenen, die als reales Ereignis zwar verbürgt sind, über deren genauen Ablauf ich bei der Recherche zu Band 1 aber nur Andeutungen fand. Daher schrieb ich die Szene so, wie ich sie mir damals vorstellte. Erst bei den Recherchen für Band 2 fand ich heraus, dass Kaiserin Sisi diese Episode recht wahrheitsgetreu in ein Gedicht gefasst hat. Die Szene hat sich zwar in der Realität etwas anders abgespielt, als hier im Roman geschildert. Sie bleibt im Kern aber einer der vielen vertuschten Skandale über die Eskapaden der kaiserlichen Verwandtschaft.

Historisch sind auch viele andere, im Buch erwähnte Ereignisse belegt, bislang habe ich dazu allerdings keine Informationen über deren genauen Ablauf gefunden. Daher entspringt das, was ich schildere, also meiner Fantasie, wie es gewesen sein könnte. Wie bereits oben erwähnt, gilt dies unter anderem für nahezu alle Szenen zwischen Mary und Rudolf.

Richard lasse ich auch zum Vertrauten Rudolfs werden, was seine Geschlechtskrankheiten angeht. Ob Rudolf tatsächlich auch an der Syphilis oder »nur« an Gonorrhoe litt, ist umstritten. Ich habe mich aus mehreren Gründen für die erste Variante entschieden:

Kronprinz Rudolf war extrem promiskuitiv, die Syphilis im 19. Jahrhundert weit verbreitet. Es ist also durchaus denkbar, dass sich Rudolf auch mit der »Franzosenkrankheit« infiziert hat. Das Wissen darum, an einer damals noch unheilbaren Krankheit zu leiden, die letztlich vor dem unvermeidlichen Tod sogar zur Demenz führen konnte, könnte neben Rudolfs politischer Machtlosigkeit, seiner verpfuschten Ehe und der beständigen Hetze der deutschnationalen Presse ein weiteres plausibles Motiv für seine beständige Todessehnsucht gewesen sein.

Für eine Erkrankung des Kronprinzen an der Syphilis gibt es allerdings auch ein gewichtiges, historisch gesichertes Indiz: Im Jahr 1907 starb Rudolfs letzte große Liebe, Mizzi Caspar, im Alter von zweiundvierzig Jahren an den Folgen dieser Krankheit. Mizzi lebte seit dem Beginn ihrer Beziehung zu Rudolf nachgewiesenermaßen monogam. Nach seinem Tod zog sie sich völlig ins Privatleben zurück, ohne ihrem Gewerbe jemals wieder nachzugehen. Also könnte sie entweder Rudolf zu Beginn ihrer Beziehung angesteckt haben oder er sie.

Bis heute weigern sich die Habsburger, einer Exhumierung und Obduktion Rudolfs, die endgültige Klarheit bringen könnte, zuzustimmen. Da es unter anderem deshalb – und wahrscheinlich auch aufgrund vernichteter Beweise nach Rudolfs Tod – keinen »objektiven Beleg« für Rudolfs Erkrankung an der Syphilis gibt, auf den ich mich im Roman beziehen könnte, lasse ich Richard einige Male mit Rudolf über diese delikate Angelegenheit sprechen.

Die übrigen fiktiven Personen spielen im Roman keine solch tragenden Rollen. Sie dienen mir neben den dramaturgischen Aspekten vor allem als Mittel zum Zweck, die Atmosphäre im Wien des späten 19. Jahrhunderts zu schildern, im ersten Band vor allem das Leben und die Allüren des Adels. Wie es am Kaiserhof zuging, aber auch in weiteren Bevölkerungsgruppen Wiens, werden dann die beiden nächsten Bände der Kaffeehaus-Trilogie beleuchten.

Am meisten Spaß gemacht hat mir die Beschreibung des fiktiven Kaffeehauses. Hier sind zahlreiche Eindrücke meiner Recherchereise nach Wien eingeflossen. Auch konnte ich meiner Leidenschaft für das Backen frönen. Natürlich wird es in den nächsten beiden Bänden zahlreiche weitere Episoden geben, die im Café und Kaffeehaus Prinzess spielen.

Dieser letzte Aspekt führt mich gleich zu dem Mann, dem ich außer den »üblichen Verdächtigen« rund um die Entstehung des Romans am meisten zu Dank verpflichtet bin: dem Konditormeister und Inhaber des gleichnamigen Cafés Martin Schönleben aus Puchheim.

Herr Schönleben erklärte sich bereit, innerhalb einer einzigen Woche, die kurz vor Druck des Romans noch zur Verfügung stand, meiner fiktiven Mokkaprinzentorte Leben einzuhauchen, ein Rezept dafür zu entwickeln und die entsprechende Torte zu backen.

Das Foto dazu finden Sie in der Innenklappe des Romans. Ich kann es kaum erwarten, die reale Torte einmal zu kosten.

Zum ersten Mal schulde ich auch zwei langjährigen Leserinnen meiner Romane großen Dank. Die Bloggerin Martina Luger half mir jederzeit, wenn ich eine Frage zu Begriffen oder Bräuchen hatte, die in Österreich üblich sind. Die namhafte Rezensentin und Wittelsbach-Kennerin Rotraud Tomaske bewahrte mich vor einem historischen Fehler, der sich in gleich zwei meiner namhaften Quellen befand.

Natürlich standen mir auch wieder meine bewährten Ansprechpartner zur vollen Verfügung. Stellvertretend für alle, die sich bei Goldmann für meine Kaffeehaus-Trilogie engagiert haben und noch engagieren werden, möchte ich der verantwortlichen Lektorin Barbara Heinzius danken, die von der Buchidee über ein Wiener Kaffeehaus in der späten Habsburgerzeit vom ersten Moment an begeistert war.

Mein wunderbarer Agent Thomas Montasser hat die geschäftliche Seite, wie immer sehr souverän, geregelt. Meine liebe Lektorin Heike Fischer war mir eine jederzeit gesprächs- und hilfsbereite Ansprechpartnerin bei den vielen Fallstricken, die bei diesem Buch trotz der Faszination, die das Thema für mich hatte und hat, auf dem Weg lauerten.

Mein Mann Jürgen hat ebenfalls von Anfang an zum Entstehen des Buches beigetragen. Er war damit einverstanden, dass wir unseren Sommerurlaub 2019 in Österreich verbringen, und begleitete mich bei den Recherchen zu den verschiedenen Schauplätzen dieses Romans und der beiden Folgebände, vor allem in Wien, aber auch zu anderen Orten, die ich noch nicht verraten möchte. Es war eine wunderbare Zeit, ein »Arbeitsurlaub«, wie ich ihn gerne jederzeit wiederholen würde.

Gewidmet ist der Roman dennoch einem anderen lieben Menschen, der seine helle Freude daran gehabt hätte: meiner verstorbenen Schwiegermutter Traudl, die Wien über alles liebte.

# Glossar

| | |
|---|---|
| *Agraffe* | Schmuckspange |
| *Apanage* | monatliche Zuwendung zur Finanzierung eines standesgemäßen Lebenswandels |
| *Beletage* | das erste und am besten ausgestattete Obergeschoss eines adligen oder großbürgerlichen Wohnhauses |
| *Besitzstörungsklage* | österreichisch: Strafanzeige wegen Hausfriedensbruch |
| *Billett* | kurzer Brief |
| *Brösel* | Krümel |
| *Buchtel* | meist gefülltes Hefegebäck |
| *Buschenschank* | österreichisch: alternativer Begriff für Heuriger, also Straußwirtschaft; so genannt, weil ein Strauchbusch ausgehängt wurde, sobald der Buschenschank geöffnet war |
| *Christfest* | österreichisch: Weihnachten |
| *Cercle* | kurze persönliche Ansprache eines Mitglieds der kaiserlichen Familie als Auszeichnung für Mitglieder der Hofgesellschaft |
| *Chaiselongue* | niedriges, gepolstertes kombiniertes Sitz- und Liegemöbel für eine Person |
| *Contenance bewahren* | die Form wahren; gelassen bleiben |
| *Corps* | im Ballett: eine Tanzgruppe im Unterschied zu Solotänzern |

| | |
|---|---|
| *Couplet* | witzig-zweideutiges, politisches oder satirisches Lied mit markantem Refrain |
| *Courmacher* | Verehrer |
| *Csardas* | ungarischer Tanz |
| *Deka* | österreichisch: zehn Gramm |
| *Derby* | im Roman: Begriff für bestimmte Prüfungen und Wettbewerbe im Reitsport |
| *Dienstmann* | bezahlter Bote |
| *Dünkel* | alte Bezeichnung für Arroganz |
| *dünken – mich dünkt* | alte Bezeichnung für »ich denke« |
| *Eiklar* | österreichisch: Eiweiß |
| *Entourage* | französisch: Leute, die zum engen Umfeld einer Person gehören und deren Gefolgschaft bilden |
| *Equipage* | elegante Kutsche nebst Ausstattung |
| *Erdapfel* | österreichisch: Kartoffel |
| *erheischen* | alter Begriff für erfordern |
| *fad* | österreichisch: langweilig, uninteressant |
| *Falknerin* | Jägerin, die mithilfe eines abgerichteten Falken jagt |
| *faschiertes Laibchen* | österreichisch: Frikadelle |
| *Fauteuil* | französisch: schwerer Lehnsessel |
| *Fauxpas* | französisch: Fehler, Peinlichkeit |
| *fesch* | österreichisch: attraktiv, hübsch |
| *Fiaker* | österreichisch: sowohl für Kutsche als auch für Kutscher |
| *Fideikommiss* | unveräußerliches, unteilbares Besitztum einer Adelsfamilie |
| *Föderalismus* | Staatsform, in der die einzelnen Mitgliedsländer über eine gewisse Autonomie verfügen |
| *Fortuna* | römische Göttin des Glücks |
| *Franzosenkrankheit* | umgangssprachlich für Syphilis |

| | |
|---|---|
| *Gang nach Canossa* | Bitt- und Bußgang des deutschen Königs Heinrich IV. im Winter 1076/1077 zum in der oberitalienischen Burg Canossa weilenden Papst Gregor VII.; seither Synonym für eine erzwungene Unterwerfung |
| *Gazette* | französisch: Zeitung |
| *Gemächt* | alter Begriff für Penis |
| *Geselchtes* | österreichisch: geräuchertes Fleisch |
| *Gonorrhoe* | Name einer Geschlechtskrankheit |
| *Gotha* | Abkürzung für Gothaischer Hofkalender – ein genealogisches Handbuch aller wichtigen Adelsfamilien Europas |
| *Graduale* | geistlicher Gesang |
| *Großer Schwarzer* | österreichisch: doppelter Espresso |
| *Gschpusi* | umgangssprachlich österreichisch für Liebschaft, Techtelmechtel |
| *Gulden* | in Österreich noch bis 1892 gültige Währung |
| *Häferl* | österreichisch: Tasse |
| *Hahnrei* | betrogener Ehemann |
| *heuer* | österreichisch: in diesem Jahr; heutzutage |
| *Heuriger* | österreichisch: Straußwirtschaft |
| *hoffärtig* | alter Begriff für eitel, arrogant |
| *Holler* | österreichisch: Holunder |
| *Hradschin* | Königsburg in Prag |
| *Jänner* | österreichisch: Januar |
| *Jeton* | Spielmarke beim Roulette |
| *Jour fixe* | fester Besuchstag in adligen Familien |
| *Kanaille* | französisch: Schimpfwort für eine Gruppe asozialer oder verbrecherischer Menschen |
| *Kanapee* | Appetithäppchen |

| | |
|---|---|
| *Katarrh* | Erkrankung der Atemwege |
| *Kleiner Schwarzer* | österreichische Form des Espresso |
| *Königgrätz* | Ort der von Österreich verlorenen Entscheidungsschlacht im preußisch-österreichischen Krieg von 1866 |
| *Kommission* | alter Begriff für Besorgung |
| *Kompanie* | militärische Einheit aus sechzig bis zweihundertfünfzig Soldaten |
| *Kontor* | alter Begriff für Büro |
| *Kotillon* | Gesellschaftstanz aus verschiedenen Elementen; Höhepunkt eines Balls im 19. Jh. |
| *Kretin* | schwachsinnige Missgeburt |
| *Kreuzer* | ein Gulden = sechzig Kreuzer |
| *k.u.k.* | österreichische Abkürzung für kaiserlich-königlich |
| *Kunstpfeifer* | Musiker, der eine komplexe Melodie in verschiedenen Tonlagen ohne technische Hilfsmittel pfeifen kann |
| *Kuratorium* | Gremium, das die Aufsicht über eine öffentliche Körperschaft, eine Stiftung o. Ä. hat |
| *Lakai* | alte Bezeichnung für Diener |
| *Landauer* | vierrädrige, viersitzige Kutsche mit zwei gefederten Achsen |
| *Landaulett* | zweispännige, vierrädrige Kutsche für zwei Personen |
| *Laudanum* | im 19. Jh. gebräuchliches Beruhigungsmittel auf Opiumbasis |
| *Livree* | einer Uniform nachgestellte Kleidung männlicher Dienstboten |
| *Majoratsherr* | ältester Sohn und Familienoberhaupt einer adligen Familie; Herr über den gesamten Familienbesitz |

| | |
|---|---|
| *Malaise* | französisch: Misere, Unglück |
| *Mamsell* | Vorgesetzte der weiblichen Dienerschaft in einem Haushalt |
| *Marille* | österreichisch: Aprikose |
| *Marstall* | ursprünglich für Pferdestall, später ein Gebäude für Pferde, Wagen, Kutschen und Geschirr |
| *Matrone* | ältere, lebenserfahrene Frau |
| *Mehlspeise* | österreichischer Oberbegriff für Gebäck und Kuchen aller Art |
| *Melange* | schwarzer Kaffee mit oft schaumig aufgeschlagener Milch |
| *morganatische Ehe* | unstandesgemäße, aber staatlich und kirchlich ordnungsgemäß zustande gekommene Ehe |
| *Nuntius* | Gesandter des Vatikans |
| *Obersthofmeisteramt* | höchste Behörde am Kaiserhof |
| *Obersthofmeister* | Leiter des kaiserlichen Hofes und Haushaltes |
| *Palastdame* | im Gegensatz zur Hofdame unbezahlte Ehrenrolle im Hofstaat für verheiratete adlige Damen |
| *Petit Four* | oft mit farbigem Zuckerguss glasiertes Feingebäck |
| *Pompadour-Frisur* | hoch aufgetürmte, nach hinten gekämmte Frisur, die die Stirn frei lässt; benannt nach einer Geliebten des französischen Königs Ludwig XV. |
| *Promeneuse* | französisch: bezahlte Gesellschafterin für adlige Damen |
| *quid pro quo* | lateinisch: dies für das – umgangssprachlich: eine Hand wäscht die andere |

| | |
|---|---|
| *Reichsrat* | Parlament im Habsburgerreich ab 1861 und ab 1867 Parlament der Doppelmonarchie Österreich-Ungarn; bestehend aus dem Herrenhaus und dem Abgeordnetenhaus |
| *Reitquadrille* | einem französischen Tanz nachempfundene Reitfigur für acht Pferde, die sich zwei und zwei im Quadrat gegenüberstehen |
| *rekommandiertes Schreiben* | persönlich an den Empfänger übergebenes Schreiben; vergleichbar mit dem heutigen Einschreiben |
| *Ricke* | weibliches Reh |
| *Ruthenien* | Landesteil des Habsburgerreichs auf dem Gebiet der heutigen Ukraine |
| *Sacktuch* | alter Begriff für Taschentuch |
| *sakrosankt* | unantastbar; jenseits aller Kritik |
| *Schindanger* | ungeweihte Erde, in der man Verbrecher oder Selbstmörder ohne Begräbnisritual verscharrte |
| *Schlagobers* | österreichisch: Schlagsahne |
| *Schrammelmusik* | Bezeichnung für eine im 19. Jh. typische Wiener Volksmusik; oft in Heurigen gespielt |
| *seckieren* | österreichisch: schikanieren |
| *Separee* | abgeteilter, sichtgeschützter Bereich in einem Lokal oder Restaurant |
| *Soiree* | festliche Abendgesellschaft |
| *Solferino* | Ort einer Schlacht im Sardinischen Krieg im Juni 1859 |
| *Souper* | französisch: festliches Abendessen |
| *Staubzucker* | österreichisch: Puderzucker |
| *Stelze* | österreichisch: umgangssprachlich für Bein |

| | |
|---|---|
| *Suite* | Gefolge eines Herrschers |
| *Syphilis* | im 19. Jh. tödlich verlaufende Geschlechtskrankheit |
| *Taxe* | alte Bezeichnung für Steuer oder Gebühr |
| *Thronprätendent* | Thronanwärter |
| *Tresse* | Schmuckborte zum Besatz von Kleidungsstücken |
| *Topfenstrudel* | österreichisches Gebäck mit Quark |
| *Tramway* | Pferdeomnibus; öffentliches Verkehrsmittel im 19. Jh. |
| *très chic* | französisch: sehr modisch |
| *Tric Trac* | im 19. Jh. beliebtes Brettspiel; französische Variante von Backgammon |
| *Tripper* | umgangssprachlicher Begriff für die Geschlechtskrankheit Gonorrhoe |
| *Turnüre* | Gestell unter dem Rock, das diesen über dem Gesäß aufbauscht |
| *venerische Krankheit* | Geschlechtskrankheit |
| *Verdruss* | alter Begriff für Ärger |
| *Verlängerter* | österreichisch: mit Wasser gestreckter Kaffee |
| *Watsche* | österreichisch: Ohrfeige |
| *weiland* | alter Begriff für damals |
| *Zinshaus* | österreichisch: Mietshaus |

# Verzeichnis der wichtigsten Quellen

**Vorbemerkung:** Aufgrund der Fülle des verwendeten Materials können nur die wichtigsten Quellen genannt werden.

**Biografien**

*Hamann, B.*: Kronprinz Rudolf. Ein Leben. München/Berlin: Piper Verlag GmbH, 8. Auflage 2016.

*Sokop, B.*: Jene Gräfin Larisch. Marie Louise Gräfin Larisch-Wallersee. Vertraute der Kaiserin; Verfemte nach Mayerling. Wien, Böhlau Verlag. 3. Auflage 1992.

*Swistun, H.*: Mary Vetsera. Gefährtin für den Tod. Wien, Buchgemeinschaft Donauland Kremayr & Scheriau, 1999.

**Über die Vorgeschichte und die Geschehnisse in Mayerling**

*Etzlstorfer, H.*: Mayerling 1889. Ein Mythos entsteht. Heiligenkreuz im Wienerwald, Be&Be-Verlag, 2016.

*Markus, G. & Unterreiner, K.*: Das Original-Mayerling-Protokoll der Helene Vetsera: »Gerechtigkeit für Mary«. Wien, Amalthea Verlag, 2014.

*Winkelhofer, M.*: Krone Magazin – Kriminalfall Mayerling. Wien, Krone-Verlag GmbH und Co. KG (Hrsg.), 2015.

**Über das Leben am Kaiserhof und den Wiener Adel**

*ANNO-Wiener Salonblatt*: Von der Österreichischen Nationalbibliothek digitalisierte Ausgaben. ANNO Historische österreichische Zeitungen und Zeitschriften, 2011.

*Winkelhofer, M.*: Der Alltag des Kaisers. Franz Joseph und sein Hof. Innsbruck-Wien, Haymon Verlag, 2015.
*Winkelhofer, M.*: Das Leben adeliger Frauen. Alltag in der k. u.k Monarchie. Innsbruck-Wien, Haymon Verlag, 2016.

**Über Wiener Kaffeehäuser**

*Haslinger, I.*: VON CONFECTURN, CHOCOLADE UND GEFRORNEM – DIE EHEMALIGEN K. U. K. HOFZUCKERBÄCKER. Die Geschichte der Zuckerbäckerei in Österreich und Ungarn. In: *Haslinger, I. Patka, E. & Jesch, M.-L. (Hrgs.)*: *Der süße Luxus. Die Hofzuckerbäckerei und die ehemaligen k.u.k. Hofzuckerbäcker Demel.* Wien, Geyer & Reisser: Agens Werk, 1968.
*Haslinger, I.*: Kunde Kaiser. Die Geschichte der ehemaligen k.u.k. Hoflieferanten. Wien, Lithos Druck: Agens Werk, 1996.
*Siebeck, W.*: Die Kaffeehäuser von Wien. Eine Melange aus Mythos und Schmäh. München, Wilhelm Heyne Verlag, 1996.

# Das Kaffeehaus.
# Bewegte Jahre.

hat Ihnen gefallen?

**Dann lesen Sie hier weiter:**

Berlin, Anfang des 20. Jahrhunderts: Das Kaufhaus KaDeWe erstrahlt in Glanz und Luxus – eine Welt, die Judith Bergmann wohlvertraut ist. Denn die Tochter des KaDeWe-Justiziars soll Harry Jandorf heiraten, den einzigen Sohn des Kaufhausgründers. Die aus ärmlichen Verhältnissen stammende Rieke Krause hingegen ist von der Pracht des Kaufhauses schier überwältigt, als sie dort eine Stelle als Verkäuferin antritt. Schon bald verliebt sie sich in ihren Kollegen Hermann. Doch in den Wirren des Ersten Weltkriegs und der Nachkriegszeit werden die Lebenspläne von Judith und Rieke gewaltig durcheinandergewirbelt. Und auch das KaDeWe und sein Eigner Adolf Jandorf stehen vor großen Herausforderungen …

Auch als E-Book erhältlich.

Erscheint im Oktober 2022

# Prolog

## Im KaDeWe

***8. August 1907, kurz vor sieben Uhr morgens***

Rieke Krause kam aus dem Staunen gar nicht mehr heraus, als sie an der Hand ihrer Mutter die prächtige Eingangshalle des Kaufhauses des Westens betrat. Mit weit aufgerissenen Augen betrachtete sie den pompösen Raum, der, an beiden Seiten flankiert von Treppen, zwei Stockwerke hoch war.

Auch wenn Rieke mit ihren gerade einmal zehn Jahren noch zu jung war, um den Wert der kostbaren Hölzer, mit denen die Wände verkleidet waren, oder der kunstvollen Gitter an den Treppengeländern und Kunden-Fahrstühlen zu ermessen, verglich sie unwillkürlich die Pracht der Ausstattung mit ihrer ärmlichen Wohnung in der großen Mietskaserne Meyers Hof im Wedding. Sicherlich hätte die düstere Behausung, in der Rieke mit ihren Eltern und den beiden Geschwistern lebte, allein von der Fläche her ungefähr fünfzigmal in diese Eingangshalle des Luxuskaufhauses gepasst, in dem ihre Mutter Käthe als Leiterin der Putzkolonne beschäftigt war.

»Nu komm schon, Rieke«, drängte Käthe sie nicht zum ersten Mal an diesem ereignisreichen frühen Morgen. »Ick hab's eilig.« An diesem besonderen Tag würde Käthe im KaDeWe besonders viel zu tun haben.

Diese Abkürzung für das Kaufhaus des Westens hatten sich die Berliner mit ihrer Neigung zur Verballhornung schon kurz nach der Eröffnung des neuen Warenhauses ausgedacht.

Dass sie es eilig habe, hatte Käthe Krause auch schon betont, als Rieke zögerte, in die elektrische Hoch- und Untergrundbahn einzusteigen, die mit mächtigem Getöse in den Bahnhof am Potsdamer Platz einfuhr. Bis dorthin waren sie vom Wedding aus mit dem Bus gefahren. Ängstlich klammerte sich Rieke an die Hand ihrer Mutter, als die Bahn die Station verließ und ab dem Nollendorfplatz sogar durch einen stockdunklen Tunnel brauste, bis sie schließlich die Station am Wittenbergplatz erreichte, wo sie aussteigen mussten. Noch nie zuvor war Rieke mit diesem Verkehrsmittel gefahren, das es in Berlin erst seit fünf Jahren gab.

»Dit is der Grund, warum das KaDeWe jwd liegt«, erklärte ihr Käthe während der rasenden Fahrt. »Jwd« war die Berliner Abkürzung für »janz weit draußen«. »Die U-Bahn bringt die Kundschaft aus der Stadt janz bequem zum Einkaufen her.«

Ganz so bequem war die tägliche Anfahrt für Riekes Mutter allerdings nicht. Sie hatte als einfache Putzfrau im Warenhaus am Weinberg an der Ecke Brunnenstraße/Veteranenstraße begonnen, das wie das KaDeWe zu den Warenhäusern von Adolf Jandorf gehörte.

Allerdings lag das Warenhaus am Weinberg nicht weit von ihrer Mietskaserne in der Ackerstraße im Wedding entfernt. Ihren damaligen Arbeitsplatz als Putzfrau hatte Käthe fußläufig erreichen können. Und daher zunächst gezögert, als Adolf Jandorf ihr zu Beginn des Jahres den Vorschlag machte, als Leiterin der Putzkolonne ins KaDeWe überzuwechseln.

Letztlich hatte Jandorf jedoch die besseren Argumente gehabt: Er bot Käthe mit siebzig Mark im Monat das Gehalt einer Verkäuferin an, das sie als einfache Reinemachefrau nicht einmal zur Hälfte verdient hatte. Doch eines Tages hatte Jandorf seine goldene Taschenuhr auf dem Schreibtisch seines Kontors im Warenhaus am Weinberg liegen gelassen. Käthe fand die Uhr beim Saubermachen, nahm sie über Nacht in Verwahrung und überreichte Jandorf das wertvolle Schmuckstück am nächsten Tag persönlich. Seither genoss sie sein unbegrenztes Vertrauen.

»Ich glaubte die Uhr schon verloren, weil ich sie heute Morgen nicht mehr hier gefunden habe«, erklärte der Warenhauseigner damals. »Und bin sehr erleichtert darüber, dass Sie sie für mich aufbewahrt haben. Die Uhr ist nämlich ein Geschenk meiner Gattin zu meinem fünfunddreißigsten Geburtstag.«

Schon im Warenhaus am Weinberg hatte Jandorf Käthe kurz nach diesem Vorfall zur Vorgesetzten der Putzfrauen befördert und ihr Gehalt erhöht. Und da er ihr nach der Fertigstellung seines neuen Luxuskaufhauses außer der erneuten großzügigen Gehaltsaufstockung zusätzlich anbot, ihr die Fahrtkosten mit Bus und U-Bahn zum Wittenbergplatz zu erstatten, nahm Käthe sein Angebot schließlich an.

Daher war sie heute beim wichtigsten Ereignis, das das erst Ende März 1907 eröffnete Kaufhaus des Westens bislang erlebt hatte, mehr denn je dafür verantwortlich, dass die vier der fünf Stockwerke des riesigen Gebäudes, in denen die Waren präsentiert wurden, vor Sauberkeit nur so glänzten. Denn schon den zweiten Tag in Folge erwartete Adolf Jandorf den Besuch des siamesischen Königs Chulalongkorn, auch Rama V. genannt, was für seine deutschen Gastgeber sehr viel leichter auszusprechen war.

Der König befand sich bereits zum zweiten Mal auf einer ausgedehnten Europareise und hatte anlässlich seines Aufenthalts in Berlin gestern das Kaufhaus des Westens besucht. Dort hatte er etliche Einkäufe getätigt und im Fürstenzimmer feudal zu Mittag gespeist. Da die Warenvielfalt des KaDeWe ihn begeisterte und ihm vor allem das in der Küche des Kaufhauses zubereitete Festmahl viel besser schmeckte als das Essen in seinem vornehmen Hotel Kaiserhof, hatte der König angekündigt, am heutigen Tage noch einmal wiederkehren zu wollen.

Seit Käthe daheim vom bevorstehenden Besuch des Königs erzählt hatte, bettelte Rieke ununterbrochen darum, sie an diesem Tag ins KaDeWe begleiten zu dürfen. Gestern früh hatte ihre Mutter Riekes Ansinnen noch ein letztes Mal abgelehnt, ihr aber in Aussicht gestellt, sie mitzunehmen, falls der König während seines Aufenthalts in Berlin ein weiteres Mal ins KaDeWe kommen würde.

Als hätte sie geahnt, dass dies schon am nächsten Tag der Fall sein würde, brachte Rieke die ganze Wohnung auf Hochglanz und putzte sogar freiwillig den meist ziemlich schmutzigen Gemeinschaftsabtritt auf dem Treppenabsatz der Etage, obwohl die Krauses turnusmäßig noch gar nicht an der Reihe waren. Deshalb hatte Käthe Rieke gestern Abend erlaubt, sie heute zu begleiten. Zumal Rieke gerade Schulferien hatte.

Am Morgen war sie in aller Herrgottsfrühe mit ihrer Mutter aufgestanden, hatte ihr Sonntagskleid angezogen und konnte ihre Neugier und Ungeduld auf all das, was sie heute im Lauf des Tages erwarten mochte, kaum bezähmen.

Zunächst musste Rieke jedoch eine gelinde Enttäuschung hinnehmen. Über dem Haupteingang des Kaufhauses in der Tauentzienstraße befand sich eine riesige Bronzeuhr. Zu jeder vollen Stunde öffneten sich Flügel zu beiden Seiten der Uhr. Dann drehte eine bronzene Handelskogge, die Jandorf zum Signet des KaDeWe erkoren hatte, mit geblähten Segeln eine stolze Kurve.

Natürlich hatte Rieke gehofft, sich diese Spieluhr einmal ansehen zu können. Doch dafür blieb keine Zeit, erklärte ihr die Mutter. Ebenso wenig wie für die Betrachtung des mit Figuren und zahlreichen Ornamenten geschmückten schmiedeeisernen Gitters, das noch vor dem Eingangsportal hochgefahren war. Zu gern hätte Rieke gefragt, was es mit der Frau auf sich hatte, um deren halb nackten Körper sich eine Schlange wand. Doch schon schlüpfte Käthe durch eine Seitenpforte ins Gebäude und zog Rieke hinter sich her. Umso mehr entschädigte sie nun der Anblick der prächtigen Eingangshalle.

Hier wartete schon das nächste Abenteuer auf sie: ihre erste Fahrt mit einem Aufzug. Es war natürlich keiner der Fahrstühle für die Kundschaft mit den wunderschönen Gittern, sondern nur der Lastenaufzug, den auch das Personal benutzte. Ohnehin befanden sich um diese frühe Uhrzeit noch keine Kunden im KaDeWe. Es war kurz vor sieben Uhr. Das Kaufhaus würde erst in einer Stunde öffnen.

Doch zu ihrer nächsten Enttäuschung brachte der Aufzug Rieke nicht in die höheren Stockwerke mit ihrem riesigen Warenangebot, sondern ins Souterrain. Dort traf Käthe die ihr untergebenen Reinemachefrauen und erteilte ihnen genaue Anweisungen, auf was sie bis zum Eintreffen des Königs, der gegen elf Uhr erwartet wurde, achtzugeben hätten.

Nachdem sie gestern nach Ladenschluss alles sorgsam geputzt hatten, trugen die Frauen zur Feier des Tages nicht ihre unförmigen Kittel, sondern sahen mit blütenweißen Latzschürzen über schwarzen Baumwollkleidern und mit weißen Häubchen auf dem ordentlich frisierten Kopf eher wie Zofen aus. Diese Tracht war an gewöhnlichen Tagen den ausgewählten Reinigungskräften vorbehalten, die tagsüber in den Verkaufsräumen tätig wurden, um ein Malheur zu beseitigen, das einem Kunden oder Angestellten passiert war, oder bei schlechtem Wetter die Fußtratschen auf den Marmorböden wegzuwischen. Die Augen der solventen Kundschaft sollten nicht durch schäbig gekleidete Putzfrauen beleidigt werden.

Sobald jedoch der Besuch von Rama V. feststand, hatte Adolf Jandorf sämtlichen Reinemachefrauen eine solche Tracht aushändigen lassen und angeordnet, dass die ganze Putzkolonne tagsüber bereitzustehen und selbst den geringsten Schmutz sofort zu beseitigen habe. Auch Käthe kleidete sich jetzt im Umzugsraum für Frauen in ihr schwarzes hochgeschlossenes Gewand aus feinem Leinen, in dem sie während der Öffnungszeiten als Aufseherin der Reinigungskolonne auftrat.

Bevor sie danach zu ihrem Inspektionsrundgang durch die einzelnen Stockwerke aufbrach, gebot sie Rieke, während dieser Zeit in der bereits geöffneten Personalkantine, in der schon einige Angestellte frühstückten, auf sie zu warten.

»Kann ick nich mitkommen?«, bettelte Rieke. »Ick kann euch doch helfen, wenn's was zu tun jibt.«

»In deinem besten Kleid?«, spöttelte Käthe. »Wenn du dich einsaust, kannste gleich janz hierbleiben.« Immerhin spendierte sie Rieke ein Hörnchen und eine Tasse Schokolade, in der Familie Krause durchaus nicht alltägliche Köstlichkeiten.

»Ick hol dir hier gegen zehne ab«, kündigte die Mutter an. »Dann kannste mit ins Fürstenzimmer kommen und dir sogar alles ankieken, wat der König bisher jekooft hat«, versprach sie Rieke zum Trost für die lange Wartezeit. Danach eilte sie den bereits ausgeschwärmten Putzfrauen nach.

### *Ungefähr vier Stunden später gegen elf Uhr*

»Und, lieber Papa, wie sehe ich aus?«

Judith Bergmann fasste den Rock ihres hellblauen, mit cremefarbenen Spitzen besetzten Seidenkleids mit beiden Händen und drehte sich mit wehenden Haaren einmal um die eigene Achse. Dazu trug sie weiße Strümpfe und schwarze Lackschuhe mit Riemchen.

»Wunderhübsch siehst du aus, mein Schatz!«, gab ihr Paul Bergmann die erhoffte Antwort. Tatsächlich betonte die Farbe des Kleids Judiths dunkelblaue Augen, die in reizvollem Kontrast zu ihren fast schwarzen Locken standen, die ihr ein blaues Seidenband aus der Stirn hielt.

Trotz des Kompliments verzog Judith die Lippen zu einem Schmollmund. »Mama sagt, ich hätte ein weißes Kleid anziehen sollen. Alle Mädchen trügen diese langweilige Farbe.«

»Nun, ich will deiner Mama nicht widersprechen«, schmunzelte Bergmann. »Aber mir gefällst du in dieser Aufmachung jedenfalls ausgesprochen gut.«

»Meinst du, ich werde auch dem König gefallen?« Judith errötete.

»Ganz sicher wirst du das«, bekräftigte ihr Vater aufs Neue.

»Dann will ich jetzt noch einmal ein paar englische Vokabeln wiederholen«, erklärte Judith und zog ihr Lehrbuch aus der mitgebrachten Schultasche. »Viel werde ich ja noch nicht verstehen können. Aber ich möchte den König zumindest auf Englisch begrüßen, wenn ich ihm vorgestellt werde.«

Lächelnd betrachtete Paul Bergmann seine Tochter, die sich sofort in ihr Buch vertiefte und beim stillen Wiederholen der Vokabeln die Lippen bewegte. Judith hatte trotz ihrer inzwischen zehn Jahre zu Ostern erst die dritte Grundschulklasse abgeschlossen, da sie mit sechs Jahren kurz vor dem damals vorgesehenen Schulbeginn schwer an Diphtherie erkrankt war. Zum Glück hatte sie die Krankheit überstanden und war wieder völlig gesund geworden. Anders als ihr jüngerer Bruder Benjamin, den die Familie nach bangen Tagen voller Angst im Alter von nur drei Jahren verloren hatte.

Den um ein Jahr verspäteten Schuleintritt versuchte Judith von vornherein mit großem Ehrgeiz zu kompensieren. Aus unerfindlichen Gründen hatte sich seine Tochter bereits in diesem zarten Alter in den Kopf gesetzt, wie ihr sechs Jahre älterer Bruder Johannes einmal Abitur zu machen und später vielleicht sogar zu studieren. Obwohl eine solche Laufbahn für Mädchen im Wilhelminischen Kaiserreich äußerst ungewöhnlich war.

Doch während ihre Mutter Rebekka diese Gedanken ihrer Tochter für kindliche Flausen hielt, förderte Paul Judith in ihrem Bestreben nach Bildung. Deshalb hatte er ihr schon vor dem Eintritt in die Höhere Mädchenschule, die Judith seit einigen Monaten besuchte, auf ihre Bitte hin Privatlektionen in Englisch erteilen lassen. Als gestern feststand, dass der König auch heute wieder ins KaDeWe kommen würde, erlaubte Paul Judith nach Rücksprache mit Adolf Jandorf sogar, Rama V. persönlich vorgestellt zu werden und am Festmahl teilzunehmen.

Sehr zum Unmut seiner Gattin Rebekka, die erst zum Mittagessen hinzustoßen würde und Paul einmal mehr vorwarf, Judith nach Strich und Faden zu verwöhnen. Aber seit er auch noch seine einzige Tochter fast an diese tückische Kinderkrankheit verloren hätte, war und blieb sie sein Augenstern. Zumal sein älterer Sohn Johannes viel zurückhaltender war als die lebhafte Judith. Johannes zog sich mit seinen nunmehr sechzehn Jahren immer mehr in sich zurück und nahm kaum noch am Familienleben teil.

Zwar war auch Paul Bergmann im Grunde seines Herzens davon überzeugt, dass Judith einmal heiraten und Kinder bekommen würde, anstatt ein Blaustrumpf mit akademischer Bildung zu werden. Aber warum sollte er Judith die Freude am Lernen schon heute verderben? Denn jeder gebildete Mann könnte sich doch glücklich schätzen, eine Frau zu ehelichen, deren Interessen über Kinder, Küche und Kirche hinausgingen.

Möglicherweise war ein solcher Heiratskandidat sogar schon in Sicht. Es war Jandorfs Sohn Harry, dessen einziges Kind und nur ein Jahr älter als Judith.

Paul Bergmann hatte Adolf Jandorf vor einigen Jahren im Rahmen seiner Tätigkeit als Rechtsanwalt für den Verband Deutscher Waren- und Kaufhäuser kennengelernt, deren Mitglied Jandorf war. Schnell war Adolf sein bester Freund geworden. Nur zu gern hatte sich Paul deshalb vor zwei Jahren als Justiziar für Jandorfs Warenhauskonzern abwerben lassen. Schon bald danach träumten Rebekka und Jandorfs Ehefrau Margarete von einer zukünftigen Hochzeit ihrer Kinder.

Ein heftiges Klopfen an der Kontortür ließ sowohl Bergmann als auch Judith aufschrecken. Ohne auf ein Zeichen zu warten, stürmte Adolf Jandorf herein. Obwohl von kleiner Statur, sodass nicht nur Bergmann, sondern die meisten seiner Angestellten ihn mindestens um Haupteslänge überragten, dominierte er, wie üblich, mit seiner Persönlichkeit sofort den Raum.

Auch Adolf war wie Paul in einen schwarzen Maßanzug mit blütenweißem Hemd, steifem Kragen und schwarzer Seidenkrawatte gekleidet. Lange hatte man vor dem Besuch des Königs überlegt, zur Feier des Tages sogar im Frack aufzutreten. Da der

König gestern jedoch selbst nur einen schlichten Anzug, wenn auch aus teurem Stoff, getragen hatte, waren Adolf und Paul im Nachhinein froh gewesen, nur ihre Sonntagskleidung angelegt zu haben.

»Rama ist bereits eingetroffen«, rief Jandorf jetzt aufgeregt ohne jegliche Begrüßung. »Eine geschlagene Viertelstunde früher als angekündigt. Sein Wagen ist gerade vor dem Haupteingang vorgefahren.«

Kurz darauf eilten Paul Bergmann und Judith hinter Adolf Jandorf durch die Halle zum Haupteingang in der Tauentzienstraße. Gerade noch rechtzeitig, bevor der König die Eingangshalle betrat, war der rote Teppich ausgerollt worden, den man ihm zu Ehren schon gestern ausgelegt hatte.

»Ich hoffe, jeder Abteilungsleiter ist schon an seinem Platz«, knurrte Jandorf leise, bevor er auf den siamesischen König zutrat. Er verbeugte sich formvollendet vor dem Herrscher und ergriff danach freudig dessen beide Hände, die Rama ihm entgegenstreckte.

Dann winkte er Bergmann und Judith, näher zu treten. »Meinen lieben Konzernjustiziar und Freund Paul Bergmann haben Eure Hoheit ja bereits gestern kennengelernt«, sprach er den König in perfektem Englisch an. Diese Sprache hatte Jandorf als junger Mann während eines einjährigen Aufenthalts in den Vereinigten Staaten erlernt und sprach sie noch heute fließend.

Auch Bergmann trat nun vor und begrüßte Chulalongkorn ebenfalls mit einer tiefen Verbeugung, der ein kräftiger Händedruck folgte. Danach zog er Judith nach vorn, die sich plötzlich sehr unbeholfen vorkam.

»Darf ich Eurer Hoheit meine Tochter Judith vorstellen? Sie wollte unbedingt einmal einen leibhaftigen König kennenlernen.«

Schon gestern hatte sich herausgestellt, dass Chulalongkorn im Umgang mit seinen Gastgebern kaum Wert auf Förmlichkeiten legte, sodass sich Bergmann diese etwas unkonventionelle Rede erlauben konnte. Natürlich wäre Gleiches bei Kaiser Wilhelm II. undenkbar gewesen.

Tatsächlich lächelte der König Judith herzlich an, was sie nur flüchtig wahrnahm, bevor sie in einen tiefen Knicks versank. »Thank you very much for this great honour, Your Royal Highness«, stammelte sie. Und hoffte inständig, dass sie nicht allzu viele Fehler bei Grammatik und Aussprache gemacht hatte.

»What a nice little girl!« Diese Worte, mit denen sich Rama an ihren Vater wandte, verstand Judith noch. Allerdings nicht, was der König als Nächstes sagte. Aus dem Augenwinkel heraus bemerkte sie, dass Adolf Jandorf die Stirn runzelte.

Es folgte ein weiterer kurzer Wortwechsel auf Englisch. Dann wandte sich Paul Bergmann an seine Tochter. »Seine Majestät möchte, dass du uns durch das Warenhaus begleitest«, eröffnete er Judith zu deren großer Überraschung. Denn eigentlich war vorgesehen gewesen, dass sie nach der Begrüßung bis zum Beginn des Festessens in Begleitung des Dienstmädchens, das sie heute Morgen ins KaDeWe gebracht hatte, im Kontor ihres Vaters warten sollte.

»Seine Majestät möchte nämlich Kleider und Spielsachen für seine Töchter erwerben«, erläuterte ihr Vater. »Dabei sollst du ihn beraten.«

Zunächst sprachlos vor Staunen folgte Judith den Männern durch die einzelnen Abteilungen des Warenhauses. In Chulalongkorns Begleitung waren noch einige siamesische Diplomaten, die der Botschaft in Berlin angehörten, wie Judith später erfuhr. Außerdem stieß Herr Hofer, der kaufmännische Leiter des KaDeWe, zu ihnen, der persönlich den Rollwagen schob, auf dem die Einkäufe des Königs gestapelt wurden. Zunächst folgte Judith den Männern schweigend.

In den ersten Abteilungen, in denen der König Waren einkaufte, war ihr Rat auch noch gar nicht gefragt. Doch Geld spielte für Rama offensichtlich keine Rolle. Ohne zu zögern, zeigte er auf mehrere farbenfrohe Perserteppiche, die im Erdgeschoss ausgestellt waren. Auch an der Schmuckabteilung ging Rama nicht vorbei, ohne mehrere Brillantcolliers, -armbänder und -broschen zu erstehen. Ab und zu erhaschte Judith einen Blick auf die Preisschilder der Waren. Dann stockte ihr jedes Mal der Atem. Obwohl ihre Familie durchaus wohlhabend war, wurde ihr rasch klar, dass der König dabei war, im KaDeWe ein Vermögen auszugeben.

Tatsächlich hätte ihr Vater ihr später sagen können, dass der Wert von Chulalongkorns Einkäufen sein eigenes, durchaus beträchtliches Jahresgehalt von fünfzigtausend Mark in Summe schließlich um das Fünffache überstieg. Am Ende hatte der König ungefähr zweihundertfünfzigtausend Mark ausgegeben.

Doch noch war es nicht so weit. Schon während der König die Lederwaren-, die Parfümerie- und die Weißwarenabteilung durchschritt, füllte der Rollwagen sich rasch. In der Stoffabteilung musste das Gefährt zum ersten Mal ausgetauscht werden, weil Rama fast jeden der kostbaren Seidenstoffe, die zur Auswahl standen, gleich ballenweise erwarb. In den höheren Stockwerken kaufte er zwei der modernsten Fotoapparate sowie Operngläser, eine Kuckucksuhr und viele weitere Gegenstände. Er ließ sogar ein Mikroskop auf den Rollwagen laden. Im vierten Stock, wo sich auch die Spielwaren befanden, erstand er schließlich ein mit zarten Blumenmotiven bemaltes einhundertzwanzigteiliges Service aus der Königlichen Porzellan-Manufaktur.

Dann erreichte man endlich die Spielzeugabteilung. Rama winkte Judith zu sich heran.

Mit einer Mischung aus Stolz und leiser Beunruhigung beobachtete Paul seine Tochter, die gerade mit dem König von Siam über Puppen diskutierte. Während Paul dolmetschte, spürte er, dass Adolf Jandorf alle Mühe hatte, seinen Unmut darüber, nicht mehr im Vordergrund zu stehen, zu zügeln. Zwar standen die Abteilungsleiter in jedem Rayon nahezu stramm, wenn sich der König näherte. Doch Adolf Jandorfs Persönlichkeit hatte die Einkaufstour bislang eindeutig dominiert.

Wieder einmal hatte sich Paul darüber gewundert, welche Ausstrahlung dieser Mann trotz seiner geringen Körpergröße besaß. Er schien einen Raum mit seiner Präsenz vollständig auszufüllen, selbst wenn er so weitläufig war wie ein Stockwerk des KaDeWe. Doch hier, in der Spielzeugabteilung, galt Chulalongkorns Aufmerksamkeit vollkommen Pauls Tochter Judith.

Gerade zeigte diese mit neu erwachtem Selbstbewusstsein auf vier sehr teure Puppen mit Porzellanköpfen und rüschenbesetzten Kleidern. »Ich würde Eurer Majestät diese Modelle empfehlen«, übersetzte Paul die Worte seiner Tochter. »Schließlich ist für Prinzessinnen nur das Allerbeste gut genug.«

Paul verkniff sich ein Schmunzeln. Tatsächlich kostete jede der Puppen fast zweihundert Mark. Doch der König zögerte keinen Augenblick und zeigte auf die Ware, die sofort vom Abteilungsleiter auf den Rollwagen gelegt wurde, den der kaufmännische Leiter, immerhin nach Adolf Jandorf der wichtigste Vorgesetzte des KaDeWe, nunmehr seit Stunden durch das Kaufhaus schob. War der Rollwagen voll, winkte Herr Hofer einem Abteilungsleiter, der den Wagen in einen Nebenraum des Fürstenzimmers brachte, in dem die erstandenen Waren seit gestern Vormittag gesammelt wurden.

In der Spielwarenabteilung erstand Rama mit Judiths Hilfe des Weiteren ein vollständig eingerichtetes Puppenhaus, natürlich ebenfalls das teuerste der angebotenen Modelle, zwei Puppenwagen aus Korbgeflecht, einen ganzen Spielzeugkoffer voll Puppenkleider sowie Stofftiere aller Art.

Schließlich ließ sich Chulalongkorn sogar von Judith dabei beraten, welches Spielzeug er seinen noch kindlichen Söhnen mitbringen solle, und erstand unter anderem eine ganze Armee von Zinnsoldaten und mehrere Spielzeugschiffe.

Paul Bergmann kannte inzwischen die Anlässe dieser Einkäufe. Obwohl Rama V. als sehr moderner Herrscher galt, der zudem diplomatisch so geschickt war, dass Siam das einzige südostasiatische Land ohne europäische Kolonialherrschaft war, hing er in seiner Heimat noch den uralten Traditionen der Königsfamilie an. Gestern Abend hatte Adolf Jandorf Paul erklärt, der König habe sage und schreibe einhundertdreiundfünfzig Ehefrauen, wobei er allerdings nur mit fünfunddreißig von ihnen geschlechtlich verkehren würde. Diese hätten ihm insgesamt sechsundsiebzig Kinder geboren, von denen viele noch nicht erwachsen seien.

Schließlich kehrte der König in die Kinderkleidung-Abteilung im ersten Stock zurück und erstand zum Abschluss seiner Einkaufstour mindestens drei Reisekoffer voll Kleidungsstücke aller Art für Mädchen und Jungen im Alter zwischen zwei und zwölf Jahren. Auch hierbei zog er immer wieder Judith zurate.

Nach dem nahezu zweistündigen Gang durch das KaDeWe waren jetzt alle erschöpft. Deshalb wirkte sogar Adolf Jandorf erleichtert, als Chulalongkorn schließlich nach dem angekündigten Mittagessen fragte. Tatsächlich war es jetzt kurz vor ein Uhr, und der König hatte bereits angekündigt, am Nachmittag weitere ärztliche Termine wahrnehmen zu müssen.

Denn der Grund für seine zweite Europareise war nicht wie vor zehn Jahren die Diplomatie, sondern Chulalongkorns angeschlagene Gesundheit. Von der Behandlung durch europäische Ärzte versprach sich der König eine rasche Besserung seiner diversen Leiden, wenn nicht sogar völlige Genesung.

Doch das zwölfgängige Mittagsmenü würde mindestens zwei, wenn nicht sogar drei Stunden in Anspruch nehmen. Und es wäre doch jammerschade, wenn der krönende Abschluss von Ramas Besuch des KaDeWe durch seinen überhasteten Aufbruch vorzeitig beendet werden müsste.

## Im Vorraum zum Fürstenzimmer des KaDeWe

***Ungefähr eineinhalb Stunden früher, gegen halb zwölf Uhr***

Behutsam strich Riekes Mutter Käthe mit einem aus Schwanenfedern bestehenden Staubwedel über die Einkäufe, die der siamesische König bislang getätigt hatte und die sich in einem der Nachbarräume des Fürstenzimmers, wie man den Speisesaal nannte, mittlerweile fast bis unter die Decke stapelten. Obwohl Rieke ihrer Mutter erneut ihre Hilfe angeboten hatte, lehnte Käthe dies ab. Zu groß war ihre Sorge, dass Rieke einen der kostbaren Gegenstände beschädigen könnte. Deshalb beschäftigte sich Rieke mit dem Betrachten der königlichen Einkäufe.

Seit sie sich in diesem Teil des ersten Stockwerks des KaDeWe aufhielt, der weder der Öffentlichkeit noch dem Großteil des Personals zugänglich war, schoben grimmig dreinblickende Männer in steifen schwarzen Anzügen ungefähr alle zwanzig Minuten einen Rollwagen mit weiteren Waren herein. Mittlerweile war nur noch ein schmaler Pfad zwischen den Bergen der Einkäufe des Königs frei geblieben.

Die beiden Reinemachefrauen, die unter Käthes Aufsicht die Fenster des Fürstenzimmers noch einmal geputzt und den Parkettboden gebohnert hatten, waren schon seit einer halben Stunde mit ihrer Arbeit fertig und hatten den Raum mittlerweile verlassen. Die Möbel im Speisesaal hatte Käthe selbst abgestaubt, nachdem sie sich eine weiße, mit Spitzen besetzte Halbschürze über ihr schwarzes Kleid gezogen hatte. Zur Einrichtung gehörte der große rechteckige Tisch aus glänzendem Mahagoniholz, um den mit Brokat bezogene Stühle für vierundzwanzig Personen gruppiert waren. Außerdem zwei geschnitzte Anrichten und mehrere Vitrinen mit wunderschönem Geschirr, die an den mit grünem Seidenstoff bespannten Wänden standen.

Nach Riekes Ansicht waren all diese Putzarbeiten völlig überflüssig gewesen. Weder die Fenster noch der Parkettboden wiesen auch nur den geringsten Schmutzfleck auf, bevor sie erneut gereinigt wurden. Denn schon nach dem Ende des gestrigen Festessens hatte man den Raum unter Käthes Aufsicht von oben bis unten geputzt. Doch das schien keine Rolle zu spielen, wenn ein leibhaftiger König erwartet wurde. Alles musste perfekt sein.

Dies galt natürlich auch für die Waren, die aus den verschiedenen Abteilungen des Kaufhauses hereingebracht wurden. Auch sie wiesen kein Stäubchen auf, bevor Käthe trotzdem mit dem Schwanenfederwedel darüberfuhr.

Schon als Rieke den Raum kurz nach zehn Uhr betreten hatte, stapelten sich Hutschachteln und Schuhkartons in mehreren Reihen hintereinander fast bis zur Decke. Auf einem Kleiderständer, der sich über eine ganze Längswand hinzog, hing Damen- und Herrengarderobe aller Art. Rieke, der ihre Mutter streng verboten hatte, irgendetwas anzufassen, vertrieb sich die Zeit mit dem Zählen der Kleider. Sie kam allein auf fünfundsiebzig Damenroben in allen Farben des Regenbogens.

»Das sind Ballkleider«, erklärte Käthe kurz angebunden, als Rieke sie nach dem Zweck einiger besonders aufwendiger Gewänder fragte, deren Stoffe im Sonnenlicht glänzten, das durch das kleine Fenster hereinfiel. Die Roben waren mit allerlei Zierrat geschmückt, den Rieke nur vom Hörensagen kannte. Denn die Bewohnerinnen im ärmlichen Meyers Hof trugen weder kostbare Stickereien noch Fransen oder Volants an ihren einfachen Waschkleidern.

»Dit Kleid dort jefällt mir besonders jut.« Rieke zeigte auf ein goldfarbenes Gewand mit Schleppe, das über und über mit schwarzen Ranken und Blumenmotiven bestickt war. Im Vorbeihasten warf Käthe einen flüchtigen Blick auf das Preisschild, das an dem Kleid befestigt war.

Dann schürzte sie verächtlich die Lippen. »Dit is ooch keen Wunder. Dit Kleid kostet zweitausend Mark.«

Rieke schnappte nach Luft. *Zweitausend Mark? So ein König*

*musste wirklich unendlich reich sein,* dachte sie bei sich. Denn das Kleid war ja nur eines von den zahlreichen, die dort auf dem Ständer hingen.

*Was tun die mit so viel Anziehsachen?,* lag es ihr schon auf der Zunge. Sie selbst besaß außer ihrem Sonntagskleid nur noch zwei andere, je eines für Sommer und Winter. Dazu ein paar verschlissene Röcke und Blusen. Doch gerade wurde ein neuer Rollwagen hereingeschoben, sodass Rieke ihre Frage vergaß.

Diesmal schloss der Herr, der ihn gebracht hatte, einen Schrank auf und verstaute eine Reihe von Schachteln darin. *Fotoapparat von Kodak,* las Rieke aus der Ecke, in die sie sich zurückzog, wenn ein neuer Rollwagen kam, die Aufschrift auf einem der Kartons. *Opernglas,* las sie auf einer anderen Schachtel, konnte mit dem Begriff jedoch nichts anfangen. Auf jeden Fall musste alles, was in diesem Schrank aufbewahrt wurde, besonders wertvoll sein, vermutete sie. Denn schon vorher hatte man kleine, mit rotem oder blauem Samt bezogene Behälter darin verstaut, die wahrscheinlich Schmuck enthielten, wie Käthe Rieke erklärte.

Einige Zeit, nachdem der Mann den Raum verlassen hatte, öffnete sich die Tür erneut. Die Gegenstände, die diesmal hereingebracht wurden, ließen Riekes Herz noch höherschlagen als die kostbaren Gewänder. Es waren Puppen dabei, so schöne, wie sie sie noch nie gesehen hatte. Sie selbst besaß nur eine einzige, mittlerweile arg zerfledderte Puppe, deren Stoffkörper mit Stroh gefüllt war und deren Schürzenkleid mehrere Risse aufwies, die Rieke notdürftig geflickt hatte.

»Dass du mir ja nichts anrührst«, schnauzte der Herr, der den Rollwagen gebracht hatte, Rieke an, als die unwillkürlich einen Schritt näher trat.

Sie knickste erschrocken. »Nein, mein Herr, ick fass schon nüscht an«, versprach sie.

Draußen schlug eine Uhr gerade die Mittagsstunde. »Was hast du überhaupt hier zu suchen, du Gör?« Offensichtlich misstraute der Mann Rieke trotz ihrer Zusicherung.

Glücklicherweise kam ihre Mutter gerade aus dem Speisesaal herein. »Das ist meine Tochter«, erklärte sie. »Ich pass schon auf sie auf.« Käthe bemühte sich nun, alles Berlinerische aus ihrer Aussprache zu verbannen, wie immer, wenn sie mit höhergestellten Personen aus dem KaDeWe sprach.

»Das will ich Ihnen auch geraten haben«, knurrte der Mann, bevor er den Raum verließ.

»Jetz kommste besser mit mir, Rieke!«, befahl ihr die Mutter. »Gleich sind ooch die Lakaien wieder da, die beim Essen bedienen.«

Tatsächlich ertönten genau in diesem Moment Stimmen aus dem Fürstenzimmer. Als Rieke ihrer Mutter hineinfolgte, erblickte sie vier Männer im Raum. Sie trugen glänzende rote Anzüge, die Rieke an Uniformen erinnerten. Allerdings reichten die Hosen den Herren nur bis zu den Knien, darunter trugen sie weiße Strümpfe und schwarze Lackschuhe. Ihre Jacken waren mit goldenen Knöpfen und Schnüren besetzt. Die Haare hatten die vier mit seltsamen gepuderten Perücken bedeckt.

Das mussten die kaiserlichen Diener sein, von denen ihre Mutter Rieke erzählt hatte. Zwar lieferte die Küche des KaDeWe das Festessen. Kaiser Wilhelm hatte jedoch angeordnet, dass Bedienstete aus seinem Hof dem königlichen Gast aufwarten sollten.

»Sie können jetzt gehen«, beschied einer der Lakaien, offensichtlich der Anführer, Käthe zu Riekes Entsetzen. »Zum Tischeindecken werden Sie nicht mehr gebraucht.«

In diesem Augenblick ertönte aus einem Nebenraum am Kopfende des Fürstenzimmers ein Klirren, gefolgt von einem heftigen Fluch. Alarmiert stürzte der oberste Lakai hinein, nur um im nächsten Augenblick Käthe herbeizuwinken. »Da ist gerade ein Malheur passiert. Dieser Idiot hat eine Flasche Spätburgunder fallen lassen. Sputen Sie sich, damit alles tadellos aufgewischt ist, wenn das Festessen beginnt!«

»Dazu muss ich mir erst mal Eimer und Lappen besorgen«,

hörte Rieke ihre Mutter sagen. »Denn eigentlich waren wir mit dem Reinemachen schon fertig.«

»Dann machen Sie hin!«, befahl ihr der oberste Lakai in barschem Ton. »Und rasch, damit Sie hier raus sind, bevor die Herrschaften eintreffen!«

In ihrer Ecke hörte Rieke die Ankündigung des kaiserlichen Dieners. *Würde sie den siamesischen König etwa gar nicht zu Gesicht bekommen?*, dachte sie mit einem Anflug von Verzweiflung.

Anfangs fühlte sie sich wie gelähmt vor Enttäuschung. Doch dann fasste sie einen kühnen Entschluss. Sie wollte den König sehen, koste es, was es wolle. Und gerade war die Gelegenheit günstig. Niemand außer ihr war im Speisesaal.

Die hohen Fenster des Fürstenzimmers wurden von schweren dunkelgrünen Samtportieren umrahmt. Geschwind schlüpfte Rieke hinter zwei davon, die genau nebeneinanderhingen.

»Rieke! Rieke, wo bist du denn nur?«

Mit schlechtem Gewissen, aber mehr denn je entschlossen, ihr Versteck nicht zu verlassen, hörte Rieke ihre Mutter ungefähr zwanzig Minuten später nach ihr rufen. Vorsichtig lugte sie durch den Spalt zwischen den Vorhängen. Die Beseitigung des Rotweins hatte Käthes Tracht nicht unbeschadet überstanden. Ihre weiße Spitzenschürze war mittlerweile mit roten Flecken gesprenkelt.

»Rasch, machen Sie sich von hinnen, gute Frau!«, drängte sie der oberste Diener. »Die Herrschaften kommen schon bald. Denen dürfen Sie nicht unter die Augen kommen, zumal mit dieser schmutzigen Schürze! Außerdem stehen Sie uns hier nur im Weg herum.«

Rieke rührte sich nicht in ihrem Versteck. »Na warte, die Jöre kann wat erleben!«, hörte sie ihre Mutter noch murmeln, bevor der Lakai sie am Arm packte und unsanft aus dem Fürstenzimmer schubste.

Erst nach längerer Zeit, während der die Diener, dem Geklapper und Geklirr nach zu urteilen, den Tisch deckten, wagte Rieke es ein weiteres Mal, vorsichtig durch den Spalt zwischen den beiden Portieren zu spähen. Tatsächlich war das glänzende Holz des Tischs mittlerweile unter einem weißen Tafeltuch verschwunden. Vor jedem Platz stand ein Gedeck des mit farbigen Vögeln und Blumen bemalten Geschirrs mit dem Goldrand, das Rieke bereits in den Vitrinen des Fürstenzimmers bewundert hatte. Dazu viele funkelnde Gläser in verschiedenen Größen und zu beiden Seiten der Teller eine ganze Reihe silberglänzendes Besteck.

Rieke wunderte sich, wozu dies wohl alles gebraucht würde. Bei ihr zu Hause aß man die einfachen Mahlzeiten von oft angeschlagenen irdenen Tellern oder ausgebleichten Holzbrettchen und benutzte dazu Löffel, Gabeln und Messer aus einfachem Blech. Wobei das Besteck nicht einmal für alle reichte, wenn die ganze Familie rund um den weiß gescheuerten Küchentisch aus grobem Fichtenholz saß. Gläser gab es im ganzen Haushalt nur zwei, die Käthe wie ihren Augapfel hütete. Man trank aus Ton- oder Holzbechern, der Vater das Bier meistens gleich aus der Flasche.

Und mit diesen merkwürdig gefalteten weißen Tüchern, die auf den Tellern drapiert waren, konnte Rieke schon gar nichts anfangen.

Plötzlich hörte sie Stimmen aus dem Flur, der zum Fürstenzimmer führte. Mehrere Männer betraten den Raum, einige mit elegant gekleideten Frauen am Arm. Vornweg schritt ein kleiner, etwas dicklicher Mann mit einer fliehenden Stirn und einem schlichten Schnauzbart, der ihm zu beiden Seiten des Munds bis zum halben Kinn reichte. Ihm folgte der Eigner des Kaufhauses, den Rieke nach einer Fotografie erkannte, die ihre Mutter ihr einmal gezeigt hatte. Die Frau an seinem Arm war wahrscheinlich seine Gattin.

Ganz zuletzt kamen drei Personen herein, ein schlanker Herr, umrahmt von einer Dame in einem wunderschönen roten Kleid und zu Riekes Erstaunen von einem Mädchen, das er an der rechten Hand führte und das Rieke nicht älter schätzte als sich selbst. Alle drei nahmen am unteren Ende der Tafel Platz, das Mädchen unmittelbar vor Riekes Versteck.

Unwillkürlich senkte Rieke den Kopf, was eine Bewegung hinter den Vorhängen erzeugte, die zum Glück offenbar niemand bemerkte. Sie verglich ihr eigenes Sonntagskleid mit dem prächtigen Kleid ihrer Altersgenossin. Bislang war sie überaus stolz auf das dunkelblaue Matrosenkleid mit dem weißen Kragen und den gleichfarbigen Manschetten gewesen, das sie erst kürzlich zum zehnten Geburtstag erhalten hatte. Im Vergleich zum hellblauen schimmernden Kleid des Mädchens kam es ihr jetzt billig und gewöhnlich vor.

*Wo bleibt denn der König nur?*, dachte sie immer wieder bei sich, als alle Herrschaften rund um den Tisch Platz genommen hatten. Jetzt wurde der erste Gang serviert, flache graue Muscheln mit einer Scheibe Zitrone. Der kleine Herr im schwarzen Anzug, der am Kopfende der Tafel Platz genommen hatte, wurde vom obersten Lakaien zuerst bedient, verbunden mit einer tiefen Verbeugung. Erst jetzt begann es Rieke zu dämmern, dass dies der siamesische König sein musste. Zumal der Herr tatsächlich fremdländisch aussah.

Natürlich hatte sie einen Herrscher in einem prächtigen goldenen Gewand erwartet, der einen mit weißem Pelz besetzten dunkelroten Samtmantel und eine Krone auf dem Kopf trug. So sahen jedenfalls die Könige in ihrem Schulbuch aus.

Ihr Verdacht verdichtete sich zur Gewissheit, als die gesamte Tafelgesellschaft wartete, bis der Mann am Kopfende zu essen begann. Er träufelte ein wenig Zitronensaft über die graue Muschel und schlürfte den Inhalt deutlich hörbar aus der Schale. Wenn sich Rieke beim Essen in der elterlichen Wohnküche ähnlich benommen hätte, hätte es ihr eine Kopfnuss eingetragen.

Zunehmend fühlte sie sich um die Sensationen betrogen, die

sie anlässlich des Besuchs des siamesischen Königs erwartet hatte. Erschwerend kam hinzu, dass sie kaum etwas von der Unterhaltung verstand, die überwiegend in einer fremden Sprache geführt wurde.

Außerdem begann ihr der Magen bei jedem weiteren Gericht, das nach den Muscheln aufgetragen wurde, stärker zu knurren. Die nächsten Speisen rochen recht köstlich. Doch das meiste davon konnte Rieke gar nicht benennen. Bei ihnen daheim gab es hauptsächlich grobes Roggenbrot, bestrichen mit Margarine und Marmelade oder mit billigem Käse belegt. Als warmes Essen kochte Käthe meistens Eintöpfe mit Graupen und getrockneten Erbsen oder Bohnen. War genug Geld da, auch einmal mit etwas Speck oder Räucherwurst. Diese Leute hier verschlangen bei einer einzigen Mahlzeit mehr Essen, als es bei den Krauses in drei Tagen gab.

Während des schier endlosen Festmahls wurde Rieke die Zeit immer länger. Schließlich begann sie, sich zu fragen, ob dieses Erlebnis das Donnerwetter, das sie zweifellos später von ihrer Mutter zu erwarten hätte, überhaupt wert gewesen war.

Auch Judith begann, sich im Lauf des Festessens immer stärker zu langweilen. Dies hatte zwei Gründe:

Zum einen waren ihr die zwölf Gänge, die zum heutigen Menü gehörten, viel zu viel. Vor den Austern, die als erste Vorspeise gereicht wurden, ekelte sie sich sogar und überließ sie nur zu gern ihrem Vater. Die nachfolgende Rindfleischsuppe mochte sie, ebenso wie die geräucherten Forellenfilets, wobei sie die dazugehörige Meerrettichsahne wegließ. Am besten mundete ihr das Erdbeersorbet, das man als Zwischengang reichte. Schon nach dem ersten Hauptgang, einem Kalbsfrikassee mit Reis, war sie völlig gesättigt. Von den restlichen Gängen, darunter ein Hühnersalat, ein Wildgericht und ein Lammbraten, ließ sie sich erst gar nichts mehr vorlegen.

Selbst die Bayerische Creme, eines ihrer Lieblingsdesserts,

musste sie nach nur einem Löffel fast unberührt abräumen lassen. Deshalb war sie von Herzen froh, als endlich der Kaffee serviert wurde. Auch von dem in buntes Glanzpapier eingepackten Konfekt, das dazu aufgetragen wurde, nahm sie kein einziges Stück.

Schwerer im Magen als das Essen lagen Judith jedoch zum anderen die vorwurfsvollen Blicke ihrer Mutter Rebekka, die diese ihr über den Tisch hinweg immer wieder zuwarf. Für Judith lag es auf der Hand, dass man ihre Eltern nur wegen ihr ganz ans Ende der Tafel platziert hatte. Wie alle Paare saßen sie einander gegenüber.

Wahrscheinlich war auch Adolf Jandorf nicht sehr begeistert darüber gewesen, dass Judith am heutigen Bankett für den König teilnehmen sollte, hatte seinem Freund Paul dessen Bitte aber nicht abschlagen wollen. Rebekka schien die Situation ebenfalls auf den Magen zu schlagen. Wie Judith nahm auch sie gegen Ende des Festmahls kaum noch etwas zu sich.

Plötzlich ertönte ein leises Klingeln. Als Judith aufsah, war König Rama bereits aufgestanden und schlug mit seinem silbernen Mokkalöffelchen gegen eines der Kristallgläser. Zu ihrem Erstaunen sprach der König im Anschluss einige Sätze in gebrochenem Deutsch.

»Ich mich bedanken sehr für Gastfreundschaft, verehrter Herr Jandorf.« Er wandte sich dem Besitzer des KaDeWe zu und bedeutete ihm mit einer Geste, sich ebenfalls zu erheben. »Deshalb ich dem ehrenwerten Herrn Jandorf verleihe Orden vom Weißen Elefanten, 5. Klasse.«

Ein Raunen lief durch den Saal, während Chulalongkorn einem der Diplomaten, die ebenfalls am Festessen teilgenommen hatten, einen Wink gab. Auch der stand nun auf, zog eine kleine rote Schachtel aus der Innentasche seines Jacketts und öffnete sie. Dann zeigte er deren Inhalt mit erhobener Hand herum.

Von ihrem Platz am Ende der Tafel konnte Judith nur die silberne Form des Ordens in der Art eines vielzackigen Sterns erkennen sowie einen Teil des roten Bandes, an dem er befestigt war. »Das ist die höchste Auszeichnung des siamesischen Königreichs«, flüsterte ihr der Vater ins Ohr.

»Warum heißt der Orden so merkwürdig?«, wisperte sie zurück.

»In der Mitte des Sterns befindet sich ein weißer Elefant aus Emaille. Weiße Elefanten sind überaus selten. Auch in Siam, wo diese Tiere ja heimisch sind. Für Adolf Jandorf ist diese Auszeichnung eine überaus große Ehre.«

In der Tat war Jandorf mittlerweile vor Freude errötet. Nun streckte Chulalongkorn die Hand aus und ließ sich den Orden an seinem roten Band reichen. Dann trat er vor Adolf Jandorf, der rechts neben ihm am Tisch gesessen hatte, und befestigte die Auszeichnung an der linken Brustseite seines Jacketts.

Spontan sprang Paul Bergmann auf und klatschte laut in die Hände. Sofort tat es ihm der Rest der Tischgesellschaft nach. Unter den lauten Hochrufen seiner Gäste verneigte sich Jandorf nach allen Seiten.

Dann hob er die Hand. Erst als wieder Schweigen rund um die Tafel eingekehrt war, begann er mit zitternder Stimme zu sprechen. Er brauchte drei Anläufe, bis er sich klar artikulieren konnte. Jedes Mal verbeugte er sich zuvor tief vor dem König.

»Es ist eine außerordentlich hohe Gnade, die Sie mir zuteilwerden lassen, Eure Majestät. Mein ewiger Dank ist Ihnen gewiss. Ich hoffe, Eure Königliche Hoheit bald wieder in Berlin und in meinem Haus begrüßen zu dürfen.«

In seiner Aufregung sprach Adolf Jandorf Deutsch, sodass auch Judith die Worte diesmal verstand. Als er seinen Irrtum bemerkte, setzte Jandorf noch einmal in Englisch zum Sprechen an, wurde jedoch durch eine Geste Ramas daran gehindert. Offensichtlich hatte der König auch so begriffen, dass Adolf Jandorf seinen Dank zum Ausdruck gebracht hatte.

Sofort nach der Zeremonie brach Chulalongkorn überhastet

auf. Er verabschiedete sich nicht einmal von allen Teilnehmern des Festmahls, sondern hauchte nur einen angedeuteten Kuss auf die Hand von Jandorfs Gattin und schüttelte ihm zum Abschied kräftig die Rechte. Dann winkte er in die Runde und eilte hinaus.

»Es ist schon beinahe vier Uhr«, erklärte Paul seiner erneut enttäuscht wirkenden Gattin Rebekka. »Wahrscheinlich kommt Rama viel zu spät zu seinem Termin in der Charité.«

»Ist der König denn krank?«, fragte Judith erschrocken.

Paul Bergmann zuckte mit den Schultern. »Angeblich hat er ein Augen- und ein Nierenleiden. Genaueres weiß ich darüber nicht. Aber nun wird es Zeit für dich, nach Hause zu gehen, Judith. Sicherlich bist du mittlerweile recht müde.«

Sobald der letzte Gast den Raum verlassen hatte, wartete Rieke auf eine günstige Gelegenheit, um aus ihrem Versteck hinter den Vorhängen zu kommen und sich unbemerkt aus dem Fürstenzimmer zu stehlen. Zum Glück begaben sich die vier Lakaien, beladen mit einem Teil des zuletzt gebrauchten Geschirrs, schon nach wenigen Minuten ins Nebenzimmer. Rieke hörte sie dort herumhantieren und ergriff die Chance beim Schopf.

Rasch schlüpfte sie hinter den Samtportieren hervor und schlich auf Zehenspitzen zur Tür in den Flur. Als sie gerade nach dem Knauf griff, öffnete sich die Tür von der anderen Seite.

Zu Riekes Entsetzen stand das andere Mädchen davor. Auch es erstarrte einen Moment lang vor Schreck. Dann begann es zu Riekes Verwunderung plötzlich zu lächeln.

»Dann hatte ich also doch recht«, sagte es. Als Judith Riekes verständnislosen Blick sah, fügte sie hinzu. »Ich hatte die ganze Zeit den Eindruck, dass mich irgendjemand in meinem Rücken beobachtet.«

In der Tat hatte Rieke ja genau hinter Judiths Stuhl gestanden, nur ungefähr einen Meter von ihr entfernt.

»Hast du dich hinter dem Vorhang versteckt?«, traf Judith ins Schwarze.

Rieke nickte verlegen und senkte den Blick. »Ja«, gab sie zu, was ohnehin auf der Hand lag. »Ich wollte so gerne einmal einen richtigen König sehen.« Unbewusst ahmte sie ihre Mutter nach und sprach Hochdeutsch mit Judith.

Jetzt wurde deren Lächeln herzlich. »Und? Hat er dir denn gefallen?«

Angesichts Riekes verlegener Miene begann Judith jetzt sogar zu lachen. »Er ist sehr nett und freundlich«, sagte sie. »Aber einen richtigen König, zumal einen derart sagenhaft reichen, hätte ich mir auch imposanter vorgestellt.«

Genau in diesem Moment kam der oberste Lakai aus dem Nebenraum, um weiteres Geschirr zu holen. Sobald er Rieke bemerkt hatte, verzog sich seine Miene vor Zorn. »Was hast du denn hier zu suchen?«, schnauzte er sie an. »Deine Mutter hat dich schon vor Stunden vermisst. Warst du etwa die ganze Zeit hier drin?« Drohend machte er zwei Schritte auf Rieke zu, die unwillkürlich zurückstolperte.

Da trat Judith vor, hob den Kopf und schaute dem Lakaien trotzig in die Augen. »Dieses Mädchen ist meine Freundin«, sagte sie so bestimmt, dass der Diener keine Widerrede wagte. »Ich wollte ihr einmal das Fürstenzimmer zeigen. Haben Sie etwas dagegen einzuwenden?«

Der Lakai zögerte einen Moment lang, entschied sich dann aber für die pragmatische Lösung, mit der er im Umgang mit hochgestellten Persönlichkeiten noch immer die besten Erfahrungen gemacht hatte.

Er verbeugte sich knapp. »Wenn das gnädige Fräulein dies so sagt, wird es schon seine Richtigkeit haben.«

Er verneigte sich noch einmal und deutete dann zur Tür. »Doch jetzt möchte ich die jungen Damen bitten, den Raum zu verlassen. Er muss noch aufgeräumt und gereinigt werden.«

Judith neigte huldvoll den Kopf. Sie schickte sich schon an, der Aufforderung des Lakaien Folge zu leisten, als sie sich plötzlich noch einmal umdrehte und mit beiden Händen in die Konfektschale griff, die noch nahezu unberührt auf dem Tisch stand. Kaum waren sie in den Vorraum getreten, steckte sie Rieke die Süßigkeiten in die Taschen ihres Matrosenkleids. »Als kleine Erinnerung an den König«, raunte sie ihr zu. Dann stutzte sie. »Wie heißt du eigentlich? Ich bin die Judith.«

»Ich heiße Rieke.« Fassungslos zog sie ein Stück des in rotes Papier gewickelten Konfekts aus der Tasche und starrte darauf. »So etwas habe ich noch nie gegessen.«

»Dann lass es dir schmecken, Rieke!« In Unkenntnis dessen, dass Rieke solche Süßigkeiten kaum kannte, fügte Judith hinzu: »Wahrscheinlich ist es sowieso nur Schokolade.« Bevor Rieke ihr danken konnte, schlug sie sich an die Stirn.

»Ach herrje!«, rief sie. »Jetzt hätte ich meine Handtasche ja fast zum zweiten Mal vergessen.«

Während Judith zurück ins Fürstenzimmer eilte, beschloss Rieke, sich rasch aus dem Staub zu machen. Vor dem Trakt des KaDeWe, zu dem das Fürstenzimmer gehörte, lief sie allerdings geradewegs ihrer Mutter in die Arme. Käthe hatte ihr schwarzes Leinenkleid mittlerweile wieder mit einer Kittelschürze vertauscht und wartete mit zwei ihrer Untergebenen auf den Abzug der Lakaien, um drinnen zu spülen und sauber zu machen.

Die Ohrfeige, die sie Rieke verabreichte, als sie sie erblickte, war die heftigste, die Rieke jemals von ihrer Mutter bekommen hatte.

# Teil 1: Euphorie

# Kapitel 1

### Wohnung der Familie Krause in Meyers Hof

***Mai 1914***

Als Rieke aufwachte, dachte sie anfangs, das leise Schnarchen ihres Bruders Robert oder der Druck auf ihre Blase habe sie geweckt. Noch schlaftrunken warf sie einen Blick auf den kleinen Wecker neben dem Bett. Erst viertel nach fünf. Eine ganze Stunde zu früh zum Aufstehen.

Dann hörte sie wieder das Poltern, begleitet vom wütenden Knurren ihres Vaters und gefolgt von einem gedämpften Aufschrei ihrer Mutter. Die Geräusche mussten aus der Wohnküche kommen, die ihrer Schlafstube gegenüberlag, und waren wahrscheinlich der eigentliche Grund, dass sie vorzeitig aufgewacht war.

Vorsichtig, um ihre vier Jahre jüngere Schwester Sanni, mit der sie sich das Bett teilte, nicht zu wecken, schälte sich Rieke aus den Laken. Dann öffnete sie die Kammertür und lugte hinaus. Zu dieser frühen Tageszeit war noch kein anderer Bewohner ihrer Etage im dritten Stock des vierten Hinterhauses von Meyers Hof unterwegs. Denn der fensterlose Gang, der die Zweizimmerwohnung der Familie Krause wie alle anderen gleichartigen Wohnungen dieser Mietskaserne durchschnitt, war ein Gemeinschaftsflur.

Die Hand schon auf dem Knauf, verharrte Rieke einen Augenblick lang unschlüssig vor der Küchentür. Dann beschloss sie widerstrebend, zunächst den Gemeinschaftsabort aufzusuchen, der auf dem Treppenabsatz zwischen der dritten und vierten Etage lag. Er wurde von allen Bewohnern des dritten Stockwerks benutzt und war daher häufig ekelerregend schmutzig.

Auch jetzt erkannte Rieke im fahlen Morgenlicht, das durch das Fensterchen fiel, dass sich die letzten Benutzer nach ihrem Toilettengang nicht die Mühe gemacht hatten, das Klosett zu reinigen. Nicht einmal den Holzdeckel hatten sie geschlossen. Es stank zum Gotterbarmen in dem winzigen Kabuff.

Wenigstens war ausreichend Zeitungspapier vorhanden. Mit spitzen Fingern ergriff Rieke eines der Blätter und wischte damit über die Brille. Dann hockte sie sich darüber, ohne die Brille zu berühren, und erleichterte sich.

»Nu stell dir nich so an, Rieke«, hörte sie die Stimme ihrer Mutter vor ihrem inneren Ohr. »Früher war'n die Klos im Hof. Sie wurden nur zweemal am Tag jespült, mit Wasser aus 'ner Dachzisterne. Wat meinste wohl, wie's da erst ausjeseh'n und jerochen hat?«

Rieke, die die früheren Klosetts nicht kannte, weil deren Nachfolgemodelle 1897, im Jahr ihrer Geburt, in Meyers Hof installiert worden waren, war das herzlich egal. Sie verglich die Klos in der Mietskaserne mit den Personaltoiletten im KaDeWe, wo sie seit fast zwei Jahren als Kassenmädchen beschäftigt war. Schon zwischen den reinlichen weiß gekachelten Kabinen für die Angestellten und den stinkenden Löchern in Meyers Hof gab es einen himmelweiten Unterschied. Gar nicht zu reden von den mit Marmor verkleideten Kundentoiletten, die Rieke zwar nicht benutzen durfte, aber in die sie ab und zu einen Blick werfen konnte, wenn sie ihre Mutter nach Dienstschluss noch auf deren abendlichem Inspektionsgang begleitete.

Erst als jemand hart an die Holztür hämmerte, wurde Rieke bewusst, dass sie sich trotz des Gestanks schon länger auf dem

Abtritt aufhielt, als es nötig gewesen wäre. Sie huschte in ihrem weißen Nachthemd an dem grobschlächtigen Nachbarn, der Einlass begehrt hatte, vorbei und spürte ihr Herz vor Angst heftig pochen. Was mochte sie wohl in der Küche erwarten?

Die Wohnküchen der Zweizimmerwohnungen in Meyers Hof waren die größeren der beiden Räume. Dort spielte sich das gesamte Familienleben ab. Es wurde gekocht, gewaschen und Heimarbeit verrichtet, wenn es denn welche gab. Wie Riekes Eltern, die sich ein ausziehbares Sofa als Bett teilten, schlief ein Teil der Familie auch darin.

Rieke pochte zaghaft an die Tür. Zu ihrer Erleichterung waren die auf einen Streit hindeutenden Geräusche mittlerweile verstummt. Da sie von drinnen kein Zeichen erhielt, einzutreten, öffnete sie schließlich vorsichtig die Tür.

Ihre Mutter Käthe stand am Ausguss und kühlte mit Wasser ihre nackten Arme, auf denen sich blaue Flecken abzuzeichnen begannen. Riekes Vater Otto lag dagegen bäuchlings auf der Liege, die ihren Eltern als Bett diente, und schnarchte mit offenem Mund. Offensichtlich hatte er ihre Mutter wieder geschlagen. Und ebenfalls offensichtlich war dies wieder im Suff geschehen, dem sich ihr Vater zunehmend ergab. Eine halb volle Schnapsflasche stand auf dem Küchentisch.

»Wat willste denn schon hier, Rieke?« Ihre Mutter drehte sich zu ihr um. Erleichtert konstatierte Rieke, dass Käthes Gesicht unversehrt war. Zumindest hielt sich ihr Vater an das Versprechen, seine Frau nicht mehr ins Gesicht zu schlagen, seit ihm Käthe damit gedroht hatte, sie würde sonst ihre Stellung im KaDeWe verlieren. Denn ihr Chef Adolf Jandorf würde keine Angestellte in der Öffentlichkeit seines Warenhauses dulden, die regelmäßig Spuren von Misshandlungen durch ihren Ehemann aufwies.

»Dit is der Kundschaft nich zuzumuten, würd er sagen«, erklärte Käthe. »Ick muss tagsüber präsentabel ausseh'n, wenn's was zu putzen jibt.«

Rieke wusste bis heute nicht, ob dies eine Finte ihrer Mutter gewesen war oder der Wahrheit entsprach. Aber selbst ihr verkommener Vater wusste, dass die ganze Familie endgültig im Elend versinken würde, falls Käthe ihre gut bezahlte Stellung im KaDeWe verlor. Dabei war genau diese gut bezahlte Stelle immer öfter der Auslöser für die heftigen Streitigkeiten ihrer Eltern. Denn Otto war neidisch auf seine Frau, erst recht, seitdem er seinen eigenen Arbeitsplatz verloren hatte.

Dass Otto für ihre Mutter einst der Mann ihrer Träume gewesen war, wie Käthe ihr einmal in einer schwachen Stunde verraten hatte, konnte Rieke heute kaum glauben. Doch der zehn Jahre ältere Otto war einst der schniekste Frauenheld im ganzen Viertel gewesen. Und die damals nicht einmal zwanzigjährige Käthe nur zu stolz darauf, dass er ausgerechnet sie zu seinem Liebchen erwählt hatte.

Als sie schließlich merkte, dass sie mit Otto doch nicht das große Los gezogen hatte, war es zu spät. Käthe war bereits mit Riekes älterem Bruder Robert schwanger. Also hatten ihre Eltern geheiratet, und damit schien die ganze Misere begonnen zu haben.

Lange hatte Otto in der nahe der Ackerstraße gelegenen Apparatefabrik der AEG eine gute Stelle als Lagerarbeiter innegehabt. Doch immer häufiger kam es vor, dass er seinen gesamten Wochenlohn vertrank und Käthe nicht wusste, wovon sie die größer werdende Familie ernähren, geschweige denn die Miete bezahlen sollte.

Eine Weile half ihr Ottos Vorarbeiter Fritz, der sich ehemals selbst um Käthe bemüht, damals aber den Kürzeren gezogen hatte. Er traf die Übereinkunft mit ihr, dafür zu sorgen, dass Otto nur die Hälfte seines Lohns ausbezahlt wurde. Die andere Hälfte händigte er Käthe aus. Da Fritz Otto immer wieder deckte, wenn er angetrunken am Arbeitsplatz erschien, ließ der sich das nach anfänglichem Protest schließlich mürrisch gefallen.

Trotzdem reichte das Geld hinten und vorn nicht. Als Riekes kleine Schwester Sanni aus dem Gröbsten heraus war, nahm Käthe daher die Stellung als Putzfrau in Adolf Jandorfs Warenhaus am Weinberg an, der sie danach ihren raschen Aufstieg verdankte. Da Käthe durch ihren Wechsel ins KaDeWe sogar die beträchtliche Summe von siebzig Mark Lohn pro Monat erhielt, ging es der Familie eine kurze Zeit lang sogar verhältnismäßig gut. Wenn man einmal davon absah, dass Otto, der ehemals selbst nur fünfzehn Mark mehr verdient hatte, Käthe ihren Aufstieg nicht gönnte und dies immer häufiger zu Streitigkeiten und schließlich zu Gewalttätigkeiten führte.

Dann brach vor drei Jahren im Frühjahr 1911 das Unglück über die Familie herein. Otto war wieder einmal betrunken zu seiner Schicht im Lager der Fabrik erschienen. Deshalb vergaß er, Bremsklötze unter die Räder eines mit schwerem Gerät beladenen Rollwagens zu legen. Der Wagen setzte sich in Bewegung und gewann auf der leicht abschüssigen Bahn der Lagerhalle immer rascher an Fahrt. Zuerst brach sich Otto beim vergeblichen Versuch, den Wagen zu stoppen, den linken Arm. Dann traf das Gefährt mit voller Wucht einen seiner Arbeitskollegen in den Rücken. Der Mann brach sich dabei die Wirbelsäule und war seither von der Hüfte an abwärts gelähmt.

»Nu kann ooch ick nüscht mehr für dein Otto tun«, bedauerte der Vorarbeiter Fritz gegenüber Käthe dessen unmittelbar darauffolgende fristlose Entlassung. Dabei konnte Otto noch von Glück sagen, dass die Fabrik ihn nicht auf Schadenersatz für die beschädigte Fracht des Rollwagens verklagte und dem verletzten Kollegen freiwillig eine Invalidenrente zahlte.

Doch Ottos Beitrag zum Familieneinkommen, der schon vorher aufgrund seiner Trunksucht überschaubar gewesen war, sank nun nahezu gegen null. Wenn überhaupt, nahm er ab und zu auf wenige Tage befristete Gelegenheitsarbeiten am Bau oder bei Umzügen an. Käthe musste das bisschen vorhandene Geld noch vor ihm verstecken, damit er es nicht in die verkommenen

Kneipen trug, von denen es im Arbeiterviertel Wedding nur so wimmelte.

In ihrer Not blieb Käthe daher nichts anderes übrig, als die Stube, in der ihre drei Kinder schliefen und in die gerade einmal zwei schmale Betten passten, tagsüber an Schlafburschen zu vermieten. Das waren alleinstehende Arbeiter, die sich keine andere Bleibe leisten konnten und nach ihrer Nachtschicht dort Quartier bezogen. Es brachte immerhin fast die Hälfte der fünfundzwanzig Mark Miete im Monat ein, die die Wohnung kostete. Doch seither war die Stube tagsüber für die Familie nicht mehr zu gebrauchen. Auch die Kinder hatten keine Möglichkeit mehr, ihrem betrunkenen Vater aus dem Weg zu gehen.

»Also, wat willste schon?«, wiederholte Käthe jetzt ihre Frage.

»Jeht's dir jut, Mutter?«, fragte Rieke schüchtern.

Käthe nickte unwillig. »Kümmer dir nich um mich!«, befahl sie barsch. Noch immer versuchte sie, ihre Eheprobleme so gut wie möglich vor ihren Kindern zu verbergen.

Dann wies sie auf eine verbeulte Blechkanne. »Willste 'ne Tasse Muckefuck?«, fragte sie etwas freundlicher.

Rieke nickte und kam erst jetzt ganz in die Küche hinein. Den Kaffeeersatz aus Zichorienwurzeln hatte Käthe gerade frisch aufgebrüht. Er war heiß und schmeckte Rieke gut, die bislang noch nie echten Bohnenkaffee getrunken hatte. Außerdem weckte er ihre Lebensgeister.

»Soll ick schon mal dit Frühstück für Sanni und Robert machen?«, bot sie an. Ihre kleine Schwester ging noch in die Volksschule. Robert dagegen stand kurz vor dem Abschluss seiner Lehre als Tischler, die ihm Käthe im KaDeWe besorgt hatte. Wie Rieke selbst würden Sanni und Robert erst eine Stunde nach ihrer Mutter die Wohnung verlassen müssen. Denn Käthes Dienst im KaDeWe begann morgens bereits um sieben Uhr, und damit eine Stunde früher als Roberts und Riekes Tätigkeit.

»Dit wär jut«, stimmte Käthe zu. »Denn ick muss jetz los.«

Unwillkürlich warf Rieke einen Blick auf die kleine Küchenuhr an der Wand. Es war erst zwanzig vor sechs, eigentlich noch viel zu früh für ihre Mutter, um aufzubrechen. Aber Rieke konnte sich denken, dass Käthe noch eine Weile für sich sein wollte, um sich nach dem morgendlichen Streit mit Otto für ihre Tätigkeit im KaDeWe zu sammeln. Denn dort sollte niemand etwas von ihrer elenden familiären Situation mitbekommen.

Während Rieke Stullen mit Marmelade und Rübenkraut schmierte, warf sie immer wieder ängstliche Blicke auf ihren Vater, der zum Glück jedoch nicht erwachte. Um sechs Uhr weckte sie Sanni und Robert, schickte sie zum Frühstück hinüber und wusch sich derweil flüchtig mit Wasser, das sie zuvor aus dem Hahn in der Küche in die Waschschüssel gezapft hatte. Auch fließendes Wasser in jeder Wohnung war ein noch gar nicht so alter Luxus, wie Käthe Rieke immer wieder erzählte. Zu der Zeit, als die Abtritte noch im Hof gewesen waren, gab es auf jedem Flur nur einen einzigen Wasserhahn für alle Familien, die dort wohnten.

Schließlich warf Rieke hastig ihre Kleider über. Zum Schluss wechselte sie noch den Kopfkissenbezug ihres Betts aus. Es gab weder genug Zeit noch genug Geld, um die Bettwäsche häufig zu waschen. Also benutzten die Schlafburschen wochenlang die gleichen Laken und Zudecken wie die Krause-Kinder. Doch wenigstens ihren Kopfkissenbezug wollte Rieke nicht mit dem unreinlichen Schlafburschen teilen, dessen schwere Schritte sie jetzt schon auf dem Flur hörte.

Auf dem Weg zum KaDeWe war Rieke schweigsam und sprach kaum ein Wort mit ihrem Bruder Robert. Erst gestern hatte sie Hermann lachend einen Korb gegeben, als er ihr sein Angebot machte. Sie war sogar davon ausgegangen, dass er es nicht einmal ernst damit meinte.

Doch heute Morgen sah die Sache schon anders aus. Zwar verdankte sie Käthe ihre Stelle als Kassenmädchen im KaDeWe, sie wusste allerdings bis jetzt noch nicht, ob man sie auch als

Lehrmädchen übernehmen würde. Auch das »verdankte« sie ihrer Mutter, die ihr damals die schlimmsten Monate ihres Lebens beschert hatte. Obwohl eigentlich auch daran, bei Licht besehen, ihr Vater die Schuld trug.

Das schlechte Gewissen gegenüber ihrer Mutter und die Sehnsucht, ihr schlimmes Zuhause bald verlassen zu können, kämpften in Riekes Brust zunächst miteinander. Die Gefühle hielten sich die Waage, bis die U-Bahn in die Station am Wittenbergplatz einfuhr. Erst als sie ausstieg, fasste Rieke einen Entschluss.

Wenn Hermann sein Angebot wirklich ernst meinte, würde sie es annehmen.